Peter Auktor

1. Auflage 2013

Verfasser: Peter Auktor
Lektor: Helge Seemann
Umschlaggestaltung: Jürgen Sommerer

Gesamtherstellung:
Offset- und Digitaldruck G. H. Hofmann,
97737 Gemünden a. Main, Telefon 09351-3237

ISBN 978-3-932737-45-9

www.hofmann-buch.de

Peter Auktor

SEXTUS

hofmann-buch

Vorwort

Dieser Roman beinhaltet die Geschichte der Kaufmanns-, Ritter- und Senatorenfamilie Leptonius. Die Personen sind frei erfunden. Die Handlung lehnt sich an tatsächliche Ereignisse, Landschaften und Städte in der spätrepublikanischen Zeit des römischen Reiches an. Geschichtliche Ereignisse wie Schlachten und Feldzüge haben tatsächlich stattgefunden.

Die Könige Micipsa, Bochus, Jugurtha, Mithridates, die Feldherren Scipio, Marius, Norbanus, Sulla, Metellus, Pompeius, Lucullus, Carbo, Antonius, Cäsar und den Piratenfürsten Tryphon hat es tatsächlich gegeben.

Auch der Getreide, und Nahrungsmitteltransport nach Ostia, Puteoli und nach Rom war existent. Die römische Flotte war in Misenum (Miseno) stationiert. Entgegen der weit verbreiteten Meinung waren die Ruderer auf den Schiffen keine Sklaven, sondern freie Männer und ein gut eingespieltes Team.

Die römische Zeitrechnung wurde in die heutige Zeitrechnung umgewandelt; desgleichen römische Flächen- und Entfernungsmaße in heute gültige Einheiten.

Die Ausbildung der Gladiatoren und der Legionäre wurde so wie geschildert vorgenommen. Auch Marsch- und Kampfweise der Legionäre war so gegeben.

Die Gladiatorenkämpfe und die Tierhetzen im gesamten römischen Reich waren sehr blutig und ungemein beliebt. Die Römer hatten eine grausame Einstellung zueinander und erfreuten sich an blutigen Zurschaustellungen. Entgegen der Meinung, dass die Zuschauer durch Zeigen des Daumens nach oben oder unten einen Gladiator begnadigten oder verurteilten, sei gesagt, dass diese Abstimmung nur durch Heben oder Senken der Hände vorgenommen wurde.

Die Römer besprachen ihr Sexualleben ohne Tabus untereinander. Wandgemälde in Villen zeigten auch Paare beim Koitus. Auch die Reklamegemälde an Bordellen mit Preisverzeichnissen für Liebesdienste waren üblich. Es war nichts Ungewöhnliches, dass Römer jeglichen Alters die Bordelle besuchten. Seltener war es, dass sich Damen der

Gesellschaft in Bordellen anboten. Beispiele sind aber Julia, der Tochter des Augustus, und Messalina, der Ehefrau des Claudius bezeugt.

Banken im heutigen Sinne gab es nicht. Es wurden aber von Privatpersonen und Kaufleuten Gelder gegen hohe Zinsen verliehen.

Sklaven waren rechtloser Besitz. Ihre Verletzung und Tötung durch jemanden anderen als ihren Besitzer wurde als Sachbeschädigung und Forderungssache behandelt.

Die Kaufkraft eines römischen Sesterzen habe ich mit zwei Euro gleichgesetzt.

1

Eintritt des Sextus Leptonius in die Legion 117 v. Chr.

Sextus Leptonius war als einziger Sohn eines freien römischen Bauern in Attella nördlich von Neapolis (Neapel) aufgewachsen. Seine Eltern betrieben eine kleine Landwirtschaft und belieferten die Märkte der Stadt Capua. Sie hatten all ihre Ersparnisse in die Ausbildung ihres Sohnes gesteckt. Er hatte die Elementarschule besucht und war mit anderen Kindern von einem griechischen Hauslehrer unterrichtet worden. Er war ein guter Schüler, lernte leicht und zog das Wissen förmlich in sich hinein. Außer Latein hatte er die griechische und die phönizisch/karthagische Sprache erlernt. Diese Kenntnisse sollten ihm in seiner Legionszeit von großem Nutzen sein. Er war auch in römischer Geschichte, in Geologie und in Geografie unterrichtet worden. Sein Vater hatte ihn im Schwertkampf ausgebildet und ihm das Reiten sowie das Schwimmen beigebracht.

Sextus war siebzehn Jahre alt, schlank, athletisch gebaut, ziemlich groß, war hübsch anzusehen und hatte einen liebenswerten freundlichen Charakter. Er war sehr ehrgeizig, verzieh sich keinen Fehler und hatte einen übergroßen Wissensdurst.

Im Jahre 117 v. Chr. kam ein Werbeoffizier ins Dorf und verkündete, dass die VII. Legion bei Capua neu aufgestellt würde und sich Freiwillige im Alter zwischen siebzehn und neunzehn Jahren melden könnten. Sextus wollte schon länger von zu Hause weg und sprach mit seinen Eltern darüber. „Er meinte, dass er gerne in die bei Capua neu aufzustellende Legion eintreten würde und bat seine Eltern um Erlaubnis dazu."

Sein Vater Lucius antwortete: »Lieber Sohn, ich sehe, dass Du den festen Willen hast, Legionär zu werden. Ich selbst habe an zwei Feldzügen teilgenommen und weiß, dass Du mit Kameradschaftsgeist, Mut und Tapferkeit in der Legion aufsteigen und ein besseres Leben als auf einem Bauernhof führen kannst. Du kannst sehr gut mit dem

Schwert umgehen und bist deshalb und auch körperlich für den Legionsdienst bestens geeignet. Dein letzter Lehrer hat mir berichtet, dass Du äußerst intelligent und sehr sprachbegabt bist sowie ein ausgleichendes Wesen besitzt.

Nun, wenn die Legion in fernen Ländern eingesetzt wird, kannst Du ja diese Begabung nutzen. Du hast damit die Grundvoraussetzungen für einen Aufstieg in derselben. Ich habe schon lange gehofft, dass Du Dich für den Dienst in der Legion interessieren würdest und Deine Ausbildung dementsprechend gelenkt.«

Seine Mutter Mauritia Leptonius, stimmte mit Tränen in den Augen seinem Entschluss zu. Sie ermahnte ihn, auf sich aufzupassen und flehte den Segen der Götter auf ihn herab. Sein Vater gab ihm noch mit auf den Weg, nicht zu den Huren beim Legionslager zu gehen, sondern sich lieber ein anständiges Mädchen zu suchen, das er dann lieben könne.

Am nächsten Tag packte Sextus seine Habseligkeiten zusammen, ließ sich von seinem Vater eine bestätigte Urkunde über seine Herkunft ausstellen, nahm einen tränenreichen Abschied von seinen Eltern und marschierte zum Legionslager bei Capua.

Seine Eltern schauten ihm wehmütig und liebevoll nach. Hatten sie ihn doch als einziges überlebendes Kind stark verwöhnt und hingen sehr an ihm. Lucius Leptonius tröstete seine Frau: »Schau, es ist das Beste für ihn. Der Bauernhof hätte auf Dauer ihn, seine zukünftige Familie und uns nicht ernährt.. Er ist intelligent und lernt leicht. Außerdem ist er ein Sprachgenie. Seine Talente wären hier verkümmert. Er wird seinen Weg in der Legion gehen. Du wirst es schon sehen, wenn er eines Tages als Centurio auf der Schwelle steht.«

Sextus dachte sich im Weggehen: >Meine Eltern haben jeden Sesterz, den sie entbehren konnten, in meine Ausbildung gesteckt. Ich will die Legion als Sprungbrett benutzen, um mich weiter zu bilden und viel Geld zu verdienen. Meinen Eltern werde ich ihre Mühen vergelten. Vor allem sollen sie einmal nicht mehr in so ärmlichen Verhältnissen leben müssen, wie jetzt.<

Auf dem Weg zum Legionslager holte er eine einen Handkarren ziehende junge Frau ein. Es war dies Medea Paullinus, die zwanzigjährige Schwiegertochter eines Imkers aus Attella, die eine Vielzahl kleiner Amphoren mit Honig zum Markt nach Capua brachte. Er kannte sie vom Sehen und half ihr, ihren Handkarren zu ziehen. Sie unterhielten sich und Medea erfuhr, dass Sextus einen neuen Lebensabschnitt beginnen wolle.

Bei der Abzweigung der Straße zum Legionslager steuerte Medea den Karren in eine Ansammlung von Pinien etwas abseits der Straße und schlug vor, dort eine Rast einzulegen. Dies war Sextus zwar nicht recht, da er baldmöglichst das Lager erreichen wollte. Er stimmte aber dem Vorschlag von Medea zu. Sie setzen sich unter eine Pinie auf den weichen mit Piniennadeln bedeckten Boden. Medea bot Sextus einen kühlen Trunk aus einer mit Apfelmost gefüllten Amphore an und Sextus bedankte sich dafür. Kurz danach legte Medea ihre Hand auf seinen Oberschenkel und streichelte diesen. Sie fragte ihn, ob er das gerne habe. Sextus musste schlucken, da ein Ziehen durch seinen ganzen Körper fuhr, bejahte aber die Frage. Daraufhin beugte sich Medea über ihn, küsste ihn und griff ihm mit einer Hand unter die Tunika an sein Glied. Dieses hatte sich, schon als Medea ihre Hand auf seinen Oberschenkel legte, aufgerichtet. Medea rieb mit kundiger Hand seinen steil aufgerichteten Penis und küsste ihn dabei. Sofort kam es bei Sextus zu einem Orgasmus und der Samen schoss nur so aus ihm heraus. Medea griff nun, ohne sich zu schämen unter ihre eigene Tunika und streichelte ihr Geschlecht. Sextus umarmte sie und wollte ihr behilflich sein. Sie schob jedoch seine Hand mit der Bemerkung, dass sie dies allein besser könne, zur Seite. Kurze Zeit darauf kam sie zu einem Höhepunkt. Sie wandte sich wieder Sextus zu. Dieser bedankte sich für den Liebesgenuss und erklärte, dass er so etwas noch nie erlebt habe und auch noch nie bei einem Mädchen gelegen habe. Medea meinte, dass sie da zwar gerne abgeholfen hätte, aber um nicht schwanger zu werden, diese Art der männlichen Befriedigung praktiziere. Auch bei ihrem Ehemann verfahre sie so. Freuen würde es sie, dass sie Sextus zum Beginn eines neuen Lebensabschnitts ein erfreuliches Erlebnis mitgegeben habe. Sie trennten sich mit einer Umarmung und einem Kuss. Sextus strebte dem Lager zu.

Werbeoffiziere hatten fleißig in Apulien, Kampanien und im Latium Rekruten angeworben. Starker Zulauf von Rekruten kam aus den Städten Brundisium, Tarent, Neapolis, Pompeji, Praeneste, Puteoli,

Capua und Cumae, so dass mit Sextus eine große Anzahl von Jugendlichen in das Lager strömten.

Das Legionslager war extra für Ausbildungslegionen erbaut worden. Die Unterkünfte für die Offiziere, die Verwaltungs- und Wirtschaftsgebäude, sowie die Latrine waren aus Stein. Das Lager war mit einem Wall umschlossen. Kerzengerade Straßen führten durch die ungefähr sechshundert aufgestellten Zelte. Das Wasser wurde aus den nahen Bergen über Äquadukte hergeleitet und versorgte die Zisternen im Lager.

In die Legion wurden nur freie römische Bürger aufgenommen; es galt als eine Ehre Legionär zu sein. Legionäre erhielten ihre Verpflegung, ihre Kleidung, ihre Unterkunft und ab diesem Jahr auch ihre Rüstung umsonst. Ein Vermögensnachweis war nicht mehr erforderlich.

Außerdem erhielten sie einen Sold von zehn Assen oder vier Sesterzen pro Tag, der monatlich von dem Rechnungsführer ausgezahlt wurde.

Das Ausbildungslager befand sich bei Capua, auf einer Hochebene oberhalb eines Nebenflusses des Volturno, also nur wenige Kilometer vom Geburtsort des Sextus Leptonius und von Capua entfernt.

Von anderen Legionen waren Centurios als Ausbilder zur VII. versetzt worden.

Sextus war einer der ersten Bewerber, die im Lager eintrafen. Er legte einem Schreiber seine Abstammungsurkunde vor, wurde von einem Arzt untersucht und als tauglich eingestuft. Ein Centurio wies ihm mit noch sieben anderen Rekruten das 1. Zelt an der Lagerstraße zu. Mit den anderen Rekruten bildete er für die Dauer der Ausbildungszeit eine Zeltgemeinschaft. Jede dieser Gemeinschaften erhielt eine Kornmühle, einen Backofen, zwei Schanzpfähle, Stroh und Decken.

Am Abend fragte Sextus einen Centurio, wo man im Lager seine Notdurft verrichten könne. Er wurde zur Latrine in der südwestlichen Ecke des Lagers verwiesen. Er kam zu einem überdachten Gebäude mit einem Portikus über der Eingangstüre. Er traute sich aber nicht einzutreten, da er sich unter einer Latrine einen Graben mit einem Brett darüber vorgestellt hatte. Er fragte einen Rekruten, der aus dem Gebäude trat, und erhielt die Auskunft, dass er schon richtig sei.

Im Innern standen sich mehrere Zweierreihen von gemauerten Sitzgelegenheiten gegenüber.

Im unteren Teil der Latrine hatten sich auf gegenüberliegenden Sitzen eine Anzahl Centurios niedergelassen. Sie unterhielten sich lauthals über einen Überfall von Piraten auf ein Landhaus bei Tarent und dass Rom endlich Schiffe bauen müsse, um die Piraten zu bekämpfen. Einer schimpfte: »Unsere Flotte in Misenum (Miseno) verrottet an ihren Liegeplätzen. Neue Kriegsschiffe werden kaum noch gebaut. Die Flottenlegionäre werden mit Arbeiten im Circus Maximus in Rom beschäftigt, statt sich an die Bekämpfung der Piratenschiffe zu machen.« Ein anderer entgegnete: »Ich weiß aus sicherer Quelle, dass der Flottenkommandant seine Legionäre auch an Privatpersonen vermietet und die Einnahmen für sich behält. Dabei müssten sich doch die Flottenlegionäre im Rudern üben, damit die Kampfkraft der Schiffe erhalten bleibt.« Sextus hörte interessiert zu und verinnerlichte die Neuigkeiten.

Am zweiten Tag wurde an die Rekruten der Zeltgemeinschaft die Rüstung ausgegeben. Jeder bekam ein Kettenhemd, einen einfachen Helm, einen großen rechteckigen nach innen gewölbten Schild, ein Kurzschwert, einen Dolch, zwei Speerschleudern (Wurfriemen) und zwei Wurfspeere.

Sextus wollte der an ihn ausgegebene Helm nicht passen. Er war zu groß. Auch das Kettenhemd war etwas zu eng. Der Lagerverwalter meinte: »Lege Dir doch Lederstreifen in Deinen Helm, dann sitzt er fest. Das Kettenhemd hat schon die richtige Größe. Du wirst sehen in einigen Wochen passt es.« Sextus konnte sich zwar keinen Reim darauf machen, wieso das Kettenhemd in einigen Wochen passen würde, aber er wurde eines Besseren belehrt.

Als sonstige Ausrüstung erhielt jeder Rekrut noch Tuniken, Decken, Feldflaschen, Halstücher und sonstige Ausrüstung.

In den ersten Tagen ruhte die Ausbildung. Sextus machte sich mit den anderen Rekruten bekannt. Egeas Galanis aus Tarent und Appius Clodius aus Neapolis besichtigten mit ihm das Lager und dessen Umgebung. Alle spielten in ihrem Zelt Würfelspiele, Brettspiele, oder nahmen an Ballspielen außerhalb des Lagers teil. Der Besuch in der Stadt Capua, der sie reizte, war ihnen zunächst verboten worden.

Sextus sah, dass Egeas Galanis beim Würfeln schummelte. Er legte, wenn die Würfel ausrollten, seine Hand über sie und drehte geschickt die günstigen Zahlen nach oben. Mit der anderen Hand fuchtelte er in der Luft herum und lenkte so seine Mitspieler vom Spiel ab. Sextus, dem dies nicht entgangen war, rief ihm zu, nicht zu betrügen. Dieser erklärte entrüstet: »Sextus, ich komme aus Tarent. Dort ist das Beschummeln üblich. Bei uns gehört Schummeln zum guten Ton. Übrigens, wir Griechen fühlen uns Euch Römern überlegen. Wir haben eine ganz andere Lebensauffassung.«

»Das mag ja sein, dass ihr in Tarent betrügt, aber dass ein Grieche mehr wert sein soll, als ein Römer, das ist Unsinn.«

»Siehe, unsere Stadt wurde schon tausend Jahre früher als Rom von dem Sohn des Poseidon gegründet. Es ist noch keine zweihundert Jahre her, da hat der von uns gerufene König Pyrrhos Euch bei Herakleia mit seinen Elefanten eine Niederlage beigebracht und im folgenden Jahr bei Asculum über Euch gesiegt. Deshalb tue mir gegenüber nicht überheblich.«

Sextus kamen jetzt seine guten Geschichtskenntnisse zustatten. Er belehrte Egeas: » Tatsache ist, dass Rom letztendlich über Tarent gesiegt hat und Du jetzt ein Römer mit griechischen Ahnen bist, ob Dir das passt, oder nicht. Ihr konntet Euch gegen den Ansturm der römischen Waffen nicht selbst verteidigen und habt deshalb den König der epirotischen Molosser zur Hilfe gerufen. Pyrrhos hat nur zweimal gesiegt und das unter großen Verlusten für seine mitgebrachten molossinischen Krieger und auch für die zum Dienst eingezogenen Tarentiner. Danach wurde er durch Rom vom italienischen Festland nach Sizilien vertrieben. Lasst uns jetzt ehrlich weiterspielen.«

Gleich mit dem Eintreffen der Rekruten bauten vor dem Westtor außerhalb des Lagers die Verkäufer ihre Stände und Zelte auf. Sie boten Nahrungs- und Gebrauchsartikel an. Viele Rekruten besichtigten die ausgelegten Waren. Sextus kaufte eine Rolle Zwirn und verschiedene Nähnadeln.

Sogar mehrere Huren hatten ihre Zelte aufgeschlagen, standen aufreizend davor und boten ihre Dienste an. Sie hoben ihre Tuniken hoch und gaben den Rekruten tiefe Einblicke. Eine schrie: »Legionäre, schaut, mich an, etwas Besseres bekommt ihr im gesamten Reich nicht mehr geboten. Ihr könnt alles von mir haben. Ich bekomme nur vier Sesterzen für eine ganze Stunde.« Sextus überlegte, dass dieser Betrag der Tagesverdienst eines Legionärs war.

Die Preise der Huren und auch die der angebotenen Waren erschienen ihm zu hoch. Da die Rekruten noch keine Soldzahlung erhalten hatten, gingen die Geschäfte schlecht.

Sextus schlenderte mit Appius Clodius, einem seiner Zeltgenossen, durch die Verkaufsstände. Sie wurden von einer Hure angesprochen. Es war dies eine schlampig gekleidete ungepflegte ungefähr dreißigjährige Frau mit rot gefärbten Haaren und einem blass geschminktem Gesicht, einem großen Busen und einer schlanken Figur. Sie hob ihre Tunika hoch und ließ die Rekruten ihr Geschlecht betrachten. Dabei stieß sie ihren Unterkörper nach vorne. Sextus sah, dass ihr Schamhaar, das bis zum Nabel hinaufreichte, ebenfalls rot gefärbt war. Er hatte das Schamhaar einer Frau noch nie zuvor gesehen und schaute interessiert darauf. Sie sprach die Rekruten mit dunkler Stimme in einem vulgären Latein an: »Na ihr zwei Frischlinge, möchtet ihr mich nicht in mein Zelt begleiten und Euch die Hörner abstoßen. Ich verheiße Euch für eine Stunde die Freuden des Olymps auf Erden. Ihr zahlt zusammen nur acht Sesterzen. «

»Nein danke,« entgegnete Sextus. » So viel kannst Du ja gar nicht bieten, das diesen Preis rechtfertigen würde. Acht Sesterzen für eine Stunde; das ist ja ein Wucherpreis und außerdem hat mich mein Vater ermahnt, mich von dreckigen Huren fern zu halten.«

Mit dieser Aussage, kam er aber an die Falsche.

»Du nichtsnutziges Milchgesicht, Du ekliger Schlappschwanz, Dir steht er ja nicht einmal, wenn man Dir Pfeffer auf die Eier streut, Du dreckiger Bastard, Du nichtsnutziger Abkömmling eines dreckigen verhurten Bauern, verschwinde von hier, bevor ich meine Mitschwestern hole und die Dir dann die Eier abschneiden.« Sextus ergriff vor dem gewaltigen Wortschwall die Flucht und zog Appius Clodius mit sich. Noch aus einiger Entfernung hörten sie das Gekeife der Hure.

Am dritten Tag schritt ein Centurio die Zeltreihen ab und bestimmte, dass jede Zelteinheit einen Zeltsprecher zu wählen hätte.

Zu seiner Überraschung wurde Sextus zum Zeltsprecher der 1. Zeltgemeinschaft gewählt. Er musste das Zusammenleben der Gemeinschaft organisieren. Er hatte außerdem den Lebensmittelbedarf der Gemeinschaft jeweils für zehn Tage beim Verwalter abzuholen.

Es waren dies sechzehn Kilogramm jeweils verschiedenes Korn, zehn Liter Olivenöl, dreißig Liter Wein, ein Liter Garum (scharfe Fischsoße aus fermentierten Fischen), Trockenobst und Gemüse und in geringem Ausmaß Feuerholz.

Er hatte die Verantwortung für seine sieben Mitbewohner und musste täglich bei dem Centurio vorsprechen und ihm melden, ob alles in Ordnung war.

Die Zelteinheit hatte sich selbst zu versorgen. Sextus teilte seinen gleichaltrigen Kameraden ihre verschiedenen Aufgaben zu.

Der kräftigste, Terrentius Varro, wurde zum Kornmahlen eingeteilt; Marius Cussus, ein Rekrut aus Brundisium, als Zeltkoch; er sollte den Mehlbrei kochen und die Kornfladen backen; zwei weitere sollten Feuerholz in der Umgebung besorgen und einer war für frisches Wasser zuständig; einer hatte das Zelt sauber zu halten und sorgte für frisches Stroh, und einer pflegte die gemeinschaftlichen Ausrüstungsgegenstände.

Alle Rekruten waren eifrig bei der Sache und Sextus wurde allgemein als Autoritätsperson von der Gemeinschaft anerkannt.

Nach zehn Tagen trafen viele Ausbilder ein. Es waren unter anderem der 1. Centurio+ Flavus Castus, Führer einer Einheit von zehn Zeltgemeinschaften, sein Vertreter der 1. Centurio Constantius Auxillus und der 2. Centurio Plinius Cassus, der als Ausbilder für die erste und die Nachbarzelteinheit zuständig war.

2

Schon am folgenden Tag begann die Ausbildung. Die Rekruten traten mit Arbeitstuniken bekleidet vor ihren Zelten an. Cassus hielt eine Ansprache: »Rekruten, ich bin der 2. Centurio Plinius Cassus und Euch als Ausbilder zugeteilt. Ihr erhaltet hier von mir eine gründliche Ausbildung, die Euch zu vollwertigen Legionären macht. Wir beginnen heute mit einem Lauftraining. Ich steigere die Anforderungen langsam. Außerdem werdet ihr im Speerwerfen, in der Handhabung von Schwert und Schild, im Exerzieren und im Marschieren geschult. Das Wichtigste in der Legion ist die Disziplin. Befehlen von Vorgesetzten ist umfassend, sofort und ohne Einschränkung nachzukommen. Der Zeltsprecher für die erste Zelteinheit Sextus Leptonius und der für die zweite Zelteinheit Cornelius Mercudor regeln die Arbeitseinteilung in den Gemeinschaften, melden mir Vorkommnisse, sowie Erkrankungen und tragen mir Wünsche vor. Nun lauft hinter mir in Reihe und nach Zeltgemeinschaft geordnet ins Gelände.«

Die Zeltgemeinschaften liefen ohne Rüstung zum Lagertor hinaus. Cassus lief mit mäßigem Tempo an der Spitze der Gruppe. Das Gelände war leicht hügelig und im Grasboden zeichneten sich Fußpfade ab, die anscheinend von im Vorjahr ausgebildeten Rekruten stammten. Die Sonne, die erst vor wenigen Stunden aufgegangen war, brannte noch nicht heiß, sondern wärmte die Körper der Rekruten. Blühende Ginsterbüsche standen im Gelände und zur linken Seite pflügte ein Bauer mit zwei Ochsen seinen Acker um. Der Geruch von Wildblumen und frisch aufgeworfener Erde lag in der Luft.

Nach zwei Kilometern Lauf jammerten schon die Ersten. Der Zeltgenosse des Sextus, Gajus Plasus, ein schwer übergewichtiger Jugendlicher, hatte heftiges Seitenstechen und lief ganz gekrümmt. Er rief dem Centurio zu, dass er nicht mehr weiter könne. Cassus ließ deshalb unter einer Gruppe von Pinienbäumen rasten und die Truppe ruhte sich auf dem weichen federnden Nadelholzboden aus. Cassus betrachtete Plasus und bemerkte: »Rekrut, Du musst weniger essen und mehr laufen. Ich werde schon dafür sorgen, dass Du abnimmst, und Du, Leptonius, sorge dafür, dass er nicht so viel zu essen bekommt.

Ich mache Dich dafür verantwortlich, wenn er nicht abnimmt.« Da hatte Leptonius eine zusätzliche Aufgabe und überlegte, wie er Plasus auf Diät setzen könnte.

Nach kurzer Pause ging es weiter. Cassus ließ sie fünfhundert Meter im Schritt gehen, dann wieder tausend Meter laufen und wieder im Schritt gehen. Sie schlugen einen großen Bogen um das Lager und kamen nach drei Stunden leicht angeschlagen wieder zurück. Während der letzten Stunde hatten sie keine Augen mehr für die grüne Landschaft und die blühenden Büsche. Ihre Gedanken kreisten nur um das Ende der Strapaze.

Plasus ließ sich sofort auf sein Lager fallen und jammerte vor sich hin. Sextus entband ihn von jeglicher Arbeit. Er ging zur Lebensmittelausgabestelle und ließ sich eine Extraration Hartbrot geben. Den Bäcker bestach er mit zwei Assen (Münzen mit niedrigem Wert). Während seine Kameraden die von Cussus gebackenen Fladen mit Gemüse verzehrten und Wein dazu tranken, erhielt Plasus von Sextus nur Wasser und Hartbrot. Am Nachmittag hatten die Rekruten frei.

Am nächsten Vormittag wiederholte sich die ganze Prozedur, nur dass diesmal Cassus ein etwas schärferes Tempo vorlegte. Nach zwei Stunden kehrte die Truppe in das Lager zurück. Cassus billigte ihnen eine Erholungspause von drei Stunden zu. Dann ging es wieder los. Sextus lief immer direkt hinter Cassus, der trotz seiner ungefähr dreißig Jahre nicht müde wurde. Sextus jammerte nicht und ließ sich auch nicht zurückfallen. Er ermunterte seine Kameraden durch laute Zurufe, durchzuhalten und keine Schwäche zu zeigen.

An einem steilen Hügel machte Plasus wieder schlapp. Sextus lief zu ihm hin und schrie ihn an: »Plasus, reiß Dich zusammen und mach mir keine Schande.« Er nahm seine Hand und zog ihn den Hügel hinauf. Seine Zeltgenossen Terrentius Varro und Appius Clodius schoben Plasus von hinten. Sie erreichten gemeinsam die Hügelspitze. Cassus sah sie mit Wohlwollen an und sagte: »Schön, dass Ihr dem Plasus geholfen habt. In der römischen Armee helfen sich die Legionäre gegenseitig. Vor einer Schlacht versprechen sie sich sogar gegenseitig und ihrem Feldherrn fest gegen den Feind zusammen zu halten.«

Er fragte Sextus: »Was gibst Du dem Dicken zu essen?«

»Gestern und heute hat er nur Wasser und Hartbrot erhalten, und er hat sich auch nicht beschwert, sondern sein Essen tapfer hinunter geschluckt.«

»Das ist gut so, halte ihn weiterhin auf Diät. Wenn der Bursche nicht in zwei Monaten merklich abgespeckt hat, ziehe ich nicht ihn, sondern Dich und die gesamte Zeltgemeinschaft zur Verantwortung! Wenn er den Anforderungen der Legion nicht genügt, werde ich ihn entlassen,« entgegnete Cassus. Leptonius war ganz verdattert, dass er persönlich für die Leistungsfähigkeit seines Mitrekruten haften sollte, wagte aber keinerlei Widerspruch und nahm sich vor, alles zu tun, damit Plasus in der Legion bleiben konnte.

Alle zehn Tage gab es zum Abendessen eine Sonderration an Schweinefleisch. Diese holte Sextus für diesen Tag in der Küche ab, und der Zeltkoch Marius Cussus kochte es mit Würzkräutern, Zwiebeln und Bohnen zu einer schmackhaften Suppe und würzte diese mit Garum. Er teilte das Fleisch in sieben gleich große Teile. Plasus erhielt nur Suppe und jammerte: »Ich habe so großen Hunger, mein Magen knurrt und ich habe Schweißausbrüche. Gebt mir doch einen Anteil an dem Fleisch.« Aus Mitleid gab ihm Sextus ihm von seiner Portion ab, ermahnte ihn aber, gegenüber Cassus verschwiegen zu sein.

Am darauf folgenden Tag und den nächsten zwei Tagen war Exerzieren angesagt. Cassus lehrte sie im Gleichschritt hintereinander, in Reihe und im Trupp zu marschieren, Richtungsänderungen und Kehrtwendungen durchzuführen. Ab dem zweiten Tag wurden der Schild und das Schwert mitgeführt.

Gleich am darauf folgenden Tag ging es mit dem Lauftraining weiter. Cassus steigerte das Tempo nicht, aber er verlängerte die Strecke. Mit jeweils einer leichten Steigerung der Länge der jeweiligen Laufstrecke ging es die nächsten zehn Tage weiter. Nur fünf der dem Centurio unterstellten sechzehn Rekruten konnten mit Plinius Cassus Schritt halten. Sextus war einer der Fünf. Cassus versammelte die Rekruten um sich und sprach: »Rekruten, was muss ich zu Eurer Schande erleben. Nur fünf von Euch konnten mit mir Schritt halten. Diese Fünf nehmt ihr als Vorbild, denn sie haben durchgehalten, obwohl es ihnen gewiss schwer gefallen ist.«

Dann kam der große Tag, an dem erstmals die Rüstungen angelegt werden durften. Die Rekruten der Zeltgemeinschaft halfen sich gegenseitig beim Anlegen. Sextus hatte abgenommen! Er hatte doch gleich nach der Ausgabe das Kettenhemd angelegt und es war ihm etwas zu eng. Jetzt schlotterte es an seinem Körper. Gajus Plasus freute sich: »Seht nur her, wie viel ich durch die Diät abgenommen habe. Mein Kettenhemd spannt nicht mehr über dem Bauch und auch ansonsten fühle ich mich wohl!« Sextus freute sich, dass seine Mühe nicht umsonst war. Sie legten sich die Kettenhemden an, setzten die Helme auf, umgürteten sich mit den Schwertern, steckten die Dolche in den Leibgürtel und nahmen die Schilde.

Der Ausbilder, Plinius Cassus, wartete in voller Rüstung vor den Zelten schon auf seine Schützlinge und sprach: »Heute wollen wir vormittags einen zweistündigen Marsch und nachmittags einen dreistündigen Marsch durchführen, damit ihr Euch an das Tragen der Rüstung gewöhnt. Nehmt Eure Feldflaschen mit, wir füllen diese unterwegs mit Wasser. Jetzt tretet nach Zeltgemeinschaft in Zweierreihe an.« Sie taten dies und marschierten durch das westliche Tor hinaus in Richtung Puteoli. Der Vulkan Vesuvius ragte in einer Entfernung von dreißig Kilometern links von ihnen in die Höhe. Eine schwache Rauchwolke stand über ihm. Die Sonne versteckte sich noch hinter einer Wolkenbank.

Cassus marschierte in normalem Tempo vor ihnen her. Da es noch kühl war, kamen sie gut voran. Büsche und Bäume um sie herum blühten, die Luft war angenehm mild und mit Duftstoffen gesättigt.

Nach fünf Kilometer erreichten sie einen kleinen Bach und Cassus befahl, die Feldflaschen zu füllen und eine Rast einzulegen. Während derselben summte er ein Lied und befahl den Rekruten die Melodie mitzusummen. Danach trug er ihnen den zur Melodie gehörenden Text vor:

»Wir Legionäre, stolz und voller Kampfesmut, besiegen die Feinde, das tut uns so gut. Wir werfen die Speere, greifen an mit Schild und mit Schwert, der Feind, ja der flüchtet und sich nimmermehr wehrt; ob Africa, Hispanien oder Griechenland, der Feind fällt durch unsere stürmende Hand. Drum Völker an den Grenzen der römischen Macht, füget Euch friedsam, sonst über Euch kommt die ewige Nacht.«

Cassus befahl den Weitermarsch. Er erlaubte, die Schilde, die sie mit dem linken Arm vor sich her getragen hatten, auf dem Rücken zu tragen. Er befahl: »Rekruten, jetzt singt ihr das Legionärslied im Rhythmus Eurer Schritte. Leptonius, Du fängst an.« Sextus stimmte die Melodie an und die Rekruten fielen in diese ein. Er stellte fest, dass ihm das Marschieren mit Gesang leichter fiel.

Sie marschierten auf einem Rundkurs weiter und kamen durch das kleine Städtchen Cumae. Sextus schaute sich die Innenstadt mit den städtischen Einrichtungen an und dachte sich, dass hier bestimmt gut zu wohnen sei.

Nach insgesamt neun Stunden erreichen sie das Lager. Alle hatten sich gut gehalten und Cassus lobte sie.

Er befahl für den nächsten Morgen die erneute Marschaufstellung in voller Rüstung, vor den Zelten. Nach dem Antreten überprüfte er die Ausrüstung und beanstandete den Rekruten der ersten Zeltgemeinschaft Fabius Ventas. Dieser hatte trotz der Anordnung, in voller Rüstung anzutreten, sein Schwert nicht dabei. Er musste es sofort holen und wurde von Cassus dazu verurteilt nach der Beendigung der heutigen Ausbildung mit voller Ausrüstung einmal im Dauerlauf um das Lager zu laufen. Sextus wurde dazu verurteilt, ebenfalls in voller Rüstung mit ihm zu laufen, weil er ihn nicht ordnungsgemäß überprüft hatte. Danach mussten sie sich bei Cassus zurückmelden. Sextus ärgerte sich über Cassus und Ventas. Eingedenk der Disziplin in der Truppe, widersprach er aber nicht.

Der Marsch am Nachmittag zog sich endlos hin. Er führte ins Landesinnere über hügeliges waldloses Gelände. Die Sonne brannte unbarmherzig auf den Helm und das Kettenhemd. Allen lief der Schweiß in Rinnsalen am Körper herunter und sie hatten gerötete glänzende Gesichter. Cassus rief: »Wenn ihr Legionäre überleben wollt, müsst ihr Strapazen ertragen. Nur ein Legionär, der Hitze und Kälte gewohnt und durchtrainiert ist, kann den Feind besiegen. Um dieses Ziel zu erreichen, haben wir noch einige Monate Zeit. Die ganze Ausbildung kommt Euch zu statten. Ihr lernt hier und jetzt, bei einem Kampf zu überleben.«

Todmüde langten sie im Lager an. Die ganze Zeltgemeinschaft, außer Sextus und Ventas konnte gerade noch die Rüstung abstreifen und sich hinlegen. An Essen war nicht mehr zu denken.

Sextus schrie Ventas an: »Wegen Dir müssen wir beide einmal um das Lager laufen. Ich werde in Zukunft Deine Ausrüstung besonders überprüfen und jetzt laufen wir los.« Fabius antwortete: »Schimpfe nicht so mit mir Sextus. Ich muss mich halt erst noch an die Ordnung gewöhnen. Zu Hause hat stets meine Mutter mir meine Sachen bereit gelegt. Ich musste mich um nichts selbst kümmern.«

Sie absolvierten mit den letzten Kräften eine Lagerrunde und meldeten sich danach bei Cassus. Dieser empfing sie in seinem Zimmer in der aus Stein errichteten Unterkunft der Centurios. Er nahm die Meldung zufrieden entgegen und sagte: »Gut gemacht. Morgen wird es nicht so strapaziös. Tretet in Tuniken an.«

Am nächsten Tag waren alle noch ganz zerschlagen. Sextus rief: »Aufgestanden ihr Schlafmützen; ein neuer Tag bricht an. Cassus wartet bestimmt schon auf uns.« Marius Cussus jammerte: »Ich habe so einen Muskelkater, dass ich keinen Schritt gehen kann.« Auch Gajus Plasus meinte: »Noch so einen Tag stehe ich nicht durch.«

» Mit Cassus haben wir es doch ganz gut erwischt. Er schikaniert uns nicht, wie es Centurios anderer Gruppen machen. Deshalb reißt Euch zusammen und lasst uns den heutigen Tag mit Freude beginnen!« ereiferte sich Appius Clodius.

Marius Cussus kochte inzwischen den Mehlbrei. Er gab jedem seinen Anteil und beachtete seine Muskelschmerzen nicht mehr.

Cassus stand schon vor den Zelten und strahlte über das ganze Gesicht. Er rief die Gemeinschaften zu sich und erklärte, dass sie sich heute mit der Aufstellung der Centurien innerhalb des Manipels und innerhalb der Legion während der Schlacht befassen würden.

Er unterrichtete die Rekruten, dass eine Centurie aus zehn Zelteinheiten und eine Kohorte aus zehn Centurien bestehen würde.

Weiter führte er aus, wo die einzelnen Centurien sich vor Beginn einer Schlacht aufzustellen hatten. Die Rekruten mussten die Aufstellung auswendig lernen und Cassus war erst zufrieden, als jeder die Aufstellung in den Sand zeichnen konnte. Nach dem Unterricht hatten sie an diesem Tag frei.

Am nächsten Tag war ein Marsch in voller Rüstung vorgesehen. Sextus inspizierte die Ausrüstung seiner Zeltgenossen. Er sah, dass alle Rekruten ihre Ausrüstungsgegenstände und ihre Waffen mitführten. Nur der Rekrut Appius Clodius aus Neapolis hatte seinen Dolch vergessen. Er beanstandete ihn deswegen. Appius entschuldigte sich damit, dass er schreckliches Heimweh und deshalb die ganze Nacht nicht geschlafen habe.

Cassus kam hinzu und begrüßte sie freundlich. Er rief: »Guten Morgen, Rekruten heute will ich Eure Leistungsfähigkeit testen. Wir marschieren mit vollem Gepäck vierzig Kilometer. Ich hoffe, dass keiner von Euch schlapp macht.«

Jeder einzelne Rekrut packte seine sonstige Ausrüstung in ein Tragenetz hängte dieses an eine Tragestange und schulterte diese.

Cassus schlug ein flottes Tempo an. Die Sonne war erst vor kurzem aufgegangen und es war noch angenehm frisch. Bodennebel bedeckte die Landschaft und an den über die Gräser gespannten Spinnennetzen hingen feine Wassertröpfchen. Aus einer Entfernung von zwei Kilometern sahen sie die östliche Stadtmauer von Capua und die Wehrtürme. Cassus schwenkte nach Nordwesten ein und sie erreichten nach einer Stunde die von Capua nach Rom führende Via Appia. Dort ließ Cassus Rast machen, erlaubte ihnen die Kettenhemden auszuziehen, die Beinschienen loszuschnallen und mit dem Schild und Helm im Tragenetz zu verstauen. Sextus bemerkte, dass Cornelius Mercudor die Feldflasche des Cassus an einem Brunnen mit Wasser füllte und dieser sich bedankte. Er dachte: >Sieh mal einer an, Mercudor will sich bei Cassus einschmeicheln. Er möge lieber eine gute Leistung erbringen und ein Vorbild für seine Zeltgemeinschaft sein.< Sextus hatte nämlich erfahren, dass sich Mercudor von den Kameraden seiner Zeltgemeinschaft bedienen ließ und seinen Liebling, den Rekruten Porcio Lupus, von Arbeiten innerhalb der Zeltgemeinschaft befreit hatte.

Vom Rastplatz aus ließ Cassus die Rekruten eine Stunde ostwärts ins Landesinnere marschieren und von dort aus südlich nach Calatia. Hier legte er eine längere Rast ein und die Truppe vertilgte ihr Hartbrot und trank dazu mit Wasser verdünnten Wein. Inzwischen hatte die Sonne den Nebel durchbrochen und brannte heiß auf die Rekruten herab.

Von Calatia aus marschierten sie westwärts durch offenes Gelände bis zur Straße, die von Attella, dem Geburtsort von Sextus, nach Capua führte. Auf dieser Straße marschierten sie zum Lager zurück. Drei Kilometer vor dem Lager schleppten sich die Rekruten nur noch mühsam dahin. Cassus befahl: »Stimmt Euer Lied an.« Dies taten sie und zogen singend in das Lager ein. Alle Rekruten waren rechtschaffen müde. Cassus lobte ihre gute Leistung und meinte, dass er nicht gedacht hätte, dass sie doch so gut durchhalten würden. Er wies Sextus an, für die beiden Zelteinheiten acht Liter Wein bei der Verpflegungsstelle zu holen und den Betrag auf seinen Namen anschreiben zu lassen.

Für den nächsten Tag hatte Cassus Speerwerfen ohne Rüstung angesetzt. Er führte die beiden Zeltgemeinschaften auf den Übungsplatz vor dem Lager. Dort waren inzwischen in einer Linie, in einem Abstand von einem Schritt, etwa einhundert Strohpuppen aufgestellt. Außer ihnen übten noch mehrere Zeltgemeinschaften der ersten und zweiten Centurie das Speerwerfen.

Cassus lehrte seine Auszubildenden den Speerzielwurf und den Speerweitwurf mit Schleuderriemen.

Er ließ die Rekruten den ganzen Vormittag und nach der Mittagspause unablässig diese Angriffe üben.

Am Abend hatten alle Rekruten Muskelkater im Wurfarm. Sextus beschwor seine Zeltgenossen: »Ich möchte, dass wir immer eine bessere Leistung erbringen, als die zweite Zeltgemeinschaft. Du Plasus und Du Ventas strengt Euch etwas mehr an. Plasus, Du hast sichtlich abgenommen und Du bekommst deshalb ab sofort normale Kost. Iss aber bitte nicht so viel davon. Ich möchte nicht, dass wir vom Centurio nochmals beanstandet werden.«

Am nächsten Tage war die ganze Centurie zum Speerwerfen eingeteilt, diesmal jedoch in voller Rüstung. Nur die von Cassus ausgebildeten zwei Zelteinheiten machten alles richtig. Die Rekruten konnten deshalb vorzeitig in ihre Zelte zurück.

Sextus lobte seine Kameraden, insbesondere Plasus und Ventas für ihren fehlerfreien Einsatz.

An den darauf folgenden Tagen wurde das Speerwerfen mit voller Rüstung im Verband der Kohorte geübt. Zehn Centurien traten auf dem Übungsplatz an. Die 1. Centurie, zu der die 1. und 2. Zeltgemeinschaft gehörten, stellte sich am linken Flügel auf. Nach mehreren Tagen übte die gesamte Legion gemeinsam den Angriff auf einen imaginären Feind. Die aufgestellten Puppen wurden dabei förmlich auseinander gerupft und die Legionssklaven hatten Mühe, sie wieder herzurichten. Cassus wurde für die gute Haltung seiner Zelteinheiten gelobt.

Am Vortag war auch der Legat der Legion, Julius Fulvius Strabo, mit seinem Stab, dem Präfekten Publius Castillus als Vertreter, zwei Quaestoren und vier Militärtribunen eingetroffen. Er quartierte sich mit seiner Ehefrau und seiner 16-jährigen Tochter Fulvia in die ihm zustehende Wohnung im Verwaltungsgebäude ein. Er verfolgte die Übung und lobte den Ausbildungsstand der Truppe. Er meinte: »Man merkt es doch, dass alle Rekruten Freiwillige aus ländlichen Regionen sind. Sie haben einen viel größeren Eifer und sind auch leidlich intelligent, um die Kampfweise zu begreifen. Sie strengen sich an und haben einen großen Ehrgeiz.« Sein Quaestor Aurus Marius bestätigte seine Feststellungen und meinte, dass sie in einem halben Jahr die schlagkräftigste Rekrutenlegion im römischen Reich haben würden. Er würde sich freuen, sie im Kampf zu erleben.

Der Legat Julius Strabo gab den Rekruten als Belohnung an einem der nächsten Tage frei und die Erlaubnis die Stadt Capua zu besuchen.

3

Erster Besuch in Capua

Sextus Leptonius, der mit seinen Eltern schon mehrmals auf dem Markt in Capua gewesen war, fragte seine Zeltgenossen, ob sie mit in die Stadt kommen wollten. Diese stimmten begeistert zu. Gajus Plasus, dessen Eltern vermögend waren und der ein reichliches Taschengeld erhielt, rief: »Ich spendiere für jeden von Euch ein Essen und Getränke, sowie einen Thermenbesuch.«

Am nächsten Tag erreichten sie nach einem einstündigen Fußmarsch die Stadt. Unterwegs sahen sie, dass die halbe Legion das gleiche Ziel hatte.

Capua war nach Rom und Massalia die größte Stadt im römischen Reich. Sie war eine Verkehrs- und Handelsstadt. Fünf Fernstraßen gingen von ihr aus. In ihr wohnten reiche Kaufleute, und sie war Mittelpunkt des Getreide- und Weinhandels in Kampanien. Sie zählte einhunderttausend Einwohner und sie war festungsähnlich ausgebaut. Die Oberschicht der Einwohner führte ein Luxusleben. Die Stadt besaß mehrere Thermen, ein Theater, eine Arena, Tempelanlagen für alle Götter, ein großes Forum, ein Bordellviertel, große Fabrikations- und Lagerhallen, Beherbergungsbetriebe, mehrere, darunter die berühmteste Gladiatorenschule Italiens und Geschäfte sowie Stände für Gebrauchs- und Luxuswaren.

Sextus dachte, dass Plasus von seinen Eltern verwöhnt worden war, und fragte ihn, wie viel Taschengeld er von diesen bekommen würde. Plasus entgegnete, dass ihm sein Vater dreihundert Sesterzen mitgegeben habe und ihm halbmonatlich noch einhundert Sesterzen und Lebensmittel schicken würde. Das Geld und seinen Sold von einhundertzwanzig Sesterzen im Monat könne er gar nicht aufbrauchen. Davon schreibe er aber seinen Eltern nichts, sonst würden sie die Zahlungen einstellen. Jetzt habe er dreihundert Sesterzen bei sich. Sextus dachte sich, dass er jetzt wisse, wieso Plasus so lange gebraucht hatte, um abzunehmen, obwohl er nur Wasser und Brot bekommen habe.

Er mutmaßte, dass er die von seinen Eltern gesandten Lebensmittel heimlich verzehrt und sich noch Zusatznahrung an den Buden vor dem Lager gekauft habe. Laut sagte er aber: »Es ist ein schöner Zug von Dir, dass Du Deine Kameraden freihältst.«

Gleich nach dem Stadttor fanden sie eine Schänke, deren Wirt Wein aus Kampanien ausschenkte. Dort legten sie eine Rast ein und gönnten sich einen kühlen Trunk. Anschließend besichtigten sie die Stadt. Die Stadtverwaltung hatte unweit des Forums eine Markthalle mit Verkaufsnischen für Einzelhändler bauen lassen. Dort zog es Sextus hin. In den Gängen herrschte lebhaftes Treiben. Stadtsenatoren standen in Gruppen zusammen und diskutierten die neuesten politischen Ereignisse. Sextus näherte sich einer Gruppe und hörte einem laut vorgetragenen Disput zu. Ein ungefähr fünfzig Jahre alter städtischer Senator erzählte: »Der Numidierkönig Jugurtha will offensichtlich über das gesamte numidische Königreich herrschen und bekriegt deshalb seine Vettern, die ihm gleichgestellten Könige Adherbal und Hiempsal. Rom hatte diese in ihre Ämter eingesetzt und ihnen jeweils ein Drittel des von Micipsa hinterlassenen Königreiches Numidien zugewiesen.« Sein Gegenüber, ein Kaufmann meinte: »Rom wird wahrscheinlich nicht zu Gunsten von Adherbal und Hiempsal intervenieren, da Jugurtha den diesjährigen Konsulen Cornelius Metellus Diadematicus und Mucius Scaevola Augur wertvolle Geschenke und Geldbeträge gesandt hat.« Ein Dritter wusste zu erzählen: »Nicht nur die Konsulen sind bestochen, auch der Legat der Legion in unserer Provinz Africa, Marcius Rex, hat wertvolle Geschenke erhalten, damit er das Treiben des Jugurtha nicht unterbindet.«

Sextus dachte sich: >Wenn dies alles stimmt, so kann man mit Bestechung sogar ein Königreich vergrößern.< Er wandte sich wieder dem Treiben auf dem Markte zu.

Vornehme Damen gingen zusammen mit ihren Freundinnen, Töchtern und einem Anhang von Sklavinnen und Sklaven auf Einkaufsbummel. Sie begutachteten die bunten Leinen-, Woll- und Seidenstoffe, Tücher und Bänder eines Kaufmanns und blieben vor Ständen mit Duftwässern und parfümierten Halstüchern stehen. Eine der

Damen fragte den Verkäufer, was diese kleine Glasamphore mit dem Parfüm kosten würde.

Dieser meinte, dass es sich hier um Rosenöl aus den Blumengärten Syriens handeln und man zur Gewinnung desselben den Saft von tausend Rosen der Sorte Zentifolien benötigen würde. Das Rosenparfüm habe einen Wert von fünfhundert Sesterzen, er würde ihr es aber für dreihundert Sesterzen geben. Die Kundin schaute ihn ob des Preises überrascht und erstaunt an. Er aber meinte, dass niemand besser als sie duften würde, wenn sie sich nur einen Tropfen hinter die Ohren tupfen werde. Ihr Liebhaber würde sie zärtlich umarmen und sich an ihrem Duft berauschen. Die Kundin lief vor Zorn rot an und antwortete mit erregter Stimme: » Ich bin eine ehrbare verheiratete Hausfrau und habe keinen Liebhaber. Dreihundert Sesterzen; für diese Summe kann ich ja nach Syrien reisen und mir das Parfüm dort selbst abholen. Ich glaube, Du bist ein ganz ausgekochtes Schlitzohr und ein Gauner noch obendrein. Ich werde gleich die Marktpolizei holen und Dich wegen Wuchers anzeigen.«

»Schöne Frau, ich gebe Euch nochmals einen Nachlass von fünfzig Sesterzen. Seht, Ihr bekommt ja nicht nur ausgesuchte göttergleiche Wohlgerüche, sondern auch diese wunderschön geformte Glasamphore. Darf ich Euch das Parfum in Euren Einkaufskorb legen?«

»Nein, aus unserem Geschäft wird wohl nichts. Es sei denn, ihr gebt mir das Parfüm für einhundert Sesterzen ab.« Der Händler erregte sich:

»Nein, nein, nein, das kann ich nicht. Ich zahle ja im Großeinkauf schon über einhundert Sesterzen. Ihr wollt mich ruinieren. Bei Hermes, dem Gott der Kaufleute, ich schwöre dass schon zweihundertfünfzig Sesterzen zu wenig für dieses seltene Parfüm sind. Wenn Ihr es verwendet, werden alle Männer betört zu Euren Füßen liegen.«

»Hört auf, mit diesen Lobhudeleien. Ich zahle Dir einhundertfünfzig Sesterze für dieses Glaskrügchen. Wenn Du damit nicht einverstanden bist, gehe ich sofort weiter.« Der Händler überlegte kurz und antwortete:

»Gut, ausnahmsweise verkaufe ich es Dir um diesen Preis. Erzähle aber bitte niemanden weiter, dass Du dies so billig erstanden hast, sonst möchten alle das Parfum zu diesem Preis erhalten. Lobe bei Deinen Freundinnen meine Ware, und ich will Dir bei Deinem nächsten Besuch wieder einen Preisnachlass einräumen.«

Der Kaufmann überreichte der Kundin das Parfüm und erhielt einhundertfünfzig Sesterzen dafür. Er dachte sich: >Ich musste ja meine gesamte Überredungskunst aufbieten, damit die Dame das Parfüm gekauft hat. Ich habe an dem Kauf zwar nicht viel verdient, aber fünfzig Sesterzen Gewinn sind auch ein schöner Betrag.<

Die Rekruten sahen wie erschlagen dem Treiben zu. Solch ein Überflussangebot an Kleidung, Luxusartikeln und Nahrungsmitteln hatten sie nicht erwartet. Sie waren die einfache Kleidung eines Legionärs und zu Hause sowie in der Legion eine karge Kost gewöhnt. Marius Cussus ging zielgerichtet zu den Nahrungsmittelhändlern und bestaunte das Angebot an Wild-, Schweine- Rind-, Ziegen- und Schafsfleisch, an Käse, Hühnern, Gänsen und Fisch. Ganze Wolken von Fliegen summten über den ausgelegten Waren. Er wunderte sich über die vielen Gewürze wie Garum, Pfeffer, Paprika, Senfkörner, Meersalz, Kardamon, Curry, Safran, Vanille, Zimt, Rosmarin und Majoran.

Viele dieser Gewürze waren über die Seidenstraße aus Indien importiert worden und sehr teuer. Reiche Damen standen vor den Ständen und feilschten mit den Verkäufern um einen niedrigen Preis. Eine vornehme Dame stritt sich mit einem Verkäufer. Sie rief: »Du unverschämter Mensch, Du verlangst für dieses kleine Häufchen Safran zwanzig Sesterzen. Es ist höchstens fünf Sesterzen wert.« Der Verkäufer entgegnete: »Werte Dame, es tut mir unendlich leid, aber Safran ist ein edles Gewürz und wird von weit her zu uns transportiert. Durch die Piraten, die Handelsschiffe aufbringen, verteuert sich die Ware. Ich kann Dir einen Sonderpreis machen und gebe Dir diese Menge für fünfzehn Sesterzen ab. Bei diesem Preis verdiene ich selbst nichts mehr an dem Verkauf und biete den Safran Dir nur deshalb so billig an, weil Du eine gute Kundin bist.«

» Händler, ich halte Dich für einen gewieften Geschäftsmann und einen Betrüger, nehme aber ausnahmsweise den Preis an. Ich erwarte dafür aber von Dir, dass Du mir auf Deine anderen Waren in Zukunft Rabatte gibst.« Der Händler dachte sich: >Wenn sie wieder zum Einkauf zu mir kommt, werde ich meine Waren zu einem Mondpreis anbieten und ihr dann einen >großen< Nachlass gewähren.< Laut sagte er: »Werte Dame, nur weil Du mich mit Deiner Schönheit betörst und einen so erfreulichen Anblick abgibst, werde ich Dir in Zukunft hohe Preisnachlässe einräumen. Du musst mir aber versprechen, dass Du Deine Bekannten auf meinen Stand hinweist und Ihnen versicherst, dass sie bei mir billig einkaufen können.«

»Wenn Du mir tatsächlich Deine Ware billig abgibst, werde ich entgegen meiner Überzeugung Dich als reellen Kaufmann anpreisen.«

Danach kam eine weitere Kundin an den Stand und verlangte ein Säckchen mit Pfeffer. Der Kaufmann bot ihr dreihundert Gramm schwarze Pfefferkörner zum Preis von zweihundert Sesterzen an. Die Dame holte tief Luft und beschimpfte den Händler: »Elender Halsabschneider, Wucherer!! Das Säckchen Pfeffer ist höchstens einhundert Sesterzen wert. Mehr werde ich dafür nicht bezahlen.«

»Edele Dame, dieser Pfeffer wird aus Asien importiert und hat außergewöhnliche Eigenschaften. Er macht nicht nur das Essen schön scharf, sondern bewirkt auch eine Potenzsteigerung bei Deinem Ehemann. Streue nur einige gemahlene Körner auf sein Essen und er wird über Dich herfallen und Dich verwöhnen. Nimm noch eine Amphore mit Rosenöl und benetze Dich mit diesem und er wird nicht mehr von Dir heruntersteigen.«

Die Dame errötete ob der offenen Worte und den dadurch bei ihr ausgelösten Vorstellungen. Sie fragte nochmals nach, ob der Pfeffer wirklich diese Eigenschaften habe, und kaufte, nachdem der Händler dies hoch und heilig versichert hatte, die Körner für einhundertzwanzig Sesterzen.

Gajus Plasus zog es zu den Geschäften mit den Süßigkeiten. Er bestaunte die Auslagen der Zuckerbäcker. Sie boten Honigbrötchen, Nüsse mit Honig, Datteln und Feigen, in Honig eingelegt, Mandelcreme, kandierte Nüsse und vieles andere mehr an. Gleich daneben schenkte ein Gastwirt Glühwein aus. Er verwendete dazu Landwein, den er mit Pistazienharz, Lorbeer, Honig und Datteln würzte und süßte.

Fabius Ventas, Zeltgenosse von Sextus, blieb hinter einer Gruppe von jungen Mädchen stehen, die sich die Auslagen eines Stoffhändlers anschauten. Sie riefen sich untereinander spöttische Bemerkungen zu und kicherten, als sie die Ventas folgende Schar der Rekruten sahen.

Eine rief: »Auch wenn ihr Euch gewaschen und saubere Tuniken angezogen habt, sieht man Euch doch an, dass Ihr die geschundenen Knechte Eurer Centurios im Ausbildungslager seid.« Ventas meinte zu ihr: »Wir sind stolz darauf, Rekruten der VII. Legion zu sein und wollen uns heute in Capua ein wenig amüsieren. Wir laden Euch zu einem Glas griechischen Wein in ein Weinlokal ein. Ihr kennt doch bestimmt ein gutes Lokal in der Nähe.«

Anthea Muttuna, die Wortführerin, war die schöne siebzehnjährige Tochter eines städtischen Beschäftigten. Sie sagte zu ihren Begleiterinnen: »Kommt, lasst uns mitgehen. Der Grieche am Nordtor hat gute Weine im Ausschank.« Diese stimmten dem Vorschlag zu, und sie gingen gemeinsam mit den Rekruten auf den Gehwegen zum nördlichen Stadttor. Unterwegs blockierte ein überladener Pferdekarren, dessen Rad gebrochen war, die gesamte Straße. Ventas rief: »Lasst uns dem armen Fuhrmann helfen, sein Rad auszuwechseln.« Um den Mädchen zu imponieren, hoben sie mit gemeinsamen Kräften den Wagen an der Seite hoch, so dass der Fuhrmann ein neues Rad aufziehen konnte.

Der Wirt hatte auf dem Vorplatz vor seiner Schänke Tische und Bänke aufgestellt. Obwohl es noch vormittags war, saßen einige fröhliche Zecher in einer Gruppe zusammen und beobachteten den auf der Straße durch das Nordtor hereinkommenden und hinausflutenden Verkehr. Jedes ankommende Fuhrwerk wurde von Zöllnern angehalten und nach zollpflichtiger Ware durchsucht. Der Stadtzoll wurde sofort in bar erhoben.

Ein Kaufmann, seiner Aussprache nach aus Brundisium, wartete mit einem Wagenzug von fünf großen Karren auf seine Abfertigung. Die Karren waren mit kräftigen Pferden, der neuen Züchtung der Noriker, bespannt. Die Zöllner hatten den Kaufmann offensichtlich im Verdacht, unerlaubte Waren zu befördern, denn sie ließen Wagen für Wagen abladen und die Fracht neben der Straße aufschichten.

Einer der Zöllner rief: »Habe ich es doch vermutet, dass Du Ware vor uns verstecken wolltest.« Er wies auf eine kleine Truhe, die mit Opiumkugeln gefüllt war. »Dieses Opium hat einen Warenwert von mindestens fünftausend Sesterzen und Du wolltest dafür keinen Zoll bezahlen.«

Der Centurio der Torwache trat zu dem Kaufmann. Sie unterhielten sich leise und der Kaufmann steckte dem Centurio einen gut gefüllten Geldbeutel zu. Daraufhin gab dieser den Befehl, den Warenzug passieren zu lassen. Die Gehilfen des Kaufmanns beluden die Wagen wieder und der Zug setzte die Fahrt fort. Sextus betrachtete interessiert den Vorgang und dachte sich seinen Teil.

Die Gesellschaft belegte den vordersten Tisch an der Straße und bestellte griechischen Wein. Der Wirt Angelos Telamonios bemerkte, dass er gerade einen sehr guten griechischen Fasswein der Sorte Retsina geliefert bekommen habe. Dieser sei nicht so teuer, wie der in Amphoren abgefüllte Wein und hätte einen eigenen Geschmack. Plasus bestellte drei Krüge von diesem Wein und bemerkte, dass er die Zeche bezahlen würde. Der Wirt brachte den Wein und dazu Wasser zum Verdünnen desselben. Plasus bat, dass sich jeder einschenken möchte. Sextus ließ den Spender hochleben und wünschte, dass Plasus auch in Zukunft so freigiebig sein möge.

Sie versuchten den Wein. Fabius Ventas verschluckte sich und rief nach dem Wirt. Diesen fragte er, was er hier für einen Wein gebracht habe. Er schmecke wie feiner griechischer Wein, habe aber einen Harzgeschmack.«

Telamonius verteidigte sich damit, dass dieser Wein aus der Gegend von Athen käme und mit extra Weinschiffen befördert würde. Die Griechen würden ihre Weinfässer mit Harz abdichten und von daher käme dieser Geschmack. Das Harz verfeinere den Wein und mache ihn haltbarer. Seine Gäste würden diesen Geschmack lieben und er würde von dieser Sorte mehr ausschenken, als von allen anderen Sorten zusammen.

Er könne aber, wenn sie mit dem Geschmack dieses Weines unzufrieden wären, griechischen Wein aus der Region Vasiliko, oder auch Malagousia, Vilana und auch griechischen Spitzenwein aus anderen Regionen anbieten.

Marius Cussus meinte, dass man sich an diesen Harzgeschmack gewöhnen könne und der Wein auf jeden Fall besser schmecken würde, als der kampanische Wein. Auch die Mädchen und Anthea Muttuna meinten, dass der Wein gut schmecke.

Ventas hatte sich zu Anthea gesetzt und fühlte sich durch den angenehmen Parfümgeruch, der von ihr ausging, völlig eingehüllt. Er war glücklich, neben einem so schönen Mädchen zu sitzen. Auch Anthea dachte sich, dass Ventas doch ein ganz hübscher Kerl sei und nicht so frech und zudringlich, wie die Ladenschwengel in den Marktgeschäften. Sie überlegte, dass sie nichts dagegen habe, wenn er näher rücken und seinen Arm um sie legen würde und legte ihre Hand auf sein Knie. Als wenn er das gehört hätte, tat Ventas genau dies. Erst als er auch seine Hand auf ihren Oberschenkel legte und sich auf diesem weiter nach oben arbeitete, schob sie diese bestimmt zur Seite.

Anthea dachte: >Ich habe nichts gegen seine Hände. Lieber hätte ich jedoch einen anderen Teil von ihm, aber hier und jetzt in der Öffentlichkeit muss ich mich zurückhalten, sonst langt er noch an Stellen, wo seine Hände nichts verloren haben. Wenn ich von Bekannten meines Vaters gesehen werde, könnte mein guter Ruf leiden.<

Die Stimmung wurde immer ausgelassener, und Plasus spendierte weiterhin Wein. Nach einer Stunde drängten die Mädchen zum Aufbruch. Sie schlugen vor, noch etwas durch die Stadt zu bummeln. Die Rekruten nahmen dieses Angebot gerne an. Anthea wies sie in der Hauptstraße auf einen Pflasterstein hin. Sie bemerkte, dass sie sich den aus dem Pflasterstein herausgeschlagenen erigierten Penis anschauen sollten. Dieser würde genau in Richtung der Freudenhäuser weisen. Da Capua eine Handelsstadt sei, habe sich hier eine Vielzahl von Huren niedergelassen und ortsfremde Kaufleute würden durch diesen Wegweiser gleich in die richtige Richtung gewiesen. An allen größeren Abzweigungen seien solche Markierungen angebracht. Anthea forderte die Rekruten auf, mit ihr zu diesen Häusern zu gehen. Schon nach hundert Meter gelangten sie in die Straße der Bordelle. Die Häuserfronten waren mit Bildern bemalt. Unter diesen standen die Preise für die jeweilige Leistung. Unter einem Bild, das ein nacktes kopulierendes Paar zeigte, bei dem die Frau auf dem Mann saß, stand :»Arasa kann es so am besten.« Das nächste Bild zeigte ein nacktes Paar bei dem ein Mann von hinten in die Frau eindrang. Darunter stand: »Olivia verwöhnt Dich.« Ein weiteres Bild zeigte ein nacktes Paar bei welchem die Frau auf dem Rücken lag und ihre Beine hinter dem Kopf des Mannes verschränkt hatte. Darunter die Inschrift:

»Aranta lässt Dich tief eindringen.« Das Preisangebot reichte von zwei bis vier Sesterzen und war damit deutlich billiger als die Angebote der Zelthuren vor dem Lager.

Die Gruppe betrachtete interessiert die Bilder. Anthea meinte: »Das kann ich alles auch und noch etwas mehr dazu.« Ihre Freundin Selina meinte: »Ich kann das nur bestätigen. Wir beide sind in diesen Dingen sehr erfahren.« Die Jungen betrachteten diese Äußerungen als Scherz und lachten darüber.

Sie schauten sich noch mehrere Bilder an und tauschten fachkundige Bemerkungen aus, obwohl noch keiner auf diesem Gebiet Erfahrungen gesammelt hatte. Egeas Galanis vermerkte zu einem Bild: »Schaut doch einmal, wie tief die Hure das Glied des Mannes in den Mund nimmt. So möchte ich auch einmal befriedigt werden.« Casa, ein weiteres Mädchen meinte:

»Gehe doch hinein. Unsere Huren in Capua verstehen ihr Geschäft.«

Egeas meinte: »Ein anderes Mal, ich will doch jetzt meine Kameraden nicht allein lassen.« In Wirklichkeit hatte er aber Angst, mit einer Hure allein zu sein.

Die Mädchen erklärten, dass sie zum Mittagessen zu Hause erwartet würden. Die Rekruten begleiteten sie bis zum Forum. Fabius Ventas verabredete sich mit Anthea für seinen nächsten freien Tag.

4

Thermenbesuch

Sextus sammelte seine Zöglinge und führte sie zur größten Therme von Capua. Plasus bezahlte das geringe Eintrittsgeld und ein Bademeister führte sie in den Umkleideraum. Dort legten die Rekruten ihre Kleidung ab und verstauten sie in Ablagefächer hinter den Sitzreihen. Ein Sklave bewachte die abgelegte Kleidung. Vom Apodyterium ging es in den nächsten Raum der ringförmig angelegten Therme, dem Frigidarium. Sextus setzte sich in einen der im Kreis an der Wand angebrachten Marmorsessel, begoss sich mit kaltem Wasser und reinigt so seinen Körper. Seine Gefährten taten es ihm gleich. Alle stürzten sich dann todesmutig in die Becken mit dem kalten Wasser und schwammen, spritzten und planschten darin herum. Egeas Galanis schrie: »Ich muss mich unbedingt aufwärmen. Ich friere und meine Haut zieht sich zusammen. Mein edelstes Teil ist schon gar nicht mehr zu sehen, so klein ist es geworden.« Appius Clodius schrie zurück: »Es stimmt nicht, dass Deiner nur jetzt so klein ist. Die Tarentiner haben alle nur so einen Kleinen. Wir Neapolitaner stehen ganz anders da. Sehet nur her und wundert Euch.« Tatsächlich war sein Glied größer als das der meisten anderen Rekruten.

Sie suchten um sich aufzuwärmen den angrenzenden Raum, das Tepidarium, auf. Dieser Raum war schwach beheizt, ohne Badebecken und diente zur langsamen Erwärmung des Körpers.

Im nächsten Raum befand sich das Heißwasserbecken, das Caldarium. Dies war ein großer Raum mit mehreren Becken und kreisförmig angeordneten Nischen. Er wurde durch eine Hypokaustenheizung erwärmt. Hier hielten sich unsere Freunde am längsten auf. In den Nischen des Raumes massierten die Bademeister meist etwas ältere Herren. Die Masseure klatschten mit den Händen auf die Körper und walkten sie durch, so dass ihre Klienten laut ächzten. Die Badenden unterhielten sich laut und schrieen sich Bemerkungen zu; Schwimmer stürzten sich in die Becken und Haarauszupfer sowie Haarrasierer quälten ihre Kundschaft, so dass auch lautes Stöhnen und Schreien die Halle erfüllte.

Der Kaufmann Poponus, ein eitler, etwa vierzigjähriger und wohlgenährter Herr, war mit der Arbeit des Haarentferners Santus nicht zufrieden. Er schimpfte: »Santus, jetzt hast Du mich schon so lange gequält, ich sehe aber immer noch Haare auf meinen Oberschenkeln und meinen Armen. Wenn Du Dir Deinen Lohn verdienen willst, dann arbeite gewissenhaft.« Zu seiner Umgebung gewandt fuhr er fort: »Ich habe heute noch ein Treffen mit einer hochgestellten Dame. Es ist die junge Frau eines Stadtsenators (die Zuhörer konnten sich denken, wen er meinte) und diese legt höchsten Wert auf Reinlichkeit. Sie ist, wenn ich es daran nicht mangeln lasse, besonders anschmiegsam und zärtlich zu mir.«

Der Stadtädile Mosar, der sich unter den Händen eines Masseurs wand, bemerkte: »Poponus, Du haust ja ganz schön auf den Putz. Die Frau des Senators, die Du meinst, kenne ich auch. Es ist die schöne Quinta Cecilius. Ich glaube nicht, dass Du bei ihr eine Chance hast. Soweit ich durch meine Informanten weiß, gibt sie sich ausschließlich mit jungen vornehmen und gebildeten Männern ab und wird einen alten Esel wie Dich nicht bei sich einlassen, oder zu ihm gehen. Außerdem, was wird Deine Ehefrau Celia dazu sagen, wenn Du solche Reden schwingst?«

Alle schwiegen kurz und stellten sich vor, was Celia ihrem Poponus sagen würde, und sie verzogen ihre Lippen zu einem Lächeln. Celia war ob ihrer scharfen Zunge stadtbekannt.

Ibertus Tiro, ein Architekt und Bauunternehmer, der im Becken mit dem heißen Wasser stand und den Gesprächen zuhörte, mischte sich ein: »Mosar, nicht nur junge Männer besuchen diese Dame, auch wohlhabende Männer lässt sie über sich. Habt Ihr nicht gesehen, dass sie vorgestern ein neues Halsband, eine Armkette und einen Ring aus Bernstein trug und einige Tage zuvor eine Kette aus Smaragden und Rubinen. Außerdem hat sie sich eine komfortable Sänfte neu angeschafft und vier Sänftenträger gekauft. Ihr Mann ist nicht so vermögend, dass er ihr das schenken könnte. Denkt doch einmal nach!«

Der Arsenalverwalter Baser, ein noch jüngerer Mann, rief aufgeregt: »Wie könnt Ihr nur so schlecht von der Dame reden. Nur weil sie jung und schön ist, sich offenherzig kleidet, Schmuck trägt und sich parfümiert muss sie doch nicht schlecht sein. Ihr redet ja nur schlecht über sie, weil ihr bei ihr nicht landen könnt. Ich gebe ja zu, dass, wenn sie durch die Stadt geht, ihr Körper unter dem Gazestoff zu sehen ist, sie in einer Wolke von Parfum schwebt, und ihr Busen im Takt ihrer Schritte bebt; aber dies ist noch kein Grund, sie als Prostituierte zu bezeichnen.«

Mosar meinte: »Baser, es ist ja anständig von Dir, wenn Du den Ruf der Dame verteidigst. Jedoch solltest Du dich nicht so vehement für sie einsetzen. Es könnte ja sein, dass Du bald eines Besseren belehrt wirst.« Balderius, Inhaber einer Gladiadorenschule, fragte: »Ihr Mann müsste das doch aber auch mitbekommen. Warum unterbindet er das Auftreten seiner Ehefrau nicht?« Mosar sprach lachend: »Der Senator hat andere Interessen. Er hat sich erst unlängst zwei junge Sklaven als Lustknaben angeschafft. Die nehmen seine gesamte Freizeit und sein Denken in Anspruch und er ist deshalb in letzter Zeit richtig aufgeblüht.«

Der Kommandant der Torwachen, Aspus Melinos, berichtete: »Ich habe sie schon mehrmals mit jungen Männern durchs östliche Stadttor in den Wald gehen und nach einer Stunde mit zerdrücktem Kleid zurückkommen sehen. Außerdem ist mir zu Ohren gekommen, dass sie seit neuestem ein Verhältnis mit dem dauernden Geschäftsträger der Stadt Rom in Capua hat. Von diesem soll sie auch die Smaragdkette erhalten haben.« Der Stadtädil Mosar meinte: »Solange sie sonst nichts tut, als ihren Körper zu verkaufen, soll es mir recht sein. Nur wenn sie sich über ihre Liebhaber in die Politik einmischen sollte, habe ich etwas gegen diese Dame.« Poponus, dem vorgehalten wurde, dass er kaum in der Lage sei, ohne Wissen seiner Ehefrau so wertvolle Geschenke zu machen, sagte nun: »Ich gebe zu, dass ich angegeben und kein Verhältnis mit der Dame habe. Ich könnte es mir leisten, ihr als Gegenleistung für ihre Dienste Schmuck zu kaufen. Aber ich traue mich nicht, ihr dieses Angebot zu machen. Meine Ehefrau, ihr kennt sie ja, käme sofort dahinter und ich hätte zu Hause kein Leben mehr.« Alle stimmten ihm lauthals zu, denn jeder kannte seine Ehefrau Celia Poponus. Mosar richtete im Namen der Anwesenden ein Gebet nach oben: »Jupiter, wir danken Dir für unsere friedfertigen und häuslichen Ehefrauen und dass Du uns vor einer Ehe mit so einem Weib bewahrt hast.«

Poponus meinte: »Nun so schlimm ist sie auch wieder nicht. Wenn ich ihr in allen Dingen Recht gebe, ihr nie widerspreche, sie vor jeder Entscheidung frage, wie ich handeln soll, ihr öfters einmal ein Geschenk überreiche, ihr Komplimente über ihre Haushaltsführung, ihre Kleidung und ihr gutes Aussehen mache und sie zärtlich streichele, ist ganz gut mit ihr auszukommen.«

Das Gespräch setzte sich noch eine Zeitlang fort und immer mehr Thermenbesucher beteiligten sich daran.

Die Rekruten bekamen vom Zuhören ganz rote Ohren. Sextus dachte sich: »Ich würde doch zu gerne diese Senatorengattin einmal kennen lernen und feststellen, ob diese Aussagen zutreffend sind.«

Terrentius Varro schlug vor, sich zur Sporthalle innerhalb der Therme zu begeben und einige Gymnastikübungen durchzuführen. Der Vorschlag wurde akzeptiert und die Rekruten übten in der Halle an Geräten und warfen sich Bälle zu. Anschließend gingen sie, um sich zu reinigen und abzukühlen ins Frigidarium. Auch dort hatten sich Bürger aus Capua versammelt und diskutierten darüber, ob man die Stadtmauer erneuern und verstärken und wer dies bezahlen solle.

Der Bauunternehmer Flaccus meinte, dass natürlich auf jeden Fall die Stadtmauer verstärkt und erhöht werden müsse. Diese habe man seit über neunzig Jahren, als die Stadt mit Hannibal verbündet war und die Römer die Stadt eingenommen hatten, verfallen lassen. Wenn unruhige Zeiten kämen, stände die Stadt ohne Schutz da. Der Kaufmann Lentulus meinte: »Du, Flaccus, bist ja nur daran interessiert vom Stadtsenat einen Bauauftrag zu bekommen. Wir Kaufleute wollen keine kriegerischen Auseinandersetzungen, das ruiniert nur das Geschäft, und wenn die Stadt beschließt, die Mauern zu verstärken, wird sie uns alle zur Kasse bitten.« Der Gutsbesitzer Arter meldete sich. Er fand, dass Flaccus Recht habe. Er wohne auf seinem Gut, gut zehn Kilometer von hier. Wenn ein Sklavenaufstand ausbreche, oder Räuber und Piraten auftauchen würden, fühlten seine Familie und er sich in der Stadt sicherer. Deshalb sei er für die Verstärkung der Stadtmauer. Ein

Fernhändler meldete sich:

»Ich meine, Capua ist sicher vor Räubern und Piraten. Eine so volkreiche Stadt wie Capua wird nicht von Räubern und Piraten angegriffen. Ein Aufstand von Sklaven ist auch nicht zu befürchten. Schaut Euch doch die Sklaven an. Die auf den Feldern sind zu primitiv, um sich gegen ihre Besitzer aufzulehnen, und die Haussklaven sind nur bestrebt Geld zu verdienen, um sich freikaufen zu können. Von denen ist keiner im Waffenhandwerk geübt. Der Stadtsenat soll lieber Geld in den Ausbau der Straßen stecken, damit der Warenverkehr noch schneller abläuft.« Flaccus warnte, dass es nicht auszuschließen sei, dass die Stadt einmal von kilikischen Piraten angegriffen würde. Es stimme zwar, dass diese bisher nur abgelegene Güter und kleine Ortschaften angegriffen hätten, aber es immer mehr würden und man schon Angst habe, die Küstenstraßen zu benutzen.

»Du hast recht Flaccus, von der Küste aus sieht man öfters Piratenschiffe auf dem Meer und ich benutze schon seit längere Zeit Straßen im Landesinneren,« gab Arter an. Lentulus sagte dazu: »Wir haben verständige Männer im Stadtsenat. Lasst die doch entscheiden. Wir können sowieso bis zur nächsten Wahl keinen Einfluss auf sie nehmen.«

Die Rekruten konnten da nicht mitreden. Langsam wurde es Zeit, sie zogen sich an und verließen die Therme.

Danach trafen sich alle wieder in einer Schänke in der Nähe des Forums, speisten umfangreich zu Abend und tranken dazu mit Wasser verdünnten Landwein. Fabius Ventas schwärmte vom Besuch der Therme: »Ich fühle mich jetzt wie ein ganz anderer Mensch. Erfrischt, sauber und entspannt und jetzt auch noch das gute Abendessen. Ich schwebe wie auf Wolken.«

»Hallo Fabius, es könnte doch sein, dass Du in Gedanken noch bei Anthea bist. Passe auf mit Deiner Schweberei, plötzlich ist die Wolke weg und Du stürzt herab, direkt in die Arme von Cassus«, meinte Gajus Plasus. Alles lachte und sie gingen, sich unterhaltend und scherzend, in das Lager zurück

5

Weitere Ausbildung

Am nächsten Tag war das Üben mit Schwert und Schild angesagt. Die Rekruten erhielten Holzschwerter ausgehändigt, traten ohne Rüstung, jedoch mit Schild und Holzschwert an.

Cassus hielt eine Ansprache: »Nachdem ihr gestern den ganzen Tag gefaulenzt habt, habe ich für heute ein intensives Training angesetzt. Ihr übt mit Schild und Schwert. Das Schwert ist Eure Angriffswaffe, das Schild hingegen Eure Angriffs- und Verteidigungswaffe. Beim Kampf in der Formation wird immer zuerst ein Stoß mit dem Schild, im Regelfall von unten zum Kopf, Hals oder Brust des Feindes ausgeführt und bei Bedarf folgt ein weiterer Stoß hinterher. Wankt nach solch einem Stoß Euer Gegner, setzt Ihr mit dem Schwert nach. Bei dem Schwert, dem Gladius, handelt es sich vorzugsweise um eine Stoßwaffe. Es ist kurz und vorne spitz zugeschliffen. Wenn Ihr im Verband auf den Feind trefft, steht ihr dicht an dicht mit Euren Kameraden. Deshalb wird in der Formation das Schwert nur zum Zustoßen verwendet. Ein langes Schwert zum Hauen wäre hier nicht mehr von Nutzen, weil der Kämpfer an Eurer rechten Seite Euch dann bei Eurem Schlag behindern würde.

Mit dem Schild wehrt Ihr Schildstöße, Schwertstöße und Schwerthiebe ab. In der Legion verwenden wir deshalb lange rechteckige Schilde, die nach innen gebogen sind und fast den ganzen Körper abdecken. Hinter diesen Schildern nehmt Ihr Deckung und schaut nur mit dem Kopf über dieses hinweg. Nur zum Stoß mit dem Schwert kommt Ihr mit dem rechten Arm hinter dem Schild hervor. Das Schild wird immer mit dem linken Arm getragen, das Schwert kommt in die rechte Hand. Der Schwertstoß zielt immer auf die ungeschützten Stellen am Körper des Feindes. Dies sind die Arme, die Beine zwischen Beinschutz und Kettenhemd, der Hals, der Kopf, die Füße und vor allem das Gesicht.«

Cassus ließ die jungen Männer paarweise antreten. Er zeigte ihnen die Handhabung von Schwert und Schild und hieß sie, gegeneinander zu kämpfen. Er ging von Paar zu Paar verbesserte die Schwert- und Schildhaltung, lobte und tadelte.

Cassus beobachtete den ganzen Tag die Kämpfe, gab Hilfestellungen und wechselte, wenn ein Rekrut zu dominant war, die Paarung aus.

An den folgenden Tagen wurde alles bisher Gelernte wiederholt.

Cassus schrieb jeden Tag die Trefferergebnisse der einzelnen Rekruten auf eine Wachstafel. Nach einem Monat erfolgte die Auswertung. Sieger mit einhundertzwanzig erzielten Körpertreffern, bei neunzehn erhaltenen Treffern wurde Sextus Leptonius, dicht gefolgt von Gajus Plasus, Cornelius Mercudor und Marius Cussus. Kein Rekrut blieb ohne Gegentreffer, was Cassus zu der Bemerkung veranlasste, dass im Ernstfall schon alle tot wären.

Die 1. Zeltgemeinschaft feierte ihren Punktsieg über die 2. Zeltgemeinschaft. Plasus hatte zusätzlichen Wein und Honig spendiert.

An den folgenden Tagen wurden die Übungskämpfe durch Vorführungen der Pioniere unterbrochen. Cassus führte die Rekruten vor das Lager und erklärte, dass sie heute und in den nächsten Tagen den Pionieren zuschauen würden. Diese würden verschiedene Belagerungsgeräte zusammenbauen, und sie sollten genau aufpassen, damit sie im Ernstfall selbst Hand anlegen könnten. Am heutigen Tag, würde ein Onager (Katapult) zusammengebaut und würden Übungswürfe durchgeführt. Mit ihnen schauten noch die übrigen Rekruten der 1. und der 2. Centurie den Vorführungen zu.

Am folgenden Tag wurde zwei weiteren anderen Centurien der Bau und die Wirkungsweise eines Onagers erklärt. Cassus führte sie zu einem weiteren Pionieroffizier, der aus herangefahrenen Teilen einen überdachten Rammbock aufstellen ließ. Er erklärte: »Rekruten, wir bauen jetzt hier einen Rammbock zusammen, wie er bei Belagerungen verwendet wird. Das wichtigste Teil ist die Ramme selbst. Sie besteht aus einem Hartholzstamm, der am vorderen Ende mit einer Eisen- oder Bronzeabdeckung versehen ist. Diese ähnelt dem Kopf eines Steinbockes. Deshalb wird der Rammbock auch Widder genannt. An den Seiten der Ramme werden runde Holzstücke eingeschlagen, die als Griffe dienen. Die Ramme wird an festen Lederstreifen in einem Gestell aufgehängt, so dass sie nach vorne und hinten beweglich ist und von Legionären gegen Mauern oder Tore geschwungen werden kann. Wir errichten erst ein Holzgestell, versehen es mit Rädern, bauen darüber ein Schutzdach und hängen dann die Ramme ein. Das Schutzdach dient dazu, die den Rammbock bedienenden Legionäre vor herabgeschleuderten Steinen und Brandsätzen zu schützen. Ein richtig konstruierter Rammbock kann eine große Energie entwickeln.«

Er baute mit der Hilfe von Pionierlegionären und Sklaven in kurzer Zeit einen Widder zusammen.

Am dritten Tag erklärte ihnen ein Pioniercenturio den Zusammenbau und die Wirkungsweise eines Skorpions. Er baute aus Einzelteilen das Pfeilgeschütz zusammen und erklärte, dass mit diesem Geschütz aus größerer Entfernung Pfeile gegen heranrückende Feinde oder Verteidiger von Stadtmauern verschossen werden könnten.

Die Rekruten hatten die Unterbrechung des täglichen Drills genossen. Jetzt ging aber das Üben mit Schild und Schwert weiter. Cassus legte besondere Sorgfalt auf die Deckung und ahndete eklatante Verstöße mit der Strafe des einmaligen Umrundens des Lagers im Lauf in voller Rüstung nach Dienstende. Sextus erhielt den Auftrag, die Durchführung der Strafrunden zu überwachen. Am Ende des ersten Tages mussten sieben Rekruten eine >Lagerrunde< drehen. Bei Ende des zweiten Tages waren es nur noch fünf Rekruten. Am dritten Tag nur noch zwei und keiner mehr am vierten Tag.

Unterbrochen wurden die Übungen nur durch einen Marsch über dreißig Kilometer in voller Rüstung und einen Geländelauf über fünfzig Kilometer.

Es folgte der Kampf der einzelnen Centurien gegeneinander und dann der Kampf Kohorte gegen Kohorte.

Insgesamt eintausendsechshundert Rekruten standen auf dem Übungsplatz. Alle Centurios waren als Schiedsrichter tätig und schickten den Rekruten vom Platz, der einen Schwertstoß auf den Körper erhalten hatte. Die Rekruten der 1. Kohorte erzielten die meisten Treffer, so dass die Rekruten der 2. Kohorte immer weniger wurden. Am Schluss blieben einhundert Rekruten der 1. Kohorte unverletzt übrig. Von den 16 Rekruten der Zelteinheiten des Cassus blieben acht unverletzt, und Cassus wurde vom Legaten dafür gelobt. Zur Belohnung spendierte er seinen Zelteinheiten 16 Liter Wein, einen großen Schweineschinken und Hartbrot.

Am Abend saßen die Rekruten der zwei Zelteinheiten auf der Lagerstraße vor den Zelten um ein Lagerfeuer. Sie hatten Mühe den großen Schinken zu verzehren. Jeder, außer Plasus, dem Sextus seine zusätzlichen Schinkenportionen wieder wegnahm, erhielt mehrere Portionen.

Die Rekruten unterhielten sich über den Besuch in Capua und die zurückliegende Übung. Fabius Ventas schwärmte: »Wie ihr wisst habe ich in Capua Anthea Muttuna, die Tochter des Stadtkämmerers kennen gelernt. Sie ist ein so anmutiges und sittsames junges Mädchen. Sie hat eine gute Figur. Ihr Busen ist schon entwickelt und man kann ihre Brustwarzen unter ihrer dünnen Tunika gut sehen. Ich habe mich für meinen nächsten freien Tag mit ihr verabredet.« Julius Casa, ein Zeltgenosse von Sextus meinte: »Von wegen und sittsam. Sie hatte es von Anfang an auf Dich abgesehen und sich an Dich geschmiegt. Wenn ihr allein gewesen wäret, wer weiß was sich da alles noch abgespielt hätte. Aber ansonsten gebe ich Dir Recht. Ich hätte nichts dagegen, wenn sie einmal unter mir liegen würde.«

Plasus meinte: »Julius, das glaube ich Dir gerne, dass Du solche Gedanken hast, aber Du weißt ja gar nicht, was Du mit ihr anfangen solltest, wenn sie mit Dir allein wäre.« Julius gab an: »Von wegen, ich wüsste nichts mit ihr anzufangen; ich habe auf dem Gebiet schon reichlich Erfahrung. Ich hätte ihr schnell die Kleidung ausgezogen und wäre in sie eingedrungen.« Alle Rekruten stellten sich dies bildlich vor. Sextus dachte an sein Erlebnis mit Medea und sein Glied versteifte sich. Er meinte: »Lasst uns von etwas anderem reden. Solche Gedanken machen einen ganz unruhig. Lasst uns überlegen, ob wir bei einer nochmaligen Übung wie der heutigen noch besser abschneiden können.« Cornelius Mercudor, der Zeltsprecher der zweiten Zelteinheit, meinte: » Lasst uns doch nach Dienstschluss innerhalb der Zelteinheiten den Schwertkampf üben und zwar jeder gegen jeden.« Der Vorschlag wurde begeistert aufgenommen und schon am nächsten Tag traten die Rekruten abends gegeneinander an. Immer acht Rekruten trafen aufeinander. Es waren nur Stöße mit dem Schwert erlaubt. Jeder Kampf dauerte so lange, bis ein Körpertreffer erzielt wurde. In der ersten Gruppe kämpften die Sprecher der beiden Zelteinheiten gegeneinander. Der Kampf endete nach längerer Zeit mit einem Sieg für Sextus. Dann wurden die nächsten vier Paarungen aufgerufen Die nicht kämpfenden Rekruten beobachteten den jeweiligen Kampf, feuerten die Kämpfer an und gaben Kommentare und Ratschläge ab. Nach acht Kämpfen stand es vier zu vier. Danach wechselten die Partner, bis jeder Rekrut fünfzehn Kämpfe absolviert hatte. Der Endstand betrug einhundertsechzig zu achtzig für die 1. Zeltgemeinschaft.

Jeden Abend, wenn sie nicht durch einen Gewaltmarsch übermäßig ermattet waren, setzten sie diese Übung fort. Die 1. Zeltgemeinschaft konnte ihren Erfolg nicht ausbauen und wurde zweimal hintereinander besiegt, bevor sie wieder einen Sieg erringen konnte. Die Ergebnisse schrieben sie mit einem Stilus auf eine Wachstafel. Sextus knöpfte sich Fabius Ventas vor: »Du hast jetzt vier Mal hintereinander gegen verschiedene Gegner verloren, obwohl Du kräftig und muskulös bist. Auch beim Kampf mit der Centurie bekommst Du Körpertreffer ab und scheidest aus. Ich möchte, dass Du dich besser konzentrierst. Anscheinend sind Deine Gedanken nicht beim Schwertkampf, sondern bei Anthea. Du stellst Dir wohl laufend vor, was Du bei Eurem nächsten Treffen alles mit ihr anstellen wirst. Wenn Du weiterhin so schlecht kämpfst, werde ich Dir den nächsten freien Tag streichen lassen. Statt Anthea gibt es dann Gladius.«

»Sextus sei nicht so streng mit mir. Ich habe mich in Anthea verliebt und denke nur noch an sie. Ich will mich aber ab jetzt anstrengen.«

Die Rekruten übten Tag für Tag mit Schwert und Speer, legten große Strecken in voller Rüstung und lange Geländeläufe zurück. Ihre Körper wurden immer muskulöser, und sie konnten auch bei den Geländeläufen mit Cassus Schritt halten.

Sextus wollte unbedingt seine Schwertkampftechnik verbessern. Er erinnerte sich, wie ihm sein Vater die Schwertführung beigebracht hatte und verbesserte diese in abendlichem Üben. Er ging mit seinem Schwert gegen einen, den Feind darstellenden, Holzpflock vor und zersplitterte diesen völlig. Nach und nach brachte er sich seine eigene Technik für einen Einzelkampf bei.

Im Oktober wurden der Legion drei Centurien (zweihundertvierzig Mann) Steinschleuderer aus den Balearen zugeordnet. Es waren dies Freiwillige, die von einheimischen Centurios ausgebildet und befehligt wurden, die aber den 1. Centurios der Legion unterstanden. Die Balearos bezogen getrennt von den Rekruten Quartier. Sie waren etwas kleiner gewachsen als die römischen Rekruten. Auch ihre Ernährungsgewohnheiten waren etwas anders. Sie mochten keinen Wein, dagegen verlangten sie Oliven.

Am nächsten Tag sahen die Rekruten die Steinschleuderer erstmals beim Üben. Jeder von ihnen trug am Gürtel zwei Beutel mit ausgesuchten Steinen und eine Steinschleuder (ein nach oben offener Lederbeutel an dem drei Riemen befestigt waren). Die Schleuderer stellten sich in Linie auf und schleuderten ihre Steine aus einer Entfernung von ungefähr sechzig Metern auf die aufgestellten Puppen. Sie waren so geschickt, dass fast jeder Stein eine Puppe traf. Auch auf eine Entfernung von einhundert Meter war ihre Treffsicherheit noch erstaunlich. Sextus schaute den Schleuderern fasziniert zu. Er dachte sich: >So möchte ich auch einmal einen Stein schleudern können. Ob ich einen ihrer Ausbilder einmal fragen sollte, ob er mir das Schleudern beibringt?<

Nach Dienstschluss suchte er einen der Balearencenturios auf und fragte ihn, ob er ihm die Grundbegriffe des Steinschleuderns beibringen könnte. Dieser stimmte zu, und Sextus übte des Öfteren nach Dienstschluss mit der Schleuder. Er erlangte eine gewisse Treffsicherheit, blieb aber weit hinter den Ergebnissen der Männer von den Inseln zurück.

Die Rekruten übten weiterhin das Marschieren in voller Rüstung und den Schwertkampf.

Im November kamen zwei Centurien einer römischen Reitertruppe an. Sie bestand hauptsächlich aus römischen Rittern. Sie wurden von einem Militärtribunen angeführt und quartierten sich in die festen Gebäude neben dem Legionslegaten ein. Es waren dies hochmütige Gesellen, die alle übrigen Rekruten nicht grüßten und auch einen Gruß nicht erwiderten. Einige Tage später rückten auch zwei Centurien Pionierlegionäre in das Lager ein. Es handelte sich um Legionäre, die als Techniker eine besondere Ausbildung erhalten hatten. Ebenfalls kamen von anderen Legionen zugeordnete Veteranen, Triarilegionäre, in das Lager.

Einige Tage danach erging der Befehl am folgenden Tag mit Rüstung, aller Ausrüstung, Kochgerät, Zelten und Ausstattung auf dem Übungsplatz anzutreten. Vorgesehen war der Marsch der Legion zu einem fünfundzwanzig Kilometer entfernten Ort, dort die Errichtung eines Marschlagers und am darauf folgenden Tag der Rückmarsch.

Am nächsten Tage ging es los. Die Truppe war freudig erregt. Die zur Legion gehörenden Staatssklaven luden die Zelte, die Verpflegung, das Offiziersgepäck, das Brückenbaugerät, Schanzpfähle, Werkzeuge u.a. auf die Maultiergespanne auf. Die Rekruten halfen dabei.

Auf Befehl des Legaten setzte sich die Legion in Marsch. Die Reiterei diente als Vorhut. Sie sicherte die Marschkolonne nach vorne und nach den Seiten ab. Ihre Centurios hatten die Aufgabe, regelmäßig Bericht durch Boten über unpassierbare und schwierige Strecken, Verlauf von Flüssen und Bächen, sowie Raststellen zu erstatten und besondere Vorkommnisse sofort zu melden. Der Stab des Legaten wertete diese Meldungen dann aus.

An der Spitze ritt der Legat mit seinem Stab, dann marschierten die Balearos und dann vier Kohorten in Marschordnung und in der Reihenfolge ihrer taktischen Nummern. Sextus marschierte zusammen mit Cassus nach dem 1. Centurio der 1. Centurie an der Spitze der Rekruten. Nach den ersten vier Kohorten kam der Tross. Es waren dies alle Gerätschaften, das Gepäck, die Ausrüstung und die Verpflegung. Die Trosswagen wurden von Ochsen gezogen und von Sklaven gelenkt, die auch neben den Wagen herliefen.

Als Nachhut zur Absicherung nach hinten und zur Bewachung des Gepäcks marschierten die fünfte und die sechste Kohorte. Die Pioniereinheit und die Triarier marschierten unmittelbar vor den Trosswagen.

Sie sichteten bei ihrem Marsch den Averner See bei Cumae, ungefähr drei Kilometer östlich von Neapolis (Neapel), um den sich mystische Sagen rankten. Es war dies ein tiefer See mit schwarzem Wasser, der sich in einem ehemaligen Vulkankrater gebildet hatte. In einem Waldgebiet machten sie Rast und erreichten am Abend den Lagerplatz.

Der oberste Centurio hatte zusammen mit dem Reiterführer den Lagerplatz festgelegt. Die Pioniere richteten das Lager aus und schlugen Markierungspfähle für den Lagerwall, das Lagertor, den Appellplatz, die Latrine, den Zeltkomplex der Offiziere und des Legaten und die Zeltreihen ein.

Alle Rekruten und die Sklaven hoben aus dem Erdreich den Lagergraben auf eine Tiefe von einem Meter aus und warfen die Erde nach innen, so dass ein Erdwall entstand. Die Rekruten verbanden mit Seilen die Pfähle. Die Pioniere errichteten aus vorgefertigten Teilen ein Lagertor. Dann wurde noch eine Latrine ausgehoben. Erst anschließend durften die Rekruten ihre Zelte aufstellen und sich ein Abendessen zubereiten.

Rechtschaffen müde zogen sich alle in ihre Zelte zurück. Sextus rief Plasus zu, dass er heute die volle Portion Hartbrot, Wein und Oliven bekommen würde, weil er sich so gut gehalten hatte.

Bei der Morgendämmerung schallte der Weckruf durch das Lager. Die Zelte mussten abgebaut, das Lagertor zerlegt, die Schanzpfähle aus dem Boden gezogen und die Ausrüstung verladen werden. Dann ging es in der gleiche Marschordnung wieder zurück ins Standlager, wo nur die Zelte wieder aufgestellt werden mussten.

.

Am nächsten Tag war Schwimmunterricht angesagt. In der römischen Armee mussten alle Legionäre schwimmen können. Cassus ließ sie antreten und befahl dann den Rekruten, die nicht schwimmen konnten, vorzutreten. Es waren sieben von sechzehn. Er meinte, dass die Quote ganz gut wäre und er schon Auszubildende gehabt habe, bei denen vierzehn von sechzehn nicht schwimmen konnten. Sie marschierten zu einer Badestelle im Fluss Volturno.

Sextus und Cornelius Mercudor nahmen Brot und Wein für ihre Zeltgemeinschaften mit.

Am Fluss zogen alle ihre Tuniken aus und stürzten sich nackt in das Wasser. Den Nichtschwimmern wurden von Cassus die Schwimmbewegungen erklärt. Sie wurden von jeweils einem Schwimmer über Wasser gehalten und mussten dann vom tieferen in das seichtere Wasser zurück schwimmen. Am anderen Ufer blieben neugierig einige Mädchen stehen und lachten laut, als sie die nackten Rekruten im Wasser üben sahen. Cassus rief hinüber, dass sie sich trollen mögen, sonst würde er alle Schwimmer hinüber schicken, sie einfangen und vergewaltigen lassen.

Eines der Mädchen rief zurück: »Wir haben keine Angst vor Euch und haben auch schon viele nackte Männer gesehen. Was ist denn an Euch schon dran. Das kleine bisschen, das Ihr zwischen der Beinen hängen habt, ist es ja gar nicht wert, dass man es betrachtet. Schaut doch uns an: Wir haben anmutige Glieder, schöne lange Haare, einen regen Verstand, einen festen Busen, einen knackigen Hintern und sind Euch ansonsten auch in jeder Hinsicht überlegen.« Dabei streifte sie ihre Tunika über ihre Brüste herunter und streckte diese provozierend nach vorne. Sie erntete dafür von den Rekruten ein lautes Johlen und Pfeifen. Cassus sprach leise zu den Rekruten, dass sie sich bereithalten mögen, um den Mädchen einen Schrecken einzujagen. Auf seinen Befehl taten die Schwimmer so, als wollten sie den Fluss überqueren. Die Mädchen nahmen nun die Worte des Cassus ernst und liefen verschreckt unter lautem Schreien davon. Die Schwimmer brachen die Flussüberquerung ab und die Rekruten brachen in lautes fröhliches Gelächter aus. Die gelöste Stimmung hielt den ganzen Tag an.

Am Abend marschierten die Rekruten in das Lager zurück.

Am nächsten Tag absolvierten sie einen weiteren Marsch mit der gesamten Legion, diesmal jedoch in östliche Richtung. Diesmal schlugen die Pioniere eine Brücke über einen Seitenarm des Volturno. Nach dreißig Kilometer wurde erneut ein Marschlager aufgebaut und am nächsten Tag zurück marschiert. Der Legat Strabo war mit der Leistung zufrieden und gab den Rekruten für den folgenden Tag frei.

6

Sextus besucht seine Eltern, sein Vater erzählt ihm von der Eroberung von Karthago

Sextus Leptonius besuchte an diesem Tag seine Eltern in Attella. Er hatte Glück und konnte auf einem vom Markt in Capua zurückkehrenden Eselskarren mitfahren. Er übergab seinen Eltern von dem von ihm gesparten Sold einen Betrag von zweihundertvierzig Sesterzen. Sein Vater, Lucius Leptonius, fragte ihn nach seiner Ausbildung in der Legion und schwärmte selbst von seinen Waffengängen in der VI. Legion.

Er erzählte: »Ich nahm am dritten punischen Krieg (von 149 – 146 v. Chr.) gegen Karthago teil. Der Senator Cato hatte zuvor laufend im Senat gegen Karthago gehetzt. Egal welche Themen im Senat behandelt wurden, zum Schluss jeder Senatssitzung bemerkte er: >Im übrigen bin ich der Meinung, dass Karthago zerstört werden muss.< Da Karthago für uns immer noch ein starker Handelskonkurrent war, erklärte der Senat der Stadt den Krieg. Die Überfahrt von drei Legionen nach Africa wurde mit einer großen Kriegs- und Transportflotte durchgeführt. Wir waren militärisch derart überlegen, dass sich die Stadt Karthago unterwarf und unseren Forderungen nach Auslieferung sämtlichen Kriegsgeräts, der Schiffe und der Rüstungen nachkam. Ganze Berge von Ausrüstungen stapelten sich vor unserem Lager. Als danach unser Armeeführer Manilius der karthagischen Gesandtschaft erklärte, dass auf Anweisung des Senats die Stadt zerstört werden und die Bevölkerung sich eine andere Bleibe suchen solle, empörten sich die Karthager und der Krieg nahm seinen Fortgang. In erstaunlich kurzer Zeit hatten sie das abgelieferte Kriegsgerät ersetzt und auf den Mauern waren wieder Katapulte aufgestellt. Auch aus dem Kriegshafen drangen Arbeitsgeräusche. Es wurden dort Schiffe gebaut.

Wir belagerten die Stadt längere Zeit und hatten eines Tages bis zum Abend mit unseren Katapulten schon eine Bresche in die Mauer geschlagen. Als wir am nächsten Tag angriffen, schlug uns der Feind, der Verstärkungen herangeführt hatte, mit großen Verlusten zurück. Ich glaube, ich verdanke dem damaligen Kriegstribun der Reiterei, Cornelius Scipio, mein Leben. Er hatte seine Truppen als Rückhalt hinter unseren Angriffstruppen aufgestellt und konnte so die Karthager, die aus der Bresche hervorquollen, zurückschlagen.

Scipio war es auch, der bei einem nächtlichen Angriff der Karthager auf unser Lager, mit seinen Reitern den Feind von hinten angriff und in die Flucht schlug.

148 v.Chr. kam als neuer Armeebefehlshaber der Konsul Piso nach Afrika. Er war kein überragender Feldherr.

Zwei Jahre zog sich der Krieg hin. Wir gewannen kleinere Gefechte und verloren auch welche. Einmal hätten die Karthager fast mit ihrer neu erbauten Kriegsflotte unsere Schiffe, die auf den Strand gezogen worden waren, verbrannt. Ihre Flotte lief aus ihrem Kriegshafen aus und näherte sich unserer Flotte. Wir liefen im Eiltempo zu unseren Schiffen, um diese zu beschützen. Es war nur ein Zufall, dass wir die Karthager rechtzeitig bemerkt hatten und so die von ihren Schiffen geschleuderten Feuerbrände abwehren konnten.

Da Piso keine wesentlichen Erfolge erzielte, ernannte der Senat daher für 147 v.Chr. den Cornelius Scipio zum neuen Befehlshaber. Scipio betrieb den Krieg tatkräftig. Er schloss durch einen Damm, den alle Legionäre der drei Legionen und die Staatssklaven errichteten, Karthago vom Meer ab, verlegte mit einem Wall den Landzugang, bekämpfte die Scheichs der Umgebung, die zu Karthago hielten und schoss die Stadt mit Katapulten sturmreif. Das karthagische Landheer unter Hasdrubal besiegte er bei der Stadt und Festung Nepheris. Mitte 146 v.Chr. beschloss er, die Stadt zu erstürmen. Ich rückte mit der IV. Legion vor. Unsere Pfeilschleudern leisteten ganze Arbeit und minderten die Zahl der Verteidiger auf den Zinnen. Diese waren durch Hunger geschwächt. Wir legten Leitern an, kämpften die Karthager nieder und stiegen über die Mauer. Unser Tribun, der Senatorensohn Tiberius Grachus, stürmte uns vorweg und gelangte als erster über die Außenmauer. Für seine Leistung erhielt er als Auszeichnung die Mauerkrone, eine der höchsten militärischen Auszeichnungen.

Wir mussten in der Stadt Haus für Haus erobern und legten Brände an die Häuserzeilen. Nach sechs Tagen und erbitternden Kämpfen mit den Einwohnern, die jedes Haus in eine kleine Festung verwandelten und diese verteidigten, hatten wir die Stadt bis auf den Tempel des Melkart erobert. Der Kommandant der Stadt, Mago Hasdrubal ergab sich uns. Seine Gemahlin stürzte ihre Kinder und sich selbst vom Tempel des Heilsgottes hinab in die Flammen der brennenden Stadt. Fünfzigtausend Karthager, meist Frauen und Kinder, wurden in die Sklaverei verkauft. Die Sklavenhändler hatten schon Monate in der Nähe des Lagers auf diese Gelegenheit gewartet.

Unsere Pioniere und die Armeesklaven rissen alle Häuser ein und schleiften die Stadtmauer, so dass von der stolzen Stadt nichts mehr übrig blieb. Es war dies unsere Rache für Cannae und für das Unheil und die Not, die Hannibal im zweiten punischen Krieg über Italien gebracht hatte.«

Sextus fragte: »Dieser Tiberius Gracchus, war das der gleiche Adelige, der als Volkstribun an die Bauern Land verteilen wollte, und der deshalb im Auftrag des Senates zusammen mit seinen Anhängern, ich glaube im Jahre 133 vor Chr., ermordet wurde?«

»Ja, genau diesen meine ich. Seinem jüngeren Bruder Gaius ging es genau so. Er wurde vor drei Jahren ermordet,« bestätigte Lucius Leptonius.

Sextus meinte: »Lieber Vater, ich glaube ja, dass Du ein tapferer Legionär warst. Umsonst hast Du ja die vielen Tapferkeitsauszeichnungen nicht erhalten. Aber außer zwei silbernen Bechern und Deinen Auszeichnungen hast Du nichts aus Deinen Kriegszügen mitgebracht.«

»Ja das ist richtig. Deine Mutter und ich sind nie zu Reichtümern gekommen, haben uns aber einen ehrlichen Namen erhalten. Ich habe zwar meinen Sold und ein Geldgeschenk aus meinen Feldzügen mitgebracht, aber Deine Mutter konnte die Landwirtschaft während meiner Abwesenheit nicht bewältigen und musste sich verschulden. Nach meiner Rückkehr von den Feldzügen konnte ich die Darlehen aber ablösen. Du weißt ja selbst, dass uns unser Bauernhof gerade so ernährt und wir Mühe hatten, Dir eine gute Ausbildung mitzugeben, und wir freuen uns auch, dass es Dir in der Legion gut gefällt.« Mauritia Leptonius meinte: »Ja der Senat hatte es einfach; er ordnete Aushebungen an und dachte nicht an die zurückbleibenden Ehefrauen, die allein das Feld bestellen mussten. Sklaven haben wir uns ja nie leisten können. Nachdem zwei Deiner Geschwister früh gestorben sind, haben wir alles in Deine Ausbildung gesteckt.«

»Mutter, ich bin Euch sehr dankbar und ich werde Euch auf Eure alten Tage finanziell unterstützen.«

Nach dem Mittagessen verabschiedete sich Sextus von seinen Eltern und marschierte in das Lager zurück.

Am folgenden Tag gab Cassus bekannt, dass ein Musikmeister angekommen sei.

Dieser würde Rekruten zu Tuba- und Cornettbläsern ausbilden. Interessenten möchten sich bei ihm melden. Aus der Zeltgemeinschaft des Cornelius Mercudor meldete sich der Rekrut Minucius Merula. Nachdem Cassus seinem Vorgesetzten bestätigt hatte, dass Minucius die bisherige Ausbildung gut absolviert hatte, wurde er zum Erlernen des Blasens der Tuba für zwei Stunden täglich abkommandiert.

Heute hatte Cassus den Schwertkampf angesetzt. Sextus übte mit Fabius Ventas. Fabius erzählte ihm: »Ich habe mich gestern in Capua mit Anthea getroffen. Ich bin mit ihr vor dem südlichen Stadttor in einem Wäldchen spazieren gegangen. Außer

Sichtweite der Torwache hat sie mich plötzlich umarmt, an sich gedrückt und geküsst. Ich habe natürlich ihren Kuss erwidert und ihren Busen, sowie ihren Körper über dem Kleid gestreichelt. Als ich ihr Kleid hochgehoben habe und ihre Scham unter dem Kleid streicheln wollte, hat sie mich mit der Bemerkung >ein anderes Mal< zurückgewiesen und ist mir in Richtung Stadttor davon gerannt.«

Anthea Muttuna hat mich an meinem nächsten freien Tag zum Essen bei sich eingeladen, aber zur Bedingung gemacht, dass ich einen Freund mitbringe. Sie selbst würde eine Freundin einladen. Ich möge ihr durch einen Sklaven Nachricht geben, wann ich wieder frei habe.«

Fabius fragte Sextus, ob er ihn nicht zu Anthea begleiten wolle und Sextus stimmte zu.

Cassus vervollkommnte jetzt ihren Ausbildungsstand. Täglich wurde intensiv mit Schwert, Schild und Speer geübt, exerziert und marschiert. Sie unternahmen jetzt schon im Verband der Legion mehrtägige Märsche mit der Errichtung jeweils eines Marschlagers. Die Ausbildung tat den Rekruten gut. Sie wurden widerstandsfähiger und leistungsstärker. Selbst Gajus Plasus hatte sein Fettgewebe in Muskeln umgewandelt.

Fulvia Strabo, die Tochter des Legaten, hatte es sich angewöhnt, jeden Abend von ihrer Wohnung aus durch die Hauptlagergasse zum Südtor und durch dieses zu den Ständen der Händler zu stolzieren. Meist schaute sie sich nur die Auslagen an und spazierte dann zurück. Fulvia war ein schönes Mädchen mit langen Beinen, einer schon voll entwickelten Figur und pechschwarzen langen Haaren. Sie trug stets eine kurze Tunika, kam mit hochmütigem Gesichtsausdruck daher und schaute sich nicht nach rechts oder links um. Im Lager war sie das einzige jüngere weibliche Wesen und erregte demgemäß viel Aufsehen bei den Rekruten. Wenn sie vorbei ging, belagerten diese die Öffnungen ihrer Zelte und pfiffen hinter ihr her. Offiziell nahm Fulvia von den Rekruten keine Kenntnis. Sie trug aber ihre Tunika von Tag zu Tag etwas kürzer und weckte durch den Anblick ihrer langen wohlgeformten Beine Wunschträume bei den Jugendlichen.

7

Auseinandersetzung mit Serranus

Eines Abends hatte Sextus eine unerfreuliche Auseinandersetzung mit einem der neu angekommenen Legionsadjutanten. Er war zur Ausgabestelle der Lebensmittel gegangen, um die Rationen für seine Zeltgemeinschaft abzuholen. Er sah, dass der Ausgeber zu wenig Öl vor ihn stellte und bemängelte dies. Dieser entgegnete: »Rekrut, das Öl muss für Euch reichen. Gemäß dem Befehl des Verwaltungstribunen Atilius Serranus ist nicht mehr so viel Verpflegung auszugeben.«

»Bedenke, dass unsere Ausbildung anstrengend ist und wir deshalb reichlich Nahrung brauchen. Gib deshalb Deinem Herz einen Stoß und mir noch eine Amphore Öl für die erste Zeltgemeinschaft.«

»Rekrut, ich habe vom Tribunen den ausdrücklichen Befehl erhalten, die Portionen zu kürzen. Dagegen kann ich nicht verstoßen. Also nimm Deine Ware und verziehe Dich.«

Serranus, der gerade die Vorräte inspizierte, hörte das Gespräch mit. Er kam auf Sextus zu und brüllte ihn an: »Rekrut, Du hast gehört, dass der Verwalter auf meinen ausdrücklichen Befehl handelt. Wie kannst Du es wagen, ihn aufzufordern, meinem Befehl zuwider zu handeln? Nenne mir Deinen Namen und Deine Einheit.« Sextus entgegnete mit leiser, aber fester Stimme:

»Herr, ich bin Sextus Leptonius von der ersten Centurie und muss als Zeltsprecher für die erste Zeltgemeinschaft die Verpflegung abholen. Die Portionen waren bis jetzt schon knapp bemessen. Jetzt kürzt Du uns noch das Öl. Wie sollen wir denn die Kraft aufbringen, die anstrengende Ausbildung durchzuhalten. Deshalb bitte ich Dich, teile uns wieder die volle Ration zu.«

In schneidendem Ton entgegnete Serranus: »Es gibt nicht mehr Öl. Du kannst allerdings noch eine oder mehrere Amphoren mit Öl haben, wenn Du sie bezahlst. Wenn nicht, verschwinde von hier!«

Sextus dachte sich: >Nun, im Moment muss ich wohl nachgeben. Anscheinend ist genug Öl vorhanden. Die Verpflegung wird ja für alle Angehörigen der Legion eingekauft. Wenn Serranus Öl verkauft, steckt er den Erlös bestimmt in die eigene Tasche.< Er grüßte, drehte sich wortlos um und brachte seine Vorräte zu der Zeltgemeinschaft zurück. Dort erzählte er den Vorfall. Die Rekruten ärgerten sich über die Unredlichkeit des Serranus. Lediglich Gajus Plasus meinte, dass die Angelegenheit nicht so schlimm sei. Er habe genug Geld, um Olivenöl dazu zu kaufen.

Später erfuhr Sextus, dass es der zweiten Zeltgemeinschaft genau so ergangen war, nur hatte deren Abholer Cornelius Mercudor sich nicht mit dem Ausgeber angelegt.

An einem freien Nachmittag spazierte Sextus zum Volturno, warf Steine über die Wasseroberfläche und beobachtete die Wasserströmung. Er kam an der ehemaligen Badestelle vorbei und ging dann auf einem Trampelpfad am Flussufer entlang. Es war schon etwas herbstlich, die Sonne schien dennoch warm herab. Er kam zu einer kleinen sandigen Einbuchtung im Schilfgürtel und dachte sich, dass dies wohl ein gutes Plätzchen sei, um sich etwas auszuruhen. Er schob das Schilf beiseite und sah zwei nackte Personen schlafend im Sand liegen. Er erkannte in einer Fulvia, die Tochter des Legaten. Sie lag auf dem Rücken und hatte ihre Schenkel angezogen und gespreizt. Sie ließ die Sonnenstrahlen ganz tief in sich eindringen. Der Mann neben ihr war der Tribun Atilius Serranus.

Sextus konnte sich nur mühsam von dem Anblick des Mädchens losreißen, sah er doch zu ersten Mal ein weibliches Geschlechtsteil so nah und deutlich vor sich. Er dachte sich, dass dies ja ein viel schönerer Anblick als der rothaarige Pelz der Lagerhure sei.

Er wollte sich lautlos entfernen und ging deshalb langsam nach rückwärts. Dabei trat er aber versehentlich auf einen trockenen Zweig, der laut knackte. Das Mädchen öffnete die Augen und sah Sextus an. Sie bemerkte seinen Blick auf ihr Geschlecht. Ein wollüstiges Lächeln zog über ihr Gesicht. Sie fuhr sich mit der Zunge über ihre Lippen und spreizte ihre Beine noch etwas weiter auseinander. In dem Moment wurde auch Serranus wach. Er sah Sextus vor sich und erkannte in ihm den Rekruten, der ihm widersprochen hatte. Sextus wollte unter diesen Umständen eine Auseinandersetzung mit Serranus vermeiden und lief schnell davon. Auf seinem Rückweg sah er oberhalb des Flussufers zwei Pferde angebunden stehen und wusste jetzt, wie das Paar nach hier gelangt war.

Einige Tage später holte er wiederum die Verpflegung in der Ausgabestelle ab. Er hatte gerade die Lebensmittel zusammengepackt, als der Tribun Serranus hinter einer Holzwand hervorkam, auf ihn zutrat und ihn ohrfeigte. Er schrie: »Dich will ich lehren, Liebespaare zu beobachten und belauschen.« Dabei schlug er weiter auf Sextus ein. Dieser ließ seine Lebensmittel fallen, wobei die Amphore mit Garum zerbrach und sich scharfer Fischgeruch im Raum ausbreitete. Sextus wehrte die Schläge mit seinen Händen ab, hütete sich jedoch, zurück zu schlagen. Wusste er doch, dass jeder Angriff auf einen Offizier mit Auspeitschung und eventuell mit dem Tode bestraft wurde. Er rief: »Tribun, ich bin doch nur zufällig auf Euch gestoßen.«

Serranus ließ sich nicht abhalten und rief drei weitere Adjutanten, die versteckt in der Ausgabestelle gewartet hatten, herbei. Diese hielten Sextus fest und Serranus schlug mit einem Eichenknüppel, den er mitgebracht hatte, auf ihn ein. Sextus konnte die gegen seinen Kopf gerichteten Schläge mühsam mit seinen Händen und Armen abwehren. Vermehrt schlug deshalb Serranus auf seinen Rücken und seine Beine, stieß ihm den Knüppel in den Bauch und gegen die Brust. Auch die anderen Adjutanten schlugen mit Fäusten auf ihn ein. Als Sextus nach einem Schlag auf seinen Kopf, den er nicht mehr abwehren konnte, zusammenbrach, drosch Serranus auf den hilflos am Boden Liegenden ein. Die drei Adjutanten hatten ihn losgelassen, traten ihm jedoch in seinen Leib und gegen seinen Kopf.

Serranus rief laut nach der Wache des Hauptquartiers und befahl den herbeieilenden Legionären, Sextus in eine Arrestzelle zu sperren. Sextus war inzwischen bewusstlos geworden und musste getragen werden. Von seiner Kopfwunde tropfte Blut auf seine Tunika. Eine Vielzahl von Schwellungen, die aufgeplatzt waren, färbten die Tunika blutrot.

Serranus begab sich zu dem Legaten Julius Strabo und berichtete, dass der Rekrut Leptonius ihn angegriffen und geschlagen habe. Er habe ihn nur mit Hilfe von drei weiteren Militätribunen abwehren können.

Dies war natürlich ein eklatanter Verstoß gegen die Disziplin. Strabo beschloss, erst einmal die Angelegenheit selbst vorweg zu untersuchen, bevor er den Lagerprofos einschaltete. Er lud die genannten Militärtribune einzeln vor und befragte sie. Sie gaben willig Auskunft und bestätigten die Geschichte des Serranus. Der Militärtribun Thermus schmückte sie auch noch aus und gab an, dass der Rekrut mit aller Macht auf Serranus eingeschlagen und ihn bestimmt totgeschlagen hätte, wenn sie ihm nicht zu Hilfe geeilt wären. Strabo zitierte dann noch den Legionär der Lebensmittelausgabe herbei. Dieser antwortete nur stockend und widerwillig. Strabo merkte, dass der Mann Angst vor seinem direkten Vorgesetzten Serranus hatte. Trotzdem erfuhr hier Strabo eine ganz andere Geschichte.

Fabius Ventas wunderte sich wo Sextus so lange blieb und machte sich auf die Suche nach ihm. In der Lebensmittelausgabe traf er niemanden an. Kurz entschlossen fragte er einen Legionär der Hauptquartierswache, ob er einen Rekruten mit Lebensmitteln gesehen habe. Dieser fragte, ob er den Rekruten Leptonius suche. Als Fabius nickte, sagte er: »Diesen haben wir in die Arrestzelle gesteckt. Er hat einen Offizier angegriffen.«

Fabius war ganz erstaunt, kannte er doch inzwischen Sextus gut genug, um zu wissen, dass das nicht stimmen konnte. Er fragte deshalb den Wachlegionär, ob er ihn zu Sextus bringen könne? Dieser stimmte zu, verlangte jedoch einen Sesterz für seine Mühe.

Fabius drücke dem Legionär das Geld in die Hand, und dieser führte ihn in eine Arrestzelle im Untergeschoss des Verwaltungsgebäudes. Dort sah er, dass Sextus bewusstlos auf einer Pritsche lag. Er sprach ihn an und rüttelte an seinen Armen. Sextus erwachte aus seiner Ohnmacht und übergab sich. Fabius sah, dass das Gesicht von Sextus voller Schwellungen war. Wo nicht durch die Tunika verdeckt, zeigten sich blaue Flecken, sowie aufgeplatzte Schwellungen auf seinen Armen und Beinen. Auf seinem Rücken war die Tunika ganz blutig. Sein Gesicht wies Schrammen und Kratzwunden auf und er blutete aus einer Kopfwunde.

Fabius ließ sich von Sextus den Vorfall berichten. Dieser antwortete mit leiser stockender Stimme und unter Stöhnen. Er schilderte wahrheitsgemäß den hinterlistigen Überfall.

Fabius versprach Hilfe im Rahmen seiner Möglichkeiten. Er lief zum Feldscher, berichtete ihm das Vorkommnis und bat ihn, nach Sextus zu schauen. Dieser kam zu ihm in die Zelle und untersuchte ihn. Er teilte ihm mit: »Rekrut, Du hast unheimliches Glück gehabt. Auf Deiner rechten Seite sind zwei Deiner Rippen gebrochen. Ansonsten kann ich keine Brüche feststellten. Durch den Schlag auf den Kopf kannst Du eine Gehirnerschütterung erlitten haben. Aber ich meine, es ist eher eine blutende Wunde. Dein ganzer Körper ist mit Blutergüssen übersät. Ich gebe Dir eine schmerzstillende Salbe und einen Opiumtrunk. Den Brustkorb binde ich Dir ein. Du wirst noch eine Weile Schmerzen haben. Die Blutergüsse werden ein farbiges Muster bilden, aber nach zwanzig Tagen verblassen und nach einem Monat ganz verschwinden.«

Sextus bedankte sich und der Arzt entfernte sich kopfschüttelnd, war ihm doch so ein brutales Vorgehen von Seiten eines Offiziers schon lange nicht mehr untergekommen.

Fabius brachte noch Wein und Hartbrot zu Sextus. Dieser genoss den Wein in kleinen Schlucken. Das Hartbrot widerstand ihm.

Der Legat Strabo ließ Sextus über Nacht in seiner Zelle und ihn am nächsten Tag vorführen. Sextus schleppte sich unter Schmerzen zu ihm und brach in seinem Zimmer ohnmächtig zusammen. Als er wieder zu sich kam, befahl Strabo ihm, den Vorfall und die Hintergründe wahrheitsgemäß zu erzählen. Sextus beschloss, sich nach Möglichkeit an die Wahrheit zu halten. Er berichtete stockend: »Legat, mit dem Militärtribunen Serranus bin ich vor einiger Zeit schon einmal aneinander geraten. Er wollte mir nicht alle meiner Zeltgemeinschaft zustehenden Lebensmittel geben. Vor einigen Tagen ging ich in meiner Freizeit am Ufer des Volturno spazieren. Ich stieß dabei auf ein herrliches Fleckchen in dem Schilfgürtel. Leider war es belegt. Auf dem Sand lagen in inniger Umarmung der Tribun Serranus und ein Mädchen. Ich entfernte mich sofort. Euer Adjutant hat mich aber erkannt, hat mich beim Lebensmittelempfang abgepasst und hat mich mit Hilfe der anderen drei Militärtribunen verprügelt. Drei Militärtribunen hielten mich fest und Serranus schlug mit einem Knüppel auf mich ein.«

»Serranus sagte mir, dass Du ihn angegriffen hättest.«

»Herr, bei Apollo! Ich habe nur versucht, die Schläge abzuwehren und selbst nicht geschlagen.«

Strabo überlegte, wer wohl das Mädchen bei Serranus gewesen war und befürchtete, dass es seine eigene Tochter gewesen sein könnte. Deshalb fragte er:

»Sage mir Rekrut, wer war das Mädchen bei Serranus?«

»Herr, ich habe sie nicht erkannt. Sie trug aber eine fein gewebte kostbare Tunika und eine Halskette. Ich habe sie zuvor noch nie gesehen. Es war aber keine von den Lagerhuren.«

Strabo war in dieser Hinsicht vorerst beruhigt. Er überlegte, wie er die Sache am einfachsten regeln könnte. Er war den Eltern der vier Militärtribunen verpflichtet. Sie hatten ihm für die Stellen ihrer Söhne in der Legion große Geldbeträge gezahlt. Er konnte sie also nicht einfach wieder davon jagen. Andrerseits ging es nicht, dass sie gemeinschaftlich einen wehrlosen Rekruten so grausam verprügelten. Wenn er sie bestrafte, zog er sich den Unmut ihrer Eltern zu. Bestrafte er sie nicht, brachte er die Rekruten der ganzen Legion gegen sich auf.«

Plötzlich kam ihm eine Idee. Er ließ Sextus wieder in die Arrestzelle bringen, befahl aber, ihn gut zu behandeln und zu verköstigen. Dann rief er die Militärtribunen in sein Büro. Er hielt ihnen eine Standpauke: »Tribunen, ich verlange von meinen Adjutanten, dass sie die ihnen zugewiesenen Aufgaben gewissenhaft erfüllen, diszipliniert sind, ihre Untergebenen ausbilden und fördern und gerecht sind. Ihr habt dagegen verstoßen, indem ihr einen Rekruten schwer misshandelt habt. Noch dazu seid ihr gemeinsam auf ihn losgegangen, so dass er keine Chance hatte, sich zu wehren. Obendrein habt ihr mich bei Eurer Befragung schamlos angelogen. Ich bereue, Euch in die Legion aufgenommen zu haben und werde Euch zu Euren Eltern zurücksenden. Ihr seid hiermit entlassen. Das Lager verlasst ihr bis spätestens morgen zur Mittagszeit. Euren Eltern werde ich schreiben.«

Die Tribunen schauten sich betreten an. Wollte doch keiner zu seinen Eltern zurückgesandt werden. Serranus fasste sich als Erster wieder. Er sprach: »Edler Legat, bitte überdenke doch noch einmal Deine Entscheidung.« Er schaute seine Genossen beschwörend an und fuhr fort: »Entlasse uns bitte nicht, sondern lege uns eine andere Bestrafung auf. Wir werden Deinen Auflagen nachkommen.«

Strabo überlegte das Für und Wider der einzelnen Maßnahmen. Dann verkündete er: »Nun gut, ich nehme meinen vorherigen Spruch zurück, verlange aber von Euch, dass ihr Euch in Zukunft gegenüber den Rekruten anständig benehmt. Alle vier bekommt ihr einen einmonatigen Hausarrest. Ihr bleibt an Eurem Arbeitsplatz oder Eurem Zimmer. An den Rekruten Leptonius zahlt ihr ein Schmerzensgeld in Höhe von je zweitausend Sesterzen. Für die Dauer Eures Hausarrestes bekommt ihr als Getränk nur Wasser. Ich werde den Koch anweisen, Euch keinen Wein abzugeben. Seid ihr mit diesen Bedingungen einverstanden?«

Die Tribunen stimmten den Auflagen zu. Hatten sie doch befürchtet, schimpflich aus dem Lager vertrieben zu werden.

Kurz danach wurde Sextus wieder zu Strabo geführt. Dieser teilte ihm mit, welche Strafe die Tribunen erhalten hätten und befahl ihm, das Schmerzensgeld als Entschädigung und Wiedergutmachung anzunehmen. Er solle sich in sein Zelt begeben und bräuchte erst wieder an der Ausbildung teilzunehmen, wenn er sich dazu gesundheitlich in der Lage fühle. Sextus bedankte sich und fragte noch nach den Namen der Tribunen. Strabo entgegnete: »Serranus kennst Du ja schon. Die anderen sind die Senatorensöhne Lucius Longus, Sempronius Thermus und Domitius Glabrio.«

Sextus prägte sich die Namen ein und begab sich in sein Zelt. Er war mit der von Strabo bestimmten Regelung nur teilweise einverstanden. Er hätte sich eine strengere Bestrafung der Tribunen gewünscht, zumal er nichts Verbotenes getan hatte, und schwor insgeheim bittere Rache.

Kaum war er im Zelt, besuchten ihn die Rekruten der gesamten Centurie und ließen sich den Vorfall berichten. Sie bedauerten Sextus und wünschten ihm gute Besserung. Auch Cassus und der 1. Centurio suchten ihn auf und erklärten, dass sie voll auf seiner Seite stünden.

Strabo erzählte am Abend seiner Frau und seiner Tochter von dem Vorfall und wie elegant er die Angelegenheit gelöst habe. Als er die Angaben des Sextus vortrug, bekam seine Tochter ganz rote Ohren. Sie dachte: >Kann es sein, dass mich der Rekrut nicht erkannt hat. Möglich wäre es schon. Er hat ja ganz woanders hingeschaut als in mein Gesicht und er hat meinem Vater auch nicht erzählt, dass sowohl Serranus, als auch seine >Begleiterin< nackt im Schilf gelegen sind.<

Fulvia Strabo ritt weiterhin nachmittags aus, allerdings ohne Serranus, der ja Hausarrest hatte. Abends ging sie wie immer durch die Lagergasse und geilte durch ihren freizügigen Anblick die Rekruten auf. Gar mancher träumte von ihr. Eines Abends wurde sie von ihrer Mutter begleitet. Diese beanstandete sie gleich beim Weggehen: »Fulvia, ziehe Deine Tunika weiter herunter. So wie Du angezogen bist, gehe ich nicht mit Dir. Man kann Dir ja in den Schritt sehen.« Fulvia tat wie geheißen.

Bei den Warenständen kam ihnen Sextus, der halbwegs genesen war, entgegen, lächelte und grüßte sie höflich. Licinia Strabo fragte ihre Tochter, wer der junge Mann gewesen sei.

»Oh Mutter, das war doch der Rekrut Sextus Leptonius, der von Serranus verprügelt worden war.« Die Worte waren nur so aus ihr herausgerutscht und sie hätte sich auf die Zunge beißen können. Durfte sie doch Sextus gar nicht kennen. Die nächste Frage ihrer Mutter lautete dementsprechend: »Woher kennst Du ihn denn überhaupt.« Dies wollte natürlich Fulvia nicht wahrheitsgemäß beantworten und entgegnete deshalb: »Nun Mutter, ich habe den Rekruten schon öfters gesehen. Er holt immer die Lebensmittel an der Warenausgabe ab. Da er ein hübscher Bursche ist, habe ich den Nahrungsverwalter nach seinem Namen gefragt.

Nach ihrem Spaziergang knöpfte sich Licinia ihre Tochter vor, hatte sie sich doch über die Geschichte zwischen Sextus und Serranus ihre eigenen Gedanken gemacht. Die Angaben ihrer Tochter zu dieser Sache, kamen ihr etwas merkwürdig vor. Sie fragte diese deshalb direkt: »Hast Du mit dem Rekruten Leptonius eine Affäre?«

»Aber nein Mutter, mit so einem Bauernsohn würde ich mich nie abgeben. Er sieht zwar ganz gut aus, doch er ist nicht von unserem Stand.«

»Ja, das akzeptiere ich. Aber jetzt erzählst Du mir genau, wann und wo Du ihn kennen gelernt hast.«

Fulvia beschloss, ihrer Mutter teilweise die Wahrheit zu erzählen:

»Nun, ich habe bei einem meiner Ausritte den Adjutanten von Vater, den Senatorensohn Serranus getroffen. Dieser hat mir ein schönes Plätzchen am Flussufer gezeigt. Wir haben uns dort hingesetzt und uns ausgeruht. Plötzlich stand der Rekrut vor uns. Als ich ihn anschaute, rannte er davon. Seinen Namen habe ich erst später aus der Erzählung von Vater erfahren.«

»Was hat denn den Rekruten so verschreckt, das er vor Deinem Anblick davongelaufen ist?«

»Mutter, mein Gewand war etwas verrutscht und mein Busen war zu sehen. Vielleicht war ihm das etwas peinlich.«

Licinia Strabo dachte sich, dass die Geschichte noch nicht vollständig war, ließ die Angelegenheit aber auf sich beruhen.

In der Nacht erzähle sie ihrem Mann, dass Fulvia wahrscheinlich mit Serranus ein Verhältnis habe. Strabo regte sich darüber auf: »Ausgerechnet mit Serranus. Dies ist der fieseste und ehrloseste Geselle, den ich je als Adjutanten gehabt habe. Als Schwiegersohn lehne ich ihn ab.

Dich und unsere Tochter ins Lager zu holen, war wohl doch keine so gute Idee. Du reist morgen mit Fulvia nach Rom und vervollständigst dort ihre Ausbildung. Schaue Dich nach einem geeigneten Ehemann für sie um. Lasse auch unsere Villa dort renovieren.«

Julius Strabo stammte aus einer Seitenlinie der Meteller. Er war einhunderteinundfünfzig in Antium (Anzio) geboren. Als junger Mann war er in die Armee eingetreten und hatte als Adjutant in dem Heer des Scipio an der Belagerung von Numantia teilgenommen. Er hatte sich dort durch Tapferkeit ausgezeichnet und war in der Militärhierarchie langsam aufgestiegen. Er diente als Vertreter des Legaten in der III. Legion und hatte jetzt die Stelle eines Legaten der VII. Legion erlangt.

Er hatte von seinem Vater mehrere große Landgüter geerbt, die er von Verwaltern bewirtschaften ließ. Dadurch hatte er ein geregeltes Einkommen.

Strabo war groß gewachsen und mit seinen knapp vierzig Jahren ein schöner Mann. Er war ein guter Truppenführer, war mäßig im Essen und Trinken, ein Vorbild für seine Legionäre und allerseits beliebt. E hatte zwei Kinder, seine Tochter Fulvia und seinen Sohn Publius, der in der III. Legion als Adjutant diente. Seiner Ehefrau war er öfters untreu. Dies wurde aber von niemandem als Mangel angesehen.

Kaum war seine Ehefrau nach Rom zurückgereist, sah er sich nach einer Freundin um. Der Zufall kam ihm zu Hilfe. Bei einer Esseneinladung durch den Stadtsenat lernte er die Senatorengattin Quinta Cecilius kennen. Er teilte sich mit ihr eine Liege. Er freute sich, dass ihm der Gastgeber eine so schöne und junge Tischdame zugeteilt hatte. Sie unterhielt sich freundlich mit ihm und schaute ihn aufmunternd an. Strabo deutete ihre Blicke schon richtig. Um aber ganz sicher zu gehen, legte er seine Hand auf ihren Oberschenkel. Sie erwiderte den Druck mit ihrem Bein. Ihre Augen leuchteten auf, und sie lächelte ihn an. Er fragte sie deshalb direkt, ob er sie nach Hause begleiten dürfe. Dies lehnte sie aber mit der Bemerkung ab, dass ihr Ehemann unter den Gästen sei und sie mit diesem nach Hause gehen würde, bestellte Strabo aber für den nächsten Tag zur siebten Stunde zum Senatsgebäude.

Während dieses Gesprächs bemerkte Strabo, dass ihn ein stattlicher fünfzigjähriger Mann, der mit seiner Dame auf einer der Nachbarliegen lag, böse musterte. Er fragte Quinta, ob sie diesen Gast kenne und erhielt die Antwort, dass dies der Abgesandte der Stadt Rom sei. Sie habe sich einmal mit ihm getroffen, und deshalb meine er, ein Anrecht auf sie zu haben. Strabo lächelte und grüßte über den Tisch hinweg den ihn anstarrenden Römer. Dieser erwiderte den Gruß nicht, drehte sein Gesicht zur Seite und widmete sich seiner neben ihm liegenden Tischdame, der älteren Gattin eines Stadtsenators.

Am nächsten Abend ritt Strabo in die Stadt und war pünktlich am Eingang zum Senatsgebäude. Er musste nur kurz auf Quinta warten. Diese war verschleiert zu dem Treffen gekommen. Sie begrüßte ihn mit einer Umarmung, nahm ihn an der Hand und zog ihn zu einer großen Insula (Mietshaus) in einer Seitenstraße. Sie betrat diese und schloss ein Zimmer im Erdgeschoss auf. Dieses war nur mit einer Anrichte und einem breiten Bett möbliert. Quinta löste ihren Schleier, umarmte Strabo und küsste ihn. Gleichzeitig langte sie ihm zwischen die Beine und fühlte wie sich ihr seine Männlichkeit entgegen drängte.

Strabo hatte schon zahlreiche Liebschaften gehabt und war ein erfahrener Frauenverführer. Heute war es aber so, dass ihn Quinta verführte. Sie langte unter seine Tunika, umfasste sein Glied und zog ihn an diesem zu der Bettstatt. Gleichzeitig zog sie sich mit wenigen Handgriffen aus und streckte ihm ihren Körper entgegen. Strabo sah sich einer schlanken und wohlproportionierten Frau gegenüber. Diese umarmte ihn und ließ sich mit ihm rückwärts auf das Bett fallen. Sein Glied fand von ganz alleine ihre Scheide und er stieß sofort, ohne sich erst auszuziehen, zu. Nach wenigen Minuten brachte er Quinta und sich selbst zu einem Höhepunkt. Quinta stieß, als sie diesen erreichte, spitze Schreie aus und umklammerte die Hüften von Strabo mit ihren Beinen, während er nur laut stöhnte.

Danach unterhielten sie sich. Quinta fragte, ob sie ihm Vergnügen bereitet habe und als er dies bestätigte, meinte sie, dass er sich für den Liebesbeweis erkenntlich zeigen müsse. Strabo war ob dieser Forderung schockiert, hatte er doch bisher für Liebesdienste nie bezahlen müssen. Im Gegenteil, viele, auch junge Damen, hatten ihm noch Geschenke überreicht. Er war deshalb tief in seiner Eitelkeit getroffen, dass er plötzlich für so einen Genuss zahlen sollte, versprach aber, bei ihrem nächsten Treffen ein Geschenk mitzubringen und verabredete sich mit ihr für den drittnächsten Abend um die gleiche Uhrzeit.

Quinta erklärte ihn noch, dass sie das Zimmer gemietet habe, und sie zeigte ihm, wo der Zimmerschlüssel abgelegt wird. Sie bat Strabo im Zimmer auf sie zu warten.

Strabo kam auch zum zweiten Treffen und brachte als Geschenk einen silbernen Ring mit einem Aquamarin mit. Diesmal nahm er sich für ihr Vergnügen mehr Zeit. Er küsste sie und streichelte sie am ganzen Körper, bis sie ihn bat, in sie einzudringen. Durch langsame aber stetige Stöße bracht er sie und sich zum Höhepunkt. Quinta meinte. » Julius, Du kannst ja eine Frau richtig glücklich machen. Ich habe Deine Zärtlichkeiten intensiv genossen. Besonders als Du erst mit einem und dann mit zwei Fingern in mich eingedrungen bist. Ab da wollte ich unbedingt Dein Glied in mir haben. Ich möchte auch in Zukunft kein Geschenk mehr von Dir annehmen. Dein Kommen allein ist mir Geschenk genug. Kannst Du es einrichten, mich öfters zu besuchen?«

»Ja, das wäre schon möglich, nur in den nächsten Tagen geht es nicht. Ich muss nach Rom reisen und den Ersten Konsul L. Caecilius Metellus Diadematus aufsuchen und hoffe, in zehn Tagen wieder zurück zu sein.

Am nächsten Tag ritt Strabo in Richtung Rom und kam nach drei Tagen dort an. Er begab sich in sein Anwesen und begrüßte seine Ehefrau und seine Tochter. Diese freuten sich, ihn zu sehen und erdrückten ihn fast mit ihren Umarmungen. Seine Ehefrau berichtete ihm, dass sie mit dem achtzehnjährigen Quintus Sidonius, dem zweiten Sohn aus der Sippe der Sidonier, einer Nebenlinie der Scipionen, einen idealen Heiratskandidaten gefunden habe. Sie habe an dessen Vater geschrieben und einen positiven Bescheid bekommen. Für Fulvia habe sie einen Hauslehrer besorgt, der ihr Wissen ergänze. Sie selbst brächte ihr die Führung eines großen Haushaltes bei.

Am Abend kroch sie unter die Bettdecke von Strabo und forderte ihn auf, seine ehelichen Pflichten zu erfüllen. Strabo kam der Aufforderung nach, erreichte aber bei weitem nicht die Lust, die ihn bei seinen Treffen mit Quinta erfüllte.

Er ließ sich am nächsten Tag bei dem Vater von Quintus, einem ehemaligen Prätor mit dem gleichen Namen melden. Bei einem Gespräch beschlossen sie, ihre Kinder zu verheiraten und fertigten einen entsprechenden Ehevertrag.

Am Nachmittag des gleichen Tages meldete er sich bei dem Ersten Konsul. Dieser trat auf ihn zu und umarmte ihn wie einen alten Freund. Dann fragte er ihn, wie weit der Ausbildungsstand der VII. Legion gediehen sei. Er war hoch erfreut, als ihm Strabo berichtete, dass die Legion in ungefähr einem Monat eingesetzt werden könne. Caecilius Metellus befahl: »Strabo, Du hast noch Zeit bis zum ersten März den Ausbildungsstand zu erhöhen. Zu diesem Zeitpunkt kann ich genug Last- und Kriegsschiffe nach Misenium beordern. Du verschiffst die Legion nach Carthago Nova und marschierst von dort nach Lusitanien und zwar nach Emerida und meldest Dich bei dem Prokonsul und Statthalter. Dieser erteilt Dir weitere Befehle. Deine Legion wird zur Befriedung von aufrührerischen Stämmen und zur Einrichtung einer Provinz eingesetzt.«

Strabo äußerte nur, dass er dem Befehl des Konsuls nachkommen werde und ritt zum Ausbildungslager zurück.

Bis zu seiner Abreise besuchte in regelmäßigen Abständen Quinta und brachte ihr manchmal kleine Geschenke mit.

Im Lager war die Ausbildung inzwischen unvermindert hart weiter gegangen. Sextus erholte sich insgesamt zwanzig Tage von seinen Verletzungen und meldete sich dann bei Cassus wieder zum Dienst. Er war zwar noch nicht wieder ganz hergestellt, konnte aber an der weiteren Ausbildung teilnehmen.

Nach zehn Tagen hatten die Rekruten wieder einen Tag frei. Fabius Ventas und Sextus Leptonius wanderten am Nachmittag nach Capua. Durch einen Boten, einen Legionssklaven, hatten sie sich mit Anthea verabredet. Sie kauften am Stand eines Stoffhändlers je ein buntes Stoffband als Mitbringsel für die Mädchen.

Anthea erwartete sie schon vor dem elterlichen Haus. Bei ihr stand ihre gleichaltrige Freundin Selina Marco. Beide blickten den Jungen lachend entgegen. Anthea fragte: »Ist es Euch schwer gefallen, das Anwesen zu finden? Immerhin liegt es versteckt in einer Seitenstraße.«

»Nein,« antwortete Fabius, »wir haben uns genau an Deine Beschreibung gehalten. Zweite Seitenstraße links nach dem Forum in Richtung Westen; dann das fünfte Anwesen auf der linken Seite mit einem hohen Pistazienbaum hinter der Einfassung.« Anthea bemerkte: »Mein Vater ist ganztägig als Verwalter im städtischen Rathaus beschäftigt. Er kommt immer nach Einbruch der Dunkelheit zurück. Ich habe unserem Koch, dem Sklaven Nucius, befohlen ein Gastmahl für vier Personen zu richten und nun tretet bitte ein.« Anthea führte ihre Gäste über den Vorraum und das Atrium in das Speisezimmer. Diese waren relativ groß. Die Wände waren mit bunten Fresken bemalt. In den Alen (Nischen) standen Büsten von bekannten Familienmitgliedern. Aus Vasen leuchteten bunte Blumensträuße, welche die Räume mit einem süßen Duft füllten.

Sextus schaute sich Selina, die er zuvor noch nicht gesehen hatte, prüfend an. Er stellte fest, dass sie fast so schön wie Anthea war und war mit der Wahl von Anthea zufrieden.

Im Speisezimmer standen schräg zu einem Tisch zwei Doppelliegen. Anthea wies Sextus und Selina eine Liege zu und legte sich mit Fabius auf die Zweite. Selina fragte: »Fabius und Sextus, wie geht es Euch bei Eurer Ausbildung? Lernt ihr viel und ist Euer Ausbilder streng?«

Fabius antwortete: »Unser Ausbilder heißt Cassus. Er bringt uns viel bei und fordert uns aber auch. Sein beliebtester Spruch ist: »Rekruten marsch vorwärts.« Anthea wollte wissen: »Bekommt ihr genug zu essen?« Sextus meinte: »Das Essen reicht gerade so, ist jedoch etwas eintönig. Meist gibt es Mehlbrei mit Honig und Früchten, oder Fladenbrot mit Gemüse. Unser Zeltkoch Marius Cussus gibt sich die größte Mühe, aber aus den Zutaten kann er nur einfache Gerichte kochen. Dreimal im Monat gibt es frisches Schweinefleisch. Auf dieses Essen freuen sich schon alle.«

»Heute sollt ihr verwöhnt werden. Ich habe unseren Koch extra ermahnt, sich Mühe zu geben,« verkündete Anthea. Sie klatschte in die Hände und eine junge Sklavin schaute zur Türe herein. Anthea befahl: »Fangt mit dem Auftragen an!« Zwei Sklavinnen trugen Platten mit eingelegtem Gemüse, Oliven in Honig, Muscheln, Kräutern, gedünsteten Pilzen, süßem gehobeltem Rettich und hart gekochten Eiern auf. Dazu reichten sie einen roten Falerner und einen weißen Cäcuber, beide aus Kampanien. Ventas und Sextus langten beherzt zu. Anthea bremste sie: »Hallo ihr zwei, nehmt etwas weniger, wer soll den sonst den Braten und die Nachspeise verzehren?«

Sextus und Fabius blickten erstaunt auf. Sie hatten gemeint, dass die aufgetragene Vorspeise die Hauptspeise war und sie sich daran satt essen sollten.

Sextus sagte: »Entschuldige bitte, sowohl bei meinen Eltern, wie auch im Lager hat es immer nur eine Speise gegeben. Dass bei einem Essen mehrere Speisen gereicht werden, ist mir vollkommen neu. Bei Fabius dürfte es das gleiche sein.« Fabius nickte bekräftigend.

Sextus prostete der Runde wiederholt zu und sie tranken den aufgetischten Wein, den sie nur teilweise mit Wasser verdünnten.

Danach kam der Hauptgang. Auf Platten lagen Kotelett- und Bratenstücke vom Schwein, Lamm und Kalb. Daneben gebratene Gänseleber, scharf gewürzte Schweinswürste, Hirschschulter und Hähnchenschenkel. Dazu wurde ein mit Sahne und Honig verfeinerter und mit Garum gewürzter Mehlbrei gereicht.

Als Nachspeise gab es Trauben, Feigen, Datteln und mit Honig und Nüssen gewürzten Kuchen.

Nach dem Essen stand Sextus auf, verbeugte sich vor Anthea und hielt eine Rede: »Liebe Anthea, als Fabius mich zu Dir einlud, dachte ich zwar, dass wir besser essen würden, als im Legionslager, jedoch nicht, dass wir so reichlich und gut zu Essen bekommen würden. Im Lager bekommen wir nur alle zehn Tage Fleisch und davon auch nicht viel. Dir danken wir für das erlesene Mahl. Ich freue mich, dass Du Fabius bestimmt hast, einen Kameraden mitzubringen und dass Du mit Selina eine so hübsche Freundin eingeladen hast.«

Anthea bedankte sich für die Anerkennung und schenkte allen von dem Cäcuber nach. Sie stimmte die Weise eines Liebesliedes an und die Übrigen fielen in den Gesang ein. Der Weingenuss entspannte sie, und sie räkelten sich alle auf den Liegen.

Selina rückte etwas zu Sextus, so dass sich ihre Körper berührten. Sextus, der schüchtern war, rutschte zur Kante der Liege, Selina stellte aber den Körperkontakt wieder her und streichelte seinen Kopf und küsste ihn. Ihre Zunge stieß zwischen seine Lippen, die sich leicht öffneten. Danach streichelte sie ihn unter der Tunika am Oberkörper und küsste ihn weiterhin zärtlich. Sextus war es etwas peinlich, im Beisein von anderen Zärtlichkeiten mit einem Mädchen auszutauschen. Er schaute zu Anthea und Fabius und sah, dass diese sich gegenseitig unter den Tuniken streichelten und Anthea ein ganz verzücktes Gesicht machte.

Selina dachte: »Der Sextus ist doch ein etwas steifer Geselle. Er hat bestimmt noch kein Mädchen gehabt. Aber da kann ich ja Abhilfe schaffen. Sie streichelte ihn weiter und küsste ihn heiß. Mit ihrer Hand geriet sie dabei immer tiefer und berührte sein Glied, das schon seit geraumer Zeit steif von seinem Körper abstand und rieb daran. Sextus genoss es, so von Selina gestreichelt zu werden. Er sah einmal kurz zu dem anderen Paar hinüber. Die beiden hatten ihre Tuniken ausgezogen und Fabius streichelte Anthea, die auf dem Rücken lag. Dies spornte Sextus an, worauf er Selina unter der Tunika ihre Brüste und ihren Schamhügel streichelte. Er nahm noch wahr, dass Fabius in Anthea eindrang und hörte ihr lautes Stöhnen. Selina zog ihre Tunika über ihren Kopf; darunter war sie nackt. Sie schob die Tunika von Sextus hoch, kletterte über ihn und ließ sich mit ihrem Geschlecht auf sein steil empor stehendes Glied niedersinken. Sie hob und senkte ihren Unterleib, so dass Sextus tief in sie eindrang. Er kam ihren Bewegungen entgegen. Im Unterbewusstsein registrierte er einen langen Schrei von Anthea. Selina ritt richtig auf ihm. Nach kurzer Zeit erreichte sie einen Orgasmus, machte aber weiter und brachte Sextus ebenfalls zum Höhepunkt. Anthea und Fabius ruhten nackt und verschwitzt auf der Liege neben ihnen. Fabius hatte die Hand im Schoß von Anthea und streichelte sie leicht.

Anthea dankte es ihm mit einem wohligen Schnurren.

Sextus bedankte sich bei Selina für den Liebesgenuss. Er bemerkte: »Ich habe so etwas noch nie gemacht und es war wunderschön.« Selina nahm die Worte lächelnd entgegen. Sie dachte: >Ich musste mich ja ganz schön anstrengen, ihn zu verführen und auch als er unter mir lag, musste ich die meiste Arbeit leisten. Er ist aber gut ausgestattet. Zufrieden bin ich, dass ich auch den Höhepunkt erreicht habe.< Sie sagte: »Lieber Sextus, so gut wie Du mich geliebt hast, hat es noch keiner getan. Du hast ein Riesenglied und wirst noch viele Mädchen damit glücklich machen. Ich habe sofort einen Orgasmus erreicht, was bei mir nicht so häufig ist.«

Sextus sah, dass Fabius und Anthea gemeinsam Wein aus einem Becher tranken und sich heiß küssten. Er kuschelte sich an Selina und schloss die Augen. Er merkte dann, dass Selina kurz aufstand und sich dann wieder zu ihm legte. Wieder streichelte sie ihn am ganzen Körper und küsste ihn. Ihr Mund wanderte von seinen Lippen über seine Brustwarzen und wieder zurück. Sextus schaute auf. Verwundert merkte er, dass nicht Selina, sonder Anthea bei ihm lag. Seine Erregung war schon so weit gediehen, dass ihn dies nicht mehr störte, im Gegenteil, er genoss den Mund von Anthea. Diese zog ihn plötzlich über sich und er drang wild stoßend in sie ein. Sie wölbte ihm ihren Unterleib entgegen und legte dann ihre Beine um seine Taille. Sie stöhnte bei jedem Stoß und schrie laut, als sie einen Orgasmus erreichte. Kurz danach ergoss sich Sextus in sie. Erschöpft fielen beide nebeneinander auf die Liege.

Selina und Fabius waren desgleichen beim Liebesspiel. Selina kauerte auf Händen und Knien auf der Liege und Fabius stieß von hinten in ihr Geschlecht hinein. Beide kamen nach langem Stöhnen und Schreien zum gemeinsamen Höhepunkt

Sextus wurde von Anthea als Liebhaber gelobt. Insgeheim dachte sie: »Es war schön und ich wurde heute zweimal befriedigt, aber die Jungs müssen noch viel lernen. Vor allen Dingen müssen sie zärtlicher und einfühlsamer vorgehen.«

Sie ruhten sich noch eine Weile aus. Selina meinte, dass sie jetzt nach Hause müsse. Alle verabschiedeten sich und vereinbarten, dass sie sich am nächsten freien Tag, den der Legat genehmigte, wieder treffen würden.

8

Sextus und Fabius kehrten glücklich, ausgeglichen und zufrieden in das Lager zurück. Sie dachten über das Erlebte nach und priesen gegenseitig die Vorzüge ihrer Gespielinnen. Ihren Zeltgenossen gegenüber gaben sie an. Sie erzählten ihre Erlebnisse, bauschten sie jedoch so auf, dass sie nicht mehr glaubwürdig waren.

Der Militärtribun Serranus, hatte sich mit dem mit ihm befreundeten Militärtribunen Thermus über ihre Freizeitgestaltung beraten. Sie waren übereingekommen, eine Wohnung in einer Insula in der Innenstadt von Capua anzumieten, um von dort aus in ihrer Freizeit Kneipen aufzusuchen und amouröse Abenteuer zu erleben. Nach kurzer Suche hatten sie eine voll möblierte Wohnung in einer der Hauptstraßen von Capua gefunden. Der Eigentümer hatte im Voraus die Zahlung der monatlichen Miete von fünfzig Sesterzen verlangt, und Serranus hatte für zwei Monate bezahlt.

In den nächsten Tagen ritten sie nach Dienstschluss in die Stadt, besuchten schon ab dem frühen Nachmittag in Zivil die Kneipen in der Stadt, tranken übermäßig und legten sich mit Kaufleuten und Matrosen an. Am Abend luden sie Gelegenheitsprostituierte in ihre Wohnung ein und vergnügten sich dort mit diesen.

Serranus meinte nach solch einem Abend, dass es mit diesen Gespielinnen, die willig die Beine öffnen würden, auf die Dauer langweilig sei. Er schlug vor, dass sie sich ein junges Mädchen, das vielleicht von einer Besorgung nach Hause eilen würde, aussuchen, dieses überwältigen und vergewaltigen sollten. Thermus war von diesem Plan begeistert. Außerdem heckten sie noch eine perfide Gemeinheit aus.

Sie planten ihre Tat für den Tag, an dem die Rekruten frei hatten und aller Wahrscheinlichkeit Capua besuchen würden. Sie wollten Sextus die Vergewaltigung anzulasten.

An diesem Abend, nachdem es dunkel geworden war, begaben sie sich auf die Straße und hielten nach einem geeigneten Opfer Ausschau. Nur kurze Zeit später kam ihnen ein ungefähr siebzehnjähriges hübsches Mädchen entgegen, das in einem Einkaufskorb mehrere Fladenbrote mitführte. Serranus und Thermus verständigten sich kurz mit einem Blick, vergewisserten sich, dass die Straße von Passanten frei war, ließen das Mädchen passieren und schlichen sich sofort wieder von hinten an sie heran. Serranus umschlang sie mit den Armen und hielt ihr den Mund zu. Anschließend verbanden sie ihr die Augen, steckten ihr einen Knebel in den Mund und schleiften sie zur angemieteten Wohnung.

Dort stülpte ihr Thermus einen Sack über den Kopf. Anschließend vergewaltigten sie das noch unschuldige Mädchen auf die brutalste Weise.

Nachdem ihre Tochter Livia nicht nach Hause gekommen war, machten sich der Möbelschreiner Lucius Kaseos und seine Frau Sorgen über ihren Verbleib. Sie nahmen Fackeln mit und suchten die Straße zwischen der Bäckerei und ihrer Wohnung ab. Ihre Tochter Livia war weder in dieser Straße, noch in einer der Seitengassen zu sehen. In einem Hauseingang fanden sie jedoch ihren Einkaufskorb und verstreut herumliegende Fladenbrote.

Sofort dachten sie sich, dass ihre Tochter entführt oder ermordet worden war. Sie suchten den Polizeicenturio im Wachlokal auf und schilderten den Vorfall. Dieser durchkämmte zusammen mit seinen Bütteln das fragliche Stadtviertel. Sie konnten jedoch Livia ebenfalls nicht finden.

Zur späten Nachtzeit kam Livia nach Hause. Sie war übel zugerichtet. Ihre Tunika war zerrissen, das ganze Gesicht geschwollen, die Lippen zerbissen, die Wangen sowie der Hals zerkratzt und ein Auge blutunterlaufen.

Ihre Eltern sahen sie erschrocken an. Sie freuten sich jedoch, sie wieder zu sehen, hatten sie doch viel Schlimmeres befürchtet.

Livia berichtete mit leiser, stockender und verschämter Stimme, dass sie von zwei Unbekannten überwältigt, geschlagen, in ein Anwesen gezerrt und dort vergewaltigt worden war.

Erst als sie mit ihrer Mutter allein war, erzählte sie unter Weinen weitere Einzelheiten.

»Hast Du denn keinen erkannt, oder kannst Du sonstige Hinweise geben, damit diese Kerle ermittelt und bestraft werden können,« fragte ihre Mutter.

»Nein, ich weiß nicht wer sie sind. Sie hatten eine Aussprache wie vornehme Römer und der, der mich zuerst vergewaltigte sprach den anderen mit Sextus und auch einmal mit Leptonius an.«

»Nun, das ist doch ein ganz brauchbarer Hinweis.«

Der Schreiner Kaseos zeigte am nächsten Morgen den Vorfall beim Ädilen an. Dieser kam zu dem Schluss, dass es sich bei den Vergewaltigern um Angehörige der VII. Legion handeln dürfte und begab sich zum Profos des Ausbildungslagers.

Am nächsten Tag wurde Sextus vom Speerwerfen weg zum Lagerprofos Aemilian Titas befohlen. Sextus meldete sich bei ihm in dessen Amtszimmer im Verwaltungsgebäude. Außer Titas befand sich noch eine weitere Person dort, die Titas als den Ädilen der Stadt Capua, Lucius Plinus, vorstellte. Dieser hatte Livia und deren Mutter mitgebracht. Sie befanden sich im Nebenraum hinter einer angelehnten Türe und konnten die Gespräche im Amtszimmer mithören.

Titas vernahm Sextus formell. Er forderte ihn auf, zu berichten, wie er den gestrigen Tag verbracht hätte. Sextus erklärte, dass er am Vormittag im Lager war und am Nachmittag mit Fabius Ventas nach Capua marschiert sei. Dort hätten sie zwei Mädchen getroffen und sich bei ihnen bis zum Abend aufgehalten. Dann seien sie ins Lager zurück gelaufen.

Hier mischte sich der Ädil in die Vernehmung und erntete deshalb von Titas einen ärgerlichen Blick. Plinus hielt Sextus vor: »Die Mädchen, die ihr besucht habt, haben Euch wohl nicht rangelassen. Deshalb habt ihr auf der Straße ein Mädchen gepackt, in eine Absteige gezerrt und brutal vergewaltigt.«

Sextus wurde bei diesem Vorwurf ganz blass. Er antwortete: »Nie und nimmer haben wir so etwas Abscheuliches getan.«

»Lüge nicht, Du bist bei der Tat von Deinem Kameraden mit Sextus Leptonius angeredet worden.«

»Nein, wir haben so etwas nicht gemacht, vernehmt doch Fabius Ventas dazu. Außerdem soll mir das vergewaltigte Mädchen ins Gesicht sagen, dass ich sie vergewaltigt habe.«

Hier ergriff Titas wieder das Wort: »Ja, das werde ich tun.« Er ließ Sextus unter Bewachung in einen anderen Raum bringen und schickte nach Fabius.

Dieser bestätigte die Angaben des Sextus. Titas fragte ihn nach den Namen der beiden Mädchen, die sie in Capua besucht hatten. Fabius weigerte sich vorerst, diese Namen zu nennen.

Dann wurde Sextus wieder in den Raum geführt. Titas öffnete die Türe zum Nebenzimmer und fragte die dort stehende Livia, ob die beiden Rekruten als Täter wieder erkennen würde? Livia erklärte, sie könne dies nicht sagen, da sie ja ihre Vergewaltiger nicht gesehen habe. Aber diese hätten das Latein der vornehmen Römer und keinen Dialekt wie die Rekruten gesprochen. Sie glaube nicht, dass sie von den Rekruten vergewaltigt worden war.

Titas erklärte daraufhin, dass er alles getan habe, um dem Ersuchen des Ädilen nachzukommen. Offensichtlich wurde die Tat nicht von den genannten Rekruten begangen und die Angelegenheit sei von seiner Seite aus erledigt. Er entließ Sextus und Fabius.

Sextus hatte die übel zugerichtete Livia gesehen, Er dachte sich, dass diese genau so behandelt worden war, wie er einst von Serranus. Er schlussfolgerte, dass Serranus das Mädchen misshandelt und aus Rache den Verdacht durch Nennung seines Namens auf ihn gelenkt habe.

Er nahm sich vor, den wahren Sachverhalt zu ermitteln, kam aber nicht mehr dazu, weil Cassus zwei Tage später verkündete, dass am Vormittag des nächsten Tages die Ausrüstung verstaut werde solle und am Nachmittag die gesamte Legion zum Hafen nach Misenum (Miseno) marschieren würde, um am darauf folgenden Tag verladen und nach Hispanien verschifft zu werden. »Legionäre, ja so spreche ich Euch heute an und nicht Rekruten, ihr habt Eure Ausbildung mit Bravour abgeschlossen und seid für einen Kampfeinsatz gerüstet und gewappnet.

Die Armee in Hispanien wartet dringend auf Euer Eintreffen. Alle Zelte, die Kochtöpfe und die Kornmühlen werden auf Karren verladen. Backt heute eine größere Anzahl von Fladenbroten und empfangt für mehrere Tage Korn, Garum, Olivenöl und Wein. Es könnte sein, dass ihr auf den Schiffen keine Verpflegung erhaltet,« gab Cassus bekannt. Zwischenzeitig wurde Sextus zum Rechnungsführer der Legion gerufen. Es war einer der neu angekommenen Quaestoren. Dieser händigte ihm achttausend Sesterzen Schmerzensgeld aus. Sextus nahm es mit Befriedigung an und beschloss einen Teil davon zum Kauf von Lebensmittel für die Centurie zu verwenden.

Bis zum Mittag waren die Zeltgemeinschaften des Cassus zum Abmarsch bereit. Dieser zögerte sich jedoch hinaus, weil die Sklaven die Katapultmaschinen nicht fachgerecht zerlegt hatten.

Am Nachmittag marschierten sie nach Misenum, wo die Transportflotte auf sie wartete. Es waren mit der Reiterei, den Balearos und den Sklaven etwa siebentausend Personen zu verschiffen. Dazu kamen noch etwa fünfzig Karren, einhundert Maultiere und zweihundert Pferde.

Für die Tiere waren gesonderte Schiffe mit Verschlägen auf Deck bereitgestellt worden. Pferde und Maultiere wurden in ein am Boden liegendes Netz geführt und mussten auf einer Bretterplattform stehen bleiben. Ein Kran zog die Enden des Netzes hoch, schwenkte über das Schiff und ließ seine Last hinab. Die Tiere hatten Angst und schrieen jämmerlich. Keiner der Treiber konnte sie beruhigen.

Sextus interessierte sich für die Mechanik des Kranes. Er sah, dass in einem auf einer Mittelachse gelagerten Laufrad acht Sklaven auf Kommando aufwärts liefen und so das Rad durch ihr Gewicht in Bewegung setzten. Außerhalb des Laufrades wickelte eine Spule dadurch ein Seil auf. Dieses lief über Rollen nach oben und über den Kranausleger nach unten. Das Seil zog sodann die Last hoch. Hatte die Last die richtige Höhe erreicht, gebot der Aufseher den Sklaven still zu stehen und das Laufrad auszubalancieren. Sodann wurde der Ausleger des Krans von vier Sklaven gedreht, bis die Last über ihrem Bestimmungsort war. Den Sklaven im Tretrad wurde geboten, langsam nach unten zu gehen, so dass sich das Rad rückwärts drehte und die Last an ihrem Bestimmungsort aufsetzte.

Nachdem das erste Schiff mit den Tieren beladen war, legte es ab und machte einem neuen Transporter Platz. Das ablegende Schiff fuhr zu einem anderen Kai. Dort warteten schon zahlreiche Karren mit Gerste, Hafer, Heu und Stroh auf ihre Abfertigung. Die Legionäre der 1. Centurie wurden aufgefordert, den Sklaven beim Beladen des Schiffes zu helfen. Sie brachten die Futtermittel auf das Schiff und verstauten sie in die vorgesehenen Räume. Als Sextus mit einem großen Bündel Stroh über die Planke zum Schiff lief, rutschte er auf der Kante der Planke aus, stürzte auf diese und verletzte sich am Knie. Er stand wieder auf und rief zu dem hinter ihm laufenden Zeltkoch Marius Cussus: »Legionär verletzt! Stroh unbeschädigt« Cussus lachte laut und rief Cassus nachahmend: »Rekruten, marsch vorwärts.« Er herrschte eine fröhliche ausgelassene Stimmung, die auch nicht durch die schwere Arbeit getrübt wurde. Aufmunternde Rufe flogen hin und her. Man hatte sich in den letzten Monaten immer besser kennen gelernt. Plasus rief: »Schaut Euch doch diesen Cornelius Mercudor an, wie er stolz seinen Heuballen vor sich herträgt und aber dabei breitbeinig wie eine Ente watschelt.« Dieser antwortete. »Plasus, gleich werde ich Dich mit meinem Heuballen im Meer versenken. Aber ich will gnädig sein und Dich den Kelten in Hispania überlassen.«

»Cornelius, ich habe gute Lust, mich auf Dich zu stürzen und Dich mit meinem Gewicht zu erdrücken.«

»Plasus, ab sofort erreichen Dich die Fleischpakete Deiner Eltern nicht mehr und Du wirst bei Mehlbrei und Fladenbrot weiter abnehmen, auf dass man Dich mit gutem Gewissen als Vorzeigelegionär bezeichnen kann,« meinte Appius Clodius.

Terrentius Varro, ein Zeltgenosse des Sextus, fragte: »Fabius Ventas, was macht eigentlich Deine Freundin Anthea? Bestimmt tröstet sie sich schon mit einem reichen Kaufmann oder auch einem Gladiator. Vielleicht befriedigt sie sich auch selbst. Sie soll ja einen sehr beweglichen Unterleib haben.«

»Terrentius! Anthea ist ein anständiges Mädchen. Sie hat sich in Sextus und mich verliebt und weiß nicht, wen sie bevorzugen soll.« Servius Polas, ein Mitglied der zweiten Zeltgemeinschaft meinte »Alle Frauen sind gleich, sie trauern einem Liebsten nicht nach, sondern nehmen sich gleich Ersatz.«

»Nein, Anthea ist nicht so, sie wird mir treu bleiben,« entgegnete

Fabius. Dabei vergaß er ganz, dass Anthea sich ja bei dem Gastmahl auch mit Sextus eingelassen hatte.

Nachdem das Futter verladen war, wurde Frischwasser gebunkert. Am Kai stand ein Wasserturm, der durch ein Aquädukt mit Wasser versorgt wurde. Von diesem legten sie eine von hölzernen Pfählen gestützte Rinne in das Schiffsinnere. Mit dem dorthin geleiteten Wasser füllten sie die Fässer.

Nachdem die Tiertransporter beladen waren, mussten nun die Legionäre ihre Habe und Ausrüstung auf die Schiffe bringen. Den ersten fünf Centurien wurde das Lastenschiff Coloss als Transportmittel zugewiesen. Cassus teilte seinen Schützlingen ihre Plätze auf dem Schiff zu. Auf den Boden der einzelnen Räume war Stroh aufgeschüttet worden. Jede Centurie bekam einen Raum zugeteilt. Der 1. Centurio Flavus Castus hielt eine Ansprache an die Centurie: »Legionäre, wir fahren jetzt nach Carthago Nova (Cartagena) in Hispania und marschieren von dort in das Landesinnere. Wir kämpfen gegen aufständische Kelten in dem dortigen Gebiet. Ihr seid bestens ausgebildet und gut bewaffnet Die Seefahrt wird manchem von Euch nicht gut bekommen. Falls es Euch schlecht wird, begebt Euch auf das Oberdeck. Ich möchte nicht, dass ihr Euch in Euren Unterkünften entleert, da sonst das gesamte Schiff nach Erbrochenem stinkt.«

Noch in der Nacht kamen die Ruderlegionäre auf die Schiffe und der Schiffsverband fuhr im Morgengrauen auf das Mittelmeer hinaus. Da der Wind aus westlichen Richtungen wehte, konnten die Segel nur sporadisch eingesetzt werden. Die Legionärsruderer trieben die Schiffe langsam, aber sicher in Richtung Hispanien. Es herrschte leichter Seegang, so dass nur wenige Legionäre seekrank wurden. Sextus hielt sich nach Möglichkeit auf dem Oberdeck auf und betrachtete das Meer und bei Nacht die Gestirne. Er war erstmals auf See. Mehrmals ging er zum Rudergänger und ließ sich von ihm die Gestirne erklären. Er konnte das Sternbild des kleinen und des großen Bären und den Polarstern erkennen und damit die Nordrichtung bestimmen.

9

Überfahrt, Kampf mit Piraten

Die Coloss war das am südlichsten fahrende Schiff des Verbandes von vierzig Last- und fünf Kriegsschiffen.

Am zehnten Tag der Überfahrt wehte in den Abend- und Nachtstunden ein starker Wind aus nördlichen Richtungen. Die Flottenlegionäre der Coloss ruderten gegen den Wind an. Die Coloss wurde aber trotzdem nach Süden abgetrieben und von den anderen Schiffen getrennt.

Am nächsten Morgen hatte sich der Wind gelegt. Er herrschte eine durch Nebelschwaden eingeschränkte Sicht von einem Kilometer. Der Kapitän Fabius Ahenobarbus wies den Rudergänger an, einen nordwestlichen Kurs zu steuern um wieder mit den anderen Schiffen zusammen zu treffen. Kurz danach erblickte der Ausguck auf dem Vordeck in einer Entfernung von drei Kilometern, es hatte etwas aufgeklart, zwischen Nebelschwaden ein mittelgroßes Schiff, das aus Südwesten kam und ziemlich schnell direkt auf die Coloss zuhielt. Er rief dies dem Kapitän zu. Dieser begab sich mit mehreren Offizieren auf das Vordeck.

Das fremde Schiff war eindeutig ein Pirat. Der Kapitän gab Befehl nach Norden zu steuern, Er beriet sich mit dem 1. Centurio Manerus Costorus. Dieser rief zwanzig Flottenlegionäre in voller Bewaffnung auf das Oberdeck und ließ seine Legionäre unter Deck antreten. Er unterrichtete sie wie folgt: »Legionäre, bei dem Schiff, das im Süden zu sehen ist und auf uns zuhält, handelt es sich um ein Piratenschiff. Der Kapitän und ich schätzen, dass es etwa dreihundert Mann Kämpfer an Bord hat. Wir möchten die Piraten, die uns dank ihres leichteren Schiffes einholen werden, mit einer List überwältigen. Sie sollen denken, dass auf unserem Schiff, das sie als Handelsschiff einschätzen werden, nur eine kleine Besatzung ist. Alle Legionäre werden sich jetzt bewaffnen, nicht mehr laut reden und sich unter Deck aufhalten. Ich möchte kein Waffengeklirr hören. Nur die 1. Centurie versteckt sich hinter den Deckaufbauten, der Ausrüstung und den Reservesegeln auf dem Oberdeck. Die auf dem Deck befindlichen Flottenlegionäre werden, wenn die Piraten das Schiff entern, sich planmäßig kämpfend zurückziehen. Erst dann gebe ich den Befehl zum Angriff. Die 1. Centurie greift selbständig an, aber erst dann, wenn die ersten Legionäre aus dem Schiffsinnern auf das Oberdeck eilen. Der Angriff erfolgt zunächst vollkommen lautlos. Erst wenn ich schreie, stimmt ihr auch ein lautes Geschrei an und stürzt Euch auf den Feind. Wenn dieser Euch kämpfend entgegenkommt, macht ihr ihn nieder. Sollte er auf sein Schiff zurück flüchten, folgt ihm und entert das Schiff.«

Der 1. Centurio Constantius Auxillus übernahm den Befehl über die 1. Centurie. Er trieb die Legionäre an: »Schnell bewaffnet Euch und findet Euch dann auf dem Oberdeck ein. Versteckt Euch auf der rechten Seite in Sichtschutz zum Piratenschiff.«

Sextus war freudig erregt. Er bewaffnete sich und versteckte sich hinter einer Segelrolle bei dem Mast. Von dort aus sah er, dass das Piratenschiff sie einholte und auf die Backbordseite (linke Seite) der Coloss zulief. Der Kapitän rief, kurz bevor das feindliche Schiff, eine Liburne mit zwei zweireihigen Ruderbänken, die hinteren Ruder der Coloss erreicht hatte: »Ruder Backbord einziehen.«

Auf dieses Kommando verschwanden alle Ruder linksseitig im Schiffsinnern. Die Liburne legte längsseits an. Die Piraten warfen Enterhaken und zogen die beiden Schiffe zusammen. Auf dem Deck der Liburne standen ungefähr zweihundertfünfzig Piraten, die mit Säbeln, Dreizacken und Enterhaken bewaffnet waren. Sie stimmten lauthals ein Schlachtlied an und stürmten auf das Deck der Coloss, das etwas über dem Deck der Liburne lag. Die Flottenlegionäre, die den Angriff nicht abwehren konnten, schlossen sich eng zusammen, deckten sich mit ihren Schilden ab und zogen sich kämpfend zurück.

Der 1. Centurio Costorus, der den Angriff der Seeräuber beobachtete, gab leise den Befehl zum Angriff. Sofort strömten mit der 2. Centurie beginnend die Legionäre auf das Oberdeck. Der Centurio Constantius Auxillus gab der 1. Centurie den Befehl zum Angriff.

Sextus packte Schwert und Schild noch fester und sprang auf. Seine Kameraden taten es ihm nach. Costorus stieß einen lauten Schrei aus und drang brüllend auf die Piraten ein. Alle Legionäre brüllten so laut sie konnten und liefen auf die Piraten zu. Diese waren völlig überrascht und durch das Gebrüll verunsichert. Sie zogen sich etwas von den Legionären zurück und setzten sich dann jedoch zur Wehr. Da die Piraten von den Legionären zurückgedrängt wurden, konnten die hinteren nicht mehr auf die Coloss gelangen und bildeten einen Schutzwall auf ihrem Schiff.

Sextus traf auf seinen ersten Gegner, einen großen Piraten, der in kilikischer Tracht gekleidet war und ein bedrohlich aussehendes vorne gekrümmtes Schwert gegen ihn schwang. Sextus wehrte den Schlag mit einem Stoß seines Schildes ab, entdeckte eine Blöße und stieß sein Schwert in den Hals des Piraten. Ein Strahl heißen Blutes spritzte gegen den Kettenpanzer von Sextus. Noch ehe der Pirat auf den Boden aufschlug, wandte er sich dem nächsten Gegner zu. Es war dies ein kleinerer breitschultriger Pirat mit ägyptischen Gesichtszügen, der einen Enterhaken an einem Seil schwang. Dieser verhakte sich jedoch in der Kleidung seines Hintermannes. Sextus tötete den Piraten mit einem Stich in den Brustkorb. Auch den dahinter stehenden Piraten konnte er im Schlachtgetümmel mit einem Schwertstoß in den Kopf töten. Plötzlich befand er sich an der Spitze der vordringenden Legionäre und wurde von zwei Seiten angegriffen. Er duckte sich rückwärts gehend ab, hielt seinen Schild über sich und stieß dem rechts vor ihm kämpfenden Piraten sein Schwert in die Wade. Dieser zog sich humpelnd aus dem Kampfgeschehen zurück. Der links von ihm kämpfende Pirat schlug mit einem Enterhaken von oben auf seinen Schild ein. Sextus drückte seinen Schild in Richtung des Angreifers und schlug mit einem schnellen Schlag den linken Fuß des Piraten ab, so dass dieser zu Boden stürzte. Er bemerkte, dass die Piraten jetzt auf ihr Schiff flüchteten. Die Legionäre folgten ihnen in Überzahl und drängten sie auf dem Mitteldeck und dem Achterdeck zusammen. Die Piraten auf dem Mitteldeck ergaben sich und ließen ihre Waffen fallen. Nur eine kleinere Gruppe von zwanzig Piraten auf dem Achterdeck setzte, um ihren Anführer geschart, den Kampf fort. Cassus befahl seine Legionäre zu sich und rief: »Jetzt zeigt einmal, was Ihr alles bei mir gelernt habt.« Gleichzeitig drängte er sich durch die kämpfenden Legionäre durch und stürzte sich auf den Anführer der Piraten. Seine Schützlinge taten es ihm nach, töteten mehrere Piraten durch Schwertstöße und drängen den Rest an die rückwärtige Reling. Lediglich der Piratenkapitän, ein muskelbepackter griechischer Seeräuber, wollte sich nicht ergeben und brachte Cassus in Bedrängnis. Sextus stellte sich neben Cassus, stieß sein Schwert in Richtung des Piraten und rief: »Ergib Dich! Du bist der Einzige, der noch Widerstand leistet.« Der Pirat verhöhnte ihn: »Was willst denn Du! Du Sohn einer afrikanischen Hure.« Sextus merkte, dass ihn der Pirat durch seine provozierenden Worte zu einer Unvorsichtigkeit verleiten wollte. Er griff ihn an. In bewährter Technik stieß er mit dem Schild vor, klemmte den Schlagarm des Piraten ein und stieß mit dem Schwert in seine linke Schulter. Der Pirat sprang zurück und ließ dann zum Zeichen seiner Unterwerfung sein Schwert fallen. Cassus lobte ihn. Legionäre der 2. Centurie hatten inzwischen die Luken geschalkt, so dass die noch im Innenraum verbliebenen Ruderer den Kampf nicht neu entfachen konnten.

Costorus befahl die überlebenden Piraten zu fesseln und den Anführer hinzurichten. Sodann forderte er die Piraten im Schiffsinnern auf, sich zu ergeben. Diese erkannten, dass es aussichtslos war, weiter zu kämpfen und ergaben sich. Er ließ die verletzten Legionäre durch den Feldscher verbinden und sich Bericht über die Verluste erstatten. Es stellte sich heraus, dass nur zwei Legionäre getötet und fünfzig leicht bis mittelschwer verletzt worden waren. Hundert Piraten wurden getötet und über zweihundert gefangen genommen.

Costortus gab Befehl das Schiff zu durchsuchen und die Wertgegenstände, sowie Verpflegung auf die Coloss zu bringen. Danach befahl er, die toten und die schwer verletzten Piraten über Bord zu werfen und die gefallenen Legionäre ehrenvoll in der See zu bestatten. Sextus und drei seiner Zeltgenossen wurden mit der Durchsuchung der Kapitänskabine beauftragt. Sie fanden Schmuck, Geldbeträge in Höhe von achthunderttausend Sesterzen, wertvolle Kleidung, teuren griechischen Wein und kleine Goldbarren. Bei dieser Durchsuchung entdeckte Sextus ein achtzehnjähriges Mädchen, das in einen Verschlag eingesperrt und gefesselt war. Es stellte sich heraus, dass es sich um die Tochter eines spanischen Edelmannes handelte, die vom Landgut ihres Vaters in Südspanien geraubt worden war.

Völlig verängstigt schilderte sie, dass bei einem Überfall der Piraten vor zehn Tagen ihre Mutter ermordet und sie entführt worden sei. Seitdem sei sie in der Kabine des Piratenkapitäns eingesperrt. Sie habe zwar zu Essen bekommen, sei aber geschlagen und vom Kapitän und seinen Offizieren ständig missbraucht worden. Besonders der 1. Offizier Pathos habe sie mehrmals am Tage gequält, erniedrigt und vergewaltigt.

Kapitän Ahenobarbus und 1. Centurio Constantius Auxillos versprachen, sie ihrem Vater zu übergeben.

Dann befahl der Kapitän, das Piratenschiff vor die Coloss zu spannen, legte eine Besatzung von Flottenlegionären auf dieses und ließ die Piraten rudern. Jetzt machte die Coloss eine zügige Fahrt und bald kamen die restlichen Transportschiffe in Sicht.

10

Aufenthalt in Cartagena

Nach dreißig Tagen traf die Flotte in Carthago Nova (Cartagena) ein. Dank der von Sextus zusätzlich gekauften Verpflegung hatten die Legionäre der 1. Centurie nicht gehungert. Sie konnten sogar noch Lebensmittel an die anderen Centurien auf dem Schiff abgeben. Lediglich das Trinkwasser hatte von Tag zu Tag immer brackiger geschmeckt. Die Piraten wurden in Carthago Nova als Sklaven verkauft, das Beutegut zugunsten der römischen Staatskasse versteigert und das Piratenschiff in die römische Flotte eingereiht. Die Legionäre wurden in den dortigen Kasernen untergebracht. Der Legat Julius Strabo teilte die Legion neu ein und nahm Umorganisationen vor. Die erste und die 2. Zelteinheit der 1. Centurie wurden geschlossen in die 2. Schlachtlinie beordert und wurden jetzt als Principes bezeichnet. Die 3. Linie wurde von den Triarier, kampfgestählten Veteranen, gebildet. Die Legionäre Gajus Plasus und Egeas Galanis meldeten sich zu den Pionieren.

Sextus wurde aus der Zeltgemeinschaft herausgenommen, wegen Tapferkeit ausgezeichnet und zum 4. Centurio befördert. Er tat ab sofort mit den Triariern Dienst.

Um den Mangel an Reiterei auszugleichen, warb der Legat der VII. Legion aus den angrenzenden Völkerschaften Auxiliartruppen und zwar nur Reitereinheiten an. Die Kämpfer dieser Hilfstruppen verdienten nur halb soviel so viel wie ein Legionär. Insgesamt wurden von Strabo zwanzig Centurien (eintausendsechshundert Reiter) eingestellt. Die Auxiliarreiterei war demnach erheblich stärker als die römische Reiterei.

Einen Tag nach ihrer Ankunft wurde Sextus zum Legaten gerufen. Dieser sagte zu ihm: »Legionär Leptonius, ich habe von Deinem Ausbilder und dem Führer Deiner Centurie nur Gutes über Dich gehört. Da Du das Mädchen aus der Kabine des Piratenkapitäns befreit hast, bekommst Du jetzt den Befehl, die Tochter des Aznar Moreno, Alda Moreno, diesem nach Malaga zu bringen. Ich gebe Dir den Befehl schriftlich, Kartenmaterial und ein Passierschreiben mit. Suche Dir fünf Legionäre aus und hole aus den Stallungen die Pferde für Euch und für Aznar Moreno. Hier hast Du für Verpflegung und sonstige Ausgaben einen Beutel mit fünfhundert Sesterzen. Rechne aber nach Rückkunft mit dem Buchhalter ab. Diese Abordnung soll auch eine Belohnung für Dich sein.« Sextus bedankte sich für die vornehme Aufgabe, wählte fünf Kameraden aus und ritt früh am nächsten Tage mit diesen und Alda in südlicher Richtung davon. Sie ritten immer an der Küste entlang. Nach dem zweiten Tag türmte sich rechts von ihnen das Küstengebirge der Sierra Nevada auf. Der Weg verlief auf einem schmalen Streifen zwischen Gebirge und Meer, jetzt in westliche Richtung. In dem Fischerdorf Almeria erkundigten sie sich nach der Entfernung nach Malaga. Sie erfuhren, dass sie die halbe Strecke nach Malaga schon zurückgelegt hätten.

Alda Moreno ritt schweigend neben ihnen her, nur ab und zu, wenn sie angesprochen wurde, verzog sie ihren Mund zu einem kleinen Lächeln. Sextus fragte sie nach ihren Lebensumständen und ihrer Familie aus. Sie gab zunächst einsilbig Antwort. Nachdem sie aber einmal zu erzählen angefangen hatte, brach es förmlich aus ihr heraus.

Nach ihren Worten wurde sie auf dem Landgut ihrer Eltern bei Malaga geboren und war auch dort aufgewachsen. Sie habe noch zwei jüngere Brüder, die sich bei ihrem Vater in der Stadtwohnung befinden und dort von einem Privatlehrer unterrichtet würden. Sie sei mit dem Sohn eines spanischen Großkaufmanns verlobt. Der Hochzeitstermin sei für morgen angesetzt. Da sie von den Piraten entführt und missbraucht worden sei, könnte es sein, dass Paullus Castro sie nicht mehr heiraten wolle, besser, dass seine Eltern dies nicht mehr wollten.

Die Piraten seien vor zwei Monaten unbemerkt an der Küste, ungefähr fünf Kilometer von ihrem Wohnhaus entfernt, gelandet. Sie hätten das Haus umstellt und die Sklaven getötet. Sie wäre aus einem Mittagsschlaf empor geschreckt, als sie das Geschrei hörte.

Ein Pirat wäre in ihr Zimmer gestürmt, hätte sie geschlagen und vergewaltigt. Wie sie später erfahren hatte, war dies Pathos, der 1. Offizier des Piratenschiffes. Von diesem sei sie auf den Hof des Anwesens gezerrt worden. Dort habe sie ihre Mutter gesehen, die von mehreren Piraten vergewaltigt und dann totgeschlagen worden sei. Auch der Verwalter und ein Aufseher wären tot am Boden gelegen. Sie selbst sei noch von einigen Piraten vergewaltigt und dann von ihnen auf das Schiff geschleppt worden. Der Kapitän habe sie in seine Kammer geholt. Er habe ihr gesagt, dass sie nur wegen ihrer Schönheit am Leben bliebe, normalerweise würde er sich nicht mit nutzlosem Ballast abgeben, aber in ihrem Fall verspräche er sich ein Lösegeld.

Alda war bei ihrer Schilderung ins Weinen gekommen. Sie durchlebte nochmals ihre Entführung und ihre Gefangenschaft. Sie sagte: »Mein Vater war an diesem Tage in Malaga. Er ist dort Senator. Vielleicht war das gut so, denn die Piraten hätten ihn sicherlich auch ermordet.« Sextus meinte: »Du musst ja Deinem Vater und Deinem Verlobten nicht die volle Wahrheit erzählen. Sage ihnen doch nur, dass Du noch unschuldig bist, weil die Piraten dich als Jungfrau verkaufen wollten.«

Alda bedanke sich für den guten Rat und meinte: »Wenn mir meine Geschichte geglaubt wird, muss ich nur noch in der Hochzeitsnacht dafür sogen, dass sich Blut auf dem Bettlaken befindet.«

Die Eskorte mit Alda erreichte am fünften Tag das Landgut ihrer Eltern. Unterwegs hatten sie in Gasthäusern übernachtet und dort gegessen. Lediglich zur Mittagszeit hatten sie mitgeführte Vorräte und zwar Hartbrot, Wein und getrocknete Feigen verspeist.

Sie trafen den Vater von Alda, Aznar Moreno, auf seinem Landgut an. Er freute sich riesig über die Rückkehr seiner Tochter, nahm sie in die Arme drückte sie und küsste sie mehrmals. Er ließ sich von ihr die Geschehnisse erzählen. Alda berichtete: »Lieber Vater, Ich hatte mich an dem besagten Tag ein wenig hingelegt. Plötzlich wurde ich von dem Lärm vor dem Anwesen wach. Ein Pirat stürmte in mein Zimmer und zog mich vor die Villa. Er wollte mich vergewaltigen und hatte mir schon die Tunika herunter gerissen, als der Piratenkapitän eingriff und schrie, »Lass das Mädchen los!« Er brachte mich auf sein Schiff und überließ mir seine Kabine. Er wollte von Dir Lösegeld erpressen oder mich als Jungfrau verkaufen und rührte mich deshalb nicht an. In der

Kabine blieb ich, bis mich vor fünfzehn Tagen der 4. Centurio Sextus Leptonius befreite.«

Aznar Moreno glaubte seiner Tochter. Er dankte den Legionären, lud sie in sein Haus ein und bewirtete sie. Sextus dachte sich, dass Alda gut schauspielern und ihr Vater ihr offensichtlich die Geschichte abkaufen würde.

Am nächsten Morgen ritt Sextus mit seiner Mannschaft zurück. Aznar gab ihm ein Dankschreiben für den Legaten mit und händigte Sextus einen Betrag von zweitausend Sesterzen für Julius Strabo aus. Ihm selbst gab er einen Beutel mit fünfhundert Sesterzen als Dank für seine Dienste.

Sextus freute sich über das Geschenk. Von dem Schmerzensgeld hatte er noch zweitausend Sesterzen übrig Seine fünf Begleiter bekamen von Aznar jeweils zweihundert Sesterzen.

Alda umarmte und küsste Sextus zum Abschied. Sie dankte ihm nochmals für ihre Befreiung und bat ihn, wenn er wieder in ihre Gegend käme, sie zu besuchen. Sextus sagte dies zu, da ihn die Hilflosigkeit und die Schönheit von Alda gerührt hatten.

Nach weiteren fünf Tagen meldeten sie sich in der Kaserne zurück. Sextus Leptonius überreichte dem Legaten Julius Strabo den Brief des Aznar Moreno und den Beutel mit den zweitausend Sesterzen. Strabo brummte: »Etwas generöser hätte der alte Knabe doch sein können. Ich habe zumindest die doppelte Summe erwartet, nachdem wir ihm seine Tochter äußerlich heil zurück gebracht haben.«

Sextus rechnete anschließend mit dem Buchhalter seine Reisekosten ab. Er hatte von den ihm übergebenen fünfhundert Sesterzen einhundert verbraucht.

11

Auseinandersetzungen mit den Adjutanten

In Carthago Nova forcierte der Legat Strabo die Ausbildung der Legionäre, insbesondere ließ er sie zusammen mit der Auxiliarreiterei Kampfübungen durchführen. Sextus lebte nun in einer Zeltgemeinschaft mit sieben weiteren Triariern zusammen. Er bekam vom Zeltältesten die Aufgabe der Verpflegungsbeschaffung zugewiesen. Dazu ritt er auch in die Umgebung der Stadt und kaufte bei Bauern Lebensmittel, wie Trauben, getrocknete Datteln und Feigen, geräucherte Würste und mehr von seinem eigenen Geld ein.

Seine Wurfspeere gab er beim Lagerverwalter ab und erhielt dafür einen schweren Stoßspeer.

Er vergrub heimlich sein Geld im Erdboden unter seinem Lager und nahm sich nur die täglich benötigten Sesterzen mit. Seine Zeltgenossen waren durchweg um einige Jahre älter als er. Sextus galt deshalb als Emporkömmling und wurde nur widerwillig anerkannt. Erst als sie merkten, dass er sich unterordnete und zusätzlich gute Nahrungsmittel herbeischaffte, wurde er akzeptiert.

In seiner Freizeit suchte er den besten Waffenschmied in der Stadt auf. Er fragte ihn: »Meister, ich möchte mir ein neues Schwert zulegen. Es soll so lange wie mein römisches Kurzschwert sein, jedoch in der Spitze schlanker und vorne beidseitig geschliffen. Ich möchte das Schwert sowohl als Stoßwaffe, wie auch als Hiebwaffe verwenden.«

»Herr, erst heute hat mir der Schwertfeger ein von mir geschmiedetes Schwert zurück gebracht. Er hat es gereinigt, scharf geschliffen und poliert. Ich glaube, es genügt Deinen Anforderungen.«

Er legte ihm ein schönes glänzendes Kurzschwert vor. Sextus nahm es in die Hand und bemerkte, dass er es gut führen konnte. Der Schmied erklärte: »Ich habe beim Schmieden dieses Schwertes, das Eisen immer wieder zusammengefaltet und dann ausgeschmiedet. Dann habe ich das Eisen nochmals erhitzt und in kaltem Wasser abgeschreckt. Anschließend wurde es von mir wiederum leicht erhitzt und in Olivenöl abgeschreckt. Dadurch ist die Klinge elastisch geworden, und der Schwertfeger konnte den vorderen Teil der Klinge und die Spitze gut schleifen.«

Sextus prüfte mit dem Finger die Schärfe der Klinge und war überrascht, als ein Blutstropfen aus seiner Fingerspitze heraustrat. Er fragte, was das Schwert kosten solle.

Der Schmied verlangte einen Betrag von sechshundert Sesterzen.

Sextus hatte zwar keine Ahnung, wie viel ein solches Schwert wert war, handelte aber den Schwertschmied auf fünfhundert Sesterzen herab.

Am späten Nachmittag einige Tages später spazierte er von seinem Zelt im Süden aus zum nördlichen Tor des Lagers. Beim Passieren des Appellplatzes kam ihm der Tribun Atilius Serranus entgegen. Sextus dachte sich: >Hoffentlich geht diese Begegnung friedlich aus< und grüßte Serranus vorschriftsmäßig. Dieser dankte nicht auf den Gruß, stellte sich Sextus in den Weg und sprach mit höhnischer Stimme: »Rekrut, was machen Deine blauen Flecken. Ich sehe, Du bist wieder gesund und ich bereue, nicht fester zugeschlagen zu haben.« Sextus, der sich über die herabwürdigende Anrede >Rekrut< ärgerte, obwohl der Tribun sehen konnte, dass er inzwischen 4. Centurio geworden war, entgegnete:

»Tribun, ich bin inzwischen, wie ihr seht, zum Centurio befördert worden und habe ein Recht, auch so angeredet zu werden. Ich habe Euch keinen Anlass gegeben, mich so grausam zu verprügeln. Ich werde dies Euch und Euren Helfern nicht vergessen.«

»Du hast damals die Prügel zu recht bezogen, hast Du doch meine Geliebte nackt gesehen. Im übrigen verlange ich die zweitausend Sesterzen zurück, die ich Dir auf Anweisung des Strabo geben musste.«

»Herr, diese zweitausend Sesterzen waren Schmerzensgeld für mich und ein nur unvollkommener Ausgleich für Eure feige Tat. Ein feiner Römer, wie Ihr Euch einbildet es zu sein, hätte niemals auf einen Wehrlosen wie mich so eingeschlagen.«

Serranus geriet ob dieser Widerworte in Wut und sein Gesicht rötete sich. Er zog sein Schwert und schrie: »Ich werde Dir Deine freche

Rede mit Deinem Blut sühnen.« Er holte mit dem Schwert aus, um Sextus zu erschlagen. Dieser hatte inzwischen seinen Dolch gezogen und wehrte den Schwertschlag mit der Klinge des Dolches ab. Er dachte sich: >Mit meinem Dolch komme ich gegen das Schwert des Serranus nicht an.< Er lief vor ihm davon, direkt auf einen vor dem Hauptquartier Wache haltenden Legionär zu, riss, ehe dieser reagieren konnte, dessen Schwert aus der Scheide und wandte sich wieder dem herbeilaufenden Serranus zu. Sextus hielt jetzt in der rechten Hand das Schwert und in der linken Hand den Dolch. Serranus schlug weiterhin auf Sextus ein und dieser wehrte jeden Schlag mit dem Schwert oder dem Dolch ab, griff aber Serranus nicht an. Nach einer Weile schrie er: »Tribun, beende diesen Kampf! Du siehst doch, dass Du mich nicht besiegen kannst, also lass mich in Ruhe.« Serranus schrie laut mit hoher Stimme:

»Erst, wenn Du tot bist, beende ich den Kampf« und schlug weiterhin auf Sextus ein. Nach einiger Zeit wurden die Schläge des Serranus immer schwächer und Sextus hoffte, dass dieser den Angriff wegen Erschöpfung abbrechen würde. In diesem Moment kam der Kollege von Serranus, der Militärtribun Lucius Longus, aus dem Verwaltungsgebäude gestürmt. Er hatte sein Schwert gezogen, verschaffte sich einen kurzen Überblick und rannte dann auf Sextus zu. Dieser dachte: >Es wäre doch unklug von mir, gleichzeitig mit zwei Gegnern zu kämpfen, wenn dies nicht unbedingt sein muss.< Er wehrte deshalb den nächsten Schlag des Serranus mit seinem Schwert ab und stach ihm seinen Dolch in und durch die Muskulatur seines rechten Armes. Serranus ließ sofort sein Schwert fallen und presste seine linke Hand auf die stark blutende Wunde. Longus hatte inzwischen Sextus erreicht und drang, sein Schwert wild schwingend, auf ihn ein. Sextus sah, dass Longus sein Schwert ungeschickt führte und beschloss die Auseinandersetzung rasch zu beenden, zumal sich schon mehrere Zuschauer eingefunden hatten. Er wehrte deshalb den nächsten Schlag des Longus mit seinem Dolch ab und schlug ihm die Breitseite des Schwertes auf den Kopf. Longus sackte daraufhin ohnmächtig zusammen.

Sextus wandte sich an die Zuschauer und bat, den Feldscher herbei zu holen. Dann bückte er sich zu dem wimmernd am Boden sitzenden

Serranus, riss dessen Tunika herunter und in Streifen und verband damit die stark blutende Wunde desselben.

Inzwischen war der Feldscher eingetroffen. Er prüfte den Verband und meinte, dass er Serranus selbst nicht besser hätte verbinden können. Dem Longus, der immer noch ohnmächtig am Boden lag, legte er einen Kopfverband an. Dann ließ er sich von Umstehenden den Vorfall schildern und schaute Sextus vermeintlich böse an. Er sprach zu ihm: »Ihr solltet Eure Kraft und Euren Mut gegenüber den Feinden und nicht den eigenen Leuten beweisen.« Er hatte jedoch Serranus und Longus erkannt und dachte: >Endlich hat es einmal die Richtigen erwischt. Diese beiden sind mir schon öfters wegen ihres arroganten Benehmens aufgefallen.< Er ließ sie auf ihre Zimmer bringen. Beide erstatteten, da sie ja angegriffen hatten, keine Anzeige gegen Sextus.

Erst am nächsten Tag erfuhr der Legat Strabo durch ein Gespräch zwischen zwei Wachlegionären vor seinem Büro von dem Vorfall. Er stellte die Legionäre zur Rede. Einer war der Legionär, dem Sextus das Schwert entrissen hatte. Dieser gab bereitwillig Auskunft und schilderte den Sachverhalt wahrheitsgemäß. War er doch von den Tribunen von oben herab behandelt und schikaniert worden. Strabo zitierte daraufhin Sextus herbei. Dieser übte gerade vor dem Lager mit seiner Zeltgemeinschaft den Kampf mit dem Stoßspeer. Er dachte sich: >Oh, bestimmt haben Serranus und Longus mich bei dem Legaten verleumdet. Am besten ist, wenn ich die Auseinandersetzung wahrheitsgemäß schildere.< Zu seinem Erstaunen hielt ihm Strabo keinerlei Pflichtverletzung vor, sondern hörte seiner Schilderung aufmerksam zu. Danach entließ er ihn ohne Kommentar. Anschließend befahl er die Tribunen Serranus und Longus zu sich. Serranus kam der Aufforderung nach und berichtete, dass sein Kollege noch auf seinem Lager liege und nicht aufstehen könne. Er selbst, Serranus stützte seinen rechten Arm mit seiner linken Hand ab und wies auf seinen durchgebluteten Verband, schilderte auf Anfrage dem Legaten den Vorfall wie folgt: »Werter Legat, ich habe gestern mit meinem Kollegen Longus mit scharfen Waffen den Schwertkampf vor dem Hauptquartier geübt. Obwohl wir vereinbart hatten, dass wir uns nicht gegenseitig verletzen würden, stach mir Longus mit der Spitze seines Schwertes in den Arm. Ich geriet darob so heftig in Zorn, dass ich

Longus mein Schwert mit der Breitseite auf den Kopf schlug. Der Feldscher hat uns beide verbunden und in unser Quartier gebracht.«

Strabo nahm die Aussage zur Kenntnis und lächelte vor sich hin. Er wusste, dass er von Serranus schon zum zweiten Mal belogen worden war. Deshalb machte er ihm auch keine Vorhaltungen sondern sagte nur: »Ich finde es schön, wenn meine Adjutanten sich im Schwertkampf üben. Einen solchen Ausgang kann ich natürlich nicht akzeptieren. Ich werde die Angelegenheit dem Prokonsul vortragen. Bis zu einer Entscheidung über eine Bestrafung, stehen Longus und Du unter Hausarrest. Es ist Euch verboten, das Verwaltungsgebäude zu verlassen. Während unseres Marsches nach Emerida reitet ihr am Ende des Zuges nach der letzten Centurie. Ich werde Euch dort unter Bewachung stellen lassen.

Nach zwei Monaten weiterer Ausbildung marschierte die Legion nordwestwärts nach Emerida in Lusitanien (Portugal). Beim Marsch der Legion wurden die römischen Reiter als Vorhut und Späher und die Auxiliarreiterei für den Flankenschutz eingeteilt. Sie ritten am Fluss Segura entlang und nahmen Nachtquartier bei dem Dorf Murcia. Nach weiteren zwei Tagen überquerten sie einen kleinen Gebirgszug und gelangten in das Einzugsgebiet des Baetis (Guadalquivir), dem sie in westliche Richtung folgten. Nach mehreren Tagen überquerten sie nordwärts einen Gebirgszug und gerieten in das Flusssystem des Tajo.

Sextus marschierte in der Centurie der Triarier, der dritten Centurie der ersten Kohorte. Jeden Vormittag marschierten die Legionäre ungefähr zwanzig Kilometer und rasteten dann mehrere Stunden. Anschließend marschierten sie nochmals zehn Kilometer, errichteten ein Marschlager, stellten ihre Zelte auf, bereiteten ihr Abendessen vor und legten sich danach zur Ruhe.

An den folgenden Tagen war der Marsch schon etwas schwieriger. Das Land war jedoch befriedet und es gab keinerlei Angriffe auf die Legionäre. Durch die Reiter wurde reichlich Verpflegung in das jeweilige Lager gebracht und an die Legionäre verteilt. Die Landbevölkerung verkaufte gerne ihren Ernteüberschuss an die Legion. Die Marschleistung sank auf fünfundzwanzig Kilometer pro Tag.

Am zwanzigsten Tag erreichten sie das turmbewehrte Toledo hoch oben über dem Fluss, das seit siebzig Jahren römisch war. Da das Flusstal sumpfig war, marschierten sie auf der Hochebene über diesem weiter.

Nach vierzig Tagen erreichten sie die fruchtbare lusitanische Ebene und konnten in der Ferne den Atlantik sehen. Die hiesige Bevölkerung war den Römern feindlich gesonnen. Die Verpflegung für die Legion musste von den Reitern teilweise gewaltsam requiriert werden.

Nach weiteren drei Tagen kamen sie in die römische Stadt Emerida. Dort waren römische Veteranen angesiedelt worden. Diese bewirtschafteten die umliegenden Äcker und errichteten ein Forum, sowie Wohnhäuser. Daneben hatten römische Legionäre ein massives Doppellegionsstandlager errichtet. Dort war im Moment nur die X. Legion mit ihrem Legaten Morus Sevillus und dem Prokonsul Aurelius Memmius stationiert.

Der Prokonsul erwartete sie schon dringend, um gegen die aufständischen Lusitaner im Norden vorgehen zu können.

Er empfing Strabo in seinem Büro. Sie besprachen das weitere Vorgehen, und Strabo trug Memmius, der als Prokonsul für schwerwiegende Entscheidungen zuständig war, die Angelegenheit Serranus und Longus und deren Hintergründe vor. Dieser regte sich über das Verhalten der Adjutanten auf. Er ordnete an: » Beide werden unehrenhaft aus der Armee ausgestoßen und mit dem nächsten Briefkurier unter Eskorte nach Rom zurückgesandt. Ich werde dem Konsul Geta dementsprechend schreiben. Der Centurio Leptonius hat sich richtig verhalten. Er soll belobigt werden. Am meisten ärgert es mich, dass ein Adeliger und Militärtribun wie Serranus Dich angelogen hat.«

Strabo meinte: »Feldherr, ich begrüße Deine Entscheidung. Sie ist ganz in meinem Sinne. Übrigens ist es schon das zweite Mal, dass ich von Serranus angelogen worden bin. Bedenke aber, dass die Familien von Serranus und Longus in Rom sehr einflussreich sind. Nicht dass uns aus dieser Maßnahme ein Ungemach entsteht.«

»Danke für den Hinweis. Ich kenne die Eltern der beiden Tribune gut, werde ihnen persönlich schreiben und sie über das Verhalten ihrer Söhne aufklären. Ich nehme an, dass sie deshalb von ihren Eltern nochmals zur Rechenschaft gezogen werden.«

Serranus und Longus wurden zu Memmius zitiert. Wie um zu beweisen, dass sie unschuldig waren, trug Longus einen Kopfverband und Serranus hatte den rechten Arm in der Schlinge. Memmius hielt ihnen ihr unredliches Verhalten vor. Insbesondere bei Serranus beanstandete er, dass dieser entgegen den Ermahnungen des Strabo wieder gegen Sextus vorgegangen war. Beide fügten sich voller Hass in die Entscheidung des Feldherrn. Sie schworen insgeheim Sextus, den sie für den Urheber ihrer Entlassung hielten, ewige Rache. Sie besprachen sich mit ihren Mitadjutanten Sempronius Thermus und Domitius Glabrio. Serranus, der einzige Sohn reicher Eltern, verfügte über große Barmittel. Er bekniete Thermus und Glabrio und forderte von ihnen, den Leptonius umzubringen, oder einen Mörder für ihn zu dingen. Serranus gab den beiden insgesamt zwanzigtausend Sesterzen in Aureos (kleine Goldmünze im Wert von einhundert Sesterzen) und versprach nochmals diese Summe, sobald Sextus tot sei.

Thermus und Glabrio zögerten nur kurz. Dann nahmen sie den Auftrag an und versprachen, die Tat auszuführen.

Die Entlassung der Militärtribunen sprach sich rasch im Lager herum. Sextus sah seine Kontrahenten von einer Gruppe Legionäre begleitet aus dem Lager reiten. Er freute sich über die Entscheidung des Memmius und dachte sich, dass zumindest sein Hauptfeind Serranus nichts mehr gegen ihn unternehmen könne und die zwei verbliebenen Militärtribune deshalb ihre Feindseligkeiten ihm gegenüber einstellen würden.

Thermus und Glabrio überlegten, wie sie Sextus ermorden könnten. Zunächst ergab sich aber keine Gelegenheit dazu, weil die Truppe und auch Sextus voll mit der Vorbereitung für den Feldzug beschäftigt waren.

Nach einer Ruhepause von zwei Tagen befahl Memmius den beiden Legionen im Morgengrauen marschbereit auf dem Exerzierplatz vor dem Lager anzutreten. Sextus sah, als er seinen Platz in seiner Einheit einnahm, dass vor den Legionen aus Balken und Brettern eine Plattform aufgebaut worden war. Auf dieser lag gefesselt ein voll ausgewachsener Widder mit großen gebogenen Hörnern. Ab und zu drang ein ängstliches Mäh aus seinem Maul. Direkt vor der Plattform standen der Prokonsul Memmius, die Legaten, die höchsten Centurios und die Offiziere der Stäbe. Neben der Plattform kniete ein Opferpriester mit zwei Gehilfen.

Sextus hörte, wie Memmius rief: »Haruspex, beginne mit der Zeremonie.« Darauf trat der Opferpriester zu dem Schlachttier, hieß seinen beiden Gehilfen, dies festzuhalten und schnitt ihm die Kehle durch. Der Widder bäumte sich auf. Aus seiner Kehle spritze stoßweise helles Blut und färbte die Tunika des Priesters hellrot. Kurze Zeit später lag das Tier leblos auf dem Opfertisch. Jetzt schnitt der Priester den Brustraum des Bockes auf und löste die Leber heraus. Er hob sie unter Hersagen eines Segensspruches gegen den Himmel, legte sie dann auf dem Tisch ab und betrachtete sie eingehend. Dann sprach er mit erhobener Stimme: »Edler Memmius. Die Leber ist groß und gut gewachsen. Keinerlei Knoten oder Risse verunzieren sie. Mars wird Dir einen erfolgreichen Feldzug verschaffen.«

Memmius wandte sich nun an die Armee und rief: »Legionäre, Mars ist uns wohlgesinnt. Wir werden siegreich sein und reich mit Beute beladen nach hier zurückkehren.«

Die Legionäre freuten sich über die gute Prophezeiung und jubelten laut. Glaubten sie doch an die Macht ihrer römischen Götter und an die Vorbestimmung alles Handelns.

Memmius wandte sich an seine Legaten und befahl: »Lasst die Legionen Marschaufstellung nehmen. Vorweg soll die VII. Legion, dann der Tross und dann die X. Legion marschieren. Die Reiter sollen die Spitze und die Flanken sichern. Sobald dies geschehen ist, beginnt der Marsch der Armee. Ich reite mit meinem Stab hinter der Spitze.«

Die Legionen marschierten mit einer Tagesleistung von fünfundzwanzig Kilometer nach Norden. Unterwegs musste die VII. Legion immer wieder anhalten, damit Nachzügler aus dem Tross und aus der X. Legion aufschließen konnten. Strabo wandte sich an Memmius: »Feldherr, Du siehst, wie gut meine Legion marschiert. Es ist eine junge Truppe, gut geschult und ausgebildet. Ich glaube, man könnte mit ihr mehrere Tagesmärsche hintereinander von bis zu vierzig Kilometer durchführen.«

Am zweiten Tag sichteten die Späher einen größeren Heerhaufen von Aufständischen in einer Entfernung von fünfzehn Kilometer. Memmius ließ die Legionen weitermarschieren und schlug zwei Kilometer von den Aufständischen entfernt ein Marschlager auf. In dieser Nacht wurden die Lagerwachen verdreifacht. Es kam aber zu keinerlei Angriffen. Am nächsten Tag ließ Aurelius Memmius die Legionen in Schlachtordnung aufmarschieren und bot den Aufständischen eine Schlacht an. Diese sammelten sich einen Kilometer von den Römern entfernt auf einer großen Ebene, die von einem Bach durchzogen wurde. Memmius sah, dass die Feinde ihre Reiterei auf ihrem rechten Flügel zusammenzogen. Er befahl die römische Reiterei an seinen linken und seine Auxiliarreiterei auf den rechten Flügel seiner Armee. Die Steinschleuderer von den Balearen postierte er vor der Infanterie. Er ließ innerhalb der Centurien den Abstand von Legionär zu Legionär erweitern, um so eine größere Truppenanzahl vorzutäuschen.

Das feindliche Heer bestand aus einem großen ungeordneten Haufen von ungefähr zwanzigtausend Fußsoldaten, sowie einer auf ihrem rechten Flügel stehenden Reiterei von ungefähren fünftausend Reitern. Das römische Heer zählte einschließlich der Auxiliartruppen und den Balearos siebzehntausend Mann und zweitausend Reiter.

Memmius beriet sich mit seinem Stab, dem Reiterführer, den zwei Legaten, dem Offizier der Schleuderer und dem Befehlshaber der Auxiliarreiterei. Sie beschlossen folgenden Schlachtplan:

Die römische Reiterei auf dem linken Flügel wird durch fünf Centurien Infanterie (ungefähr vierhundert Legionäre) der Triarier verstärkt, die in der Mitte und hinter der Reiterei verdeckt Aufstellung nehmen. Sobald der Feind sich nähert, laufen die Schleuderer ungefähr einhundertfünfzig Meter vor die vorderste Linie und schleudern von dort ihre Steine auf den Feind. Sie halten immer einen Abstand von einhundert Metern zum Feind und ziehen sich bei einem Angriff auf die eigenen Linien und dann hinter die Centurien zurück. Von dort schleudern sie ihre Steine über die Köpfe der Legionäre hinweg in die Masse der Angreifer. Die Auxiliarreiterei reitet, wenn die Legionäre zum Angriff vorrücken, an der linken Flanke der Lusitaner vorbei und greift diese von hinten an. Sollte die römische Reiterei am linken Flügel unter dem Ansturm der feindlichen Reiterei zurückgedrängt werden, greifen die fünf Centurien Triarier an und halten die Linie, bis die römische Reiterei wieder angreifen kann.

Sempronius Thermus und Domitius Glabrio, die an der Stabsbesprechung teilgenommen hatten, entwickelten einen Plan zur Ermordung von Sextus während des Feldzuges. Glabrio meinte: »Die römischen Reiter werden sicher von der Reiterei der Lusitaner zurückgeworfen. Dann müssen die Triarier die Stellung halten und gegen die Reiter kämpfen. Einer von uns kann in der sicher entstehenden Verwirrung ungesehen hinter die Linie der Triarier reiten und den Centurio Leptonius von hinten töten. Es wird dann heißen, dass er in der Schlacht gefallen sei.«

»Ja, das ist ein guter Plan. Wir werden losen, wer den Mord ausführt,« meinte Thermus.

Sie taten dies und das Los bestimmte Thermus zu der Tat. Glabrio meinte noch: »Wenn der Legat Dich sucht, sage ich ihm, dass Du mit einem Auftrag von Memmius davon geritten seiest.«

Kurz darauf setzte sich das feindliche Heer unter lautem Gebrüll in Bewegung, während die Legionen an ihrem Platz ausharrten. Als der Feind nur noch sechshundert Meter entfernt war, befahl Memmius die Schleuderer nach vorne. Diese liefen dem Feind entgegen und schleuderten ihre Steine aus sicherer Entfernung von einhundertfünfzig Metern ab. Die Schleudern und die Steine gaben ein singendes Geräusch von sich, welches das laute Gebrüll des Feindes übertönte. In der dichten Masse des Feindes trafen alle Steine und man sah eine Vielzahl von Gegner zu Boden sinken. Der Feind war jetzt bis auf einhundert Meter an die Schleuderer herangekommen. Die Legaten befahlen nun den Schleuderern sich in den Schutz der Legionen zurückzuziehen und diesen enger zusammen zu rücken. Als der Feind noch einhundert Meter von der 1. Linie der Legionen entfernt war, schlugen diese mit den Wurfspeeren auf ihre Schilde und erzeugten so einen tiefen Furcht erregenden Trommelton.

Jetzt waren die Feinde nahe genug für einen Infanterieangriff. Wie in langen Tagen der Ausbildung gelernt und geübt, stürmten die Linien nach dem Angriffsbefehl des Prokonsuls gegen den Feind, warfen nacheinander ihre Wurfspieße und griffen danach mit Schild und Schwert an. Durch die Spieße waren schon Breschen in der ersten und zweiten Linie der Angreifer entstanden. Die Legionäre warfen sich gleichzeitig auf die Rebellen und drückten im ersten Anlauf die Linien der Feinde und ihren Schildwall ein. Diese stellten sich jedoch mit großer Tapferkeit zum Kampf, und das Gefecht blieb einige Zeit unentschieden. Auf Befehl zogen sich einige Centurien zurück, um frische Kräfte in die 1. Linie zu lassen. Die vorrückenden Centurien bildeten nun Spitzen aus und schlugen blutige Lücken in die Heerschar der Lusitaner. Diese wichen zuerst langsam, dann aber immer schneller nach rückwärts aus.

Inzwischen war die römische Auxiliarreiterei am linken Flügel des Feindes vorbeigeritten und sammelte sich in dem Rücken desselben.

Die römische Reiterei hielt dem gewaltigen Ansturm der feindlichen Reiterei nur kurz stand. Sie wich nach dem ersten Anprall vor dieser langsam, aber immer noch kämpfend zurück und gab so den Weg für die Triarierlegionäre frei. Sextus legte seinen Schild auf den Rücken, packte mit beiden Händen seinen Stoßspeer und stieß von unten einem feindlichen Reiter in die Seite. Dieser fiel vom Pferd und wurde von den Hufen seines eigenen Pferdes zu Tode getrampelt. Schon war der nächste Reiter zur Stelle und hieb mit dem Schwert auf Sextus ein. Dieser parierte den Schlag mit einem Stoß des Speers in das Gesicht des Angreifers. Ein weiterer Reiter griff an. Dieser schützte sich mit einem Schild vor dem Stoß des Sextus. Sextus sah, dass er den Reiter nicht besiegen konnte und tötete deshalb sein Pferd durch einen Stoß mit dem Speer in dessen Kopf. Das Pferd brach zusammen, der Reiter wurde herabgeschleudert und von ihm getötet. Mehrere feindliche Reiter, die sahen, dass ein Angriff mit dem Pferd, da sie eingekeilt waren, nicht mehr durchführbar war, stiegen ab und setzten den Kampf zu Fuß fort. Zwei mit Schwert und Rundschild bewaffnete Feinde stürmten auf Sextus zu. Dieser ließ seinen Speer fallen, zog seinen Schild vor den Körper und griff mit dem Schwert an. Er stürmte vor und drückte den nächsten Gegner zurück, konnte aber mit dem Schwert nicht zustoßen, da er von dem Zweiten von links angegriffen wurde und dessen Schwerthieb abwehren musste. Zum Glück unterstützte ihn ein Legionärskamerad und er konnte sich seinem ersten Gegner zuwenden. Jetzt eingekeilt zwischen Kameraden und Gegnern bewährte sich sein römisches Kurzschwert, während der

Gegner, der mit langen Hiebschwertern bewaffnet war, im Gedränge beim Ausholen mit denselben behindert war.

Sextus erkannte an der vornehmen Rüstung, dass es sich bei seinem nächsten Gegner um einen Anführer der Lusitaner handelte. Er drängte ihn deshalb mit Schildschlägen zurück, so dass dieser stolperte und zu Boden fiel. Er setzte ihm die Schwertspitze an den Hals und dieser hob zum Zeichen dass er sich ergeben wollte, die Hand. Sextus fesselte ihn mit mitgeführten Lederriemen schnell an Händen und Füßen und band die Füße an der Handfessel fest. Dies sah ein leicht verwundeter, etwas hinter ihm stehender Legionär. Er sprach: »Sextus, wieso fesselst Du diesen Feind. Schlage ihm doch einfach den Kopf ab. Ein toter Keltiberer ist ein guter Keltiberer. Warte, wenn Du das nicht tust, tue ich es.« Er holte mit seinem Schwert aus, um den Gefangenen zu töten. Sextus stieß mit seinem Schwert das Schwert des Legionärs zur Seite: Er schrie ihn an: »Dies ist mein Gefangener, und er muss nachher zum Legaten gebracht werden. Unterstehe Dich, ihn zu töten. Solltest Du es versuchen, werde ich Dich einen Kopf kürzer machen.« Diese Drohung wirkte und der Legionär wandte sich ab. Sextus winkte zwei der Sklaven, die Wurfspeere und andere Ausrüstung für die kämpfende Truppe herbei schafften, zu sich, und befahl ihnen den Gefangenen zu bewachen, sowie jedem, der sich diesem nähere zu sagen, dass dies der Gefangene des Sextus Leptonius sei und dieser ihn zum Legaten bringen würde.

Anschließend reihte er sich wieder in die Front ein.

Der führende 2. Centurio gab den Befehl, geschlossen gegen die Reiter, die sich vor ihnen drängten, vorzugehen. Diese konnten aus Platzmangel nicht mehr gegen die Triarier anreiten. Nach rückwärts war ihnen der Weg durch ihre eigenen Reiter, die immer noch gegen den Feind andrängten, verlegt, so dass sie massenweise unter den Stößen der Elitelegionäre fielen. Diese erlegten vorzugsweise die Pferde und töteten die herabstürzenden Reiter dann mit dem Schwert oder dem Stoßspeer. Sextus kämpfte im dichtesten Pulk. Er tötete noch fünf Feinde und verwundete mehrere. Er wurde nicht verletzt, war aber über und über mit dem Blut der Feinde bedeckt.

Mitten im Kampfgetümmel hörte er plötzlich hinter sich das

Schnauben und Wiehern eines Pferdes, Er dachte sich: >Jetzt haben sich unsere römischen Reiter wieder gesammelt und rücken mit uns gegen den Feind vor.< Er drehte sich um und sah den Tribunen Thermus auf ihn zureiten. Thermus lenkte das Pferd direkt auf ihn zu und ritt ihn zu Boden. Sextus schlug hart auf der Erde auf und kam unter dem Pferd auf dem Rücken zu liegen. Er dachte, dass der Tribun doch gar nichts hier verloren habe. Dann erkannte er mit Schrecken, dass Thermus nur hierher gekommen war, um ihn zu töten.

Gleichzeitig mit diesen Gedanken schlug er sein Schwert im Liegen gegen die Fessel des rechten Hinterbeines des Pferdes und durchtrennte sie. Das Pferd knickte nach rechts ein und fiel um. Thermus, der seinen Fuß nicht schnell genug aus der Halterung lösen konnte, wurde unter dem Pferd eingeklemmt. Sextus stand auf und wandte sich Thermus zu. Dieser herrschte einen herbeilaufenden Legionär an, ihn unter dem Pferd herauszuziehen. Zu Sextus gewandt schrie er: »Wir werden Dich so lange jagen, bis wir Dich getötet haben.«

Sextus war wegen dessen hinterlistigem Angriff wild entschlossen, ihn zu töten und stürzte auf ihn zu. Bevor er ihn erreichen konnte, rückten die feindlichen Reiter, die sich gesammelt hatten, wieder gegen die Triarier vor und drängten diese zurück. Sextus reihte sich zur Abwehr der Gefahr erneut in die Front ein. Auch der herbeigeeilte Legionär kümmerte sich nicht mehr um Thermus, sondern wehrte ebenfalls den Angriff ab. Ihre Linie wurde ein gutes Stück zurückgedrückt.

Die zurückgefallene römische Reiterei sammelte sich wieder im Schutz der Triariercenturien und rückte, diese in einem Linksbogen umreitend, gegen die lusitanische Reiterei vor. Sie schnürten damit die Bewegungsfreiheit der feindlichen Reiter weiter ein. Als diese feststellten, dass sie jetzt von vorne und von links angegriffen wurden, wichen sie zurück. Die römischen Reiter stießen nach, so dass die Absetzbewegung zur Flucht wurde. Die römische Reiterei verfolgte die fliehende Reiterei über mehrere Kilometer und verhinderte so, dass diese sich erneut sammeln und organisieren konnte. Die verbliebenen Reiter, die sich nicht mehr aus dem Kampfgeschehen lösen konnten, wurden von den Triariern niedergekämpft. Auf dem Vormarsch kam Sextus wieder an dem Pferd und Thermus vorbei. Thermus lag tot unter dem

Pferd. Der Feind hatte ihm den Kopf abgeschlagen. Für Sextus war dies ein Glückstreffer, hätte doch die Tötung des Tribuns durch ihn, eine Untersuchung nach sich ziehen können.

Inzwischen hatte die Infanterie die Schlachtreihen der Lusitaner zurückgedrückt und viele von ihnen getötet. Die Römer drangen langsam, aber unaufhaltsam vor. Die Lusitaner hatten ihre Reserven nach vorne geführt und kämpften um jeden Meter Boden. In diesem Moment griff die Auxiliarreiterei von hinten den Feind an. Die Lusitaner merkten dies und machten eine zweite Front nach hinten auf. Der Ansturm der Reiter war jedoch so machtvoll, dass die Reihen des Feindes niedergerissen wurden. Jetzt setzte eine allgemeine Flucht der Feinde ein. Die Auxiliarreiterei verfolgte die Fliehenden und töteten diejenigen, die ihre Schwerter nicht wegwarfen. Die Schlacht war vorbei.

Sextus begab sich zu seinem Gefangenen, band seine Füße los und führte ihn hinter das Heer zum Standplatz des Legaten. Er erklärte diesem, dass sein Gefangener offensichtlich der Anführer der feindlichen Reiter gewesen sei. Julius Strabo freute sich, dass ein feindlicher Führer gefangen genommen worden war. Er befahl seinem Vertreter Publius Castillus, den vornehmen Gefangenen ins Lager zu bringen und ihn bewachen zu lassen.

Auf dem Schlachtfeld stöhnten verletzte Kämpfer. Legionäre gingen von Feind zu Feind, erschlugen schwer verletzte Lusitaner und plünderten die Toten aus. Sie brachten ihre verletzten Kameraden zum Lazarettplatz, wo sich Sanitäter und römische Chirurgen ihrer annahmen.

Ein Appell erbrachte, dass einhundert Römer gefallen und dreihundert verletzt waren. Die gegnerischen Verluste betrugen fünftausend Tote, tausend Verletzte und zusätzlich dreitausend Gefangene. Der Rest konnte sich flüchtend in Sicherheit bringen.

Die Gefangenen wurden sofort nach der Schlacht zugunsten der römischen Staatskasse an Sklavenhändler verkauft.

Es war ein grandioser Sieg.

Sextus, dessen Kampferfolg dem kommandierenden Centurio aufgefallen war, wurde wegen Tapferkeit erneut ausgezeichnet und bekam eine Tapferkeitsmedaille überreicht.

Als Glabrio vom Tod seines Genossen erfuhr, wurde er ganz blass. Er biss aber dann die Zähne zusammen und schwor sich, nicht eher zu ruhen, bis er Sextus getötet habe.

12

Krieg mit Tarranto

Der von Sextus gefangen genommene Keltiberer wurde von dem Legaten verhört. Er gab an, dass er der Reiterführer Iser des Keltiberfürsten Tarranto und dessen Schwiegersohn sei. Er meinte, dass die Römer für seine Freilassung ein hohes Lösegeld erzielen würden. Er bedankte sich bei ihm, dass er nicht von dem Centurio, der ihn besiegt hatte, getötet worden war.

Der Prokonsul Aurelius Memmius, von Strabo unterrichtet, befahl, eine Delegation zusammen mit Iser zu Tarranto zu senden und Friedensverhandlungen aufzunehmen. Als Verhandlungsführer wurde der Legat Strabo bestimmt. Sein Quaestor und ein Übersetzer begleiteten ihn. Als Begleitschutz erhielt er eine Centurie mit auf den Weg. Sextus durfte als Lohn für seine Tapferkeit und die Gefangennahme des Iser die Delegation begleiten. Er wurde für die Dauer der Verhandlungen zum Führer der begleitenden Centurie ernannt. Nach einem Ruhetag brachen sie auf. Er ritt neben Iser und unterhielt sich mit ihm in lateinischer Sprache. Er bat Iser, ihm die in dessen Land gesprochene Sprache »Keltoiberisch« beizubringen. Iser ging darauf ein, und Sextus erlernte die Grundbegriffe dieser Sprache, während er versuchte, das Latein des Iser zu verbessern. Iser bedankte sich bei ihm für die Schonung seines Lebens. Er erzählte, dass er verheiratet sei und eine erwachsene Tochter habe. Iser war ihm dankbar, dass er ihn nicht getötet hatte, und sogar noch den Legionär abgewehrt hatte, der ihn töten wollte. Er meinte, dass seine Frau und seine Tochter noch dankbarer als er sein würden und seine gute Tat, wenn möglich, vergelten würden.

Tarranto residierte in der kleinen Hafenstadt Portos (Porto). Er hatte durch die flüchtenden Reiter von der Niederlage erfahren und ließ die Mauern von Portos verstärken. Die Delegation traf nach neun

Tagen in Portos ein und wurde unfreundlich empfangen. Sie erhielt im Gästehaus eine Unterkunft zugewiesen und den Bescheid, dass Tarranto am nächsten Tag den Leiter der Delegation, sein persönliches Gefolge und den begleitenden Offizier (Sextus) empfangen werde.

Er empfing die Delegation im Beisein seiner Berater und des Reiterführers Iser. Strabo legte dem Fürsten die Sachlage dar. Er sprach: »Ehrenwerter Fürst, zunächst die freundschaftlichen Grüße des Prokonsuls Aurelius Memmius, der mich mit diesen Verhandlungen beauftragt hat. Vor elf Tagen wurde Deine Armee vernichtend geschlagen. Memmius wird, solltest Du unsere Vorschläge ablehnen, mit unserer Armee vorrücken, Portos erstürmen, Dich gefangen nehmen, Dein Eigentum beschlagnahmen und Dich selbst nach Rom verbringen. Solltest Du jedoch die Feindseligkeiten gegen uns einstellen, Dich der Oberhoheit Roms beugen, kannst Du als abhängiger Fürst weiterhin die Macht ausüben, bist jedoch an Weisungen durch den von Rom eingesetzten Statthalter gebunden.«

Tarranto lehnte die Vorschläge ab. Er hatte befohlen, im Norden seines Landes ein noch größeres Heer, als das besiegte, aufzustellen. Er bedankte sich aber dafür, dass Memmius ihm den Reiterführer Iser, seinen Schwiegersohn, zurückgesandt hatte.

Die Beratungen dauerten den ganzen Tag. Strabo versuchte den Fürsten zum Abschluss eines Friedensvertrages zu überreden und wurde dabei von Iser unterstützt, der erkannt hatte, dass gegen das kampfgeschulte und disziplinierte römische Heer die Siegeschancen eines Heeres aus vielen ungeübten Männern gering waren. Tarranto wollte jedoch kein Klientenfürst werden, solange er noch ein Heer aufbieten konnte. Nach einem nochmaligen Verhandlungstag reiste die Delegation ab. Iser begleitete sie mit hundert Reitern bis zum römischen Lager.

Am Abend des gleichen Tages traf der Reiterführer Publius Lenco mit tausend römischen Reitern ein. Er hatte diese, wie vom Senat befohlen, als Nachschub für die Armee des Memmius von Rom über Massalia auf dem Landweg nach Hispanien gebracht. Memmius war dankbar dafür, konnte er doch damit seinem Mangel an römischer Reiterei abhelfen.

Er nahm die Kunde vom Scheitern der Verhandlungen gelassen auf und befahl für den nächsten Tag den Aufbruch des Heeres nach Norden. Er wollte zuerst die Gefahr, die von dem von Kundschaftern gemeldeten feindlichen Heer ausging, bannen, bevor er mit der Belagerung von Portos begann.

Nach acht Tagesmärschen in der fruchtbaren lusitanischen Ebene meldeten die Späher, dass sich in dreißig Kilometer Entfernung, in nordöstlicher Richtung, bei dem Ort Ourense ein feindlicher Heerhaufen von ungefähr vierzigtausend Mann mit einer Reiterei von ungefähr zweitausend Mann aufgestellt habe und das Heranrücken des römischen Heeres offensichtlich erwarten würde.

Der Prokonsul befahl den Weitermarsch des Heeres. Beim Marsch am zweiten Tag kam die Nachricht von den Spähern, dass die feindliche Reiterei der römischen Armee entgegen reiten würde. Memmius befahl den Marsch fortzusetzen, zog alle Reiter zusammen und schickte sie den feindlichen Reitern entgegen. Diese hatten fünf Kilometer von der Heeresspitze entfernt, erstmals mit dem Feind Kontakt. Der römische Reiterführer, jetzt der gesamten Reiterei, Publius Lenco, hielt mit seinen Offizieren eine Beratung ab. Er mutmaßte, dass der Feind ja nichts von der Verstärkung der römischen Armee durch seine Reiter wüsste und deshalb auch annehmen würde, dass er die römische Reiterei besiegen könne. Deshalb entwickelte er folgenden Plan: »Die gesamte Auxiliarreiterei schwenkt nach rechts und versteckt sich in dem Wäldchen dreihundert Meter von hier. Die römische Reiterei der VII. und X. Legion schwenkt nach links und versteckt sich hinter der Bodenwelle vierhundert Meter von hier. Ich selbst reite in breiter Front mit meinen tausend Legionsreitern dem Feind langsam entgegen.

Sobald die Keltiberer uns angreifen und nur noch einhundert Meter entfernt sind, befehle ich den Rückzug und die Flucht meiner Reiter. Ich nehme an, dass der Feind uns verfolgt, um uns einzuholen. Nach ungefähr fünfzig Metern wende ich meine Einheit und reite mit dieser geschlossen gegen den Feind. In diesem Augenblick greift die beidseitig des Schlachtfeldes versteckte Auxiliarreiterei der cartagenischen Keltiberer und die Legionsreiterei von den Seiten und von hinten an.«

So geschah es. Die römische Reiterei wendete beim Herannahen des

Feindes geschlossen und galoppierte davon. Als der Feind nachsetzte, wendeten sie im kurzen Bogen die Pferde und gingen in geschlossener Reihe gegen ihn vor. Die Keltiberer ritten gegen die aufgereckten Lanzen der Reiterlegionäre an und kamen an diesem Bollwerk zum Stehen. Die nachfolgenden feindlichen Reiter ritten, da sie nicht mehr rechtzeitig abbremsen konnten, auf die Pferde ihre Vordermänner auf. Sie stiegen ab und setzten den Kampf zu Fuß fort. Es bildete sich ein Knäuel kämpfender Krieger. In diesem Augenblick griffen die übrigen römischen Reiter von den Seiten und von hinten an. Die keltibrischen Reiter konnten nicht mehr nach vorne, nach hinten, oder zur Seite ausweichen und wurden abgeschlachtet. Als deren Reiterführer sah, dass sie keine Aussicht hatten, zu entkommen, befahl er ihnen, die Waffen wegzuwerfen und sich zu ergeben.

Ungefähr Fünfhundert feindliche Reiter blieben tot oder schwer verletzt auf dem Schlachtfeld. Auf römischer Seite gab es zehn Tote und dreißig Verletzte.

Den Gefangenen wurden die Hände auf den Rücken gebunden. Anschließend mussten sie zu Fuß in Richtung der Legion marschieren. Publius Lenco vernahm den gegnerischen Reiterführer und erfuhr, dass dieser mit seinen Reitern die marschierende Legion von der Seite überfallen und Beute machen wollte. An einen Kampf mit der römischen Reiterei hatte er nicht gedacht. Er meinte, dass diese im Marschverband der Legion vor den Legionären reiten würde.

Der Prokonsul Memmius hatte inzwischen auf einer Bodenwelle ein Marschlager errichten lassen. Er wies seine Legionäre an, diesmal einen breiten Graben von ungefähr zwei Metern Tiefe auszugeben und nach innen mit dem ausgehobenen Erdreich einen Damm von einem Meter und fünf Zehntel Metern aufzuschütten und das Ganze durch Palisaden und Flechtwerk zu verstärken. Auch verkleinerte er das Doppellegionslager, um es besser verteidigen zu können. Von den Pionieren ließ er nur ein Nord- und ein Südtor in den Lagerwall einsetzen.

Er teilte für diese und die nächste Nacht zweimal fünfhundert Legionäre als Lagerwachen ein. Kurz bevor sie mit dem Wallbau fertig waren, kam der siegreiche Reiterführer Publius Lenco mit den Gefangenen ins Lager. Die Gefangenen wurden in einem Pferch verwahrt und bewacht. Memmius ließ sich von der Schlacht berichten und lobte seinen Reiterführer für seine taktischen und strategischen Maßnahmen. Er befahl ihm, mit der gesamten Reiterei nach Süden zu reiten und nach einem Kilometer zu lagern, jedoch den Blickkontakt mit dem Lager durch Späher sicherzustellen, um im Falle eines Nachtangriffes zur Hilfe eilen zu können; sich aber im Morgengrauen bei ihm zu melden, um die weiteren Maßnahmen zu besprechen.

Sextus war nicht als Lagerwache eingeteilt. Nachdem er seine zugewiesene Schanzarbeit erledigt hatte, begab er sich in seine Zeltgemeinschaft. Er verzehrte sein vom Zeltkoch zubereitetes Abendessen.

Nach einer Ruhestunde ließ der Prokonsul nochmals antreten und die Legionen in die Umgebung des Lagers ausschwärmen. Sie mussten dort Bäume fällen und mittelgroße Steine zusammentragen. Die Steine ließ er auf den Lagerwall schaffen; besonders viele rechts und links des Nordtores. Mit den Baumstämmen stützte er die Torflügel des südlichen Lagertores ab, legte welche neben das Nordtor und errichtete in der Lagermitte einen acht Meter hohen Aussichtsstand.

Todmüde begab sich Sextus in das Zelt, wickelte sich in seinen Legionärsmantel und legte sich auf seine Lederdecke. Er schlief sofort ein und hätte fast das Wecken überhört.

13

Weitere Kämpfe

Bei dem Morgenappell verkündigte Memmius folgenden Befehl: »Legionäre, ich rechne damit, dass der Feind am Vormittag des heutigen Tages angreift. Da er uns zahlenmäßig überlegen ist, möchte ich, um große Verluste zu vermeiden, ihm nicht in offener Feldschlacht begegnen. Deshalb beschränke ich mich zunächst auf die Verteidigung des Lagers. Von den Lagerwällen aus können wir die Feinde sicher abwehren und sie dezimieren. Unsere Reiterei hält sich in der Hinterhand. Die Hastati und Principes der VII. Legion besetzen die nördliche Hälfte der Umwallung, die der X. Legion, die südliche Hälfte. Fünf Centurien der Triarier stehen am Nordtor in Bereitschaft, um einen eventuellen Einbruch des Feindes dort abzuwehren. Weitere 5 Centurien Triarier und zehn Centurien Principes halten sich unterhalb des Aussichtsturmes auf, um von dort bei Bedarf eingesetzt zu werden. Ich befinde mich mit meinem Stab auf dem Turm. An die >Walllegionäre< werden bei den Materialwagen zusätzliche Wurfspeere ausgegeben. Vergesst Eure Wurfschleuderriemen nicht, denn diese können wir heute einsetzen. Die Steinschleuderer nehmen ebenfalls hinter dem Nordtor Aufstellung, rücken auf Befehl ihres Einheitsführers durch das Nordtor auf den Feind zu und fügen ihm durch ihre Würfe Schaden zu. Die Reiterei des Feindes wurde gestern vernichtet, so dass diese nicht zu fürchten ist. Die Schleuderer ziehen sich beim Angriff des Feindes vor diesem zurück, nehmen hinter dem nördlichen Lagertor und dem nördlichen Lagerwall Stellung und schleudern ihre Geschosse über diesen auf den Feind. Nun nehmt nach den Befehlen Eurer Vorgesetzten Eure Plätze ein.«

Der Reiterführer der gesamten Reiterlegionäre, Publius Lenco, meldete sich bei Memmius. Er erhielt von diesem folgenden Befehl: »Dir wird zusätzlich die Auxiliarreiterei unterstellt. Du umreitest in weitem Bogen außer Sichtweite der Keltiberer das feindliche Heer und setzt

Dich mit Deiner Einheit hinter den angreifenden Heerhaufen des Feindes. Wenn ich von dem Hochstand aus eine rote Fahne schwenken lasse, greifst Du mit gesamter Macht an. Halte Deine Legionäre dazu an, dass sie ohne Verzug kämpfend vordringen und gefallene Gegner erst nach der siegreichen Schlacht ausplündern.

Sextus wurde den Triariern am Nordtor zugeteilt. Der Führer seiner Centurie, der zum 1. Centurio beförderte Cassus, befahl ihm auf den Wall zu steigen, die Bewegungen des Feindes zu beobachten und mitzuteilen.

Sextus sah ungefähr eine Stunde nachdem er seinen Posten eingenommen hatte, in einer Entfernung von ungefähr sechs Kilometern eine Staubwolke über dem hügeligen Land, die sich langsam nach vorne bewegte. Eine Stunde später erkannte er einzelne Trupps von Feinden und dann eine große Heermasse, die auf einer Breite von einem Kilometer dem Lager entgegen zog. Er meldete die Bewegungen des Feindes an Cassus weiter.

Der Feind hatte offensichtlich erwartet, dass ihm das römische Heer in Schlachtordnung entgegenkäme, denn er verweilte in einer Entfernung von fünfhundert Metern vor dem Lager.

Man sah, dass die Anführer zu einer Besprechung zusammenliefen. Danach setzte sich der Heerhaufen wieder in Bewegung. Die Flügel desselben rückten vor und umschlossen die Nordhälfte des Lagers im Halbkreis. Offensichtlich wollte der Feind nur im Norden angreifen. Memmius befahl, als er dies sah, die Legionäre des Nordabschnittes durch Teile der Besatzung des Südabschnittes zu verstärken. Die Schleuderer rückten inzwischen durch das Nordtor gegen den Feind vor und beschossen ihn. In der dichten Masse der Feinde trafen alle geschleuderten Steine und die erstmals eingesetzten Bleigeschosse, so dass zahlreiche Feinde zu Boden sanken. Sie mussten sich aber vor den schnell heran rückenden Lusitanern im Eiltempo hinter das Tor zurückziehen. Die Torwachen schlossen dieses schnell und stützten es mit den Baumstämmen ab.

Der Hauptteil des feindlichen Heeres wälzte sich auf das Nordtor und den Lagerwall zu. Es waren dies mit Schild, Schwert und Speer bewaffnete Fußkrieger, die aber kein Belagerungsgerät und auch keine Leitern mit sich führten. Hatten sie sich doch auf eine Feldschlacht und nicht auf eine Erstürmung eines Lagers eingestellt. Sie stießen ein fortwährendes und lautes Schlachtgebrüll aus, das von den römischen Legionären durch ein Trommeln mit ihren Speeren gegen ihre Schilde erwidert wurde.

Als die Feinde ungefähr achtzig Meter vom Lager entfernt waren, begannen die Balearos ihre Geschosse über den Wall in die dichte Heermasse zu schleudern und sorgten so für weitere Verluste bei den Angreifern. Das feindliche Heer rückte in der Mitte und an den Seiten weiter auf das Lager zu. Die Legionäre warfen mit Hilfe der Schleuderriemen ihre Speere in das gegnerische Heer. Auch hier ging kein Wurf daneben. Schmerzens- und Todesschreie tönten aus dem Heerespulk. Ab einer Entfernung von fünfzig Metern, rannten die Feinde im Sturmlauf auf den Wall zu. Die Legionäre warfen jetzt im Zielwurf ihre Speere und streckten eine große Anzahl der feindlichen Kämpfer nieder. Bei der Masse der Feinde machte sich dies aber kaum bemerkbar. Vor dem Wall angelangt warfen die Feinde ihre Speere auf die Legionäre, richteten aber keinen Schaden an, weil diese sich hinter ihre Schilde duckten.

Die Feinde waren nun an der Befestigung angelangt und versuchten, einer auf den anderen gestützt den Wall zu erklimmen. Die Legionäre stießen mit ihren Speeren nach den Kletterern, verwundeten und töteten sie, so dass diese in den Graben hinab fielen. Der Angriff wurde überall abgewehrt. Nach einer halben Stunde des Kampfes zog sich der Feind rasch außerhalb der Reichweite der Schleuderer zurück. Er ließ zahlreiche Tote und Verwundete vor dem Wall. Der Wallgraben war nun teilweise mit Toten gefüllt. Die feindlichen Krieger sammelten Reisig, um den Wallgraben aufzufüllen und dadurch die Wallkrone leichter überqueren zu können.

Der Angriff wurde danach von ihnen wiederholt. Durch die Speer- und Steinschleuderer erlitten die Angreifer wieder große Verluste, sprangen jedoch mit Reisigbündeln auf den Wall zu und füllten den Wallgraben mit diesen aus. Dann kletterten sie den Hang hoch, wurden aber von den Legionären zurückgestoßen. Nach kurzer Zeit türmten sich Leichenberge vor dem Wall auf. Der Angriff der Feinde führte jetzt über ihre getöteten Kameraden direkt zur Wallkrone. Die Parteien griffen sich gegenseitig mit Schild und Schwert an.

Sextus rief den Kampfstand laufend seinem 1. Centurio zu. Er meldete Cassus, dass der Feind die Abwehr an zwei Stellen durchbrechen würde und zeigte auf die entsprechenden Stellen. Dieser stellte seine Triarier halbmondförmig an diesen Abschnitten hinter dem Wall auf. Die Welle der Angreifer schwappte über den Damm in das Lagerinnere. An jeder der beiden Stellen drangen ungefähr fünfzig Kämpfer unter lautem Geschrei über die Wallkrone. Auch von außerhalb des Walles hörte man das Jubelgeschrei des Feindes über den erfolgreichen Durchbruch. Die Triarier liefen mit ihren Stoßspeeren auf die Eingedrungenen zu und töteten sie im 1. Anlauf. Sie liefen auf die weiter über die Dammkrone Eindringenden zu, erklommen selbst die Dammkrone und riegelten die Einbrüche ab. Zusammen mit den Legionären auf dem Damm stießen sie die Feinde in den Graben zurück. Anschließend gingen sie wieder in ihre Bereitstellung.

Als die Feinde ihre hohen Verluste bemerkten zogen sie sich erneut zurück. Sie tauschten ihre vorderen Linien gegen die hinteren Linien, die bisher nicht zum Kämpfen gekommen waren, aus. Danach griffen sie wieder an. An einer alten Einbruchstelle gelangten, nachdem sie die verteidigenden Legionäre getötet hatten, ungefähr zweihundert Feinde über den Wall. Sextus beorderte über Cassus die Hälfte der Triarier nach dort, so dass zweihundert Triarier die zweihundert eingedrungenen Feinde niederkämpften. Gleichzeitig sah er, dass an einer weiteren westlicheren Stelle, einhundert Meter vom Lagertor entfernt, ein Pulk von ungefähr tausend Feinden über den Wall kletterte. Cassus schickte seine restlichen zweihundert Triarier den Feinden, die inzwischen innerhalb des Lagers erobernd vordrangen, entgegen.

Es kam zwischen den Triariern und den Feinden zu einem erbitterten Ringen, bei dem viele Feinde und einige Triarier fielen. Währenddessen drangen immer mehr Feinde über die Bresche in das Lager ein.

Memmius sah dies von seinem Hochstand aus und befahl den 15 Centurien Triarier und Principes die unterhalb seines Hochstandes lagerten, den Einbruch abzuriegeln. Die Legionäre stürmten zum Lagerwall und drängten im 1. Stoß die eingedrungenen Feinde zurück. Gemeinsam mit den Triariern des Cassus machten sie den Feind nieder. Nur einzelne der Feinde konnten sich über die Wallkrone zurück zu ihrem Heer retten.

Der führende Centurio ließ fünf Centurien zur Verstärkung des Lagerwalls zurück und begab sich mit zehn Centurien wieder zum Bereitstellungsraum am Hochstand zurück.

Der Feind wich jetzt etwas zurück, und die Legionäre und die Steinschleuderer dezimierten ihn während des Rückzuges mit ihren Fernwaffen. Schätzungsweise hatte der Feind bisher über zehntausend Mann verloren. Es war wahrscheinlich, dass seine Kampfmoral gelitten hatte. Sein Heer war jedoch immer noch dreißigtausend Mann stark. Er griff erneut mit frischen Kräften an. Die Legionäre schleuderten ihm ihre die Speere entgegen. Auch die Schleuderer waren ununterbrochen im Einsatz.

Memmius sah die Massen des Feindes wiederum gegen den Wall vorgehen und ihn seine Flügel weiter ausdehnen. Er schwenkte die rote Fahne und gab damit seinen Reitern das Zeichen zum Angriff.

Ungefähr zweitausendsiebenhundert Reiterlegionäre griffen den feindlichen Heerhaufen von hinten an, töteten beim ersten Zusammentreffen ungefähr zweitausend Feinde und drängten diese in Richtung des Lagers zusammen. Der Aufbau einer Kampflinie in Richtung der Reiter gelang dem Feind nur unzureichend, so dass die Masse des feindlichen Heeres immer weiter zusammengedrückt und zahlreiche Kämpfer getötet wurden. Erst als es den Lusitanern gelang, eine Linie nach rückwärts zu bilden, löste Publius Lenco seine Reiter vom Feind, ritt an diesem vorbei nach rechts und griff, da hier nicht so viele Truppen standen, den rechten Flügel des Feindes von hinten an. Zwischen Wall und Reiterei eingeklemmt, ergaben sich ungefähr dreitausend Krieger und legten ihre Waffen nieder. Sie wurden von den Reitern zusammengetrieben und unter Bewachung vor Ort gelassen. Anschließend sammelten sich die Reiter wieder und Lenco ritt mit ihnen im Bogen am feindlichen Heer vorbei und stellte sich tausend Meter hinter demselben in Angriffsformation auf.

Der feindliche Heerhaufen zog sich vom Lagerwall zurück, um sich neu zu formieren.

Memmius, der dies sah, befahl den Legionären bis auf die Lagerwachen den Wall zu verlassen und sich hinter dem Nordtor legionsweise für einen Ausfall zu formieren. Die X. Legion solle die Spitze bilden und die VII. Legion nachrücken. Das ganze solle in völliger Stille ablaufen.

So geschah es. Von den Legaten und den Centurios erging Befehl, nach Öffnen des Tores legionsweise im Laufschritt ungefähr hundert Meter vorzulaufen und eine Schlachtlinie zu bilden.

Die Legionäre der ersten Centurien liefen nach vorne und nach ungefähr einhundert zweihundert Meter nach links. Die weiteren Centurien der X. und der VII. Legion schlossen sich an. Ihr Lauf und ihre Aufstellung wurden nur von den Körpern der zahlreichen getöteten Feinde behindert, die in ganzen Bergen auf dem Schlachtfeld lagen.

Memmius sah dass der Ausfall gelang und die Legionen eine Schlachtordnung bildeten. Er ließ die rote Fahne schwenken.

Publius Lenco hieß seine Reiter anzugreifen. Der feindliche Heerführer erkannte die Gefahr einer Einkreisung und verstärkte seine zweite Front in Richtung der Reiterlegionäre.

Sextus war von Cassus von seinem Beobachtungsposten zurückberufen worden und stellte sich in seiner Triariercenturie auf. Er rückte mit den anderen im Laufschritt vor. Sie mussten sich vorsehen, dass sie nicht über die am Boden liegenden getöteten Feinde fielen. Erst nach einhundert Metern verließen sie diesen Bereich. Sie verlängerten die römische Schlachtreihe nach rechts. Der Legat Strabo gab dann den Befehl zum Angriff, und Sextus rückte im Gleichschritt mit seinen Kameraden nach vorne. Die übliche Legionsaufstellung nach Linien konnte nicht mehr eingehalten werden und jeder Legionär brannte darauf, den Feind zu bekämpfen. Schon bald wurden sie mit diesem handgemein. Sextus sah sich einem mittelgroßen kräftigen Keltiberer gegenüber, der sein Schwert hob und sich mit einem runden Schild schützte. Sextus stieß mit voller Wucht seinen Stoßspeer gegen das Schild des Feindes. Dieser durchdrang das Schild und blieb in der Brust des Feindes stecken. Er ließ diesen los und sein Gegner brach zusammen. Danach zog er sein Schwert. Durch Rammstöße mit dem Schild, die er mit vollem Körpereinsatz führte, brachte er nacheinander ihm gegenüber stehende Feinde zum Zurückweichen und tötete eine Mehrzahl durch Schwertstöße aus der Deckung heraus. An der Frontlinie zog sich eine blutige Schneise über das gesamte Schlachtfeld. Durch ihre bessere Ausbildung und Ausrüstung drangen die Legionäre auf der gesamten Linie vor.

Inzwischen hatten die römischen Reiterlegionäre heranstürmend die ihnen entgegenstehenden Reihen der Keltiberer geworfen und drangen auf das Zentrum vor. Der Feind flüchtete jetzt vor den Fußlegionären und den Reiterlegionären, so dass der ganze Heerhaufen zusammen gedrängt wurde und die gesamte Heermasse, noch ungefähr dreißigtausend Krieger nicht mehr kämpfen konnte. Der feindliche Heerführer, General Pedro, erkannte dies und befahl seinen Männern sich zu ergeben und die Waffen nieder zu legen. Sie kamen diesem Aufruf nach. Damit war der Kampf entschieden und beendet.

Die Aufständischen hatten an Toten Verluste in Höhe von fünfzehntausend Mann erlitten. Tote Römer wurden fünfhundert gezählt. Die Zahl der römischen Verwundeten belief sich auf Dreihundert.

14

Eroberung von Portos

Der gefangene General Pedro wurde zum Feldherrn geführt. Dieser ließ Gnade vor Recht ergehen und ihn und seine Kameraden nicht töten und auch nicht in die Sklaverei verkaufen. Er ließ sie als freie Männer in ihre Dörfer und Städte zurückgehen, damit sie sich daran erinnern mögen, dass Rom Milde hat walten lassen. Seine Beweggründe waren aber andere. Er dachte: >Wenn ich diese Masse an Gefangenen mitführe, besteht die Gefahr, dass sie sich empören und meine Legionäre angreifen. Auch würden mir die Sklavenhändler bei so einen großen Angebot keinen guten Preis zahlen und ich brauche diese Männer noch als Bauern, um die Verpflegung der Legionen aus dem Land sicher zu stellen. Außerdem könnte es ja auch sein, dass sie Rom gegenüber Dankbarkeit empfinden.< Pedro bedankte sich und erklärte, Rom als oberste Macht anzuerkennen. Er wurde angewiesen, die Heereskasse auszuhändigen. Memmius wurde dadurch um zwei kleine Truhen mit Goldstücken reicher.

Die feindlichen Krieger wurden angewiesen, all ihre Waffen und Ausrüstung abzugeben und ihre Toten zu bestatten. Danach sollten sie unverzüglich in ihre Wohnorte marschieren. Die geschlagenen Krieger zogen in langen Reihen in nördlicher Richtung davon. Ihre Verwundeten nahmen sie mit, stützten sie beim Gehen oder trugen sie auf Bahren davon.

Memmius ließ die Legionäre antreten. Er lobte sie: »Legionäre, wieder einmal habt Ihr tapfer gekämpft, und der schwere Arm Roms hat die Barbaren niedergeschlagen. Aus der Beute bekommen jeder Legionär und die Offiziere einen gerechten Anteil.« Die Männer jubelten und ließen Memmius hochleben. Dieser befahl die geschleuderten Wurfspeere einzusammeln und genehmigte drei Ruhetage. Danach solle das Heer nach Portos marschieren.

Zehn Tage später erreichten die Römer Portos. Die Stadt war durch flüchtende Reiter vorgewarnt, hatte ihre Tore geschlossen, die Mauern besetzt und Kriegsmaterial auf diesen aufgetürmt.

Portos war eine kleinere mit Steinmauern gut befestigte Hafenstadt, in deren Burg der Fürst Tarranto residierte.

Memmius überlegte, wen er als Boten zu Tarranto schicken könnte. Da er diesmal die Legaten und deren Vertreter, sowie die Militärtribunen nicht schicken und nur das Leben eines einzelnen Legionärs gefährden wollte, überlegte er, welchem Centurio er diese womöglich gefährliche Aufgabe übertragen könnte. Außerdem dachte er, dass nur ein einzelner Legionär, statt einer glanzvollen Delegation, den Tarranto in den Augen seiner Offiziere herabwürdigen würde. Er fragte Strabo nach einem geeigneten Centurio, und dieser schlug sofort Sextus vor, hatte dieser doch zuvor den Reiterführer Iser schon zu Tarranto begleitet und diesen persönlich kennen gelernt. Er gab Sextus den Auftrag, Tarranto aufzufordern, bedingungslos zu kapitulieren, und sandte ihn als Boten mit einer weißen Flagge zu diesem. Sextus wurde in die Stadt eingelassen und durch die ansteigenden Häuserzeilen zum Eingang der Stadtburg und in dieser zum Amtszimmer des Tarranto geführt. Dort tagte dessen Kriegsrat, dem seine hohen Offiziere, der Reiterführer Iser und der höchste Verwaltungsbeamte angehörten. Er wurde von Tarranto unfreundlich empfangen und gefragt, was für eine Bitte er habe? In vorbereiteten Rede trug Sextus folgendes vor: »Erhabener Fürst, mein Statthalter, der Prokonsul Memmius schickt mich. Er teilt Dir die vollständige Niederlage Deines Heeres mit. Er fordert Dich auf, zu kapitulieren und sichert Dir eine ehrenvolle Behandlung zu.« Tarranto lehnte die Aufforderung höhnisch ab und bemerkte: »Ihr dreckigen Römer, ihr werdet meine schöne mauerbewehrte Stadt Portos nicht erobern. Ich werde jeden gefangenen Römer vor Euren Augen auf der Mauer foltern und ihn dann hinabstürzen lassen. Ich werde hier so lange kämpfen, bis mir neue Truppen zur Verfügung stehen.«

Sextus tat das Vorbringen des Tarranto als leere Drohung ab. Er redete mit Engelszungen auf ihn ein, um seine Zustimmung zu einer Kapitulation zu erhalten. Wollte er doch seine Mission erfolgreich beenden.

Tarranto blieb jedoch unzugänglich. Da meldete sich der Zivilist zu Wort. Er geiferte und schlug vor, als Zeichen der Unnachgiebigkeit den Boten, wie von Tarranto geäußert, hinrichten zu lassen. Sofort wandte Iser ein, dass sie die Parlamentärsflagge respektieren müssten, die dem Boten die persönliche Unversehrtheit zusichern würde. Tarranto stimmte den Worten seines Schwiegersohnes zu, ging auf den Vorschlag des Verwaltungsbeamten nicht ein. Er entließ Sextus.

Dieser kehrte zu Memmius zurück, und er unterrichtete ihn über das Scheitern seiner Sendung. Als kleine Entschädigung konnte er jedoch berichten, wie stark die Stadt befestigt war, sowie welche Höhe und Tiefe die Mauern hatten.

Memmius überlegte sein weiteres Vorgehen und ließ sich nicht durch die Drohungen der Tarranto beeinflussen. Er beriet sich mit seinen Offizieren und erklärte diesen, dass sich Tarranto offensichtlich nicht ergeben werde.

Der Kriegsrat erwog die Möglichkeit, Leitern zu fertigen und die Stadt im Sturmlauf zu erobern, schreckte aber vor den zu erwartenden hohen Verlusten zurück.

Als zweite Möglichkeit wurde beraten, der Stadt alle Zufuhr abzuschneiden und sie somit auszuhungern. Hier war die Schwierigkeit, dass man keine Flotte hatte und die Stadt von der Meerseite durch Handelsschiffe versorgt werden konnte. Als dritte Möglichkeit tat sich auf, Belagerungsgeschütze zu fertigen und die Stadt sturmreif zu schießen.

Nach einer längeren Beratung wurde man sich einig, die Stadt einzuschließen, die Versorgung zu Land und zu See zu unterbinden und sie zu beschießen.

Memmius ließ knapp außerhalb der Reichweite der Geschütze der Verteidiger ein festes Doppellegionslager errichten. Dann befahl er eine Legion zum Fällen und Herbeischaffen von Baumstämmen in die Wälder in die Nähe des Lagers.

Der Reiterführer wurde von ihm beauftragt, mit seinen Reitern alle für die Stadt bestimmten Lebensmittel und Waren abzufangen, in das Lager zu bringen und sämtlichen Verkehr von und zur Stadt zu unterbinden.

Entlang der Küste ließ er in den Fischerorten kleine Schiffe requirieren, um mit diesen die Zufahrt zum Hafen von Portos zu sperren.

Größere Schiffe, die Waren in die Stadt liefern wollten ließ er durch die in den Küstenorten beschlagnahmten Küstenschiffe, die er mit Legionären bemannt hatte, schon weit vor dem Hafen anhalten. Er kaufte den Eignern ihre Waren zu einem guten Preis ab. Diese ließ er südlich der Stadt mit kleinen Booten an Land bringen und in das Lager schaffen. Sofort aber ließ er das von den Bergen in die Stadt führende Aquädukt unterbrechen und das Wasser in das Lager umleiten.

Die Pioniere fertigten aus den angelieferten Baumstämmen Belagerungsgeschütze. Die dafür benötigten Eisenteile hatte Memmius aus dem Depot in Emerida angefordert und in Karren nach Portos bringen lassen.

Sie bauten zuerst zehn Sturmgeschütze, die Onager. Die Legionäre, denen bei der Ausbildung der Bau eines Onagers gezeigt worden war, halfen den Pionieren. Sie fertigten in kurzer Zeit die auf einem vierrädrigen massiven Unterbau aufgebauten Schleudergeschütze und die langen Wurfarme zum Schleudern von schweren Steinbrocken.

Weiter erstellten sie mehrere Pfeilgeschütze für ein gezieltes Schießen auf eine größere Entfernung.

Danach ließ Memmius noch einen großen Sturmbock anfertigen. Zum Schutz der bedienenden Legionäre erhielt dieser eine Überdachung und Seitenteile.

Sodann ließ er noch fünfzig lange Leitern herstellen.

Sextus war mit seiner Legion zum Holzfällen abkommandiert. Als 4. Centurio hatte er die Aufsicht über zwei Zeltgemeinschaften. Das Fällen und der Transport von Baumstämmen war eine schweißtreibende Arbeit. Je zwei Legionäre fällten mit Äxten einen Baum und entasteten ihn.

Die 2. Centurie hatte den Transport übernommen. Jeder Stamm wurde auf stabile Karren gelegt und mit Pferden zum Lager transportiert. Dort ließen Pioniere die Stämme von Sklaven zersägen und zurichten. Dann bauten sie die Belagerungsgeschütze zusammen.

Als diese Arbeit getan war, ließ Memmius einen zwei Kilometer langen Erdwall mit aufgesetztem Balkenzaun und Wachtürmen knapp außerhalb der Reichweite der Geschütze der Belagerten im Bogen um die Landseite der ganzen Stadt errichten. Nach einem Monat war diese Arbeit verrichtet und die Stadt weitestgehend von der Außenwelt abgeschnitten.

Die Beschießung konnte beginnen. Die Legionäre schafften große Steinbrocken herbei und türmten sie neben den in Schussposition gebrachten Onagern auf. Jeder Onager erhielt eine Bedienungsmannschaft von zwei Zelteinheiten. Unter der Anleitung von Heeresingenieuren wurden die ersten Steine geschleudert. Der Druck, mit dem die Seile gespannt wurden, richtete sich nach dem Gewicht der Steine und der Entfernung zum Ziel. Das Gewicht der einzelnen Steine betrug ungefähr achtzig Kilogramm.

Sextus kommandierte eine Bedienungseinheit. Er organisierte das Bestücken der Hebelmulde mit Steinen und das Spannen der Seile. Er ließ die ersten Steine gegen die Stadtmauer schleudern.

Die ersten Würfe durch seinen Onager gerieten noch zu kurz. Der dritte geschleuderte Stein traf das hölzerne Haupttor der Stadt und schlug ein Brett aus diesem heraus. Der Pionieringenieur am Geschütz des Sextus rief den anderen neun Katapultbedienungsmannschaften die Spannstärke, den Einstellungswinkel und die ungefähre Steinlast zu. Sodann erfolgte ein Trommelfeuer auf das Tor und die Zinnen der Stadtmauer. Schon bald sah man größere Schäden am Holztor und der Befestigung. Gegen Abend war der Steinvorrat fast aufgebraucht. Memmius ließ die X. Legion ausschwärmen und geeignete Steine herbeischaffen. Nicht weit vom Lager entfernt, entdeckte ein Centurio den Steinbruch der Stadt Portos. Sofort wurde dieser in Betrieb genommen, und die Legionäre brachen eine Vielzahl von Steinquadern aus dem Berg heraus.

In der Nacht wurden Sextus und die anderen Legionär durch laute Tubasignale geweckt. Sextus zog schnell seine Rüstung an und nahm den ihm zugewiesenen Platz auf der Wallkrone ein. Die Lagerwache hatte mehrere Personen im Vorfeld des Lagers erspäht und angenommen, dass das Lager angegriffen würde. Memmius schickte sofort einige Reiter, die Fackeln mitführten, vor das Lager. Sie konnten einen Lusitaner, der sich in einem Gebüsch versteckte, gefangen nehmen. Dieser gab an, dass er von seinem Offizier den Auftrag erhalten habe, das römische Lager auszuforschen und Schwachstellen im Lagerwall herauszufinden. Mit ihm seien noch drei Kundschafter ausgerückt. Dieselben hätten jedoch, als sie die Tubatöne hörten, die Flucht ergriffen.

Am übernächsten Tag konnte die Beschießung fortgesetzt werden. Durch den massiven Einsatz der Steinschleudern zeigten sich Risse und Löcher in der Stadtmauer. Auch im Tor war das Holz schon aufgesplittert und die Balkenkonstruktion sichtbar.

Jetzt war die Zeit reif für den Einsatz des Sturmbockes und der Skorpione, der Pfeilgeschütze.

Memmius setzte zuerst die Skorpione ein. Durch sie wurde eine große Menge von Pfeilen gegen die Verteidiger auf der Mauerkrone geschleudert, so dass diese in Deckung gingen. Die balearischen Steinschleuderer belegten die Mauerkrone ebenfalls mit einem Hagel von Steinen. Inzwischen hatten etwa fünfhundert abkommandierte Legionäre in die hohle Rückseite ihrer Schilde Erde geschaufelt und füllten unter dem Schutz der Pfeilschleudern den Graben vor einem besonders großen Riss in der Mauer auf. Ebenso planierten sie die Strecke vom Standplatz des Widders bis zur Aufschüttung im Graben.

Sodann ließ Memmius den Sturmbock nach vorne schieben. Die eingeteilte Bedienungsmannschaft, zwanzig Zelteinheiten, schoben und trugen ihn zum Fuß der Mauer.

Die Legionäre zogen den zwanzig Meter langen Baumstamm, der ein Gewicht von viertausend Kilogramm hatte, an den auf dem Stamm befestigten Haltegriffen und an diesen befestigten Seilstücken zurück und schwangen ihn dann nach vorne, so dass der Kopf desselben gegen die Mauer prallte. Die Verteidiger versuchten durch das Herabwerfen von Steinen den Angriff zu unterbinden, konnten jedoch die Bedachung des Widders nur leicht beschädigen. Außerdem wurden sie durch die Skorpione und die Schleuderer massiv in ihrer Verteidigung gehindert. Nun versuchten sie mit herabgeschleuderten Feuerbränden den Widder zu zerstören. Die Pioniere hatten jedoch vorsorglich nasse Felle auf das Dach gelegt, so dass auch dieser Versuch fehlschlug.

Immer öfters fiel einer der Verteidiger tot oder verwundet in den Festungsgraben oder auf die Bedachung des Sturmbockes.

Die Legionäre schwangen den Baumstamm ungefähr zwanzigmal pro Stunde gegen die Mauer. Es war eine mühsame und ermüdende Arbeit. Jede Stunde wurden sie durch eine frische Mannschaft abgelöst. Nach zwei Stunden zeigte sich das erste größere Loch in der Mauer. Nach fünf Stunden war eine Bresche geschlagen, der Riss zur Mauerkrone erweiterte sich und ein Stück der oberen Mauer stürzte ein. Die Bresche wurde nun systematisch durch den Widder erweitert.

Memmius befahl die Leitern an die Centurien der X. Legion zu verteilen. Jede Centurie erhielt vier Leitern. Aus zwanzig Centurien der VII. Legion befahl er eine Sturmgruppe zu bilden. Die Angreifer stellten sich hinter den Skorpionen auf. Als die Bresche in der Mauer einen Durchmesser von ungefähr vier Metern hatte, befahl er den Bedienungsmannschaften der Onager und Skorpionen unablässig zu schleudern und zu schießen, der Bedienungsmannschaft des Sturmbockes diesen einige Meter zurückzuziehen und gleichzeitig den Angriff der Truppen auf die Mauer.

Sextus hatte sich in der Spitzengruppe der Sturmabteilung aufgestellt und gelangte nach dem Angriffsbefehl als einer der ersten an die Bresche. Er kletterte über den Steinschutt in das Stadtinnere. Dort hatten sich rund um die Einbruchstelle die Verteidiger aufgestellt und wehrten die Eindringlinge mit Pfeilschüssen und Schwerthieben ab. Sextus stach voller Wucht mit seinem Stoßspeer gegen einen vor ihm stehenden Verteidiger. Er trieb den Speer durch dessen Schild und die Rüstung, so dass dieser verwundet zu Boden fiel, wurde aber gleichzeitig von zwei Seiten angegriffen. Er wehrte den Angriff nach links mit seinem Schild ab, ließ seinen Speer fallen und verteidigte sich nach rechts mit seinem Schwert. Plötzlich fühlte er an seinem linken Oberarm einen beißenden Schmerz. Er sah dass ein Pfeil sein Kettenhemd durchdrungen hatte und im Fleisch seines Oberarmes steckte. Er ignorierte den Schmerz, brach den Pfeil ab und kämpfte weiter. Inzwischen waren so viele Angreifer durch die Bresche in das Stadtinnere gelangt, dass die Verteidiger sich zurückziehen mussten. Gleichzeitig überwanden die Legionäre der X. Legion mittels der Leitern die nur noch schwach verteidigte Mauerkrone und vereinigten sich mit der Sturmabteilung. Die Legionäre trieben nun die Verteidiger vor sich her durch die Gassen bis zur Mauer des Burgberges. Eine große Anzahl der Lusitaner ergab sich, indem sie ihre Waffen wegwarfen und die Handflächen nach vorne streckten. Die sich noch verteidigenden feindlichen Krieger wurden erbarmungslos niedergemacht.

Vor dem Haupttor der Burg, das kurz vor dem Eintreffen der Legionäre geschlossen worden war, hatte sich eine größere Anzahl der Lusitaner, die noch in die Burg gelangen wollten, aufgestaut. Diese ergaben sich ebenfalls. Nun kamen die beiden Legaten und Memmius in die vollständig eroberte Stadt. Memmius ließ ein Schriftstück mit der Aufforderung zur Kapitulation über die Burgmauer werfen. Es erfolgte keine Antwort. Er ließ deshalb die Burg umstellen und mehrere Häuserreihen vor der Burgmauer einreißen.

Nach einem Ruhetag befahl Memmius das Gelände vor der Burgmauer einzuebnen und die Onager dort aufzustellen. Diese Arbeiten waren noch nicht abgeschlossen, als ein Schreiben für Memmius über die Mauer geworfen wurde. Die Nachricht kam von Iser, dem Schwiegersohn von Tarranto. Iser schrieb: » Ehrenwerter Prokonsul Memmius. Mein Schwiegervater will bis zum letzten Mann kämpfen und weder verhandeln, noch kapitulieren. Ich möchte, um weiteres Blutvergießen zu vermeiden, die Burg übergeben. Versichere mir, dass die Besatzung nicht versklavt oder getötet wird und dass mein Schwiegervater eine ehrenvolle Behandlung erfährt. Wenn Du mit meinen Bedingungen einverstanden bist, schwenke eine Fahne. Ich werde dann durch mir ergebene Krieger das Tor öffnen lassen.«

Memmius begrüßte diese Nachricht. Konnte er doch so ohne Verluste die Burg einnehmen. Er stellte die VII. Legion in Angriffsstellung vor dem Tor auf und schwenkte eine Fahne. Kurz danach öffneten die Vertrauten des Iser das Tor und die Legionäre drangen in das Burggelände ein. Die noch Tarranto ergebene Besatzung leistete nur noch geringen Widerstand.

Sie fanden Tarranto in einem Gemach im Burgturm wo er sich mit seiner Familie aufhielt, nahmen ihn gefangen und brachten ihn zu Memmius.

Dieser erklärte ihn seiner Stellung für verlustig und kündigte ihm an, dass er nach Rom gebracht werden würde.

Er fertigte für den amtierenden Konsul in Rom, Fabius Maximus Eburnus, eine umfassende Schilderung des Feldzuges, der Eroberungen und der Gefangennahme des Tarranto. Er bat, Tarranto als Staatsgefangenen zu behandeln. Ferner fragte er an, ob er unter den Keltiberern Auxiliartruppen anwerben sollte.

15

Sextus bringt Tarranto nach Rom

Memmius beriet sich sodann mit seinen beiden Legaten, welchen jüngeren Centurio sie mit der Verbringung des Tarranto nach Rom beauftragen könnten. Der Legat Julius Strabo schlug sofort Sextus Leptonius vor, und dieser wurde mit der Leitung der Eskorte beauftragt. Er hatte sich inzwischen durch einen Feldscher die Pfeilspitze, aus der Schulter ziehen und Heilkräuter auf die Wunde legen lassen. Gebremst durch das Kettenhemd war der Pfeil nicht tief eingedrungen. Dennoch schmerzte das Entfernen der Spitze mehr als deren Eindringen.

Sextus erhielt den Befehl, mit einer Centurie Reiterlegionäre Tarranto und die Briefpost nach Rom zu bringen. Er erhielt Reisegeld und ein Schreiben des Memmius, in dem dieser alle Militärpersonen und Verwaltungsbeamte anwies, den Centurio Sextus Leptonius zu unterstützen und seinen Forderungen nachzukommen. Der eigentliche Centurio der Reiterlegionäre wurde ihm für die Dauer der Reise unterstellt. Sextus erhielt von Memmius noch weitere mündliche Aufträge.

Er und seine Untergebenen ritten am übernächsten Tag in südöstliche Richtung erst nach Emerida und dann in östliche Richtung nach Nova Carthago. Memmius hatte Sextus noch für die Staatskasse von Rom Gold- und Geldstücke im Gesamtwert von zwei Millionen Sesterzen in Säcke vernäht mitgegeben. Diese verteilte Sextus auf zwei Tragepferde und befahl dem ihm unterstellten Centurio gut auf diese aufzupassen.

Er ritt während der Reise neben Tarranto. Er sprach ihn auf keltoiberisch an. Tarranto gab ihm aber keine Antwort. Anscheinend hatte ihn seine Gefangennahme schwer getroffen.

Erst am dritten Tag ihres Rittes fragte er: »Centurio, wo hast Du unsere Sprache gelernt?« Sextus antwortete: »Edler Herr, Euer Schwiegersohn, der Reitergeneral Iser, hat mir einige Worte beigebracht und ich hoffe, im Gespräch mit Euch noch Worte dazu zu lernen und meine Aussprache zu verbessern.«

Tarranto unterhielt sich mit Sextus während des gesamten Rittes und auch während der anschließenden Schifffahrt. Sextus beherrschte bei ihrer Ankunft in Rom diese Sprache schon ganz gut.

Tarranto erzählte auf Bitte des Sextus seine Lebensgeschichte.

Er war der Stammesfürst des keltoiberischen Stammes der Meruler und herrschte über ganz Nordlusitanien. Seine Vorfahren waren vor hunderten von Jahren von Gallien aus eingewandert und hatten sich mit der hier ansässigen Bevölkerung, den Iberern, vermischt. Seine Stadt Portos wurde von seinem Urgroßvater erbaut. Mit den Karthagern, die Handel treibend, von Süden her eindrangen, hatte dieser ein freundschaftliches Verhältnis. Sie bauten den Hafen der Stadt aus, halfen durch Rat und Tat bei der Stadtbefestigung und errichteten Lagerhäuser, sowie ein carthagisches Kontor. Als Gegenleistung stellte sein Urgroßvater Reiter zu ihrem Heer. Viele der so Angeworbenen zogen vor hundert Jahren mit Hannibal und danach mit dessen Bruder über die Alpen und kamen in Italien um.

Nach der Niederlage des Hannibal übernahmen die Römer die karthagischen Stützpunkte, Handelsniederlassungen und Städte. Nach dem frühen Tod seines Vaters wurde er vor vierzig Jahren Stammesfürst. Mit Rom schloss er einen Freundschaftsvertrag. Die Römer hielten sich aber nicht an die Abmachungen und drangen erobernd in sein Gebiet ein. Deshalb erklärte er ihnen den Krieg und vertrieb sie aus seinem Herrschaftsbereich. Der jetzige Prokonsul Memmius verschanzte sich in seinem Lager in Emerida und wartete Verstärkungen ab. Erst durch diese Verstärkungen war es ihm möglich, wieder offensiv gegen ihn vorzugehen, seine Heere zu schlagen, seine Stadt Portos zu erobern und ihn gefangen zu nehmen.

In Nova Carthago (Cartagena) zeigte Sextus dem Stadtädilen das Reiseschreiben des Memmius vor. Dieser stellte ihm ein Kriegsschiff für die Überfahrt zur Verfügung. Sextus wählte zehn Legionäre aus, ihn bei der Überfahrt zu begleiten. Dem kommandierenden Centurio Asser befahl er, mit seinen Männern auf seine Rückkehr zu warten;

inzwischen aber aus dem gesamten Umland zwanzig Centurien keltoiberische Reiter als Auxiliartruppen anzuwerben.

Durch einen starken westlichen Wind begünstigt segelte Sextus auf dem Kriegsschiff innerhalb von sieben Tagen direkt in den Hafen von Ostia. Er ließ sich von der römischen Pferdehaltung vierzehn Pferde zuweisen und trat den Ritt nach Rom an. In der Stadt suchte er den 1. Konsul Licinius Geta auf, der ihn, nachdem er dem Bürovorsteher den Grund seines Kommens genannt hatte, sofort empfing. Sextus salutierte und trug die Nachricht des Prokonsuls Memmius vor und übergab seine schriftlichen Berichte. Er erklärte, dass seine Reiter sich vor dem Gebäude aufhielten und dort den Gefangenen und Beutel mit Geld und Gold bewachen würden. Er bat den Gefangenen und das Geld zu übernehmen und ihm eine Bestätigung darüber auszustellen. Außerdem habe ihn der Prokonsul Memmius beauftragt, ihn zu bitten, ihm Auxiliarinfanterie zu senden, damit er das gesamte Gebiet befrieden könne.

Geta bedanke sich bei Sextus für die durchgeführte Aufgabe, insbesondere über die Ablieferung des Geldes und des Goldes. Er meinte, dass er zwanzig Centurien neu in Griechenland angeworbener makedonischer Auxiliarinfanterie nördlich von Rom stehen habe, die eigentlich für die Legion in Africa bestimmt waren, er sie aber gerne Memmius überlassen werde. Er gebe noch heute den Befehl zum Marsch dieser Truppe nach Ostia und zur Einschiffung nach Hispanien. Außerdem erhalte Memmius noch vierhundert Mann (fünf Centurien) ausgebildete Rekruten, die in einer Unterkunft bei Ostia warten würden. Diese erhielten heute ebenfalls den Befehl zur Einschiffung. Sie seien für die X. Legion als Ersatz für Verluste und ausgeschiedene Veteranen bestimmt. Sextus wurde bestimmt, beide Truppenteile dem Memmius zuzuführen.

Er wurde noch beauftragt, das Geld in die Schatzkammer des Staatsschatzes im Tempel des Saturn und den Gefangenen ins Staatsgefängnis zu bringen. Dieser würde ins Exil nach Ravenna gebracht werden. Am nächsten Morgen solle er sich nochmals bei ihm melden und die schriftlichen Befehle für Memmius in Empfang nehmen.

Sextus salutierte und erklärte, die Anordnungen verstanden zu haben.

Er nahm nach Erledigung des Auftrages mit seinen Reitern Quartier im Gästehaus des Senats und ritt am nächsten Tag den nach Ostia marschierenden Auxiliartruppen entgegen.

Zuvor ging er noch in das Gerichts- und Bankgebäude in der Basilica Aemilia am Südrand des Forums. Dort zahlte er bei einem Geldwechsler tausend Sesterzen zur Auszahlung an seine Eltern ein, bezahlte eine Überbringungs- und Bearbeitungsgebühr von fünfzig Sesterzen und erhielt eine Urkunde über die Einzahlung.

Auf die Auxiliarinfanterie traf er etwa zehn Kilometer nördlich von Rom. Sie war auf dem Weg nach Ostia. Ihr Führer, der makedonische Fürstensohn Melsa Epros, salutierte, und Sextus überreichte ihm die schriftlichen Befehle des Konsuls. Epros wurde angewiesen, sich Sextus Leptonius bis zum Eintreffen im Lager von Emerida zu unterstellen.

Am Nachmittag des gleichen Tages kamen sie in Ostia an. Dort wurden sie auf bereitgestellten Kriegsschiffen verladen. Auch der Befehlshaber der römischen Rekruten, ein zweiter Centurio, war anwesend und übergab die Rekruten an Sextus. Sie kamen auf ein anderes Kriegsschiff.

Außerdem reiste mit ihnen eine Schar von fünfzig Pionieroffizieren. Es waren dies Architekten und Techniker für den beabsichtigten Neubau von römischen Bauwerken, von Straßen, Brücken und Aquädukten.

Noch am Abend stach die Flotte bestehend aus vier Kriegsschiffen mit dem Ziel Carthago Nova (Cartagena) in See.

Es herrschte nördlicher Wind, so dass die Schiffe Segel setzen konnten. Unterwegs vertiefte Sextus bei dem Steuermann seine Kenntnisse über Standortbestimmung, Schiffsführung und Gestirnskunde.

Nach dreißig Tagen kamen sie im Hafen von Carthago Nova an. Der Centurio Asser erwartete sie schon sehnsüchtig. Er meldete Leptonius, dass er gemäß seinem Befehl Auxiliarreiterei angeworben habe. Auf seine Bekanntmachung hätten sich so viele gemeldet, dass er sogar eine Auswahl treffen konnte.

zwanzig Centurien Reiterei, denen sie schon die Kommandogrundbegriffe beigebracht hätten, ständen zum Abmarsch bereit.

Sextus bedankte sich für seine gute Arbeit und versprach, ihn beim Prokonsul lobend zu erwähnen. Er erteilte ihm den Befehl, mit den Fußtruppen, den römischen Rekruten und der makedonischen Infanterie nach Emerida zu marschieren. Er würde in Begleitung der Reiter vorauseilen und die Befehle überbringen.

Der Führer der angeworbenen Reiter, der aus Malaga stammende Rittersohn Alvito meldete sich bei Sextus. Dieser wies ihn an, ihm mit seinen Reitern nach Emerida zu folgen. Nach fünfzehn Tagen erreichten sie die Armee. Sextus meldete sich bei Memmius im Offiziersgebäude des Legionslagers in Emerida. Er erstattete ihm, den beiden Legaten und den anwesenden Militätribunen mündlich Bericht und übergab die schriftlichen Befehle. Memmius freute sich über die zusätzlichen römischen Rekruten und die makedonische Infanterie, wie auch die keltibrische Auxiliarreiterei.

Er meinte, dass er endlich die Veteranen der X. Legion aus ihrem Dienst entlassen und ihnen Land bei Emerida und Geldgeschenke zuweisen könne. Zuvor müssten sie ihm aber noch die neuen Rekruten einüben. Dann beförderte er Leptonius zum 3. Centurio.

Memmius öffnete die Rollen mit den schriftlichen Befehlen. Sein Gesicht verzog sich beim Lesen ärgerlich. Zu seinen Legaten gewandt meinte er: »Der Konsul Licinius Geta gibt mit der einen Hand und nimmt mit der anderen Hand. Ich muss die eintausend Mann römische Reiterei, die erst vor vier Monaten zu uns gekommen war, wieder abgeben. Schickt nach dem Reiterführer Publius Lenco, damit ich ihm diese Nachricht gleich mitteilen kann. Centurio Leptonius, Du bist ortskundig und führst deshalb die Reiter nach Cartagena. Übermorgen ist Abmarsch.« Der zum Primipili der VII. Legion beförderte 1. Centurio Flavus Castus stand mit seinem Amtskollegen von der X. Legion neben den Legaten. Memmius wies ihn an, für die Unterbringung der keltibrischen Reiter Sorge zu tragen.

16

Bau eines Aquäduktes

Sextus ging in sein Zelt und erzählte den anwesenden Triariern von seinem Ritt nach Cartagena und der Fahrt nach Ostia. Der Legionär Cummus meinte: »Centurio, Du hast es gut getroffen. Während Du dich auf der Reise erholt hast, mussten wir hier schuften. Der Prokonsul hat den weiteren Fortbau des neuen Aquäduktes befohlen. Seit Wochen brechen wir Steine, karren sie zu den Baustellen und richten sie zu. Andere Legionäre mauern gewaltige Pfeiler für die Bogenkonstruktion. Komme bald wieder zu uns. Du hast uns immer gut mit zusätzlicher Verpflegung versorgt. Die haben wir jetzt dringend nötig.« Sextus versprach: »Ich führe übermorgen die römischen Reiter nach Carthago Nova, komme dann zurück und reihe mich bei Euch ein.«

Sextus ruhte sich einen Tag aus und führte danach den Reiterführer Publius Lenco mit tausend Reitern nach Carthago Nova. Nach vierzig Tagen meldete er sich bei seinem Legaten Julius Strabo zurück. Dieser teilte ihn als Aufsicht der Legionäre im Steinbruch ein und befahl ihm, die Arbeitsleistung zu steigern.

Sextus Leptonius dachte sich, dass jetzt die schöne Zeit vorbei war. Er, der gerne auf Reisen ging und keinem Kampf auswich, musste nun in einem Steinbruch arbeiten. Am nächsten Tag besichtigte er den Steinbruch und informierte sich über die Transportmittel, sowie die Arbeitsweise. Er sah, dass die gebrochenen Steine per Hand auf zweiachsige Karren geladen und mit diesen zu den Baustellen gebracht wurden. Dort wurden sie per Hand abgeladen und mit Meißeln zugerichtet, bevor sie in das Mauerwerk eingearbeitet wurden.

Er suchte den Pionieroffizier Mesas Basilos auf und machte ihm folgenden Vorschlag: »Werter Basilos, ich habe gesehen, dass sich unsere Steinbruchlegionäre über Gebühr beim Verladen und dem Transport plagen müssen. Ich habe im Hafen von Misenum (Miseno) einen großen Kranen zum Be- und Entladen der Schiffe gesehen. So ein

Kran könnte problemlos auch große Steinblöcke anheben. Außerdem wäre es besser, wenn wir einachsige Karren mit großen Rädern fertigen würden. Diese kämen in unebenen Gelände besser vorwärts.«

Memmius Basilos antwortete: »Ich bin ganz Ohr, Leptonius! Schon längere Zeit liege ich den Centurios in den Ohren. Sie lehnten jede Verbesserung ab, da zum Bau solcher Geräte ja Arbeitskräfte benötigt und die Arbeitsleistung dadurch sinken würde.« Leptonius meinte: »Da mir die Organisation der Steinbruchsarbeit übertragen worden ist, setze ich mich über die Meinungen der anderen Centurios hinweg und erteile deshalb die erforderlichen Befehle.«

Sextus ließ Baumstämme anliefern, und die Legionäre sowie die Pioniere machten sich an den Bau eines Kranes mit schwenkbarem Ausleger und einem Laufrad; sowie mehrerer einachsiger Karren mit einer stabilen Plattform, langer Deichsel und großen eisenbereiften Speichenrädern.

Im Steinbruch ruhte deshalb die Arbeit einige Tage. Dann aber ging es mit frischen Kräften weiter. Die Legionäre schlugen mit großen Meißeln Kerben in das Gestein, schlugen Spaltkeile ein und brachen mit langen Eisenstangen, die sie als Hebel einsetzten, große Blöcke heraus. Sie befestigten die acht am Kranseil hängenden Eisenkrallen an dem jeweiligen Steinblock und verluden die Seine auf die Karren. Dann spannten die Legionäre Ochsen vor den Wagen, und der Wagenlenker brachte die Last zur jeweiligen Baustelle. Memmius höchstpersönlich besuchte den Steinbruch und billigte die von Sextus eingeführten Neuerungen und äußerte sich anerkennend darüber.

Auf den Baustellen wuchsen inzwischen die Pfeiler empor. Der höchste Pfeiler in einem Talgrund sollte dreißig m hoch werden.

Die Pioniere hatten Gruben ausgehoben, rollierten dieselben und mauerten vom Grund der Grube aus die Pfeilersockel in doppeltem Ausmaß des sichtbaren Pfeilers nach oben. Dann füllten sie Erde bei und bauten rund um den Pfeilersockel ein Gerüst. Von diesem aus mauerten sie den Pfeiler innen hoch. Wenn das Gerüst für die Maurerarbeiten zu niedrig wurde erstellten sie die nächste Plattform desselben. Die Steine und der Mörtel wurden noch bei der niedrigen Höhe per Hand von Plattform zu Plattform bis zur vierten Plattform hochgewuchtet.

Andere Pioniere bauten aus den herbeigeschafften Baumstämmen einen riesigen Kran, dessen Ausleger die Pfeilerhöhe überragen sollte und mit dem dann die Steine und der Mörtel auf die höheren Plattformen gehievt wurden. Legionssklaven standen in Sägegruben und zersägten Baumstämme zu Brettern und Kanthölzern. Eine ganze Centurie richtete mit Hammer und Meißel die angelieferten Steine zu.

Sextus schaute sich auf der Baustelle um. Er ließ sich von einem Pioniercenturio den Bauplan des Aquäduktes zeigen und sah, dass eine Anlage mit großen Bögen im Unterteil und kleinen Bögen mit einer Wasserrinne im Oberteil geplant war. Er stellte fest, dass aus dem nördlichen Teil des Landes mittels Ochsenwagen Vulkanerde herbeigeschafft wurde und sprach den ihm bekannten, die Ladung begleitenden Legionär Valvo an und fragte ihn, wo er die Erde hole?

Dieser berichtete ihm, dass sich ungefähr fünfzig Kilometer von hier, bei dem Ort Aller, ein erloschener Vulkan erheben würde. Von diesem herrührend liege auf einer Hochebene eine ein Meter hohe Schicht von Vulkanasche. Diese Asche würden sie auf die Wagen laden und nach hier befördern.

Auf Nachfrage erhielt Sextus die Auskunft, dass zwanzig Karren im Einsatz wären, die Fahrt hin und zurück vier Tage und das jeweilige Auf- und Abladen nur eine Stunde dauern würde.

Sextus bedankte sich für die Auskunft. Er sah, dass Legionäre unter der Aufsicht eines Pioniercenturios die Vulkanerde mit Kalksteinsand mischten, und sprach seinen Standesgenossen an: »Salve Centurio, erkläre mir doch, wie ihr diese Mischung herstellt und für was sie benötigt wird.«

»Sextus Leptonius, ich kenne Dich doch von dem Kampf am Lagertor. Du warst damals der Beobachter. Also, wir mischen die Vulkanerde mit Kalksteinsand im Verhältnis eins zu eins und rühren unter die gut durchmischte Masse Wasser, bis sich ein zähflüssiger Brei ergibt. Diesen Brei verwenden wir als Mörtel. Er wird innerhalb von sechs Stunden hart und hält viel besser als der bisher verwendete Kalksteinmörtel. Er ist auch wasserundurchlässig.«

Sextus wandte sich an den kommandierenden Centurio und schlug ihm vor, die Steine schon im Steinbruch grob zuzuhauen, damit dann bedingt durch geringeres Gewicht, mehr Steine befördert werden könnten. Dieser stimmte zu, und Sextus zog mit einer ganzen Reihe von Steinmetzen zum Steinbruch. Dort hatte die Arbeit sich inzwischen eingespielt. Die Legionäre verluden die gebrochenen Steine auf die Karren und andere Legionäre transportierten diese zu den Baustellen. Der neu eingeführte einachsige Wagen mit hohen Rädern bewährte sich. Der Wagen war beweglicher, konnte Hindernissen leichter ausweichen und ließ sich infolge der hohen Räder besser ziehen.

In der Region Manteigas im Nordosten von Emerida hatten ein Trupp Steinmetzlegionäre zwei große Granitsteine gebrochen, sie als Mühlsteine zugehauen und in den Steinbruch gebracht. Zimmerleute fertigten ein Gestell für eine Steinmühle und passten die Steine ein. An den Auslegern spannten sie zwei kräftige Ochsen an, die im Kreis gingen und so die Mühle antrieben. Die Armeesklaven zertrümmerten mit Hämmern Kalksteinbrocken und fütterten die Mühlsteine mit kleinen Steinstücken. Der fein gemahlene Stein trat als Mehl durch Rillen im oberen Laufrad aus. Dies wurde auf Karren geladen und zu den Baustellen gefahren, um dort mit der Vulkanerde vermischt zu werden.

Sextus war jeden Tag nach getaner Arbeit rechtschaffen müde. Seinen Zeltgenossen, die an verschiedenen Baustellen eingesetzt waren, erging es ebenso. Nach Arbeitsschluss am Nachmittag ruhten sie sich in dem Zelt aus und vertrieben sich dann bis zum Abendessen die Zeit mit Holzschwertkämpfen und Ringkämpfen. Sextus rang meistens mit dem drei Jahre älteren 4. Centurio Cornelius Merula. Dieser war so groß wie Sextus, hatte den gleichen Körperbau, war genau so kräftig und auch sein Gesicht ähnelte dem des Sextus. Die Ringkämpfe gingen meist unentschieden aus. Keiner konnte den anderen bezwingen. Meist ließen sie voneinander ab, wenn sie sich völlig verausgabt hatten.

Sextus lud die Zeltgemeinschaft öfters zu einem Imbiss und Trunk in die Weinwirtschaft »Fröhlicher Römer« in der Stadt ein. Sie verzichteten dann meist auf das Abendessen im Lager und speisten stattdessen im Lokal. Nach einem anstrengenden Tag lud Sextus erneut ein. Sechs der Zeltgenossen konnten seiner Einladung folgen. Lediglich

Cornelius Merula blieb im Zelt zurück. Er war für diesen Tag zum Wachdienst eingeteilt worden. Nach dem Essen stand ein älterer 4. Centurio auf und äußerte sich dankbar:

»Lieber Sextus Leptonius, es tut uns allen leid, dass Du von uns in der Zeltgenossenschaft vielleicht etwas abweisend aufgenommen worden bist. Wir haben gedacht, dass Du durch Schmeichelei und Strebertum Deine Beförderung und Deine Versetzung zu den Triariern erhalten hast. Inzwischen hast Du durch Deinen Kampfesmut bewiesen, dass Du ein echter Triarier bist. Deshalb, Sextus, erheben wir unsere Gläser auf Dein Wohl und hoffen, dass Du uns noch lange erhalten bleibst.«

Sextus bedankte sich und meinte, dass dies des Lobes doch zuviel sei, er aber auch in Zukunft das karge Legionsessen durch eine Einladung aufbessern wolle und bestellte neuen Wein. Einer der Triarierer erzählte, dass er an der obersten Plattform des großen Pfeilers arbeiten würde. Der kommandierende Maurercenturio habe ihn in seine Tätigkeit eingewiesen. Er habe die Aufgabe, die Aufmauerung der Steinblöcke mit Maßband, Senkblei, sowie Winkel zu überprüfen und die Steine bei Abweichungen zurechtzurücken. Das sei keine schwere Arbeit; er müsse aber gewissenhaft vorgehen. Ein weiterer Triarier bemerkte, dass er nicht schwindelfrei sei und deshalb den Mörtel zurechtmische. Er müsse dabei mit seinen Kameraden schnell arbeiten, um dem Ruf nach Nachschub gerecht zu werden. Ein Dritter gab an, dass er aus einem Bergdorf in den Abruzzen stammen würde und dort schon manche Gebirgswand erklommen habe. Weil er schwindelfrei sei, habe man ihn mit zum Errichten des Gerüstes bestimmt. Er baue mit seinen Kameraden eine Etage auf die andere und verbinde die Pfosten und Stangen mit starken Lederschnüren.

Sextus stellte fest, dass offensichtlich alle je nach ihren Fähigkeiten, zum Bau des Aquäduktes eingeteilt worden waren.

Der Senat der Stadt Emerida hatte es sich vorgenommen, als Dank für die von den Legionären erbrachte Arbeitsleistung diese centurienweise zu einem Abendessen ins Gästehaus des Senats einzuladen. Zur Auflockerung des Abends lud er auch ledige Mädchen und ungebundene Frauen ein. Auch manche Ehefrau drängte sich, die Bekanntschaft eines schneidigen Legionärs zu machen. Bei einem solchen Essen kam Sextus neben einer dreißig-jährigen attraktiven schlanken Römerin zu sitzen. Sie stellte sich als Marga, die Witwe eines Silberschmiedes vor, und gab an, das Geschäft ihres vor zwei Jahren verstorbenen Mannes übernommen zu haben. Sie sei von ihrem Mann angelernt worden und fertige nun eigenständig einfachen Silberschmuck. Sie fanden sich gegenseitig sympathisch, und Marga bat ihn, sie nach dem Mahl nach Hause zu begleiten. Sextus kam der Bitte nach und Marga lotste ihn zu einem kleinen Haus in einer Nebenstraße. Sie bat Sextus noch zu einem Nachttrunk in ihre Wohnung und kredenzte ihm einen kühlen Trunk spanischen roten Weines. Sie selbst trank sich mit zwei Bechern Wein offensichtlich Mut an, bevor sie den Kopf von Sextus in beide Hände nahm und ihn herzhaft küsste. Sextus, der ja schon lange keine Frau mehr gehabt hatte, nahm das Anerbieten an, drückte Marga an sich, küsste sie und begann ihr ihre Kleidung auszuziehen. Diese sträubte sich nicht und löste ebenfalls Sextus dessen Kleidung vom Körper. Innerhalb kurzer Zeit standen sie sich nackt gegenüber. Sextus schaute Marga an, sah, dass sie einen wohlgeformten Busen und einen vorspringenden Schamhügel mit einer großen, dichten rötlichen Behaarung hatte. Sie nahm ihn an der Hand und führte ihn zu einer Bettstelle. Dort zog sie ihn über sich und er drang heftig stoßend in sie ein.

Danach meinte Marga, dass Sextus zwar gut ausgestattet und der wildeste Eber wäre, der je in sie eingedrungen war, aber keine Ahnung davon habe, wie man zärtlich zu einer Frau sei. Sie wies ihn an, wie sie es am liebsten hätte, und Sextus, neugierig geworden, erwies sich als gelehriger Schüler. Er wurde zärtlicher, und beide genossen das Vorspiel. Sextus freute sich, an eine so gute Lehrmeisterin geraten zu sein.

In den nächsten Tagen war er öfters nach Dienstschluss in dem Silberschmiedehaus anzutreffen.

Glabrio hatte seine Rachegelüste nicht aufgegeben. Er schmiedete laufend Pläne, wie er Sextus umbringen könne, ohne selbst in Verdacht der Täterschaft zu kommen. Bei einem Kneipenbesuch in Emerida erfuhr er aus Gesprächen mit ehemaligen Legionären, dass man mit gutem Geld Mordbuben in der Stadt dingen könnte. Als Anlaufstelle wurde ihm der schlecht beleumundete Gastwirt Selanus genannt. Diesen suchte er auf und fragte ihn in einem persönlichen Gespräch, ob er jemanden wüsste, der gegen eine Belohnung einen Mord begehen würde. Selanus schlug ihm vor, am nächsten Tag zur gleichen Uhrzeit in die Kneipe zu kommen. Er werde ihm dann einen Interessenten vorstellen. Glabrio nahm das Anerbieten an, steckte vorsorglich von den zwanzigtausend Sesterzen des Serranus fünftausend Sesterzen ein und sprach in der Kneipe vor. Der Wirt erklärte, dass er den besten Mann für so ein Vorhaben ausgesucht habe. Es handele sich um Vulpesrattus. Er führte ihn in ein Nebengemach. Dort wartete ein kleiner ca. dreißigjähriger, schmächtiger Mann mit rotem Haar und einem Rattengesicht auf ihn. Dieser sprach ihn an. Er fragte den Tribun, ob er einen Auftrag für ihn habe. Glabrio ließ durchblicken, dass er ein gutes Geschäft für ihn habe. Auf die schnelle Frage der »Fuchsratte« meinte er, er zahle einen guten Preis, wenn er eine bestimmte Person aus dem Wege räumen würde.

Fuchsratte überlegte kurz und sagte dann, dass er für jeden Mord einen Grundbetrag von fünftausend Sesterzen verlange. Bei höhergestellten Personen, oder wenn der Auftrag gefährlich wäre, berechne er einen Zuschlag.

Als ihm Glabrio mittelte, dass es sich bei dem Opfer um einen Centurio der Triarier handeln würde, erklärte er, dass der Mord an einem Centurio der Triarier zehntausend Sesterzen kosten würde. Glabrio bot an, insgesamt achttausend Sesterzen, die Hälfte jetzt und die zweite Hälfte nach der Tat, zu zahlen, und Fuchsratte nahm den Auftrag zu diesen Bedingungen an.

Glabrio, dem jetzt aufging, dass Fuchsratte der Spitzname der Mordbuben sein müsste, fragte ihn nach seinem richtigen Namen. Dieser entgegnete ihm, dass er hier nur unter seinem Spitznamen bekannt sei. Glabrio klärte ihn soweit ihm bekannt, über den Aufenthalt und die Lebensgewohnheiten des Sextus auf und übergab ihm viertausend Sesterzen. Er beschied ihn, nach Ausführung der Tat die zweite Hälfte des Blutgeldes bei ihm abzuholen.

Fuchsratte überlegte, wie er den Mordauftrag am besten ausführen könne. Er kam zu dem Entschluss, erst einmal die Lebensumstände des Centurio auszuspionieren und seine Identität festzustellen. Zu diesem Zweck ging er am Nachmittag ins Lager. Zivilisten war es gestattet bei Tag das Lager zu betreten und Lagerinsassen zu besuchen. Er fragte in der südlichen Lagergasse den Legionär Massus, der mit Reinigungsarbeiten in den Lagergassen beschäftigt war, ob er den Centurio Leptonius kenne und ihm sein Zelt zeigen könne. Dieser wies ihm das Zelt der Triarierzeltgenossenschaft des Sextus. Fuchsratte musterte die Lage des Zeltes und dessen Umgebung. Dabei entdeckte er ein leerstehendes Zelt in einer Entfernung von zwanzig Meter zum Zelt des Sextus. Er betrat dieses und verschloss es hinter sich. Dann schnitt er ein Loch in Richtung des Triarierzeltes in die Leinwand und konnte so das Objekt beobachten, ohne selbst gesehen zu werden.

Eine Stunde nach seiner Ankunft sah er die Legionäre von ihren Arbeitsstätten zurückkehren und das Zelt betreten. Danach tat sich lange Zeit gar nichts, bis plötzlich eine größere Anzahl von Triarierlegionären aus dem Zelt heraus quoll und in Richtung der Stadt davonging. Er folgte ihnen und sah, dass sie eine Gastwirtschaft betraten. Unauffällig schlich er sich ebenfalls in diese Gaststätte und setzte sich in eine Ecke.

Er bekam mit, wie ein Legionär Sextus mit seinem vollen Namen anredete, und konnte ihn dadurch sicher identifizieren. Auch stellte er fest, dass keiner der feiernden Legionäre Sextus in der Größe und im Körperbau glich.

Am nächsten Nachmittag begab er wieder in seinen Beobachtungsstand in dem leeren Zelt auf. Er wartete auf eine günstige Gelegenheit, Sextus mit seinem Dolch zu töten. Diese ergab sich am späten Abend, als ein Legionär das Triarierzelt verließ, dem er Sextus zu erkennen glaubte. Es war inzwischen dunkel geworden, und die Lagergassen wurden notdürftig durch Fackeln erhellt. Der Legionär ging an ihm vorbei, und er schlich hinter ihm her. Er wolle ihm gerade den Dolch in den Rücken stoßen, als dieser sich umdrehte und den Stoß abwehrte. Der von der Fuchsratte geführte Dolchstoß drang in den linken Unterarm des Legionärs ein und verursachte einen zehn Zentimeter langen oberflächlichen Schnitt. Der Legionär wand Fuchsratte den Dolch aus der Hand und schlug mit den Fäusten auf ihn ein. Fuchsratte konnte die Schläge nur mit Mühe abwehren. Nach einer Weile wurden die Schläge es Legionärs immer matter und er sank ohnmächtig zu Boden. Zuvor hatte er jedoch Fuchsratte mit einem kräftigen Schlag an dessen Schläfe ebenfalls betäubt. Als dieser aus seiner Betäubung erwachte, sah er den Legionär neben sich am Boden liegen. Er war sich sicher, ihn getötet zu haben. Um die Entdeckung der Tat zu verzögern, packte er ihn an den Füßen und schleifte ihn in das leer stehende Zelt. Er verschloss dieses sorgfältig, nahm seinen Dolch auf und verließ dann das Lager durch eine Öffnung im Palisadenzaun auf dem Lagerwall.

Beim Morgenappell am nächsten Tag fehlte der 4. Centurio Cornelius Merula. Der Zeltälteste meldete dies dem 1. Centurio. Da sich der Verdacht aufdrängte, dass Merula desertiert sein könnte, befahl der Centurio, dass die Zeltgemeinschaft nicht zu den Baustellen gehen dürfe, sondern die Weisung des Legionsprofosses abzuwarten habe. Dieser kam kurze Zeit später und befragte die Triarierlegionäre: »Du Centurio, Dein Name ist doch Leptonius!« Sextus nickte ganz verdattert, dass der Profos seinen Namen wusste, »Erzähle mir doch, was Du über das Verschwinden des Merula weißt.« Sextus begann: »Profos, wir haben gestern den ganzen Tag schwer gearbeitet. Nur Cornelius Merula nicht. Dieser hatte in der vergangenen Nacht Dienst am Wall und durfte sich ausruhen. In der Nacht vorher waren wir in der Stadt und haben lange gefeiert. Von daher waren wir auch noch müde. Gestern nach dem Abendessen hat Cornelius gemeint, dass er noch einen Bekannten im nördlichen Lagerteil besuchen wolle und hat das Zelt verlassen. Seither haben wir ihn nicht mehr gesehen.« Die anderen Legionäre bestätigten seine Aussage. Der Profos fragte: »Kann es sein, dass Merula desertiert ist?« Ein vielstimmiges »Nein« schallte dem Profos entgegen. Einer der Triarier sagte: »Cornelius Merula ist nie und nimmer desertiert. Er ist mit Leib und Seele Legionär und hofft in der Legion aufzusteigen.«

Der Profos notierte sich die Angaben, schickte die Zeltgemeinschaft zur Arbeit und befragte die Torwachen.

Nach Beendigung seiner Arbeit an diesem Tage, fragte Sextus den Profos, ob man Merula schon gefunden habe. Dieser verneinte dies, teilte aber Sextus mit, dass ein Legionär ausgesagt habe, dass sich vorgestern ein kleiner rotschöpfiger Lusitaner nach dem Zelt von Sextus erkundigt habe. Ob dies etwas mit dem Verschwinden des Merula zu tun habe, könne er nicht sagen.

Sextus fiel daraufhin wieder ein, dass in der Weinkneipe ein Lusitaner, auf den diese Beschreibung passte, in der Ecke gesessen war. Er überlegte: >Cornelius ist auf keinen Fall desertiert. Also muss er auf dem Weg in den Nordteil des Lagers verschwunden sein. Wenn er überfallen wurde, hat er sich bestimmt gewehrt, und es sind vielleicht Kampfspuren zu sehen. Aber wieso hat der Rotschopf sich nach meinem Zelt erkundigt und ist dann nicht zu mir gekommen. Wieso sitzt er dann in der Kneipe und fixiert mich. Wie passt das in die Geschichte.< Sextus suchte von seiner Unterkunft aus jedes Zelt in nördlicher Richtung in der Lagergasse auf und frage nach Merula. Dabei kam er auch zu dem unbewohnten Zelt. Er wollte schon vorbeigehen, als er die Eingebung hatte, doch einmal hinein zu schauen. Er ging zum Zelteingang. Dabei sah er eine Schleifspur, die zu diesem führte. Voller banger Vorahnung öffnete er den Zelteingang und sah Merula im Zelt liegen. Dieser glühte vor Fieber und wälzte sich hin und her. Sextus rief sofort um Hilfe und bat die herbeieilenden Legionäre den Feldscher zu holen und Wasser, sowie Leinentücher zu besorgen.

Er redete beruhigend auf Cornelius ein. Dieser nahm ihn aber gar nicht wahr. Er gab ihm zu trinken und legte ihm nasse Leinentücher auf die Stirne. Der Feldscher kam ganz außer Atem herbei gerannt. Er erkannte Sextus und meinte: »Du schon wieder. Hast Du ihn ebenfalls verwundet?« Er beugte sich über Cornelius und sagte: »Nein, Du bist nicht schuld. Es könnte sein, dass Dein Kamerad an einem Fieber leidet, das ansteckend sein kann.« Er bestimmte einen neugierig zuschauenden Legionär, seine Krankenpfleger zu verständigen, mit einer Bahre zu ihm zu kommen und wies darauf hin, dass Merula ein ansteckendes Fieber haben könnte.

Sofort war der Platz vor dem Zelt frei. Kurz darauf kamen die Krankenpfleger und trugen Cornelius in das Lazarett.

Der Feldscher Mudius Caldus untersuchte Cornelius Merula. Er bemerkte als einzige Verletzung am Körper den leichten Schnitt am Unterarm, sah aber, dass die Wunde sich entzündet hatte und der ganze Unterarm angeschwollen war. Er wusch die Wunde aus und legte heilende Kräuter darauf. Dann suchte er den Profos Cassius Lepidus auf und berichtete ihm den Sachverhalt. Er teile ihm mit, dass er die Suche nach dem Deserteur abblasen könne, denn dieser wäre bewusstlos in einem leeren Zelt, unweit seines eigenen Zeltes aufgefunden worden. Er läge jetzt im Krankensaal und sei von ihm untersucht worden. Er habe nur eine längere Schnittwunde am linken Unterarm, die sich entzündet habe. Diese stamme von einem vergifteten Dolch oder einem Messer.

Der Profos fragte, ob Merula vernehmungsfähig sei.

Der Arzt gab an, dass dieser bewusstlos sei und fiebere. Er glaube nicht, dass er so schnell aus deiner Bewusstlosigkeit erwachen werde, versprach ihm aber, ihn zu benachrichtigen, solle dies der Fall sein.

Der Profos dankte Mudius für seinen Bericht.

Cassius Lepidus war erst vor wenigen Monaten in das Amt des Profosses der Legion eingeführt und zum 1. Centurio+ befördert worden. Er ging förmlich in seinem Amt auf und erledigte gewissenhaft und umfassend die anfallenden Aufgaben.

Jetzt dachte er intensiv nach, wer wohl versucht hatte, den Centurio zu töten, kam aber zu keinem Ergebnis und meinte, dass Merula von einem Armeeangehörigen angegriffen worden war, da sich nach Einbruch der Dunkelheit kein Zivilist mehr im Lager aufhalten durfte.

Um einen weiteren Mordversuch zu verhindern, befahl er, das Krankenzelt zu bewachen und Unberechtigten den Eintritt zu verwehren. Er suchte den Feldscher nochmals auf, sah sich Cornelius Merula an und bat Caldus, ihm den Auffindeort des Merula zu zeigen. Dieser gab ihm einen der Krankenträger mit.

Cassius Lepidus betrat das genannte Zelt und fand das in die Zeltleinwand geschnittene Loch. Er zog daraus den Schluss, dass der Mörder hier auf Cornelius Merula gewartet haben musste.

Die Fuchsratte wartete bis seine durch die Schläge entstandenen Gesichtsschwellungen zurückgegangen waren und suchte vier Tage nach der Tat den Auftraggeber des Mordanschlages, den Tribunen Domitius Glabrio auf, um die zweite Rate des Blutgeldes zu holen. Er wurde von Glabrio ungnädig empfangen. Dieser hielt ihm vor: »Du hattest von mir den Auftrag, den Centurio Sextus Leptonius zu ermorden. Stattdessen liegt jetzt ein anderer Centurio aus der Zeltgemeinschaft des Leptonius im Krankenrevier. Offensichtlich hast Du die Personen vertauscht. Ich erwarte von Dir, dass Du Deinen Auftrag ausführst. Wenn Du dazu nicht in der Lage bist, will ich meine viertausend Sesterzen zurück.«

Die Fuchsratte wurde vor Überraschung ganz blass. Er entschuldigte sich bei Glabrio und versprach den Auftrag durchzuführen. Er hatte schon einen Teil der viertausend Sesterzen verspielt und war gar nicht in der Lage, das Geld zurückzuzahlen. Er dachte sich, dass, wenn dieser andere Centurio im Krankenrevier liegt, er sich hineinschleichen und ihn erdolchen könne. Seinen Dolch habe er ja wieder mit Gift beschmiert. Er überlegte, dass er ihn unbedingt töten müsse, bevor dieser eine Beschreibung von ihm abgeben könne. Er verabschiedete sich von Glabrio und schlich zum Krankenzelt. Groß war sein Erstaunen, als er sah, dass ein Legionär vor dem Eingang Wache stand. Er machte einen Bogen um diesen und verließ das Lager.

Der Feldscher Caldus untersuchte zweimal am Tag Cornelius Merula und stellte fest, dass dieser sich langsam erholte. Die Schwellung am Unterarm ging zurück und auch sein Pulsschlag normalisierte sich. Am zehnten Tag erwachte Merula, schlug die Augen auf und fragte, wo er war und was mit ihm geschehen sei? Caldus freute sich und erklärte ihm, dass er niedergestochen worden sei, sich aber langsam erhole. Caldus verständigte sofort den Profos, und dieser eilte mit einem Schreiber herbei. Er vernahm den Centurio und erfuhr dadurch, dass dieser von einem rothaarigen kleinen Lusitaner angegriffen worden war. Lepidus war erleichtert und sandte ein Dankgebet an Jupiter, dass der Mordanschlag von einem Zivilisten verübt worden war. Er begab sich zum Ädil der Stadt Emerida und bat diesen, ihn bei der Fahndung nach dem rothaarigen Lusitaner zu unterstützen. Der Ädil hörte sich die Geschichte an und sagte: »Ich meine, den Attentäter zu kennen. Es ist ein schlecht beleumundeter Tagdieb. Man munkelt, dass er ein Auftragsmörder sei. Jedenfalls weiß er gut mit dem Messer umzugehen und war schon an mancher Messerstecherei beteiligt. Den Namen kenne ich nicht. Er ist nur unter seinem Spitznamen Fuchsratte bekannt. Er haust in einem Anbau der Gaststätte des Gastwirtes Selanus. Komme mit mir, wir suchen ihn auf.«

Der Ädil nahm noch zwei Büttel mit, und sie durchsuchten die Kneipe und den Anbau, konnten aber Fuchsratte nicht finden. Jedoch fanden sie unter einem Bündel Lumpen zweitausend Sesterzen in zwanzig Aureos und eintausend Sesterzen in Denarmünzen. Der Stadtädil stellte das Geld sicher und meinte, dass dies aus einer Straftat stammen müsse, da die Fuchsratte in ärmlichen Verhältnissen leben würde. Lepidus bat den Ädil weiter nach der Person zu fahnden, sie festzunehmen und zu ihm zu bringen. Der Ädil versprach dies.

Sextus besuchte Cornelius an diesem Nachmittag an seinem Krankenlager. Dieser erzählte auch ihm den Hergang des Überfalls. Als er den Angreifer als klein, schlank und mit roten Haaren beschrieb, erinnerte sich Sextus, dass ein solcher Mann ihn in der Gaststätte fixiert hatte und auch der, welcher sich nach seinem Zelt erkundigt hatte, von einem Legionär so beschrieben worden war. Er überlegte und in ihm wuchs der Verdacht, dass der Täter in der Dunkelheit Cornelius mit ihm verwechselt hatte. Auf den Grund aber, warum der Attentäter ihn umbringen wollte, kam er im Moment nicht. Er wollte aber der Sache nachgehen. Deshalb zog er vorsichtshalber ein Kettenhemd unter seiner Tunika an, bewaffnete sich mit einem Dolch und begab sich in die Stadt. Dort fragte er Passanten nach einer Person mit der angegebenen Beschreibung und erhielt sofort die Auskunft, dass dies nur Fuchsratte sein könne, der beim Wirt Selanus wohne. Sextus begab sich in die Kneipe und fragte unter dem Vorwand, dass er einen Auftrag zu vergeben habe, nach Fuchsratte. Der Wirt sagte zu ihm, dass er warten möge und Sextus setzte sich in eine dunkele Ecke.

Nach einer Stunde kam Fuchsratte, der noch nichts von der Fahndung nach ihm wusste und auch nicht festgestellt hatte, dass sein Geld fehlte, in die Kneipe. Der Wirt bedeutete ihm, dass ein Kunde seine Dienste in Anspruch nehmen wolle.

Fuchsratte ging auf Sextus zu und erkannte in ihm den Centurio, den er ermorden sollte. Er dachte sich: »Welch ein Glück, schickt mir Jupiter doch mein Opfer direkt in meine Fänge.« Er sprach Sextus an: »Centurio, der Wirt sagte mir, dass Du einen Auftrag für mich hast. Worum handelt es sich denn?« Sextus wollte gerade antworten, als Fuchsratte ihn unterbrach: »Nicht hier, folge mir auf mein Zimmer.«

Er wies zu einem Hinterausgang und ging voran. Vor dem Anwesen wies er Sextus zu einem Anbau und bat ihn voranzugehen. Sextus wollte Fuchsratte aber auf keinen Fall den Rücken zuwenden, packte ihn am Arm und sagte: »Gehe Du voran, Du kennst Dich hier besser aus.« Er folgte Fuchsratte in sein Zimmer. Dort wollte dieser wissen, welchen Auftrag er erledigen solle. Sextus fragte ihn, wie viel es kosten würde den Profos der VII. Legion zu ermorden. Fuchsratte meinte: »Den Profos, ich kenne ihn. Für so eine Tat verlange ich zwölftausend Sesterzen. Hast Du so viel Geld?« Sextus machte ein bekümmertes Gesicht und antwortete: »Zwölftausend Sesterzen, das ist ja ein kleines Vermögen. Ich kann Dir höchstens viertausend Sesterzen bezahlen.« Fuchsratte lehnte ab und Sextus tat so, als ob er weggehen würde. In diesem Augenblick zog Fuchsratte seinen Dolch und stach von oben auf Sextus ein. Dieser blockierte mit seinem linken Arm den herabsausenden Dolch und schlug gleichzeitig mit seiner rechten Faust mit voller Kraft gegen die Schläfe von Fuchsratte. Dieser fiel ohnmächtig zu Boden. Sextus fühlte ein Brennen im Brustbereich und stellte fest, dass die Dolchspitze durch ein Glied des Kettenhemdes gedrungen und unter seiner linken Brust ganz leicht in seine Haut eingedrungen war. Die Wunde blutete jedoch nicht. Er hob den Dolch, den Fuchsratte fallen gelassen hatte, auf und sah, dass sich auf diesem im vorderen Teil eine schwärzlichen Paste befand. Sofort kam ihm der Verdacht, dass der Dolch mit Gift präpariert worden war. Er riss sich sein Kettenhemd herunter und erweiterte mit seinem Dolch die empfangene Wunde, so dass aus dieser Blut heraus floss. Dann fesselte er der Fuchsratte mit einem Stoffstreifen die Hände auf den Rücken, legte ihm ein vorgefundenes Seil um den Hals und zog ihn damit vom Boden hoch. Dadurch erlangte Fuchsratte wieder das Bewusstsein und starrte Sextus hasserfüllt an. Dieser setzte seinen Dolch an dessen Auge an und erklärte ihm: »Wenn Du mir nicht augenblicklich sagst, wer Dir den Auftrag gegeben hat, mich zu ermorden, steche ich Dir das Auge aus. Oder noch besser, ich steche Dir mit Deinem Dolch Dein Auge aus.« Erst bei dieser Erwähnung zuckte Fuchsratte angstvoll zusammen und wich nach rückwärts aus, als Sextus den präparierten Dolch auf ihn zuführte. Er rief: »Halt Centurio, ich will Dir alles gestehen. Der Tribun Glabrio hat mir Geld gegeben, damit ich Dich ermorde. Ich habe Dich mit einem anderen Centurio verwechselt und diesen, statt Dich niedergestochen. Das habe ich aber erst durch Glabrio erfahren, als ich mein Geld bei diesem holen wollte. Er hat mich dann nochmals beauftragt, Dich zu ermorden.«

»Wie viel Geld hast Du für Deinen Mordauftrag bekommen?«

»Bis jetzt erst die Hälfte, viertausend Sesterzen.«

»So Du Abschaum, wir gehen jetzt zum Profos.« Mit diesen Worten zog Sextus den Mörder am Strick hinter sich her, durch die Stadt und zum Lager. Der Profos Cassius Lepidus war erstaunt und verwundert, als Sextus mit einem Gefangenen in sein Büro kam und ihm die Geschichte erzählte. Sextus übergab ihm den Festgenommenen und den vergifteten Dolch.

Lepidus lobte ihn für seinen Einsatz. Sextus meinte, dass er das aus eigenem Interesse getan habe. Er wolle ja nicht ermordet werden. Lepidus ließ sofort den Feldscher Caldus, sowie den Legionär, der nach dem Zelt des Sextus gefragt worden war, rufen und beauftragte zwei Krankenwärter den Centurio Merula zu ihm zu tragen. Caldus traf zuerst ein. Ihm überreichte Lepidus den Dolch des Attentäters und fragte, ob er feststellen könne, welches Gift auf den Dolch geschmiert wurde. Caldus roch an dem Dolch und sagte: »Lepidus, dies ist mit ziemlicher Sicherheit ein Extrakt aus den Blättern und Blüten des schwarzen Bilsenkrautes. Die Pflanze ist nur leicht giftig und erzeugt, verzehrt man sie roh nur Halluzinationen. Presst man sie hingegen aus und kocht den Saft ein, entsteht ein starkes Gift. Es führt zu Atemnot, Fieber, Schwellungen, Bewusstlosigkeit und zum Tod.«

Kurz darauf wurde Merula herein getragen. Er richtete sich auf seiner Liege auf und sah die Fuchsratte an. Sofort sagte er: »Dies ist der Kerl, der mich angegriffen und verwundet hat.« Kurz danach kam ganz atemlos der Legionär Massus ins Zimmer gestürzt. Er rief beim Anblick des Mörders: »Ja, ja, das ist der Lusitaner, der mich nach dem Zelt von Leptonius gefragt hat.«

Lepidus vernahm nun Fuchsratte offiziell zu dem Vorgang und befahl einem Schreiber das Protokoll zu fertigen. Fuchsratte schilderte alles wahrheitsgemäß, gab jedoch den Namen des Auftraggebers nicht preis. Er forderte vom Profos: »Centurio, wenn ich den Namen meines

Auftraggebers nenne, möchte ich von Dir die Zusicherung, dass ich nicht bestraft werde.«

»Fuchsratte, Du hast zwei Centurios der VII. Legion angegriffen und sogar einen lebensgefährlich verletzt. Du kannst doch nicht ernsthaft glauben, dass Du straffrei aus dieser Sache herauskommst. Schreiber vermerke noch den Satz: »Ich gebe den Namen meines Auftraggebers nicht an. So und nun, Fuchsratte, unterschreibe Deine Vernehmung.«

Fuchsratte zeichnete drei Kreuze unter den letzten Satz, und der Profos, der Arzt, sowie Sextus bestätigten durch ihre Unterschrift die Richtigkeit der Aussage. Lepidus befahl, den Attentäter in einer Gefängniszelle einzuschließen.

Sextus, der aufmerksam das Verhör verfolgt hatte, hielt immer noch den Strick, mit dem er den Mörder hergebracht hatte und dessen Ende der Fuchsratte um den Hals lag, in der Hand. Der Wachsoldat sprach ihn an und bat ihn, ihm den Strick zu geben. Sextus schaute ihn an und merkte, dass er ihn wie durch einen Nebel sah. Plötzlich hatte er keine Kraft mehr, sich aufrecht zu halten und brach zusammen. Caldus untersuchte ihn und sah den Einstich im Brustraum. Durch die Aussage des Lusitaners wusste er, dass dieser auf Sextus mit dem giftbehafteten Dolch losgegangen war und wies Sextus sofort in das Krankenrevier ein.

Inzwischen war es dunkel geworden. Lepidus ging zu Strabo in dessen Privaträume und trug ihm die Angelegenheit vor. Als er ihm sagte, dass der Lusitaner seinen Auftraggeber nicht nennen wolle, aber gegenüber Sextus, allerdings unter Drohung, den Glabrio als solchen bezeichnet hatte, rötete sich das Gesicht von Strabo vor Zorn. Er befahl ihm, dass er sicherstellen solle, dass Glabrio mit Fuchsratte keinen Kontakt aufnehmen könne.

Am nächsten Morgen suchte Strabo seinen Vorgesetzten, den Feldherrn Memmius auf und beriet mit ihm, wie sie weiter vorgehen sollten. Beiden war klar, dass Glabrio den Mordauftrag gegeben und einen Geldbetrag dafür angezahlt hatte.

Sie bestellten Glabrio zu sich und hielten ihm die Tat vor. Er aber leugnete und meinte: »Ich habe doch gar keine Veranlassung, den Centurio Leptonius ermorden zu lassen. Ja, Serranus war ganz darauf versessen, den Centurio zu töten. Aber er ist ja inzwischen in Rom. Ich jedenfalls bin unschuldig.«

Memmius bestimmte darauf wie folgt: »Militärtribun Glabrio, Du stammst aus dem sehr angesehenen römischen Senatorengeschlecht der Glabrier. Dein Großvater war zweimal Konsul und Dein Vater wird wahrscheinlich auch Konsul werden. Ich glaube fest, dass Du den Mordauftrag gegeben hast, kann es Dir jedoch nicht nachweisen. Ich will Dich jedoch nicht mehr bei der Armee in Lusitanien haben. Deshalb entlasse ich Dich aus dem Militärdienst und verfüge, dass Du sofort abreist und Dich nach Rom begibst.«

Glabrio wollte aufbegehren, wurde jedoch von Memmius unterbrochen Dieser befahl der Wache, ihn hinaus zu führen. Strabo meinte, dass er an die Eltern des Glabrio schreiben würde. Außerdem verfügte er die Hinrichtung des Attentäters.

Sextus verbrachte drei Tage im Krankenrevier, bis er sich erholt hatte und seine Beschäftigung beim Bau des Aquäduktes wieder aufnehmen konnte. Er war froh, dass die Angelegenheit zunächst abgeschlossen war. Von seinen vier Feinden war einer tot und die drei anderen waren aus der Armee ausgeschieden.

Das Jahr ging dahin. Da die Arbeitsgruppen jetzt eingespielt waren, wurde die Arbeitsleistung gesteigert. Die Pfeiler wuchsen zusehends in die Höhe. Die Pioniere hatten jetzt auch an den kleineren Pfeilern Kräne aufgestellt. Die Zimmerleute unter den Pionieren begannen die Schalung für die Rundbögen zu zimmern.

Der Legat Strabo, dachte voller Wehmut an seine Familie in dem fernen Rom. Seine Ehefrau hatte in zwei Monaten Geburtstag, und er beschloss, ein Schmuckstück für sie zu kaufen. Er ging in die Stadt, fragte nach einem Silberschmied und wurde zur Werkstatt der Marga gewiesen. Diese empfing ihn freundlich und fragte nach seinem Begehr. Strabo war sofort von der Figur und der Ausstrahlung von Marga angetan. Sie legte ihm einige gefertigte Stücke vor, und Strabo entschied sich für eine Brosche in Form einer Muschel mit einer schwarzen Perle im Innern. Er war überrascht über den günstigen Preis von achthundert Sesterzen. Er kam mit Marga ins Gespräch und erfuhr, dass sie Witwe und ungebunden sei. Spontan fragte er sie, ob sie seine Geliebte werden wolle. Marga, die schon längere Zeit gerne einen vornehmen Herrn kennen lernen wollte, war über das Angebot nicht beleidigt und stimmte nach scheinbarem Zögern zu. Sie erwartete von Strabo, dass er ihren Lebensstil aufbessern würde. Nach ihrem ersten Zusammensein, das für beide Seiten genüsslich verlief, stellte sie jedoch die Bedingung, dass Strabo sie nur zehnmal im Monat besuchen dürfe und dafür ihren Lebensunterhalt finanzieren solle. Strabo war damit einverstanden und dachte sich, dass er so billig zu einer so hübschen Geliebten gekommen war.

An einem freien Nachmittag beschloss Sextus, Marga in der Silberschmiede zu besuchen. Er traf sie nicht in ihrer Werkstätte an und begab sich in ihre Privaträume. Als er in ihr Zimmer eintreten wollte, hörte er lautes Stöhnen und die eindeutigen Geräusche eines Liebesaktes. Er blieb deshalb vor der Türe stehen und hörte dann Marga zu ihrem Liebhaber sagen, dass er der wildeste Eber wäre, der je in sie eingedrungen sei. Diese Redewendung kam ihm bekannt vor. Er zog sich zurück und beobachtete das Haus. Kurz darauf kam sein Legat Strabo aus diesem. Dieser lächelte glücklich vor sich hin.

Ab dato zog sich Sextus etwas von Marga zurück und kam nur noch abends und wenn er große Sehnsucht nach einer Frau hatte, in ihrer Wohnung. Als sie ihn fragte, warum er so selten käme, meinte er, dass sein Dienst so anstrengend geworden sei, dass er keine Zeit mehr habe. Er war ihr aber dankbar, weil sie sich intensiv bemühte, ihn zu einem guten und vor allen Dingen zärtlichen Liebhaber zu erziehen.

17

Einrichtung einer Provinz 114 v. Chr.

Eines Morgens teilte ein Bote Sextus mit, dass er zu dem Militärtribunen Kaeso kommen möge. Dieser war für das Archiv und das Postwesen zuständig. Er fragte sich, was dieser wohl von ihm wollen könne und sprach bei ihm vor. Der Tribun erklärte ihm, dass mit der Dienstpost heute auch ein an ihn adressiertes Schreiben gekommen sei. Nach der Schrift auf der Außenhülle dürfte ihm eine Frau geschrieben haben. Sextus nahm die Rolle in Empfang und zog sich in sein Zelt zurück. Die Rolle verströmte einen leichten Parfümgeruch. Neugierig öffnete er sie. Verwundert stellte er fest, dass ihm Selina Marco schrieb. Er hatte sie vor lauter Arbeit fast vergessen. Jetzt aber stiegen die Erinnerungen an die gemeinsam verbrachten Stunden wieder in ihm hoch. Selina schrieb:

»Lieber Sextus, ich habe in den zurückliegenden Monaten oft an Dich gedacht. Ich habe mich damals in Dich verliebt und war sehr traurig, als die Legion so plötzlich nach Hispanien kommandiert wurde.

Einen Monat nach unserem Zusammensein stellte ich fest, dass ich schwanger war. Ich teilte dies meinem Verlobten mit, der mich sofort heiratete. Natürlich erzählte ich ihm, dass er der Vater des Kindes sei. Das Kind war zu seiner Freude ein Knabe. Er ist jetzt schon über ein Jahr alt. Er ähnelt Dir stark. Deshalb steht für mich fest, dass Du der Vater des Kindes bist und nicht Fabius Ventas, der ja auch mit mir zusammen war.

Ich stelle keine Forderungen an Dich. Mein Mann ist Bauunternehmer und verdient genug. Ich habe die Verfügungsgewalt über sein Einkommen. Ich bitte Dich jedoch, wenn Du wieder einmal nach hier kommst, mich heimlich aufzusuchen und Deinen Sohn anzuschauen. Er ist hübsch, gesund, kräftig und aufgeweckt und macht meinem Mann und mir viel Freude. Ich wohne jetzt in der letzten Gasse rechts am Südtor, direkt neben dem Elternhaus von Anthea. Ich habe unserem Sohn den Namen Sextus gegeben.

Seit einem Jahr lebt in unserem Haushalt als Hauswirtschafterin meine Freundin Mesa. Sie ist nach dem makedonischen Krieg mit ihren Eltern nach Italien übergesiedelt. Sie ist meine intime Vertraute und kennt alle meine Geheimnisse.

Mein Mann ist einerseits sehr eifersüchtig und betrachtet mich als seinen Besitz; andererseits vernachlässigt er mich und gibt sich lieber mit jungen Sklaven ab. Ich darf nicht einmal einen anderen Mann anschauen. Deshalb schreibe mir bitte nicht, besuche mich aber heimlich. Ich habe meinen jetzigen Nachnamen und meinen Wohnort nicht angegeben, falls dieser Brief in falsche Hände geraten sollte. In Zärtlichkeit und Liebe! Deine Selina.«

Sextus freute sich, dass ihm Selina geschrieben hatte, noch mehr freute er sich, dass er jetzt Vater war. Er dachte: Wenn ich wieder einmal nach Capua komme, werde ich natürlich versuchen meinen Sohn zu sehen.

An der Großbaustelle waren jetzt fast zwei Legionen eingesetzt. Eine Maurerabteilung baute am höchsten Punkt innerhalb der Stadt einen riesigen Verteilerbehälter. Dort hinein sollte das hergeleitete Wasser strömen. Aus dem Verteiler heraus führten in unterschiedlicher Höhe drei Hauptleitungen. Die unterste Leitung speiste die Zisternen und Brunnen in der Stadt, sowie das Militärlager. Eine Leitung versorgte die Thermen und die oberste Leitung führte in die privaten Haushalte. So war gewährleistet, dass bei Wasserknappheit die Brunnen und Zisternen vorrangig mit Wasser versorgt wurden.

Eines Abends sah Sextus eine größere Gruppe von römischen Beamten, eskortiert von einer Centurie, in das Lager reiten. Am nächsten Tag erfuhr er, dass neue Befehle für Memmius überbracht worden waren. Sextus wurde in den Empfangsraum gerufen. Er traf dort den Prokonsul, die beiden Legaten und sechs Verwaltungsbeamte an. Alle beugten sich über eine große Karte von Lusitanien.

Memmius hatte den Befehl bekommen, Lusitanien als römische Provinz einzurichten und in den größeren Orten Verwaltungsbeamte einzusetzen. Er stellte ihm den obersten Verwaltungsbeamten und Steuereinnehmer, Quintus Vetus, und seine Helfer vor. Er gab Sextus, da dieser die Sprache der Eingeborenen sprach, den Befehl, die Beamten in die vorgesehenen Orte zu begleiten, ihre Anordnungen zu übersetzen und dafür sorgen, dass sie umgesetzt werden. Er gab ihm als Bedeckung zwei Centurien römische Reiterlegionäre und drei Centurien Auxiliarreiterei mit. Mit sofortiger Wirkung wurde er zum 2. Centurio, zum Optio, ernannt. Er hatte alle zehn Tage persönlich oder durch Boten Memmius Bericht darüber zu erstatten, ob es bei der Einsetzung der Beamten zu Widerstandshandlungen durch die Bevölkerung gekommen war und wie diese auf die Maßnahmen reagiert hatte.

Die Stadt Portos bekam eine römische Verwaltung. Die Stadt Olisippo (Lissabon) bekam römisches Bundesgenossenrecht und Selbstverwaltung. Memmius selbst wurde zum Statthalter der neuen Kolonie ernannt und plante, demnächst in Portos ein Verwaltungsgebäude und einen Regierungssitz zu errichten.

Sextus war froh, keltoiberisch erlernt zu haben. Dies hatte ihm letztendlich seine augenblickliche Beförderung eingebracht. Seine Tätigkeit als Steinbruchaufseher und die durch ihn eingeführten Verbesserungen wurden zwar wohlwollend zur Kenntnis genommen, hatten ihm persönlich aber nichts gebracht. Er bestätigte deshalb nur den Befehl des Statthalters, gratulierte ihm zu seiner Beförderung und bedankte sich bei ihm für seine Beförderung.

Memmius befahl ihm, seine Arbeiten im Steinbruch abzuschließen und zur 2. Stunde am Nachmittag zu einer Besprechung wieder in den Empfangsraum zu kommen. Sextus übergab im Steinbruch die Aufsicht an seinen Vertreter, den wesentlich älteren 3. Centurio Salvas und verabschiedete sich von seinen Kameraden. Er bedankte sich bei ihnen für die gute Zusammenarbeit und wünschte sich und ihnen, dass alles fertig sei, wenn er wieder komme.

An der festgelegten Besprechung nahmen die Teilnehmer der gestrigen Besprechung, sowie zwei Centurios der römischen Reitertruppen, drei Centurios der Auxiliarreiterei, zwei Centurios der Infanterie und Sextus teil.

Memmius befahl: »Vetus, Du reitest am Gebirgskamm rechts vorbei nordwärts nach Ourense. In den größeren Orten requirierst Du das beste Anwesen und setzt bis zur Grenze des Stammesgebietes der Galläker einen römischen Beamten für diesen und die umliegenden Orte als Steuereinnehmer und Verwalter ein. Dann richte Dir Deinen Amtssitz auf der Burg in Portos ein. Von Portos aus erfasst Du alle Orte bis Emerida, so dass in der gesamten nördlichen Provinz Verwalter eingesetzt sind. Ich habe alle Orte, in die ein Steuereinnehmer und Verwalter eingesetzt werden soll, in der Karte angezeichnet.

Centurios, ihr gebt jedem Beamten zwei Legionäre bei und zwar gemischt jeweils einen Legionär aus der römischen- und der Auxiliarreiterei. Sie sollen zum Schutz des Verwalters und als Boten Dienst verrichten. In Ourense stationiert ihr die doppelte Menge. Dorthin werde ich auch zwei Centurien Infanterielegionäre senden. Sollte es irgendwo zu Aufsässigkeit oder Empörung kommen, kämpft ihr diese nieder und gebt mir Nachricht.

Weiter nach Norden dringt ihr nicht vor. Der 2. Centurio Sextus Leptonius reist sowohl als Dolmetscher, wie auch als Verhandlungsführer mit. Er untersteht zwar in militärischen Dingen dem Befehl der 1. Centurios, nimmt aber eine Sonderstellung ein. Sein Rat ist zu beachten.

Centurio Leptonius, Du verhandelst in den größeren Dörfern mit den Ortsvorstehern. Bringe sie dazu, mit dem Verwalter zusammen zu arbeiten und die Oberhoheit Roms anzuerkennen.«

Sextus ritt am nächsten Tage an der Seite von Vetus von Emerida aus nordwärts. Er freute sich auf seine Aufgabe. Schon im ersten größeren Dorf benötigte Vetus seine Hilfe. Der Ortsvorsteher, der kein Latein verstand, war mit der Beschlagnahme seines eigenen Hauses nicht einverstanden. Sextus klärte ihn in keltoiberischer Sprache auf: »Bürgermeister, Lusitanien wird als römischer Provinz eingerichtet. Jeder größerer Ort, so auch Deiner, wird Sitz eines römischen Verwalters für diesen und die umliegenden Orte. Dieser spricht ab sofort Recht, verwaltet das Gebiet und zieht die Steuern ein. Euer ehemaliger Fürst Tarranto, befindet sich im Exil in der Stadt Ravenna auf dem italienischen Festland. Die Steuern, die ihr bisher ihm gezahlt habt, gehen nun an Rom. Eure Rechtshändel werdet ihr in Zukunft dem Verwalter vortragen. Er spricht Recht. Solltet ihr mit seinem Urteilsspruch nicht einverstanden sein, könnt ihr Euch an den Verwalter in Ourense wenden. Sollten Räuber, oder feindliche Stämme Euch bedrohen, hilft Rom diese zu vertreiben.

Rom übernimmt ab sofort die gesamte Macht in diesem Gebiet. Wenn Du mit dem Verwalter zusammenarbeitest, kannst Du auf seinen Rat und seine Unterstützung rechnen. Solltest Du Dich widersetzen, wirst Du festgenommen und Dir der Prozess in Emerida gemacht. Deine Anwesen hier werden zerstört und Deine Familie ausgewiesen. Du siehst also, Dir bleibt keine Wahl. Mein Rat ist, füge Dich dem Willen Roms und Du hast ein friedliches Leben vor Dir.«

Der Bürgermeister beugte sich der Macht Roms und versicherte, die festgesetzten Steuerbeträge abzuführen.

Das nächste größere Dorf, ca. einhundert Kilometer von Emerida entfernt, war mit einem Mauerring umgeben. Der Bürgermeister war Pedro, der als General gegen Memmius gekämpft hatte.

Vetus trug ihm auf Latein die Sachlage vor. Pedro war dankbar, dass Memmius, nachdem dieser ihn besiegt, Gnade hatte walten lassen. Er hatte ihn und seine Krieger nicht in die Sklaverei verkauft. Er erkannte den römischen Verwalter an. Er bot ihm an, in sein Haus einziehen und seine Amtsräume bis zum Bau eines Verwaltungsgebäudes zu benutzen. Er fragte Sextus, der sich für eine Übersetzung bereithielt, ob er bei dem Kampf dabei war. Sextus bestätigte dies und meinte, dass es ein blutiger Tag war und seine Krieger tapfer gekämpft hätten.

Im Auftrag des Statthalters fragte er den General, ob er mit seinen Kriegern als Bündnispartner in die Auxiliarinfanterie des römischen Reiches eintreten möchte. Er würde dann wahrscheinlich in Illyrien oder Thrakien eingesetzt. General Pedro sicherte zu, über dieses Angebot nachzudenken und dem Statthalter Bescheid zu geben.

Da sie in die Orte rechts und links ihrer Route nach Ourense Verwalter einsetzen mussten, wurden sie sogar von den zwei Centurien Infanterie, die direkt nach Ourense marschierten, überholt.

In allen Orten und Städten, in die sie kamen, konnten sie Verwalter einsetzen. Manchmal war ein wenig Druck und Überredungskunst erforderlich, um ein Nachgeben zu erreichen. Da die Bürgermeister der kleineren Gemeinden kein Latein sprachen, hatte Sextus die meiste Arbeit zu leisten. Es kam aber auf der gesamten Reise zu keinem Widerstand oder Aufruhr.

In Portos traf Sextus den Schwiegersohn des Tarranto, den Reiterführer Iser, wieder. Er war aus der Burg ausgezogen und lebte auf einem Landgut an der Küste nördlich von Portos. Iser erkundigte sich nach seinem Schwiegervater, und Sextus erzählte ihm bereitwillig den Verlauf der Reise. Er erklärte ihm auch, dass er und seine Frau an Tarranto nach Ravenna schreiben könnten. Der Postdienst der Armee würde diese Post mitnehmen. Iser und seine Frau bedankten sich bei Sextus für die Aufklärung. Sie luden ihn herzlich ein, wenn er wieder nach Portos käme, sie unbedingt zu besuchen.

Bei ihrer Rückkehr nach Emerida erstatteten Vetus und Sextus dem Statthalter Bericht. Dieser sprach ihnen für den friedlichen und erfolgreichen Verlauf der Mission seine Anerkennung aus. Er befahl Vetus, auch die Aufsicht über die im südlichen Teil von Lusitanien bereits eingesetzten Verwalter zu übernehmen.

Sextus übernahm wieder das Kommando im Steinbruch. Er bestaunte das Aquädukt, das fast fertig war. Die Legionäre hatten eine Ziegelei errichtet und Klinker für die Wasserrinne über der oberen Bogenreihe gebrannt. Aus den unteren Bögen der langen Talüberquerung waren schon die hölzernen Rundbogenschalungen entfernt worden. Die Steinpfeiler für die oberen Rundbögen waren bereits teilweise eingerüstet. Auf der Baustelle hatte man zwei Schmiedeessen aufgestellt und vier Schmiede waren nur damit beschäftigt, stumpfe Meißel auszuschmieden und zu schärfen. Sklaven traten die Blasebälge und sorgten so für die erforderliche heiße Glut der Holzkohlefeuer.

Kaum war Sextus auf der Baustelle, wurde er wieder zu Memmius gerufen. Er traf ihn in seinem Arbeitszimmer an. Memmius schickte seinen Stab weg und unterhielt sich allein mit Sextus.

Er gab Sextus den Auftrag, als Delegationsleiter zu dem noch selbständigen Stamm der Galläker zu reisen, um im Namen Roms zur Vermeidung eines Krieges, dessen Unterwerfung zu fordern.

Sextus sollte bewirken, dass der Stammesfürst Ibros die Verwaltung des Gebietes an Rom abgibt und ihn dafür mit weitreichenden persönlichen Zugeständnissen ködern. Wenn es unumgänglich sei, solle er ihm versprechen, dass er vom Fürsten zum Klientelkönig erhoben würde und weiter regieren könne. Aber er müsse über die Verwalter Steuern an Rom zahlen.

Er gab ihm pro forma einen Dolmetscher mit. Er wusste, dass Sextus besser keltoiberisch sprach als dieser, setzte jedoch einen offiziellen Übersetzer ein, damit Sextus Zeit für eine Antwort gewinnen konnte. Zum Schluss bat er noch, dass Sextus sich vorsehen möge, da Ibros ein rauer und gewalttätiger Herrscher wäre, der schon öfters Gefolgsleute gegen sich aufgebracht hätte und diese dann hingerichtet habe.

Schon am nächsten Tag ritt Sextus begleitet von einer Centurie Reiterlegionäre, versehen mit den notwendigen schriftlichen Vollmachten, nach Norden. Nach elf Tagesritten kamen sie am Herrschersitz des Ibros an. Es handelte sich um eine aus hellem Kalkstein erbaute festungsähnliche Anlage, bestehend aus einem Wohnhaus für den Herrscher und seine Gäste, einem Gästehaus, Repräsentationsräumen, Stallungen und Nebengebäuden. Umgeben war die Anlage von einer Vielzahl von Wohnhäusern und etlichen Bauernhöfen. Der dadurch entstandene Ort war weitläufig angelegt, jedoch nicht ummauert. Vor dem Ort floss ein kleiner Fluss in westliche Richtung.

Der Ort lag idyllisch und war schön anzusehen. Hier konnte man sich erholen. Der Fluss mit seinem hellen Sandstrand lud zum Baden ein.

Sextus wurde höflich, aber kalt empfangen. Er gab dem Hofmeister des Ibros sein Beglaubigungsschreiben und erhielt ein Zimmer im Haupthaus zugewiesen. Seine Begleiter wurden im Gästehaus untergebracht. Durch einen hochmütigen Diener erhielt er den Bescheid, dass er am nächsten Tag nach dem Frühstück sein Begehr, seine Bitten und Wünsche dem Herrscher vortragen könne.

Sextus unternahm einen Erkundungsgang in der Umgebung der Palastanlage. Dabei stellte er fest, dass sich nördlich des Dorfes eine Zeltstadt mit ungefähr tausend Zelten befand. In den Zeltgassen standen bewaffnete Krieger und in einem großen Pferch weideten ungefähr fünfhundert Pferde. Sextus schätzte die Anzahl der Krieger mit Zehntausend.

Er sprach am nächsten Tag mit seinem Dolmetscher bei dem Herrscher vor. Dieser war ca. fünfzig Jahre alt, mittelgroß, hatte graue struppige Haare und einen starren Blick. Er saß, umgeben von seinen Gefolgsleuten, auf einem Thron und wies Sextus einen ihm gegenüberstehenden niederen Schemel als Sitzgelegenheit an. Der Dolmetscher des Sextus musste sich hinter ihn stellen. Dieser übersetzte, da Sextus angeblich kein keltoiberisch verstand.

Ohne Höflichkeitsfloskeln auszutauschen fragte Ibros direkt: » Centurio, ich weiß schon, dass Dich Memmius schickt. Sage mir was Du willst und dann entferne Dich wieder von meinem Herrschersitz.« Sextus war über die rüde und undiplomatisch vorgebrachte Anrede etwas geschockt und verärgert. Trotzdem antwortete er mit freundlicher Stimme: »Ehrenwerter großer Fürst der Galläker, mein Statthalter, der siegreiche Aurelius Memmius schickt mich, damit ich freundschaftliche Beziehungen zwischen ihm und Dir herstellen soll. Er möchte zunächst ein Bündnis mit Dir eingehen und Dir die Sorge über den Schutz Deiner Grenzen abnehmen. Seine Legionäre sollen an der nördlichen und der östlichen Grenze Deines Stammesgebietes stationiert werden und dort erobernd vorgehen, so dass Dein Gebiet eine Erweiterung erfährt.«

Ibros beriet sich mit seinen Gefolgsleuten und Sextus hörte, dass es unterschiedliche Meinungen gab. Besonders sein ältester Sohn, ein ungefähr dreißig-jähriger hübscher Krieger mit dem Namen Justes, war nicht seiner Meinung. Er sagte: »Bedenke Vater, was eine Freundschaft mit Rom wert wäre. Du könntest Dich ja nur dem Namen nach unterwerfen und die Römer würden für uns Straßen und Städte bauen und Deinen Wohlstand mehren. Es käme auch zu keinen Kampfhandlungen mit Rom, und die Bevölkerung würde unter keinem Krieg leiden.«

Ibros hörte nicht auf den Rat seines Sohnes. Er wandte sich an Sextus und befahl ihm seinen Dolmetscher wegzuschicken. Dann beauftragte er seinen eigenen Dolmetscher seine Worte zu übersetzen. Sextus kam diesem Wunsch nach. Danach sprach Ibros: »Centurio, ich verachte Deinen Auftraggeber, den nichtswürdigen Memmius. Was denkt er sich denn überhaupt, mir ein solches Angebot zu machen und dazu noch durch einen so unerfahrenen Jüngling, der gerade den Windeln entwachsen ist. Meint er, weil er den Tarranto besiegt hat, könne ihm das gleiche bei mir gelingen. Ich kann ihm ein gut gerüstetes und geschultes, übrigens durch Grenzkriege abgehärtetes Heer von dreißigtausend Kriegern entgegenstellen. Teile diesem Nichtsnutzigen mit, dass er mir Tribut leisten solle, oder ich werde nach Süden ziehen und ihn vernichten.«

Sextus entgegnete: »Hochverehrter Ibros, ich weiß, dass ich noch jung an Jahren bin, nimm aber bitte trotzdem mit mir vorlieb. Glaube mir, der von mir geachtete Statthalter Memmius möchte nichts als Frieden und dieses Land aufbauen. Als letzten Schritt bietet er Dir an, dass Du zum König erhoben wirst und Dein Land unter der Oberhoheit von Rom regieren kannst.«

Ibros beriet sich erneut mit seinen Gefolgsleuten. Sextus konnte die Gespräche verstehen. Mehrere seiner Ratgeber, darunter sein Sohn Justes waren dafür, den Vorschlag anzunehmen. Ibros entschied anders. Er sagte zu seinen Ratgebern: »Ich werde dem Centurio eine hinhaltende Antwort geben, ihn und seine Begleiter aber in der Nacht, wenn sie fest schlafen, töten lassen, so dass Memmius gar nicht erfährt, dass seine Delegation hier angekommen ist.«

Justes warnte ihn vor diesem Schritt und führte an, dass er der Delegation freies Geleit und Gastfreundschaft zugesichert habe, aber Ibros hörte nicht auf ihn und wandte sich freundlich an Sextus. Um einen eventuellen Verdacht zu zerstreuen, bemerkte er, dass er sich die Angelegenheit bis morgen überlegen werde und lud Sextus und seine Begleiter zu einem Fest am Abend ein.

Sextus machte gute Miene zum bösen Spiel. Er bedankte sich bei Ibros für dessen Entgegenkommen und begab sich zu seinen Legionären. Er versammelte sie in einem Zimmer im Gästehaus und sorgte dafür, dass sie nicht belauscht werden konnten. Dann teilte er Ihnen folgendes mit: »Legionäre, bitte gebt auf meine Rede keine Unmutsäußerungen von Euch, damit niemand ahnt, welche Eröffnungen ich

Euch mache. Hört zu! Der Fürst Ibros hat beschlossen, uns alle heute Nacht zu ermorden. Er hat uns alle, außer dem Dolmetscher, für heute Abend zu einem Fest eingeladen. Diese Einladung können wir nicht ausschlagen. Ich bitte Euch, bei diesem Fest nicht zu viel Wein zu trinken und vor allem nur Wein zu trinken, dem die Gastgeber auch zusprechen, damit ihr nicht vergiftet werdet. Tragt unter Euren Tuniken versteckt Eure Dolche. Nach dem Fest sattelt ihr heimlich und leise die Pferde, auch das meine und wartet gerüstet in Euren Zimmern. Ich schleiche mich unbemerkt zu Euch und wir reiten leise davon. Umwickelt heimlich die Hufe der Pferde mit Stroh, damit uns nicht der Hufschlag verrät. Anscheinend wurde unser Dolmetscher nicht eingeladen, damit er uns die bösen Absichten des Fürsten nicht übersetzen kann.«

Die Legionäre reagierten mit lautem Murren auf die Eröffnung, versprachen aber getreulich den Befehlen nachzukommen.

Am Abend erhielt Sextus den Ehrenplatz zwischen dem Fürsten und seinem Sohn. Ibros hatte eine Vielzahl seiner Gefolgsleute eingeladen. Er ließ ein kräftiges Mahl, bestehend aus verschiedenen Fleischgerichten, Gemüse und Salate, sowie Naschwerk auftragen und reichte reichlich einheimischen Wein dazu. Einige Musiker untermalten das Schlemmen mit leisen Weisen. Nach dem Mahl, das sich über zwei Stunden hinzog, es wurden immer neue Gerichte von Sklaven aufgetragen, sprach Ibros zu seinem Sohn: »Du rufst sofort Dein Weib, damit sie unseren Gästen etwas vortanzt. Sie bekommt noch eine weitere Aufgabe. Sie wird den Centurio danach auf seinem Zimmer aufsuchen, sich ihm hingeben und ihn dabei erstechen.« Sextus, der dies hörte, fiel es schwer, keine Gemütsregung zu zeigen und sich nicht durch seine Miene zu verraten. Es überlief ihn aber ganz heiß. Justes empörte sich aber über den Befehl. Er sprach böse zu seinem Vater: »Das kannst Du von Sanna und von mir nicht verlangen.« Ibros rief ihm aber laut zu: »Du befolgst meinen Befehl, oder ich lasse Dich in Ketten legen.«

Justes entfernte sich und kam kurz danach mit seiner Ehefrau, einer hübschen, groß gewachsenen, schlanken, ungefähr 25 Jahre alten Frau in den Festsaal. Diese lächelte gequält und begann sich langsam im Takt der Musik zu drehen. Ibros rief ihr zu: »Drehe Dich schneller und ziehe Dich dabei aus.« Sie kam der Aufforderung zögernd nach. Sextus sah, dass die Augen des Herrschers gierig glänzten. Er dachte: »Ibros ist scharf auf seine Schwiegertochter und lässt sie deshalb tanzen und sich ausziehen.«

Justes sah mit zornrotem Gesicht dem Tanz seiner Ehefrau zu. Als sie nur noch ein dünnes Unterkleid trug und sich nicht weiter auszog, lief Ibros zornig auf die Tanzfläche und rief: »Ausziehen habe ich gesagt. Zeige mir, was an Dir dran ist.« Dabei langte er in den Ausschnitt des Unterkleides und riss es ihr vom Körper, so dass sie nackt dastand. Ihr Gesicht hatte sich vor Zorn gerötet und ihr Busen wogte. Justes sprang auf die Tanzfläche, riss seinem Vater das Kleid aus der Hand und bedeckte die Blöße seiner Frau. Er nahm sie bei der Hand und zog sie zum Ausgang. Die Musik endete jäh. Die jüngeren Gefolgsleute des Ibros gaben empörte Laute von sich. Sextus dachte sich: »Die Frau war schön anzuschauen, aber ich werde sie nicht anrühren. Offensichtlich hat Justes einen Anhang unter den Gefolgsleuten. Es wäre doch schön, wenn wir die Lager von Vater und Sohn gegeneinander ausspielen könnten, dann hätte Rom sich einen Feldzug erspart.«

Als die Musik wieder einsetzte nahm er die Gelegenheit wahr und verabschiedete sich. Er dankte dem Fürsten für das üppige Mahl und die schöne Tanzdarbietung. Dann verließ er mit seinen Legionären das Bankett.

Er ließ sich von einem Diener eine brennende Öllampe geben, begab sich in sein Zimmer und legte seine Rüstung an. Kurze Zeit später hörte er leise Schritte auf dem Flur vor seiner Türe. Dann klopfte jemand zart an und eine Stimme sagte: »Ich bin es, Sanna, ich bringe Dir noch einen Nachttrunk.« Sextus packte sein Schwert, öffnete die Türe und zog Sanna herein. Sie war nur mit einem Unterhemd bekleidet und hielt in der einen Hand einen Glaspokal und in der anderen eine Kanne. Beides stellte sie auf den Tisch. Sextus umarmte sie und tastete ihren gesamten Körper ab, insbesondere die Stellen, wo sie eine Waffe verbergen konnte. Zwischen ihren Brüsten fand er einen dünnen

Dolch, der mit einem Lederband an ihrem Halsschmuck befestigt war. Er hielt ihr den Mund zu, riss ihr das Kleid vom Leibe, zerriss es zu Streifen, fesselte sie an den Händen und den Beinen und stopfte ihr mit einem Stofffetzen den Mund zu. Dann band er sie noch am Bett fest und schaute auf den Flur. Er konnte niemanden sehen und schlich sich in das Gästehaus zu seinen Legionären. Diese hatten schon auf ihn gewartet. Leise zogen sie die Pferde aus dem Stall und ritten unbemerkt davon. Außer Hörweite verschärfte Sextus die Gangart der Pferde. Sie ritten die ganze Nacht, sowie den folgenden Tag und hatten damit einen gehörigen Abstand zum Dorf des Ibros.

18

Kampf mit den Galläkern

Nach einem schnellen Ritt erreichten sie nach fünf Tagen das Hauptlager. Sextus erstattete dem Statthalter und seinem Stab ausführlich Bericht. Memmius war mit der Entwicklung der Dinge nicht unzufrieden. Er meinte: »Lieber Centurio, ich glaube sagen zu können, dass Du Deine Sache gut gemacht hast. Insbesondere hast Du Dich geschickt aus der Affäre gezogen und bist ohne Verluste zurückgekehrt. Auch die von Dir gewonnenen Informationen erscheinen mir recht nützlich. Wie meinst Du, sollen wir weiter vorgehen?«

»Edler Herr, ich meine, dass Justes sich bald mit seinem Vater überwerfen und mit seinen Anhängern auf unsere Seite wechseln wird. Wir können ihn dann mit Hilfe der Legionen neu als Fürst einsetzen.«

»Danke Centurio, warten wir erst einmal ab, bauen das Aquädukt fertig und nehmen den Straßenbau in Angriff.«

Sextus begab sich wieder in den Steinbruch und übernahm die dortige Leitung. Sein Vertreter erzählte ihm, dass an der Baustelle keine Bruchsteine mehr benötigt würden, sondern nur noch hart gebrannte Ziegel. Sie hätten jetzt den Auftrag, große Mengen von Steinen als Pflaster für die zu erstellenden Straßen zu brechen, sowie Schotter herzustellen und Sand abzubauen.

Sextus ritt zum Aquädukt und sah, dass die Maurerlegionäre auf der Abdeckung über den Bögen mit den gebrannten Ziegeln und dem wasserundurchlässigen Mörtel eine Wasserrinne mauerten. Er ritt in einige Kilometer zum Beginn der Wasserleitung und sah, dass Pioniere in den Bergen einen kleinen Flusslauf durch einen gemauerten Damm aufgestaut hatten, so dass das Wasser über ein Wehr in das Aquädukt geleitet werden konnte. Die Leitung verlief von dort erst über eine ausgemauerte Rinne, dann durch ausgeschachtete Einschnitte und kleinere Überbrückungen bergab in Richtung Emerida. Das Aquädukt hatte ein geringes, aber gleichmäßiges Gefälle.

Nach seinem Rückritt organisierte Sextus die Arbeit im Steinbruch und in einem am Fluss errichteten Kieswerk. Die Legionäre gewannen dort Steine und Kies und stapelten diese zur späteren Verwendung auf.

Mehrere Tage später wurde er von der Baustelle weg in das Lager gerufen. Er traf am Lagertor einen galläkischen Krieger an, der zu ihm wollte. Er übergab ihm eine Schriftrolle mit folgendem lateinischem Text:

»Ich, Justes, Sohn des Ibros, schreibe Dir, Centurio, diesen Brief, der von einem mir vertrauten Dolmetscher ins lateinische übersetzt wurde.

Ich bin Dir zu großem Dank verpflichtet, dass Du meine Frau, die Dich im Auftrag meines Vaters ermorden sollte, nicht geschändet und getötet hast. Du hättest das Recht dazu gehabt. Ich habe von dem geplanten Anschlag auf Dein Leben gewusst und ich wollte auch verhindern, dass meine Frau Dich aufsucht. Mein Vater zwang jedoch meine Frau zu diesem Schritt. Er drohte, wenn sie sich weigern würde, mich umzubringen und hatte mich deshalb schon in ein Verlies eingesperrt.

Mein Vater plant, Euch anzugreifen und rüstet das Heer auf. Er zieht eine große Truppenmasse zusammen und hat deshalb fast alle Bauern in seinem Herrschaftsbereich gewaltsam eingezogen. Es herrscht eine schlechte Stimmung, die Äcker werden nicht bestellt und der Bevölkerung droht eine Hungersnot. Das Heer hingegen ist gut versorgt.

Ich führe die Reiterei an. Alle viertausend Reiterkrieger sind mir treu ergeben. Wenn es zu einer Schlacht zwischen uns kommt, wird meine Truppe neutral bleiben.

Der Überbringer dieser Nachricht, der Reiteroffizier Gallusus, ist mein engster Vertrauter. Er übergibt Dir als kleines Zeichen meiner übergroßen Dankbarkeit ein edles Pferd und eine kleine Schatulle mit Edelsteinen. Gallusus ist von mir angewiesen, Dir und dem Statthalter Auskunft zu geben.«

Gallusus führte zwei edle Pferde mit sich. Das rassigere der beiden übergab er Sextus. Unter seinem Umhang holte er ein kleines

Holzschächtelchen hervor, das mit Edelsteinen und zwar leuchtenden roten Rubinen, blauen durchscheinenden Aquamarinen und dunkelgrünen schimmernden Smaragden gefüllt war. Auch einige Bernsteinstücke und fünf schwarze Perlen befanden sich darunter. Sextus freute sich über die Geschenke, hatte er doch überhaupt nicht mit einem Geschenk für sein Verhalten gerechnet und vor allem nicht mit solch kostbaren Gaben gerechnet. Er nahm die Geschenke an.

Er geleitete Gallusus in ein Gästehaus der Armee in Emerida und eilte mit dem Schreiben zu dem Statthalter Memmius in das Lager. Er bat um eine Audienz, die ihm sofort gewährt wurde. Er legte Memmius das Schreiben vor, und dieser zeigte sich ob der Nachricht hoch erfreut.

Er versammelte seine Adjutanten, den Primipili, beide Legaten, deren Vertreter, einen Dolmetscher und Sextus. Diesen las er den Inhalt des Schreibens vor. Sodann ließ er sich Gallusus vorführen und befragte ihn mittels des Dolmetschers. Sextus tat immer noch so, als ob er die keltoiberische Sprache nicht verstehen würde.

Gallusus gab bereitwillig Auskunft und wurde danach mit der Order, am nächsten Morgen aufzubrechen in sein Quartier zurückgeleitet.

Memmius beriet sich mit den Anwesenden. Sextus wurde nochmals befragt, ob man Justes trauen könne. Er bejahte dies. Alle sprachen sich dafür aus, die Legionen in Marsch zu setzen, bevor Ibros sein Heer noch weiter verstärken könne. Die Möglichkeit, dass es sich bei dem Brief um eine Falle handeln könne, wurde erwogen, dann aber als wenig wahrscheinlich abgetan.

Memmius diktierte folgenden Brief und gab ihn Gallusus mit:

»Memmius, Statthalter von Lusitanien, an General Justes! Salve General! Ich habe Deinen Brief an den Centurio Leptonius gelesen und Deinen Boten gehört.

Ich habe beschlossen Euch anzugreifen. Ich werde zuvor nicht mehr verhandeln. Versuche Du, Deinen Vater gefangen zu nehmen, damit die Schlacht verhindert werden kann. Ich werde Dich in einer hohen Stellung belassen und biete Dir an, Dienste in dem römischen Heer anzunehmen. Euer Stammesgebiet jedoch werde ich der Provinz Lusitanien einverleiben.

Memmius, Statthalter und Feldherr!

Memmius ließ sämtliche Arbeiten am Aquädukt sofort einstellen und befahl der Armee sich für den Abmarsch am übernächsten Tag marschbereit zu machen. Es sollte alle Ausrüstung außer den Belagerungsmaschinen mitgeführt werden.

Vor dem Abmarsch wandte sich Sextus noch an den begüterten Militärtribun Fabio Piso, einen Adjutanten von Memmius. Er bot diesem das geschenkte Pferd zum Kauf an. Piso war von dem Rassepferd begeistert, willigte sofort in den Kauf ein und bezahlte die Summe von zehntausend Sesterzen. Dann suchte Sextus den Leiter einer Bankfiliale des römischen Bank- und Geldwechselhauses Spurius auf und bot die Edelsteine, den Bernstein und die Perlen zum Kauf an. Der Bankleiter versprach die Stücke in Rom schätzen zu lassen und dann ein Angebot zu machen. Sextus ließ sich von ihm die Eigenschaften und den ungefähren Wert der einzelnen Schmucksteine, der Bernsteine und der Perlen erklären. Die zehntausend Sesterzen zahlte er auf sein Konto im Bankhaus ein.

Am Morgen des zweiten Tages marschierten die Legionen los. In bewährter Marschordnung ging es in nördliche Richtung. Vorweg marschierte die VII. Legion. Diesmal übernahm die Auxiliarreiterei, die aus dem Gebiet um Cartagena angeworben worden war, den Späherdienst, die Vorhut und die Seitensicherung. Die makedonische Auxiliarinfanterie marschierte als geschlossener Block zwischen der VII. und der X. Legion. Danach kamen die balearischen Schleuderer. Mit den neu hinzu gekommenen Rekruten hatte die X. Legion ihre Lücken aufgefüllt und einen Teil ihrer Veteranen ehrenhaft entlassen. Diese hatten Land zugewiesen bekommen und sich in Emerida angesiedelt.

Jeden Abend wurde ein Marschlager errichtet. Nach zehn Tagen, die Armee befand sich schon im Stammesgebiet der Galläker, meldeten die Späher Feindberührung mit der gegnerischen Vorhut. Nach einem weiteren Tag hatte man Kontakt mit der gegnerischen Reiterei. Die hispanische Auxiliarreiterei griff die galläckische Reiterei an und war erstaunt, dass diese den Kampf nicht annahm, sondern sich sofort zurückzog. Memmius, der über die Vorkommnisse unterrichtet wurde, gab den Befehl, den Angriff einzustellen.

Am Vormittag des übernächsten Tages trafen die Legionen auf das Fußheer des Ibros. Dieses hatte eine Stärke von ungefähr dreißigtausend Krieger. Während die vorderen Reihen der derselben noch mit Schild und Schwert und teilweise mit Kettenhemden ausgerüstet waren, hatten die hinteren Reihen nur Stoßlanzen, Dreschflegel und Heugabeln. Memmius ließ sofort die Legionen aus der Marschkolonne heraus eine Schlachtordnung bilden. Er stellte die römische Reiterei auf den linken Flügel und die Auxiliarreiterei auf die rechte Seite. Der römischen Reiterei gegenüber nahmen die Reiter des Justes Aufstellung. Vor den Legionen waren die Schleuderer postiert. Das Schlachtfeld bildete eine von leichten Bodenwellen durchzogene Ebene.

Sextus war inzwischen zur 11. Centurie der VII. Legion versetzt worden und als Vertreter des 1. Centurios, eines älteren Legionärs, eingesetzt worden. Da dieser sich auf seinem Posten ausruhte, war er quasi der Führer der Centurie.

Als die feindliche Armee gegen die Legionen vorrückte, schrie er den Legionären der Centurie zu, die Schleuderer durch ihre Reihen zurückweichen zu lassen. Nachdem dies geschehen war befahl er den Angriff mit den Wurfspeeren. Die Legionäre stürmten vor und warfen gleichzeitig ihre Speere. Sogleich ließ er die Zweitspeere werfen. Durch die insgesamt 160 Speere, die in den Reihen der angreifenden Galläker eine Bresche geschlagen hatten, hatte sich deren Schlachtordnung ihnen gegenüber aufgelöst. Da alle Centurien gleichermaßen vorgingen, war die erste Linie des Feindes vernichtet. Sextus befahl nun gleichmäßig vorzurücken und den Feind mit dem Schwert zu bekämpfen.

Die Legionäre auf Disziplin gedrillt, kamen dem Befehl des Sextus nach und schlugen sofort tiefe Schneisen in die Reihen der Angreifer. Diese wichen stolpernd zurück. Auch die anderen Centurien rückten gegen die Feinde vor und diese wichen weiter zurück, rissen die hinter ihnen stehenden Reihen mit, bis der Rückzug in eine Flucht ausartete.

Memmius hatte die Reiterei zurückgehalten. Jetzt sah er, dass die Reiter des Justes von der Seite in das eigene Heer eindrangen und dem Mittelpunkt zustrebten. Dort saß Ibros auf seinem Pferd und schrie Befehle. Die Reiter überwältigten und fesselten ihn mit Seilschlingen und zogen ihn und sein Pferd nach hinten aus der Masse heraus. Memmius gab an seine römischen Reiter den Befehl, den Ibros und seinen

Sohn zu ihm zu bringen, und seinen hispanischen Auxiliarreitern die fliehende Masse einzukreisen und zu entwaffnen.

Bald bedeckten Haufen von Schwertern, Schilden Dreschflegeln und Prügeln das Schlachtfeld, und tausende von Kriegern hoben zum Zeichen der Aufgabe ihr Hände mit den Handflächen nach vorne.

Der Sieg kostete den Römern zehn Gefallene und fünfzig Verwundete. Beim Feind wurden tausend Tote gezählt. Es waren dies Krieger aus den vordersten Reihe des feindlichen Heeres, gegen die der erste Stoß der Legionen geprallt war.

Memmius ließ den Ibros fesseln und mit einer Reitercenturie nach Emerida zurückbringen und dort einkerkern. Er selbst ritt mit der gesamten Reiterei in das Regierungsdorf des Ibros, ließ den Palast durchsuchen und Wertgegenstände sicherstellen. Er fand nur kleinere Geldbeträge an Münzgeld, aber kostbare Teppiche, viel Schmuck, Goldnuggets, Edelsteine und Bernsteinrohlinge vor.

Dort lernte er auch die Ehefrau des Ibros und Sanna, die Ehefrau des Justes kennen. Er sicherte ihnen das Wohnrecht in einem Flügel des Palastes zu. Im übrigen Palast richtete er die Verwaltung für das gesamte ehemalige galläkische Gebiet ein. Als Besatzung ließ er eine Centurie Legionäre zurück.

Die Legionen ließ er in das Lager zurück marschieren. Er ordnete die Fertigstellung der Wasserversorgung an. Seine Bauplaner und Architekten beauftragte er mit der Planung und Festlegung von Fernstraßen und zwar von Emerida nach Olisippo, Portos und Ourense; sowie von Olisippo nach Portos.

19

(114 v. Chr.) Gefangenentransport nach Rom

Memmius ließ Sextus zu sich rufen und beauftragte ihn mit der Verbringung des Ibros nach Rom. Er befahl: » Centurio Leptonius, dank Deiner Sprachkenntnisse hast Du wiederum die ehrenvolle Aufgabe einen Gefangenen, und zwar den Fürsten Ibros nach Rom zu bringen. Du bekommst eine Centurie Reiterlegionäre als Begleiter und Gefangenenwärter mit auf die Reise. Lasse fünfzig Legionäre davon ins Cartagena. In Rom meldest Du Dich bei dem für Hispania zuständigen zweiten diesjährigen Konsul Lucius Cato (114 vor Chr.), übergibst ihm meinen Bericht, den Gefangenen, die anderen Schriftstücke, die abzuführenden Steuern und den abzuführenden Teil der Kriegsbeute.«

Sextus versicherte, den Auftrag gewissenhaft auszuführen. Er bat Memmius um die Erlaubnis, während seines Aufenthaltes in Italien seine Eltern in Attella aufsuchen zu dürfen und erhielt dafür die schriftliche Genehmigung.

Vor seiner Abreise holte er sein Geld und die Schmuckstücke im Bankhaus ab.

Er ritt am übernächsten Tag mit den ihm unterstellten Legionären und dem Gefangenen erst westlich im Flusstal in Richtung Toledo und wollte dann südlich nach Cartagena reiten. Knapp außerhalb der Provinzgrenze geriet er noch 200 Kilometer vor Toledo in einen Aufstand iberischer Bergvölker. Er ließ sich nicht auf Kampfhandlungen ein, sondern umging südwärts die Aufständischen. Nach einem Ritt von über vierhundert Kilometern kamen sie nach Cordoba, das seit 53 Jahren römisch war und eine römische Garnison hatte. Sextus wies dem Stadtkommandanten sein Begleitschreiben vor und bezog mit seinen Legionären in ein Gästehaus. Ibros wurde während dieser Zeit im Stadtgefängnis verwahrt. Sextus schilderte dem Offizier die Ausbreitung der Aufstandsbewegung in den nördlichen Gebieten. Dieser erhielt dadurch erstmals genauere Kunde vom Ausstandsgebiet. Konnte er doch dadurch geeignete Gegenmaßnahmen treffen.

Die Gruppe ruhte sich drei Tage von den Reisestrapazen aus und besichtigte die Stadt. Diese lag am Ufer des Baetis. Eine von den römischen Legionären errichtete imposante Steinbrücke verband die zwei Stadtteile.

Die Stadt war iberisch geprägt und lud zu einer Besichtigung ein. Der keltische Einfluss war sehr gering. Sextus und seine Legionäre staunten über die reich verzierten Häuserfassaden.

Am vierten Tag wurde der Gefangene aus dem Stadtgefängnis geholt, und die Reise ging weiter. Malaga war das nächste Ziel, und der Weg dorthin war mühsam. Es musste die Gebirgskette (Sierra Nevada) überquert werden. Eine Militärstraße war erst im Bau und konnte noch nicht genutzt werden. Nach zwei Tagen kamen sie in Malaga an.

Sextus meldete sich beim Stadtkommandanten, wies seine Reisedokumente vor und bat um die Stellung eines Schiffes nach Cartagena. Dieser, Publius Pratatus, sicherte ihm eine Reisemöglichkeit mit dem Schnellsegler Astos für den übernächsten Tag zu. Er bat ihn, sein Gast zu sein und empfahl ihm, die Stadt zu besichtigen. Den Legionären wies er eine Unterkunft in einem Gästehaus zu und ließ Ibros in das Stadtgefängnis verbringen. Sextus schaute sich die Stadt mit ihren Bauten aus der karthagischen und der römischen Zeit an, aß in einer Kneipe köstlichen frittierten Fisch und trank dazu Muskateller, den hier angebauten Landwein.

Danach fragte er bei der Senatsverwaltung der Stadt nach, ob sich der Ritter Aznar Moreno, der Vater der vor den Piraten geretteten Alda, in der Stadt aufhalten würde und wo er zu finden sei. Er traf ihn in seinem Büro an. Aznar Moreno freute sich sehr über den Besuch des Sextus. Er erzählte: »Meine Tochter Alda hat einige Tage, nachdem Du sie uns zugeführt hast, ihren Verlobten Paullus Castro geheiratet, und ich bin inzwischen Großvater eines einjährigen Knaben (geb. 115 v. Chr.). Ich freue mich darüber. Alda wohnt mit ihrem Mann in einer hübschen Villa hier in Malaga. Sie würde es mir nie verzeihen, wenn ich Dich nicht zu ihr führen würde. Sie spricht immer wieder einmal von Dir und lobt Dein edles Wesen.«

Aznar Moreno geleitete Sextus zu seiner Tochter. Diese lief, als sie Sextus erkannte, auf ihn zu und drückte ihn mehrmals an sich. Ihr Gesicht rötete sich vor Freude. Sie wollte wissen, wie es ihm seit damals ergangen sei und Sextus hatte genug zu erzählen. Sie kredenzte ihrem Vater und ihm Wein, frische und kandierte Früchte und war ganz aufgeregt. Ihr Vater verabschiedete sich nach einer Weile, da noch Arbeit auf ihn wartete. Sextus wollte sich ihm anschließen. Alda bat ihn aber dringend, noch zu verweilen und er kam der Bitte nach. Alda fragte ihn nun: »Sextus, Du hast doch meinem Vater nichts davon erzählt, dass mich die Offiziere des Piratenschiffes öfters vergewaltigt haben?«

»Nein Alda, das wird hier unser Geheimnis bleiben, bemerkte Sextus.«

Alda war froh, dass sich alles bestens geregelt hatte. Ihr jetziger Mann war glücklich, dass sie wieder zurück gebracht worden war, und hatte ihr ihre Geschichte geglaubt. Allerdings glaubte sie nicht, dass er der Vater ihres Sohnes sei, meinte aber, wichtig sei nur, dass er dies glaube.

Alda erzählte noch mehr aus ihrem Leben und rückte immer näher zu Sextus. Sie schmiegte sich an ihn, streichelte ihn an Kopf, Schultern und Armen und gab ihm dann Zungenküsse. Sie meinte: »Sextus, ich werde von meinem Mann vernachlässigt. Er hält sich den ganzen Tag im Büro bei seinem Vater auf und abends ist er müde. Ich habe schon lange Lust auf einen richtigen Mann und in Dich habe ich mich seit unserer Reise vor über zwei Jahren ein wenig verliebt. Also nimm mich in die Arme, sei zärtlich zu mir, drücke mich ganz fest und streichele meinen Busen.« Sie öffnete ihr Sommerkleid, nahm die Hand von Sextus und legte sie auf ihre Brust . Diese war voll und rund und die Brustwarze stand hart hervor. Sextus konnte sich nicht mehr zurückhalten. Er streichelte erst ihre Brüste, dann ihren Körper und zuletzt ihre Scham. Alda griff unter seiner Tunika an sein Glied und rieb dies zärtlich. Sie zog sich aus und streifte dann Sextus die Tunika herunter. Er legte sich auf sie und drang in sie ein. Alda stieß ihm ihren Körper lustvoll entgegen und kam schon nach wenigen Stößen gleichzeitig mit Sextus zum Höhepunkt. Nachdem sie kurz verschnauft hatte meinte sie: »Sextus, das war so schön, nach so etwas habe ich mich schon lange gesehnt. Wenn es geht, machen wir es gleich noch einmal.« Sextus meinte: »Lass mich nur noch ein Glas Wein trinken, dann hoffe ich, wieder für Dich bereit zu sein.« Alda sinnierte: »Sextus ich glaube, ich könnte den ganzen Tag so weiter machen, wir Frauen brauchen ja im Gegensatz zu euch Männern keine Pause, und es hat ja so gut getan.« Alda zog Sextus auf die Liege und stieg über ihn. Er war wieder bereit. Sein Glied drang in sie ein. Alda stöhnte laut und erreichte sofort einen Höhepunkt. Sie stieg jedoch nicht von Sextus herunter, sondern bewegte sich kräftig auf ihm, so dass Sextus erneut zu einem Orgasmus kam. Gleichzeitig mit ihm erreichte Alda nochmals einen Höhepunkt. Sie schrie laut auf und ließ sich auf Sextus zusammenfallen.

Danach lagen sie noch längere Zeit zusammen. Sextus streichelte sie und sie dankte es ihm mit wohligem Schnurren. Er ließ nicht nach, küsste sie heiß und brachte Alda nochmals zu einem Orgasmus. Dann verabschiedete er sich von ihr. Alda bat ihn inständig, sie unbedingt bei seinem nächsten Aufenthalt in Malaga zu besuchen und meinte: »Es wäre schön, wenn wir heute ein Kind gezeugt hätten. Ich wollte schon lange ein zweites Kind, aber mein Mann ist anscheinend nicht in der Lage, so etwas fertig zu bringen.« Sextus versprach hoch und heilig, Alda nach Möglichkeit wieder zu besuchen.

Abends speiste er beim Präfekten und musste diesem und seiner Frau alles über die erlebten Schlachten, die Entwicklung der Provinz Lusitanien und die Gefangennahme des Ibros erzählen. Publius Pratatus war süchtig nach Neuigkeiten, da er durch die südliche Lage der Stadt über Truppenbewegungen und Neuigkeiten nur spärlich unterrichtet war.

Er selbst erzählte, dass der Handel in Malaga in letzter Zeit zunähme und auch Frachtschiffe Ware durch die Säulen des Herakles (Gibraltar) nach Olisippo und Portos bringen würden.

Nach zwei Tagen schiffte sich Sextus mit zehn Legionären und dem Gefangenen auf dem Schnellsegler ein, und sie gelangten innerhalb von zwei Tagen nach Cartagena. Die übrigen Legionäre ritten mit den Pferden nach Cartagena und warteten dort auf die Rückkehr des Sextus von seiner Romreise.

In Cartagena erhielt er eine Passage auf einem Schiff nach Ostia.

Unterwegs kam ein Sturm auf, und der Kapitän musste im Hafen von Palmaria Palmensis (Palma) Schutz suchen. Die Insel war erst vor sieben Jahren von Rom erobert worden, und die Stadtgründung lag sechs Jahre zurück. Direkt oberhalb des Hafens grüßte eine mittelgroße Befestigung, in der römische Legionäre stationiert waren.

Nach einem Tag Aufenthalt ebbte der Sturm ab, und es ging weiter nach Ostia. Sextus hatte sich auf der Reise nach Malaga und der Schiffsreise nicht mit Ibros unterhalten, obwohl dieser mehrmals ein Gespräch anknüpfen wollte. Er war immer noch voller Wut und Abscheu darüber, dass er ihn ermorden lassen wollte.

Kaum in Rom angekommen, verbracht er den Gefangenen ins städtische Gefängnis, lieferte den Bericht des Memmius, die Schriftstücke und das Geld beim Konsul Lucius Cato ab. Dieser verlangte von ihm noch einen ausführlichen mündlichen Bericht.

Wie er später erfuhr, hatte der Konsul dem Ibros wegen seiner Mordabsichten kein Exil gewährt und ihn von einem Gerichtsbüttel im Gefängnis erdrosseln lassen.

Sextus suchte in der Innenstadt einen Schmuckhändler auf und bot ihm die von Justes erhaltenen Schmuckstücke und Goldschüsselchen zum Kauf an. Dieser begutachtete den Schmuck eingehend und bot dafür einen Betrag von dreißigtausend Sesterzen. Sextus war dies zu wenig und der Händler steigerte schrittweise sein Angebot auf vierzigtausend Sesterzen. Sextus überlegte: »Ich glaube, dass mich dieser Händler übers Ohr hauen will. Ich könnte den Preis weiter nach oben treiben, will aber erst einmal sehen, ob ich woanders mehr bekomme.«

Dem Händler sagte er, dass er sich den Verkauf an ihn nochmals überlegen wolle. Er suchte einen anderen Schmuckhändler auf. Dieser bot ihm von vorneweg vierzigtausend Sesterzen und ließ sich auf sechzigtausend Sesterzen hoch handeln. Für die Goldschüsselchen wurden ihm noch einmal zwanzigtausend Sesterzen gezahlt. Sextus nahm dieses Angebot an und erhielt die Summe in Silberdenaren und Aureos ausgezahlt.

Am gleichen Tag quartierte er seine Legionäre in der Kaserne ein und ritt in zwei Tagen nach Capua. Dort kaufte er mit dem erlösten und von Hispanien mitgebrachten Geld bei einem Grundstücksmakler für insgesamt dreißigtausend Sesterzen ein kleines villenartiges Haus im Außenbereich der Stadt, für vierzigtausend Sesterzen zwei große Mietshäuser, so genannte Insulae, und bei einem Sklavenhändler für viertausend Sesterzen zwei karthagische landwirtschaftlich geschulte Sklaven, die er mit zu seinen Eltern nahm.

Die Mietshäuser wurden von einem in der Stadt ansässigen Kaufmann verwaltet, waren von zwanzig Mietparteien bewohnt und erbrachten einen monatlichen Reingewinn von achthundert Sesterzen.

Er ritt zu seinen Eltern, die überglücklich waren, ihren Sohn zu sehen. Er übergab ihnen für ihre Landwirtschaft die beiden Sklaven und einen Barbetrag von zehntausend Sesterzen. Seine Mutter fragte: »Sextus kannst Du Dir das alles leisten, oder musstest Du Dich deshalb verschulden?«

»Mutter, ich hatte während meines Militärdienstes Glück und konnte Geld und Schmuck erwerben. Außerdem bin ich in der Rangleiter emporgestiegen und habe einen guten Verdienst. Dies ist aber nur die geringste Ausgabe. Ich habe zwei Insulae gekauft und ihr könnt jeden Monat die dafür eingehenden Mieteinnahmen bei dem Kaufmann Cryptus in der Nähe des Nordtores abholen. Außerdem habe ich eine kleine Villa in Capua gekauft. Falls ihr das Landleben satt habt, zieht in dieselbe. Die Sklaven und Euer Landgut könnt ihr ja dann verkaufen.«

Seine Eltern wollten dieses Geschenk zunächst nicht annehmen, dankten ihm dann aber überschwänglich. Sie konnten jetzt ein geruhsames Leben führen. Auch Sextus hatte ein gutes Gewissen. Konnte er doch so teilweise wieder zurückgeben, was seine Eltern in ihn investiert hatten.

Sein Vater fragte ihn nach seinem Dienst in der Legion aus und Sextus erzählte ihm von dem wunderbaren Land Hispania und der Provinz Lusitanien. Er hob die stolze und kriegerische Einstellung der Iberer und die Disziplin, den Arbeitseifer und den Kampfeswillen der Legionäre hervor. Besonders lobte er seinen Statthalter Memmius, der die Einrichtung der Provinz mit Strenge und Diplomatie vornahm.

Er übernachtete bei seinen Eltern und ritt am nächsten Morgen nach Capua zurück. Unterwegs kam er am Legionslager vorbei, vor dem neue Rekruten übten. Dies rief Erinnerungen in ihm wach und er dachte wehmütig an seine Zeltgemeinschaft zurück.

20

Besuch bei Selina und Mesa

In Capua ging er zu einem Juwelier und kaufte ein Goldkettchen für ein Kind. Auf eine daran hängende Goldplatte ließ er den Namen „Sextus“ eingravieren. Dann ging er zum Südtor und zum Wohnhaus der Anthea. Er fragte einen Passanten, ob das daneben stehende aus hellem Kalkstein errichtete Haus einem Bauunternehmer gehören würde und erhielt die Auskunft dass dies das Anwesen des Bauunternehmers Piso Brazzo und dessen Familie sei. Dort betätigte er den Türklopfer und die Eingangstüre wurde von einer circa 20-jährigen hübschen griechischen Bediensteten geöffnet. Sie schaute Sextus prüfend an. Auf einmal überzog ein Lachen ihr gesamtes Gesicht. Sie sagte: »Herr, ihr müsst Sextus Leptonius sein, der Vater unseres kleinen Sextus. Dieser ist Euch wie aus dem Gesicht geschnitten. Kommet mit, ich führe Euch zu meiner Herrin.« Sextus wurde in den überdachten Garten geführt und traf hier Selina an. Selina war noch hübscher und auch fraulicher geworden. Ihre Körperformen hatten sich gerundet. Ein voller Busen streckte sich Sextus entgegen. Selina sprang auf, lief auf Sextus zu, umarmte ihn zärtlich und drückte ihn an sich.. Ihre Vertraute verschwand im Hausinnern. »Ach«, rief Selina, »Sextus, wie oft habe ich an Dich gedacht und gewünscht, dass Du bei mir wärst. Jetzt ist der Wunsch ja in Erfüllung gegangen. Lasse Dich ansehen. Ich meine, Du bist noch etwas gewachsen und auch etwas männlicher geworden. Du bist braungebrannt und sehr muskulös. Ich sehe, Du bist 2. Centurio geworden. Ich freue mich, dass Du so schnell einen so hohen Dienstgrad erreicht hast. Doch jetzt komme mit mir, damit ich Dir Deinen Sohn zeigen kann. Er befindet sich bei seiner Amme im Kinderzimmer. Er sieht aus wie Du als Kind ausgesehen haben musst. Die Ähnlichkeit ist frappierend.«

Im Kinderzimmer stapfte ihm ein knapp drei Jahre altes Kind entgegen und streckte die Hände nach ihm aus. Sextus nahm es hoch und sah an der Ähnlichkeit sofort, dass es sein Sohn war. Er hängte ihm die Goldkette mit seinem Namen um. Das Kind lachte ihn an und er spielte mit ihm eine Weile, bis ihn Selina wegzog und sagte: »Jetzt Sextus, musste Du mir aber ganz genau erzählen, wie es Dir und auch Fabius Ventas seit dem ergangen ist. «

Sextus erzählte den gesamten Werdegang, ließ aber die kürzliche Affäre mit Alda Castro aus. Von Fabius Ventas wusste er zu berichten, dass dieser kürzlich 4. Centurio geworden war, er aber ansonsten keinen Kontakt mehr zu ihm habe.

Er fragte Selina, was aus Anthea geworden war. Selina berichtete: »Anthea hat sich zu einer Schönheit entwickelt. Sie wohnt jetzt in Rom und ist die Geliebte eines reichen Senators. Es ist der vorjährige Konsul Geta. Sie besitzt eine große Villa, hat mehrere Sklaven und reichlich Geldmittel.« Sextus ließ sich nun von Selina erzählen, wie es ihr ergangen sei und sie berichtete:

»Wie ich gemerkt habe, dass ich von Dir schwanger geworden war, habe ich sofort meinen jetzigen Mann Piso Brazzo aufgesucht. Ich hatte schon vor Dir mit ihm geschlafen und er wollte mich schon damals heiraten. Ich verführte ihn und teilte ihm zwei Wochen später mit, dass ich von ihm schwanger sei. Er heiratete mich sofort. Es war eine große Hochzeit mit über zweihundert Gästen, Freunden und Verwandten, Bauunternehmern, Bauarbeitern, Kaufleuten und städtischen Bediensteten, sowie einigen Stadtsenatoren und Priestern des Apollo- und des Dianatempels.

Mein Mann verwöhnt mich. Ich habe genügend Geld um mir fast alle Wünsche zu erfüllen. Ab und zu gebe ich ein Essen und lade dazu die befreundeten Bauunternehmer und auch Stadtsenatoren ein. Da wir nicht viele Sklaven haben, miete ich mir diese für solche Feierlichkeiten. Auch der Koch wird von mir jeweils ausgeliehen. Wir werden uns aber in Zukunft einen eigenen guten Koch kaufen.

Die Freigelassene Mesa, die Du ja schon kennen gelernt hast, ist meine enge Freundin und Vertraute. Ein besonderes Vergnügen habe ich mir zugelegt. Ich lasse mich oft mit einer Sänfte vor die Stadt tragen und reite, wenn es die Leute nicht sehen, dort mit meinem Pferd, das in einem Bauernhof untergestellt ist. Ansonsten habe ich keine Aufregungen. Das Leben geht seinen geruhsamen Gang. Seit zwei Monaten bin ich wieder schwanger und zwar diesmal von meinem Mann. Ich freue mich auf das Kind. Piso natürlich auch. Seit er davon erfahren hat, rührt er mich nicht mehr an. Er meint, das könnte mir schaden. Ich tröste mich deshalb öfters mit Mesa. Aber ich habe natürlich Sehnsucht nach einem richtigen Mann.“

Sextus dachte sich: »So ist das« und rückte näher an Selina heran. Er tastete unter ihre Tunika nach ihren Brüsten und sie streckte sie ihm bereitwillig entgegen. Er umarmte sie und schob ihr die Tunika über den Kopf. Selina rief: »Sextus, so stürmisch kenne ich Dich ja gar nicht.« Sie wich jedoch nicht zurück, sondern schmiegte ihren Körper ganz eng an ihn. Sextus griff ihr zwischen die Beine und streichelte ihr Geschlecht. Selina stöhnte: »Ah, Sextus, das tut gut!« Er drang mit dem Finger in sie ein und merkte, dass sie schon ganz feucht war. Er selbst hatte einen roten Kopf bekommen und konnte sich kaum mehr zurückhalten. Endlich rief Selina: »Komm Sextus ich bin bereit, komm in mich.« Dieser Aufforderung kam er nach. Er drang von oben in sie ein und stieß fest zu. Sie legte ihre Beine um seinen Körper, wölbte sich ihm entgegen und wiegte sich im Rhythmus seiner Stöße. Kurze Zeit danach kamen beide gleichzeitig zum Höhepunkt und ließen sich ermattet auf die Liege zurücksinken.

Selina wandte sich spöttisch an Sextus: »Sextus ich sehe und merke, dass Du schon lange keine Frau mehr gehabt hast und freue mich deshalb, dass ich mit Dir jetzt Sex gehabt habe. Seit unserer letzten Begegnung hast Du dazugelernt. Vor allen Dingen bist Du sehr zärtlich geworden. Ich möchte doch zu gerne wissen, wie viele Mädchen und Frauen Du in der Zwischenzeit glücklich gemacht hast, oder gehst Du nur zu den Huren in Eurem Lager? «

»Liebe Selina, das Legionärsleben ist sehr hart und man hat kaum die Möglichkeit ein Mädchen kennen zu lernen. Aber ich halte mich trotzdem von den Lagerhuren fern.«

Nachdem sie sich etwas ausgeruht hatten bemerkte Selina: »Sextus, Du musst jetzt aufbrechen. Mein Mann kommt bald von seinem Büro heim. Komme morgen zur gleichen Zeit wieder zu mir.«

Sextus entgegnete: »Nichts täte ich lieber als das. Ich muss aber noch heute nach Rom zurück reiten. Dort wartet ein Kriegsschiff, mit dem ich nach Hispania übersetzten muss.« Selina war traurig und weinte: »Liebster Sexus, das war ja nur ein kurzes Gastspiel. Ich wünsche Dir alles Gute. Wenn Du wieder nach Capua kommst, besuche mich unbedingt.« Dies versprach er, umarmte und küsste sie, ließ sich seinen Sohn nochmals bringen, drückte ihn sowie Selina und verabschiedete sich.

Nach seinem Fortgang wandte sich Selina an Mesa: »Siehst Du Mesa, so sind die Männer. Kaum meint man, man hat sie, sind sie schon wieder fort. Ich habe bestimmt gedacht, dass er einige Tage bleiben kann. Er hätte für uns zwei gereicht. So müssen wir jetzt wieder zueinander Zuflucht nehmen.«

21

Straßenbau

Sextus ritt noch am gleichen Tage nach Rom und kam am Abend des zweiten Tages dort an. Er traf seine Legionäre wohlbehalten an und ritt mit ihnen nach Ostia. Dort übernachteten sie und bestiegen am nächsten Tag ein Kriegsschiff, das aber nicht nach Cartagena sondern nach Taracco in Nordhispanien, der Hauptstadt von Hispania citerior, fuhr. Die Fahrt verlief bei leichtem südlichem Wind ereignislos. Die Ruder mussten jedoch öfters eingesetzt werden, um den Kurs zu halten. In Taracco suchte Sextus den Statthalter Fabius Maximus Eburnus auf, wies sein Begleitschreiben vor und bat um einen Führer nach Ourense. Dieser wurde ihm für den nächsten Tag gestellt. Er schickte zwei Legionäre nach Cartagena mit der Weisung zusammen mit den dort verweilenden Legionären direkt zu ihrem Lager in nach Emerida zurückzukehren.

Er selbst besichtigte mit seinen Legionären die Stadt, die seit einhundertdrei Jahren römisch war. Hell leuchtete der mit weißem Marmor verkleideten Jupitertempel neben dem Forum in der Sonne.

Das Forum und der Tempelbezirk lagen nebeneinander, ungefähr einen Kilometer vom Strand entfernt etwas überhöht und blickten auf die Stadt und den Hafen hinunter. Die gesamte Stadt war mit einem Mauerring umgeben.

Ein Aquädukt, das ein tiefes Tal vier Kilometer vor Taracco überspannte, brachte reichlich Wasser in die Stadt. Der Unterbau bestand im Gegensatz zu dem in Emerida errichtetem Aquädukt aus kleinen Bögen und der Oberbau aus Rundbögen über hohen viereckigen Pfeilern. Die leicht rötlichen Kalksteine, die passgenau zugeschlagen und ohne Mörtel aufeinander gesetzt waren, gaben dem Ganzen einen imposanten Anblick.

Am nächsten Tag führte sie ihr Führer, ein ortskundiger Iberer, westwärts. Nach mehreren Tagen ritten sie in die Flusssysteme des Pisuerga und des Duero und folgten diesen bis Emerida.

Sextus meldete sich bei seinem Legaten, Julius Strabo, zurück und erfuhr, dass der Statthalter Memmius in Portos sei und den Bau seines Verwaltungssitzes über-wache. Strabo schickte ihn zur persönlichen Berichterstattung und Abgabe der Schreiben des Konsuls nach Portos, mahnte aber seine baldige Rückkehr an. Sextus reiste am nächsten Tag weiter. Die Hinrichtung des Ibros billigte Strabo. Er meinte, dass es sich dieser mit seiner Hinterhältigkeit selbst zuzuschreiben habe.

Sextus kam zwei Tage später bei Memmius an und berichtete diesem. Dann kehrte er in das Lager zurück und erfuhr, dass die X. Legion zur Niederwerfung von Aufständen nach Norden ausgerückt sei und zur Sicherung der befriedeten Regionen in den größeren Orten kleine Kastelle für ein Truppenkontingent und die Verwaltung baue.

Er erhielt den Auftrag, die Organisation des Baues der Militärstraßen von Emerida nach Lissabon und von Lissabon nach Portos zu übernehmen. Zu diesem Zweck erhielt er einen Stab aus Pionieroffizieren, Geologen, Schreibern und berittenen Boten. Außerdem hatte er die Baumaterialien für die Militärstraßen zu beschaffen. Auch sollte er bei der Bevölkerung die erforderlichen Arbeitskräfte durch Bezahlung anwerben, oder auch welche Zwangsverpflichten und die Einteilung dieser Kräfte an den Baustellen vornehmen, sowie mit den erforderlichen Arbeitsgeräten ausstatten. Ferner soll er die Beibringung der Nahrungsmittel für die gesamten, am Bau Beschäftigten sicherstellen. Von den der Armee beigegebenen Staatssklaven erhielt er tausend Mann zugewiesen. Die Abrechnungen würde der Rechnungsführer der Legion vornehmen.

Um die Durchsetzung seiner Anordnungen zu gewährleisten und entsprechend der Wichtigkeit dieser Aufgabe, wurde Sextus zum 1. Centurio befördert. Stolz trug er seine neuen Rangabzeichen. Alle Offiziere der Legion wurden angewiesen, ihn bei seiner Aufgabe zu unterstützen.

Sextus besichtigte als erstes die bestehenden Straßenbaustellen und sah, dass die Strecke nach Lissabon bereits trassiert war. Er ordnete eine Besprechung mit den Pionieroffizieren und Technikern, sowie den 1. Centurios und dem Primipili an und legte mit Ihnen einen Arbeitsplan fest. Zwei Schreiber dokumentierten die Punkte und Anweisungen. Um sich sammelte er seinen Stab von Verwaltern, Pioniercenturios, Architekten und Bauingenieuren.

Er bestimmte, dass vorrangig nur die Strasse nach Lissabon gebaut und bei den anderen Straßen nur der Streckenverlauf festgelegt werden sollte. Er besprach sich mit den Anwesenden über die Durchführung des Projekts und erhielt viele gute Ratschläge.

Am nächsten Tag inspizierte er die Vorräte an Arbeitsgeräten und Baumaterialien. Er stellte fest, dass bei weitem nicht genug Schaufeln und Schanzpfähle vorhanden waren.

Sofort ließ er die Schmiede der Legion herbei rufen, teilte ihnen Hilfskräfte zu und befahl zweitausend Schaufelblätter und tausend Schanzpfahlspitzen neu zu schmieden Auch für den Ersatz von altem und unbrauchbarem Gerät solle gesorgt werden. Die Schreiner wies er an, Holzpfähle und Schaufelstiele zu fertigen.

Sodann besichtigte er den Steinbruch des Aquäduktes. Da der Bau desselben zu Ende ging, war der Steinbruch nicht mehr ausgelastet. Er gab Anweisung an seinen ehemaligen Mitleiter, große Mengen von Steinplatten zu brechen; diese geradlinig zuzuschlagen und an die Baustellen liefern zu lassen. Er wies ihm hierzu weitere zusätzliche 200 Arbeitssklaven zu.

Den Wagnern erteilte er den Befehl zum Bau von zusätzlichen Lastkarren für die Beförderung von Schüttgut. Anschließend ließ er sich zum Abbau von Kies eine geeignete Stelle in einem ausgetrockneten Flussbett zeigen und befahl die Einrichtung eines Kieswerkes. Er ordnete an, Wasser beizuleiten und den Kiesaushub mittels Lochblechen zu waschen, zu sortieren und an die Baustellen zu liefern. Die geförderten Kiesel sollten nach Größe getrennt werden.

Die Sägewerker hieß er Schaltafeln zu fertigen.

An den folgenden Tagen ordnete er die Anwerbung von Bauarbeitern in den südlichen und nördlichen Landesteilen an. Er setzte einen Lohn von zwei Sesterzen täglich bei freier Verköstigung aus. Dies entsprach dem halben Sold eines Legionärs. Von der Stadt Lissabon forderte er zur Unterstützung der Baumaßnahme tausend Arbeiter oder Sklaven an. Kaufleute in den größeren Dörfern und Städten beauftragte er mit der Anlieferung von Lebensmittel aus dem gesamten Umland.

Langsam begannen die Anordnungen zu greifen. Die anrückenden Kräfte teilte er in Gruppen zu je zwei Centurien ein und positionierte sie in einer Entfernung von je sechs Kilometer entlang der Trasse. Jeder Trupp hatte als Vorgesetzte zwei Centurios und als Berater einen Pionieroffizier. Dann ließ er mit dem Aushub und Auftrag der Erdmassen auf einer Breite von fünf m beginnen. Die Arbeiter ließ er nach Angaben der Pionieroffiziere bei normaler Erdbeschaffung achtzig Zentimeter, bei feuchtem Grund einhundertzwanzig Zentimeter tief und in sumpfigem Gelände bis zu einer festen Bodenschicht graben. Bei felsigem Untergrund ließ er den Fels auf die erforderliche Höhe abschlagen und tiefe Spurrillen in einer Breite von 120 Zentimetern einmeißeln. Den Erdaushub ließ er rechts und links der Trasse im Dammbereich wieder einbauen und brauchbares Material, wie Kiesel, zur weiteren Verwendung aussortieren.

Nach dreihundert Tagen war die gesamte Trasse ausgehoben und die einzelnen Bautrupps begannen mit der Erstellung des Straßenunterbaus.

Sie stampften den Boden der Ausschachtungen mit großen mit Griffen versehenen Holzpfählen fest. Darauf brachten sie eine Schicht mit Mörtel versetzter Kalksteine ein und stampften diese ebenfalls fest. Auf dieser Schicht brachten sie eine Schicht faustgroßer Kiesel und darüber eine weitere Schicht kleiner Kiesel auf. Der Unterbau wurde gewölbt ausgeführt, so dass Wasser nach den Seiten ablaufen konnte. Rechts und links der Trasse wurden dann Wassergräben ausgehoben und unter den obersten Straßenplatten Drainagerohre zwischen den beiden Gräben verlegt, damit Regenwasser talwärts ablaufen konnte.

Auch hatte Sextus die Geologen angewiesen, im Bereich der Strecke nach Vorkommen von abbaubarem Granit, hartem Basalt oder Porphyr zu suchen. Geeignete Abbauvorkommen waren bald gefunden und dort auch Steinbrüche eingerichtet. Auch mehrere Kieswerke ließ er einrichten.

War der Unterbau fertig gestellt, erfolgte die Pflasterung der Oberfläche. Dazu wurden große Platten mit einer Stärke von ungefähr 20 cm verwendet. Den rechten und linken Abschluss der Pflasterung bildeten kleinere hochgestellte Platten, so dass eine kleine Regenrinne entstand, die alle zehn Meter eine Öffnung zu den Wassergräben hatte.

Sextus kannte inzwischen seine Pionieroffiziere namentlich und einen großen Teil der zu den Bauarbeiten eingesetzten Legionär-, sowie der Auxiliartruppen vom Sehen.

Um die Arbeit voranzutreiben ermunterte er sie immer durch laute Zurufe und witzige Bemerkungen. Einem 4. Centurio, der die Aufsicht über einen Transport mit Kieselsteinen hatte, rief er zu: »Mucius, Deine Legionäre sind ja schon ganz abgekämpft. Fahre die Steine ganz nahe an die Ausschachtung und schütte sie in dieselbe, damit unsere Maurerlegionäre sie verteilen können. Dann geht hinüber zum Verpflegungszeit und lasst Euch auf meine Kosten einen oder auch mehrere Becher Wein ausschenken.« Mucius rief zurück: »Gerne machen wir das! Wenn wir immer so bewirtet werden, liefern wir die Steine noch schneller an.«

Kurz danach traf ein Wagenzug mit behauenen Kalksteinen ein. Sextus wies den begleitenden 3. Centurio an: » Fannius, richte doch bitte dem leitenden Centurio im Steinbruch, Cassios Opimios, aus, er möge mit seiner Mannschaft den Betrieb dort einstellen und einen weiteren Steinbruch in Richtung Olisippo eröffnen. Ihr alle seit ebenfalls auf einen Becher Wein und eine Brotzeit eingeladen.«

Einen seiner Boten, Caecilius Carmo, schickte Sextus zum Sägewerk mit folgendem Auftrag : »Legionär Carmo, sage dem Sägemeister, dass wir für eine feuchte Stelle bei Kilometer zwanzig einhundert Eichenholzpfähle mit einem Durchmesser von zwanzig bis fünfundzwanzig Zentimetern und einer Länge von fünf Metern brauchen und dazu noch einhundertfünfzig Bohlen mit einer Stärke von zehn Zentimetern, einer Breite von durchschnittlich dreißig Zentimetern und einer Länge von fünf Metern. Nach dieser Lieferung möge er seinen verbleibenden Bestand verladen und hierher bringen. Er selbst möge mit seiner Mannschaft sein Sägewerk an den Kilometer Fünfzig verlegen.«

Sextus ritt mit seinem Stab zur nächsten Baustelle in Richtung Lissabon. Ein Trupp der makedonischen Auxiliarinfanterie stampfte den Lehmboden im Aushubgraben. Sextus rief ihren zu: »Ihr macht das richtig gut und ich sehe, dass ihr schon eine große Strecke festgestampft habt. Als Belohnung bekommt ihr für heute Abend als Festschmaus ein ganzes Schwein.« Ein Legionär rief: » Danke Centurio, und wenn Du noch etwas Gutes tun willst, dann lege noch ein paar Mädchen als Zugabe oben drauf.« Sextus lachte: » Mädchen habe ich nicht, aber eine kleine Amphore mit gutem Wein ist auch eine Zugabe.«

Anschließend besichtigte er das neu eingerichtete Kieswerk und unterhielt sich mit dem Leiter: »Centurio Balbus, ich sehe, dass es hier sehr harte Kiesel in großen Mengen gibt. Bitte produziere doch noch mehr und lasse sie auf den Baustellen vor Olisippo verteilen. «

Sextus übernachtete mit seinem Gefolge in mitgeführten Zelten und ritt am nächsten Tag weiter in Richtung Lissabon. Er kam zu einer Brückenbaustelle über einen kleinen Nebenflusses die der Pionieroffizier Calpurnios Rufus leitete.

Calpurnius freute sich, ihn zu sehen. Er rief: »Sextus, endlich kommst Du wieder einmal hier her. Siehe, wir haben schon die Fundamente für die Brückenpfeiler und einen Teil der Pfeiler hochgemauert. Trotz Anforderung von Steinblöcken für die Pfeiler wurden uns die zugeschlagenen Steine aus hellem Kalkstein für die Bögen geliefert, die wir aber erst später als Brückenbelag vermauern können. Kannst Du dafür sorgen, dass uns noch zweihundert helle Steinblöcke für die Pfeiler geliefert werden?«

»Ja, natürlich bekommst Du baldmöglichst Deine hellen Kalksteinblöcke. Du musst jedoch mit einer Lieferzeit von acht Tagen rechnen,« meinte Sextus. Er schickte sofort einen Boten in den Steinbruch bei Emerida.

Sextus sah sich auf der Baustelle um und sah, dass Calpurnius Rufus ein Umgehungsflussbett hatte graben und das Wasser umleiten lassen, so dass das eigentliche Flussbett trocken lag. Am jetzt trockenen Flussgrund sah er eine Menge rund gewaschener verschieden großer Flusskiesel in der Sonne glänzen. Er hob einige auf und sah darunter nussgroße golden glänzende Steine mit kristalliner Struktur. Er rief sofort Rufus herbei. Beide meinten, es könnte sich um Gold handeln. Ein Geologe aus dem Gefolge des Sextus rief: »Wenn das hier Gold wäre, wären wir alle reiche Männer. Es ist Pyrit, die Ägypter bezeichnen es wegen seines Goldglanzes als Katzengold.«

Sextus meinte: »Schade, aber Rufus, wenn Du keine Arbeit mehr für Deine Leute hast, dann lasse doch die Kiesel aus dem Flussgrund ausheben und zu der nächsten Baustelle transportieren.«

Nach einigen Kilometern kam Sextus mit seinen Leuten zur nächsten Brückenbaustelle. Dort traf er als Leiter den Pionieroffizier Manilius Cotta an. Er wies ihn an, sich nur Granitsteine aus dem neu errichteten Steinbruch liefern zu lassen, damit das Mauerwerk einen einheitlichen Anblick bieten würde.

Einhundert Kilometer vor Olisippo (Lissabon) umrundete die Straße einen in das Landesinnere reichenden Meeresarm und traf dann kurz vor der Stadt auf die nordwärts in Richtung Portos führende Strasse.

Sextus ritt nach Olisippo und suchte den Senatsvorsitzenden, den städtischen Konsul Mana Osser, auf. Er bat ihn, nochmals fünfhundert städtische Sklaven zur Ausschachtungsarbeiten der Straße von Olisippo nach Portos zur Verfügung zu stellen.

Sextus schaute sich zusammen mit Osser die Landkarten des Gebietes an. Dabei stellte er fest, dass bei einer Fährverbindung über den Meeresarm westlich von Lissabon die südlichen Ländereien von Lusitanien schneller erreicht werden könnten. Er schlug Osser vor, dass die Stadt eine Fährverbindung einrichten und betreiben und dafür einen Fährsesterz verlangen solle. Osser stand dem Projekt wohlwollend gegenüber.

Wir schreiben das Jahr 114 v.Chr.

Sextus ritt am nächsten Tag in Richtung Portos davon und stieß bald auf die Trassierung der Straße vom Stadttor in Richtung Emerida und Portos. Dort befand sich auch die erste Baustelle. Hier waren

Sklaven der Stadt Olisippo im Einsatz. Sextus wollte gerade die gute Ausführung loben, als er sah, wie ein Aufseher mit einer Peitsche auf einen Sklaven einschlug. Er wies den Aufseher in scharfen Worten zurecht: »Aufseher, ich untersage Dir, die Sklaven zu schlagen. Sie leisten gute Arbeit und verdienen eine menschenwürdige Behandlung. Bei einer nochmaligen Verfehlung, erkläre ich Dich selbst zum Sklaven und lasse Dich körperlich arbeiten.«

Der Aufseher wandte sich ihm zu und schrie: »Centurio, Du hast mir überhaupt nichts zu befehlen. Ich bin Aufseher der Stadt Olisippo und behandele die Sklaven der Stadt so, wie ich das für richtig halte.« Sextus schaute sich den Mann genauer an, weil ihm das Gesicht bekannt vorkam. Er erkannte in ihm den Piratenoffizier Pathos der bei der Kaperung des Piratenschiffes durch die Legionäre der Coloss gefangen genommen und später als Sklave verkauft worden war. Er trat vor ihn, riss ihm die Peitsche aus der Hand, warf sie einem seiner Sekretäre zu und bemerkte: »Die brauchst Du nicht mehr.« Pathos schrie: »Das lass ich mir von Dir nicht gefallen.« Er zog sein Schwert und hieb auf Sextus ein. Dieser konnte dem Schlag gerade noch durch einen Sprung nach rückwärts ausweichen. Er zog ebenfalls sein Schwert, schlug mit diesem gegen das Schwert des Pathos, drehte sein Schwert im Kreis und schlug dadurch die Waffe des Pathos zur Seite und tötete ihn mit einem Stoß in den Hals.

Dies alles geschah so schnell, dass niemand eingreifen konnte. Sextus übergab die Aufsicht dem Vertreter des Pathos, dem Aufseher Kanas, ließ einen kurzen Bericht über den Vorfall schreiben und sandte diesen an den Stadtsenatsvorsitzenden Mana Osser. Im Bericht erwähnte er auch, dass es sich bei Pathos um einen ehemaligen Piratenoffizier gehandelt habe. Er befragte Kanas nach Pathos und erhielt die Antwort, dass dieser vor einem Jahr nach Lissabon gekommen, sich um den Posten eines Aufsehers beworben und diesen auch erhalten habe. Weiteres sei über ihn nicht bekannt geworden.

22

Besuch bei Iser

An den nächsten Tagen ritt Sextus weiter in Richtung Portos und sah, dass weisungsgemäß alle sechs Kilometer eine Baustelle eingerichtet worden war. Bei seinem weiteren Weg in Richtung Portos sah er dass die Arbeiten einen guten Fortgang nahmen. Er befahl, nach Fertigstellung des Aushubs auf einer Länge von 6 Kilometer , die Baustelle jeweils um sechs Kilometer in Richtung Portos zu verlegen, so dass die Arbeitstrupps, meist Sklaven der Stadt Lissabon, nur mit Ausschachtungsarbeiten beschäftigt waren.

Er ritt weiter nach Portos und suchte dort den Statthalter Memmius auf. Er traf ihn in seinem fast fertig gestellten Amtssitz unterhalb der Burgmauer an und zwar auf dem Gelände, auf dem die Häuser bei der Eroberung der Burg abgerissen worden waren. Er erstattete Aurelius Memmius persönlich Bericht über die Überführung und Hinrichtung des Ibros und über die Fortschritte beim Straßenbau.

Memmius gab für Sextus und seine Mitarbeiter ein abendliches Festmahl, zu dem er auch Persönlichkeiten von Portos einlud. Sextus war überrascht, dort auch den ehemaligen Reiterführer und Schwiegersohn des Fürsten Tarranto anzutreffen. Iser freute sich jedoch aufrichtig und umarmte Sextus. Er war jetzt Bürgermeister von Portos. Er bat Sextus nach dem Mahl mit ihm in sein Haus zu kommen. Sextus kam der Bitte nach. Auf dem Weg zu seiner Villa etwas außerhalb der Stadtmauer erklärte Iser: »Centurio Leptonius, ich habe den Verwalter Vetos öfters nach Dir gefragt. Er konnte mir aber nur bestätigen, dass Du noch bei der VII. Legion seiest und im Zuge des Straßenbaus sicher einmal nach Portos kommen würdest.«

In seinem Wohnhaus stellte ihn Iser seiner Frau Sullvia und seiner achtzehnjährigen Tochter Claudia vor. Sullvia umarmte Sextus und sprach aufgeregt. »Lieber Centurio, ich freue mich ja so, Dich kennen zu lernen. Mein Mann hat mir seine damalige Gefangennahme öfters erzählt und dass Du die Gelegenheit und das Recht gehabt hättest, ihn zu töten. Dir verdanke ich es, dass ich ihn täglich in die Arme schließen kann.« Sextus genoss die innige Umarmung von Sullvia und den nahen Körperkontakt. Hatte ihn doch schon seit ewigen Zeiten keine Frau mehr umarmt. Er wiegelte die ganze Angelegenheit ab, freute sich aber darüber, dass ihm so freundlich gedankt wurde.

Sullvia ging kurz weg um einen Brief zu holen. Sie kam mit dem Brief zurück und sage zu Sextus: »Centurio, ich habe einen Brief von meinem Vater bekommen. Er schreibt folgendes: >Liebe Sullvia, lieber Iser, ich schreibe Euch aus meinem fernen Exil aus Ravenna. Die Stadt liegt etwas erhöht in sumpfigem Gelände und ist stark bewehrt und für einen Feind fast uneinnehmbar. Deshalb hat man mich wohl auch hierher gebracht. Ich habe große Sehnsucht nach meiner lusitanischen Heimat und werde diese wohl nicht mehr sehen. Es lässt sich aber ganz gut hier leben. Ich lebe allein in einem kleinen Wohnhaus neben der Präfektur. Von dort bekomme ich jeden Monat eine Geldzuweisung für meinen Lebensunterhalt und komme damit gut zurecht. Zur Bedienung und für die Küchenarbeit hat man mir eine Sklavin zugeteilt. Ich habe mich mit einem griechischen Fürsten angefreundet, der ebenfalls hier im Exil lebt. Wir besuchen gemeinsam Theater- und Gladiatorenspiele, lernen Latein und machen weite Spaziergänge.

Doch nun zum wichtigsten Grund meines Schreibens. Ihr wisst ja, dass bei der Erstürmung der Burg fast keine Geldmittel gefunden wurden. Ich habe keltische und römische Goldmünzen, Goldnuggets, Edelsteine und Schmuck zuvor gut versteckt. Da ich schon über sechzig Jahre alt bin, habe ich nicht mehr lange zu leben und möchte nicht, dass der Schatz von einem Römer gefunden wird. Nehmt deshalb den Schatz an Euch und verwendet ihn nach Gutdünken. Er befindet sich in meinem ehemaligen Schreibzimmer hinter einer links vom Kamin in die Wand eingemauerten fünfzehn Zentimeter starken Granitplatte. Sie muss heraus geklopft werden. Hinter der Platte befindet sich ein Hohlraum mit vier Beuteln Goldnuggets, einem Beutel Goldmünzen unterschiedlicher Prägung, und zehn Beutel mit römischen Denaren, sowie zwanzig Goldringe mit Edelsteinen, zwei goldene Armreifen, ein Diadem, ein goldener Spiralarmreif und zwei wertvolle Smaragdketten. Nehmt diese Gabe als Geschenk von mir an.

Bitte schreibt mir einmal. Ich wüsste gerne, was sich in meiner Heimat alles ereignet hat. Bemerken möchte ich noch, dass der Centurio Leptonius, der mich nach Rom gebracht hat, mich mehr wie einen Reisegefährten, statt wie einen Gefangenen behandelt hat. Da ich mittellos war, konnte ich ihm sein Entgegenkommen nicht vergelten. Vielleicht könnt Ihr Euch ihm gegenüber erkenntlich zeigen. Es grüßt Euch Tarranto.«

Iser erklärte: »Siehst Du Leptonius, wir sind so ganz unerwartet zu Reichtum gekommen. Meine Frau und ich sind zu dem Entschluss gekommen, Dich für die Dienste, die Du unserer Familie erwiesen hast, zu entschädigen. Wir händigen Dir hiermit den Betrag von hunderttausend Sesterzen in Aureos aus. Von dem Schatz bleiben dann für uns noch immer umgerechnet über zehntausend Aureus übrig. Du kannst also das Geschenk mit ruhigem Gewissen annehmen.«

Sextus bedankte sich für die noble Geste und nahm das Geschenk an.

Er übernachtete im Gästezimmer des Iser. Kurz nachdem er sich hingelegt hatte, schlüpfte ein weibliches Wesen in sein Zimmer. Er erkannte sie als Claudia Iser. Sie bedankte sich bei ihm mit folgenden Worten: »Centurio, ich danke Dir, dass Du das Leben meines Vaters geschont hast und möchte Dir auch meine Dankbarkeit beweisen.« Sie streifte einen Umhang ab und schlüpfte nackt zu ihm unter die Decke. Sextus war ganz überrascht. Er drückte sie an sich und fragte: »Claudia, Du weißt aber schon, was Du tust. Ich möchte Dich nicht kränken und Dich deshalb nicht zurückweisen. Andrerseits möchte ich Deine Eltern nicht kränken, in dem ich mich unter ihrem Dach ehrlos benehme.«

»Sextus, ich bin keine Jungfrau mehr. Deshalb brauchst Du keine Gewissensbisse zu haben. Ich habe meine Mutter gefragt, ob ich Dich aufsuchen solle und sie meinte, dass Du ein zärtlicher Mann und vielleicht ein feuriger Liebhaber seiest. Ich solle ruhig zu Dir gehen und Deine Träume versüßen.«

Durch diese Worte nahm Claudia ihm seine Hemmungen. Er streichelte sie zärtlich am ganzen Körper und sie küssten sich liebevoll und gierig.

Sextus drang auf ihr Bitten von oben in sie ein und er erreichte sofort einen Orgasmus. Claudia sprach unter Lachen: »Sextus, mache etwas langsamer, damit ich Deine Mühe besser genießen kann. Sie knetete seine Hoden und streichelte sein erschlafftes Glied so lange, bis es sich wieder aufrichtete. Dann forderte sie Sextus auf, nochmals in sie einzudringen. Sextus kam dieser Bitte nach und sie erreichten gleichzeitig einen Höhepunkt.

Sextus bedankte sich für den gewährten Genuss. Glaudia zog ihren Umhang über und verließ das Gemach, nicht ohne noch zuvor Sextus innig zu küssen.

Am nächsten und den folgenden Tagen ritt Sextus neben der Trasse zurück nach Olisippo. Von seinen Geologen ließ er in der Umgebung der Trasse feststellen, wo man Steinbrüche, Sand- und Kieswerke einrichten könne. Von Olisippo aus ritt er nach Emerida zurück und überwachte die Fertigstellung der Straße auf dieser Strecke. Er sah, dass alle Sklaven eine gute Arbeit leisteten, und gestand ihnen als Anreiz und Entschädigung einen Betrag von einem Sesterz pro Tag zu.

Nach einem weiteren Jahr, Anfang 113 v. Christus, war die Straße nach Olisippo endgültig fertig.

Der Bau der dreihundert Kilometer langen Strasse nach Portos war in vollem Gange. Die Steinbrüche und Kieswerke neben der Straße nach Lissabon wurden aufgegeben und neue entlang der Straße nach Portos eingerichtet. Diese Strecke lief auf einem relativ ebenen Gelände immer in Sichtweite des Meeres und es mussten nur zwei Brücken über kleinere Flüsse gebaut werden.

Gemäß Anweisung des Statthalters Memmius ließ Sextus eine Trasse von Portos nach Valladolid abstecken, an die anschließend eine Straße nach Taracco am Mittelmeer gebaut werden sollte.

Mitten hinein in die Bauarbeiten wurde die gesamte VII. Legion gemäß einem Befehl des 1. Konsuls Caecilius Metellus Caprarius (113 vor Chr.) abberufen und nach Gallien verlegt. Memmius wollte den Sextus gerne als Bauleiter weiter in Lusitanien lassen. Der Legat Strabo widersetzte sich jedoch dieser Bitte mit der Behauptung, dass Sextus Leptonius der beste Centurio in seiner Legion sei und er auf diesen nicht verzichten könne.

Da in diesem Fall die Weisung von dem 1. Konsul kam, trat die Bitte des Statthalters hinter dem Befehl des Konsuls zurück.

Strabo beorderte Sextus nach Emerida ins Legionslager.

Dort lobte er ihn wegen der vorbildlichen Organisation des Streckenbaues und ließ ihn den Befehl des Konsuls lesen. Caprarius schrieb:

» Metellus Caprarius an den Statthalter von Lusitanien, Aurelius Memmius, an den Legaten der X. Legion, Morus Sevillus und an den Legaten der VII. Legion Julius Strabo! Ich erteile hiermit den Befehl, die VII. Legion mit ihrem gesamten Bestand an Materialien, an Legionären, Reitern, Auxiliartruppen und Legionssklaven von Emerida nach Narbo in Südgallien zu verlegen. Der Legat Strabo wird angewiesen, sich dort bei dem Prokonsul Papirius Carbo zu melden und zusammen mit der XII. Legion diesem zu helfen die aufrührerischen Rutenerer zu bekämpfen.

Die X. Legion wird unter Zurücklassung von Legionseinheiten zur Sicherung der befriedeten Gebiete nach Emerida zurückbeordert. Die Straßenbauarbeiten sind von den Legionären der X. Legion nach Möglichkeit fortzuführen. Die abgeordneten Geologen, Landvermesser und Brückenbautechniker bleiben vorerst in Hispanien. Der Befehl ist umgehend auszuführen.«

Strabo wies Sextus an, mit den am Vortag eingetroffenen dreißig Centurios der X. Legion die einzelnen Baustellen abzureiten, sie einzuweisen, diese zu übergeben und die Legionäre der VII. Legion, die Auxiliartruppen und die Legionssklaven ins Lager zurück zu beordern.

Sextus unterstellte die Sklaven aus Olisippo und die Lohnarbeiter dem leitenden Pionieroffizier der X. Legion. Mit Überraschung registrierte er, dass die Straße nach Portos schon weitgehend fertig gestellt, die Ausschachtung beendet, der Unterbau eingearbeitet und teilweise schon gepflastert war. Lediglich die beiden Brücken und die Gräben an den Seiten mussten noch fertig gestellt werden.

Er suchte den Statthalter Memmius in Portos auf, erstattete ihm Bericht und verabschiedete sich von ihm. Memmius sagte ihm zu, dass er an den Legaten Strabo schreiben und ihn für eine Beförderung vorschlagen werde.

Sextus bedankte sich und suchte anschließend den 1. Stadtsenator Iser auf. Er verabschiedete sich von ihm, seiner Frau und seiner Tochter Claudia, die einige Tränen nicht unterdrücken konnte. Ihr Vater schaute sie an und meinte: »Ich bin auch traurig, dass der Centurio nach Gallien kommandiert worden ist. Ich werde ihn vermissen.« Sextus bedankte sich nochmals für das noble Geschenk.

Er ritt nach Lissabon zurück und unterrichtete den dortigen 1. Stadtsenator vom Stand der Dinge und kehrte anschließend nach Emerida zurück und meldete dem Legaten die Ausführung des Befehls.

Dieser hatte ein Scheiben des Memmius erhalten Er sagte: »Memmius schlägt Dich wegen Deiner außerordentlichen Leistungen für eine Beförderung vor. Dies war auch mein Gedanke. Ich befördere Dich hiermit zum 1. Centurio +. Du leitest ab sofort als 1. Centurio+ die 11. Centurie. Sollte es zu einem Kampf kommen, befehligst Du Deine Centurie und gibst den Centurios der 12., 13., 14. und 15. Centurie ihre Befehle.«

Sextus bedankte sich für die Beförderung. Innerhalb der Legion standen außer dem Legaten, nur sein Stellvertreter, zwei Quaestoren, ein Militärtribun, der Primipili, sowie der 1. Centurio der 1. Centurie im Rang über ihm. Elf weitere Centurios standen ihm im Rang gleich.

Am nächsten Tag lud er den gesamten Stab des Straßenbaues zu einem Abschiedsessen ein. Er mietete den Empfangssaal beim Forum in Emerida an und versicherte sich der Dienste des ersten Gastwirtes in der Stadt. Das Essen dauerte von 16.00 - 20.00 Uhr, und er tischte als Vorspeise Gemüsesuppe und Pasteten, als Hauptspeise Rind-, Schweine-, Kalb- und Lammfleisch mit Brot und als Nachtisch Obst auf. Dazu reichte er einen kräftigen Rotwein. Er verabschiedete sich mit Dankesworten und beteuerte, dass alle Mitwirkenden eine großartige Arbeit geleistet hätten.

Einen Tag später machte er sich mit den einzelnen Legionären und den Truppführern der ihm unterstellten Centurien bekannt. Er übernahm von seinem Vertreter wieder die Führung der Centurie und lud alle zu einem Essen in den Empfangsraum ein. Alle 80 Legionäre seiner 11. Centurie kamen und langten kräftig zu. Einer fragte: »Centurio, sprichst Du wirklich die barbarische Sprache der Eingeborenen und ist es wahr, dass Dich der Fürst Ibros ermorden lassen wollte?«

Sextus entgegnete: »Wahr ist, dass ich die keltoiberische Sprache inzwischen fließend spreche. Als Lehrmeister hatte ich den Fürsten Tarranto und wahr ist auch, dass der Fürst Ibros meine Delegation und mich hinterrücks ermorden lassen wollte und wir nur deshalb überlebten, weil ich diese >barbarische< Sprache verstehen konnte. Deshalb habe ich seinen Mordbefehl verstanden.« Sextus erzählte seine Erlebnisse, von dem Kampf auf der Coloss angefangen bis zur Hinrichtung des Ibros; verschwieg aber seine amourösen Abenteuer.

Um zu gewährleisten, dass die ihm unterstellten Legionäre nicht hungerten, kaufte er am nächsten Tag für den Marsch von seinen Mitteln Zusatznahrung für die Legionäre der ihm unterstellten fünf Centurien ein und ließ sie auf Karren verladen. Im einzelnen waren dies fünfzig große Säcke Getreide, tausend Hartbrote, zweihundert geräucherte Würste, einhundert geräucherte Schweineschlegel, fünf große Amphoren mit in Öl eingelegten Oliven, fünf große Amphoren mit in Öl eingelegtem Gemüse, tausend in Salzlake eingelegte Eier in Amphoren, zehn große Amphoren mit Wein, eine Amphore mit Garum und fünf große Amphoren mit Olivenöl.

Vor seiner Abreise begab er sich nochmals zu der Silberschmiedin Marga, teilte ihr seine Versetzung mit und verabschiedete sich liebevoll von ihr. Sie meinte, dass sie schon gehört habe, dass die Legion nach Narbo verlegt werden würde und sie dies bedauere. Verliere sie dadurch mit Strabo und Sextus gleich zwei Liebhaber.

Sextus war Marga dankbar dafür, dass sie ihn gelehrt hatte, ein zärtlicher Liebhaber zu sein. Auch sein Wissen um den Wert von Schmuckstücken und Edelsteinen stammte von ihr.

Kurz vor dem Abmarsch der Legion bekam er einen Brief von Alda Castro. Sie schrieb: »Lieber Sextus, Du bist Vater einer wunderschönen Tochter mit dem Namen Licinia. Sie steht schon auf eigenen Füßen und wird von mir im Übermaß verwöhnt. Mein Mann glaubt, dass er der Vater sei und ich lasse ihn bei diesem Glauben. Bei uns nimmt das Leben seinen gewohnten Gang. Ich bin mit meinen Aufgaben als Hausherrin nicht ausgelastet und langweile mich öfters. Vormittag lasse ich die Hausarbeiten erledigen und gehe auf den Markt zum Einkaufen. Am Nachmittag besuche ich die Frauentherme. Dort habe ich auch die Frau eines römischen Verwaltungsbeamten kennen gelernt, die kürzlich nach Malaga zugezogen war. Wir haben uns angefreundet, und unsere Freundschaft wird immer enger. Leider kann sie mir keinen Mann ersetzen. Mein Ehemann kommt seinen ehelichen Pflichten nicht nach. Alle meine Verführungskünste wende ich umsonst an. Ich glaube, er hat ein Verhältnis mit unserer jüngsten Sklavin. Ich wünsche mir noch weitere Kinder. Bitte besuche mich, wenn Du wieder in diese Gegend kommst.

In Liebe, Alda.«

Sextus freute sich über den Brief und schrieb zurück:

»Liebe Alda, ich danke Dir für Deinen Brief. Ich freue mich riesig als Vater einer Tochter. Selbstverständlich werde ich jede Möglichkeit nutzen, bei Dir vorbeizuschauen.

Ich bin vorgestern zum 1. Centurio+ aufgestiegen und hoffe, die Karriereleiter noch weiter hinaufzuklettern.

Ich habe bis jetzt die Straßenbauarbeiten der Straße von Lissabon nach Portos geleitet. Bis jetzt deshalb, weil die Legion morgen nach Narbo in Gallien abmarschiert und wir uns längere Zeit nicht sehen können. Ich werde aber immer in Liebe an Dich denken.

Vor einigen Monaten musste ich einen aufsässigen Sklavenaufseher töten. Es handelte sich um Pathos, den 1. Offizier des Piratenschiffes, der Dir so unsägliches Leid zugefügt hat. Aus unerfindlichen Gründen hatte er sich aus der Sklaverei befreien und eine Stelle als Sklavenaufseher bei der Stadt Lissabon antreten können. Ich glaube, er hat hiermit seine gerechte Strafe erhalten. Sei gegrüßt, Sextus!«

23

Marsch nach Narbo

Die Legion marschierte von Emerida aus quer durch Hispanien nach Taracco und von da aus über den nördlichen Gebirgszug (Pyrenäen) nach Narbo in Südgallien. Der Marsch fand im Spätsommer statt, und die Sonne brannte unerbittlich auf den Heerwurm herunter. Zusätzlich wirbelten die Legionäre unheimlich viel Staub auf, so dass sich die glücklich schätzten, die an der Spitze der Legion marschierten.

Die zahlreichen mitgeführten Ochsen- Esel und Pferdewagengespanne waren schwer mit Ausrüstung und Verpflegung beladen. Der Marsch ging von Emerida aus immer neben dem Tejo in nordöstliche Richtung.

Kleinere Flüsse durchwateten die Legionäre. Vor größeren Flüssen bildeten sie einen Stau, bis die Pioniere eine Holzbrücke geschlagen hatten. Sextus der vor seiner Centurie marschierte, schätzte die Marschleistung auf täglich zwanzig Kilometer. Als sie ein Gebirge überquerten, sank diese auf fünfzehn Kilometer. Jeden Abend schlugen die Legionäre ein Marschlager auf und bereiteten ihr Essen zu. Bei den anderen Centurien wurde die Verpflegung langsam knapp, während die Centurien des Sextus noch aus dem Vollen schöpfen konnten. Am 23. Marschtag durchquerte die Legion das Stammesgebiet eines kleinen Bergstammes, der noch nicht befriedet war. Die Stammeskrieger stellten sich tapfer der römischen Reitervorhut entgegen. Der Stammesfürst unterwarf sich aber, als er sah, dass ihm eine ganze Legion gegenüber stand. Er wurde genötigt, die Hälfte seiner Lebensmittelvorräte, Korn und getrocknete Hülsenfrüchte, an die Legionäre abzugeben.

Am 42. Marschtag langten sie in Taracco (Tarragona) an und schauten auf das ruhig daliegende Mittelmeer hinaus. Julius Strabo suchte dort den Statthalter der Provinz auf, zeigte seinen Marschbefehl vor und bat um Lebensmittelvorräte und logistische Unterstützung. Dieses wurde ihm gewährt. Die Legion legte eine Marschpause von zwei Tagen ein. Sextus kaufte von seinem Geld bei den städtischen Kaufleuten nochmals Zusatzverpflegung für seine Centurien ein. Seine Legionäre waren deshalb mit ihm höchst zufrieden, mussten sie doch nicht, wie die anderen Legionäre der Legion, mit wenig Nahrungsmitteln auskommen. Sein Vertreter, der Centurio Valerus Perpena sprach ihn an: »Sextus, es ist Dir hoch anzurechnen, dass Du von Deinem Privatvermögen Lebensmittel für die Centurie kaufst. Glaube mir, ich wurde bisher noch nie so gut verpflegt. Unsere Legionäre gehorchen Deinen Befehlen nicht nur, weil die Disziplin es so verlangt, sondern weil sie zu Dir aufschauen.« Sextus antwortete: »Valerus Perpena, ich bin der festen Überzeugung, dass gut verpflegte Legionäre zufrieden sind und auch im Kampf zueinander stehen. Ich übernehme gerne die Kosten für zusätzliche Verpflegung und ich habe genug Geld um mir dies leisten zu können.«

Nach dem Abmarsch aus Taracco zogen sie nordwärts, immer in Sichtweite des Mittelmeeres, auf der bereits terrassierten zukünftigen Militärstrasse zwischen Taracco und Narbo, überquerten nahe am Meer den Gebirgskamm und zogen ostwärts weiter. Nach fünfundzwanzig Tagen erreichten sie Narbo, schlugen innerhalb des Stadtgebietes ein Standlager auf und quartierten sich in die Bürgerhäuser ein. Von einem Aufruhr hatten sie bis jetzt nichts bemerkt. Im Gegenteil, die Bewohner der Dörfer, durch die sie kamen, begrüßten sie freundlich und boten ihnen Nahrungsmittel an.

Die Provinz Narbonensis war erst in den Jahren 125 - 123 v.Chr. durch den Konsul Fulvius Flaccus erobert und eingerichtet worden. Sie war noch nicht voll befriedet.

Der Statthalter der Provinz Narbonensis, Papirius Carbo, weilte in Narbo. Bei ihm meldete sich Julius Strabo und ließ sich in die Lage einweisen. Carbo war richtig erleichtert, dass Strabo angekommen war. In den letzten Monaten hatten die angeblich befriedeten Rutener keine Ruhe mehr gegeben. Sie überfielen die Warenzüge der Kaufleute, die Handel mit den Arvernern und den Aquitaniern in Gallien trieben und sogar kleinere Trupps der die Kaufmannszüge sichernden Legionäre.

Die in Narbo ansässigen Kaufleute jammerten über Verluste, und der Warenverkehr war fast zum Erliegen gekommen.

Carbo hatte an Truppen bisher nur dreißig Centurien römische Infanterie, zehn Centurien römische Reiter und zehn Centurien Auxiliarreiterei unter sich. Diese reichten nicht aus, um die Ordnung in der Provinz zu gewährleisten.

Auch die Allobrogen im nordöstlichen Teil der Provinz wollten sich mit der Oberhoheit von Rom nicht mehr abfinden.

Strabo fragte: »Wo genau befindet sich das Stammesgebiet der Rutener und wieviel Krieger können sie aufstellen?«

»Ich schätze, dass sie fünftausend Krieger, davon die Hälfte Reiter, aufbieten können. Sie sind nur leicht bewaffnet und gehen jedem ernsthaften Gefecht aus dem Weg. Ihr ganzes Sinnen ist auf Beute ausgerichtet,« gab Carbo zur Antwort. Strabo bat um einen schriftlichen Befehl, und Carbo diktierte diesen an seinen Schreiber: »Ich, der Prokonsul und Statthalter der Provinz Narbonensis gebe an den Legaten Julius Strabo folgenden Befehl:

» Julius Strabo wird angewiesen, mit eigenen Mitteln zunächst die aufrührerischen Rutener zu bekämpfen, anschließend die Allobrogen zu befrieden und außerdem die Sicherheit der Warenzüge bis zur Provinzgrenze sicherzustellen.« Strabo dachte sich: »Es kann ja wohl nicht sein, dass die Kräfte des Carbo, dreißig Centurien Infanterie und zwanzig Centurien Reiterei, nicht die Sicherheit der Warenzüge durch die eigene Provinz gewährleisten können. Ich werde prüfen, ob nicht die Legionäre mit den »Räubern« unter einer Decke stecken oder die Überfälle nur vorgetäuscht sind und den Rutener in die Schuhe geschoben werden.<

Strabo rief eine Versammlung der Kaufleute ein und hörte sich ihre Klagen an. Der Vorsteher der Kaufleute, der Großkaufmann Eusebio Plato jammerte: »Ich habe in diesem Jahr schon eine Wagenladung Wein, Töpfe, Tongeschirr und Wolldecken verloren, die zu den Parisi gebracht werden sollte. Eine zurückkehrende Wagenbesatzung wurde ebenfalls beraubt und ich verlor Pelze, Menschenhaar, Tierfelle, Goldschmuck und Eisenschwerter. Kannst Du, Legat, mir eine sichere Reise garantieren?« Strabo erwiderte:

»Ich werde noch in diesem Jahr die Rutener und auch die Allobrogen bekämpfen und die Wagenzüge sichern. Stellt doch bitte in zehn Tagen einen großen Wagenzug nach Norden zu den Parisi zusammen, dessen Sicherung ich übernehmen kann. Ich werde den Zug bis zur Provinzgrenze begleiten lassen. Den Tag darauf stellt bitte einen Wagenzug nach Aquitanien zur Abfahrt bereit.«

Strabo rief danach seinen Stab und seine fünfzig 1. Centurios zusammen, erläuterte die Lage und erteilte folgenden Befehl: »Der Wagenzug nach Norden wird bis zur Provinzgrenze von der 1. Doppelcenturie und der 2. und 3. Centurie begleitet. Den Wagenzug nach Aquitanien begleiten bis zur Provinzgrenze die 5., 6., 7. und 8. Centurie. Die Überschreitung der Provinzgrenze untersage ich; jedoch sollen an der Grenze zurückkehrende Wagenzüge abgefangen und nach Narbo eskortiert werden.

Die 11. bis 20. Centurie marschiert direkt in das Stammesgebiet der Rutener und fordert dort die absolute Unterwerfung des Stammes und ihres Fürsten Ballas, sowie die Stellung von Geiseln der fürstlichen Familie. Sollte Widerstand geleistet werden, sind die Krieger niederzumachen und die Gefangenen zu versklaven. Dies gilt auch für deren Angehörige. Die Einheit wird von Flavus Castus geführt. Die schriftlichen Befehle sind von ihm und dem Reiterführer Publius Lenco, der die Centurien unterstützt, morgen abzuholen.«

Am nächsten Tag beriet sich Flavus Castus mit den Centurios und setzte den Abmarsch für den darauf folgenden Tag fest.

Sextus suchte noch am gleichen Tag den Grundstücksverwalter der Stadt Narbo auf und fragte ihn, ob rings um die Stadt Grundstücke und in der Stadt ein großes Baugrundstück zum Bau einer Insula von ihm erworben werden könne. Der Verwaltungsbeamte Aurelius Scotta freute sich über die Anfrage. Er meinte, dass es schön wäre, dass wieder einmal jemand bei ihm nach zu erwerbenden Grundstücken fragen würde. Er bot Sextus ein hunderttausend Quadratmeter großes Ackergrundstück nördlich vom Osttor und ein zweitausend Quadratmeter großes Baugrundstück am Nordbrunnen zum Kauf an. Die Grundstücke waren relativ billig, da sich wegen der Bedrohung durch die Rutener und die Allobrogen in letzter Zeit keine Zuwanderer mehr angesiedelt hatten.. Sextus besichtigte die Grundstücke mit dem Stadtbediensteten und fand die Lage beider Grundstücke gut und verhandelte mit Scotta über den Preis. Scotta wollte für das Baugrundstück fünfzehntausend und für das Ackergrundstück zehntausend Sesterzen haben. Sextus handelte ihn auf dreizehntausend und achttausend Sesterzen herunter, machte den Kauf durch Zahlung des Preises und Eintrag in das Grundstücksbuch perfekt. Er suchte den Bauunternehmer Claudius Pulcher auf, der ihm von Scotta als zuverlässig und preisgünstig empfohlen worden war. Er ließ sich von diesem ein Angebot für eine doppelte viergeschossige Insula mit einer Grundfläche von zweimal zwanzig mal zwanzig Metern machen. Die Insula sollte ganz aus Ziegeln errichtet werden, um die Brandgefahr zu mindern. Pulcher verlangte für die Errichtung einen Preis von vierzigtausend Sesterzen. Sextus, der meinte, übervorteilt zu werden, bemerkte dazu: »Lieber Claudius Pulcher, ich habe den Eindruck, dass Du aus meiner Jugend und meiner scheinbaren Unwissenheit Kapital schlagen willst. Dein Angebot ist viel zu hoch. Du sollst mir zwar solide bauen, aber doch nicht das Anwesen mit Marmor verkleiden und mit Goldstaub bestreuen. Ich werde wohl zu einem Deiner Konkurrenten gehen müssen.«

Pulcher hielt Sextus auf. Er meinte, dass es ja sein könnte, dass er sich bei der Ausrechnung etwas vertan habe. Er bot ihm deshalb an, die Insula für zweiunddreißigtausend Sesterzen zu errichten und versicherte, dass er in ganz Narbo kein besseres Angebot erhalten werde. Sextus legte die Ausführung des Neubaues fest und leistete eine Anzahlung von zehntausend Sesterzen. Sein übriges Barvermögen deponierte er bei einer Filiale des römischen Bankhauses Medinas.

24

Feldzug gegen die Rutener, Stellung von Geiseln

Am nächsten Tag zog Sextus an der Spitze seiner Centurie hinter Flavus Castus nordwärts aus der Stadt. Vor ihnen marschierten die Schleuderer, und der Zug wurde von der römischen Reiterei abgesichert. Von Narbo weg führten nur ausgefahrene Karrenwege, die kein schnelles Marschieren, wie auf gepflasterten Straßen, zuließen. Sextus zitierte den für erforderliche Verhandlungen der Truppe beigegebenen Dolmetscher Gallas Präzu zu sich. Er erklärte ihm, dass er gerne während des Rittes die gallische Sprache erlernen würde und fragte Präzu, ob er ihn unterrichten würde. Gallas dienerte: »Selbstverständlich, Centurio, es ist mir eine Freude, einem so hohen Offizier die gallische Sprache zu vermitteln.«

Sextus merkte gleich, dass die gallische Sprache dem Keltiberischen ähnlich war, und lernte deshalb sehr leicht.

Am Abend jeden Marschtages begab er sich zu den Schleuderern, schaute deren Training zu und trainierte mit diesen mit. Er verbesserte seine Schleudertechnik und konnte bald fast so gut und treffsicher wie die Männer von den Balearen Steine schleudern. Seinen Centuriokameraden, die meinten, dass seine diesbezüglichen Fähigkeiten ihm wohl nichts nützen würden, entgegnete er, dass man nie wisse, wozu solche Fertigkeiten einmal gut seien.

Nach fünf Marschtagen gelangten sie in das Stammesgebiet der Rutener und marschierten durch deren Dörfer. Sie kauften gegen geringes Entgelt Lebensmittel ein und zwangen einen ortskundigen Führer, ihnen den Weg zur Niederlassung des Stammeskönigs Ballas zu weisen. Dieser führte sie über eine Hochebene in nord-östliche Richtung.

Nach weiteren zwei Tagen meldete die Vorhut, dass ihnen ein Heer von ungefähr tausend Kriegern und fünfhundert Reitern entgegen kommen würde. Mit der Reiterei hätten sie schon Kontakt gehabt und sie in einem Vorhutgefecht vertrieben.

Nach einem weiteren Tag sahen sie am Nachmittag die feindliche Heermasse in einem Kilometer Entfernung.

Flavus Castus stoppte den Weitermarsch und befahl ein Lager aufzuschlagen. Er befahl Sextus zum feindlichen Heer zu reiten und Unterhandlungen mit dem Stammesfürsten Ballas zu führen. Castus sandte Sextus, weil er wusste, dass dieser mit großem Geschick verhandeln konnte. Er sollte Ballas dazu bringen, seine Beute herauszugeben, oder diese zu bezahlen. Wegen seiner Verfehlungen solle er eine Buße von einhunderttausend Sesterzen zahlen. Außerdem sollte er seine Unterwerfung unter die Oberhoheit von Rom erneuern und seine zwei Söhne als Geiseln stellen.

Auf Nachfrage bestimmte Flavus, dass er für die geraubte Beute zweihundertfünfzigtausend Sesterzen ansetzen, sich aber maximal auf zweihunderttausend Sesterzen herunterhandeln lassen sollte.

Sextus ritt in Begleitung des Dolmetschers, eines Schreibers und einer Reitercenturie zum heranmarschierenden Heer der Rutener. Er erhob die Hand zum Zeichen des friedlichen Kommens. Der feindliche Heerbann stoppte, und Ballas trat selbst vor die Reihen, als Sextus nach ihm fragte.

Die Stammeskrieger umringten die Schar und schauten sie mit finsterer Miene an. Es kam aber zu keinen Handgreiflichkeiten. Die Krieger bewunderten die Pferde und die Rüstungen der Legionärsreiterei; insbesondere die silberne Reitermaske des Reitercenturios.

Ballas ließ ein Zelt errichten und bat Sextus, den Übersetzer und den Schreiber in das Innere. Dort nahmen noch zwei Gefolgsleute und ein älterer Druide an der Verhandlung teil.

Sextus begann: »Ehrenwerter Stammeskönig Ballas, mein Befehlshaber, der hochgeschätzte 1. Centurio Flavus Castus der neu hier angekommenen VII. Legion, schickt mich zu Dir. Ich möge mit Dir über ein neues Abkommen verhandeln und lege Dir hiermit meine Legitimation vor. Mit großem Bedauern habe wir vernommen, dass Krieger Deines Stammes die Warenzüge von Narbo nach den nördlichen gallischen Gebieten überfallen und die Wagenladungen plündern. Ich möchte die Angelegenheit aufklären. Es könnte ja sein, dass Du die Überfälle nicht angeordnet hast, sie sogar ohne Dein Wissen geschehen und von Dir nicht gebilligt worden sind. Ich möchte aber von

Dir wissen, warum Du gegen die Interessen Roms handelst, nachdem Du ja schon einmal Deine Unterwerfung eingesandt hast.« Ballas, der wusste, dass er mit seinen Stammeskriegern nicht gegen entschlossen eingesetzte Legionäre ankommen konnte, antwortete:

»Centurio Leptonius, ich habe mich nicht gegen Rom empört und ich will auch keinen Krieg gegen Rom führen. Die Stammeskrieger, die Warenzüge überfallen haben, stammen aus den westlich von hier liegenden Dörfern. Ich versichere nochmals meine Unterwerfung unter Rom und wünsche Dir und Deinem Befehlshaber eine gute Weiterreise.«

Sextus dachte: Wenn ich nicht wüsste, dass Ballas als Stammesfürst diktatorisch über sein gesamtes Gebiet herrscht, könnte man ihm geradezu glauben, dass er die Überfälle nicht angeordnet hat. Er antwortete deshalb: »Ehrenwerter Ballas, ich nehme gerne Deine nochmalige schriftlich abgefasste Unterwerfung entgegen. Ich möchte aber eine Sicherheit für Deinen guten Willen. Gib uns bitte Deine zwei zehn und elf Jahre alten Söhne mit auf den Weg. Sie werden in Rom erzogen werden, erhalten die Ausbildung wie die Söhne von edlen Römern und werden in Verwaltungs- und Kriegstechniken unterrichtet. Du musst wissen, dass Rom, wenn ein Fürst sich gegen seine Unterwerfung auflehnt, bei einer nochmaligen Unterwerfung Geiseln nimmt.«

Ballas verweigerte die Stellung von Geiseln mit dem Hinweis, dass er seine Söhne liebe und nicht wolle, dass sie in Rom verkommen würden.

Sextus beschwichtigte mit eindringlicher Stimme den Ballas und drohte ihm: »Edler Fürst, glaube mir, Deine Söhne werden in Rom ein gutes Leben haben. Im Falle Deiner Weigerung sieht sich mein Befehlshaber gezwungen, mit seinen Legionären gegen Dein Heer zu kämpfen, dieses zu vernichten, Deine Dörfer zu zerstören und Dich gefangen zu nehmen. Du hast noch nie gegen Rom und insbesondere nicht gegen die VII. Legion gekämpft und weißt daher nicht, wie tapfer diese Legionäre sind. Ein gut gemeinter Rat von mir ist der, auf alle Bedingungen einzugehen.«

Ballas entgegnete, dass er die Forderung mit seinen Beratern besprechen wolle und bat Sextus vor dem Zelt zu warten.

Sextus ging vor das Zelt und beschloss mit Hilfe des Dolmetschers eine demoralisierende Rede zu halten. Er hoffte die Stammeskrieger dadurch zu veranlassen, in ihre Dörfer zurück zu kehren. Er versammelte mehrere hundert um sich und erklärte:

»Morgen werden wir Euch angreifen und jeden töten, der die Waffen nicht wegwirft, denn in unserem Lager warten die besten Legionäre, die Rom aufbieten kann. Alle sind sie kampfbereit, todesmutig und lechzen nach Euerem Blut. Sie sind ganz versessen darauf, Eure Dörfer zu plündern und Eure Frauen zu besteigen. Darum rate ich Euch, geht sofort nach Hause und widersetzt Euch nie dem Machtanspruch Roms. Männer eures Stammes haben unter römischem Schutz stehende Kaufmannszüge überfallen und ausgeraubt. Ich bin zu Euch gekommen, um die Angelegenheit friedlich zu regeln.«

Seine Zuhörer, die wussten, dass ihre westlichen Stammesgenossen die Warenzüge ausgeraubt, nur dem Fürsten und ihnen nichts von der Beute abgegeben hatten, nahmen seine Rede positiv auf. Insbesondere fragten sie sich, warum sie gegen Rom kämpfen sollten. Sie murrten über ihren Fürsten und verliefen sich.

Ballas ließ Sextus wieder ins Zelt rufen. Er erklärte: »Centurio, wenn Du mir versicherst, dass meine Söhne gut behandelt werden, übergebe ich sie Dir persönlich in meinem Dorf.«

»Ich geleite Deine Söhne gerne bis nach Narbo. Ob ich damit beauftragt werde, sie nach Rom zu eskortieren, kann ich nicht sagen.

Edler Ballas, da wäre noch eine andere Sache abzuklären. Die Kaufleute von Narbo haben gegen Dich Anzeige wegen des Raubes von Waren im Werte von zweihundertfünfundzwanzigtausend Sesterzen erstattet. Sicherlich bist Du so liebenswürdig und gibt uns die Waren, oder den Gegenwert in Sesterzen zurück. Ich meine, das ist nicht mehr als recht und billig.«

»Centurio wo denkst Du hin. Ich habe diese Waren nicht und Sesterzen habe ich auch nicht.«

»Edler Fürst, ich nehme auch Schmuck, Perlen, Bernstein oder Gold.

Ich habe gehört, dass Du der reichste Fürst in ganz Gallien bist. Es wird Dir doch nichts ausmachen, einen für Dich so geringen Betrag an mich zu zahlen, oder soll ich in der ganzen Provinz verkünden, dass Du ein armer »Schlucker« bist und so Dein Ansehen herabwürdigen?«

»Nein, natürlich nicht. Aber ich gestehe Dir diesen Betrag nur zu, weil Du ein so höflicher und freundlicher schöner junger Mann bist. Bisher habe ich es nur mit Römern zu tun gehabt, die patzig und arrogant waren. Da bist Du die große Ausnahme.«

»Ich danke Dir Fürst für Dein Entgegenkommen. Ich werde auf Deine Söhne aufpassen wie auf meinen Augapfel. Vielleicht kannst Du sie einmal in Rom besuchen.«

»Danke Centurio! Ich würde mir Rom einmal gerne anschauen. Ich habe schon viel von der Pracht der Bauten und der Schönheit der Denkmäler gehört.«

»Gut, edler Herr, jetzt muss ich aber nochmals auf unsere Vereinbarung kommen. Der Statthalter Papirius Carbo hat gegen Dich ein Bußgeld in Höhe von einhunderttausend Sesterzen verhängt.« Auf einen Einwand von Ballas erklärte Sextus: »Ich weiß, dass Du keine Sesterzen hast. Ich nehme gerne auch Gold und Silber und Edelsteine. Du wirst verstehen, dass ich die Anordnung des Statthalters nicht widerrufen kann. Also bitte ich Dich, mir die Summe oder den Gegenwert derselben auszuhändigen.«

»Centurio, Du hast mich geschickt mit Deiner >Salamitaktik< zum Nachgeben gebracht. Wenn ich einmal Geld von einem Nachbarfürsten bekommen sollte, werde ich Dich als Eintreiber senden.

Ich werde jetzt mit Dir in mein Dorf zurück reiten und Dir dort das Geld und meine Söhne übergeben.«

Sextus trat mit Ballas vor das Zelt und sie sahen, dass ein Teil des Heeres sich schon verlaufen hatte. Anscheinend hatte die Rede des Sextus gewirkt.

Sextus schichte einen Boten mit einem mündlichen Bericht zurück zu Castus und ritt mit Ballas zu dessen Residenz.

Sie erreichten das Domizil des Ballas, das Dorf Passi, nach zwei Tagen. Unterwegs übernachteten sie in einem gallischen Dorf, das zum Machtbereich des Ballas gehörte. Passi lag in einem weiten Tal, umrahmt von grünen Hügeln am Ufer eines schnell dahin fließenden Baches. Es war weiträumig angelegt, jedoch nicht befestigt. Die Abgrenzung zum übrigen Gelände bildeten Weidezäune und Dornenverhaue. Auch das Vieh wurde in Dornenverhauen, die zum Schutz gegen Wölfe errichtet worden waren, gehalten.

Ballas war vorausgeritten, um seiner Familie die Geschehnisse mitzuteilen. Seine Ehefrau Aelys weinte bei der Nachricht, dass ihre Söhne nach Rom sollten, leise vor sich hin. Erst als Ballas ihr versicherte, dass diese dort eine gute Ausbildung erhalten und auch von ihren Eltern besucht werden könnten, trocknete sie ihre Tränen und sie begrüßte die Gäste.

Neben dem großen Anwesen standen Stallungen und Viehkoppeln, in denen Rinder und Schafe grasten. Ein stattlicher Hofhund, der Rasse Lapphund, hielt Wache und begrüßte sie leise knurrend.

Ballas begab sich in die Schatzkammer und holte Wertgegenstände aus dieser. Er und Sextus bezifferten den Preis der Goldnuggets, der goldenen Keltenmünzen, der Perlen, des Bernsteins und der Edelsteine. Sextus kam zu Gute, dass ihn Marga und der Bankier über den Wert von Schmucksteinen aufgeklärt hatten. Er merkte, dass Ballas kein rechtes Verhältnis zu den Preziosen hatte und den Wert als zu gering einstufte. Dieser trug Schmuckstücke herbei, die den Wert der geforderten dreihundertfünfzigtausend Sesterzen weit überstiegen. Sextus hatte zwar nicht die Absicht, Ballas zu übervorteilen, stimmte aber zu, wenn dieser den Wert einzelner Schmuckketten und der Goldnuggets zu niedrig ansetzte. Er überlegte, dass wenn Ballas infolge seiner Unkenntnis ihm mehr als die zu zahlenden dreihundertfünfzigtausend Sesterzen geben würde, dies nicht unbedingt seine Vorgesetzten, der Legat und der Statthalter erfahren müssen. Sie würden sich nur diesen Mehrerlös teilen, und er ginge leer aus.

Die Delegation übernachtete im Gästehaus des Dorfes und ritt am nächsten Tag zum Lager des Flavus Castus zurück.

Die beiden Söhne des Ballas, Melvin und Devin waren von ihrer Mutter neu eingekleidet worden. Sie trugen Kittelkleider und Hosen mit Fellschuhen. Aelys gab Sextus für jeden tausend Sesterzen Taschengeld zur Aufbewahrung und stattete die ganze Truppe mit Reiseproviant aus.

Nach zwei Tagen trafen sie im Lager bei Flavus Castus ein. Sextus übergab ihm die schriftliche Unterwerfungserklärung, die Geiseln und Sesterzen, Denare, und Schmuckstücke im Wert von dreihundertfünfzigtausend Sesterzen, sowie das Taschengeld der Kinder Er selbst behielt Schmuckstücke im Wert von einhunderttausend Sesterzen als seinen Anteil zurück. Flavus freute sich, dass Sextus das Bußgeld von einhunderttausend Sesterzen und sogar zweihundertfünfzigtausend Sesterzen als Entschädigung ohne Blutvergießen erlangt hatte und gab folgenden Befehl: » Centurio Leptonius, Du erscheinst mir am geeigneten, die Kinder und das Geld nach Narbo zum Statthalter zu bringen. Erstatte diesem und dem Legaten mündlich Bericht. Nehme eine Reitercenturie mit und komme, wenn Du keine weiteren anderen Befehle erhältst, mit den Legionären zu mir zurück. Ich marschiere befehlsgemäß nach Osten um die Allobrogen zu befrieden.«

Sextus ritt gemäß der Weisung nach Narbo zurück Seine beiden Schützlinge machten keine Schwierigkeiten. Der Jüngere, Melvin weine manchmal und der Ältere, Devin schaute stolz in die Gegend. Sextus unterhielt sich mit ihnen. Sie erzählten in einem Gemisch aus Latein und gallisch von ihrem Leben im Hause ihres Vaters. Devin bemerkte, dass er schon öfters einige Tage seinen Onkel im Nachbardorf besucht habe, aber noch nie so weit von zu Hause weg gewesen war. Er bat Sextus, ihm zu erzählen, zu wem sie in Rom gebracht werden würden und wie groß die Stadt sei.

Sextus erzählte: » Rom ist eine große Stadt, die Hauptstadt des römischen Reiches an einem Fluss mit dem Namen Tiber. Viele Häuser sind aus Stein errichtet. In der Mitte der Stadt befindet sich ein Versammlungsplatz mit Gebäuden. Dies ist das Forum. Hier sprechen Redner zum Volk und es werden Gesetze verabschiedet und die Beamten des römischen Reiches gewählt. Der Senat, ein Gremium aus den vornehmsten Römern hat dort seinen Sitz und berät zum Wohl des Reiches. In der Stadt leben vielleicht achthunderttausend Einwohner. Viele Kaufleute sorgen dafür, dass alle lebensnotwendigen Waren nach Rom geliefert werden.

Die Stadt bekommt über mehrere Aquädukte frisches Wasser und hat eine Abwasserleitung, die Cloake Maxima. In der Stadt gibt es den Circus Maximus für Wagenrennen, Gladiatorenkämpfe und Tierhetzen.

Ihr reitet von Narbo aus nach Rom, es kann aber auch sein, dass Ihr mit dem Schiff dorthin gebracht werdet. Der 1. Konsul, in diesem Jahr Livius Drusus (112 vor Chr.), entscheidet über Euch. Wahrscheinlich werdet Ihr einem Senator übergeben, der Euch in seiner Familie aufzieht.«

»Bekommen wir dort auch Schläge, wie bei uns zu Hause, « fragte Melvin.

»Aber nein, ihr werdet nicht geschlagen. Euer Gastgeber hat bestimmt einen Privatlehrer für seine Kinder und dort bekommt ihr Unterricht, ohne dass Euch jemand schlägt.« Devin meinte: » Vielleicht ist es doch schön in Rom und wir werden, wenn wir nach Passi zurückkommen, hoch geachtet.«

»Gut« meine Sextus, »Jetzt erzählt mir einmal etwas von Eurem Leben in Passi.« Es antwortete der ältere der beiden Knaben: »Wir haben in Passi auf dem Hof unserer Eltern auch kleine Aufgaben verrichtet. Melvin musste die Schweine in den Eichenwald treiben und ich die Schafe auf die Weiden. Ich musste die Pferde füttern, striegeln und tränken, während Melvin die Rinder versorgte. Nachmittags hatten wir jeweils drei Stunden Unterricht, bei einem griechischen Hauslehrer aus Massalia. Wir lernten lesen und schreiben in lateinischer und griechischer Sprache, dazu noch Rechnen und Geschichte. Wir können aber nur wenig Latein und Griechisch.«

Nach drei Tagen erreichten sie Narbo. Sextus übergab die Kinder, die Urkunden, den Geldbetrag, das Taschengeld der Kinder und den Schriftverkehr dem Statthalter Papirius Carbo und erstattete ihm und dem Legaten Julius Strabo mündlich Bericht. Carbo meinte: »Leptonius, das hast Du gut gemacht. Die Kinder müssen natürlich nach Rom gebracht werden. Ich kann mich hier nicht mit Geiseln abgeben. Vielleicht kann Dich der Legat Strabo entbehren und Du bringst die Geiseln nach Rom. Lasse die Kinder vorerst bei meiner Frau. Melde Dich morgen bei Deinem Legaten, da erhältst Du Deine Befehle.«

25

Verbringung der Kinder nach Rom

Sextus begab sich in die Innenstadt von Narbo und suchte dort erstmals den Juwelier Tuditanus auf. Es war dies ein kleingewachsener römischer Bürger aus Mediolanum (Mailand). Er sprach ein hartes Latein mit keltischem Einschlag. Sextus legte ihm die Schmuckstücke vor und fragte, wie viel er ihm dafür zahlen würde. Tuditanus der auf die Unerfahrenheit des Sextus setzte und sich dachte, dass er ein gutes Geschäft machen würde, erklärte: »Centurio, aller Schmuck, den Du mir hier vorlegst, ist minderwertig. Eine Ausnahme bildet die zwei Bernsteinketten. Solche Ketten sind bei den Römerinnen heiß begehrt. Für diese Ketten würde ich Dir zwanzigtausend Sesterzen zahlen. Für den übrigen Schmuck, drei Smaragd- zwei Rubin-, drei Goldringe, zwei Goldarmbänder, einen Goldreif, drei Türkishalsketten, zwei Smaragdhalsketten und drei Goldketten würde ich Dir insgesamt vierzigtausend Sesterzen zahlen.« Sextus erwiderte: »Tuditanus, wenn Du meinst, dass Du mich übervorteilen kannst, weil Du vielleicht annimmst, dass der Schmuck geraubt wurde, so muss ich Dich enttäuschen. Wenn Du mir kein gutes Angebot unterbreitest, nehme ich den Schmuck und gehe zu Deinem Konkurrenten Silvanus.«

»Centurio, die Zeiten sind schlecht. Deinem Wunsche folgend, werde ich mir die Schmuckstücke nochmals ansehen.« Er prüfte nochmals eingehend die Schmuckstücke und machte dann ein Angebot in Höhe von einhunderttausend Sesterzen. Sextus behielt aus seinem Angebot noch eine Goldkette zurück und verlangte einhundertzehntausend Sesterzen. Tuditanus zögerte lange, war dann aber mit dem festgelegten Betrag einverstanden. Er zahlte Sextus den Betrag in eintausendeinhundert Aureos aus. Beide waren mit dem Geschäft zufrieden.

Sextus ging anschließend zu seiner Insula. Dort traf er den Bauunternehmer Pulcher an. Er besichtige mit ihm den Fortgang der Arbeiten und sah, dass der Keller und das Erdgeschoss schon errichtet worden waren. Er sah, dass die Arbeiten zügig voran gingen und ordnete an, dass die Mauern im Erdgeschoss etwas stärker auszuführen wären, damit eine bessere Standfestigkeit erreicht werde. Außerdem wünschte er, dass die Mauern im 1. Stock auch in Stein errichtet werden, um die Brandgefahr einzudämmen. Er hatte in Rom gesehen, dass Holzbalkenwände das Feuer nicht aufhalten konnten.

Pulcher freute sich, dass Sextus heil von dem Kriegszug zurückgekommen war und äußerte, dass er selbstverständlich seinen Wünschen nachkommen werde, aber Sextus die Mehrkosten von eintausend Sesterzen tragen müsse.

Sextus sagte dies zu.

Er sah, dass Pulcher fast nur Sklaven beim Hausbau beschäftigte. Lediglich ein römischer Maurer und ein Zimmermann aus Massalia (Marseille) waren als bezahlte Kräfte zugegen. Die Sklaven richteten die aus dem Steinbruch angefahrenen Kalksteine zu und schleppten diese in die Baustelle, sie rührten Mörtel an und trugen diesen in Eimern zum Arbeitsplatz des Maurers. Sie bauten im Innern des Hauses Gerüste auf und ab und reichten dem Maurer die passenden Steine zu.

Der Zimmermann hatte neben dem Neubau sein Holzlager aufgeschlagen und eine Sägegrube errichtet. Zwei Sklaven standen in der Sägegrube und zwei weitere über dieser und sägten die angefahrenen Eichenstämme zu starken Vierkantbalken. Diese passte der Zimmermann in ausgesparte Löcher im Mauerwerk ein und errichtete so eine Geschossdecke. Auch hatte er schon Balken für den Dachstuhl zurichten lassen.

Durch die Sklavenarbeit konnte Pulcher billig bauen und bezahlte Fachkräfte einsparen. Sextus taten die Sklaven leid und er drückte jedem einen Betrag von zehn Sesterzen in die Hand.

Er zahlte Pulcher einen weiteren Teilbetrag in Höhe von elftausend Sesterzen in Aureos. Den Rest seiner Barschaft in Höhe von neunundneunzigtausend Sesterzen brachte er zur Aufbewahrung in das Bankhaus Medinas.

Am nächsten Tag erhielt er den schriftlichen Befehl, die Kinder nach Rom zu bringen.

Er begab sich zu den Reiterlegionären und fragte, wer ihn begleiten wolle. Die gesamte Centurie meldete sich freiwillig. Er wählte 5

Legionäre aus und begab sich weisungsgemäß am nächsten Tag auf die Reise. Sie ritten auf einer Kiesstraße am Meer entlang nach Osten. Die aufgehende Frühlingssonne schien ihnen direkt ins Gesicht. Es war angenehm warm und die Pferde schritten kräftig aus. Sextus unterhielt sich auf gallisch mit den Kindern und lernte dabei neue Worte hinzu. Der Weg führte jetzt durch kleine Seitentäler und über Hügel etwas nordöstlich und dann in Richtung Meer wieder südöstlich. Alles grünte und die Wiesen waren mit bunten Frühlingsblumen übersät. Sextus wies die Kinder auf Weingärten, auf Haine mit Olivenbäumen hin. Aus den knorrigen alten Weinstöcken wuchsen eine Vielzahl von jungen Trieben und an den Ästen der Olivenbäume hingen silbrig glänzende Blätter. Die Landschaft war jetzt im Frühjahr am schönsten. Sextus fühlte sich richtig wohl, wenn es um ihn grünte und blühte. Sie kamen ins Gebiet der Massalioten und sahen große Olivenhaine und Weingärten. Einer der Reiterlegionäre, der aus der Gegend stammte, bemerkte, dass die Stadt mit dem Anbau noch nicht einmal ihren Eigenbedarf decken würde und vorwiegend aus Kampanien Öl sowie Wein für die Stadt und den Handel mit den nördlichen Gebieten einführen müsse.

Die Kinder hörten aufmerksam zu. Hatten sie doch bis jetzt weder Weinstöcke, noch Olivenbäume gesehen. An der elterlichen Tafel gab es zwar Olivenöl, aber keinen Wein, sondern nur Bier.

Delvin fragte Sextus, wie das Olivenöl hergestellt würde. Ein Reiterlegionär, dessen Vater Olivenlandwirt war, antwortete statt seiner:

»Also, die kleinen Früchte am Olivenbaum werden zur Ölherstellung verwendet. Diese Oliven werden ab Spätherbst bis zum Frühjahr geerntet, wen die sie reif sind. Reife Oliven sind stets dunkel. Diese Oliven werden dann gewaschen und Blätter und Zweige werden ausgelesen. Dann kommen sie in eine Mühle und werden zu Brei gemahlen. Dieser Brei wird dann gepresst, bis Öl und Fruchtwasser herausläuft. Die Flüssigkeit wird geschüttelt, bis das Öl, das ja leichter als Wasser ist, oben schwimmt und abgeschöpft werden kann. Dieses Öl schmeckt sehr aromatisch, ist dickflüssig und naturtrüb.

Den Brei kann man mehrmals pressen. Das Öl, das so gewonnen wird, ist minderwertig.

Manche Ölbauern legen auch ihre geernteten Oliven längere Zeit in Salzwasser ein. Das dann herausgepresste Öl schmeckt noch pikanter, kann aber zur Herstellung von Süßgebäck nicht mehr verwendet werden.«

Gegen Abend des vierten Tages erreichten sie Massalia (Marseille), eine im Bündnis mit Rom stehende Griechenstadt. Die Legionäre und besonders die Kinder staunten über die Größe der Stadt und die hohe Mauern, die die gesamte Stadt umschlossen. Auf Hügeln östlich des Stadtringes thronten zwei mächtige Burgen.

Am westlichen Stadttor verwehrte ihnen die Torwache den Weiterritt und fragte nach ihrem Begehr. Sextus wies das Begleitschreiben vor und wurde an den Stadtädilen verwiesen. Dieser wies ihnen ein Quartier zu. Sextus fragte den Ädilen, wie alt Massalia schon sei und erfuhr, dass die Stadt schon sechshundert Jahre alt und von Griechen aus Phokäa gegründet worden war. Vor dreizehn Jahren sei die Stadt von den gallischen Stämmen der Allobrogen, Ligurer, Salluvier und Arverner angegriffen worden und habe, um sich der Übermacht zu erwehren, Rom um Hilfe gebeten. Diese sei der Stadt gewährt worden und die Legionäre hätten die feindlichen Stämme vertrieben. Seit dieser Zeit bestehe ein Bündnis mit Rom und römische Soldaten seien als Gäste hier gerne gesehen.

Sextus lud seine Begleiter zu einem Abendmahl ein. Anschließend besichtigten sie die Stadt. Im Hafen von Massalia herrschte noch großer Betrieb. Frachtschiffe, meist mit Wein aus Kampanien, wurden entladen und andere Schiffe mit landwirtschaftlichen Erzeugnissen und mit Zinn beladen. Verwalter standen bei den Schiffen und führten Strichlisten über die ein- und ausgeladene Ware. Stadtsklaven beluden die Schiffe. Aufseher trieben sie laut schreiend zu schnellerer Arbeit an. Vom Kai zu den Schiffen waren Planken gelegt Auf diesen trugen die Sklaven die Waren in schneller Reihenfolge in bzw. aus den Schiffen. Ein Sklave der unter der Last einer großen Amphore mit Wein schwankte, rutschte auf der Planke aus und fiel in das Hafenbecken. Prustend tauchte er wieder auf. Sklaven, die den Sturz bemerkt hatten, reichten ihm das Ende einer Stange und zogen ihn aus dem Wasser. Er wurde von dem Aufseher wegen seines Ungeschicks angebrüllt und ausgeschimpft. Die Amphore war bei dem Sturz nicht zerbrochen und lag zwischen Schiffsbordwand und Kaimauer auf dem Grund des Hafens. Man konnte sie in dem aufgewühlten Wasser gerade noch erkennen. Ein Sklave, der schwimmen konnte, wurde mit einem Seil in das kalte Wasser geschickt. Er tauchte und befestigte dieses um einen Henkel der Amphore. Andere Sklaven zogen an dem Seil die Amphore empor. Der Aufseher lobte den Schwimmer und gab ihm als Belohnung zwei Asse Trinkgeld.

Sextus sah, dass der Hafen vollkommen geschützt vor Sturmfluten lag. Ein langer Meeresarm führte direkt vom Mittelmeer in das Zentrum der Stadt.

Er forderte die Kinder auf, einmal zu zuhören und erklärte, dass dies der Hafen von Massalia sei. Es sei der einzige sichere Hafen an der Südseite von Gallien. Die Stadt sei praktisch um den Hafen herum gebaut worden. Die Schiffe im Hafen seien fast alles römische Frachtgaleeren. Er sähe da unten ein großes Frachtschiff, die Coloss, auf dem er erstmals nach Hispania gekommen sei. Er nahm seine Schützlinge an der Hand und ging mit ihnen zum Schiff, um den Kapitän zu begrüßen. Die Kinder hörten zwar zu, zeigten aber kein so großes Interesse und baten Sextus mit ihnen zu den Marktständen der Zuckerbäcker zu gehen. Sextus willigte ein und kaufte Melvin und Devin Naschwerk und zwar Tonbecher mit in Honig eingelegten Nüssen, sowie getrocknete Datteln und Feigen. Beide hatten so etwas noch nie gesehen und genossen die Süßigkeiten mit verklärten Gesichtern. Danach strebte Sextus aber zum Schiff, um den Kapitän zu begrüßen. Dieser stand breitbeinig auf dem Kai vor dem Schiff und überwachte das Beladen desselben. Sextus sprach ihn an: »Fabius Anorbus, sei gegrüßt. Erinnerst Du dich noch an mich?« Anorbus schaute ihn prüfend an: »Dein Gesicht kommt mir bekannt vor. Ich kenne viele Centurios, aber ich weiß nicht, wo ich Dich einordnen soll.«

»Ich bin Sextus Leptonius. Vor fünf Jahren war ich ein einfacher Legionär, dessen Legion Du mit nach Hispania befördert hast. Wir wurden unterwegs von Piraten angegriffen und haben den Angriff zurückgeschlagen und das Piratenschiff erobert.«

»Natürlich, jetzt erinnere ich mich wieder. Du hast damals tapfer gekämpft und einige Piraten getötet. Auch hast Du dann doch das entführte Mädchen in der Kajüte des Piratenkapitäns gefunden. Aber was führt Dich, Deine Begleiter und die Kinder nach Massalia? « Sextus erklärte ihm den Grund der Reise. Daraufhin sprach Anorbus: »Ich lade Euch alle auf einen Umtrunk in meine Kajüte ein. Ich habe dort noch eine Amphore guten griechischen Wein, den mir ein aus Athen stammender Kapitän überlassen hat. Die Kinder können ja mit der Schiffskatze spielen oder den Sklaven beim Beladen des Schiffes zusehen.« Sextus und seine fünf Legionäre nahmen die Einladung an und begaben sich in die Kapitänskajüte. Anorbus ließ durch eine hübsche junge Sklavin den Wein kredenzen. Sextus dachte: »Der Anorbus hat einen guten Geschmack. So etwas hätte ich dem Alten gar nicht zugetraut. Wie sie ihre Brüste nach vorne reckt und beim Gehen die Hüften schwingt, kann einem schon andere Gedanken eingeben. Vielleicht hätte sie gerne einen Jüngeren. Vielleicht sogar einen meiner jungen Legionäre?« Er bemerkte: »Anorbus, Dein Wein ist gut, aber besser würde mir noch Deine Sklavin zusagen. Sage mir, seit wann hast Du eine Sklavin an Bord. Ich denke, auf römischen Schiffen werden keine weiblichen Wesen geduldet?« Anorbus erklärte: »Ich bin nicht nur Kapitän, sondern auch Eigner des Schiffes und kann daher bestimmen, wen ich an Bord nehmen will. Die Bestimmung, dass keine Frauen an Bord geduldet werden, bezieht sich nur auf römische Kriegsschiffe und staatliche Schiffe. Bei Privatschiffen verbieten die Schiffseigner meistens auch Frauen an Bord. Unter manchen Schiffsbesatzungen herrscht der Aberglaube, dass Frauen an Bord Unglück bringen. Ich habe mir mit meinen vierzig Jahren den Luxus einer hübschen Sklavin als Bedienung und Gespielin gegönnt.« Ahenobarbus, einer der jüngeren Legionäre, bemerkte:

»Kapitän, wenn ich genug Geld hätte, würde ich sie Dir glatt abkaufen. So etwas sinnliches, wie sie habe ich schon lange nicht mehr gesehen. Aber von uns hat nur der Centurio genug Geld. Aber dieser schaut nicht nach fremden Frauen. Er hat, so habe ich vernommen, in Capua eine Geliebte.« Anorbus stand über der Sache: Er lächelte und bemerkte: »Ich habe viel Geld, zehntausend Sesterzen, für sie bezahlt, sie lieb gewonnen und gebe sie nicht mehr her. Sie ist jede Sesterze wert. Ich habe für sie schon Angebote bis vierzigtausend Sesterzen erhalten.«

Er gab dem Gespräch eine andere Wendung und meinte: »Wenn ihr nach Rom müsst, fahrt doch mit mir. Ich laufe morgen aus und habe noch Platz für alle und auch für Eure Pferde. Wir haben zu dieser Jahreszeit eine vorherrschende nordwestliche Windströmung, so dass wir schnell Ostia erreichen werden. Ich habe Zinn von der Zinninsel hoch im Norden geladen, das zwar schwer wiegt, jedoch nicht viel Platz braucht und lade dies in Ostia auf Tiberschiffe um.«

Sextus beriet sich kurz mit seinen Legionären und stimmte dann dem Plan zu.

Am nächsten Morgen kaufte er Heu und Stroh für die Pferde, Hartbrot und geräucherte Würste für die Legionäre und die Kinder und ließ dies zur Coloss bringen. Er sammelte seine Schutzbefohlenen und ritt mit ihnen zum Kai. Vom Kai aus waren mehrere Bohlen zum Schiff gelegt, auf denen sie die Pferde hinüberführten. Diese hatten Angst die Planken zu betreten und scheuten zurück. Der Reiterlegionär Messela verlor die Geduld und trieb sein Pferd mit einer Gerte an. Dieses stieg auf die Hinterhand hoch, schlug mit den Vorderhufen aus und wollte sich losreißen. Sextus nahm dem Legionär die Zügel aus der Hand und redete beruhigend auf das Pferd ein, streichelte es und flüstere ihm etwas ins Ohr. Es ließ sich daraufhin willig auf das Schiff führen. Als die anderen Pferde sahen, dass ein Artgenosse schon auf dem Schiff stand, ließen sie sich auch hinauf führen. Es dauerte aber schon eine Zeit bis alle sechzehn Pferde, acht Reit- und acht Packpferde auf dem Deck standen. Anorbus hatte von der Schiffsmannschaft einen Verschlag auf dem Vorderdeck errichten lassen. Dort hinein brachten sie die Pferde und diese fühlten sich sofort heimisch und beruhigten sich zusehends.

Messela, der sehr abergläubisch war, fragte Sextus, was er dem Pferd ins Ohr geflüstert habe. Sextus dachte sich: >Warte, dem zahle ich den Hieb auf das Pferd heim.< Er sprach: » Ich habe den Pferdegott Lukri angerufen und dem Pferd gesagt, wenn es nicht augenblicklich auf das Schiff geht, werde ich dafür sorgen, dass der Gott es verfluchen werde und es nie in den Pferdehimmel kommen würde.« Messela glaubte den Unsinn und blickte Sextus bewundernd an. Meinte er doch, dass Sextus außer Gallisch, auch die Pferdesprache verstand.

Kurz darauf legten sie ab und die Mannschaft ruderte südwärts durch den Meeresarm in das offene Meer. Dort ließ Anorbus das Segel setzen. Der Wind blähte es sofort zu seiner ganzen Größe auf und trieb das Schiff voran. Der Steuermann musste nur leicht den Kurs korrigieren. Sie fuhren in südöstliche Richtung und hatten bald das Land hinter sich gelassen. Der Wind wehte gleichmäßig bis zum übernächsten Tag. Zu Mittag des dritten Tages passierten sie die Nordspitze der Insel Korsika und ließen Elba links liegen. Am späten Abend des Tages segelten sie zwischen einem Landvorsprung des Festlandes und der Insel Giglia hindurch und erreichten am übernächsten Vormittag den Hafen Ostia. Anorbus ließ das Segel bergen und das Schiff langsam in die Mündung des Tiber rudern. Er stand am Bug und der Steuermann bugsierte das Schiff nach seinen Anweisungen in den Hafen und an einen Kai. Er bemerkte: »Dieser bei allen Göttern verfluchte Strom schwemmt immer wieder Sand und Erde auf, so dass Untiefen entstehen. Bleibt man in einer solchen Untiefe hängen, saugt sich der Schlamm am Schiff fest und man kann dieses nur schwer wieder lösen. Deshalb fahre ich ungern in den Hafen von Ostia ein. Von Vorteil ist hier, dass die Ladung auf Tiberschiffe umgeladen werden und dadurch der Landtransport von dem Hafen Puteoli aus vermieden werden kann.«

Als wolle Jupiter das Gesagte wahr machen, fuhr das Schiff in eine Sandbank und saß mit der Spitze fest. Anorbus ließ sofort rückwärts rudern. Das Schiff wurde jedoch von der Sandbank festgehalten und bewegte sich keinen Millimeter. Anorbus sandte ein kurzes Gebet zu Hermes, dem Gott der Kaufleute und bat ihm das Schiff zu befreien. Dann schickte er alle Personen, außer den Ruderern auf das Achterdeck und ließ sie quer zum Schiff hin- und herlaufen. Den Ruderern befahl er mit aller Kraft rückwärts zu rudern. Durch die zusätzliche Last auf dem hinteren Ende des Schiffes und die durch die Passagiere, sowie die Mannschaft verursachte Schaukelbewegung, löste sich der Bug des Schiffes aus dem Schlick und dieses konnte seine Reise in tieferem Gewässer nach Ostia fortsetzen. Sextus geriet plötzlich ein übler Gestank in die Nase. Er sah sich erst an Bord nach der Ursache um, konnte jedoch keine Auffälligkeiten entdecken. Deshalb fragte er den Kapitän danach. Dieser antwortete ihm, dass bei der im Moment herrschenden Landbrise, der Geruch der städtischen Abwässer im Fluss zu riechen sein. Unterhalb von Rom würden über die Kanalisation ganze Ströme von Abwasser in den Tiber geleitet. Alle Fische im Unterlauf des Stromes seien schon eingegangen und die im den Dörfern beidseitig des Tibers ansässige Fischerfamilien in andere Regionen gezogen.

Sextus verabschiedete sich nach dem Ausladen der Pferde, das problemlos verlief, von Anorbus und übergab diesem von sich aus als Reisekosten einen Betrag von fünfhundert Sesterzen. Anorbus hatte Sextus, die Überfahrt angeboten, weil er Gefallen an ihm gefunden hatte. Er nahm jedoch ein zusätzliches Beförderungsgeld dankend an.

Sextus ritt mit seiner Truppe immer dem Tiber entlang nach Rom. Er suchte dort den 2. Konsul Calpurnius Piso Caesoninus auf und übergab ihm die Dienstpost, sein Begleitschreiben und die beiden Kinder. Calpurnius Piso las den Bericht des Statthalters und lobte seine Maßnahmen. Er wunderte sich, dass Sextus schon in so jungen Jahren zum 1. Centurio+ befördert worden war und ließ sich seine Lebensgeschichte erzählen. Danach begab er sich zu dem Senator Cornelius Lentulus, von dem er wusste, dass er Kinder im Alter von Devin und Melvin hatte, in sein Büro im Senatsgebäude. Er bat diesen, die Geiseln zusammen mit seinen Kindern aufzuziehen. Lentulus sagte sofort zu, und Sextus übergab ihm die beiden Kinder und erzählte ihm woher sie kamen und wer ihre Eltern waren. Dann verabschiedete er sich von diesen. Die Kinder drängten sich an ihn und weinten. Sextus versprach, wenn er wieder nach Rom kämme, sie zu besuchen. Dem Senator übergab er das Taschengeld der Kinder.

Am Abend besuchte er eine große Therme an der Via Appia und hörte den hitzigen Debatten der Besucher zu. Er erfuhr so den gesamten Stadtklatsch.

Nach einem Ruhetag holte er die Dienstpost ab und ritt mit seinen Begleitern auf der Via Aurelia nordwestwärts. Die Straße war in gutem Zustand und es herrschte reger Reiseverkehr. Da sie die Pferde wechseln konnten, erreichten sie am ersten Tag das kleine Städtchen Cecelle und stiegen im einzigen Gasthaus des Ortes ab. Der Ort war befestigt und mit hohen Mauern eingefriedet.

Sextus fragte den Wirt, wieso so eine kleine Stadt so stark befestigt wäre. Dieser antwortete: »Centurio, nicht die heutigen Einwohner haben die Stadt befestigt, sondern es waren dies Etrusker, die hier einen Hafen bauten und von hier aus Handel betrieben. Der Ort ist älter als Rom. Du musst Dir einmal die Außenmauern ansehen.«

Weiter ging es über Tarquinia, Cosa, Talamonte, immer in Sichtweite des thyrennischen Meeres bis zum Fluss Ombrone. Ab hier verlief die Via in nördliche Richtung zur Stadt Consule und wieder nordwestlich zum Meer zurück.

In Populonia besichtigen sie die Reste der etruskischen Stadt, die direkt am Meer gelegen war. Sextus sah am Meeresufer große Schlackenablagerungen. Er fragte einen der Einwohner und erfuhr von ihm, dass Populonia früher Vetulonia geheißen habe und damals eine Stadt mit mehreren zehntausend Einwohnern und das Zentrum der etruskischen Eisengewinnung gewesen war. Die Schlacke würde aus den Brennöfen stammen und habe sich im Laufe der Jahrhunderte angesammelt. Das Erz sei auf der nahen Insel Elba gewonnen und bei Populonia angelandet worden. Die Gegend sei damals sehr waldreich gewesen und das Holz zum Befeuern der Brennöfen verwendet worden.

Immer am Meer entlang erreichten sie auf der ligurischen Via Aurelia die Festungsstadt Luna.

Dort endete die Via Aurelia. Sie ritten auf der Via Aemilia nordwärts durch Täler der Seealpen und erreichten Massalia. Von da aus war es nur noch ein Dreitageritt bis nach Narbo.

Der Legat Strabo freut sich, Sextus wieder zu sehen und fragte ihn, wie die Reise war und was es in Rom Neues gäbe. Sextus berichtete: »Der römische Senator Caepio ist verstorben. Er war 67 Jahre alt. Bei seiner Beisetzung und seiner Trauerfeier kam es wegen des Erbes zum Streit zwischen seinen beiden Söhnen. Sie beschimpften sich und schlugen aufeinander ein, so dass die Stadtwache gerufen werden musste und den Streit schlichtete. Die Trauergäste waren entsetzt und verließen die Trauerfeier. Die Söhne von Caepio können sich in der römischen Gesellschaft nicht mehr sehen lassen. Sie werden nirgendwo mehr eingeladen.«

Strabo bemerkte, dass er Caepio gekannt habe und forderte Sextus auf, weiter zu berichten:

»Rom wird immer größer. Es herrscht eine rege Bautätigkeit. Viele Privathäuser werden aus Stein errichtet und mit Marmor verkleidet. Nur noch die Insulae in der Subura (Armenviertel von Rom) werden aus Holz und Lehm erbaut. Die reichen Bürger bauen ihre Paläste auf dem Aventin über der Stadt.

Der ehemalige Konsul Geta hat sich eine junge Geliebte zugelegt. Dieser hat er eine Villa unterhalb des Palatin gekauft und besucht sie fast täglich. Er ist maßlos eifersüchtig und lässt sie von seinen Sklaven beobachten. Ihr gelingt es aber immer wieder, unbemerkt andere Liebhaber in ihr Anwesen zu lassen und ihrem Licinius Hörner aufzusetzen. Seine Eifersucht ist also berechtigt. Aber weil er öffentlich darüber redet, macht er sich lächerlich. Ich kenne seine Geliebte. sie heißt Anthea und stammt aus Capua. Sie ist eine Schönheit.«

»Sextus, wo hast Du den ganzen Klatsch erfahren und entspricht er auch der Wahrheit?«

»Legat, ich war in der Therme. Dort wird ganz offen über private und politische Ereignisse geredet. Ich glaube schon, dass alles wahr ist, denn es wurde auch von anderen Thermenbesuchern bestätigt. Ich konnte ja meinen Teil nicht zum Gespräch beisteuern und habe still zugehört.«

»Erzähle weiter Leptonius!«

»Kylikische Piraten haben aus der Villa des Senators Flaccus bei Puteoli dessen Ehefrau entführt. Diese kam nach Zahlung des geforderten Lösegeldes von fünfhunderttausend Sesterzen wieder frei. Die Piraten wollten einen Betrag von achthunderttausend Sesterzen, haben aber Valerius Flaccus, der ja nicht sehr vermögend ist, mit fünfhunderttausend Sesterzen schon ruiniert. Er muss jetzt fürchten, dass er als besitzlos gilt und aus dem Senatorenstand ausgeschlossen wird. Seine Ehefrau erzählte vertraulich weiter, dass sie von den Piraten gut behandelt worden wäre und mit deren Anführer ein Liebesverhältnis gehabt habe.

Die demokratische Fraktion im Senat fordert jetzt lautstark Maßnahmen gegen die Piraterie. Die Mehrheit des Senates wäre eigentlich auch dafür. Sie lehnen diese Vorschläge aber ab, da kein Geld für den Ausbau einer Flotte vorhanden ist.

Auch der ehemalige Konsul Lucius Licinius Lucullus ist verstorben. Er brach in dem von ihm im Stadtviertel Velabrum errichteten Tempel der Felicitas tot zusammen.«

»Was, Lucullus ist tot. Ich habe ihn immer gemocht. Erzähle weiter Centurio!«

»Die Tochter des ehemaligen Konsuls Cotta, Aurelia, wurde von ihrem Vater aus Rom verbannt. Sie hatte sich mit verschiedenen Männern aus dem Ritterstande getroffen und diese verführt. Diesen Skandal konnte Cotta noch vertuschen. Als seine Tochter dann öfters ein Bordell in Rom aufsuchte und ihren Körper gegen Geld anbot, verbannte er sie auf die griechische Insel Euboea. Ein ständiger Besucher des Bordells, in dem sie sich zahlender Kundschaft hingab, soll der Senatorensohn Tullius Didius gewesen sein. Er hat sich jedenfalls öffentlich lobend über die Liebeskünste von Aurelia geäußert.«

»Leptonius, ich hätte gar nicht gedacht, dass man in so kurzer Zeit so viele Neuigkeiten erfahren könnte. Es ist schön, wieder einmal etwas Neues zu hören. Der Alltagstrott in der Legion bietet ja keine Abwechslung und von dem reichlichen Essen, Trinken und den Gelagen, nimmt man nur zu.«

»Legat, das Interessanteste habe ich Dir noch gar nicht mitgeteilt. Der Numidierkönig Jugurtha hat den leiblichen Sohn seines Adoptivvaters, seinen Mitregenten Adherbal angegriffen und ihn gezwungen sich in die reiche Stadt Cirta einzuschließen, die er belagerte. Die Verteidiger übergaben schließlich die Stadt und Jugurtha ließ die gesamte männliche Bevölkerung, darunter auch viele italienische und römische Kaufleute hinrichten. Seinen Cousin folterte er grausam zu Tode. Die Bevölkerung Roms war über diese Tat entsetzt und man spricht davon, dass es bald Krieg geben werde, da Rom Schutzmacht von Numidien ist und dem Adherbal sein Königreich zugesprochen und garantiert hatte.

Ich habe Dir Legat, die Dienstpost und die Privatpost für die Legion mitgebracht.«

»Centurio Leptonius, ich bin mir Dir zufrieden und löse Dich als Führer der 11. Centurie ab. Ab sofort gehörst Du meinem Stab an und wirst von mir zu besonderen Aufgaben eingeteilt.«

Leptonius freute sich über die Anerkennung und antwortete: »Zu Befehl Legat.«

26

Straßenbau

Bei dem für die Einsatzanordnungen zuständigen Militärtribun erfuhr Sextus, dass seine 11. Centurie auf dem Rückmarsch von der Befriedung der Allobrogen war. Seinen wartenden fünf Reiterlegionären übergab er ein Geldgeschenk von je einhundert Sesterzen als Dank für die getreuliche Begleitung und wies sie an, sich neue Befehle beim Militärtribun zu holen.

Da er jetzt dem Stab des Legaten zugeteilt war, hatte er zunächst keine Aufgabe. Er begab sich zum Bankhaus Medinas und fragte den Leiter nach einem vertrauenswürdigen und ehrlichen Sachwalter seiner Interessen in Narbo. Ihm wurde der Bankkaufmann Lucius Aser empfohlen. Mit ihm vereinbarte er, dass er die Insula, die beiden Grundstücke und noch zukünftig zu erwerbende Grundstücke verwalten sollte. Er übergab ihm einen Bau- und Übersichtsplan der Insula und legte mit ihm die Mietpreise fest. Für seine Tätigkeiten sollte er zehn Prozent des Nettogewinnes erhalten.

Im Stadtzentrum stellte er fest, dass die für ihn errichtete Insula fertig war. Er holte sich Geld von der Bank und zahlte die restlichen zwölftausend Sesterzen an den Bauunternehmer Claudius Pulcher aus, so dass sein Guthaben beim Bankhaus Medinas nur noch einhundertdreiundfünfzigtausend Sesterzen betrug. Pulcher bedankte sich und bemerkte, dass schon mehrere Handwerker, Händler und Familien angefragt hätten, ob sie Räume und Wohnungen in der Insula mieten könnten?

Er bat Pulcher, alle Anfragenden zu dem Bankbeamten Lucius Aser bei der Bank Medinas zu senden. Dieser habe die Verwaltung der Insula übernommen und würde auch sonst seine Interessen in Narbo vertreten.

Er ließ von einem Werbemaler auf einem großen Holzschild die Aufschrift >Läden und Wohnungen zu vermieten! Auskunft Lucius

Aser, Bankhaus Medinas< anbringen und befestigte dies an dem Anwesen.

Dann ging er in das Legionslager zurück und nahm im Verwaltungsgebäude Quartier. Die nächsten Tage verliefen ereignislos. Nach und nach kehrten die Transporte und die sie schützenden Legionäre zurück.

Der Großkaufmann Eusebio Plato erlangte eine Besprechung beim Statthalter. Er bedankte sich für den Schutz seiner Kaufmannszüge. Weder die Rutener, noch die Allobrogen hätten die Wagenzüge wieder angegriffen, so dass der Handel mit den nördlichen Galliern wieder ungestört florieren würde.

Carbo freute sich, dies von seiner Seite zu hören. Er hatte das gleiche von seinen Centurios gehört. Als erstem Privatmann teilte er ihm noch die erfreuliche Nachricht mit, dass der 1. Konsul Livius Drusus angeordnet habe, eine Militärstraße, die ja auch von Kaufleuten benutzt werden könne, von Narbo aus zunächst nach Norden und dann mehr in westliche Richtung bis zur Grenze von Narbonensis zu bauen. Er sei angewiesen, den Bau durchzuführen.

Plato war ganz erstaunt, bedeutete der Bau einer solchen Straße doch, dass er seine Waren leichter nach Nordgallien transportieren konnte und er rechnete schon im Geist seinen zusätzlichen Gewinn aus.

Für die bisher geleisteten Dienste übergab er Carbo als Dank der Kaufmannschaft einen Bernstein mit einem Insekteneinschluss.

Am nächsten Tag befahl Carbo die höheren Offiziere der VII. Legion, seinen Stab, die Pionieroffiziere und den Senatsvorsitzenden der Stadt Narbo zu sich. Er las ihnen das Schreiben des 1. Konsuls M. Livius Drusus vor:

»Salve werter Carbo, Statthalter der Provinz Narbonensis. Ich befehle Dir, mit Mitteln der Provinz Narbonensis von Narbo aus eine Straße nach Nordosten bis zur Grenze Deiner Provinz zu bauen. Sie soll eine Breite von 5 Metern haben und als Militär- und Kaufmannsstraße dienen. Ein Weiterbau bis zu den gallischen Seehäfen an der Atlantik- und der Nordseeküste ist nach Eroberung des übrigen Galliens geplant.

Bis zu den Iden des November (13. November 112 v.Chr.) müssten die aus Hispania abgeordneten Pioniere, Landvermesser und Geologen bei Dir eintreffen. Sende mir alle drei Monate einen Sachstandsbericht!«

Carbo erklärte: »Heute ist der 12. November. Wir erholen uns alle, bis die angekündigte Verstärkung eintrifft. Dann wird die gesamte VII. Legion zum Straßenbau eingesetzt.

Ich habe gehört, dass Du Centurio Leptonius reichlich Erfahrung mit dem Bau von Straßen und der gesamten damit verbundenen Organisation hast. Deshalb übergebe ich Dir die Leitung der Baumaßnahme. Für deren Dauer unterstelle ich Dir alle Militärpersonen, bis auf den Legaten Strabo und seinen Stab, den Primipili und die römische Legionsreiterei. Du befiehlst auch über die Legionssklaven und die Auxiliarreiterei. Sage mir, ob Du den Auftrag übernehmen kannst und was Du dazu benötigst.«

»Edler Statthalter, ich freue mich auf diese Tätigkeit und nehme den Auftrag selbstverständlich an. Vorerst kann ich dazu folgendes sagen: Ich brauche einen Stab bestehend aus fünf Schreibern, zwanzig berittenen Boten, sowie ausreichend Landvermesser, Geologen und Pionieroffiziere. Zunächst werde ich das vorhandene Material in den Lagerhäusern besichtigen. Ich benötige außer den aufgeführten Kräften noch tausend Sklaven für Steinbrucharbeiten und für das Einmeißeln der Spurrillen in gewachsenen Fels. Dann benötige ich einhundert einachsige Karren mit je einem Ochsen- oder Pferdegespann. Ferner Schaufeln, Brechstangen, Meißeln, Hämmer, zehn Schmiedeessen mit Schmieden, Zimmerleute, Steinmetze, ausreichend Verpflegung und ca. fünfzig Köche. Ich brauche die Erlaubnis, Fachkräfte zum Tagessatz von zehn Assen und Arbeitskräfte zum Tagessatz von fünf Assen aus Narbo und Umgebung bei Bedarf anwerben zu dürfen. Auch muss ich befugt sein, Warenvorräte und Zusatzverpflegung einzukaufen.«

»Wenn Du meinst, dass dies erforderlich ist, führe diese Maßnahmen so durch. Ich werde für die Provinz eine Sondersteuer für den Bau der Straße einführen und die Kaufleute der Provinz mit einer Vermögenssteuer belegen. Du siehst, es werden genug Geldmittel vorhanden sein. Erstatte mir regelmäßig Bericht über den Fortgang und die Schwierigkeiten des Bauvorhabens.«

»Zu Befehl, Statthalter!«

Sextus inspizierte den Lagerbestand an Vorräten und Material. Er stellte fest, dass es an Karren und Werkzeug mangelte.

Er gab bei Zimmerleuten und Schmieden der Legion die Fertigung der fehlenden Mengen in Auftrag, wobei er darauf hinwies, dass nur einachsige Karren mit großen Räder gefertigt werden sollen.

Dann suchte er den Großkaufmann Eusebio Plato auf und fragte ihn, ob er für eine ganze Legion und noch weitere tausend Arbeiter Lebensmittel beschaffen und an die einzelnen Baustellen liefern könne? Plato witterte ein gutes Geschäft. Er bemerkte, dass er sich über die Erteilung des Auftrages freuen würde und dem Verlangen nachkommen könne, wenn die Bezahlung gewährleistet sei. Sextus entgegnete:

»Kaufmann Plato, ich werde die Qualität und die Anlieferung der Lebensmittel überwachen und die Lieferungen durch meine Beauftragten quittieren lassen. Lege die Rechnungen dann dem Büro des Statthalters vor. Bitte versuche nicht, mich zu übervorteilen. Wenn ich so etwas bemerke, wird Dir der Auftrag entzogen und eine empfindliche Geldbuße gegen Dich erlassen.«

Sextus beschäftigte die halbe Legion mit den Vorbereitungshandlungen zum Bau der Straße. Die Straße bekam jetzt schon einen Namen, die Via Papirius.

Zwei Tage später traf die angekündigte Verstärkung aus Hispanien ein. Der Geologe Marcius Anger war mit von der Partie. Er rannte sofort auf Sextus zu, umarmte ihn und rief: »Sextus, es ist schön, Dich wieder zu treffen. Ich sehe, Du bist befördert worden. Ich gratuliere recht herzlich. Seit unserer Zusammenarbeit beim Straßenbau in Lusitanien bist Du noch etwas gewachsen und breiter in den Schultern geworden. Sage mir, leitest Du wieder den Straßenbau?«

»Ja, das tue ich!« Anger wandte sich an seine Mitreisenden: »Hört alle her, dies ist der Centurio Sextus Leptonius, ein alter Freund von mir. Er leitet die Baumaßnahmen. So wie ich den Leptonius kenne, kann ich Euch versichern, dass es uns dabei an nichts fehlen wird.« Der 4. Pioniercenturio Gajus Plasus trat auf Sextus zu und umarmte ihn. Sextus blickte erstaunt auf. Dann erkannte er Plasus wieder. Er rief: »Gajus, Du hast dich aber verändert. Du bist gewachsen und Du hast kein Gramm Speck zuviel auf den Rippen. Sei mir gegrüßt.« Sextus strahlte über das ganze Gesicht. Er dachte an die Ausbildungszeit zurück und daran, wie oft Cassus den Gajus wegen seines Übergewichtes beanstandet hatte. Es war ihm anzusehen, dass ihn das Wiedersehen freute.

Er wandte sich an seine neuen Helfer. Er erklärte ihnen, dass der Statthalter von Rom den Auftrag erhalten habe, eine Militär- und Handelsstraße nordwestwärts bis an die Provinzgrenze zu bauen und bat die Landvermesser unter ihnen am nächsten Tag die Strecke abzureiten und eine Straßentrasse festzulegen. Die Straße würde zwei niedrige Höhenzüge überqueren. Die Geologen bat er, den Standort geeigneter Steinbrüche und Kieswerke festzulegen. Zu ihrem Schutz bekämen sie als Begleitung eine Centurie Auxiliarreiterei mit. Er bat den leitenden Centurio ihr Eintreffen beim Statthalter zu melden und Quartier im Gästehaus der Legion zu nehmen. Für den Abend lud er sie zu einem Essen ein.

Am Abend ließ Sextus ausreichend Fleisch, Brot, Gemüse, Wein und süße Früchte auftischen und die Neuankömmlinge, die schon lange nicht mehr so ausreichend verköstigt worden waren, bedankten sich bei ihm.

Sextus unterhielt sich mit Gajus Plasus über die alten Zeiten und über das Geschehen in Lusitanien, nachdem die VII Legion nach Narbo verlegte worden war. Plasus berichtete: »Die Straße von Olisippo nach Portos wurde in diesem Jahr vollendet. Die Straße von Portos über Ourense nach Tarraco (Tarrragona, Nordspanien) ist noch im Bau. Sie ist voll trassiert, aber nur zur Hälfte fertig gestellt. Die X. Legion baut von Ourense aus und die V. Legion kommt ihr von Tarraco aus entgegen.

Wir haben in diesem Jahr (112 v.Chr.) einen neuen Statthalter bekommen. Es ist dies der Prokonsul Acilius Balbus. Er war im Jahre 114 vor Chr. 1. Konsul. Er hat unseren guten Memmius abgelöst und Quartier im Statthalterpalast in Portos bezogen. Er ist ein sehr viel strengerer Herr als Memmius und hat die Steuerlasten erheblich erhöht.

Die Stämme in Lusitanien sind voll befriedet. Es kommt trotz der neuen Steuerfestsetzung zu keinen Aufstandshandlungen mehr.

Der General Pedro hat sich mit 20 Centurien Auxiliarinfantrie beim Statthalter zum Dienst gemeldet. Er und seine Mannen wurden verpflichtet und zur Dienstausübung nach Macedonia verschifft.«

»Oh, sieh an, General Pedro hat sich zum Eintritt in die Legion entschließen können. Ich hatte ihm das bei der Einsetzung eines Verwalters angeboten. Ich meine, er ist der richtige Mann für diese Aufgabe,« meinte Sextus. Plasus erzähle weiter: »In Las Medulas (Nordlusitanien) wurden Goldvorkommen im felsigen Erdreich entdeckt. Zur Goldgewinnung werden tiefe Gruben in das Gestein gegraben, dies durch Unterhöhlen zum Einsturz gebracht und das lose Gestein mit Wasser aus einem umgeleiteten Fluss durchgespült. Das Wasser wird dann abgeleitet und das abgelagerte Gold auf dem Grund der Rillen, als Goldseife abgebaut. Zur Goldgewinnung werden meist Sklaven eingesetzt.

Es resultieren daraus große Einnahmen für die Staatskasse und ein guter Nebenverdienst für den Statthalter.«

Der ehemalige Reiterführer Iser aus Portos ist Weinhändler geworden. Er bezieht Wein aus Kampanien und lagert ihn in den Kellern seiner Landgüter ein. Er hat mehrere große Landgüter dazu gekauft und niemand weiß, woher er das Geld dazu hat. Er vertreibt den Wein in ganz Lusitanien. Außerdem hat er auf seinen Gütern Weinberge anlegen lassen, um seinen eigenen Wein zu gewinnen und zu verkaufen. Er ist immer noch 1. Stadtsenator von Portos und hat ein gutes Verhältnis zum Statthalter.

So nun habe ich Dir alle Neuigkeiten erzählt. Nun berichte Du, wie es Dir ergangen ist.«

Sextus erzählte ihm seinen Werdegang, erwähnte aber das von ihm erworbene Vermögen nicht. Er fragte: » Plasus, hast Du dir auch das Aquädukt bei Tarraco angeschaut?«

»Natürlich Sextus, es ist das schönste und mächtigste Brückenbauwerk, das ich bisher gesehen habe. Die ganze Mannschaft ist zu diesem gewallt. Vor allem sind die Steine so passgenau zugeschlagen, dass überhaupt kein Mörtel verwendet werden musste. Ich möchte auch einmal so ein Bauwerk errichten können,« entgegnete Plasus. Sextus meinte: »Plasus, baue Du erst einmal an der Straße nach Norden damit wir das Gebiet der Arverner besser erreichen können.«

»Ja Sextus, wir bauen Dir die Straße; sorge nur für unsere Unterbringung und Verpflegung.« Scherzhaft meinte er:

»Dann darfst Du die Straße nach Deinem Namen Via Sextus nennen.«

»Plasus, das überlasse ich doch lieber dem Statthalter.«

In den späten Abendstunden endete das Gastmahl und am nächsten Morgen ritten die Pionieroffiziere mit Sextus und dessen Stab im Schutz einer Centurie Auxiliarreiterei in nördliche Richtung davon.

Die Landvermesser begannen schon ab dem Nordtor eine Straße neu abzustecken. Sie wiesen Sklaven an, zu beiden Seiten der geplanten Straße zugespitzte Eichenstecken einzuschlagen. Sie führten so die Straße kerzengerade zu einem Bergeinschnitt im ersten Höhenzug.

Schon bei diesem Ritt bestimmte Sextus den Standort der einzelnen Baulager, legte den Streckenabschnitt fest und teilte die Anzahl der pro Abschnitt beschäftigten Legionäre und Sklaven ein. Er ließ dies alles in eine Karte eintragen. Bis zur Provinzgrenze waren es von Narbo aus einhundertfünfzig Kilometer. Er teilte diese Strecke in dreißig Bauabschnitte ein und bestimmte zwei Centurien Legionäre pro Abschnitt. Dazu noch Sklaven für die schwere Arbeit im Gebirge und in den Steinbrüchen.

Die Geologen ließ er geeignete Standorte für Steinbrüche und Kieswerke festlegen. Nach seiner Rückkehr ins Lager wies er die Legionäre an, sich marschbereit zu machen.

Gleichzeitig teile er die Sklaven den einzelnen Centurien zu und regelte die Arbeitsstärken in den Steinbrüchen und den Kieswerken.

Anschließend suchte er den Kaufmann Eusebio Plato auf, übergab ihm eine Karte mit dem geplanten Verlauf der Straße und dem Standort der einzelnen Arbeitslager, Steinbrüche, Kieswerke und die jeweilige Mannschaftsstärke. Er vereinbare mit ihm folgende Lieferungen:

Pro Mann und Tag

dreihundert Gramm Weizenkorn

0,5 Liter Wein
0,3 Liter Olivenöl
dreihundert Gramm frisches oder eingelegtes Gemüse
einhundert Gramm Honig
einhundert Gramm Hartbrot
dreißig Gramm Garum
sowie
5 x pro Monat fünfhundert Gramm frisches oder geräuchertes Schweinefleisch, ersatzweise frische oder geräucherte Wurst.

Sextus handelte mit dem Kaufmann für diese Lieferungen frei Baustelle, einen Tagessatz von zwei Sesterzen pro Person aus. Er drohte ihm: » Plato, falls Du eine schlechte Qualität lieferst, den Wein verwässerst, oder meine Leute wegen verspäteter Lieferungen Hunger leiden müssen, bezahle ich die Lieferungen nicht, beauftrage einen anderen Lieferanten, suche Dich persönlich auf und werde Dich zur Rechenschaft ziehen. Solltest Du jedoch pünktlich in guter Qualität liefern, hafte ich persönlich dafür, dass Du Dein Geld umgehend bekommst.«

»Centurio, ich versichere Dir, dass genug Lebensmittel in Narbo auf Lager liegen. Was ich nicht selbst führe, kann ich leicht von den anderen Kaufleuten dazu kaufen. Auch der Transport ist kein Problem. Die hiesigen Fuhrunternehmer und Kaufleute haben genug Transportkapazität.

Bedenke aber, dass ich im Schnitt täglich Lebensmittel für zwanzigtausend Sesterzen liefern werde und gegenüber Dir in Vorleistung gehen muss. Deshalb bitte ich Dich, an mich Abschlagszahlungen und einen Vorschuss von zweihunderttausend Sesterzen zu leisten.«

„Ehrenwerter Plato, liefere Du die Lebensmittel an die Baustellen. Für jede Baustelle ist ein Verwalter eingeteilt. Dieser nimmt die Lebensmittel gegen eine Quittung in Empfang. Eine Zweitschrift dieser Quittung geht über mich an den Rechnungsführer der Legion. Stelle Deine Rechnung anhand der Quittungsbelege aus und reiche sie beim Rechnungsführer ein. Wenn die Belege übereinstimmen und keine Klagen hinsichtlich der Menge und der Qualität der Ware eingehen, bekommst Du umgehend den aufgelisteten Betrag ausgezahlt. Sollte die Qualität schlecht sein, oder verwässerter Wein geliefert werden, wird die Forderung dafür gestrichen und ein anderer Kaufmann wird mit der Lieferung betraut.

In sechs Tagen müssen die Lebensmittel auch die am weitesten von hier gelegene Baustelle erreicht haben. Abschlagszahlungen werde ich nicht leisten. Jedoch bekommst Du einen Vorschuss von vierhunderttausend Sesterzen. Sollte ich für neu eingestellte Arbeitskräfte zusätzlich Lebensmittel benötigen, oder falls wegen irgendwelcher Vorkommnisse die Bautätigkeit ruhen muss, gebe ich Dir Bescheid. Du erhöhst dann Deine Lieferungen, beziehungsweise setzt sie aus.«

Sextus setzte zusammen mit Plato einen entsprechenden Vertrag auf und jeder erhielt eine Ausfertigung. Sie geloben sich gegenseitig nach bestem Können, den Vertrag zu erfüllen.

Er suchte dann den Vorsitzenden des Stadtsenates von Narbo auf und forderte von ihm, fünfhundert städtische Sklaven für die Materialgewinnung kostenlos abzustellen. Dieser sicherte dies zu.

Dann begab er sich zum Statthalter auf und berichtete ihm den Sachstand. Er bemerkte, dass am kommenden Tag schon eine Vorauszahlung von vierhunderttausend Sesterzen fällig sei.

Anschließend rief er die 1. Centurios der Legion, den Führer der cartagenischen Auxiliarreiterei Alvito und den Führer der makedonischen Auxiliarreiterei Melsa Epros zu einer Besprechung und lud dazu den Legaten Strabo und dessen Stab ein.

Er zeigte auf einer Karte der Versammlung den Streckenverlauf der Straße, sowie die Lage der einzelnen Baustellen und teilte die Centurien dementsprechend ein. Er trug vor: »Gemäß der vom Statthalter und unserem Legaten erteilten Ermächtigung, befehle ich den Aufbruch der Legion für den übernächsten Tag. Vom Lagerverwalter bekommt ihr Verpflegung für fünf Tage. Nehmt das erforderliche Baugerät, Eure Ausrüstung und die Zelte mit. Die den einzelnen Centurien zugeteilten Legionssklaven marschieren mit und verrichten zusammen mit den Legionären die erforderlichen Arbeiten. An jeder Baustelle werden fachkundige Pioniere auf Euch warten und die Einzelanweisungen geben. Für jede Baustelle ist aus Eurer Mitte ein gewissenhafter, ehrlicher und schriftkundiger Legionär zu benennen, der als Verwalter eingesetzt wird. Diese Legionäre möchte ich in einer

Stunde zur Einweisung hier sehen. Da Ihr schwer arbeiten müsst, habe ich für eine gute Verpflegung Sorge getragen. Der Kaufmann Plato wird sie anliefern. Die makedonische Auxiliarreiterei sichert die Baustellen, nimmt Späherdienste vor und führt Erkundungsritte durch. Sie errichtet ein Lager bei der Baustelle 9. Die cartagenische Auxiliarreiterei organisiert den Transport der Materialien aus den Steinbrüchen und Kieswerken zu den Baustellen. Je fünf Centurien dieser Auxiliarreiterei errichten ein Lager bei den Baustellen Nr. 3, 7, 10 und 14. Der Pionierabteilung der Legion werden die fünfhundert Sklaven der Stadt Narbo zugeteilt. Sie betreibt mit diesen und den Steinschleuderer von den Balearen die Steinbrüche und Kieswerke, den Holzeinschlag und die Sägegruben. Die Pioniere sprechen sich mit den Leitern der Baustellen ab und liefern die nötigen Materialien an. Sie stellen ebenfalls einen Verwalter, desgleichen die Auxiliarreiterei. Ich möchte, dass keinerlei Leerlauf entsteht. Falls es Schwierigkeiten gibt, bin ich durch Boten sofort zu unterrichten.«

Die als Verwalter eingeteilten Legionäre klärte er über ihre Pflichten und die Modalitäten auf. Er ermahnte sie: »Legionäre, bitte prüft genau, ob die Qualität der angelieferten Lebensmittel gut ist und ob die Menge stimmt. Schickt nach einer Lieferung den Beleg umgehend an mich, bestätigt die Menge der Lebensmittel und teilt diese in die Klassen „sehr gute Qualität, gute Qualität, mittlere Qualität und schlechte Qualität ein. Vermerkt auch den Namen des Transportführers auf dem Beleg. Errichtet ein Verpflegungslager und gebt an die Zeltgemeinschaften die Verpflegung aus. Bitte arbeitet gewissenhaft. Ich zahle an den Kaufmann Plato nur die Menge an Lebensmittel, die Ihr bestätigt habt. Fordert für defekte Stücke neues Werkzeug an. Durch Eure Stellung als Verwalter seid ihr von den körperlichen Arbeiten beim Straßenbau ausgenommen. Meine Boten reiten ständig die Baustellen, Steinbrüche und Kieswerke ab. Gebt ihnen die Post an mich mit.« Der 4. Centurio Assus fragte: » Leptonius, wenn schlechte, oder verdorbene Ware geliefert wird, sollen wir diese dann annehmen?«

»Ja, nehmt sie an, stellt die Schäden an der Ware fest und dokumentiert sie.«

Ab dem übernächsten Tag ritt Sextus mit seinem Stab die Baustellen erneut ab, prüfte, ob die eingeteilten Pioniere schon anwesend waren und ob die Auxiliarreiterei, die Lager vor Angriffen schützte. Es war alles zu seiner Zufriedenheit. Auf dem Rückritt kamen ihm schon die Legionäre entgegen und besetzten die einzelnen Baustellen. Nach einem weiteren Tag sichtete er die ersten Lebensmitteltransporte. Durch die vielen Fuhrwerke entstand neben der abgesteckten Straßentrasse ein unbefestigter Karrenweg. Aus dem Kieswerk bei der Baustelle 1 waren schon Fuhren mit Schotter an die Baustelle geliefert worden. Auch der Steinbruch zwischen der ersten und der zweiten Baustelle war schon in Betrieb.

Sextus freute sich, sprach beim Statthalter vor und gab diesem einen mündlichen Zwischenbericht.

Er versammelte seinen Stab um sich und gab seinen Mitarbeiter für den nächsten und übernächsten Tag frei und setzte den Abmarsch für 07.00 Uhr am darauf folgenden Tag fest.

Am nächsten Tag suchte er seinen Verwalter Lucius Aser im Bankhaus Medinas auf und ließ sich von diesem Bericht erstatten. Aser erläuterte: »Werter Centurio, ich konnte alle Wohnungen und die Läden in Deiner Insula vermieten. Hier sind meine Abrechnungen. Ich konnte bis jetzt zweitausend Sesterzen einnehmen und habe nach Abzug meiner Provision eintausendachthundert Sesterzen Deinem Konto gutgeschrieben. Die Mieteinnahmen betragen zur Zeit eintausendzweihundert Sesterzen pro Monat. Das Anwesen ist eine gute Kapitalanlage. Die Läden und Wohnungen in dieser Insula sind begehrt, da immer mehr Handwerker und Kaufleute nach Narbo ziehen. Auch Dein Grundstück nördlich der Stadt hat dadurch einen großen Wertzuwachs erhalten. Wenn Du willst, parzelliere ich es und verkaufe es als Bauland an Interessierte.«

»Ich danke Dir Aser, das Grundstück will ich jetzt noch nicht verkaufen. Es wird noch weiter im Wert steigen.«

Danach suchte er den Kaufmann Plato auf. Er übergab ihm eine Karte und sprach: »Salve Kaufmann Plato, ich übergebe Dir hier nochmals eine Karte, auf dem die genaue Lage der einzelnen Lager, der Steinbrüche und der Kieswerke eingezeichnet und die jeweilige Mannschaftsstärke vermerkt ist. In den ersten Lagern hat sich die Personenzahl durch die Zuordnung von Sklaven vermehrt. Bitte beliefere diese Lager gemäß der angegebenen Personenzahl. Gegenüber unserer ersten Abmachung hat sich auch die Anzahl der Sklaven in den Gebirgsbaustellen und den Baustellen zehn und elf geändert. Sie wurden um die fünfhundert Sklaven der Stadt Narbo aufgestockt.«

Vor dem Abmarsch am dritten Tage teilte Sextus sieben Boten zur Überbringung und Abholung von Nachrichten ein. Er gab folgende Anweisung: »Der erste Bote reitet heute mit uns mit zur Baustelle Nr. 10. Am nächsten Tag zur Baustelle Nr. 20 und am dritten Tage zur Baustelle Nr. dreißig. Von dort reitet er zurück nach Narbo, so dass er nach sechs Tagen wieder hier ist.

Er ruht sich einen Tag aus und reitet diese Tour erneut. Der zweite bis zum siebenten Boten reitet die gleiche Strecke, jeweils um einen Tag zeitversetzt. Die Post ist mir zuzustellen. Ich bin entweder auf der Strecke oder im Verwaltungsbau des Legionslagers anzutreffen. Es wird so gewährleistet, dass jegliche Post innerhalb von drei Tagen bei mir oder in Narbo ist.«

Sextus überzeugte sich bei seinen Inspektionsritten über den Fortgang der Arbeiten und fragte, ob man etwas verbessern könne. Lediglich an den Gebirgsbaustellen erhielt er den Hinweis, dass das Gestein sehr hart wäre und die Meißel rasch stumpf würden. Er ließ ein Schreiben an den Legionslegaten Strabo aufsetzen mit der Bitte noch zwei Schmiede zu den Baustellen zu senden.

Nach zehn Tagen war Sextus wieder in Narbo und erstattete dem Statthalter und seinem Legaten Bericht. Er prüfte in den folgenden Tagen die Quittungen der angelieferten Lebensmittel.

27

111 v.Chr., Versorgung der Legionäre

Inzwischen war es Januar 111 vor Christi geworden. Zu Konsulen in Rom waren die Senatoren Cornelius Scipio Nasica und Lucius Calpurnius Bestia gewählt worden.

Alle Arbeiten auf den Baustellen gingen zügig voran. Die Lebensmittelversorgung klappte. Der Kaufmann Plato reichte seine Rechnungen monatlich ein. Sextus ließ sie mit den Quittungsbelegen vergleichen und den geforderten Betrag auszahlen.

Am 15. Januar erhielt er von dem Verwalter der vierten Baustelle, dem 4. Centurio Assus folgendes Schreiben: »Salve Centurio, zur 4. Baustelle wurden vor drei Tagen, am 11. Januar 111 v. Chr., fünf Amphoren mit Wein geliefert. Ich habe den Empfang ordnungsgemäß bestätigt. Der Name des Transportführers war L. Sempronius.

Heute haben wir eine der Amphoren geöffnet und den Wein ausgeschenkt. Dabei stellten wir fest, dass dem Wein zu ungefähr einem Drittel Wasser zugesetzt worden war. Ich inspizierte deshalb die anderen Amphoren und bemerkte, dass der Originalverschluss Beschädigungen aufwies, die mit Lehm wieder verschmiert worden waren. Ich probierte den Wein. Er war ebenfalls verwässert.«

Sextus befand sich gerade auf dem Rückritt von der 8. Baustelle, als er den Brief erhielt. Er sandte an die Verwalter aller Baustellen einen Brief mit folgendem Inhalt: »Am 11. Januar wurden von dem Frachtführer Sempronius fünf Amphoren mit verwässertem Wein an die 4. Baustelle geliefert. Alle Verwalter werden angewiesen, die angelieferten Amphoren dahingehend zu überprüfen, ob der Verschluss oder das Siegel verletzt und ob der Wein verwässert worden ist. Ich erwarte einen schnellstmöglichen Bericht. darüber, wann solcher Wein geliefert wurde, wie viel geliefert wurde und wer der Frachtführer war.«

Nach sechs Tagen waren alle Berichte in Narbo eingegangen. Es war daraus ersichtlich, dass nur der Frachtführer Sempronius gepanschten Wein an weitere sechs Baustellen geliefert hatte.

Sextus besuchte den Kaufmann Plato und teilte ihm seine Erkenntnisse mit. Er legt dar, dass ihm über Sempronius einundzwanzig Amphoren mit verwässertem Wein geliefert worden waren und dass er den entsprechenden Betrag von seinen Rechungen abziehen werde. Wie er mit Sempronius klar kommen würde, sei ihm egal. Bei einem nochmaligen solchen Vorkommnis, werde er den Vertrag kündigen und seinen Konkurrenten, den Kaufmann Fabius mit der Lieferung der Lebensmittel beauftragen.

Plato meinte, dass er doch nichts dafür könne, wenn Sempronius, oder jemand anderes den Wein verwässern würde und deshalb die Rechnung nicht gekürzt werden dürfe.

Sextus hielt ihm vor, dass er sein Vertragspartner sei und nicht Sempronius. Er habe sich verpflichtet einwandfreie Ware zu liefern. Wenn in seiner Firma Betrügereien vorkommen würden, müsse er dafür gerade stehen. Er solle sein Geld von Sempronius zurück fordern und sofort eine Ersatzlieferung veranlassen.

Plato las noch einmal die Bestimmungen des Vertrages. Er lenkte ein und bemerkte: »Centurio, ich sehe, dass ich laut Vertrag verantwortlich bin. Ich verständige sofort den Stadtädilen und erstatte Anzeige. Bitte komme mit mir, damit Du die Angelegenheit bezeugen kannst. Anschließend begleite mich bitte zu meinem Weinlager. Vielleicht können wir dort neue Erkenntnisse gewinnen.«

Sie suchten zusammen den Stadtädilen Crummus auf und brachten ihr Anliegen vor. Crummus ging mit ihnen zum Weinlager und ließ sich von einem Stadtcenturio und drei Bütteln begleiten. Im Weinlager trafen sie den Lagerverwalter Mensus und auch den Frachtführer Sempronius an. Crummus stellte den Sempronius zur Rede und warf ihm vor, Wein verwässert und an die Baustellen geliefert zu habe.

Sempronius rief alle Götter, aber insbesondere Mercur, den Schutzgott der Kaufleute an und beteuerte, keinen Wein gepanscht und nur die jeweils von Mensus bezeichneten Amphoren aufgeladen und zu den Baulagern gebracht zu haben. Er habe ja gar keine Möglichkeit, den Wein zu verwässern.

Crummus wandte sich deshalb an den Lagerverwalter Mensus. Er hielt ihm vor, dass nur er den Wein verwässert haben könne, falls Sempronius die Wahrheit gesagt habe.

Mensus wurde ganz blass im Gesicht, lief dann rot an, entgegnete aber in überheblichem Ton:

» Werter Stadtädil Crummus. Ich bin ein ehrlicher Bürger dieser Stadt und bekomme von meinem Arbeitgeber ein gutes Gehalt. Ich habe es nicht nötig, Wein zu panschen. Dem Frachtführer Sempronius habe ich immer original verschlossene und versiegelte Amphoren mit Wein ausgegeben. Wenn der Wein verfälscht wurde, so kann dies nur Sempronius getan haben.«

Sempronius schrie auf : »Ich schwöre einen heiligen Eid. Ich habe keinen Wein verfälscht. Der Wein wird hier von Sklaven auf meine Karren verladen. Ich bestätige den Empfang über die aufgeladenen Amphoren und lade diese so wie empfangen bei den Baustellen ab.«

Crummus sah, dass sie so nicht weiter kommen würden, und befahl seinen Bütteln, das Lager zu durchsuchen.

Sie sahen am Landausgang des Lagers einen Sklaven Weinamphoren auf einen Wagen laden. Plato rief diesen Sklaven zu sich und fragte ihn, wie er heiße und welche Tätigkeit er hier ausübe.

»Ich heiße Cramos, Du bist mein Herr und hast mich vor einem Jahr auf dem Sklavenmarkt in Narbo gekauft. Ich verrichte hier alle Arbeiten, die anfallen,«

»Gut Cramos, dies ist der Stadtädil Crummus. Du wirst seine Fragen wahrheitsgemäß beantworten.« Crummus fragte: »Cramos, hast Du hier schon einmal Wein mit Wasser verdünnt und wenn ja, wer hat dies angeordnet?«

»Edler Herr, seit wir die Baustellen beliefern! « Hier wurde er von Mensus unterbrochen. Dieser rief: »Du verkommener Sklave. Mache ja keine falsche Aussage, sonst werde ich Dich in die Steinbrüche verkaufen lassen.« Cramos war sichtlich verunsichert und setzte seine Aussage nicht fort.

Crummus befahl: »Stadtcenturio, nimm den Mensus fest, bringe ihn in sein Büro und bewache ihn.«

Zu dem Sklaven gewandt sprach er: »Jetzt kannst Du ohne Angst zu haben uns die ganze Geschichte erzählen.« Cramos berichtete stockend und mit Pausen. »Seit einem Jahr verrichte ich hier Lagerarbeiten. Mensus ist ein strenger Herr. Er hat schon Sklaven, die ihm nicht passten, Dir Herr,« er deutete auf Plato, » gemeldet und Du hast diese verkaufen lassen. Er greift gerne zur Peitsche. Ich habe mich, um nicht verkauft zu werden, ihm voll untergeordnet. Am Anfang ist mir nichts aufgefallen, doch dann habe ich bemerkt, dass er von den angelieferten wertvollen Gewürzen einen Teil abzweigt und in sein Kontor bringt. Seit Mitte November beliefern wir die Straßenbaustellen. Ich hatte die Listen zu führen. Mensus hat mich angewiesen, von ankommenden Weinamphoren ein Drittel des Inhaltes in leere, frisch angelieferte Amphoren umzuschütten und die Fehlmenge mit Wasser aufzufüllen, die Verschlüsse wieder aufzusetzen und das Ganze mit Lehm zu verschmieren. Diese Amphoren sollte ich nur auf die Karren des Sempronius laden. Sempronius wusste aber davon nichts.«

Plato fragte: »Wieso hast Du mir davon nichts gesagt?«

»Herr, ich habe mir gedacht, dass Du dies weißt und duldest, zumal Du ja zwei Sklaven, die dem Mensus nicht genehm waren, verkauft hast. Erst jetzt ist mir bewusst geworden, dass Dich Mensus hintergangen hat.«

Crummus ließ sich von Cramos noch die leeren und die bereits mit dem abgezweigten Wein gefüllten Amphoren, sowie die mit verwässertem Wein gefüllten Amphoren zeigen. Dann ordnete er ein Durchsuchung des Kontors des Mensus an und stellte in einem großen verschlossenen Schrank ein große Menge von Gewürzen, meist Pfeffer und Safran, fest. Er hielt die Tatbestände dem Mensus vor. Dieser zeigte eine grimmige Miene und antwortete nicht.

Plato entließ deshalb Mensus offiziell und sofort aus seinen Diensten, zeigte ihn wegen Diebstahls, Betrugs und Veruntreuung an und fordere die Bezahlung des angerichteten Schadens. Er bestimme, dass seine Geschäfte bis auf weiteres der Sklave Cramos führen würde. Mensus antwortete gehässig, dass er ja fordern könne, von ihm aber keinen Sesterz erhalten würde.

Crummus befahl dem Stadtcenturio mit seinen Bütteln den Mensus in das Stadtgefängnis einzuliefern und anschließend sein Wohnanwesen zu durchsuchen.

Der Centurio bestätigte den Befehl.

Cramos warf sich vor Plato auf die Knie und dankte ihm. Er versicherte, dass er seine Arbeit immer gewissenhaft ausgeführt habe. Er war dem Plato unendlich dankbar, dass ihm der Posten des Mensus übertragen worden war. Er versprach fleißig und ehrlich zu sein und ihn nicht zu enttäuschen.

Sextus, der nur als Zeuge zugegen war, begab sich in das Legionslager zurück. Er berichtete dem Legaten und dem Statthalter von dem Vorkommnis. Später erfuhr er, dass Mensus schon seit Jahren über seine Verhältnisse gelebt und von den veruntreuten Waren sich eine kleine Villa gekauft hatte. In dieser Villa waren noch mehr aus dem Lager des Plato unterschlagene Waren gefunden worden.

Das Urteil gegen Mensus lautete auf Einzug der Immobilie und des gesamten sonstigen Vermögens zugunsten des Staates, sowie die Abfindung des Plato aus der Vermögensmasse.«

28

Krieg gegen die Arverner 111 v.Chr.

Zwei Monate später, am 10. Juli 111 v . Chr., erhielt Sextus von dem Reiterführer der makedonischen Auxiliarreiterei folgendes Schreiben: »Salve Centurio! Gemäß Deinem Auftrage berichte ich Dir, dass meine Späher zunehmend Unruhe bei den Arvernern nördlich der Provinzgrenze am Ende der zu bauenden Straße festgestellt haben. Trupps von arvernischen Kriegern überqueren die Provinzgrenze und versuchen den Straßenbau zu stören. Ich erfahre soeben auch von meinen Spähern, dass sich größere Einheiten von Arvernern zusammen rotten. Ich habe die Leiter der einzelnen Baustellen, Deine Erlaubnis vorausgesetzt, bereits gewarnt.«

Gleichzeitig mit dem Brief erhielt Sextus eine Vorladung zum Statthalter und dem Legaten. Er suchte diesen im Statthalterpalast auf und traf ihn und seinen Stab im Beratungszimmer an. Der Statthalter Papirius Carbo begrüßte ihn und erklärte, dass er den Stab einberufen habe, weil es beunruhigende Meldungen aus Arvernien gebe.

Sextus entgegnete, dass er soeben auch diese Nachrichten erhalten habe und vorschlage, die Bauarbeiten bis zur Beruhigung der Lage einzustellen.

Der Statthalter, der auch mit prokonsularischer Gewalt regierte, war damit einverstanden und befahl Sextus alle seine Bauarbeiter und die Auxiliarreiterei in das Baulager im Nordwesten zu schicken. Der Legat Strabo würde dort die Legion übernehmen. Dieser bekäme außerdem die römische Reiterei der Provinz und die dreißig Centurien römischer Infanterie der Provinz zugeordnet. Wenn es sich nicht durch diplomatische Schritte verhindern ließe, würden sie, in das Gebiet der Arverner einrücken. Strabo fragte: »Sage mir, Leptonius, wie ist der körperliche Zustand der Legionäre?«

» Legat, der physische Zustand der Truppe ist sehr gut. Durch die schwere Arbeit sind die Legionäre körperlich gestählt. Aber etwas Exerzieren tut ihnen bestimmt gut.«

»Nun, daran werde ich es nicht fehlen lassen!«

Carbo gab an Strabo den Befehl für den Abmarsch am übernächsten Tag. Gleichzeitig sandte er einen Eilboten mit den gewonnenen Erkenntnissen an den Senat der Stadt Rom und teilte mit, dass er, um einen Angriff der Arverner zu unterbinden, seine Truppen an der Nordgrenze der Provinz postieren werde, und wenn Feindseligkeiten erfolgen sollten, diese mit den Waffen bekämpfen werde.

Bevor Sextus im Stab des Legaten zum Lager ritt, gab er an die Centurios der Baustellen und Werke, sowie der Auxiliarreiterei und die Schleuderer den Befehl heraus, die Bauarbeiten abzubrechen und sich bei der nördlichsten Baustelle zu versammeln. Dort würde der Legat den Befehl übernehmen.

Den Kaufmann Plato suchte er auf und setzte den bestehenden Vertrag aus. Er vereinbarte mit ihm, dass er seine Transporte in das Lager an der Provinzgrenze umleiten solle. Dort solle er dann mit dem Lagerverwalter neue Verträge über die Belieferung der Armee mit Lebensmittel aushandeln.

Danach besuchte Sextus seinen Verwalter Lucius Aser im Bankhaus Medinas auf und ließ sich über seine Vermögensverhältnisse unterrichten. Sein Vermögen hatte sich erheblich vermehrt.

Am Nachbartisch unterhielt sich eine etwa siebenundzwanzig Jahre alte stattliche und hübsche Frau, die ein kleines Mädchen bei sich hatte, mit einem Schalterbeamten. Sie war vornehm gekleidet, und das Mädchen war richtig herausgeputzt. Obwohl Sextus nicht lauschte, bekam er mit, dass die Frau ein Darlehen wünschte und der Bankbeamte es ihr verweigerte.

Bei der Frau handelte es sich um Camilla Herrenius, der Witwe eines römischen Veteranen, der vor einem halben Jahr nach einem Unfall verstorben war. Sie war mittellos und lebte allein in Narbo. Sie wollte ein Darlehen zur Eröffnung einer Schneiderwerkstatt erlangen. Da sie keine Sicherheiten vorweisen konnte, verweigerte ihr die Bank dieses. Dieses erfuhr Sextus alles von Aser.

Er hörte weiter dem Gespräch zu. Camilla Herrenius flehte den Bankbeamten an: »Ehrenwerter Herr, ich bin gezwungen zu arbeiten.

Das einzige, was ich gut kann, ist das Schneidern von Damenkleidern. Um mir Stoffe und Ausstattung kaufen zu können, brauche ich unbedingt ein Darlehen von zehntausend Sesterzen. Ich bin mir sicher, dass ich die Raten fristgerecht zurückzahlen kann.«

»Schaut gute Frau,« entgegnete der Bankvertreter, » es ist ja nicht nur der Darlehensbetrag, sondern es müssen auch Zinsen gezahlt werden. Diese betragen zwei Prozent der Darlehenssumme pro Monat. Ich kann Dir das Geld nicht geben und ich glaube nicht, dass Du bei einer anderen Bank mehr Glück hast.

Ihr seid die schönste Frau, die ich kenne. Wenn Ihr wirklich Not leidet, gäbe es ja auch noch eine andere Möglichkeit Geld zu verdienen. Es gibt in der Stadt bestimmt genug vermögende Männer, die sich von Dir gerne etwas trösten ließen.« Camilla Herrenius stand empört und weinend auf. Sie packte ihre Tochter an der Hand und rief: »Komm Didia, hier haben wir nichts mehr verloren« und verließ die Bank.

Sextus fragte seinen Verwalter, ob diese Frau vertrauenswürdig sei?

»Ja, Centurio, sie ist als fleißig und ehrlich bekannt, aber da sie kein Eigenkapital hat, ist der Bank das Risiko einer Darlehensvergabe zu hoch.«

Einem Impuls folgend ließ sich Sextus einen Betrag von fünfzehntausend Sesterzen auszahlen, erkundigte sich nach der Wohnung von Camilla und suchte sie dort auf. Sie wohnte im 1. Stockwerk einer Insula in einer Seitengasse nach dem Tempel der Diana. Er traf sie niedergeschlagen und weinend an einem Tisch sitzend an. Ihr Töchterchen stand neben ihr und streichelte ihre Arme. Camilla blickte erstaunt den Besucher an. Sie hatte ihn während ihrer erregten Auseinandersetzung im Bankhaus nicht bemerkt.

Sextus stellte sich mit seinem Namen, sowie als Centurio in der VII. Legion vor und bemerkte, dass er unfreiwillig das Gespräch in der Bank mitgehört habe. Da er über sie eine positive Auskunft erhalten habe, biete er ihr ein Darlehen in Höhe von fünfzehntausend Sesterzen an, da zehntausend Sesterzen für ihr Vorhaben kaum ausreichen würden. Wenn sie zustimme, würde er für das Darlehen einen monatlichen Zins von einem Prozent berechnen.

Camilla Herrenius blickte Sextus misstrauisch an. Sie fragte: »Centurio, wie kommst Du dazu, mir zu vertrauen und einen Kredit anzubieten. Welche Hintergedanken hast Du. Welche Bedingungen oder Erwartungen verknüpfst Du mit dem Angebot. Willst Du mich, eine allein stehende Witwe unter Druck setzen, oder hast Du gar die Absicht, mein Lager zu teilen?«

Sextus lachte: »Nein, nein, ich habe keine Hintergedanken. Ich wittere nur ein gutes Geschäft. Wenn alles gut läuft, steige ich vielleicht mit einem größeren Geldbetrag bei Dir ein, und wir werden Partner. Also, wenn Du an dem Darlehen interessiert bist, erzähle mir doch, wie Du die ganze Sache aufziehen willst.«

Camilla hatte sich schon die ganzen letzten Monate Gedanken darüber gemacht, wie sie eine Schneiderwerkstätte betreiben könnte. Deshalb sprudelte es nur so aus ihr heraus:

»Ich habe mir gedacht, dass ich hier in der Wohnung, sie ist groß genug, meine Werkstatt einrichte. Dann werde ich feine Stoffe aus Rom und Massalia einkaufen. Ich habe schon Kleiderentwürfe gefertigt und werde einen guten Zeichner damit beauftragen, kleine Modellzeichnungen meiner Entwürfe zu malen. Damit suche ich vornehme und reiche Damen in Narbo auf und biete meine Dienste an. Du musst wissen, dass die Damen in Narbo genau so gekleidet sein wollen, wie die in Rom, Mediolanum (Mailand) und Capua. Schau doch her,« sie fasste an ihr Kleid, » dieses Kleid habe ich selbst geschneidert, und es ist von keinem in Rom gefertigten Kleid zu unterscheiden. Im Gegenteil, die Gewänder aus Rom sind schlechter geschnitten, mangelhaft zusammengenäht und dazu noch sehr teuer.«

Sextus bemerkte: »Ich sehe schon, Du wirst die schönsten Kleider in Narbo schneidern. Willst Du nun das Darlehen annehmen?«

»Ja, wenn Du mir den Kredit nicht gleich wieder kündigst und mir dann meine Einrichtung wegnimmst.«

Sextus meinte: »Sei unbesorgt. Ich werde alles schriftlich festhalten und komme morgen mit einem dementsprechenden Vertrag vorbei.« Camilla freute sich und ihre Wangen färbten sich rot. Sie sprach: »Sage mir Centurio nochmals Deinen Namen und erzähle mir, wo Du herkommst und warum Du so vermögend bist.«

Leptonius tat ihr den Gefallen. Dann fragte er sie nach ihrem bisherigen Leben. Camilla Herrenius berichtete: »Ich wurde vor siebenundzwanzig Jahren in Messena (Messina) auf Sizilien geboren und bin auch dort aufgewachsen. Meine Eltern hatten eine kleine Schneiderwerkstatt und ich lernte bei ihnen das Entwerfen, Zuschneiden und Nähen von Kleidern. Meinen Mann, Claudius Herrenius, lernte ich in Messena kennen. Er war 2. Centurio in der achten Legion, die zur Unterwerfung eines Sklavenaufstandes in Sizilien eingesetzt war. Wir heirateten nach seiner Entlassung aus der Armee im Jahre 115 vor Chr. und ließen uns hier in Narbo nieder. Ich suchte mir zunächst eine Beschäftigung in einer Garküche, wollte aber schon damals eine Schneiderei eröffnen, aber noch etwas Geld ansparen. Claudius wurde Transportführer. Es ging uns finanziell sehr gut, bis zu dem Zeitpunkt als mein Mann an einem Bergabhang mit dem Transportwagen in einen Bach stürzte. Er verletzte sich schwer und wurde zu mir nach Narbo gebracht. Ich pflegte ihn ein Jahr lang. Vor einem Jahr ist er verstorben. Schon vor dem Unfall war ich schwanger von ihm und brachte unsere Tochter Didia zur Welt, als er drei Monate schon zu Hause war. Durch die Krankheit verbrauchten wir unsere gesamten Ersparnisse, und Du siehst mich hier als mittellose Frau.«

»Nun, das muss ja nicht so bleiben,« entgegnete Sextus. »Ich ziehe übermorgen mit der Legion nordwärts und werde nach meiner Rückkehr bei Dir vorbeischauen.«

Sextus brachte am nächsten Tag den Vertrag vorbei und bestimmte, dass Camilla Herrenius monatlich den Betrag von einhundertfünfzig Sesterzen bei Lucius Aser auf sein Konto einzahlen sollte. Er händigte ihr gegen Quittung den Betrag von fünfzehntausend Sesterzen aus.

Für Didia brachte er Süßigkeiten mit. Das Kind strahlte über das ganze Gesicht. Es war zu sehen, dass sie so etwas schon lange nicht mehr bekommen hatte.

Nachdem die Nachricht bekannt wurde, dass die Arverner die Provinz angreifen wollten, fielen die Immobilienpreise in der Stadt und im Umland auf einen Tiefstand. Sextus dachte sich, es wäre jetzt günstig, weitere Ländereien und Anwesen zu erwerben. Er suchte den städtischen Beamten Aurelius Scotta, mit dem er schon einmal Geschäfte getätigt hatte, auf und fragte ihn, ob die Stadt Narbo Gebäude,

Baugrundstücke und Ländereien verkaufen würde. Aurelius bot ihm eine Vielzahl von Objekten an. Die Stadt Narbo brauchte Geld, da sie wegen des Straßenbaues eine hohe Steuer an den Statthalter zahlen musste. Da bisher die Immobilienpreise sehr hoch waren, hatte niemand Grundstücke gekauft. Scotta wusste, dass Sextus prompt zahlen und die Stadt damit sofort ihr Geld bekommen würde. Die nächste Bemerkung von Sextus bestätigte dies:

»Wenn der Preis stimmt, werde ich sofort kaufen und zahlen. Sage mir, was Du anzubieten hast.«

Scotta bot folgende Grundstücke an:

1 Grundstück mit zweihunderttausend Quadratmeter rechts der Nordstraße, zwei Kilometer außerhalb des Stadttores für zwanzigtausend Sesterzen

1 Grundstück mit einhunderttausend Quadratmeter gegenüber auf der linken Straßenseite für zehntausend Sesterzen

1 Insula am Hafen für fünfundzwanzigtausend Sesterzen

1 Insula hinter dem Tempel des Appollo für achtundzwanzigtausend Sesterzen

1 Ackergrundstück mit Bauernhaus, zweihunderttausend Quadratmetern groß, zehn Kilometer vor dem Westtor, für zehntausend Sesterzen.

Sextus besichtigte mit Scotta die Lage der für insgesamt dreiundachtzigtausend Sesterzen angebotenen Grundstücke und die Bausubstanz der Insula. Er entschloss sich, alle zum Verkauf stehenden Immobilien zu kaufen und bot eine Gesamtsumme von fünfundfünfzigtausend Sesterzen.

Scotta tat entrüstet und weigerte sich, dieses Angebot zu akzeptieren.

Sextus meinte, dass dann halt nichts aus dem Geschäft werden würde, drehte sich um, verabschiedete sich von Scotta und ging zur Türe. Ein lauter Ruf ließ ihn stehen bleiben. Scotta rief: »Centurio, halt inne, erhöhe Dein Angebot auf siebzigtausend Sesterzen und der Kauf ist perfekt.« Sextus erhöhte sein Angebot auf fünfundsechzigtausend Sesterzen und kaufte zu diesem Preis die Grundstücke und die Immobilie.

Scotta ließ sofort die Verträge ausfertigen, und Sextus ging zum Bankhaus Medinas, hob den Betrag ab und verständigte seinen Verwalter Lucius Aser von dem Kauf. Er brachte den Betrag dem Aurelius Scotta, ließ sich den Empfang bestätigen und unterschrieb die Verträge.

Er fand sofort einen Pächter für das Landgut, einen römischen Bauern, dessen Besitz in Tuscien (Toskana) gepfändet worden war, und schloss mit diesem einen Pachtvertrag über fünf Jahre mit einer Verlängerungsklausel ab. Sextus sollte als Pacht die Hälfte des Gewinnes erhalten.

Am nächsten Tag ritt Sextus im Stab des Legaten Strabo zum neu errichteten Doppellegionslager. Sie konnten dabei die von ihm gebaute, bisher aber nur rollierte und mit Kies aufgeschüttete Straßentrasse benutzen. Überall sah man, dass die Bauarbeiten plötzlich abgebrochen worden waren. Nach zweieinhalb Tagen kamen sie im Legionslager an. Strabo wertete die dort eingegangenen Berichte der Späher aus. In einer geheimen Besprechung erfuhr er von dem Meisterspion, einem Gallier aus Arausia, der sich unerkannt in Arvernien bewegen konnte, die letzten Neuigkeiten. Dieser berichtete: »Legat, der Arvernerkönig Cemuntis hat seine Stammesfürsten offiziell aufgerufen, Frieden mit Rom zu halten. Inoffiziell hat er aber nichts dagegen, wenn die Stämme im westlichen Landesteil gegen Rom vorgehen. Wenn sie Erfolg haben, ist es sein Verdienst, wenn nicht, wird er gegenüber Rom weiter seine friedlichen Absichten bekunden und sich in die neue Lage fügen. Aus den nördlichen und westlichen Arvernergebieten haben sich ungefähr einhundert Kilometer von hier Infanteriekontingente, circa zwanzigtausend Mann versammelt. Aus den östlichen und den westlichen Gebieten ziehen nochmals ungefähr bis zu dreißigtausend Mann zum Sammelplatz. Er selbst befindet sich noch in seiner Hauptstadt Gergovia und will erst später zum Heer stoßen. Die Schmiede im ganzen Land und insbesondere in Gergovia stellen Waffen und Rüstungen her. Man will Rom beweisen, dass man unabhängig ist. Druiden durchziehen das ganze Land und hetzen gegen Rom.

Ich schätze, dass mit einem Angriff in zwei Monaten zu rechnen ist.« Strabo dankte für den Bericht, ließ tausend Sesterzen an den Spion auszahlen, wies ihn an, seine Tätigkeit fortzusetzen und Neuigkeiten umgehend zu berichten..

An den folgenden Tagen ließ Strabo das gesamte Heer marschieren und exerzieren. Die Befehle der Centurios hallten über den Platz. Sie beschimpften die Legionäre und trieben sie zu schnellerer und exakterer Ausführung an. Sextus hatte im Moment keine Aufgabe. Er schlenderte auf den Exerzierplatz und traf dort seinen ehemaligen Vorgesetzten, den 1. Centurio Cassus an. Dieser grüßte ihn und stand vor ihm stramm. Sextus ging auf ihn zu und umarmte ihn. Er rief: » Cassus, vor mir musst Du nicht stramm stehen. Nur Deiner guten Ausbildung habe ich es zu verdanken, dass ich die Kämpfe unbeschadet überstanden habe und in der Hierarchie aufgestiegen bin. Sage mir, sind noch alte Kameraden unter den Legionären der 1. Centurie?«

»Aber ja Sextus, dort hinten steht Marius Cussus, euer ehemaliger Zeltkoch. Wenn wir eine größere Feier in der Centurie haben, richtet sie Marius Cussus aus.« Sextus fragte: » Plinius Cassus, gestattest Du, dass ich ihn begrüße«

»Aber natürlich!«

Sextus ging auf Marius zu. Dieser trat ihm entgegen, stand stramm und sprach: »Salve Centurio. Es ist schön Dich von Angesicht zu Angesicht zu sehen. Ich habe Dich zwar auch auf der Baustelle gesehen, doch Du hattest es immer eilig. Was kann ich für Dich tun?«

»Lass doch die Förmlichkeit. Ich bin immer noch der alte Sextus. Erzähle mir lieber, wie es Dir ergangen ist?«

»Oh, danke, ich habe eigentlich ein leichtes Leben in der Legion. Jeder nimmt mir die Arbeit ab, wenn ich verspreche, nur gut dafür zu kochen. Ich probiere immer wieder neue Rezepte aus. Dank Deiner Fürsorge sind ja Nahrungsmittel und Wein reichlich vorhanden. Auch für private Gastmähler werde ich verpflichtet. So habe ich auch schon für den Legaten und seine Freunde und sogar für den Statthalter gekocht. Auch süßes Gebäck und sonstige Süßigkeiten kann ich herstellen. Wenn meine Dienstzeit ausläuft, werde ich mich als Koch in Rom verdingen. Die Nobilität zahlt Spitzenpreise für einen guten Koch und ich bin gut.« Sextus meinte: » Ja Marius, das wundert mich nicht. Es hat sich ja schon von unseren ersten Tagen in der Legion so abgezeichnet. Komme doch heute nach Dienstschluss in mein Quartier, damit wir uns über die alten Zeiten unterhalten können« Marius sagte zu. Sextus spazierte weiter über den Platz. Er sah den 3. Centurio Egeas Galanis und begrüßte ihn herzlich. Er fragte: » Egeas, hältst Du die Tarentiner immer noch für die von Jupiter bevorzugten Einwohner und der römischen Rasse überlegen?«

»Natürlich Sextus, aber wir ziehen den griechischen Göttervater Zeus dem Jupiter vor. Ansonsten fühle ich mich in der Legion wohl und hoffe, dass wir bald gegen die Arverner ziehen und der Routine des Straßenbaus entkommen.« Sextus meinte: »So sei es, komme doch bitte nach Dienstschluss in mein Quartier. Marius Cussus kommt auch.«

Am Abend ließen sie sich einen guten lusitanischen Wein munden und unterhielten sich von den »guten alten Zeiten.« Cussus entzifferte das Etikett auf der Weinamphore, Er rief: »Da schau doch mal einer her. Dieser Wein wird tatsächlich von dem ehemaligen General Iser bis nach hier exportiert.«

Am nächsten Tag kam der Statthalter Papirius Carbo mit seinem Stab ins Lager geritten. Er übernahm den Befehl über das gesamte Heer und ließ sich die neuesten Erkenntnisse mitteilen. Er berief für den nächsten Tag eine Lagebesprechung ein und erteilte folgende Befehle: »Ich, Papirius Carbo, Prokonsul und Statthalter der Provinz Narbonensis bestimme wie folgt: »Die gesamte Reiterei reitet morgen heimlich in das Gebiet der Arverner. Sie macht kleine Einheiten des Feindes nieder und verhindert, dass Nachrichten sowohl in das Lager des Feindes, wie auch zum Stammeskönig Cemuntis gelangen.

Die VII. Legion mit den zugeordneten Verbänden der Provinz rückt einen Tag später aus und marschiert gerade auf das Lager des Feindes zu, zwingt das feindliche Heer zur Schlacht und vernichtet es. Die Reiterei hält durch Boten ständigen Kontakt mit dem Heer und stößt am Tag der Schlacht zu diesem.«

Sextus ritt im Gefolge des Statthalters. Bei dem kleinen Ort Revel stießen sie nach vier Tagen auf den Feind. Carbo ließ ein Lager einrichten und schickte Gesandte zu dem kommandierenden Infanteriegeneral des Feindes. Sextus wurde, da er keltisch verstand, mit der ehrenvollen Aufgabe betraut, die Aufforderung zur Kapitulation zu überbringen. Er ritt in Begleitung einiger Reiterlegionäre in das feindliche Lager direkt zum Zelt des Befehlshabers und Unterfeldherrn, des Generals Astoris. Dieser empfing ihn im Kreis seiner Berater.

Sextus sprach ihn auf lateinisch an: »Ehrenwerter Astoris, der Statthalter Carbo schickt mich und fordert von Dir sofortige Unterwerfung und Auslieferung aller Waffen Deiner Krieger. Solltest Du der Aufforderung nicht nachkommen, wird Dein Heer vernichtet werden und die Gefangenen in die Sklaverei verkauft.« Astoris, der nicht wusste, dass Sextus gallisch verstehen und sprechen konnte (er traute einem römischen Centurio nicht zu, diese Sprache zu erlernen), unterhielt sich laut in seiner Heimatsprache mit seinen Kampfgenossen. Er sprach: »Waffengefährten, da schickt uns Rom einen unbedeutenden und zu jungen Centurio, der auch noch die Frechheit hat, uns, die tapfersten Krieger der Gallier, zur Kapitulation aufzufordern. Wir werden dieses stinkende Rom morgen mit unseren Waffen schlagen. Ich werde ihnen die Ebene als Austragungsort anbieten, mein Heer in zweimal zwanzigtausend Mann teilen und die Hälfte in einen Hinterhalt legen. Diese Römer sind Schwächlinge. Das sieht man schon daran, dass sie sich nach jedem Marschtag ein Lager bauen und sich hinter dessen Wällen verstecken.

Dieser Gesandte des Statthalters mit dem Namen Leptonius ist sicher ein Spross einer hochgestellten Familie in Rom und nur deswegen mit den Verhandlungen beauftragt worden. Ich werde ihn ein wenig ausfragen und ich möchte erreichen, dass er einer Schlacht auf der Ebene zustimmt. Deshalb werde ich ihn mit einem Beutel mit Gold bestechen.«

Zu Sextus sprach er: »Schicke Deine Begleitung hinaus. Ich will allein mit Dir verhandeln.«

Die Ausführungen und Gedanken des Astoris deckten sich mit dem Auftrag des Sextus. Er hatte sich bei den Ausführungen des Astorius beherrschen müssen, sich nicht durch sein Mienenspiel zu verraten. Er nahm sich vor, dem Astorius eine Lügengeschichte aufzubinden. Dieser sah Sextus von oben herab an und fragte:

» Centurio, erzähle mir doch etwas aus Deinem Leben und weshalb gerade Du zu mir gesandt worden bist.« Sextus antwortete zögernd: » Edler Astoris, ich bin der Sohn eines römischen Ritters und seit zwei Monaten im Stab des Statthalters Carbo. Wir sind eine vornehme, aber arme Ritterfamilie. Mein Onkel Fabricius Leptonius ist Senator in Rom. Er hat mir die Stelle im Heer verschafft. Der Statthalter Carbo ist mit ihm befreundet. Den ehrenvollen Auftrag, mit Dir zu verhandeln, habe ich bekommen, weil Carbo meinem Onkel verpflichtet ist.«

»Centurio, wenn Du erst seit kurzem beim Heer bist, woher hast Du dann die vielen Tapferkeitsauszeichnungen an Deiner Uniform?« Sextus antwortete verlegen: »Eigentlich bin ich kein 1. Centurio+. Carbo hat mich dazu für die Dauer meines Auftrages ernannt und mir auch die Tapferkeitsauszeichnungen angehängt, damit ich bei Dir Eindruck schinden kann und eine bessere Verhandlungsposition habe.« Astoris meinte verächtlich: »Das ist ja sehr interessant, dass Rom auf solche Machenschaften setzt. Ich werde meine Antwort mit dem Schwert an Carbo senden. Nimm die Botschaft mit, dass wir morgen Euer Lager angreifen. Solltest Du allerdings erreichen, dass Carbo die Schlacht auf der Ebene annimmt, werde ich Dich nach unserem Sieg reichlich belohnen. Bemühe Dich in dieser Richtung. Für Dein Versprechen, dies zu versuchen, bekommst Du von mir jetzt diesen gut gefüllten Beutel mit Goldnuggets.«

»Edler Astoris, ich nehme Dein Geschenk an; will Deine Worte nicht in Zweifel ziehen, aber wenn ich erreiche, dass Carbo das Heer aus dem Lager führt und Du die Schlacht gewinnst, hast Du ja keinen Grund mehr, mich reichlich zu belohnen. Solltest Du aber verlieren, kannst Du mich nicht mehr belohnen. Deshalb gebe mir jetzt noch einen Beutel mit Gold und ich werde meinen Statthalter dazu bringen, Dich auf freiem Feld anzugreifen.«

»Centurio, beim Teutates, wir Gallier halten gegebene Versprechen, nicht so wie ihr Römer, die ihr ehrlos seid. Du bekommst Deine Belohnung. Aber hier hast Du im voraus noch einen Beutel mit Gold.«

Astoris konnte den verächtlichen Unterton in seiner Rede nicht unterdrücken. Sextus freute sich, dass seine List so gut angekommen war und ritt mit seiner Begleitung in das Lager zurück. Dort berichtete er dem Statthalter und dem Legaten das Ergebnis seiner Verhandlungen und wurde von diesen gelobt. Dass er zwei Beutel mit Gold, wie er später feststellte, im Werte von je dreißigtausend Sesterzen erhalten hatte, verschwieg er aber. Keiner seiner Begleiter hatte ja die Bestechung mitbekommen. Er dachte sich: »Wenn ich das Gold abgebe, steckt es nur der Statthalter in seine Privatschatulle. Besser ist es bei mir aufgehoben.«

Carbo befahl ihn zu einer Besprechung und lud seine sämtlichen Einheitsführer dazu ein. Sextus erklärte den Sachverhalt und führte im Einzelnen aus: »Nach eigenem Bekunden ist das Heer des Astoris vierzigtausend Mann stark. Seine Reiterei hat eine Stärke von ungefähr dreitausend Mann. Er will die Hälfte seines Heeres in einen Hinterhalt legen. Ich habe mir das Gelände angesehen. Einen Hinterhalt kann er nur seitlich des Schlachtfeldes hinter einer Bodenwelle und einer Gebüschreihe legen.« Carbo befahl deshalb folgendes: » Die gesamte Auxiliarreiterei verlässt noch heute heimlich das Lager durch das südliche Lagertor, umreitet in weitem Bogen das Gelände und wird weit hinter der feindlichen Heeresabteilung biwakieren. Sobald morgen die versteckt lagernde Heeresabteilung des Feindes zum Angriff vorrückt, greift die Auxiliarreiterei von hinten an.

Ich denke, dass Astoris nach dem ersten Schlagabtausch seine Infanterie zurückbeordert und eine Flucht derselben vortäuscht, um uns in den Hinterhalt zu locken Wir müssen nur dafür sorgen, dass aus der vorgetäuschten Flucht eine wirkliche Flucht wird. Zwanzig Centurien werden deshalb unserem Heer nachrücken und bei Bedarf Front nach links machen. Bei der Verfolgung des Feindes ist darauf zu achten, dass keine Lücken in unserer Formation entstehen.

Die römische Reiterei nimmt gegenüber der Reiterei des Feindes Aufstellung, je nachdem, auf welchem Flügel dieser seine Reiterei positioniert. Centurio Leptonius, Du wirst morgen die Centurien der Reserve kommandieren.«

Am nächsten Morgen stellte sich das römische Heer in Schlachtordnung am Beginn der Ebene auf. Das Heer des Feindes kam ihnen entgegen. Zuerst sah Sextus nur Staubwolken aufsteigen. Astoris ordnete seine Heerhaufen circa einen Kilometer vor der römischen Linie. Seine Reiterei befand sich auf seinem rechten Flügel. Carbo wies seinem Reiterführer Publio Lenco an, die römische Reiterei auf dem linken Flügel aufzustellen, die feindliche Reiterei nieder zu kämpfen und die feindliche Heermasse von hinten anzugreifen.

Er beorderte die Schleuderer 200 Meter vor die Schlachtlinie. Er befahl diesen, den Feind bei seinem Herannahen zu bewerfen und sich langsam in den Schutz der Legionäre zurückzuziehen.

Kurz darauf griffen die Arverner an. Sie erlitten beim Herannahen schon Verluste durch die Schleuderer und prallten auf die vorderste Linie der Legionäre. Sie wurden von dieser zurückgeworfen. Man sah, dass Astoris seine Truppen zurückbeorderte, aber nur die Hälfte der Gallier gehorchte seinen Befehlen. Die andere Hälfte versuchte die Linie zu halten, wurde von den Römern geschlagen und ergriff ungestüm die Flucht. Die Legionäre griffen nun auf der gesamten Breite in geschlossenem Reihen an, und die Gallier liefen mit hohem Tempo dem nahenden Unheil davon. Die römische Reiterei hatte inzwischen die gegnerische Reiterei niedergekämpft und war in den Rücken der Feinde gelangt. Sie kämpfte den letzten Widerstand nieder

Sextus marschierte in der Zwischenzeit mit seinen Einheiten in geschlossener Formation am linken Flügel des Heeres in die Ebene. Er behielt die Buschkette im Auge. Als er schon nicht mehr daran glaubte, dass sich dort Krieger versteckt hielten, stürmten diese aus der Deckung und auf die linke Flanke des Heeres zu. Sextus ließ sofort durch seine eintausendsechshundert Mann eine Front nach links aufbauen und erwartete den Ansturm des Feindes. Als dieser noch einhundert Meter von seiner Linie entfernt war, sah er in dessen Rücken die ersten Reiter der römischen Auxiliarreiterei auftauchen. Der Feind bemerkte die herannahenden Reiter nicht und stürzte sich mit seinen zwanzigtausend Mann auf die Legionäre. Er wurde auf der ganzen Linie abgewiesen, wich etwas zurück und griff erneut an. In diesem Moment drang die Reitermasse von hinten in die feindlichen Angreifer ein. Erst in diesem Moment merkten die Gallier, dass sie von zwei Seiten angegriffen wurden und verharrten kurz. Ihr Führer versuchte eine rückwärtige Linie aufzubauen, musste dieses Vorhaben jedoch unter den Lanzenstößen der Reiterei aufgeben. Sextus befahl den Vormarsch. Seine Legionäre und die Reiter drückten den Feind so zusammen, dass dieser manövrierunfähig wurde. Da er sich nicht ergeben wollte, spornte Sextus seine Mannen an, ergriff selbst sein Schwert und stürzte sich ins Kampfgetümmel. Er suchte sich einen riesenhaften Gallier aus, der mit wehenden blonden Haaren in der vordersten Linie stand und schon zwei Legionäre verletzt hatte. Er drang auf diesen ein, parierte mit Schild und Schwert dessen Schwerthiebe und stach an dessen Schild vorbei sein Schwert in die linke Schulter desselben. Dieser brach den Kampf ab und zog sich hinter seine Mitkämpfer zurück.

Jetzt wichen die Gallier auf breiter Front zurück und ergaben sich in Massen. Sextus befahl seinen Legionären, den Feind zu entwaffnen und ihn gefangen zu nehmen, die Schwerter und Rüstungen auf Haufen zusammen zu tragen, die Schwerverletzten zu töten und den Feind seine Toten begraben zu lassen.

Er bestieg sein Pferd und ritt zum Statthalter und dem Legaten im Befehlszelt. Er unterrichtete diese über den Stand der Dinge. Carbo befahl: » Centurio, lass die Gefangenen fesseln. Sie werden alle in die Sklaverei verkauft. Die Auxiliarreiterei begleitet sie nach Narbo.«

Auch das Hauptheer war siegreich. Die Legion hatte kaum Verluste, die nicht verwundeten oder getöteten Gallier hatten die Flucht ergriffen und sich in alle Richtungen zerstreut.

29

Sextus als Botschafter, Friedensschluss in Gergovia

Zwei Tage später wurde Sextus zum Statthalter beordert. Dieser erteilte ihm folgenden Befehl: »Du, Leptonius begibst dich mit Begleitung zum Arvernerkönig Cemuntis nach Gergovia. Verlange von ihm die Erstattung der Kriegskosten in Höhe von zwei Millionen Sesterzen in Münzen, Waren und Schmuck, die Herausgabe römischer Überläufer, sowie den Abschluss eines Friedens-, Freundschafts-, Unterwerfungs- und Bündnisvertrages, sowie ein größeres Geschenk für mich.

Wenn er alle Bedingungen akzeptiert, lege einen Termin für seine Unterwerfung in meinem Lager fest. Sollte er nicht zustimmen, drohe ihm, dass sein Land als römische Provinz eingerichtet und er nach Italien deportiert wird. Ich verlasse mich auf Dein Verhandlungsgeschick.«

Sextus begab sich mit einer Delegation zum Regierungssitz des Cemuntis nach Gergovia. Die Stadt war zwischen zwei kleinen Flüssen auf einem Hügel errichtet worden und mit Mauern gut befestigt. Sextus stellte jedoch nur eine Besatzung von ungefähr zweitausend Kriegern fest.

Cemuntis empfing die Delegation freundlich, tat so, als ob es keine Schlacht gegeben hätte und brachte sie in einem Gästehaus unter. Bei Cemuntis handelte es sich um einen ca. 40-jährigen groß gewachsenen stattlichen Mann mit langem blonden Haupthaar, einem Schnauzbart und einem edlen Gesicht. Sein Oberkörper war mit blauen eintätowierten Glückssymbolen versehen. Er war Sextus sofort sympathisch. Deshalb fiel es ihm schwer bei der Besprechung am nächsten Tag die rigorosen Forderungen des Statthalters vorzutragen.

Er sprach: »Edler König, wie Du weißt, konnte mein Statthalter, der edle Carbo, die Bedrohung durch Deine Truppenansammlung an der Nordgrenze seiner Provinz nicht dulden und hat deshalb Dein Heer vernichtet. Bei der Schlacht kam auch Dein General Astoris ums Leben. Mein Statthalter verlangt als Entschädigung für den ihm aufgezwungenen Kriegszug von Dir Wertgegenstände, Münzen und Waren im Gesamtwert von drei Millionen Sesterzen, sowie die Herausgabe römischer Überläufer.

Solltest Du einen Vertrag mit diesen Bestimmungen ablehnen, wird Gergovia erobert, Dein Königreich römische Provinz und Du gehst in die Verbannung. Mein Statthalter meint es ernst und wird von seinen Forderungen nicht abweichen. Außerdem erwartet er von Dir zum Abschluss eines Bündnisvertrages ein größeres Geschenk.«

Der König war durch diese Forderungen zunächst geschockt. Sextus beriet sich den ganzen Tag mit ihm und redete auf ihn ein, um ihn zu bewegen, den Forderungen nachzukommen. Er führte aus: »Edler König, bedenke, dass Du immer noch König der Arverner bleibst und nur die Erlaubnis von Rom einholen musst, wenn Du gegen eine andere Nation Krieg führen willst. Im Gegenzug unterstützt Dich Rom mit einem Heer, wenn Du von anderen Staaten oder Völkerschaften angegriffen wirst. Du zahlst nur einen jährlichen Tribut von dreihunderttausend Sesterzen an den jeweiligen Statthalter der Provinz Narbonensis und bist ansonsten frei in Deinen Entscheidungen. Allerdings verpflichtest Du dich auch, mit Deinem halben Heerbann dem Statthalter Zuzug zu leisten, sollte dieser von anderen Stammesgemeinschaften oder Staatengemeinschaften angegriffen werden. Außerdem wirst Du gebeten, zu gestatten, dass Rom durch Dein Gebiet die Straße zu den gallischen Atlantikhäfen baut.«

Nach langem Zögern stimmte der König den Forderungen zu und bezahlte die geforderten Summen in Schmuck, Münzen und Waren.

Er nahm Sextus mit in seine Schatzkammer und sagte zu ihm: » Siehe, Centurio, dies habe ich in den bisherigen zwanzig Jahren meiner Regierung angespart. Dabei wies er auf Goldbarren, Münzen, reich verzierte Rüstungen, goldenes Tafelgeschirr, Bernstein, Perlen, Schmuckstücke, Ringe, Ketten, Diademe, Ohrgehänge und Armreifen.

Sextus war über die Masse der Schätze erstaunt und ärgerte sich, dass er nicht noch eine größere Entschädigung verlangt hatte. Der König nahm einen Teil der Schätze aus seiner Schatzkammer und türmte welche im Wert der geforderten drei Millionen Sesterzen auf, daneben gesondert Schmuck im Wert von fünfhunderttausend Sesterzen für den Unterhalt der Armee und eine reich mit Goldeinlegearbeit kunstvoll verzierte Eisenrüstung für den Statthalter. Sextus sah, dass Cemuntis den wahren Wert seiner Schätze nicht kannte. Als Abgabe an Rom hatte er irrtümlich Wertgegenstände für ungefähr drei Millionen und nicht wie gefordert von zwei Millionen Sesterzen ausgebreitet.

Sextus ließ die Wertgegenstände verpacken. Das größere Paket mit Waren im Wert von zwei Millionen und fünfhunderttausend Sesterzen war für den Statthalter bestimmt. Der kleinere Teil im Wert von fünfhunderttausend Sesterzen für ihn. Für sich nahm er nur Bernstein, Perlen, goldene Keltenmünzen und Edelsteine, da diese hochwertig waren und ein geringeres Gewicht hatten, sowie eintausend Aureos Er konnte seinen Anteil in den Satteltaschen seines Pferdes unterbringen. Den König beschied er, sein Geschenk mit dem Vertrag direkt dem Statthalter zu überreichen.

Es war ihm bewusst, dass er gegenüber dem Statthalter unredlich handelte, indem er einen großen Teil der Beute für sich abzweigte, tröstete sich jedoch mit dem Gedanken, dass er ja an diesen mehr als von ihm gefordert, abgegeben hatte.

Am Abend lud der König Sextus und seine Begleiter zu einem Essen ein. Daran nahmen auch die Familie des Königs, seine Berater und deren Frauen teil. Es gab verschiedene Fleischspeisen, Brot und als Trunk gekühltes Bier.

Sextus fand die Speisen gut; das Bier schmeckte ihm jedoch nicht.

Der König thronte an der Stirnseite eines langen Tisches. Zu seiner Rechten erhielt Sextus den Ehrenplatz. Links vom König saß seine Ehefrau Cerva. Es war dies eine 40-jährige schlanke hübsche Frau, die Schwester des Königs der Santonen, eines Stammes nordwestlich von Arvernien. Links von Sextus nahm die 20-jährige Tochter des Königs, die Prinzessin Mesani Platz. Mutter und Tochter glichen sich aufs Haar. Beide hatten eine gute Figur, lange blonde Haare, waren hoch gewachsen, hatten einen vornehmen Gesichtsausdruck und ein freundliches Wesen.

Die Gesellschaft wurde von Sklaven bedient.

Die anwesenden Frauen wurden von den Männern mit großer Hochachtung behandelt. Sie trugen ihre Meinungen frei vor und wurden von ihren Männern angehört. Wie Sextus später erfuhr, nahmen die Frauen in der arvernischen Gesellschaft einen hohen Stellenwert ein. Offiziell waren zwar die Männer die Haushaltsvorstände, handelten aber nie gegen den Rat ihrer Frauen, so dass diese das gesellschaftliche und politische Leben mitbestimmten.

Königin Cerva dachte sich: >Dieser römische Centurio ist ja so ganz anders als die Römer, die ich bisher kennen gelernt habe. Außerdem ist er groß gewachsen, hat eine stattliche Figur, ist in seiner Art nicht provozierend und lacht öfters.< Sie fragte ihn: »Centurio, erzähle mir doch bitte, wo Du herkommst und wie Dein Werdegang in der römischen Armee war? Du musst wissen, wir Gallier sind sehr neugierig. Ein guter Erzähler genießt bei uns das höchste Ansehen.«

Sextus berichtete von seinem Leben als Kind und der Ausbildung in der Legion. Von den Strapazen, dem Bau der Straßen und seiner Tätigkeit als Delegierter. Cerva und ihr Mann hörten ihm interessiert zu. Der König meinte: »Wenn Carbo einen Verbindungsoffizier an meinen Hof beordern will, werde ich Dich anfordern, denn Du bist ein höflicher junger Mann und nicht so arrogant, wie Deine Standesgenossen. Doch jetzt erzähle uns noch weitere Geschichten.«

Sextus dachte: »Was für ein seltsames Volk diese Gallier doch sind. Sie wollen Geschichten hören, statt Berichte. Märchen, statt Tatsachen und mit Schmeicheleien kann man bei ihnen viel mehr erreichen, als mit harten Worten.« Er schwadronierte wie folgt: »Vor sechs Jahren fuhren meine Kameraden und ich mit dem Lastenschiff »Coloss« von Misenum (Miseno), der römischen Flottenbasis in Süditalien aus nach Carthago Nova in Hispanien. Auf der Hälfte der Strecke kam ein Sturm auf, und unser Schiff wurde weit in den Süden getrieben. Während des Sturmes drang Meerwasser in unsere Frischwassertanks, und ein Teil des Wassers war nicht mehr zu genießen. Nachdem der Sturm abgeflaut war, herrschte vollkommene Windstille. Die Sonne brannte heiß auf das Schiff und jeder suchte den Schatten auf. Die Rudermannschaft bemühte sich, das Schiff voranzutreiben, kamen jedoch ohne Windunterstützung nur langsam voran. Der Kapitän konnte unseren Standort nur in Ungefähr bestimmen. Zehn Tage dümpelten wir so dahin. Die Kräfte der Ruderer schwanden, die meiner Kameraden und meine auch. Wir hatten zwar genug zu essen, doch es plagte uns entsetzlicher Durst. Die Zunge lag dick in dem Mund. Den meisten war es schwindlig und sie sahen eine Küstenlinie, obwohl kein Land in Sicht war.

Am elften Tag sah ich, dass etwas das Schiff in weitem Bogen umkreiste. Es war ein riesenhafter Hai. Er kam immer näher und ließ sich auch durch lautes Schreien nicht vertreiben. Er schwamm auf das Schiff zu und stieß mit seiner Schnauze gegen dasselbe, wie um dessen Seefestigkeit zu erproben. Ich wollte mir diesen Gesellen etwas näher ansehen und beugte mich über die Reling. In diesem Moment stieß der Hai mit seiner Schnauze mit voller Kraft gegen das Schiff, so dass ein Ruck durch dasselbe ging. Ich verlor den Halt und stürzte von der Reling in das spiegelglatte Wasser. Ich schwamm mit aller Kraft auf eine Strickleiter zu, die an der Schiffsseite hing, sah den Hai auf mich zu schwimmen und stellte fest, dass ich dieses Wettschwimmen wohl verlieren würde. Deshalb schwamm ich dem Hai entgegen, schlug mit den Armen in seine Richtung und schrie laut. Irgendwie muss das dem Hai komisch vorgekommen sein, denn er drehte ab und ich schwamm weiter auf die Strickleiter zu. Kurz bevor ich die Leiter erreichte, sah ich, dass der Hai nur einen Kreis geschlagen hatte und wieder auf mich zu schwamm. Ich glaube, in diesem Moment dachte ich, dass mein Ende gekommen sei, und rief den Meeresgott Neptun laut um Hilfe an. Neptun kam nicht persönlich, aber anscheinend schickte er seine Helfer. Zwischen den Hai und mich schoben sich mehrere Delphine und hielten diesen von einem Angriff ab. Ich erreichte die Leiter und hangelte mich an dieser empor. Ich glaube, noch ein enttäuschtes Schnauben des Haies gehört zu haben, dass ich ihm als Beute entkommen war. An Deck feierten mich meine Kameraden. Ich ließ mich auf die Knie nieder und dankte in einem Gebet dem Neptun für meine Rettung. Lediglich mein Kamerad Egeas Galanis, ein Legionär aus Tarent meinte ironisch: »Sextus, ich wusste gar nicht, dass Du so gute Beziehungen zu Neptun hast. Aber ich sage Dir, hättest Du statt Neptun Poseidon angerufen, wäre dieser sicher auf einer Woge heran geritten und hätte den Hai mit seinem Dreizack erlegt.«

Kurz darauf sichtete der Ausguck die Küstenlinie der Insel Mallorca. Wir erreichten diese am nächsten Tag und konnten uns frisch verproviantieren. Ich trank so viel frisches Wasser, dass es mir fast aus den Ohren wieder heraus kam. Obwohl es nur normales Quellwasser war, schmeckte es mir so gut, dass ich meinte, bisher nichts Lieblicheres getrunken zu haben.

Ich war der Held meiner Kameraden. Hatte ich doch als Einziger auf der Reise ein solch gefährliches Abenteuer unbeschadet überstanden.«

Während Sextus seine Fabel vortrug, war es still im Raum geworden. Die Zuhörer verfolgten aufmerksam und gespannt seine Erzählung. Als er geendet hatte, bekam er von allen Seiten Beifallskundgebungen. Seine Tischnachbarin, die Königstochter Mesani schaute ihn bewundernd an. Sie fragte: »Centurio, wir leben hier im Landesinnern und von uns hat noch niemand das Meer gesehen. Wie sehen, denn Haie und Delphine eigentlich aus?« Sextus antwortete: »Es gibt verschiedene Haiarten. Der Hai, der uns angriff war ungefähr sieben Meter lang und hatte eine spitze Schnauze. In seinem Maul an der Unterseite seines Kopfes befanden sich Zahnreihen aus kleinen spitzen rasiermesserscharfen Zähnen. Aus seiner Beute kann er so große Fleischstücke heraus beißen. Jupiter sei Dank, dass er nicht zugebissen hat.

Die Delphine waren ungefähr vier Meter lang. Sie sind ähnlich wie der Hai geformt, haben aber ein vorspringendes Maul und ein freundliches Gesicht. Man meint immer, sie wollen jeden Moment loslachen.

Die Königin meinte: »Centurio, Du bist ja weit herumgekommen und hast viel erlebt. Wir hier haben fast keine Abwechslung. Ich führe den Haushalt im Anwesen und betreibe mit Sklaven die Landwirtschaft auf unseren Gütern. Meine Tochter hilft mir dabei. Mein Mann geht oft auf Jagd und regelt die Verwaltung des Landes. Bei seinen Jagdausflügen sollte ich ihn schon öfters begleiten. Ich kann gut mit dem Sauspeer umgehen. Das Töten macht mir aber keinen Spaß.

Deshalb ist es immer eine Abwechslung, wenn Fremde an unseren Hof kommen und so wie Du, interessante Geschichten erzählen.«

Kurz darauf mischte sich ein älterer Druide, der Sextus seitlich gegenüber saß in das Gespräch ein. Er hob an: »Verehrtes Königspaar, ich finde es nicht richtig, dass ihr diesen blutrünstigen Römer an Eure Tafel geladen habt. Die Römer sind unsere Feinde und werden es immer bleiben. Seht Euch doch nur an, welche Götter sie verehren. Jupiter, ihr Obergott, will alle Völker im gesamten Gallien unterjochen. Ihr Gott Bachus ist ständig betrunken. Sie haben sogar mit Mercur einen Gott der Diebe. Wenn wir nicht alle diese Ausgeburten des Hades vernichten und sie zu Pluto, ihrem Gott der Totenwelt, senden, werden sie uns unterjochen und zu Sklaven machen. Darum verweise den Centurio und seine Gefährden von der Tafel.«

Die Königin antwortete: » Verehrter Druide, ich bringe Deinem Berufsstand hohe Achtung entgegen. Jedoch, die römischen Gesandten sind unsere Gäste. Der Centurio Leptonius hat sogar den Ehrenplatz erhalten. Ich dulde nicht, dass an dieser Tafel ein Gast beleidigt wird. Deshalb mache ich meine Einladung Dir gegenüber rückgängig und verweise Dich dieses Raumes.«

Der Druide verwahrte sich wie folgt gegen den Rauswurf: »Verehrte Königin, ich habe als Vertreter der Druidenschaft das Recht hier zu bleiben und werde mich nicht entfernen. Bedenke, dass viel Volk auf mein Wort hört und meine Feindschaft Dir schaden könnte, zumal Du ja nur durch Heirat diesem Stamm angehörst.«

Die Königin kümmerte sich nicht weiter um seiner Worte, sondern gab zwei Kriegern einen Wink. Diese hoben den Druiden hoch und trugen ihn aus dem Saal.

Sextus erfreute das Königspaar und die Runde noch durch weitere Märchenerzählungen. Danach trat ein Barde auf, der ein Lied auf die Kampfeskraft und den Mut der arvernischen Krieger vortrug. Während Sextus zuhörte, merkte er wie sich eine Hand von seiner rechten Seite unter seine Tunika stahl. Er bekam sofort eine Erektion und fühlte, dass die Prinzessin Mesani sein Glied streichelte. Er genoss dies, schob ihre Hand jedoch zurück, als er merkte, dass die Königin sie streng anblickte.

Der Abend endete mit dem Singen von Schlachtliedern der gallischen Krieger in keltischer und dann der römischen Legionäre in lateinischer Sprache. Beide Seiten verstanden sich zwar nicht, dies tat aber der guten Stimmung keinen Abbruch.

Nach dem Essen begab sich Sextus in sein Quartier. Er war gerade am Einschlafen, als es leise klopfte und, nachdem er den Riegel der Türe zurückgezogen hatte, eine Frau hereinschlüpfte. Er dachte, dass es sich um die Prinzessin Mesani handeln würde, und war erstaunt, als er feststellte, dass die Königin ihn besuchte. Sie verriegelte die Türe hinter sich und legte Sextus den Finger auf den Mund. Dann zog sie ihn zum Lager hin.

Die Königin hatte sich ihre Mädchenfigur erhalten. Sie war so schlank, wie ihre Tochter und genauso hübsch. Sextus befand sich in einem Dilemma. Er wollte zwar die Gastfreundschaft des Königs nicht missbrauchen, konnte andererseits aber die Königin nicht zurückweisen. Er legte sich auf das Lager zu ihr und begann sie am ganzen Körper zu streicheln und zu küssen. Die Königin atmete schwer und brach ihr Schweigen: »Sextus, ich bin zu Dir gekommen, weil ich Sehnsucht nach einem Mann habe und weil Du uns am heutigen Abend so gut unterhalten hast. Ich habe mir gedacht, wer so schöne Märchen erzählen kann, ist auch ein zärtlicher Liebhaber. Ich war der Meinung, dass Du, wenn ich mich zu Dir lege, sofort in mich eindringen und mir dadurch Freude bereiten würdest. Statt dies zu tun, küsst Du mich und streichelst mich. Dies bin ich nicht gewohnt; aber ich finde es aufregend. Mein Mann und meine Liebhaber küssen und streicheln mich nicht. Sie wollen sich immer sofort auf mich legen und in mich hineinstoßen, auch wenn ich dazu noch gar nicht bereit bin.«

Sextus fuhr mit seinen Zärtlichkeiten fort und erntete dafür lautes wollüstiges Stöhnen. Er selbst hatte eine Riesenerektion bekommen und konnte sich kaum zurückhalten. Plötzlich flehte die Königin: »Sextus komme bitte jetzt in mich, ich halte es ohne Dich nicht mehr aus. « Sextus kam der Aufforderung nach und beide erreichten schnell einen Höhepunkt.

Danach ruhten sie sich auf dem Lager aus. Sextus fragte: » Königin Cerva, bemerkt denn Dein Mann nicht, wenn Du Dein Lager verlässt?«

»Sextus, mein Mann und ich haben getrennte Schlafzimmer. Außerdem gehen wir sehr freizügig miteinander um. Wenn ich mir einen Liebhaber nehmen will, so tue ich dies. Es ist nur so, dass unsere gallischen Männer mit jeder weiblichen Eroberung prahlen. Wenn ich einen gallischen Krieger in mein Schlafgemach hole, weiß es am nächsten Tag die ganze Stadt. Deshalb warte ich immer, bis ein Gesandter, der mir zusagt, an den Hof kommt. Ich habe festgestellt, dass diese ein solches Erlebnis für sich behalten. Auch Dich möchte ich bitten, dies niemanden weiter zu erzählen.« Sextus versprach dies und bedanke sich für die genossenen Freuden.

Plötzlich klopfte es leise an die Türe. Sextus öffnete nach mehrmaligem Klopfen. Vor der Türe stand eine junge hübsche Frau. Sie sprach ihn in mangelhaftem Latein an: »Centurio, ich heiße Hellis. Der König schickt mich zu Dir als Gastgeschenk. Ich bin eine seiner Sklavinnen.« Sextus entgegnete: » Herzlichen Dank für Dein Kommen. Ich habe morgen einen anstrengenden Tag vor mir und deshalb keine Lust, Dich in mein Bett zu holen. Gehe wieder und richte dem König meinen Dank aus.« Die Sklavin sprach unter Tränen: »Bitte verschmähe mich nicht und schicke mich nicht fort. Wenn mein Herr erfährt, dass sein Geschenk abgewiesen wurde, ist er beleidigt und ich habe das zu büßen. Wenn Du dich jedoch zufrieden über mich äußerst, erreiche ich hohes Ansehen bei Hof.«

Sextus ließ sich durch diese Worte rühren. Er sprach: »Hellis, ich nehme Dich nicht in mein Bett, werde mich aber beim König morgen für die vergnüglichen Stunden bedanken, die Du mir bereitet hast.«

Er kehrte zu der Königin auf sein Lager zurück. Diese lachte und meinte: »Du hast Dich ja elegant aus der Affäre gezogen und meinen Gemahl anzulügen macht Dir offensichtlich auch nichts aus. Was wäre wohl geschehen, wenn ich nicht vor der Sklavin bei Dir gewesen wäre. Hättest Du mich dann auch zurückgeschickt?«

»Aber nein, wenn sie bei mir gewesen wäre, wäre ich mit Dir in ein anderes Gemach gegangen, oder hätte sie unter dem gleichen Vorwand fortgeschickt.«

»Sextus sage mir, wieso hast Du mich vorhin so schnell bei Dir eingelassen, ohne zu prüfen, wer ich bin.«

»Verzeih Königin. ich habe geglaubt, dass Deine Tochter mich aufsuchen würde, und Da ihr die gleiche Figur habt, habe ich mich täuschen lassen.«

»Ja ja, ich weiß, ich habe gesehen, dass sie Dir bei dem Gastmahl unter die Tunika gelangt hat. Sie ist jetzt zwanzig Jahre alt und mit meinem Neffen verlobt. Sie wird dann die Schwiegertochter meines Bruders, des Königs der Santonen. Sie ist sehr sinnlich und sehnt sich nach männlicher Aufmerksamkeit. Ich wundere mich, dass sie nicht auch noch heute hier hergekommen ist.«

Kurz darauf verabschiedete sich die Königin. Sie bedankte sich nochmals bei Sextus für die schöne Stunde und wünschte ihm eine gute Rückreise.

Am nächsten Tag ritt Sextus müde zu Carbo zurück. Er übergab ihm seinen Anteil, erstattete Bericht und wies darauf hin, dass er mehr wertvolle Gegenstände vom König für Rom bekommen habe, als er gefordert hatte.

Der Statthalter war hoch erfreut und wies Sextus an, mit einer römischen Reitercenturie den Schatz nach Narbo zu bringen. Dieser Befehl kam Sextus gelegen, konnte er doch seine eigenen Wertsachen dabei auch sicher nach Narbo bringen.

30

Dezember 111 v. Chr. Gründung der Bank

In Narbo gab Sextus den Schatz des Carbo bei dessen Vermögensverwalter ab. Dann suchte er seinen Vertrauten bei der Bank Medinas, Lucius Aser, auf. Er deponierte seine Wertsachen in dem Tresorraum der Bank. Er beriet sich lange mit Aser und sie kamen zu dem Entschluss, in Narbo ein eigenes Bankhaus mit dem Namen »Erste Römische Bank« zu gründen. Sextus kündigte die Mietverträge im Erdgeschoss seiner ersten Insula und die der Wohnungen im ersten Stockwerk. Er ließ die Räume einbruchsicher und als Büroräume ausbauen. Im Keller legte er einen Tresorraum an. Dort hinein brachte er seine Schätze.

Dann bat er Lucius Aser aus dem Bankhaus Medinas auszuscheiden und die Leitung der neu gegründeten Bank zu übernehmen. Dieser stimmte zu, und sie besprachen ihr weiteres Vorgehen. Sextus ließ durch Aser das von ihm gekaufte Grundstück am Osttor parzellieren, Wasserleitungen zu den einzelnen Grundstücken verlegen und Straßen anlegen. Dann verkaufte er die Parzelle in der Größe von dreihundert Quadratmetern für zweitausend Sesterzen. Er erzielte dabei einen Reingewinn von vierhundertfünfzigtausend Sesterzen. Die Erwerber hatten die Möglichkeit Kredite bei seinem Bankhaus aufzunehmen.

Mit Aser verabredete er, dass dieser noch gute vertrauenswürdige Mitarbeiter einstellen sollte.

Aser warb mehrere Bankbeamte vom Bankhaus Medinas ab. Sextus legte fest, dass bei jeder Kreditgewährung ein Bankbeamter die persönlichen Verhältnisse, den Leumund und die Sicherheiten des Antragstellers prüfen solle und vor allen Dingen, ob es sich um einen strebsamen und zuverlässigen Kreditnehmer handelte.

Für einen Kredit solle in monatlicher Zins von einem Prozent erhoben werden.

Da der monatliche Zins für Darlehen im römischen Reich über zwei Prozent betrug, fand das Angebot der Ersten Römischen Bank großen Anklang. Sextus musste schon bald einen Teil seiner Preziosen bei einem Juwelier in Bargeld umtauschen. Nach zwei Monaten hatte er einen Betrag von zwei Millionen Sesterzen ausgeliehen. Davon flossen monatlich zwanzigtausend Sesterzen an Zinsen in die Bank zurück. Um sein Kapital aufzustocken, bot er an, Einlagen in die Bank mit monatlich einem halben Prozent zu verzinsen. Insbesondere bei in der Stadt ansässigen römischen Veteranen fand dieses Angebot breite Zustimmung. Sie hatten meist Teile ihres gesparten Soldes und ihres Abschiedsgeldgeschenkes noch übrig und waren an einer Verzinsung dieses Geldes interessiert.

Mit Aser vereinbare er ein monatliches Gehalt von eintausend Sesterzen und einen Anteil von zwei Prozent am Gewinn der Bank. Aser strahle über das ganze Gesicht. Er meinte: »Lieber Sextus, ich danke Dir, ich werde Dich nicht enttäuschen. Du wirst sehen, in einem Jahr werden wir das Bankhaus Medinas überflügelt haben und Du wirst der reichste Mann von Narbo sein.«

»Aser, wenn Dir das gelingt, wäre es schön. Ich habe mir nämlich geschworen, zu Wohlstand zu kommen. Ich vertraue Dir voll. Du kannst in meinem Namen alle erforderlichen Entscheidungen treffen und die erzielen Gewinne profitabel anlegen.«

Einige Tage nach seiner Rückkehr suchte Sextus die Schneiderin Camilla Herrenius auf. Er brachte für sie und ihre Tochter Didia in Honig eingelegte Nüsse mit. Er sah, dass Camilla schon an der Haustüre mit einem Schild auf ihr Schneideratelier hinwies. Gleich an der Wohnungstüre wurde ihm der Einlass verwehrt. Camilla trat auf ihn zu, begrüßte ihn mit freundlicher Miene und sagte: »Centurio, Ich kann Dich im Moment nicht weiter hereinbitten. Ich habe im Atelier zwei vornehme Kundinnen, die sich ausgezogen haben und denen ich Maß nehme. Komme doch in einer Stunde wieder, dann kann ich Dir alles berichten.« Sextus dachte sich: »Schade, die Kundinnen, aber nur wenn sie jung sind, hätte ich mir gerne etwas näher angeschaut.« Laut sagte er: »Aber natürlich, ich komme später wieder. Auch ich habe viel zu berichten.«

Nach einer Stunde sprach er wieder bei Camilla vor. Sie umarmte ihn und sprach: » Seid gegrüßt, edler Herr. Euch verdanke ich es, dass es mir wieder gut geht. Mein Leben hat nun wieder eine Perspektive. «

Sextus schaute sich in der Wohnung um. Camilla hatte im größten Raum ein Schneideratelier eingerichtet. Die Wände waren mit Regalen bestückt, in denen eine Vielzahl von bunten Stoffen lagerte. In einem kleineren Regal lagerten feine Seidenstoffe in allen Farben des Regenbogens. Zwei lebensgroße Holzpuppen mit weiblichen Formen standen neben den in der Mitte aufgestellten Arbeitstischen. An einem Tisch saß eine ältere Frau und nähte an einer Damentunika. Eine der Puppen war in einen Faltenüberwurf gehüllt, der mit kleinen Metallfibeln zusammengesteckt war. Auf einem Tisch lag ein Stoffmusterbuch und daneben mehrere Zeichnungen mit Entwürfen von neuen Kleidern.

Camilla berichtete: »Edler Centurio, ich habe nach Deinem Weggang bei Stoffhändlern in Massalia und Rom nach Musterbüchern hochwertige Wollstoffe und Seidenstoffe eingekauft. Du siehst einen Teil davon in den Regalen lagern. Dann habe ich in den vornehmeren Stadtteilen von Narbo mit Gemälden im Putz von Außenfassaden Werbung für die Schneiderei gemacht. Zusammen mit einem Zeichner habe ich meine Modelle auf Pergamentstücke malen lassen und diese mit meiner Anschrift an alle reichen Familien in Narbo verteilt. Der Erfolg stellte sich sofort ein. Ich kann mich vor lauter Aufträgen kaum mehr retten. Ich habe deshalb für die gröberen Schneiderarbeiten eine freigelassene Sklavin eingestellt. Sie heißt Serena und geht mir fleißig zur Hand. Ich fertige meist Kleidung für vornehme Damen, Tuniken, Mäntel, Festtagskleider, aber auch Straßenkleider, leichte verführerische Sommerkleider. Du glaubst gar nicht, wie viele, besonders junge Damen, diese teuren Kleider bestellen. Auch für vornehme Herren fertige ich Tuniken und Togen.

Deinen Kredit bediene ich und zahle monatlich einhundertfünfzig Sesterzen auf Dein Konto bei der Bank Medinas ein.«

Sextus freute sich über die Entwicklung und dachte sich, das er hier wirklich ein gutes Näschen gehabt habe. Er fragte: »Dame Camilla, wie siehst Du die Zukunftsaussichten für eine Erweiterung der Schneiderei?«

»Centurio, es gibt in ganz Narbo nur einige Herrenschneider, die aber nur schlecht geschnittene Tuniken und Togen liefern. Da die Bevölkerung aber ständig anwächst und die Stadt prosperiert, meine ich, dass noch ein großer Bedarf vorhanden ist.«

»Gut, so sehe ich dies auch,« meinte Sextus. »Ich biete Dir an, mich an dem Geschäft zu beteiligen. Ich habe hinter dem Forum ein Baugrundstück erworben. Dort werde ich ein großes Wohn- und Geschäftshaus errichten. Du könntest im Erdgeschoss einen Laden mit vorgefertigter Kleidung, Probierstube, Aufenthaltsraum und dergleichen einrichten und im 1. Stockwerk eine größere Schneiderei mit mehreren Beschäftigten. Ich würde sämtliche Kosten tragen und Du würdest Deine Ideen und Deine Arbeitskraft einbringen. Sobald sich das Geschäft etabliert hat, werden die Mieten, die Löhne, der Arbeitsmaterialaufwand, der Stoffkauf aus den Einnahmen bezahlt. Du bekommst als Geschäftsführerin ein Gehalt von fünfhundert Sesterzen im Monat. Der Gewinn wird mit drei Vierteln für mich und ein Viertel für Dich geteilt. Sage mir, ob Dir dieser Vorschlag zusagt?«

Camilla dachte kurz nach und fragte: »Centurio, was ist mit dem Kredit in Höhe von fünfzehntausend Sesterzen. Muss ich den zurückzahlen?«

»Aber nein, dieser Betrag wird in das Geschäft investiert und wie ich sehe, hast Du ihn ja schon für die Einrichtungen und die Stoffe ausgegeben.«

»Ja, das stimmt. Unter diesen Voraussetzungen bin ich bereit, eine Partnerschaft mit Dir einzugehen. Jetzt aber lade ich Dich zu einem kleinen Imbiss ein. Didia steht schon unter der Türe. Sie will Dir bestimmt für die Süßigkeiten danke sagen.«

Sextus nahm dankend die Einladung an und erzählte von der Schlacht gegen die Arverner und seiner Vermittlertätigkeit bei dem König Cemuntis. Er verschwieg aber, dass er sich erfolgreich finanziell betätigt und den Arvernerkönig übervorteilt hatte. Er hatte aber kein schlechtes Gewissen, wollte nur nicht seine guten Vermögensverhältnisse ausbreiten.

Am nächsten Tag brachte er bei einem erneuten Besuch die Vertragsausfertigungen mit und wies Camilla an, wie sie die Einnahmen und Ausgaben des Geschäftes aufzulisten habe.

Anschließend besprach er sich mit dem Bauunternehmer Claudius Pulcher und beauftragte ihn mit dem Bau eines großen Wohn- und Geschäftshauses auf seinem Grundstück hinter dem Forum. Er gab genaue Vorgaben hinsichtlich der Ausführung, der Ausstattung und der Fassadenverkleidung. Schließlich einigte er sich mit Pulcher auf einen Festpreis von sechzigtausend Sesterzen.

Pulcher dachte sich: >Sie an, dieser Centurio gibt jetzt schon den zweiten Hausbau in Auftrag. Ich möchte nur wissen, woher er das viele Geld hat. Vielleicht ist er aber nur ein Strohmann und tätigt die Abschlüsse für andere.<

Laut aber sagte er: »Centurio, ich lobe Deine Entschlusskraft und werde den Bau qualitativ gut ausführen.« Sextus meinte: » Das will ich mir aber auch erbeten haben, bei dem stolzen Preis, den ich Dir dafür zahle.«

Inzwischen war der Statthalter nach Narbo zurückgekehrt. Er berief seinen Stab zu einer Besprechung ein. Er führte aus: »Kameraden, ich habe gestern erfahren, dass ich mit dem Ende des Jahres von meinem Posten abgelöst werden soll. Im Januar 110 v. Chr. kommt als neuer Statthalter Lucius Bestia nach Narbo. Er übernimmt alle hier stationierten Truppen und löst auch unseren Legaten Strabo ab. Ich danke Euch für den Einsatz gegen die Arverner. Insbesondere lobe ich Sextus Leptonius für sein Verhandlungsgeschick. Aus der Beute des Feldzuges bekommt jeder einfache Legionär einhundert Sesterzen. Die Centurios, die Militärtribunen und der Legat entsprechend mehr. Auch die Auxiliartruppen werden abgefunden. Ich werde meinen Senatsplatz in Rom wieder einnehmen. Es hat mir bei Euch gut gefallen. Narbonensis ist eine schöne und ertragreiche Provinz, und ich nehme mit Tränen in den Augen Abschied von hier.

Ich möchte die Kampfkraft der Armee erhalten. Deshalb wird nur noch ein kleiner Teil derselben die Straße in den Norden fertig stellen. Der größere Teil wird marschieren, sich im Schwertkampf üben und exerzieren. Die Landvermesser und Geologen reiten jedoch auf der neuen Straße bis zur Grenze der Provinz. Die Landvermesser stecken eine Straßentrasse ab, die durch das Gebiet der Arverner in Richtung der Atlantikhäfen führt. Die Geologen werden den Boden und Gesteinsformationen untersuchen, so dass wir, wenn die Armee Verstärkung erhält, sofort mit dem Bau der Straße beginnen können.«

Er dachte: >Wegen des Arvernerfeldzuges konnte ich die Straße nicht fertig stellen. Soll sich doch mein Nachfolger damit herumschlagen.<

111 vor Chr.

Sextus begab sich zum Statthalter und seinem Legaten. Er bat um einen zweimonatigen Urlaub, um seine Eltern besuchen zu können. Der Statthalter meinte: »Sextus, ich hatte ja vor, Dich wieder mit der Durchführung des Straßenbaues zu beauftragen, aber da ich die Arbeiten dort reduziert habe, kann dies auch jemand anderes übernehmen. Du bekommst den Urlaub und ich lasse Dir einen Urlaubsschein ausstellen. Melde Dich spätestens am 15. Februar des nächsten Jahres bei dem neuen Statthalter zurück.« Sextus entgegnete: »Danke Statthalter. Ich bedanke mich bei Dir und auch bei Dir Legat Strabo für die Unterstützung, die ich von Euch erfahren habe und meinen Werdegang in der Legion.«

Sextus hob von seinem Privatkonto Geld ab, verabschiedete sich mit Handschlag von Aser und mit einer Umarmung von Camilla und ritt nach Massalia. Dort buchte er eine Passage für sich und sein Pferd nach Puteoli für den stolzen Preis von zweihundert Sesterzen und kam zehn Tage später in Italien an. Er ritt sofort nach Attella und besuchte seine Eltern. Er überreichte seiner Mutter eine Goldkette aus dem Schatz des Arvernerkönigs. Diese freute sich sehr über das kostbare Geschenk. Hatte sie doch noch nie wertvollen Schmuck besessen und nannte lediglich ein Silberkettchen ihr Eigen. Seinem Vater hatte er ein wertvolles Jagdmesser mit Ziselierungen mitgebracht. Beide freuten sich, ihren Sohn wieder zu sehen. Sein Vater klopfte ihm laufend auf die Schultern und seine Mutter drückte ihn fest an sich.

Seine Eltern hatten Besuch von einem ehemaligen Kriegskameraden und dessen Familie. Es war dies Servius Lucullus, dessen Ehefrau Diana, seine zehnjährige Tochter Tullia und sein neunjähriger Sohn Appius. Bei Tullia handelte es sich um ein hübsches selbstbewusstes Mädchen, das Sextus zum Spielgefährten erkor und ihren etwas schwerfälligen Bruder nur duldete.

Sextus freundete sich mit dem reizenden Kind an. Er war aber dann doch erstaunt, als ihm seine Eltern eröffneten, dass sie Tullia als seine zukünftige Ehefrau ausgesucht und sogar schon mit deren Eltern darüber gesprochen hatten.

Er äußerte sich: »Liebe Eltern, es ist ja furchtbar nett von Euch, dass ihr Euch um mein weiteres Leben Gedanken macht. Doch ich meine, es ist noch zu früh, dass ich mich jetzt schon festlege. Bis ich Tullia nach meiner Entlassung aus der Armee heiraten kann, vergehen noch zehn Jahre. Sehen wir doch erst einmal, wie Tullia sich entwickelt. Dass sie eine schöne junge Dame werden wird, sieht man jetzt schon; aber wer weiß, ob sie nicht ein rechthaberisches, keifendes eitles und faules Frauenzimmer wird. Ich möchte noch fünf Jahre warten, bis ich mich festlege. Außerdem besteht ja immer die Möglichkeit, dass ich beim Kampf getötet werde.« Seine Eltern waren mit seiner Entscheidung einverstanden.

Sextus schaute sich auf dem Anwesen um und bemerkte, dass seine Eltern dieses umgebaut und vergrößert hatten. Auch neue Sklavenquartiere hatten sie gebaut. Er fragte seinen Vater: »Wie kommt ihr finanziell aus, wollt ihr weiter hier wohnen, oder nach Capua ziehen? «

»Oh, wir kommen gut zurecht. Dank der Einnahmen aus der Vermietung der Insula und des Stadtanwesens konnten wir uns noch zwei Sklaven kaufen und den Hausumbau vornehmen. Wir wollen noch einige Jahre auf dem Land leben, bevor wir in die Großstadt ziehen. Die land- und hauswirtschaftliche Arbeit auf dem Bauernhof wird von den Sklaven erledigt. Ich muss das Ganze nur koordinieren.«

Servius Lucullus nahm Sextus beiseite und unterhielt sich mit ihm. Er fragte: »Sextus, wenn es nach dem Willen Deiner Eltern und auch nach unserem Willen geht, wirst Du unsere Tochter heiraten. Ich habe von Deinem Vater gehört, dass Du Deine Eltern finanziell unterstützt. Sage mir, hat unsere Tochter ausgesorgt, wenn sie Dich heiratet?« Sextus gab eine positive Antwort, die Servius zufrieden stellte: »Ich konnte während meiner Kriegszüge ein kleines Vermögen erwerben. Das meiste Geld habe ich in Immobilien in Narbo angelegt. Es wächst langsam aber sicher an. Ja, Tullia würde bei einer Ehe mit mir ausgesorgt haben. Allerdings möchte ich bei meiner Entlassung meinen bescheidenen Lebensstil fortführen. Ihr müsst Euch in dieser Hinsicht also keine Sorgen machen.«

Sextus verweilte einige Tage bei seinen Eltern. Dabei lernte er die kleine Tullia immer besser kennen.

Sie erzählte ihm, dass ihr Bruder Appius einen Privatlehrer gehabt habe, der ihn in Latein, Griechisch, Mathematik und Geometrie unterrichtet habe. Sie habe bei ihren Eltern durchgesetzt, dass sie am Unterricht teilhaben konnte. Der Lehrer habe sich mit Appius reichlich Mühe gegeben und dieser habe mühsam sein Wissen erworben. Ihr selbst, sei das Lernen leicht gefallen. Vom Lehrer sei sie öfters gelobt worden.

Insbesondere habe er ihre Zeichnungen als schön und gelungen bezeichnet.

Tullia war von ihrem neuen >Spielgefährten< begeistert, schaute ihn bewundernd an und bat ihn, ihr Märchen zu erzählen. Sextus dachte sich, dass er im Märchenerzählen ja ganz gut geworden war und erzählte:

»Vor vielen hundert Jahren, als Rom noch nicht so mächtig wie heute war, belagerten die Kelten, böse Krieger aus dem Norden, die Stadt und eroberten sie. Die römischen Krieger und viele Bürger konnten sich auf das Capitol, einer Burg in der Stadtmitte, retten und wurden dort von den Feinden belagert. Viele Monate vergingen und diese wollten nicht abziehen. Die Besatzung war vom ewigen Wachdienst müde und nachts schliefen die meisten Krieger ein. In einer finsteren mondlosen Nacht befahl der Anführer der Kelten, Leitern an die Mauern zu legen und diese zu erstürmen. Die Feinde gingen ganz leise vor. Keiner der Verteidiger merkte etwas von dem Angriff. Die Wachen schliefen übermüdet auf den Wehrgängen hinter der Mauer. Nur die zu Ehren der Göttin Juno gehaltenen Gänse wurden unruhig. Sie fingen plötzlich zu schnattern an und weckten dadurch die römischen Wachen. Diese erspähten die Angreifer, ergriffen ihre Waffen und konnten den Angriff abwehren. Die Kelten gaben daraufhin die Belagerung auf und zogen mit ihrer Beute wieder in ihr Stammland nach Norden.

So haben die Gänse vom Capitol die Burg und die Stadt gerettet. Als Belohnung bekamen sie täglich das beste Fressen und erreichten ein friedvolles und hohes Alter.«

»Oh das war ein schönes Märchen, und die Gänse haben es sicherlich verdient, dass sie verehrt wurden.«

»Nicht nur das, der Senat verlieh den Gänsen auch je eine Tapferkeitsmedaille und diese marschierten fortan mit stolz geschwellter Brust durch ihr Gehege.«

»Sage mir Sextus, weißt Du den kein Märchen, in dem es nicht zum Kampf kommt?«

»Natürlich Tullia!« Sextus fabulierte: »Nicht weit von hier wohnte einst ein Müller, der eine Göpelmühle betrieb. Bei einer solchen Mühle läuft ein Pferd immer im Kreis und treibt so ein Räderwerk an. Dieser Müller hatte ein kräftiges gut genährtes Pferd mit dem Namen Ursus. Es lief Tag für Tag im Kreis, trieb über ein Zugseil die Mühle an und langweilte sich entsetzlich. Es dache: »Immer nur in eine Richtung und immer nur im Kreis, wer soll das aushalten. Ich sehne mich so nach einer Blumenwiese und nach Sonnenschein. Vor allem fehlt mir die Gesellschaft von anderen Pferden.«

Eines Tages beschloss es, nicht mehr weiter zu ziehen und blieb einfach stehen. Der Müller eilte zornentbrannt herbei, fluchte vor sich hin und schwang eine Peitsche. Er zog Ursus am Zügel nach vorne. Dieser stellte seine Vorderbeine breit auseinander und stemmte sich dagegen. Als der Müller sah, dass er so nichts ausrichten könnte, schimpfte er auf Ursus ein: »Du undankbares, hinterhältiges böses Stück Vieh, gebe ich Dir nicht jeden Tag genug Hafer und Gerste zu fressen, sowie klares Quellwasser zu trinken, damit Du Deine Arbeit gut erledigst. Du kannst doch nicht einfach aufhören, die Mühle anzutreiben. Ich kann ja kein Mehl mehr mahlen und verarme total.« Ursus dachte sich: »Ich habe jetzt zwei Jahre die Mühle angetrieben. Mir reicht es jetzt.«

Er gab dem Müller einen Kopfstoß, so dass dieser zu Boden fiel. Anschließend sandte er ein Gebet zum Pferdegott Reschet, damit ihm dieser helfen möge und biss seine Halteriemen durch. Er trabte aus dem Mühlengebäude, nicht ohne dem Müller noch einen leichten Tritt in dessen Hintern zu versetzen. Draußen genoss er seit Jahren erstmals wieder die Sonne und den Wind. Er galoppierte in ein nahes Wäldchen, fiel auf die Knie und sandte ein Dankgebet zu Reschet.

Kurz darauf sah er eine Herde von Wildpferden auf einer Lichtung grasen. Er trabte zu diesen und wurde freundlich aufgenommen. Ab da lebte er glücklich und zufrieden in Freiheit. Er verliebte sich in eine rehbraune Stute mit großen braunen Augen und zeugte mir ihr zwei Pferdefohlen.«

»Sextus, das war eine schöne Geschichte. Ich möchte auch gerne einmal ein Pferd haben. Am liebsten einen Rappen, weil dessen Fell so schön glänzt.«

»Tullia, wenn Du groß bist, bekommst Du bestimmt einmal ein Pferd. So und jetzt gibt es Abendessen und morgen reite ich wieder fort.«

Tullia kamen die Tränen. Vor sich hin schniefend jammerte sie: »Vor einigen Tagen erst habe ich Dich als Spielgefährten gewonnen und jetzt musst Du schon wieder gehen. Wer weiß, wann ich Dich wieder sehe, lieber Sextus. Zum Abschied zeichne ich Dir noch ein Bild in ein Wachstäfelchen.«

Sextus nahm am nächsten Tag Abschied von seinen Eltern und der Familie Lucullus. Er hob Tullia in die Höhe und sie umarmten sich gegenseitig. Tullia wollte ihn gar nicht mehr loslassen. Ihre Eltern nahmen dies wohlwollend zur Kenntnis. Sie übergab ihm eine Zeichnung des Bauernhofes seiner Eltern. Sextus schaute diese verblüfft an. Alle Gebäudeteile waren eingezeichnet. Fenster und Türen waren an ihrem richtigen Ort. Sogar sein Pferd hatte seinen Platz auf dem Bild gefunden. Er meinte: »Tullia, ich werde diese Wachstafel aufheben und öfters ansehen. Dann erinnere ich mich wieder an Dich und die schönen Tage, die ich hier verbracht habe.«

Er ritt nach Capua und quartierte sich in einem Gasthaus ein. Am Nachmittag suchte er Selina Brazzo, seine erste Geliebte in Capua auf. Ihre Freundin Mesa öffnete die Türe. Sie war ganz überrascht, Sextus zu sehen und begrüßte ihn freundlich. Sie rief nach Selina und diese kam mit einem sechsjährigen Knaben an der Hand herbeigeeilt. Sextus erkannte sofort sein Ebenbild. Er umarmte Selina, die ihn fest an sich drückte und ihn abküsste. Er nahm den jungen Sextus auf den Arm, drückte und streichelte ihn. Dieser blickte ihn bewundernd an, sah er doch den Helm mit dem Federbusch und schmiegte sich an ihn.

Selina bat ihn in das Gebäude. Sextus sah, dass das Anwesen zu einem Domus umgebaut und vergrößert worden war. Um ein großes Wasserbecken gruppierten sich mehrere Gebäudeteile .

Sextus überreichte Selina eine Bernsteinkette, und diese nahm das noble Geschenk dankend entgegen. Für Mesa hatte er eine silberne Brosche mitgebracht und für seinen Sohn einen Kinderbogen mit Pfeilen.

Selina meine: »Sextus wir haben jetzt genügend Platz, mehrere Diener, einen Koch und einige Gästezimmer. Ich mache Dir das Angebot in eines der Gästezimmer zu ziehen. Damit mein Mann keinen Argwohn schöpft, geben wir Dich als einen Verwandten von Mesa oder als ihren Liebhaber aus. Eines musst Du aber noch vorher machen. Gehe zu einem Haarkünstler und lasse Dir die Haare etwas heller färben, damit Deine Ähnlichkeit mit unserem Sohn nicht so offensichtlich ist.«

Sextus tat wie geheißen und zog dann mit seiner Habe in ein Gästezimmer der Villa Brazzo um.

Er setzte sich zusammen mit Selina, Mesa, seinem Sohn und dem dreijährigen zweiten Sohn von Selina ins Esszimmer und nahm ein einfaches Mahl zu sich. Gegen Abend kam auch der Bauunternehmer Piso Brazzo, der Ehemann von Selina, zu der Runde. Sextus wurde ihm als Freund von Mesa vorgestellt, und Piso glaubte diesen Angaben und hieß Sextus willkommen.

Kurz nach dem Essen verabschiedete sich Brazzo. Er gab an, dass er nach einem anstrengenden Tag so müde sei, dass er sich hinlegen müsse. Selina beauftragte das Kindermädchen, die Kinder ins Bett zu bringen. Mesa wandte sich an Sextus: »Lieber Sextus, nachdem ich nun zumindest in den Augen von Piso Deine Geliebte bin, müssen wir uns etwas näher kennen lernen. Er ist sowieso ein müder und fauler Knochen und hat nicht einmal genug Liebe für seine Frau übrig. Du hast ja keine Ahnung, wie sich Selina anstrengen musste, um ihn zu verführen, damit er mit ihr den zweiten Sohn zeugen konnte. Dies ist schon fast vier Jahre her. Seit dem hat er sie nicht mehr angerührt. Er geht jeden Tag früh ins Geschäft, kommt spät nach Hause, isst etwas und geht ins Bett. Diese Eintönigkeit wird nur gelegentlich unterbrochen, wenn er um des Geschäftes willen Stadtbedienstete und städtische Senatoren zu einem Essen zu sich bittet.

Ansonsten trösten Selina und ich uns gegenseitig. Manchmal nehmen wir uns auch einen Liebhaber. Wir müssen aber sehr auf Diskretion achten, um unseren guten Ruf in Capua nicht zu ruinieren. Selina wünscht sich schon seit längerem ein drittes Kind, wenn es geht ein Mädchen, und ich wäre auch nicht abgeneigt schwanger zu werden.

So und nun erzähle Du uns, wie es Dir in den letzten Jahren ergangen ist. Du hast bestimmt viel mehr erlebt, als wir.«

Stolz berichtete Sextus von seinem Wirken in Lusitanien, dem Marsch nach Narbo, dem Straßenbau und den Feldzügen. Auch seine Vermittlertätigkeit ließ er nicht aus. Seine amourösen Abenteuer verschwieg er aber, und seine wirtschaftliche Lage bezeichnete er als mäßig bis gut, obwohl er schon ein größeres Vermögen erworben hatte.

Sextus fiel ein cica 15-jähriger Sklave auf, der Anordnungen seiner Herrinnen mit mürrischem Gesichtsausdruck entgegen nahm und nur widerwillig und zögernd ausführte. Durch sein Benehmen ließ er erkennen, dass er seine Herrinnen als unbedeutend einschätzte. Sextus fragte: » Hört, wieso ist denn dieser Sklave so mürrisch und widersetzlich. Soll ich ihm einmal Manieren beibringen?«

»Nein, nein, « ereiferte sich Selina »es ist dies der Sklave Elfant. Er wird manchmal von Piso in sein Bett zitiert. Dadurch meint er, etwas Besseres zu sein und betrachtet uns als seine Konkurrentinnen. Wir hoffen, dass sich sein Benehmen ändert, wenn er einmal etwas älter geworden ist. Sollte dies nicht der Fall sein, werde ich ihn verkaufen.«

Alle waren rechtschaffen müde geworden und begaben sich zur Ruhe.

Am nächsten Morgen unterhielt sich Sextus mit Selina über den Tagesablauf. Sie kamen zur Übereinkunft, dass sie zusammen ausreiten könnten. Selina hatte immer noch ihr Pferd bei einem Bauern außerhalb von Capua untergestellt. Mesa, die auch reiten gelernt hatte, hatte ihr Pferd ebenfalls dort in Pflege. Es war ihr heimliches Vergnügen, zusammen auszureiten. Durch die vielen Ritte hatten sich schon an ihren Schenkeln Muskel gebildet.

Die Damen ließen sich in einer kleinen Kutsche durch einen Sklaven zum Bauernhof fahren und Sextus ritt daneben her. Dort bewunderte Sextus die beiden zierlichen Stuten von Selina und Mesa. Deren Fell schimmerte glänzend in der Sonne. Anschließend ritten sie durch die wieder grün werdende Natur am Volturno entlang in westliche Richtung, schlugen einen großen Bogen und nahmen ein Mahl in einem Landstädtchen ein. Danach ritten sie ans Meer und sahen den sich an der Küste brechenden Wellen zu. Sie banden die Pferde an einem Busch fest und ließen sie grasen. Die Sonne hatte jetzt im Januar den Boden schon erwärmt, so dass sie auf der Wiese lagern konnten. Mesa und Selina hatten sich rechts und links von Sextus auf den Boden gesetzt. Sie schmiegten sich an Sextus an, streichelten ihn an seinem Kopf, den Schultern und durchwühlten sein Haar. Sextus meinte: » Halt, fahrt mir nicht so fest durch meine Lockenpracht. Ich will mein schönes blondes Haar noch behalten.«

» Es ist schön, wieder einmal einen Mann zu berühren,« sagte Selina, »gestern hast Du uns über Deine Abenteuer berichtet, aber Deine amourösen Abenteuer ausgelassen. Hat sich zwischen Dir und Alda nicht mehr abgespielt, als Du uns hast wissen lassen?«

»Wenn Du mich so direkt fragst, Ja! Alda ist sehr sensibel und hat ihre schrecklichen Erlebnisse nach ihrer Entführung noch nicht ganz verwunden. Auch wenn ich nicht so aussehe, kann ich ganz schön einfühlsam und zärtlich sein.«

»Oh, das musst Du aber noch unter Beweis stellen,« forderte Selina.

»Alda könnte dies bestimmt bestätigen.«

Ein plötzliches Grollen ließ sie aufhorchen. Sie sahen, dass sich über dem Vulkan Vesuvius eine Rauchwolke gebildet hatte. Als sich das Grollen wiederholte, bekamen sie es mit der Angst zu tun, ritten zum Bauernhof zurück und begaben sich dann zum ,'Wohnhaus.

Nach einem leichten Mittagsmahl gingen alle auf ihre Zimmer um auszuruhen. Sextus wusch sich und streckte sich dann auf seinem Bett aus. Plötzlich öffnete sich die Türe. Mesa und Selina huschten in den Raum. Sie waren beide nur mit sehr dünnen Schleiergewändern bekleidet, die mehr ent- statt verhüllten. Beide legten sich zu Sextus auf die Liege. Mesa forderte ihn auf: »So Sextus, jetzt zeige einmal, ob Du tatsächlich zärtlich und einfühlsam sein kannst.«

Sextus ließ sich nicht lange bitten. Er umarmte Mesa, drückte sie an sich und küsste sie. Mesa erwiderte seinen Kuss, streichelte ihn und zog ihm die Tunika aus. Er merkte, dass von der andern Seite Selina seinen Oberkörper streichelte und seine Brustwarzen knetete. Er bekam sofort eine Erektion. Selina hatte Olivenöl in einer kleinen Amphore mitgebracht. Mit diesem ölten sie seinen Brustkorb, seinen Rücken seinen Unterkörper und sein Glied ein. Anschließend gingen sie bei sich genauso vor und streichelten ihn weiterhin. Sextus streichelte mit seinen Händen rechts und links das Geschlecht von Mesa und Selina. Mesa stieg schließlich über ihn und auch dank des Olivenöls verschwand sein Glied zur Gänze in ihr. Er brachte sie durch mehrere Stöße zum Höhepunkt, kam selbst zu einem Orgasmus und ergoss sich in sie.

Mesa ließ sofort von ihm ab, legte sich auf den Rücken und streckte die Beine nach oben Sie hoffte darauf, dass der Samen von Sextus tief in sie eindringen und dass sie deshalb schwanger werden würde.

Nach einer kurzen Ruhepause betrachteten Mesa und Selina sein Glied und sahen, dass es in sich zusammengefallen war und schlaff auf seinem Bauch lag. Selina sprach mit zärtlicher Stimme: »Sextus, diesen Zustand müssen wir beenden. Ich möchte doch auch etwas von Dir haben.« Sie streichelte ihn zärtlich, so dass seine Männlichkeit wieder groß und ansehnlich wurde. Dann schob sie sich unter ihn und er drang ungestüm in sie ein. Mesa streichelte unterdessen seinen Hodensack. Selina kam fast sofort zu einem Orgasmus. Bei Sextus dauerte es etwas länger. Selina stöhnte unter ihm, umklammerte seine Unterkörper mit den Beinen, machte sich ganz eng und ließ ihn nicht mehr aus. Sie erreichte einen erneuten Höhepunkt, gleichzeitig mit Sextus.

Ermattet sanken alle drei auf das Lager zurück. Kurz danach verließen die Damen so leise, wie sie gekommen waren, wieder das Gemach, nicht ohne sich zuvor bei Sextus mit zärtlichen und anerkennenden Worten bedankt zu haben. Sextus dachte sich: »Anscheinend war ich doch gut. Die Damen haben sich zumindest bedankt. Aber ich muss ihnen noch Komplimente machen. Sie haben mich umfassend glücklich gemacht.«

Am Abend saßen sie wieder beisammen und unterhielten sich. Mesa meinte: » Heute Nachmittag war es ja ganz nett und ich würde es gerne wiederholen. Sextus kann ja toll und tief in einen eindringen.« Sextus wurde ganz rot vor Verlegenheit und blickte Selina an. Diese lächelte aber nur zurück und sagte: »Ich muss Mesa vollkommen recht geben. Gegenüber unserem ersten Zusammensein ist Dein Glied länger und dicker geworden. Morgen um die gleiche Zeit können wir das Ganze wiederholen.«

Sie kamen überein, vormittags auszureiten, nachmittags Sex zu haben und abends gut zu essen und sich zu unterhalten.

So verbrachten sie die nächsten Tage, bis Sextus nach 20 Tagen erklärte, das sein Urlaub ablaufe und er sich zurück zur Legion begeben müsse. Zum Abschied erklärten Mesa und Selina, dass sie ihm noch eine freudige Nachricht zuflüstern müssten. Selina erklärte: »Sextus, wir beide sind von Dir schwanger geworden und freuen uns auf die Kinder. Bei Mesa erzählen wir meinem Mann und unseren Bekannten, dass sie heimlich mit Dir verheiratet ist. Ich selbst habe die ungleich schwerere Aufgabe, meinen eigenen Mann zu verführen, damit er glaubt, dass das Kind von ihm sei. Ich werde den Sklaven Elfant unter Druck setzen. Wenn mein Mann ihn wieder ruft, werde ich statt seiner zu ihm gehen, ihm aber nicht meinen Hintern hinhalten.«

Mesa und Selina schmiegten sich an Sextus und rieben ihre Körper an dem seinen und weinten heiße Abschiedstränen. Mesa rief: »Sextus vergiss uns nicht. Wir werden Dir schreiben. Besuche uns, wenn Du wieder nach Capua kommst.«

Sextus war ganz erschlagen von so viel Anhänglichkeit. Er sprach: » Es tut mir so unendlich leid, dass ich Euch verlassen muss. Ich werde immer an Euch denken und die zärtlichen Stunden nochmals in Gedanken nacherleben. Ich werde Euch treu sein, bis wir uns wieder sehen. Vor allem werde ich versuchen, so bald wie möglich wieder nach Capua zu kommen. Ich freue im mich darauf, wieder Vater zu werden. Du Selina bist ja gut versorgt. Dir Mesa soll es ebenfalls an nichts fehlen. Ich werde für Dich und das Kind sorgen. «

Januar 110 vor Christi

Er bestieg sein Pferd und ritt zum Handelshafen nach Puteoli. Zuvor hatte er sein Haar wieder umfärben lassen. Tief atmete er den Brodem aus Meeresluft, brackigem Hafenwasser, Garum, Gewürzen und verschüttetem Wein ein. Er versuchte eine Passage nach Narbo oder Massalia zu bekommen. Alle Schiffe mit diesen Bestimmungsorten waren voll beladen und konnten niemanden mehr mitnehmen.

Außerdem wurde ihm geraten, auf dem Landweg nach Narbo zu reisen, weil die Windrichtung in absehbarer Zeit keinen Transport über das Meer in nordwestliche Richtung zulassen würde.

Er ritt deshalb nach Rom und nahm Unterkunft in einem Gasthof. Er gab sein Pferd einem Stalljungen, legte zivile Kleidung an und besichtigte die Stadt. Er staunte über die vielen neuen prachtvollen Gebäude.

Vornehme Insulae mit Läden hatten die Holzbuden am Markt neben dem Forum verdrängt. Zahlreiche Geldwechsler und Geldverleiher hatten ihre Stände neben dem Forum aufgeschlagen. Sie wechselten makedonische Denare, numidische Dinars, karthagische Goldstücke, griechische Drachmen und asiatische Liras in römische Münzen um. Sextus fragte, um den Zinssatz zu ermitteln, bei einem Geldverleiher an, ob er von diesem ein Darlehen von eintausend Sesterzen erhalten könne. Der Mann musterte ihn kurz und meinte: »Wenn Du mir eine Sicherheit bieten kannst und versprichst, das Darlehen und die Zinsen zurück zu zahlen, leihe ich Dir für einen Monat tausend Sesterzen. Du zahlst mir eintausendundfünfzig Sesterzen zurück.« Sextus rechnete kurz nach und kam auf einen monatlichen Zins von fünf Prozent. Er lehnte das Angebot ab, mit dem Hinweis, dass dies ein Wucherzins sei.

Ihm kam die Idee doch einmal bei Anthea vorbeizuschauen und sich nach ihrem Befinden zu erkundigen. Er ließ sich den Weg zur Villa des Senators Ceta, dem Liebhaber von Anthea, zeigen und bestach dort einen der Haussklaven mit zwei Sesterzen, ihm den Weg zur Villa von Anthea zu weisen. Dieser willigte sofort ein und diente ihm als Führer zu einem versteckt in einer Seitengasse liegenden herrschaftlichen Anwesen.

Im Hof des Anwesens waren mehrere Sänften abgestellt, und die Sänftenträger standen plaudernd in Gruppen zusammen.

Die Türe wurde ihm von einem hochmütigen Haussklaven geöffnet, der ihn kurz musterte und nach seinem Begehr fragte. Sextus stellte sich vor und bat, seiner Herrin Anthea Muttuna gemeldet zu werden. Der Sklave betrachtete ihn von oben herab und zischte ihn an: »Meine Herrin empfängt nur vornehme Standespersonen. Deshalb verlasse sofort das Grundstück. Sextus ärgerte sich, dass ein Sklave so mit ihm sprach. Die Sänftenträger im Hof hörten der Auseinandersetzung zu und lachten höhnisch. Sextus versuchte es noch einmal: »Höre, Du nichtsnutziger Türsteher, Du meldest mich sofort Deiner Herrin, oder Du wirst es bitter bereuen.«

»Meine Herrin ist eine vornehme Dame und gibt sich mit so einem dahergelaufenen Plebejer, wie Du es bist, nicht ab. Also verschwinde endlich von dieser Schwelle.«

Sextus lief vor Zorn rot an. Er trat schnell vor, versetzte dem Frechling einen Faustschlag gegen sein Kinn und einen Zweiten in den Magen, so dass dieser auf der Türschwelle zusammenbrach und vor sich hin jammerte. Anschließend ging er in den Empfangsraum. Dort sah er vornehm gekleidete meist junge Römer auf Liegen ruhen und in Gruppen im Raum stehen. Sie unterhielten sich lebhaft. Ihm fiel auf, dass nur Männer anwesend waren. Die meisten von ihnen trugen den Purpurstreifen des römischen Staatsbeamten an Toga und Tunika. Eine junge Sklavin, die sehr leicht gekleidet war, trat auf ihn zu und bot ihm Wein und Süßigkeiten an. Er nahm diese dankend entgegen und fragte sie nach Anthea.

Diese antwortete offenherzig: »Meine Herrin ist in einem Nebenraum und vergnügt sich dort mit dem Senatorensohn Aurelius Eburnus. Ich nehme aber an, sie wird bald kommen und dann kannst Du sie begrüßen.«

Sextus sah sich im Empfangsraum um. Er sah, dass dieser ganz in sandfarbenen und braunen Tönen gehalten war. Die Wände waren mit Mosaikfresken und Putzmalereien oder mit wertvollen Teppichen versehen. Der Fußboden war ein einziges Mosaik und zeigte eine Szene mit dem Meeresgott Neptun und Delphinen. In den Ecken standen große Bodenvasen mit frischen Blumen und in der Mitte einer Seitenwand eine große Marmorstatue der Liebesgöttin Venus, der Schaumgeborenen. Er erkannte den ehemaligen Reiterkohortenführer in der VII. Legion, Publius Lenco und den ehemaligen Militärtribun Fabio Piso. Diesem hatte er in Hispanien einst sein Pferd verkauft. Er gesellte sich zu ihnen, wurde herzlich begrüßt und den anderen in der Gruppe vorgestellt.

Fabio Piso gebrauchte dazu folgende Worte: »Ihr seht hier den 1. Centurio Sextus Leptonius von der VII. Legion. Er war der Vertraute des Legaten Julius Strabo und der Statthalter Memmius und Carbo.

Sextus ist ein umsichtiger Anführer, ein tapferer Legionär und ein geschickter Diplomat. Gerade durch sein Verhandlungsgeschick hat er in Hispanien und Narbonensis erreicht, dass unnötiges Blutvergießen vermieden wurde.«

Sextus wurde wohlwollend in den Kreis aufgenommen und beteiligte sich an der allgemeinen Diskussion.

Publius Lenco meinte: » Sextus, Dein neuer Statthalter Lucius Calpurnius Bestia hat ja ganz unverdient diese schöne Provinz als Statthalterschaft bekommen. Er hat im letzten Jahr in Numidien als Konsul Krieg gegen Jugurtha geführt, diesen besiegt und ihm einen vorteilhaften Frieden eingeräumt. Alle meinen, dass er von Jugurtha bestochen worden war. Dieser soll ja sagenhaft reich sein und sich versteckte karthagische Schätze angeeignet haben.«

»Ich habe mich in der Provinz Narbonensis mit dem Straßenbau beschäftigt und anschließend im Krieg gegen die Arverner mitgekämpft. Was im übrigen römischen Reich geschehen ist, dringt nur spärlich in die Randgebiete vor.«

Fabio Piso mischte sich ein: »Centurio, es ist wirklich so, das in Rom die meisten Senatoren bestechlich sind. Sie haben nur ihr eigenes Wohl im Sinn und nicht das des römischen Reiches. Egal, was Du zu erreichen suchst, wenn Du dem richtigen Mann nur genug Geld anbietest, bekommst Du es auch.«

Sextus wurde bedrängt, von seinen Erlebnissen und Abenteuern zu berichten. Er gab das Märchen mit dem Hai zum Besten und fesselte so die Aufmerksamkeit der meisten Anwesenden. Da die Mehrzahl von ihnen noch keine Seereise unternommen hatte, konnten sie den Wahrheitsgehalt der Geschichte nicht einordnen, und Sextus erhielt zahlreiche Oh und Ah-Rufe.

Beim Erzählen seiner Geschichte hatte er sich gegen die Skulptur der Venus gelehnt. Er betrachtete sie jetzt genauer und meinte: »Sie ist wunderschön und strahlt einen eigenen Zauber aus. Es ist nicht verwunderlich, dass sich Götter und Sterbliche um ihre Liebesgunst bewarben. Deshalb hat sie ihren Gemahl Vulkanus, den Gott des Feuers und der Schmiede neben vielen anderen mit Hermes, Neptun, Bachus und Adonis betrogen. Dass gerade sie im Empfangsraum von Anthea steht, hat wohl eine besondere Bedeutung.

Er erhielt allgemeine Zustimmung für seine letzte Bemerkung.

Kurz darauf betrat Anthea den Empfangsraum. Sie war noch etwas gewachsen, hatte ihre schlanke Figur behalten, nur der Busen war etwas voller geworden und sie war wunderschön anzusehen. Sie übertraf an Schönheit und Liebreiz sogar noch die Marmorstatue der Venus. Sextus dachte: »Jetzt kann ich verstehen, dass sich fast die gesamte Ritterschaft in ihrem Hause einfindet. Sie ist wie eine süße Frucht, die von Wespen umschwärmt wird und übt eine magische sexuelle Anziehungskraft auf die sie umgebende Männerwelt aus. Jetzt begreife ich auch, warum sich nur Männer hier aufhalten.«

Anthea erblickte Sextus, eilte auf ihn zu und umarmte ihn innig. Dies trug ihm die neidischen Blicke der Umstehenden ein. Sie bat Sextus sich neben sie auf eine Liege zu setzen und ihr zu erzählen, wie es ihm ergangen war.

Sextus erzählte seine Abenteuer und Anthea und ihre Verehrer hörten ihm zu. Nach einer Weile meinte Anthea: »Sextus, ich würde Dir ja gerne meine Gunst erweisen. Doch ich habe meine Zeit dem Senatorensohn Valerius Perpena und dann dem Ritter Oktavius Tuditanus versprochen.« Sie wies auf einen jüngeren Mann hin und meinte: »Sieh doch, wie eifersüchtig Valerius zu uns herüber schaut. Ich glaube, er will sein Geschenk für mich schnell loswerden. Er hat mir für heute eine schwere Goldkette versprochen. All die Herren, die mich besuchen, bringen mir je ein Geschenk mit. Ich bin inzwischen eine wohlhabende Frau geworden. Ich mache Dir den Vorschlag, morgen am späten Nachmittag vorbeizuschauen. Da ist der Senator Ceta schon wieder gegangen und ich habe Zeit für Dich.«

Sextus hätte dieses Angebot gerne wahrgenommen. Da er aber früh am nächsten Morgen seine Reise nach Narbo antreten musste, um nicht zu spät zu seiner Legion zu kommen, lehnte er voller Bedauern ab, bemerkte aber, dass es schön war, Anthea wieder einmal zu sehen und wünschte ihr alles Gute.

Anthea bedankte sich und wünschte Sextus eine gute Reise. Mit diesen Worten umarmte sie ihn und küsste ihn auf den Mund. Aus den erstaunten Rufen der Ritter, schloss er, dass ihm eine besondere Ehre zuteil geworden war.

Für sich stellte er fest, dass sich Anthea nicht nur von dem Prokonsul Ceta ausgehalten wurde, sondern noch eine ganze Reihe anderer Liebhaber hatte. Für ihre Liebesdienste nimmt sie Geschenke entgegen. Sie ist also nicht nur eine Mätresse, sondern auch eine Edelprostituierte.

Er übernachtete in einer besseren Herberge, lehnte die ihm von dem Wirt angebotene Hausprostituierte ab und ließ sich statt dem von ihm die römischen Neuigkeiten erzählen.

31

Anthea

Anthea Muttuna dachte an ihre Zeit in Capua zurück und an die erste Begegnung mit Sextus. Sie war jetzt mit 24 Jahren, dank ihrer Liebeskünste schon eine reiche Frau und hatte vor, ihr bisheriges Leben noch einige Jahre fortzusetzen.

Anthea 117 v.Chr.

In der Villa des städtischen Verwaltungsbeamten Quintus Muttuna in Capua herrschte eine etwas angespannte Stimmung. Seine gerade siebzehnjährige Tochter Anthea war mit seiner soeben verkündeten Entscheidung, sie mit dem Sohn eines Stadtsenators zu verheiraten, gar nicht einverstanden. Sie wandte sich Hilfe suchend an die Sklavin Missa, die sie, statt ihrer bei ihrer Geburt verstorbenen Mutter, aufgezogen hatte. Missa aber stellte fest: »Dein Vater ist das Oberhaupt der Familie, und seinem Spruch musst Du Dich wohl fügen.« Quintus Muttuna war keinem Argument, das Anthea vorbrachte, zugänglich. Er hielt ihr vor : »Anthea, sei bitte eine folgsame Tochter. Schaue ich habe Dich als Kind unmäßig verwöhnt und Dir alle Wünsche erfüllt. Du hast die Schule besucht und ein Hauslehrer hat Dich weiter unterrichtet. Eine Lehrerin hat Dir das Flötenspiel und das Schlagen der Lyra beigebracht. Du bist also gebildet und außerdem ein reizendes und sehr hübsches Mädchen. Nur deshalb habe ich den Stadtsenator Rufus überreden können, Dich als Schwiegertochter zu akzeptieren. Sein Sohn ist der Erbe eines beträchtlichen Vermögens. Du wirst eigenes Geld und auf Lebenszeit ausgesorgt haben. Noch ein halbes Jahr bekommst Du Unterricht von dem Hauslehrer, damit Du genauso gut griechisch wie lateinisch sprichst. Danach wirst Du Lucius heiraten. Bedenke, Du bist gerade 17 Jahre alt geworden und musst unbedingt heiraten, sonst wirst Du eine alte Jungfer.«

Anthea kannte den Lucius Rufus, den für sie vorgesehenen Ehegemahl. Es war dies ein ungebildeter grobschlächtiger Neunzehnjähriger, dessen Gesicht durch eine Hasenscharte verunziert war und der sein rechtes Bein etwas nachzog. Sie dachte: >Nie und nimmer werde ich diesen Tölpel heiraten. Ich werde eine Möglichkeit finden, dieser Ehe zu entkommen.< Zu ihrem Vater sagte sie aber : »Lieber Vater, es fällt mir schwer, gerade diesen schwerfälligen Lucius zu ehelichen, aber wenn Du es so bestimmst, werde ich gehorchen.«

Als ihr Vater gegangen war, beriet sie sich mit ihrer Ersatzmutter , der Sklavin Missa, zu der sie ein sehr enges Verhältnis hatte. Sie sagte: »Missa, ich werde diesen Lucius nicht heiraten. Schon der Gedanke, dass er mich anrühren könnte, lässt mich frösteln. Ich will mir meine zukünftigen Liebhaber aussuchen können und mich nicht mit einem Ehemann belasten. Vor allen Dingen möchte ich junge, kräftige und schöne Männer. Wenn sie reich sind, ist das auch in Ordnung. Ich möchte alles über die Liebe lernen. Kannst Du mir dies beibringen?«

»Etwas kann ich Dir schon beibringen. Ich habe Dich ja schon vor zwei Jahren aufgeklärt. Aber viel verstehe ich von Liebesdingen auch nicht. Nur das wenige, das ich bei Deinem Vater gelernt habe. Da müsstest Du schon zu der Edelhure Mestita Albinus gehen. Diese ist in Liebeskünsten sehr beschlagen. Ich weiß aber nicht, ob sie Unterricht gibt und was sie dafür verlangt.«

»Ja, ich werde die Dame aufsuchen. Von dem Geld, das mir mein Vater im Laufe der Jahre gegeben hat, habe ich einen Großteil gespart. Ich hoffe, es wird reichen, um eine solche Lehrmeisterin zu bezahlen.«

»Mestita Albinus geht jeden Vormittag auf den Markt. Sie kauft dort edles Gemüse, teure Gewürze und zartes Fleisch ein und kocht auch selbst, obwohl sie eine Köchin gekauft hat. Vielleicht kannst Du sie dort ansprechen?«

Bei einem Besuch auf dem Markt zeigte Missa ihrer Ziehtochter die Dame Mestita Albinus. Diese war Ende 20 Jahre alt, schlank und gut proportioniert. Sie war nicht in den leuchtenden Farben der Huren, sondern wie eine vornehme Römerin gekleidet. Sie trug eine Stola und hatte ihr Haar mit einem aus Goldfäden gewebtem Netz bedeckt.

Anthea sprach sie an: »Werte Dame, ich bin Anthea Muttuna und hätte den Wunsch als Lehrmädchen in Eure Dienste zu treten. Könntet Ihr mir Euer Wissen vermitteln. Ich bin auch bereit, dafür zu zahlen.«

Mestita schaute sie prüfend an. Sie dachte: »Was für eine entzückende junge Dame dies ist. Sie wird bestimmt einmal eine Schönheit werden. Wenn sie erst in Liebesdingen erfahren ist, könnten wir zwei die ganze Männerwelt von Capua durcheinander würfeln. Ich werde sie unter meine Fittiche nehmen.«

Sie antwortete jedoch: »Ich muss mir das Ganze erst überlegen. Komme doch morgen vor dem Mittagsmahl in meine Villa. Dort können wir uns unterhalten.«

Anthea bedankte sich und war froh nicht abgewiesen worden zu sein.

Am kommenden Tag besuchte sie Mestita in ihrer Villa. Sie wurde von einer Sklavin zu ihr in das Atrium geführt und bestaune die edle und geschmackvolle Einrichtung. Sie erzählte Mestita ihre Lebensgeschichte und den Grund dafür, dass sie aus ihren Lebensverhältnissen ausbrechen wolle.

Mestita meinte: »Ich gebe Dir gerne Unterricht und vermittle Dir mein ganzes Wissen. Du kommst in den nächsten Monaten jeden Tag für eine Stunde zu mir. Pro Stunde verlange ich einen Betrag von zwanzig Sesterzen.« Anthea erschrak über die Höhe der Forderung, doch Mestita beruhigte sie: »Keine Angst, wenn Deine Ausbildung beendet ist, kannst Du den Betrag hier abarbeiten. Aber sage mir : Wird Dein Vater nicht misstrauisch, wenn Du regelmäßig das Haus verlässt?«

»Nein, er ist den ganzen Tag in seinem Amtszimmer und kommt erst abends nach Hause. Außerdem weiß meine Ziehmutter Bescheid. Sie fördert mein Vorhaben.«

Anthea absolvierte nun Tag für Tag ihre Ausbildung. Mestita begann damit, ihr zu erklären, welche Verhütungsmittel ihr bekannt waren und wie man sie anwendete. Sie zeigte ihr unter anderem, wie man einen mit Akazienöl getränkten Schwamm einführen musste, wie man eine Waschung mit Petersiliensaft durchzuführen hatte und wie man ein aus Schafdarm gefertigtes Kondom benutzte.

An Hand eines bebilderten Pergamentbogens zeigte sie ihr die verschiedenen Stellungen beim Geschlechtsverkehr und erklärte ihr auch, wie sie es anzustellen hatte, um selbst dabei auch Lust zu empfinden.

Sie unterrichtete sie über die unterschiedlichen Charaktere der Männer und wie man ihnen am besten schmeicheln konnte, zu ihnen aufblicken und ihnen das Gefühl geben musste, dass sie einzigartig seien.

Anthea eignete sich das gesamte Wissen schnell an. Sie weihte nur ihr Ziehmutter und ihre Freundin Selina in ihr Geheimnis ein.

Nach drei Monaten meinte Mestita: »Anthea, theoretisch kann ich Dir nichts mehr beibringen. Du kannst alle meine Fragen beantworten, weißt wie Du Dich parfümieren, kleiden und schminken musst. Nachher kommt ein Verehrer zu mir. Durch das Auge des Delphins kannst Du von außen in mein Schlafzimmer blicken. Bitte schaue mir doch bitte zu, wie ich meine Kundschaft bediene.

Anthea kam der Aufforderung an diesem Tage und auch an den folgenden Tagen nach. Sie prägte sich ein, wie ihre Lehrerin ihre Kunden behandelte und wie sie auf deren Forderungen und sexuellen Vorlieben einging.

Mestita meinte nun: »Es ist Zeit, dass Du Dein Wissen praktisch anwendest. In zwei Tagen kommt ein vermögender, noch junger, römischer Kaufmann in die Stadt. Er gehört dem römischen Ritterstande an und besucht mich regelmäßig. Ihm werde ich den Mund mit Deiner Schönheit und Deiner Unschuld wässrig machen. Wenn er Dich haben möchte, stelle ich ihn Dir vor und ich werde einen stolzen Preis von ihm für Dich verlangen.«

Anthea war einverstanden und lernte den Kaufmann Plautius Longinus kennen. Es war dies ein dreißig-jähriger mittelgroßer Mann mit einer schlanken Figur, schütterem Haar und angenehmen Gesichtszügen. Plautius war von ihrer Schönheit hingerissen und beschloss bei ihr unbedingt der Erste zu sein. Die beiden Frauen handelten mit ihm für einen Liebesnachmittag mit Anthea einen Preis von achthundert Sesterzen aus. Noch am gleichen Nachmittag verlor Anthea ihre Unschuld und nahm achthundert Sesterzen ein, die sie gleich ihrer Ausbilderin übergab und damit begann ihre Schulden abzuzahlen. Plautius nahm vor seiner Abreise ihre Dienste noch zweimal in Anspruch und zahlte jeweils vierhundert Sesterzen an sie. Er versicherte ihr, dass er in zwei Monaten wieder nach Capua kommen und sie aufsuchen werde.

Anthea dachte: »Das Zusammensein mit Plautius war gar nicht so schlecht. Als er das erste Mal in mich eingedrungen war, habe ich nur einen kurzen Schmerz verspürt und auch nicht arg geblutet. Dann aber hat mir die Sache Vergnügen bereitet und ihm natürlich auch. Ich glaube aber, dass ich ihm dank meiner Lehrmeisterin für sein Geld viel geboten habe.«

Ihrer Freundin erzählte sie alles haarklein, so dass diese fast so bewandert wurde, wie sie selbst.

Einige Tage später unternahm sie, wie bereits geschildert, mit gleichaltrigen Mädchen einen Stadtbummel. Sie waren lustig und ausgelassen. Auf dem Markt lernten sie eine Gruppe von Legionärsrekruten kennen, denen sie die Stadt zeigten. Anthea zeigte besonderes Interesse an dem Rekruten Fabius Ventas. Ihr gefiel sein Äußeres und sein lustiges Wesen. In einer Weinwirtschaft setze er sich neben sie und er fing gleich an, sie zu betatschen. Anthea dachte sich: »Jetzt in der Öffentlichkeit Zärtlichkeiten auszutauschen, hat keinen Sinn. Wie leicht kommen Bekannte meines Vaters vorbei und mit meinem guten Ruf ist es dahin. Aber den Fabius könnte ich zu einem Essen einladen und für meine Freundin den Sextus gleich dazu. Das wäre auch unverfänglicher.«

Anthea sprach bei einem nächsten Treffen mit Fabius die Einladung aus, denen die beiden Rekruten freudig nachkamen. Im Anschluss an ein Essen verführten Anthea und Selina die beiden Jünglinge.

Inzwischen war auch Plautius wieder in die Stadt gekommen. Er genoss die Tage in Capua in den Armen von Anthea. Nach einer besonders schönen Liebesstunde äußerte er : »Anthea, ich möchte mich von Dir nicht mehr trennen. Wäre es möglich, dass Du Dich entschließen könntest, mich nach Rom zu begleiten. Ich würde Dir dort eine Wohnung einrichten, Dir reichlich Geld geben und Dich immer besuchen, wenn es mir möglich ist.«

Anthea, die ihren Plan, vor einer unerwünschten Ehe, Capua zu verlassen, nicht aufgegeben hatte, ging mit scheinbarem Zögern auf den Vorschlag des Plautius ein. In Wirklichkeit hatte sie auf eine solche Lösung hingearbeitet und war heilfroh, dass Plautius von sich aus den Vorschlag gemacht hatte. Sie äußerte sich: »Plautius, Dein Vorschlag hört sich gut an. Ich möchte jedoch in Rom von Dir nicht als Sexsklavin gehalten werden und nur in einer Wohnung auf Dich warten müssen. Ich möchte frei über mein Leben entscheiden können. Natürlich würde ich Dir treu bleiben.«

»Anthea, auf alle Fälle will ich Dir Deine Freiheit belassen. Ich könnte Dich jeden Tag, sofern ich nicht auf Kauffahrt gehe, nach dem Mittagessen aufsuchen. Wäre Dir das genehm?«

»Ja, so könnten wir das einrichten. Aber ich habe noch Schulden bei Mestita. Könntest Du diese begleichen?«

»Ja natürlich werde ich dies tun.«

Nachdem Plautius seine Geschäfte in Capua erledigt hatten, reisten sie gemeinsam nach Rom. Im Gepäck hatte Anthea ein Empfehlungsschreiben von Mestita an deren Freundin, der Besitzerin eines Edelbordells in Rom. Anthea hatte ihrem Vater einen kurzen Abschiedsbrief hinterlassen. Sie schrieb wie folgt: »Lieber Vater, ich danke Dir für mein bisheriges Leben, die gute Ausbildung und die liebevolle Erziehung. Ich kann aber nicht in eine Ehe mit dem Lucius Rufus einwilligen. Ich habe einen reichen Kaufmann aus Brundisium kennen gelernt. Mit diesem habe ich heute die Stadt verlassen. Bitte versuche nicht, mich zu finden und zurück zu holen. Ich möchte mein Leben selbst bestimmen, und es ist mein freier Entschluss aus Capua wegzugehen. In Liebe, Deine Tochter.«

Anthea befürchtete, dass ihr Vater sie verfolgen lassen würde. Deshalb hatte sie Brundisium als möglichen Aufenthalt angegeben.

In Rom mietete Plautius eine Wohnung für Anthea an und richtete sie ein. An den meisten Nachmittagen, wenn seine Ehefrau ein Mittagsschläfchen hielt, suchte er Anthea auf. Diese probierte ihre Liebeskünste weiterhin an ihm aus, so dass er ihr nach kurzer Zeit vollkommen hörig wurde. Anthea suchte zwischenzeitlich die Bordellwirtin Theodosia Alter im Stadtviertel Velabrum auf. Sie kleidete sich sorgfältig an und schminkte sich dezent. Sie wurde sofort zu Theodosia vorgelassen und fand sich einer zierlichen 40-jährigen Dame gegenüber. Ihr trug sie ihr Anliegen vor und übergab das Empfehlungsschreiben der Mestita Albinus. Theodosia erklärte: »Ich kann in meinem Hause immer gute und erfahrene Kräfte brauchen. Gut magst Du ja sein, aber viel Erfahrung kannst Du in Deinen jungen Jahren ja noch nicht gesammelt haben, wenn auch meine Freundin Mestita Dich über die Hutschnur lobt. Bevor ich aber mit Dir eine Abmachung treffe, ziehe Dich doch erst einmal aus, damit ich feststellen kann, ob Dein Körper makellos ist.«

Anthea kam dieser Bitte nach und Theodosia staunte: »Du bist ja nackt noch schöner, als angezogen und zurechtgemacht. Deine Füße sind nicht zu groß, Du hast lange Beine, einen festen Hintern, einen flachen Bauch, einen großen kräftigen Schamhügel, einen festen hoch angesetzten Busen, zarte lange Arme und schöne Hände. Ziehe Dich wieder an und sage mir dann, wie Du Dir die Arbeit bei mir vorgestellt hast.«

»Also, ich komme ins Haus und kann täglich ab dem späten Nachmittag bis in die Nacht hinein bei Dir arbeiten. Ich möchte, dass Du mir die Männer aussuchst und auch den Preis für mich festlegst. Ich möchte aber die Männer vorher sehen und sie abweisen dürfen. Du darfst für mich Höchstpreise verlangen, musst mir aber vorher sagen, welchen Stand die Kunden haben und wie ihre Vermögensverhältnisse sind. Auf erniedrigende Sexpraktiken, wie Auspeitschen, Schlagen und Fesselungen lasse ich mich nicht ein. Von meinen Einnahmen sollst Du für Deine Tätigkeiten eineinhalb Zehntel erhalten. Mehr als drei Kunden werde ich aber an einem Abend nicht bedienen.«

»Anthea, ich gehe voll auf Deine Vorstellungen ein. Lediglich mein Anteil soll zwei Zehntel betragen, da ich ja auch Unkosten habe.« Anthea stimmte zu und die beiden Damen bekräftigten ihre Abmachung mit einem Glas süßen Wein von den Hängen des Vesuvs.

Theodosia zeigte ihr das Haus und die Zimmer der einzelnen Mädchen. Bei dem Anwesen handelte es sich um ein zweigeschossiges Atriumhaus in einem von einer Mauer umschlossenen Grundstück. Die geschlossene Vorderfront befand sich direkt neben der Straße. Die einzelnen Hausflügel gruppierten sich um einen gemauerten Teich mit verschiedenen Wassergewächsen. Alle Zimmer, Terrassen und Balkone zeigten zu diesem. Anthea stellte fest, dass die Zimmer im ersten Stockwerk der Gebäude größer und noch komfortabler eingerichtet waren, als im Erdgeschoss. Sie fragte deshalb Theodosia und erhielt folgende Antwort: »Die Zimmer im Erdgeschoss sind für den Aufenthalt der »Laufkundschaft« bestimmt, also für Männer, die nur schnell befriedigt werden wollen und dann wieder zu ihren Ehefrauen gehen, oder für Jünglinge, die einen längeren Aufenthalt nicht bezahlen können. Die Zimmer oben sind für Herren, die viel zahlen, oder die ganze Nacht bleiben wollen. Du bekommst natürlich für Deine Tätigkeit mein bestes Zimmer im Obergeschoss.

Theodosia stellte ihr die fest in dem Bordell tätigen zwanzig Mädchen vor. Es waren dies alles Schönheiten im Alter von unter dreißig Jahren. Sie wurde von diesen zwar freundlich aufgenommen, erntete aber doch einige scheele Blicke.

Theodosia wies ihre Damen zurecht: »Ich freue mich, wenn wir im Bordell schönen jungen Nachwuchs, wie jetzt Anthea, bekommen und ihr solltet Euch auch darüber freuen, statt neidisch zu sein und zu denken, dass die Neue Euch die Kunden wegschnappen könnte. Bedenkt, je besser und schöner unsere Damen sind, je mehr solvente Herren werden uns besuchen, so dass wir höhere Preise verlangen können. Somit ist dann jeder von Euch gedient.«

Gleich am nächsten Tag begann Anthea mit ihrer Arbeit. Sie hielt sich zusammen mit Theodosia in einem Nebenraum auf, von dem aus man den allgemeinen Aufenthaltsraum einsehen konnte. Es herrschte zunächst wenig Betrieb, und die Mädchen fertigten die Laufkundschaft ab. Dann kamen zwei junge gut aussehende Herren in den Raum. Theodosia erklärte: »Der Größere mit den Schläfenecken ist der Sohn eines Ritters. Der mit dem krausen Haar der Sohn eines Kaufmanns. Sie haben kein eigenes Einkommen, sondern werden von ihren Eltern unterhalten. Bei mir bezahlen sie zwar immer die Mädchen. Sie gehören jedoch auch zur Laufkundschaft und können sich einen längeren Aufenthalt bei mir kaum leisten.«

»Ich möchte es trotzdem mit dem Kraushaarigen versuchen. Er sieht mir so aus, als ob er seinen Mann stehen könnte. Biete mich ihm an und führe mich ihm zu, auch wenn er den üblichen Stundenpreis nur knapp bezahlen kann.«

Theodosia bot dem Kaufmannssohn Maris Anthea an und schilderte ihre Schönheit und ihr Können in den höchsten Tönen, verlangte aber zweihundert Sesterzen für eine Stunde. Dieser dachte sich: »Mit zweihundert Sesterzen ist eine Hure sehr gut bezahlt. Ich habe nur noch dreihundert Sesterzen und diese müssten noch 10 Tage reichen.«

Er meinte: »Bevor ich so viel Geld ausgebe, möchte ich die Dame aber erst sehen.« Theodosia erfüllte ihm diesen Wunsch und er war von Anthea so begeistert, dass er sofort die geforderte Summe bezahlte.

Anthea begab sich mit ihm in ihr Gemach. Nach einer Stunde entließ sie ihn. Er ging sofort zu seinem wartenden Freund und berichtete diesem: »Also, Du kannst Dir ja gar nicht vorstellen, was ich erlebt habe. Die Hure Anthea ist in Liebesdingen so erfahren. Sie hat mich bis zu meiner totalen Erschöpfung geritten und mich auch durch andere Stellungen befriedigt. Ich muss mir überlegen, woher ich zusätzliches Geld bekommen kann, um sie wieder aufsuchen zu können.«

Anthea dachte sich: »Oh, es war schön und ich habe mir für das erste Mal den richtigen Mann ausgesucht. Möge er seinen Kumpanen weiter erzählen, wie gut es ihm bei mir ergangen ist.«

Inzwischen hatte sich der Aufenthaltsraum gefüllt, und Theodosia ließ gewürzten Wein und salziges Hartgebäck durch ihre Sklavinnen auftragen.

Gegen Abend betrat ein 35-jähriger groß gewachsener Mann das Bordell. Es war dies der Senatorensohn Bellas. Er trug die Toga mit dem Purpurstreifen eines Quaestors. Anthea akzeptierte ihn gleich als möglichen Freier. Sofort ging er auf Theodosia zu und fragte, ob das Mädchen Asina frei sei. Theodosia sagte ihm, dass Asina sich unwohl fühle und bot Anthea als Ersatz an. Sie pries Anthea als den schönsten und einen erfahrenen Neuzugang ihres Etablissements an und verlangte für eine Stunde den Betrag von dreihundert Sesterzen. Der Beamte ging auf ihr Angebot ein. Anthea wurde ihm vorgestellt. Ein freudiges Lächeln breitete sich über sein Gesicht aus und er dachte: »Da hat mich Theodosia ja mit einer Schönheit verkuppelt. Wenn sie im Bett nur halb so gut ist, wie sie aussieht, habe ich die dreihundert Sesterzen gut angelegt.« Anthea ging auf ihn zu, umarmte ihn und führte ihn in ihr Zimmer. Sie dachte: »Mein zweiter Kunde ist zwar schon etwas älter und vielleicht nicht mehr so leistungsfähig wie der Kaufmannssohn Maris. Ich muss mir aber trotzdem große Mühe geben, um meinen Ruf zu festigen.«

Bellas kam nach dem Ablauf von einer Stunde auf Theodosia zu. Er bedankte sich bei ihr: »Dame, Deine neue Hure Anthea ist ja wirklich ein Glücksfall für Dich. Sie hat mich bis zu meiner Erschöpfung geliebt und richtig ausgelaugt. Reserviere sie mir doch bitte für übermorgen.«

»Gerne komme ich Deiner Bitte nach, bedenke jedoch, dass dies heute ein Einführungspreis war und Du übermorgen für die gleiche Leistung einen Betrag von sechshundert Sesterzen zahlen musst.«

»Sechshundert Sesterzen für einen Bordellbesuch ist eine unglaublich hohe Summe. Aber Anthea ist diesen Betrag wert, und ich werde ihn gerne bezahlen.«

Kurz nach seinem Weggang kam ein angetrunkener Militärtribun in das Anwesen. Er verlangte sofort die schönste und teuerste Hure zu seiner Bedienung. Theodosia sah Anthea fragend an. Diese schüttelte aber nur den Kopf. Mit angetrunkenen Kunden wollte sie sich nicht einlassen. Theodosia überredete den Tribun am nächsten Tag in nüchternem Zustand wieder zu kommen und versprach ihm dafür gegen eine Zahlung von fünfhundert Sesterzen olympische Freuden auf Erden.

Am späten Abend besuchte noch der reiche Senator Publius Metullus das Haus. Es war dies ein fünfzig-jähriger noch stattlicher Mann mit schütteren Haaren und einem Bauchansatz. Mit freundlichem Lächeln schaute er sich in der Runde um und entdeckte Anthea. Theodosia klärte Anthea unterdessen über den Stand des Kunden auf und fragte sie, ob sie ihn als Freier akzeptieren würde. Anthea dachte sich, dass sie es, wenn die Bezahlung stimmt, auch einmal mit einem älteren Mann versuchen könnte und stimmte zu.

Theodosia ging auf Publius Metullus zu und begrüßte ihn: »Senator, schön dass Du kommst. Ich habe Dir unseren Neuzugang, die schöne Anthea reserviert. Sie ist fast noch unschuldig, aber in der Liebe sehr erfahren. Allerdings ist der Preis für eine Stunde sehr hoch. Für eine Stunde verlange ich eintausend Sesterzen für die Dame.«

Der Senator schreckte wegen des hohen Preises ein wenig zurück. Er hatte zwar ein Vermögen von einigen Millionen Sesterzen, war jedoch ein sparsamer Mann und im Bordell mit einfachen Dienstleistungen zufrieden. Als er jedoch Anthea etwas näher betrachtete, war er von ihrer Schönheit überwältigt und stimmte dem Handel zu.

Anthea führte ihn in den ersten Stock. Noch bevor die Stunde zu Ende war, kam sie schnell die Treppe herunter und zu Theodosia gelaufen. Sie flüsterte ihr ins Ohr: »Schnell einen Arzt. Der Senator ist mir ohnmächtig geworden.«

Theodosia sah sich um und ging auf den im Aufenthaltsraum anwesenden jungen Arzt Ifanas zu. Gemeinsam gingen sie in das Zimmer der Anthea. Metullus lag, nur mit einem Laken bedeckt, ohnmächtig auf der Liege, kam aber gerade wieder zu sich. Mühsam erklärte er: »Theodosia, Deine Neue ist sehr gut. Ich habe mich bei ihr etwas übernommen und bin wohl deshalb ohnmächtig geworden. Bitte behaltet dies aber für Euch. Ich möchte mir nicht nachsagen lassen, dass ich mich im Bordell überanstrengt habe, und mich so der Lächerlichkeit preisgeben. Aber ich werde wohl jetzt keine andere als Anthea aufsuchen, es aber ein wenig langsamer angehen.«

Ifanas bemerkte: »Herr, ich würde Euch empfehlen, nach Hause zu gehen und Euch auszuruhen. Für die nächsten Tage wurde ich vorschlagen, dass Ihr Spaziergänge unternehmt und erst wieder ins Bordell kommt, wenn ihr Euch fit fühlt. Ihr, Dame Anthea, dürft es nicht zulassen, dass etwas ältere Männer sich so verausgaben, sonst könnte es leicht passieren, dass ein Freier in Eurem Gemach stirbt, und das wäre kein gutes Renommee für dieses edle Haus.«

Anthea war ganz zerknirscht und versicherte, sich an die Ermahnungen zu halten. Den Rest des Abends ruhte sie sich aus und sah dem Treiben zu. Sie stellte fest, dass viele jüngere Männer das Bordell besuchten, jedoch die teuersten Damen kaum in Anspruch nahmen. Die Wenigsten leisteten sich einen Besuch von mehreren Stunden Länge.

Am nächsten Tag begab sich Anthea wieder in das Bordell. Tatsächlich kam der am Vortage abgewiesene Militärtribun ins Haus und zahlte anstandslos die geforderten fünfhundert Sesterzen. Theodosia klärte ihn darüber auf, dass es sich um einen Einführungspreis handeln und dieser Preis nur heute noch gelten würde. Ein nochmaliger Besuch bei Anthea teurer werden würde. Der Tribun machte ein erstauntes Gesicht, akzeptierte dies jedoch, nachdem er Anthea gesehen hatte.

Diese nahm den Tribun so von sich ein, dass er gegenüber den anderen Bordellbesuchern lauthals verkündete, dass Anthea jeden Preis wert sei.

Kurz danach kam der Kaufmannssohn Maris erneut in das Lokal. Er wollte bei Theodosia zweihundert Sesterzen für Anthea zahlen und war baff erstaunt, dass diese die Zahlung ablehnte. Sie klärte ihn auf: »Du warst gestern der erste Kunde, den Anthea hier hatte. Ihr Preis ist inzwischen gestiegen. Wenn Du fünfhundert Sesterzen zahlen kannst, kannst Du sofort mit ihr hochgehen.«

Anthea mischte sich ein: »Theodosia, mäßige für heute meinen Preis auf dreihundert Sesterzen. Aber nur weil Maris jung ist, gut aussieht und ich gestern mit ihm zufrieden war.«

»Danke Anthea, aber ich habe nur noch zweihundert Sesterzen,« gestand Maris, »aber ich gebe noch meinen Ohrring dazu. Er ist mindestens einhundert Sesterzen wert.

Theodosia und Anthea nahmen die Zahlung an, und Anthea führte Maris nach oben. Dieser äußerte sich danach wiederum begeistert über Anthea und bat Theodosia, sie ihm für den nächsten Tag für fünfhundert Sesterzen zu reservieren.

In den nächsten Stunden kamen mehrere Männer in das Bordell. Sie fragten Theodosia, ob die Hure Anthea, von der sie Wunderdinge gehört hätten, ihnen zu Diensten sein könnte, machten aber einen Rückzieher, als sie den geforderten Preis hörten.

Später kam ein dicker vornehm gekleideter und viel Schmuck tragender, 60-jähriger Senator in die Räumlichkeit. Es handelte sich um den gewesenen Konsul Sexius Calvinus. Auch er hatte vom Neuzugang gehört und verlangte Anthea. Theodosia blickte Anthea kurz an. Diese schüttelte den Kopf. Theodosia erklärte dem Senator, dass Anthea sich nicht wohl fühle und deshalb keinen weiteren Kunden bedienen könne. Calvinus sah dies ein und orderte ein anderes Mädchen. Er meinte aber: »Ich werde wieder kommen und möchte dann von Anthea bedient werden. Sie möge es ja nicht wagen, mich abzuweisen. Ich kann ohne weiteres dieses Bordell schließen lassen.«

Theodosia erschrak und entgegnete: »Werter Senator, Anthea freut sich sicherlich einen so vornehmen Kunden wie Dich zu bedienen. Kündige mir bitte Dein Kommen an, damit sie sich für Dich bereithalten kann.«

Sie flehte Anthea an, den Senator nicht nochmals zurückzuweisen, da sonst die Existenz des Bordells gefährdet sei. Anthea dachte, dass sie damit ihren Grundsätzen untreu würde, stimmte aber der Bitte von Theodosia zu.

An den folgenden Tagen wollten immer mehr Männer die Dienste von Anthea in Anspruch nehmen. Theodosia setzte den Preis je nach Vermögenslage der Freier fest, sagte aber nur dann zu, wenn Anthea ihr Einverständnis gegeben hatte.

Nach einem Monat kündigte Sexius Calvinus seinen Besuch an. Theodosia verlangte von ihm eine Zahlung von eintausend Sesterzen, die er mit der Bemerkung entrichtete, dass er dafür eine entsprechende Gegenleistung erwarte. Anthea erfuhr von den anderen Mädchen, welche Vorlieben der Senator hatte und richtete sich danach ein. Sie gab sich mit ihm redliche Mühe und befriedigte ihn zweimal hintereinander. Sexius war von ihr so angetan, dass er gegenüber Theodosia äußerte, dass das Freudenhaus ab sofort unter seinem persönlichen Schutz stände und dass sie ihm etwaige Belästigungen durch Behörden, Erpresser oder städtische Banden sofort melden solle.

Anthea konnte vor ihrem Liebhaber Plautius Longinus ihre Arbeit in dem Bordell geheim halten. Er unterstützte sie im Rahmen seiner Möglichkeiten mit Geldmitteln und verlangte lediglich von ihr, sich nach dem Mittagessen für ihn bereit zu halten. Er führte sie auch zu Theaterveranstaltungen und zu Festlichkeiten aus. Eines Tages erzählte er ihr, dass er gehört habe, dass im Bordell der Theodosia eine neue Hure arbeiten würde. Diese heiße wie sie Anthea, sei eine Schönheit und würde alle Männer mit ihrem Liebreiz und ihren Verführungskünsten bezaubern und noch dazu alle Liebesstellungen praktizieren.

Anthea entgegnete: »Oh Plautius, bist Du etwa mit mir nicht mehr zufrieden, dass Du so von dieser neuen Hure schwärmst. Wenn Du noch neue Stellungen erlernen willst, bringe ich Dir diese gerne bei.«

In Wirklichkeit fühlte sie sich jedoch geschmeichelt, dass ihr Ruf sich schon bis zu Plautius verbreitet hatte.

Bei einem Theaterbesuch ein Jahr später, sah der Senator Ceta Anthea an der Seite des Plautius. Er kannte die Ehefrau des Plautius vom Sehen und ordnete Anthea als dessen Kurtisane ein. Er verliebte sich auf Anhieb in sie und beschloss, den Plautius zu bewegen, Anthea an ihn abzutreten.

Senator Ceta war vor vier Jahren Konsul und anschließend ein Jahr Statthalter in Sizilien gewesen. Er gehörte zu den führenden Familien von Rom und besaß große Landgüter, die er über Verwalter durch Sklaven bewirtschaften ließ.

Ceta suchte Plautius am nächsten Tag in seinem Kontor auf und unterbreitete ihm den Vorschlag, Anthea für einen Betrag von vierzigtausend Sesterzen ihm zu überlassen. Plautius, der eine tiefe Zuneigung zu Anthea gefasst hatte, lehnte ab. Ceta sprach: »Plautius, in der Gilde der Großkaufleute nimmst Du einen Mittelplatz ein. Deine Vermögensverhältnisse sind nicht so gut, als dass Du auf eine solche Summe verzichten könntest. Entweder Du gehst auf meinen Vorschlag ein, oder ich werde Dich wirtschaftlich ruinieren.«

»Ehrenwerter Senator, ich trenne mich nur sehr schwer von meiner Geliebten. Anthea ist sehr selbständig und bestimmt auch selbst über ihr Leben. Da sie in mich verliebt ist, wird sie Deinen Vorschlag ablehnen. Wenn sie nicht zustimmt, werde auch ich meine Zustimmung nicht geben. Ich weiß, dass Du mich ruinieren kannst. Bedenke aber, dass Du damit noch lange nicht Anthea gewonnen hast.«

Ceta suchte am nächsten Tag Anthea in ihrer Wohnung auf. Er brachte vor, dass er sich in sie verliebt habe und sie unbedingt als Kurtisane für sich gewinnen wolle.

Anthea sah sich einem fünfzig-jährigen rüstigen, großen schlanken Mann gegenüber, der sie bittend anschaute. Sie hatte sich schon zuvor über ihm kundig gemacht und wusste, dass er sehr vermögend war. Sie hatte schon früher daran gedacht, sich von Plautius zu lösen. Sie war ihm zwar dankbar, dass er sie mit nach Rom genommen hatte, sah aber, dass seine wirtschaftlichen Möglichkeiten begrenzt waren. Insofern kam ihr der Antrag von Ceta gelegen. Sie dachte: »Wenn ich eine Verbindung mit ihm eingehe, muss sich dies auch rentieren. Ich werde so viel Mittel wie möglich von ihm verlangen und die Vereinbarung schriftlich festlegen.«

Sie antwortete: »Werter Senator, ich bin dem Kaufmann Plautius sehr zugetan und würde die Verbindung zu ihm nur ungern lösen, zumal er mich als Erbin seines Vermögens eingesetzt hat. Ihr selbst seid etwas älter als Plautius, aber noch ein schöner Mann, so dass ich mir vorstellen könnte, mit Euch liiert zu sein. Ich habe keine Familie in Rom und bin auf einen Schutz angewiesen. Falls Ihr mir ein gutes Angebot macht, erwäge ich, Plautius zu verlassen.«

»Liebe Anthea, ich würde Euch eine große Villa im Stadtteil Collina übereignen, den Unterhalt derselben bezahlen, Eure Lebenshaltungskosten übernehmen, Euch zwei Sklavinnen sowie zwei Sklaven zur Verfügung stellen und Euch monatlich einen Geldbetrag von zwanzigtausend Sesterzen zukommen lassen. Würde Euch dieses Angebot zusagen? Im Gegenzug würde ich Eure Liebeskünste in Anspruch nehmen und verlangen, dass Ihr mich zu Festen und Veranstaltungen begleiten werdet. «

»Ja Senator, dieses Angebot sagt mir zu. Allerdings möchte ich mir meine persönlich Freiheit bewahren und bestehe darauf, jeden zweiten Tag zur meiner persönlichen Verfügung zu haben. Ich habe gehört, dass ihr einer der reichsten Männer in Rom seid. Bitte erhöht deshalb Euer Angebot auf monatlich dreißigtausend Sesterzen.«

Ceta stimmte zu und fertigte einen entsprechenden Vertag mit einer Laufzeit von fünf Jahren aus.

Anthea richtete auf Kosten von Ceta die neue Villa ein. Sie ließ neue Terracotta-Fussböden einziehen und die Wände mit Fresken bemalen oder von dem bekannten Mosaikkünstler Colistes Mosaiken aufbringen. Zur Einweihung der Villa lud sie Schauspieler, Künstler, Schriftsteller und Dichter ein und versammelte so einen musischen Zirkel um sich. Sogar der 1. Konsul des Jahres 115 v.Chr., Aemilius Scaurus, besuchte sie.

Nach wie vor arbeitete sie für Theodosia, schränkte ihre Besuche dort aber ein und ging dazu über, ihre vermögenden Freier in ihre Villa einzuladen. Sie bestimmte diese, ihre Dienste nicht mehr mit Barmitteln zu entgelten, sondern wertvolle Schmuckstücke als Geschenk mitzubringen.

Die Einweihungsfeier war ein so großer Erfolg, dass Anthea beschloss, diese Treffen in einem geringeren Ausmaß fortzusetzen. Jeden zweiten Tag, der ihr als freier Tag von Ceta zugestanden worden war, war deshalb ihr Haus voller Gäste. Zur Unterhaltung der Gäste spielte sie manchmal auf der Lyra, veranlasste eingeladene Dichter ihre Verse zu rezitieren und Schriftsteller aus ihren Werken vorzulesen. Zu diesen Veranstaltungen waren zwar Ehefrauen und Kurtisanen zugelassen, doch es fanden sich fast nur Männer ein. Wenn ein Gast Interesse an Anthea zeigte, machte diese mit ihm einen Termin für den jeweiligen übernächsten Tag aus. Schon bei der Einweihungsfeier fragte der aus Athen stammende Ritter Aemilius Soti bei ihr nach: »Anthea, würdest Du mir zu Diensten sein und was verlangst Du dafür von mir?«

»Aemilius, zuerst würde ich Deine gesamte Manneskraft verlangen. Außer dieser bringe mir bitte noch ein Schmuckstück mit. Ich weiß, Du bist vermögend. Deshalb gebe über eintausendfünfhundert Sesterzen dafür aus.«

»Ja Anthea, ich weiß, dass Du so viel wert bist und werde Deiner Bitte nachkommen.«

Kurz danach fragte sie der Senatorensohn Bellas, den sie im Bordell kennen gelernt hatte, ob sie ihm einen Termin reservieren könne und wie hoch jetzt ihr Preis wäre?

Anthea meinte: »Lieber Bellas, ich verlange für meine Dienste kein Geld mehr. Du kannst mir aber bei Deinem Besuch ein Geschenk mitbringen. Je nachdem, ob es wertvoll ist, oder nicht, kannst Du mich wieder besuchen.«

Während der Veranstaltungen begab sich Anthea mit ihrem jeweiligen Verehrer in ihre Privatgemächer. Da sie nur jeweils drei Verehrer pro Tag bediente, neideten die anderen anwesenden Gäste diesen die Gunst der Anthea. Sie bekam so viele Anträge, dass sie eine Auswahl treffen musste. Sie bemühte sich, keinen zu vernachlässigen. Trotzdem kam es zu Eifersüchteleien zwischen ihren Verehrern, da manche sehr verliebt in sie waren, oder auch nach ihren ausgefeilten Liebeskünsten süchtig wurden.

Auch Plautius besuchte sie in ihrer neuen Villa. Er wollte seine früheren Rechte auf Anthea wieder geltend machen, bekam aber von dieser eine Abfuhr. Sie erklärte: »Plautius, wenn ich Dir wieder zu Diensten sein soll, musst Du wie alle anderen, wertvolle Geschenke mitbringen. Ansonsten bleiben meine Beine für Dich geschlossen.«

Plautius, der nach wie vor in Anthea verliebt war, akzeptierte diesen Bescheid.

Anthea hielt ihre Abmachung mit Ceta ein. Jeden zweiten Tag stand sie ihm zur Verfügung. Über ihn lernte sie reiche potentielle Kunden kennen, die sie zu ihren Nachmittagstreffen einlud. Aus Andeutungen befreundeter Senatskollegen bekam Ceta mit, dass Anthea ihre Veranstaltungen dazu benutzte, der Prostitution nachzugehen. Er wurde über alle Maßen eifersüchtig und hielt ihr laut schreiend den Sachverhalt vor. Anthea entgegnete: » Ceta, rege Dich erst einmal ab. Ich habe nie behauptet, dass ich in Dich verliebt bin. Ich empfange jeden zweiten Tag Kunden in der Villa und bessere so meine Einnahmen auf. Dir gegenüber komme ich meinen vertraglichen Verpflichtungen nach. Solltest Du aber meine Dienste nicht mehr benötigen, können wir in beidseitigem Einverständnis den Vertrag lösen. Bedenke aber, dass Du für Deinen Geldeinsatz durch mich einen hohen Gegenwert bekommst und ich jederzeit einen reicheren Senator als Gönner bekommen könnte.«

Ceta dachte über den Vorschlag nach und stimmte dann zu, den jetzigen Stand so zu belassen. Er hatte Angst, Anthea zu verlieren. Seine Eifersucht nagte aber nach wie vor an ihm.

Anthea hatte inzwischen ein größeres Kästchen mit Perlen, Ringen, Broschen, Halsketten, Armreifen, Ohrgehänge, Diademe und Edelsteinen angesammelt. Sie suchte damit einen Juwelier am Forum auf und bot ihm den Schmuck zum Verkauf an. Dieser witterte ein gutes Geschäft und wollte für den gesamten Schmuck einen Preis von dreihunderttausend Sesterzen bezahlen. Anthea war mit diesem Angebot nicht zufrieden. Sie nahm den Schmuck wieder an sich und begab sich zum Ladenausgang. Der Juwelier rief sie zurück und erhöhte sein Angebot auf vierhunderttausend Sesterzen. Anthea erklärte ihm, obwohl dies nicht zutreffend war: »Ich habe vor Dir den Schmuck einem Deiner Kollegen an der Via Appia vorgelegt und dieser hat mir ein Angebot von fünfhunderttausend Sesterzen gemacht. Jedes dieser Stücke ist mindesten eintausend Sesterzen wert. Manche haben einen Wert von über zweitausend Sesterzen. Bedenke auch, dass ich Dir, wenn Du mir einen guten Preis machst, in Zukunft noch öfters Schmuck verkaufen werde. Also gib Deinem Herzen einen Stoß und mir sechshunderttausend Sesterzen.« Der Juwelier stimmte der Forderung zu, hatte er doch selbst den Schmuck auf einen Verkaufspreis von siebenhunderttausend Sesterzen taxiert.

Anthea ließ sich den Kaufpreis in Aureos auszahlen und begab sich ins Verwaltungsgebäude in der Nähe des Forum Romanum zu Lucius Lega, dem Liegenschaftsverwalter der Stadt Rom. Sie erkannte in ihm einen Besucher ihres Zirkels, der ihr aber bis jetzt keinen Antrag gemacht hatte. Lucius war erstaunt, dass ihn Anthea in seinem Büro aufsuchte und fragte sich, was sie wohl von ihm wolle. Sie sprach ihn schmeichelnd an: »Lucius, ich suche einen guten Berater für eine Geldanlage im Immobiliengeschäft und habe dabei an Dich gedacht. Könntest Du mir sagen, wer Immobilien verkauft oder mir gar selbst welche verkaufen? Ich würde mich auch erkenntlich zeigen.« Lucius dachte sich: »Diese Anthea ist wirklich eine Augenweide. Schon allein beim Betrachten ihrer Figur beult sich einem die Tunika aus. Ich konnte sie mir bisher nicht leisten, aber wenn ich sie gut berate, lässt sie mich vielleicht in ihre Gemächer.«

Er bot ihr aus städtischem Besitz verschiedene Insulae in der Subura und auch Ruinengrundstücke an, die seit dem letzten Brand nicht mehr bebaut worden waren. Er meinte der Preis pro Insula würde je nach Lage zwischen dreißigtausend und fünfzigtausend Sesterzen und der Wert der Baugrundstücke ungefähr zwanzigtausend Sesterzen betragen.

Anthea zeigte sich interessiert, wollte die Immobilien aber erst besichtigen. Sie ging mit Lucius zu Fuß einige einhundert Meter in die Subura. Lucius hatte sich zwei Stadtlegionäre zuteilen lassen, die sie begleiteten. Schon am Beginn des Stadtviertels schlug ihnen ein Geruch nach Fäkalien, Kohl und ungewaschenen Körpern entgegen. Die Straßen waren voller Abfälle und in einer Rinne floss auf die Straße geschütteter Urin ab. Kinder spielten mit Bällen über die schmale Straße hinweg von Haus zu Haus, und Erwachsene, die keiner Arbeit nachgingen, saßen vor ihren Wohnungen. Arme Bewohner des Viertels hatten ihr Lager in Nischen und unter Balkonen aufgeschlagen.

Anthea achtete darauf, ihre Schuhe nicht zu beschmutzen und arbeitete sich von Trittstein zu Trittstein, die in der Straße eingelassen waren, vorwärts. Die Häuser rechts und links bildeten eine geschlossene Front. In regelmäßigen Abständen führten Verbindungsgassen zur nächsten Straße.

Lucius blieb plötzlich stehen und zeigte auf zehn nebeneinander stehende Insulae und auf anschließende fünf Grundstücke mit Brandruinen. Er erklärte: »Diesen Straßenzug haben wir von einem insolventen Kaufmann übernommen, der bei der Stadtverwaltung Steuerschulden hatte. Diese Immobilien könnte ich Dir zum Kauf anbieten.«

Anthea besichtigte die Bausubstanz und betrat auch eine Insula. Im Erdgeschoss derselben befand sich eine Bäckerei, in der mehrere Bäcker Hartbrot für die Armee und zum Verkauf buken. Die Frau des Bäckermeisters verkaufte diese und andere Backwaren in einem kleinen Ladenlokal über die Straße.

Anthea stieg die wackeligen Holztreppen bis zum Dachgeschoss im fünften Stockwerk empor und sah, dass die Wohnungen, je höher sie stieg, in immer schlechterem Zustand waren.

Nachdem sie die Straße wieder erreicht hatte, bat sie Lucius, sie zurück zu begleiten. In seinem Büro erklärte sie ihm, dass sie Interesse an den angebotenen Objekten habe, aber mit dem Preis nicht einverstanden sei. Sie machte Lucius schöne Augen und versprach ihm zwei wunderschöne Liebesstunden, eine für je fünf Insulae, wenn er ihr mit dem Preis entgegen käme. Sie einigten sich auf einen Gesamtpreis von vierhunderttausend Sesterzen, und Anthea gab Lucius seinen ersten Besuchstermin für den dritten folgenden Tag.

Der Kauf wurde schriftlich festgehalten und darüber Urkunden ausgefertigt.

Von Lucius ließ sie sich auch die Adresse eines ehrlichen Bauunternehmers nennen, suchte diesen auf und beauftragte ihn mit dem Bau von fünf Insulae auf den Ruinengrundstücken. Sie handelte einen Preis von insgesamt einhundertfünfzigtausend Sesterzen mit der Auflage aus, die Außenmauern wegen der Brandgefahr in Stein zu errichten.

Als nächstes begab sie sich zum Sklavenmarkt. In einer zuvor festgelegten Reihenfolge boten dort die Sklavenhändler ihre einzelnen Sklaven zum Kauf an. Ein von ihnen bestellter Ausrufer pries mit lauter Stimme die Herkunft und die Vorzüge der einzelnen Sklaven an, die sich auf einem Podium präsentieren mussten und eine Wachstafel mit ihren persönlichen Daten um den Hals trugen. Potentielle Käufer verlangten, dass sich die Sklaven entkleideten, damit sie ihren körperlichen Zustand besser betrachten konnten. Das größte Angebot bestand aus meist männlichen Feldsklaven. Das größte Interesse erzielten schöne Mädchen und junge Frauen, insbesondere wenn sie als jungfräulich angeboten wurden. Um jeden einzelnen Sklaven wurde gefeilscht.

Anthea wartete, bis ein schon älterer Sklave von der Insel Euboea stammend, als lese- und schreibkundig angeboten wurde. Als auf ihn, wegen seines Alters kein Gebot abgegeben wurde, kaufte sie ihn für fünfhundert Sesterzen. Sie setzte ihn als Verwalter für ihre Liegenschaften ein und wies ihm einen Arbeitsplatz in ihrem Anwesen zu.

An einem Nachmittag im Januar 110 v. Chr. erblickte sie unter ihren Gästen ihren ehemaligen Freund Sextus Leptonius. Tausende von Erinnerungen strömten auf sie ein. Sie dachte an die unbeschwerte Zeit als Mädchen in Capua zurück und strahlte Sextus an. Sie ging auf ihn zu, umarmte ihn und küsste ihn auf den Mund. Diese Vorzugsbehandlung ließ sie normalerweise keinem ihrer Gäste zukommen. Sextus erwiderte ihren Kuss. Sie umarmte ihn und spürte seinen kräftigen Körper und es erfasste sie eine Sehnsucht nach ihm. Deshalb lud sie ihn ein, sie am nächsten Tag zu besuchen und war ganz enttäuscht, dass er abreisen musste.

In den nächsten Jahren gab Anthea weiterhin Empfänge, schränkte aber die Zahl ihrer Liebhaber drastisch ein und behielt nur ältere reiche Männer als Kunden. Nur ab und zu schenkte sie noch einem jungen Mann, wenn er ihr sehr gut gefiel, ihre Gunst; auch wenn er ihr keine großen Geschenke machen konnte.

Auch durch das Einkommen aus den Insulae war sie jetzt schon eine sehr reiche Frau geworden.

32

Jan. 110 v.Chr. Rückkehr nach Narbo, Zweikampf

Sextus ritt nach dem Besuch bei Anthea noch am gleichen Tag auf der Via Cassia und der Via Aurelia bis nach Narbo und kam dort nach zehn Tagen an. Er meldete sich bei dem zuständigen Militärtribun zurück. Dieser lotste ihn sogleich zu dem Statthalter in den Audienzsaal. Sextus stand stramm und meldete: » Sextus Leptonius. 1. Centurio der VII. Legion vom Urlaub zurück.«

Bestia betrachtete ihn mit mürrischem Gesicht und sprach: »Centurio, Du hattest zwar bis heute Urlaub, der Dir in dieser Länge in ungerechtfertigter Weise von meinem Vorgänger gewährt wurde. Du hättest ihn aber nicht bis zum letzten Tag ausdehnen müssen. Wenn ich Dich so anschaue, verstehe ich sowieso nicht, wie Du nach sieben Jahren Legionsdienst schon so einen hohen Dienstgrad erreichen konntest. Da der Statthalter Carbo geradezu liebevoll von Dir sprach, nehme ich an, dass Du sein Bettgefährte warst. Auch Deine zahlreichen Tapferkeits- und Verdienstauszeichnungen dürftest Du auf diesem Wege erlangt haben. Sobald eine Stelle als Anführer einer Centurie frei wird, verrichtest Du dort wieder Dienst. Bis zu diesem Zeitpunkt bleibst Du in meinem Stab und hilfst dem Rechnungsbeamten bei seinen Aufgaben. Bei ihm meldest Du Dich.«

Sextus ärgerte sich über die Unterstellungen und geriet in Zorn. Sein Gesicht rötete sich. Er hielt sich nur mühevoll im Zaum und entgegnete nur: »Jawohl Prokonsul!«

Bestia musterte Sextus genauer und sah, dass er gut gewachsen und richtig proportioniert war. Seine Miene hellte sich auf. Er dachte sich: »Nun, vielleicht könnte ich bei ihm die Nachfolge von Carbo antreten. Er ist wirklich gut gebaut und etwas anderes als die numidischen Lustknaben, die ich in Africa hatte. Er steht auch in einem reizvollen Gegensatz zu meinem jetzigen Geliebten und ich könnte mir die Beiden gut nebeneinander vorstellen.« Er redete jetzt Sextus fast liebevoll an: »Centurio, ich überlege, ob ich Dir nicht gleich die Führung einer

Centurie übergeben und Dich befördern kann. Dafür müsstest Du mir aber mit etwas Liebe entgegenkommen.«

In Sextus wallte es heiß hoch. Hatte er doch bisher keine Erfahrungen in gleichgeschlechtlicher Liebe und sein Sinn war ganz auf Frauen ausgerichtet. Er wollte aber, um Schwierigkeiten zu vermeiden, den Statthalter nicht brüsk zurückweisen. Er dachte: » Verdammter Kerl, stecke doch Deinen Schwanz in einen anderen rein und lass mich zufrieden.« Er entgegnete aber: »Statthalter, Dein Angebot ehrt mich. Ich halte mich aber lieber an Frauen und lehne es deshalb ab.«

»Ja, wenn das so ist, dann melde Dich beim Rechnungsprüfer.«

Sextus begab sich in die Stadt und suchte den Bauunternehmer Pulcher auf. Er besichtigte mit ihm die in Auftrag gegebene Insula, die gerade fertig gestellt worden war. Er fand, dass Pulcher gut gearbeitet hatte und zahlte ihm den Restbetrag der vereinbarten Summe aus. Er klopfte ihm auf die Schulter und meinte: »Pulcher, Du hast ja geradezu ein Schmuckstück hingestellt. Ich werde Dich überall in der Stadt loben. Meine nächsten Bauaufträge bekommst sicher Du. Dann leiste mir bitte eine genau so schöne und preiswerte Arbeit, wie bei dieser Insula.«

Anschließend begab er sich zu Camilla Herrenius und platzte in der Schneiderwerkstatt mitten in ein Kränzchen Früchtewein trinkender und Gebäck knabbernden vornehmer Damen. Er entschuldigte sich für sein Eindringen mit den Worten: »Verehrte Damen, ich komme gerade aus Italien und wusste nicht, dass sich am Nachmittag so schöne Damen bei meiner Geschäftspartnerin versammeln. Ich gehe sofort wieder.« Er wurde aber von den Damen bedrängt, zu bleiben und ihnen die neuesten Nachrichten aus Rom mitzuteilen.

Sextus erklärte sich bereit und erzählte: »Rom ist wie ein riesiger Moloch, der sich alles, was er erreichen kann, einverleibt und die Reste wieder ausspuckt. Täglich werden von Puteoli aus Wagenzüge mit Luxuswaren, sowie Gebrauchsgütern in die Stadt geschickt, dort entladen, die Waren portioniert, umgefüllt und verteilt, oder in Lagerhäusern gespeichert. Aus der Umgebung von Rom und aus Kampanien kommt Wein in großen Amphoren nach Rom. Afrikanisches und sizilianisches Getreide wird ebenfalls über Puteoli und Ostia in die Stadt geschafft.

Die Stadt hat inzwischen fast eine Million Einwohner, die ja alle versorgt werden müssen. Um ein Verkehrschaos zu vermeiden, dürfen Zuliefertransporte in die Innenstadt nur zur Nachtzeit durchgeführt werden. Dies betrifft nicht nur Lebensmittel, sondern alle Produkte des täglichen Verbrauchs und auch Baumaterialien. Gebaut wird in Rom immerzu. Es entstehen Markthallen, Insulae, Villen und Paläste.

Allein aus den zerschlagenen Amphoren ist außerhalb von Rom ein ganzer Abfallhügel entstanden.

Der von dem römischen König Tarquinius angefangene Abwasserkanal Cloaka

Maxima wurde verlängert und ausgebaut. Auch werden laufend neue Abwasserleitungen verlegt. Durch Äquadukte kommt reichlich frisches Wasser in die Stadt. Doch nur die reichen Bürger haben einen eigenen Wasseranschluss.

Mehrmals im Jahr finden in Rom große Gladiatorenspiele und auch Wagenrennen statt. Die besten Gladiatoren haben ihre eigene Anhängerschaft. Auf den Ausgang der Kämpfe wird gewettet.«

»Halt ein Centurio, kämpfen die Gladiatoren wirklich bis einer von ihnen getötet wird,« fragte eine der Damen. »Ja, es werden immer Paare zusammengestellt, die sich dann bekämpfen. Wird einer der Gladiatoren so schwer verletzt, dass er nicht mehr kämpfen kann, hebt er zum Zeichen, dass er sich ergibt eine Hand hoch. Der Sieger schaut dann zum Veranstaltungsleiter. Das Publikum hebt entweder den Arm hoch, damit der Verlierer begnadigt wird, oder streckt ihn nach unten, wenn es will, dass der Verlierer getötet wird. Der Veranstaltungsleiter gibt dann das Zeichen weiter. Stimmt die Masse unterschiedlich, begnadigt der Veranstaltungsleiter den Besiegten. Die Ausbildung zum Gladiator ist sehr kostspielig. Deshalb begnadigt der Veranstaltungsleiter gerne den Besiegten auch dann, wenn nur ein kleiner Teil der Menge dies will.«

»Erzähle bitte weiter Centurio!«

»Die reichen Römer und Römerinnen lassen sich schon mit Sänften zum Einkaufen in die Markthallen tragen. Sie kleiden sich in dünne Woll- und Seidentuniken, unter denen sich ihre Körper genau abzeichnen und tragen darüber die Palla (Mantel). Die Frauen tragen meist kein Brusttuch und kein Unterkleid mehr, so dass sogar ihre Scham durch das Kleid zu sehen ist.

Alle Einwohner besuchen gerne die staatlichen Thermen. Dort wird nur ein geringes Eintrittsgeld verlangt. Die Besucher können kostenlos Olivenöl zum Einreiben ihres Körpers erhalten.

Frauen und Männer dürfen aber nicht gemeinsam die Thermen besuchen. Meist sind zehnmal im Monat Badetage für Frauen festgelegt. Nur privat betriebene Thermen werden von Männern und Frauen gemeinsam besucht. Dieses Angebot wird meist von jüngeren Frauen und Männern wahrgenommen. Man hört, dass manchmal dort ganze Orgien gefeiert werden. Der Besuch solcher Thermen ist aber relativ teuer, so dass diese nur von der Oberschicht frequentiert werden.

Die Plebejer wohnen dicht gedrängt in Insulas. Sie haben meist nur ein geringes Einkommen als Tagelöhner. Da es in Rom nicht viele Arbeitsplätze gibt, sind sie auf die kostenlosen Getreidelieferungen angewiesen.

In den Armenvierteln stehen die Insula dicht nebeneinander. Brandschutz-maßnahmen kennt man dort kaum. Kurz bevor ich nach Rom kam, wütete wieder ein Brand in der Subura. Die städtische Feuerwehr ist wegen der dichten Bebauung und den engen Gassen nicht in der Lage, solche Brände effektiv zu bekämpfen Sie reißt dann umliegende Häuser ab, um durch Brandschneisen das weitere Ausbreiten des Feuers zu verhindern.«

Eine etwas ältere Kundin fragte: »Centurio, was für eine Haartracht tragen die Damen in Rom und welche Farbe haben die Kleider?«

»Zur Zeit ist langes hochgestecktes Haar der letzte Schrei. Manche Damen stecken auch Haarteile aus Echthaar in ihre Frisur, um sie mehr aufzubauschen. Man sieht auch Damen, die hellblondes Haar in ihre dunkle Haarpracht einflechten und Damen, die voluminöse Perücken tragen. Haarteile aus dem blonden Germanenhaar sind heiß begehrt.

Die Tuniken der vornehmen Römerinnen sind meist in hellblau und hellgrün gehalten. Sie verwenden solche Stoffe, wie ich sie hier auf den Regalen liegen sehe. Manche derselben sind mit Applikationen versehen, manche mit einer sehr unhandlichen Schleppe, andere sind bodenlang und wieder andere reichen gerade einmal bis zum Knie.«

Die ungefähr dreißig-jährige Kundin Gaia Caecilia fragte: »Camilla Herrenius, wieso hast Du uns den Centurio so lange vorenthalten? Wolltest Du ihn für Dich alleine haben? Er kann einen ja mit seinen plastischen Schilderungen in eine andere Welt versetzen und vor allem kann er unsere Neugier befriedigen. Zudem sieht er noch gut aus und ich hätte nichts dagegen, wenn er mich einmal besuchen käme.«

»Es steht meinem Geschäftspartner frei, Dich zu besuchen. Unsere Beziehungen sind rein geschäftlicher Natur,« antwortete Camilla. Sie dachte sich aber: >Ich bin zwar nicht in Sextus verliebt, aber schön wäre es doch, wenn er mich einmal umarmen würde. Ich habe ja schon so lange keinen Mann mehr gehabt und weiß gar nicht mehr, wie sich ein solcher anfühlt.<

Sextus unterhielt sich noch eine Weile mit den Damen und hörte genau zu, wenn sie den neuesten Klatsch aus Narbo erzählten. So erfuhr er auch, dass sich der Statthalter einen schönen 19-jährigen numidischen Sklaven gekauft und sich in ihn verliebt habe. Dieser Sklave hätte großen Einfluss auf ihn erlangt und würde sich über Bestia auch in die Politik einmischen. Es wäre zwischen dem Prokonsul und seiner Ehefrau wegen des Sklaven zu einem tiefen Zerwürfnis gekommen.

Sextus dachte sich: »Sieh an, dieser Statthalter Bestia. Mir wirft er in ungerechter Weise vor, ein Verhältnis mit seinem Vorgänger Carbo gehabt zu haben. Er macht mir ein unmoralisches Angebot und selbst lässt er sich von einem Sklaven beherrschen.«

Camilla Herrenius meinte: »Centurio, die Damen wollen sich noch Stoffe aussuchen und ihre in Arbeit befindlichen Kleider anprobieren. Deshalb komme doch in den Abendstunden nochmals her, damit wir die Bücher durchgehen können.«

Die Damen protestierten gemeinsam. Eine schlanke ungefähr 25 Jahre alte Kaufmannsfrau meinte: »Camilla, wir haben nichts dagegen, wenn dieser reizende junge Mann noch bleibt und begutachtet, ob uns die Kleider gut stehen. Er hat auch bestimmt schon lange keiner Frau mehr beim Aus- und Anziehen zugeschaut.«

Sextus stimmte dem zu, obwohl es nicht die Wahrheit war.

Die Damen suchten sich Stoffe für neue Kleider aus, probierten ihre teilweise fertigen Kleider an und legten sich Stoffbahnen über. Sie gingen ganz unbekümmert vor und zeigten dabei ihre nackten Brüste, ihre nackten Hinterteile und ihre Scham. Sextus merkte schon, dass die Damen ihm absichtlich auf diese Weise ihre Körper zeigen und ihn sexuell stimulieren wollten, ohne ihre Versprechungen einzulösen. An ihrem Lächeln merkte er, das es ihnen Spaß machte sich so zu zeigen.

Er blieb ganz ruhig sitzen und zählte darauf, vergessen worden zu sein. Dies ließen die Damen aber nicht zu. Sie riefen ihn herbei und er musste jedes einzelne Kleid begutachten. Er pries jedes neue Kleid als vortrefflich an, war es doch auch in seinem Interesse, dass Camilla möglichst viele Kleider verkaufen konnte. Auch wurde er von einzelnen Damen gefragt, ob ihnen diese oder jene Farbe stehen würde. Er pries besonders die in Pastellfarben gehaltenen teuren Seidenstoffe an und machte das Kompliment, dass diese zarten Stoffe die Schönheit der anwesenden Frauen nur noch unterstreichen würden.

Erst gegen Abend verabschiedete sich Sextus und suchte den Leiter der ihm gehörenden Ersten Römischen Bank, Lucius Aser, auf. Er traf ihn in seinem Kontor an, wo er Darlehensverträge vorbereitete. Ganze Stapel von Pergamentvordrucken lagen auf dem Tisch.

Sextus begrüßte Aser und umarmte ihn: »Salve Aser, nach langer Zeit komme ich wieder einmal zu Dir. Fürs nächste bleibe ich in Narbo stationiert. Du erreichst mich über die Legionsverwaltung. Ich freue mich, Dich gesund vorzufinden. Heute möchte ich die Bücher der Bank prüfen. Hast Du alles in greifbarer Nähe?«

»Salve Centurio, ich freue mich, Dich wieder zu sehen. Natürlich habe ich die Bücher griffbereit. Nur der heutige Tag ist noch nicht übertragen, aber die heutigen Abrechnungen sind auf den Wachstafeln notiert.«

Sextus prüfte zusammen mit ihm die Einnahmen und Ausgaben der Bank und den Geldbestand. Er fand alles in Ordnung und stellte fest, dass sein Vermögen rasch angewachsen war.

Er verbeugte sich vor Aser und meinte: »Lieber Aser, mit Dir habe ich einen guten Griff getan. Ohne dass ich einen Streich tun muss, mehrt sich mein Vermögen. Ich danke Dir.« Dabei klopfte er ihm auf die Schulter. Aser war über das Lob sehr erfreut und leicht verlegen.

Er meinte: »Lieber Sextus, so darf ich Dich doch nennen, nicht an Dir ist es, mir zu danken, sondern ich muss Dir danken. Du hast mir die Leitung der Bank übertragen, und ich kann dank der guten Besoldung und der Gewinnbeteiligung gut leben und ein kleines Vermögen ansparen. Ohne Dich wäre ich noch ein einfacher Bankbeamter bei dem Bankhaus Medinas. Zur Erweiterung der Bank wäre mein Vorschlag, in allen römischen Städten im Umkreis Filialen der Bank einzurichten.«

»Ja, hast Du denn so viel Personal, um die Filialen besetzen zu können?«

»Ich hatte veröffentlicht, dass die Bank Lehrlinge einstellt. Es haben sich so viele gemeldet, dass ich eine Auslese treffen konnte. Im Moment hat die Bank 15 Lehrlinge. Entgegen dem Brauch, dass Lehrlinge für ihre Ausbildung zahlen müssen, zahle ich ihnen ein kleines Entgelt. Ich gebe ihnen persönlich Unterricht in Latein und Buchführung. Nach einem Jahr werde ich ihr Wissen prüfen. So ziehe ich den Nachwuchs für die Bank heran. Auch vom Bankhaus Medinas kann ich weitere Kräfte abwerben.«

»Gut, gehe so vor! Ich bin mit Dir sehr zufrieden. Sei so lieb und nimm von mir diesen Ring mit einem Aquamarin entgegen. Ich habe ihn einst aus Lusitanien mitgebracht. Er würde Dir bestimmt gut stehen oder Du könntest ihn auch als Geschenk für Deine Frau verwenden.« Aser war ganz überrascht. Er schätzte den Ring als wirklich wertvoll ein und äußerte: »Lieber Sextus, ich danke Dir! Du hast mich mit dem Geschenk überrascht und mir eine große Freude gemacht. Ich werde den Ring meiner Frau schenken. Sie wird zwar dann meinen, ich hätte wegen einer Verfehlung ein schlechtes Gewissen, aber freuen wird sie sich sicherlich darüber.« Sextus zeichnete noch die Abrechnungen ab und verabschiedete sich dann von Aser mit einer festen Umarmung.

Am Abend besuchte er nochmals Camilla Herrenius. Sie brachte gerade ihre Tochter Didia zu Bett. Dieser hatte er einen Stoffhund mitgebracht. Didia freute sich und meinte: » Immer wenn Du zu Besuch kommst, bringst Du mir etwas mit. Ich danke Dir dafür und bete deshalb zu Mars, dass er auf Dich im Krieg aufpassen möge.«

»Das ist schön von Dir, Didia. So und nun drücke Deinen Hund fest an Dich und schlafe ein.«

Sextus ging mit Camilla die Bücher durch und stellte fest, dass das Geschäft einen guten Gewinn abwarf. Jedoch bemerkte er, dass verschiedene Kundinnen mit den Zahlungen im Rückstand waren. Er kam mit Camilla überein, bei Auslieferung eines Kleides auf sofortige Zahlung zu drängen und keine neuen Aufträge dieser Kunden mehr entgegen zu nehmen, bis die Altschulden getilgt waren.

Camilla fragte: »Centurio, wie weit ist Dein neues Geschäftshaus hinter dem Forum. Ich habe schon gehört, dass es ein großes Anwesen sei und alle Häuser in dieser Straße überragt?«

»Camilla Herrenius! Wir sind jetzt Geschäftspartner. Deshalb schlage ich vor, dass wir uns mit den Vornamen anreden. Zu Deiner Frage kann ich sagen, dass das Anwesen fertig ist und Du den Umzug vorbereiten und durchführen kannst. Wie gesagt, richte die Verkaufs- und Anprobierräume im Erdgeschoss und die Schneiderwerkstätte im ersten Stockwerk ein. Suche Dir eine Wohnung im zweiten Stockwerk aus und reserviere für mich eine kleine Wohnung im gleichen Stockwerk, damit ich nicht immer im Legionslager nächtigen muss. Die sonstigen Wohnungen im zweiten und dritten Stockwerk vermiete bitte, desgleichen Räume im Erdgeschoss, die Du nicht nutzt. Einen dieser Räume lass aber leer stehen, falls ich Waren nach Narbo sende. Führe extra Unterlagen über die Mieteinnahmen und die Ausgaben für das Gebäude.«

»Sextus, gerne nenne ich Dich beim Vornamen und werde Deine Anweisungen befolgen. Ich stehe tief in Deiner Schuld und hoffe, dass ich Dir Dein Entgegenkommen einmal vergelten kann. Ich freue mich, dass Du immer an Didia denkst und ihr etwas mitbringst.

In dem neuen Gebäude habe ich ja mehr Platz und kann noch einige Näherinnen beschäftigen. Ich werde mich dann nur noch auf das Entwerfen neuer Modelle, deren Verkauf und das Erstellen von Schnittbögen beschränken. Auch erwäge ich, Modellkleider mit einigen Abweichungen auf Vorrat zu schneidern. Ferner möchte ich das Geschäft auf die Fertigung von Kinderkleidern ausdehnen. Die reichen narbonensischen Familien kleiden ihre Kinder vornehm ein. In Didia habe ich ja ein lebendes Modell im Hause.«

»Ja, ja Camilla, mache alles, so wie Du es geplant hast.«

Am nächsten Tag meldete er sich bei dem Militärtribunen Gajus Paullus. Es war dies ein dreiundzwanzigjähriger Senatorensohn, der über die Beziehungen seines Vaters eine Stelle als Adjutant bei Bestia erhalten hatte. Er behandelte Sextus von oben herab, bildete er sich doch ein, etwas Besseres zu sein als der aus dem Mannschaftsdienst zum Centurio aufgestiegenen Bauernsohn. Er fragte ihn, ob er lesen, schreiben und rechnen könne und als Sextus dies bejahte, beauftragte er ihn mit der Überprüfung von Abrechnungslisten. Es war dies eine langweilige und geistlose Arbeit. Sextus ärgerte sich darüber und über das Verhalten des Gajus Paullus, nahm sich aber vor, nicht aufzubegehren und die zugewiesene Arbeit gewissenhaft auszuführen. Obwohl er im Dienstrang über Paullus stand, hatte ihm die Weisung des Statthalters diese untergeordnete Position beschert.

Er fragte Gajus Paullus, ob mit Bestia noch andere Tribune mit nach Narbo gekommen seien und erfuhr, dass Bestia in seinen Stab unter anderem den Quaestor Atilius Serranus und den Militärtribunen Domitius Glabrio aufgenommen habe. Er erschrak und dachte sich: >Jetzt haben diese Widerlinge es tatsächlich geschafft, wieder bei der Armee aufgenommen zu werden und sogar diesmal statt im Legionsstab, im Heeresstab.<

Zur Mittagszeit begab sich Sextus in die Kantine und holte sich an der Ausgabe einen Teller mit Puls, den obligatorischen Mehlbrei und Gemüse. Obwohl es ihm zustand, setzte er sich nicht an die für die Offiziere bestimmten Tische, sondern nahm bei den einfachen Legionären Platz. Er sah Glabrio und Serranus an einem Tisch sitzen, schaute aber zur Seite und tat so, als ob er sie nicht gesehen hätte. Er wünschte, dass sie ihn nicht bemerken und ihn in Frieden lassen würden. Er wollte sich nicht mit ihnen auseinandersetzen.

Sein Wunsch wurde nicht erhört. Glabrio kam an seinen Tisch und baute sich vor ihm auf. Er sprach ihn in ironischem Tonfall an: »Nun, Rekrut Leptonius, so trifft man sich wieder! Nachdem Du daran schuld bist, dass ich die Legion in Emerida verlassen musste, freue ich mich, dass ich Dich hier wieder sehe. Wo hast Du Dich denn bis heute herumgetrieben?«

Sextus überlegte, wie er dem Affront begegnen solle. Hatte ihn doch Glabrio verächtlich mit Rekrut angesprochen, obwohl er sehen musste, dass er Centurio war. Er ignorierte ihn deshalb völlig. Die um ihn sitzenden Legionäre billigten die Reaktion des Sextus nicht und zeigten abfällige Mienen. Glabrio schrie ihn nun an: »Centurio, stehe auf. Warum hast Du auf meine Frage nicht geantwortet?« Sextus stand auf und bemerkte: »Salve, Tribun, auch ich freue mich über alle Maßen, Dich in Narbo zu sehen.« Persönlich zu ihm gewandt, fuhr er so leise fort, dass ihn die Legionäre am Tisch nicht hören konnten: »Ich weiß, dass Du in Emerida die VII. Legion verlassen musstest, weil Du einen Mordbuben gedungen hast, mich zu töten. Eines verkünde ich Dir jetzt: Sollte nochmals ein Mordanschlag auf mich verübt werden, suche ich Dich auf und mache Dich um einen Kopf kürzer.« Laut fuhr er fort: » Auf Deine erste Frage habe ich nicht geantwortet, weil Du mich mit Rekrut angesprochen hast. Dir ist bekannt, dass alle Centurios mit ihrem Dienstgrad anzusprechen sind.«

Glabrio war bei dem Vorwurf, ein Mordanstifter zu sein und bei der Drohung, zur Rechenschaft gezogen zu werden, erst blass und dann, als ihm aufging, dass Sextus ihn bedrohte, vor Zorn im Gesicht ganz rot geworden. Er langte an sein Schwert und wollte es aus der Scheide ziehen. Serranus und Gajus Paullus, die hinter ihm zum Tisch des Sextus gekommen waren, hinderten ihn jedoch daran, indem sie seinen Arm festhielten. Serranus sagte leise: »Glabrio, nicht jetzt und hier. Es ergibt sich bestimmt eine andere Gelegenheit, wo wir den Kerl niedermachen können.« Glabrio sah dies ein und ließ von Sextus ab. Er überlegte aber, wie er ihn hier und jetzt demütigen könnte. Er kam auf die Idee, ihm Sklavenarbeit zuzuweisen und herrschte ihn an: »Dir werde ich helfen. Du bestimmst sofort zwanzig Sklaven und reinigst persönlich mit diesen die Latrine.«

»Herr, Du sprichst mit einem Centurio der VII. Legion. Du darfst mir keine Sklavenarbeit befehlen. Auch als Militärtribun hast Du diesen Dienstrang zu achten. Deshalb nehme sofort diesen Befehl zurück und entschuldige Dich bei mir.«

»Du frecher Plebejer, Du Sohn einer räudigen Hündin, Du schweinische Ausgeburt, ich mich bei Dir entschuldigen. Ich werde Dich mit meinem Schwert töten.«

»Halt ein Tribun, wenn Du mich schon mit Deinem Schwert töten willst, dann mache das in einem ehrlichen Zweikampf. Da ich weiß, dass der Tribun Serranus mir auch nicht wohl gesonnen ist, trete ich auch gleichzeitig gegen Euch zwei an. Wenn der Tribun Gajus Paullus sich Euch anschließen möchte, kämpfe ich auch gegen drei Tribune.«

Serranus, der diese Worte hörte, zog Glabrio zurück und flüsterte ihm ins Ohr: »Glabrio, gehe auf das Angebot ein. Zu dritt sind wir ihm überlegen. Wenn wir ihn töten, sind wir ihn los und unsere Rache ist befriedigt. Außerdem können wir nicht bestraft werden, da ja die Aufforderung zu einem Zweikampf von ihm kam.« Glabrio wandte sich wieder Sextus zu und verkündete: »Wir tragen noch heute am Nachmittag den Zweikampf aus. Ich bitte nur noch den Feldherrn, dass dieser es gestatte.«

Glabrio sprach bei Bestia vor und bat um die Erlaubnis, sich zusammen mit Serranus und Paullus im Zweikampf mit Sextus zu messen. Bestia dachte sich: >Ganz fair ist das aber nicht, drei gegen einen. Aber wenn Leptonius zu Schaden kommt, ist es mir recht.< Laut antwortete er: »Sollte sich einer der Kämpfer ergeben, ist der Kampf gegen ihn nicht fortzusetzen. Der Profos der VII. Legion, der 1. Centurio+ Lepidus, wird von mir als Aufsicht und Kampfrichter bestimmt. Der Kampf soll zur 9. Stunde (15.00 Uhr) beginnen.« Leise raunte er Glabrio ins Ohr: »Tötet mir auf jeden Fall den Leptonius.«

Die Neuigkeit sprach sich schnell im Lager herum, und die Offiziere und Legionäre bildeten auf dem Appellplatz einen großen Kreis. Sextus begab sich in sein Quartier, zog eine leichte Tunika an und bewaffnete sich mit Dolch und Schwert. Er hatte schon in Capua bei einem Schwertfeger nochmals seinen Dolch und auch das Schwert spitz ausschmieden, härten und beidseitig scharf schleifen lassen. Als er zum Kampfplatz kam, warteten dort die drei Tribunen schon auf ihn. Sie hatten alle Kettenhemden, Brustharnische, Beinschienen, Armschienen und Helme angelegt. Sie waren mit Schild und Schwert bewaffnet. Lepidus trat auf ihn zu und wies ihn in die Kampfregeln ein. Leise sagte er ihm noch: »Es wäre schön, wenn Du sie verwunden oder töten würdest. Sie sind alle mieser adeliger Abschaum.« Sextus bat die Zuschauer, den Kampfring zu vergrößern. Sie kamen der Bitte nach, so dass ein Kreis mit einem Durchmesser von fünfzig Metern entstand.

Lepidus gab das Zeichen zum Kampfbeginn. Nebeneinander schritten die drei Tribunen mit gezogenen Schwertern auf Sextus zu. Er wich rückwärts gehend langsam aus. Bevor er auf die Mauer der Zuschauer stieß, machte er einen Sprung nach rechts, wich den Schwertstößen der Angreifer aus und rannte an diesen vorbei zur Mitte des Platzes. Dort wartete er auf die Angreifer, die sich umgedreht hatten und auf ihn zu gerannt kamen. Kurz bevor sie ihn erreichten, drehte er sich um und rannte auf die gegenüberliegende Zuschauerseite. Die Tribunen folgten ihm, ihr Atem ging schon schwerer, er aber wich ihnen aus und rannte davon. Schon jetzt war ersichtlich, dass sie ihn, behindert durch ihre schweren Rüstungen, auf diese Weise nicht einholen würden. Sie wechselten deshalb ihre Taktik. Paullus schritt langsam auf ihn zu. Serranus und Glabrio, rechts und links von Paullus gehend, gingen in einem Abstand von jeweils mehreren Schritten zu Paullus, ebenfalls auf ihn zu, so dass Sextus nicht mehr nach der Seite entkommen konnte. Er lächelte vor sich hin, sprang schnell vor und an der linken Seite von Paullus vorbei. Dieser schlug mit seinem Schwert nach ihm. Sextus wehrte den Schlag mit seinem Schwert ab und schlitzte im Vorbeilaufen durch die Ledermanschette hindurch mit seinem Dolch den rechten Unterarm von Paullus auf. Glabrio, der rechts von Paullus lief, konnte seinen Abstand zu diesem nicht schnell genug verringern und ihm deshalb nicht helfen. Paullus warf Schwert und Schild weg, setzte sich auf den Boden und presste die Wunde zusammen. Aus dieser sickerte Blut und rann auf seine Kleidung. Lepidus unterbrach den Kampf, rief den Feldscher herbei und dieser führte den Paullus vom Kampfplatz weg.

Sextus lief zur Mitte des Platzes und wartete dort wieder auf seine Gegner. Diese rannten zu ihm und ihm, als er weiterlief, hinterher. Nachdem er ihnen noch mehrmals entkommen war, ging ihr Atem schwer und sie gaben vor lauter Erschöpfung die Verfolgung auf. Sextus sah dies und ging nun auf sie zu. Sie stellten sich nebeneinander und erwarteten Sextus. Dieser sprang, nachdem er seine Gegner erreicht hatte, nach links, wehrte den Schwertstoß des nun ihm gegenüberstehenden Serranus ab, indem er mit seinem Dolch das Schwert beiseite drückte. Er unterlief den Schild seines Gegners, bückte sich und hieb mit seinem Schwert auf den nur durch eine Sandale geschützten linken Fuß des Serranus. Die Klinge drang tief in das Fleisch ein und trennte die Zehen des Fußes ab. Sextus richtete sich auf und lief nach links davon. Serranus fiel nach links um und prallte mit dem zur Unterstützung sich seitwärts drehenden Tribun Glabrio zusammen. Als dieser sah, dass er nun allein Sextus gegenüber stand, warf er Schild und Schwert von sich und versuchte durch den Ring der Zuschauer den Kampfplatz zu verlassen. Er wurde jedoch von diesen nicht durchgelassen und mit Beleidigungen bedacht. Lepidus unterbrach den Kampf und ließ Serranus vom Feldscher sowie seinen Helfern vom Platz bringen. Sodann forderte er Glabrio auf, den Kampf fortzusetzen. Dieser kam der Aufforderung nicht nach. Die zuschauenden Legionäre überschütteten ihn deshalb mit Schmähworten und bezeichneten ihn als Feigling. Lepidus zwang ihn nun mit vorgehaltener Waffe, seinen Schild und das Schwert wieder aufzunehmen. Er tat dies, stand zitternd in der Mitte des Platzes und erwartete den Angriff des Sextus. Er trat auf Sextus zu, drückte nach römischer Kampfweise mit dem Schild gegen ihn und stieß mit dem Schwert nach. Sextus wich vor dem Schildstoß zurück, band das vorstoßende Schwert des Glabrio mit seinem Dolch, riss es nach oben und schlug mit seinem Schwert mit voller Kraft durch die Armschiene der Schwerthand des Glabrio hindurch dessen Hand am Gelenk ab. Das Schwert fiel mit der abgetrennten Hand nach unten. Glabrio betrachtete verblüfft seinen Armstumpf, aus dem Blut herausspritzte und fiel dann in Ohnmacht. Von den zuschauenden Legionären ertönte lauter Beifall. Der Feldscher Mudius Caldus eilte sofort herbei und band den Arm des Glabrio ab. Die Krankenpfleger luden ihn auf eine Bahre und trugen ihn ins Lazarett. Serranus humpelte hinter diesen her und wurde von Caldus gestützt. Lepidus erklärte Sextus zum Sieger und lobte laut vor den Zuschauern sein Kampfgeschick und seine Tapferkeit.

Bestia, der zusammen mit Strabo vom Verwaltungsgebäude aus den Kampf verfolgt hatte, wandte sich verärgert und enttäuscht ab. Strabo hingegen bemerkte enthusiastisch: »Das nenne ich einen guten Kampf. Der Leptonius ist bestimmt der beste Kämpfer in meiner VII. Legion.

Sextus hingegen wehrte den Beifall ab und begab sich unauffällig an seinen Arbeitsplatz zurück. Er dachte sich: »An Serranus und Glabrio habe ich mich gerächt. Jetzt bleibt nur noch der ehemalige Tribun Lucius Longus übrig. Ich hoffe, dass ich ihm nochmals begegne.

Am Abend begab er sich in seine Wohnung über der Schneiderei. Er dachte über den Kampf und seine jetzige Tätigkeit nach. Etwas Gutes hatte der ihm aufgezwungene Bürodienst jedoch. Er hatte Zeit, seinen sonstigen Geschäften und Interessen nachzugehen und seine gallischen Sprachkenntnisse zu verbessern. Er hatte sich einen 16-jährigen arvernischen Sklaven gekauft und ihn als Botenjungen in der Schneiderei untergebracht. Mit diesem übte er nach Dienstschluss. Bald konnte er fließend gallisch verstehen und sprechen. Ihn beauftragte er auch, die Adresse der Gaia Caecilia und ihre Lebensumstände ausfindig zu machen. Camilla konnte er ja schlecht danach fragen. Der Sklave Melan berichtete ihm: »Gaia Caecilia ist mit dem Weinhändler Mucius verheiratet und wohnt in einer kleinen Villa vor dem östlichen Tor. Ihr Mann ist meistens in seinem Weinlager am Hafen beschäftigt oder begleitet seine Weinlieferungen in die Provinz.

Sextus beschloss, auf das Angebot der Kaufmannsfrau einzugehen und sie zu besuchen. Er sandte ihr durch Melan eine kurze schriftliche Anfrage, ob sie seinem Besuch zustimmen würde und erhielt sofort die Antwort, dass ihr dies am nächsten Tag nach der Mittagszeit genehm sei.

Er wurde an der Haustüre der Villa von Gaia empfangen und in das Haus geleitet. Sie sagte: »Centurio, es ist schön, von Dir, dass Du mich hier besuchst. Ich kann etwas Abwechslung gut gebrauchen. Meinen Sklaven habe ich für heute Nachmittag frei gegeben, so dass ich Dich selbst bedienen muss. Ich habe für uns eine kleine Amphore eisgekühlten griechischen Wein aus dem Keller geholt, die ich Dir mit süßem Brot kredenzen kann.« Sextus bedankte sich und überreichte ihr eine kleine Brosche mit Perleneinfassung aus der Schmucklieferung des Cemuntis. Gaia meinte: »Oh, die ist ja wunderschön.« Dabei umarmte sie Sextus und schmiegte sich an ihn. »Aber sie passt nicht zu diesem Kleid. Ich ziehe mich nur kurz um, dann kannst Du sie mir anstecken.« Gaia entfernte sich kurz und kam dann mit einem durchsichtigen Seidenkleid aus der Produktion von Camilla zurück. Ihr gut proportionierter Körper war in jeder Einzelheit durch den Stoff zu sehen. Sie sprach: »Centurio komme doch bitte her und stecke mir die Brosche an.» Sextus kam der Aufforderung nach. Er war durch den Anblick ihres fast nackten Körpers und des von ihr ausgehenden Parfümgeruches so verwirrt, dass es ihm nicht gelang, die Brosche an das Kleid oberhalb ihrer Brüste zu heften. Gaia nahm ihm die Brosche aus der Hand und legte sie weg. Sie umarmte ihn und drückte ihn an sich. Mit flinken Fingern zog sie ihm seine Kleidung aus und auch er streifte ihr das Kleid von den Schultern. Sie stand in herausfordernder Pose nackt vor ihm und streckte ihm ihren vollen wohlgeformten Busen und ihr Becken entgegen. Sie schaute ihn an und schwärmte: »Centurio, was hast Du nur für einen schönen Körper. Deine Beine sind lang und muskulös, Deine Schultern und Arme sind wohl gerundet und ansprechend, Dein Brustkorb ist breit und Dein Bauch fest und ohne einen Ansatz von Fett. Nur dieses vorspringende Teil zwischen Deinen Beinen stört die Harmonie. Aber dieses werden wir auch noch bändigen.« Mit diesen Worten trat sie ganz nahe an Sextus heran, küsste ihn und schmiegte sich an ihn. Sie stützte sich an einer Säule ab und forderte Sextus auf, in sie einzudringen. Dieser hob sie an ihrem Gesäß hoch und stieß in ihr Geschlecht. Er drang in eine enge, heiße und feuchte Höhle ein. Sie umschlang seine Taille erst mit einem und dann mit zwei Beinen und ließ sich von ihm zu einem Höhepunkt schaukeln. Auch Sextus konnte sich nicht mehr zurückhalten und verströmte sich in ihr.

Später schmachtete Gaia: »Ach liebster Sextus, ich habe das Zusammensein mit Dir genossen und möchte, dass Du wieder zu mir kommst. Ich würde Dich immer so heiß wie heute empfangen. Kannst Du es einrichten, öfters zu mir zu kommen?« Sextus nahm das Anerbieten dankbar an und sie beschlossen, immer wenn Mucius außer Haus war, sich in der Villa zu treffen.

Die Besuche des Sextus blieben auch den zwei weiblichen Sklaven und dem männlichen Sklaven nicht verborgen, zumal dieser Sextus die Nachrichten von Gaia bringen musste. Sextus brachte ihnen aber öfters kleinere Geldbeträge mit, so dass sie das Geheimnis für sich behielten und das Ansehen von Gaia in Narbo keinen Schaden nahm.

Am darauf folgenden Tag kam Gajus Paullus wieder zur Arbeit ins Büro. Er trug seinen rechten dick verbundenen Arm in einer Schlinge. Sofort blickte er Sextus anklagend an und verkündete mit leiser weinerlicher Stimme: »Centurio, Du hast mich schwer verletzt und meine Wunde schmerzt. Ich werde Dir dies nie verzeihen.« Sextus unterbrach seine Wehklagen. Er hielt Paullus vor: »Du, Tribun hättest Dich nicht an dem Kampf beteiligen müssen und hast nur teilgenommen, weil Euch ein Sieg sicher schien. Betrachte es einmal anders. Ich habe Dich nur leicht verwundet, obwohl ich die Möglichkeit gehabt hätte, Dich zu töten. Außer dass Du zu mir überheblich warst, hast Du mir nichts zu Leide getan. Anders war es mit Serranus und Glabrio. Doch auch diese habe ich nicht getötet, sondern nur verwundet. Dir würde ich raten, keine Militärlaufbahn einzuschlagen. Denn wenn Du gegen Feinde einmal ernsthaft kämpfen musst, wirst Du bestimmt getötet. Deshalb sei mir für mein Verhalten dankbar und nimm meinen Rat an.«

Paullus blickte Sextus erstaunt an. Hatte er die Angelegenheit doch noch nicht von dieser Warte aus betrachtet. Ab diesem Zeitpunkt betrachtete er Sextus nicht mehr von oben herab, sondern erkannte ihn als Gleichberechtigten an.

Um sich körperlich fit zu halten, unternahm Sextus längere Wanderungen oder Läufe rund um Narbo, übte mit seinem Schwert und vervollkommnete seine Fertigkeit im Steineschleudern. Am Meeresstrand sammelte er einen ganzen Sack mit geeigneten Kieseln und bombardierte Bäume und Felsen mit seinen Geschossen. Im Laufe der Zeit erzielte er eine immer größere Treffsicherheit. Er konnte jetzt schon auf größere Entfernungen auch bewegliche Ziele treffen und machte sich einen Spaß daraus, auf Kaninchenjagd zu gehen. Auf jeder seiner Exkursionen brachte er nun erlegte Kaninchen mit und gab sie bei Camilla oder Aser ab. Nach einem Monat stöhnte Camilla: »Sextus, ich kann kein Kaninchen mehr sehen. Ich bin Puls und Gemüse, aber kein Fleisch mehr gewohnt.« Auch Aser bemerkte: » Sextus, selbst meine Sklaven wollen kein Kaninchenfleisch mehr essen.« Sextus war erstaunt, schmeckte ihm doch das Kaninchenfleisch, das Camilla für ihn zubereitete nach wie vor. Aber er gab die Kaninchen ab sofort in der Legionsküche ab. Der Koch verteilte sie an die Legionäre und diese waren dankbar über die Auffrischung ihres Speisezettels.

Auf einer seiner Wanderungen kam Sextus eine Räuberbande entgegen. Er überlegte, ob er davonlaufen solle, entschied aber dann, auf die Räuber zuzugehen. Es waren drei Männer, drei Frauen und einige Kinder, die einen Karren mit ihrer Habe zogen und schoben. Als sie ihn sahen, zogen die Männer Dolche, verteilten sich und kreisten ihn ein. Einer, vermutlich der Anführer, ein gedrungener schwarzhaariger 40-jähriger Kerl mit einem runden Gesicht und einem dichten Bart, blieb vor dem Wagen stehen, während seine Kumpane sich rechts und links an Sextus heranarbeiteten. Sextus rief sie an: »Bleibt stehen und steckt Eure Dolche weg, sonst muss ich Euch verwunden oder töten. Alle drei fingen laut zu lachen an und der Anführer sagte: »Du trägst teure Kleidung und hast bestimmt auch Geld bei Dir. Ziehe Dich nackt aus, dann lassen wir Dich davonlaufen.«

»Ihr habt es nicht anders gewollt,« entgegnete Sextus. Er nahm seine Schleuder in die Hand, lief einige Schritte zurück, um einen größeren Abstand herzustellen und schleuderte einen Stein auf den von rechts auf ihn zukommenden Gesellen. Er zielte auf seinen rechten Unterarm und traf diesen unterhalb des Ellbogens. Der Räuber schrie laut auf, ließ seinen Dolch fallen, krümmte sich zusammen und hielt sich seinen Arm.

Unmittelbar darauf rannte Sextus einige Schritte zurück und schleuderte einen zweiten Stein auf den ihm von links zukommenden Räuber. Er traf diesen am rechten Schienbein, so dass er zusammen sackte, sich vor Schmerzen am Boden wand und damit kampfunfähig war.

Sextus ging nun auf den Anführer zu. Er verstaute sein Schleuderseil in der Tasche und zog sein Schwert. Der Räuber ließ seine Angehörigen im Stich und rannte davon. Sextus betrachtete die Zurückgelassenen, offensichtlich seine Frau, zwei erwachsene Töchter und zwei halbwüchsige Söhne, die sich ängstlich um den Wagen gruppierten. Die Familie trug ärmliche, mehrfach geflickte Kleidung und machte einen verwahrlosten Eindruck. Alle waren abgemagert und schauten ihn flehentlich an. Die Älteste sprach ihn an: »Herr, verschone uns, wir sind eine arme, aus unserem Dorf von den Römern vertriebene Familie und haben seit Tagen nichts mehr gegessen. Bitte tue uns kein Leid an.«

Obwohl Sextus sich über den Angriff ärgerte, konnte er doch nachvollziehen, dass die Männer sich durch ihn Kleidung und Barmittel beschaffen wollten. Mitleid überkam ihn. Er zog die zwei von ihm erlegten Kaninchen aus der Tasche, warf sie zu Boden und gab der Frau fünfzig Sesterzen.

Diese bedanke sich wortreich, stürzte nach vorne und küsste Sextus die Hand. Dieser sah dies nur ungern, zog seine Hand weg und ging seiner Wege. Rückblickend sah er, dass die beiden Kerle, offensichtlich die Söhne, sich zum Wagen zurück begaben. Einer humpelte, der andere hielt sich den Arm. Auch der Anführer kehrte zu seiner Familie zurück.

Bei einem Besuch in der Stadtverwaltung erfuhr er, dass immer mehr Auswanderer aus Italien sich in Narbo ansiedelten und das Umland die Bevölkerung nicht mehr ernähren konnte. Außerdem konnten die Getreideschiffe nicht mehr die benötigte Menge an Weizen und Gerste herbeischaffen.

Er überlegte, wie er den Ertrag seines Ackergrundstückes erhöhen konnte, wusste er doch, dass der Boden sehr fruchtbar war und erinnerte sich, gehört zu haben, dass der ehemalige karthagische Feldherr Mago ein Buch über den Ackerbau geschrieben hatte. Er begab sich in die neu eröffnete Bibliothek der Stadt und fand tatsächlich eine Ausgabe dieser Ackerbauanweisung vor. Er beauftragte einen Schreiber, ihm eine Kopie zu erstellen und studierte diese gewissenhaft. Er stellte fest, dass sich der Boden rings um Narbo gut zum Anbau von Gerste eignete. Mago beschrieb unter anderem, dass guter Boden nicht nur oberflächig angeritzt werden durfte, sondern tiefgründig vor dem Frost umgegraben werden müsse. Sextus überprüfte die auf seinem Anwesen eingesetzten Pflüge und stellte fest, dass er sich um reine Holzpflüge handelte. Er ließ die Pflugscharen mit Eisen beschlagen, so dass tiefer gepflügt werden konnte. Er bemerkte, dass der Boden ausreichend feucht war und wies seinen Pächter an, nur noch Gerste anzubauen.

Unter der Aufsicht von Gajus Paullus überprüfte er täglich die Abrechnungen von Lebensmitteln für die Armee, bis er Mitte März von dieser Tätigkeit erlöst wurde.

Am 13. März 110 v. Chr. wurde er zu dem Statthalter Bestia gerufen. Dieser war freundlich zu ihm und verwickelte ihn in ein Gespräch. Er fragte: »Centurio, wie bist Du mit Deiner Arbeit zufrieden?«

Sextus war durch die plötzliche Freundlichkeit des Prokonsuls überrascht und nahm sich vor, auf der Hut zu sein. Er entgegnete: »Ich prüfe befehlsgemäß die Lagervorräte, sowie die Bestands- und Lagerlisten.«

»Macht ‚Dir diese Arbeit Spaß?«

»Nun ja, ich bin nicht überfordert. Aber ich bin Legionär und führe mir übertragene Aufgaben nach bestem Können aus. Allerdings könnte die Tätigkeit etwas abwechslungsreicher sein.«

»Oh, an Abwechslung soll es Dir in Zukunft nicht fehlen. Der Arvernerkönig Cemuntis hat den als eine Art Botschafter an seinen Hof gesandten Militärtribunen Caecilius Rufus mit einem Begleitschreiben zurück gesandt. Darin fordert er ausdrücklich Dich als Ersatz an. Ich weiß nicht, wie Du zu dieser Ehre kommst, vermute aber, dass Du dich in das Bett des Königs eingeschlichen hast. Da mir an guten Beziehungen mit dem König gelegen ist, werde ich Dich mit Widerwillen an seinen Hof senden. Du fertigst mir monatlich einen schriftlichen Bericht über alle Vorkommnisse und schickst ihn mit einem Boten zu mir. Damit Du am Königshof als Repräsentant des Imperiums standesgemäß auftreten kannst, lasse Dir vom Lagerverwalter eine komplette neue Kleiderausrüstung, fünf bessere Tuniken und auch Togen aushändigen. Du bekommst ausreichend Pergament und Wachstafeln mit. Um standesgemäß auftreten zu können, bekommst Du fünftausend Sesterzen ausgehändigt.

Werbe in Arvernien Auxiliartruppen an. Bereise das Land und stelle fest, welche Einnahmen der König hat und ob wir höhere Tributzahlungen verlangen können.

Auch habe ich gehört, dass Du etwas gallisch, diese barbarische Sprache, sprichst.«

Sextus ärgerte sich über die Unterstellungen hinsichtlich seiner Beziehungen zu dem König, freute sich aber über seine neue Tätigkeit. Er dachte: >Bestia, Du liegst ja vollkommen falsch. Nicht der König, sondern die Königin ist mir zugetan.

Ich kann mir zwar meine Bekleidung selbst kaufen, aber wenn Du mir Kleidung stellst, soll das auch in Ordnung sein. Wegen Deiner verächtlichen Unterstellungen werde ich Dich eines Tages zur Rechenschaft ziehen.<

Laut sagte er :»Es ist mir eine große Ehre, Rom in Gergovia zu vertreten. Ich werde Deinen Befehlen folgen. Zutreffend ist, dass ich einige Worte gallisch spreche.«

Er verabschiedete sich von Camilla Herrenius. die ein ganz trauriges Gesicht machte und von Didia, die zu weinen anfing. Auch von Gaia nahm er Abschied. Sie sagte: »Sextus, es waren einige schöne Monate, und ich bin Dir dankbar, dass ich Dich so ausgiebig lieben durfte und Du mir so oft das höchste Vergnügen geschenkt hast. Aber Deine Pflicht geht vor. Besuche mich wieder, wenn Du nach Narbo kommst.«

Den Sklaven gab er zum Abschied jeweils ein Geldgeschenk von zweihundert Sesterzen und ermahnte sie, verschwiegen zu sein. Sie freuten sich über das Geschenk und versprachen niemanden etwas über das Verhältnis zwischen Sextus und ihrer Herrin zu erzählen.

Er besprach mit seinem Bankdirektor Lucius Aser das weitere Vorgehen und ritt am nächsten Tag erst auf der neuen Straße nordwärts und dann über den Gebirgszug in nordöstlicher Richtung nach Gergovia. Für sein Gepäck und die Rüstung hatte er sich ein Packpferd besorgt. Als Gastgeschenk für Cemuntis hatte er eine Amphore teuren schweren griechischen Weins von der Insel Samos aufgeladen. Von Camilla hatte er sich je ein Kleid für die Königin und deren Tochter geben lassen, Als ihn Camilla nach der Körpergröße und der Figur der Damen fragte, beschrieb Sextus diese so anschaulich mit den Händen, dass Camilla lachte und sagte: »Du beschreibst die Damen ja so, als ob Du all ihre Körperteile schon einmal in den Händen gehalten hättest.«

Sextus leugnete dies aber hartnäckig und meinte: »Du kennst mich nicht Camilla. ich bin sehr schüchtern und würde mir nie erlauben, mit einer Königin oder einer Prinzessin intim zu werden. Vor dem weiblichen Geschlecht hege ich eine besondere Achtung. Ich kann mich in geschäftlichen Dingen und innerhalb der Legion durchsetzen, aber in

Liebesdingen bin ich gänzlich unerfahren. Du siehst ja, auch auf das Angebot Deiner Kundin, der Kaufmannsfrau Gaia Caecilia, sie zu besuchen, bin ich nicht eingegangen.«

Camilla dachte: »Ja, zumindest mir gegenüber bist Du sehr zurückhaltend. Wie oft habe ich geträumt, dass Du mich einmal in Deine Arme nehmen würdest. Aber Du hast ja nur geschäftliche Dinge im Kopf.«

33

Sextus in Gergovia (April 110 v. Chr.)

Auf seiner Reise kehrte er, um zu essen in Bauernhäusern ein und suchte sich einen Schlafplatz in einer Scheune oder unter einem Baum. Da es noch empfindlich kalt war, zog er seine Kapuzentunika an und wickelte sich zum Schlafen in seinen Fellmantel. Als Kopfkissen diente ihm ein Hafersack der Pferde.

In Gergovia begrüßte ihn Cemuntis herzlich und drückte ihn an sich. Unter Lachen sagte er: » Centurio, Du bist ja wie der tot geglaubte Sohn, der zurück gekommen ist. Ich freue mich, Dich zu sehen. Deinen Vorgänger habe ich zurückgeschickt. Es war dies ein arroganter dummer Mensch, dessen einziges Bestreben es war, gut zu essen und zu trinken und die jungen weiblichen Bediensteten zu belästigen.

Meine Frau Cerva und meine Tochter Mesani hier kennst Du ja. Darf ich Dir meinen Bruder Belenus Cemuntis und dessen Frau Brigit vorstellen und Dich mit meinem zukünftigen Schwiegersohn Ceridwen bekannt machen. Ceridwen weilt zu Besuch hier und wird demnächst Mesani mit zu den Santonen nehmen. Dort wird auch die Hochzeit gefeiert.

Ich lade Dich ein, täglich als Gast an unserer Tafel zu sitzen. Morgen gehe ich auf Sauhatz. Wenn Du willst, kannst Du uns begleiten.«

Sextus bedankte sich für die freundliche Aufnahme und übergab sein Gastgeschenk, die Amphore mit Wein, dem König. Den Damen überreichte er die Kleider. Diese hatten solche Kleider noch nie gesehen und brachen in laute Dankes- und Jubelrufe über die schönen Geschenke aus, umarmten Sextus und küssten ihn auf die Wangen. Er atmete den Duft der Damen ein und genoss die Berührungen ihrer Körper. Er freute sich, dass seine Geschenke so gut angekommen waren und dass ihm so zärtlich gedankt wurde.

Bei Eintritt der Dunkelheit nahm er an der privaten Abendtafel der Königsfamilie teil und probierte seine gallischen Sprachfähigkeiten aus. Alle waren überrascht, dass er so gut wie sie selbst gallisch sprach.

Der Bruder des Königs, ein dreißig-jähriger Krieger, fragte: »Centurio, kannst Du noch andere Sprachen außer Latein und Gallisch?«

»Ja, ich spreche noch Griechisch, Keltoiberisch und ein wenig Numidisch.«

»Das ist ja interessant,« meinte die Königin. »Du kannst Dich ja im gesamten römischen Reich verständlich machen.«

»Nun ja, das schon, es muss nur immer jemand vorhanden sein, der Dir zuhört und Deine Sprache auch verstehen will.«

Als Beispiel erzählte Sextus folgende Parabel: »Es hatte sich einst in den Abruzzen in Italien ein sprachbegabter Poet bei einer Wanderung verirrt. Er kam zu einem kleinen Bergweiler und traf dort zwei ältere Frauen an, die Milchkühe hüteten. Sie gehörten zum Volksstamm der Samniten, der den Römern feindlich gesonnen war. Er fragte sie in lateinischer Sprache nach dem Weg nach Majella und erhielt keine Antwort. Er dachte: >Vielleicht sind dies griechische Sklavinnen und wiederholte seine Anfrage auf griechisch.< Wiederum erhielt er keine Antwort, nur stilles Kopfschütteln. Er dachte sich, dass es vielleicht hispanische Verschleppte waren und versuchte es auf keltoiberisch.

Erneut bekam er nur Kopfschütteln als Antwort. Er schaute eine der Frauen genau an und meinte, dass sie vielleicht eine Numidierin sein könnte. Seine Frage auf numidisch ergab erneut ein Kopfschütteln. Missmutig setzte er seinen Weg fort.

Als er weg war sagte eine der Frauen zu ihrer Gefährtin: »Dies war aber ein gescheiter Mann. Er kann vier Sprachen sprechen.« Die andere entgegnete: »Und, was hat er davon gehabt.«

Sowohl Cemuntis, wie auch seine Gäste lachten laut über die Erzählung und spendeten Sextus lauten Beifall.

Nach einer Weile hob die Königin die Tafel auf, und Sextus verabschiedete sich mit der Bemerkung, dass er von dem langen Ritt rechtschaffen müde sei und kaum noch die Augen aufhalten könne. Er begab sich in sein Gemach und schlief sofort ein.

Er wurde sehr früh von lautem Rufen, Hundegebell und Waffengeklirr geweckt. Erst meinte er, man rüste zu einem Kriegszug. Dann merkte er aber, dass sich Männer im Hof zur Saujagd versammelt hatten. Er schlüpfte in seine Kleidung und rannte in den Hof. Der König erwartete ihn schon, und ein Stallbursche brachte ihm sein bereits gesatteltes Reitpferd und drückte ihm einen Sauspieß in die Hand.

Schon ging es im Trab los. Das Ziel waren die Wälder nördlich der Stadt. Auf dem Weg dorthin kamen sie an Getreidefeldern vorbei, die völlig durchwühlt waren. Bauern berichteten, dass in der vergangenen Nacht wiederum Horden von Wildschweinen das Getreide zerstört hätten.

Sie waren froh, dass durch die Jagd diesem Übel ein Ende bereitet werden sollte.

Zwischen den Reitern liefen Jagdhelfer, die Hunde an Leinen führten. Auch etliche Damen begleiteten hoch zu Pferd den Zug.

Am Waldrand ließ der König anhalten. Er ordnete die Jagdgesellschaft zu einer Linie und ließ dann langsam vorreiten. Kurze Zeit später kamen sie an eine große Dickung. Eine Bache mit Frischlingen sprang vor ihnen hoch und flüchtete ins Gestrüpp. Der König befahl, die Hunde in die Dickung zu schicken und Sauen heraus zu treiben. Die Jagdgehilfen trieben die Hunde in das Gebüsch, während die Jagdgesellschaft um dieses herum ritt. Auf der anderen Seite kamen ganze Rotten von Wildsauen, die von den Hunden verfolgt wurden auf eine Lichtung. Der König tötete die erste Sau. Dann folgten seine Begleiter. Es hub ein furchtbares Gemetzel an. Die Jäger gerieten in einen Tötungsrausch. Sextus, der ja das Töten in einer Schlacht gewohnt war, taten die abgeschlachteten Tiere leid. Er schimpfte sich deshalb selbst einen Weichling.

Er beobachtete, wie ein Keiler einen der Krieger angriff. Dieser tötete ihn jedoch mit einem Stoß in den Kopf. Etliche Wildschweine konnten den Jägern entkommen. Sie wurden von den Hunden verfolgt, gestellt und erlitten das gleiche Schicksal, wie ihre Artgenossen.

Am Schluss lagen 80 Keiler und Sauen und dreißig Frischlinge tot auf der Lichtung. Sie wurden von den Helfern an Stangen nach Hause getragen. Die Krieger freuten sich über ihren Jagderfolg und prahlten mit der Anzahl der erlegten Schweine. Der Bruder des Königs zeigte auf einen großen erlegten Keiler und rief: »Diesen hier, habe ich mit einem Stoß erledigt.«

»Nein, nein,« rief ein Gefolgsmann des Königs, » Du hast diesen da getötet« und zeigte auf ein wesentlich kleineres Exemplar. »Diesen Großen habe ich erlegt.«

»Nein,« widersprach Belenus Cemuntis, »dieser großer Keiler gehört mir.« Die Beiden gerieten darüber so in Streit, das der König schlichtend eingreifen musste.

Plötzlich brach noch eine Bache mit Frischlingen aus dem Dickicht. Sie richtete einen Angriff gegen das Pferd einer adeligen Dame, das voller Angst emporstieg und davon galoppierte. Sextus sah, dass sich die Reiterin nur mühsam im Sattel halten konnte. Er drückte seinem Pferd die Fersen in die Seite, feuerte es an und setzte der Reiterin nach. Nach einem längeren Ritt konnte er sie in einem Waldgebiet einholen, den Zügel ihres Pferdes erfassen und es zum Stehen bringen. Die Reiterin war ganz außer Atem, schaute ihn dankbar an und fragte, wie sie ihm seine Tat vergelten könnte. Sextus schaute die Dame an und stellte fest, dass es sich um eine kleine, schlanke, 25-jährige, hübsche und muskulöse Frau handelte, die er als Keva, die Ehefrau eines Arverneredelen vor der Jagd kennen gelernt hatte. Er stieg vom Pferd und sprach: »Edele Dame, ein Lächeln von Euch ist mir Dank genug.« Keva stieg daraufhin ebenfalls vom Pferd und Sextus fing sie auf. Dabei geriet er mit der Hand zwischen ihre durch Beinlinge geschützte Schenkel. Keva wurde ganz rot, umarmte Sextus, küsse ihn heiß und drückte ihn fest an sich. Dabei sagte sie zu ihm: »Sextus, dies war ein Vorgeschmack. Ich hätte nichts dagegen, wenn Du einmal bei mir vorbeischauen würdest.« Sextus war ganz überrascht und konnte nur nicken. Daraufhin bestieg sie wieder ihr Pferd und sie ritten zur Jagdgesellschaft zurück. Sie frage noch Sextus, ob ihr Dank ihn zufrieden gestellt habe und dieser konnte das nur bestätigen.

Bei der Jagdgesellschaft angelangt, wurden sie mit lautem Hallo begrüßt. Der Ehemann von Keva bedankte sich bei Sextus und fragte seine Frau, ob diese sich auch ordentlich bedankt habe. Keva errötete und betätigte dies. Sie meinte, dass Sextus wohl das bekommen habe, was er sich gewünscht habe. Auf die Frage ihres Ehemannes, was dies wohl gewesen sei, bemerkte sie: »Ein freundlicher Blick und ein lautes

Dankeschön und die Versicherung, dass er in unserem Hause jederzeit willkommen sei.«

Am Jagdtag war es ziemlich kalt, und Sextus fror es an den Beinen. Er hatte sich diese arg zerkratzt. Er stellte fest, dass alle Jagdteilnehmer, auch die Frauen, lange Fellbeinkleider trugen. Am Abend bat er den König um eine solche Kleidung.

Der Jagderfolg wurde bei einem Abendessen reichlich gefeiert. Es gab Wildschweinfrischling am Spieß. Das Fleisch war nicht mir Garum, sondern mit Salz und Kräutern gewürzt und schmeckt pikant. Dazu gab es frisch gebackenes Brot und als Trunk den von Sextus mitgebrachten Wein.

Zur Feier des Tages hatten Mutter und Tochter ihre neuen, von Sextus mitgebrachten Kleider, angezogen und trugen dazu teuren Schmuck. Der Stoff der Kleider war dünn und schmiegte sich an ihre Körper. Durch den Stoff zeichnete sich der Busen und die sonstigen Körperformen deutlich ab. Sie stachen damit vom Rest der anwesenden Damen, die schwere Stoffkleider und sogar noch Felljacken trugen, in enormer Weise ab. Auf den ersten Anblick waren sie nicht als Mutter und Tochter, sondern als Geschwister einzuordnen, so sehr glichen sie sich. Sie fanden im Kreis der Gesellschaft allgemein Anerkennung und lösten bewunderte Blicke und laute Beifallsrufe aus. Beide freuten sich darüber und drehten sich im Kreis, um noch mehr Anerkennung einzuheimsen. Der König freute sich ob der Bewunderung, die seinen Damen entgegengebracht wurde, und war ganz stolz auf dieselben. Er meinte zu Sextus: »Da hast Du ja zielsicher die richtigen Geschenke mitgebracht. Ich danke Dir nochmals dafür.«

Der Hofbarde dichtete sofort ein bewunderndes Lied auf Königin und Prinzessin, in der er die körperlichen Vorzüge der Damen lobte, trug es vor und begleitete sich auf einer Leier. Er erntete dafür starken Applaus und lautes Johlen.

Die Königin sprach: »Sextus, sieh einmal wie viel Bewunderung wir wegen Deiner teuren Geschenke einheimsen. Wir danken Dir recht herzlich.«

Aber jetzt zu etwas anderem. Von Deinem letzten Besuch und von gestern her weiß ich, dass Du wundervoll Geschichten und Märchen erzählen kannst. Sei doch so lieb und erzähle uns etwas.«

Sextus dachte kurz nach und fabulierte dann:

»In dem fernen Land Numidien gibt es fruchtbare Ackergebiete, aber auch ausgedehnte Wüsten und Steppengebiete. In diesem Land leben große Raubkatzen, die man Löwen nennt. Es sind dies kraftvolle Tiere mit einem großen Kopf und einem braunen Fell, die sich von Antilopen ernähren und Menschen mit einem Schlag ihrer Tatzen töten können. Die männlichen Tiere tragen um den Kopf eine riesige Mähne.

Eines Tages hielt ein solcher mächtiger Löwe seinen Mittagsschlaf unter einer Baumgruppe. Eine vorwitzige Wüstenmaus, näherte sich ihm, schlüpfte zwischen seine Tatzen und dachte sich: »Hätte ich doch auch nur so mächtige Tatzen, würde ich von allen Mäusen bewundert. Sie würden mich zu ihrem Mäusekönig wählen.« Der Löwe reckte sich im Schlaf, öffnete langsam die Augen und erblickte die Maus zwischen seinen Pranken. Bevor sie davonlaufen konnte, hatte er eine Tatze auf ihren Schwanz gelegt und sie so festgehalten. Die Maus setzte sich auf und zwitscherte: »Lass mich los, lass mich los, ich habe Dir doch gar nichts getan.« Der Löwe jedoch brummte: »Du neugierige Maus, wusstest Du nicht, dass ich ein Fleischfresser bin und Dich jetzt als kleine Vorspeise zu mir nehme?«

»Mächtige Majestät, König der Wüste, Herr aller Tiere, bitte verspeise mich nicht. Ich bin gegen Dich ja so winzig, dass Dein Magen ja gar nicht merkt, wenn ich bei ihm ankomme. Ich würde Dir auch ewig dankbar sein, wenn Du mein Leben verschonst und vielleicht kann ich Dir eines Tages Deine Großmut vergelten.«

Der Löwe fühlte sich durch die Worte geschmeichelt. Er entgegnete: »Maus, ich will Dich freilassen, aber störe in Zukunft nicht mehr meinen Mittagsschlaf.« Er nahm seine Tatze vom Schwanz der Maus. Diese bedankte sich und lief laut quiekend davon.

Einige Tage später verfing sich der Löwe in einer Netzfalle, die numidische Tierfänger aufgestellt hatten. Je mehr er um sich schlug, sich drehte und an dem Netz riss, um so mehr zog sich dieses zusammen. Schließlich lag er ganz hilflos auf dem Boden. Die Wüstenmaus, die auf Nahrungssuche bei ihm vorbeikam, sah seine missliche Lage. Sie rief: »Warte Löwe, verhalte Dich ganz ruhig, ich helfe Dir.« Sie eilte zu ihrer Familie und kam mit einer ganzen Schar von Brüdern, Schwestern, Cousins, Cousinen, Eltern, Schwiegereltern und Kindern zurück. Sie wies ihre Verwandtschaft an, in Höhe der Tatzen des Löwen das Netz zu zernagen. Diese fielen über die Netzstränge her und bissen sie Faden für Faden durch. Nach einiger Zeit bekam der Löwe seine Pranken frei und konnte sich dann selbst befreien. Er dankte der ganzen Mäuseschar und versprach, ihre Todfeinde, die Füchse, aus ihrem Gebiet zu vertreiben. Er dachte sich: »Hätte ich die Maus damals nicht am Leben gelassen, hätten mich die Tierfänger nach Rom in die Arena geschickt und ich wäre dort elendiglich umgekommen. Der Spruch, dass man Gutes zurück bekommt, wenn man Gutes tut, ist also doch wahr.«

Während Sextus das Märchen erzählte, war es im ganzen Raum ruhig geworden. Alle hingen wie gebannt an seinen Lippen. Als er endete bekam er von der ganzen Gesellschaft brausenden Applaus, und es wurde ihm anerkennend auf die Schulter geklopft.

Er nahm einen tiefen Schluck von dem griechischen Wein und ließ sich noch eine Portion von dem Spanferkel geben.

Nach einer Weile löste die Königin die Tafel auf und zog sich zurück.

Kurz danach endete die Feier, und Sextus begab sich in sein Quartier. Als er seine Zimmertüre öffnet, sah er, dass im Zimmer eine kleine Öllampe brannte. Unter der Felldecke auf dem Lager zeichnete sich der Körper einer Frau ab. Sextus dachte sich: Hoffentlich hat mir der König nicht wieder eine Sklavin als Bettgefährtin geschickt.

Dann aber erkannte er die Königin. Er begrüßte sie mit zärtlichen Worten. Sie sprach: »Sextus, wo bleibst Du denn so lange. Ich warte hier auf Dich und verzehre mich vor Sehnsucht nach Dir. Weißt Du nicht, dass ich Monate auf Dein Kommen gewartet habe. Ich habe sogar meinen Mann gedrängt, Dich mit allem Nachdruck anzufordern und Deinen Vorgänger in die Wüste zu schicken. Schaue nicht so entgeistert an, sondern ziehe Dich aus und schlüpfe zu mir unter die Decke.«

Sextus ließ sich das nicht zweimal sagen. Geschwind zog er seine Kleidung aus und legte sich zur Königin. Diese war nackt und schmiegte sich sofort an ihn. Sie tauschten heiße Zungenküsse aus und streichelten sich am ganzen Körper. Cerva Cemuntis sprach unter Stöhnen: »Lieber Sextus, ich habe mich in Dich verliebt. Ich habe Dein Kommen so sehr herbei gesehnt, dass ich keine anderen Gedanken mehr fassen konnte und nur an Dich gedacht habe. Mein ganzer Körper sehnt sich nach Deinen zärtlichen Händen. Sogar meine Pflichten als Königin habe ich vernachlässigt. Keinen anderen Mann habe ich angeschaut und sogar meinem Mann bin ich nur widerwillig beigelegen. Aber mein Flehen ist ja nun erhört worden. Du bist da und ich hoffe, dass Du mich genau so verwöhnst wie das letzte Mal.«

Sextus war erstaunt über das Geständnis. Er mochte die Königin sehr gerne und hatte die Stunden mir ihr genossen, sich aber nicht in sie verliebt. Er bildete sich aber auf sich etwas ein, dass eine so schöne, emanzipierte und stolze Frau sich gerade ihn als Liebhaber auserkoren hatte.,

Er streichelte weiter ihr Gesicht, ihre Brüste, ihren strammen Hintern und kitzelte sie unter den Armen, so dass sie nicht wusste, ob sie stöhnen, oder lachen sollte und schließlich eine Mischung von beidem hervorstieß.

»Sextus, das tut ja so gut, höre ja nicht auf und streichele mich auch weiter unten.«

Sextus kam der Aufforderung nach. Die Königin wölbte ihm ihren Unterleib entgegen und schrie leise:

»Ja, ja, das ist schön, das tut gut, mache weiter so, alle Fasern meines Körpers sehnen sich nach Dir. Ich bin ja schon ganz nass. Jetzt komme über mich und dringe in mich ein.«

Sextus, der selbst in höchstem Maß erregt war, kam diesem Befehl gerne nach. Schon nach kurzer Zeit erreichten beide gleichzeitig einen Höhepunkt.

Ermattet ließen sie sich zurückfallen und ruhten sich aus.

Cerva Cemuntis lobte Sextus über alle Maßen: »Sextus, so einen Liebhaber, wie Dich, habe ich noch nie gehabt. Ich habe es Dir schon einmal gesagt. Unsere arvernischen Männer kennen bei der körperlichen Liebe kein Vorspiel. Bei ihnen erreiche ich keinen Orgasmus. Auch mein Mann ist so. Er kommt, legt sich zwischen meine Beine, stößt zu, wälzt sich von mir und schläft. Dies ist doch kein Vergnügen.

Erzähle mir doch, wie die Römerinnen so sind. Sind sie da unten genau so gebaut, wie wir Gallierinnen, oder gibt es da Unterschiede. Sind sie feuriger als wir im Bett?«

Sextus dachte nach und erinnerte sich an die schönen Stunden mit Selina, Mesa, Alda, Gaia, Marga, Claudia und Anthea.

Er log: »Königin, ich habe ja so wenig Erfahrung mit anderen Frauen, so dass ich nicht mit Bestimmtheit sagen kann, ob Römerinnen und Gallierinnen gleich gebaut sind. Ich hatte vor Dir nur zwei andere Frauen und dies waren Zufallsbekanntschaften. Aber keine derselben war so zärtlich und liebevoll. wie Du.«

»Sextus, ich meine Du schwindelst. Wenn Du keine Liebeserfahrung hast, wieso kannst Du dann so zärtlich sein. Wieso kennst Du meine geheimen Wünsche und wieso bist Du so erfahren?«

»Ich schwöre, Du bist meine große Liebe, und mein bescheidenes Wissen über das Zusammenleben von Frauen und Männern habe ich aus Gesprächen mit meinen Kameraden.«

In Gedanken tat er aber seinen bisherigen Freundinnen Abbitte.

Die Königin schaute ihn mit großen Augen an. Sie war zu Tränen gerührt. Sextus bekam ein schlechtes Gewissen.

Kurz danach verließ die Königin sein Lager und begab sich in ihre Gemächer.

Sextus war gerade am Einschlafen als es leise und als er nicht reagierte, lauter an seine Türe klopfte. Schlaftrunken öffnete er und stand der Sklavin Hellis gegenüber. Diese verneigte sich und sagte: »Edler Centurio, da Du Dich bei Deinem letzten Besuch beim König lobend über mich geäußert hast, hat er angeordnet, dass ich Dir für die Dauer Deines Aufenthaltes als Dienerin und als Bettgefährtin zur Verfügung stehe. Bitte weise mich nicht wie letztes Mal zurück, sondern nimm mich mit auf Dein Lager. Ich wäre auch gerne zu Dir gekommen, wenn mich der König nicht geschickt hätte. Du bist im ganzen Palast das Gesprächsthema Nummer eins, und alle jüngeren ledigen und auch verheiratete Damen sprechen davon, dass sie Dir gerne ihre Gunst schenken würden. Sie bewundern Deine bescheidene Art, insbesondere aber Deine Kunst Märchen und Geschichten zu erzählen.«

Sextus erwiderte, noch immer schlaftrunken und gähnend:

»Liebe Hellis, gerne kannst Du meine Dienerin sein. Jetzt begebe Dich zu Deinem Schlafplatz zurück. Beim König werde ich mich für die Gunst bedanken und ihm erzählen, das Du mich verführt hast.«

Hellis entfernte sich stumm und leise weinend. Sie dachte: »Der Centurio ist zwar ein guter Märchenerzähler, aber er mag offensichtlich keine Frauen. Sonst hätte er mich doch nicht schon das zweite Mal abgewiesen. Wahrscheinlich mag er Männer lieber. Ich werde dem König sagen, dass er ihm einmal einen hübschen Sklaven schicken möge.«

Sextus besprach sich am nächsten Tag mit dem König. Er erläuterte ihm die Interessen Roms und bat ihn Auxiliartruppen zur Unterstützung der Legion nach Narbo zu senden. Der König meinte: » Gerne sende ich Truppen zur römischen Legion. Meine Krieger sind zwar tapfer und können mit ihren Waffen umgehen, haben aber überhaupt keine Disziplin. Wie wäre es, wenn Du ihnen Disziplin beibringen würdest?«

»Edler König, ich werde sofort an den Statthalter Bestia schreiben und ihn um römische Ausbilder bitten. Ich denke dreißig Legionäre müssten reichen. Wenn diese eintreffen, kann ich mit ihnen das Problem angehen.«

»Das finde ich eine gute Idee. Ich werde sie in meinem Gästehaus am Nordtor unterbringen. Während ihres Aufenthaltes übernehme ich die Kosten für Unterkunft und Verpflegung. Außerdem komme ich für ihren Sold auf.«

Sextus erzählte dem König, dass der Statthalter ihn angewiesen habe, einen Bericht über Land und Leute zu fertigen und bat um die Erlaubnis, eine Rundreise im arvernischen Gebiet durchführen zu dürfen. Der König begrüßte dieses Ansinnen und meinte: » im Moment ist es im ganzen Land ruhig, und auch an den Grenzen gibt es keine Zwistigkeiten, so dass Du keinen Schutz bei Deiner Reise brauchst. Ich gebe Dir aber trotzdem zwei Führer, einen meiner Vasallen, den Reiterführer Mello und einen Diener zu Deiner persönlichen Betreuung mit. Außerdem schreibe ich für Dich einen Passierschein und für die Dorfältesten eine Anweisung aus, Dich zu unterstützen und Dir jegliche Hilfe zu gewähren.«

Am nächsten Tag fertigte Sextus einen schriftlichen Bericht über die bisherigen Geschehnisse und sandte diesen per Boten an den Statthalter. Er schrieb: »Salve, edler Prokonsul Bestia! Ich habe Gergovia sicher erreicht und mich hier schon eingelebt. Der König hat mich freundlich empfangen und mir einen Ehrenplatz an seiner Tafel zugewiesen. Die Stadt Gergovia liegt auf einer kleinen Anhöhe zwischen zwei Bächen und ist stark befestigt. In ganz Arvernien gibt es außer der Hauptstadt nur noch einige kleinere befestigte Orte. Meist wird Land- und Weidewirtschaft betrieben. Die Bevölkerung akzeptiert Rom als Schutzmacht und ist romfreundlich gesinnt. Der König will Auxiliartruppen ausbilden und bittet um Überstellung von römischen Ausbildern. Ich werde eine Rundreise durch das gesamte Gebiet antreten und danach wieder berichten.«

Am Abend kam die Königin erneut zu ihm und in der Folge jeden Abend bis zu seiner Abreise.

Seine Dienerin Hellis fand beim Richten des Lagers eine Halskette und erkannte diese als der Königin gehörig. Als sich Sextus nach dem Mittagessen ein wenig hinlegte, kam sie in sein Zimmer und sprach ihn an: »Edler Herr, jetzt weiß ich, warum ihr Euer Lager nicht mit mir teilen wollt. Gegen unsere schöne Königin habe ich keine Chance. Ich hatte schon gedacht, dass Ihr lieber einen Lustknaben haben möchtet, aber jetzt verstehe ich Euer Verhalten.«

Sextus wurde ganz verlegen. Er fragte: »Hellis, wieso nimmst Du nur so etwas an. Die Königin ist eine schöne liebreizende Frau und ich verehre sie aus der Ferne.«

»So, und wie kommt dann ihre Kette in Dein Bett.« Sie hielt ihm die Kette vor die Augen. Sextus erschrak. »Oh, ich habe diese Kette schon vermisste. Ich habe sie bei meinem letzten Besuch vom König erhalten und wieder mit nach Gergovia gebracht. Ich schenke sie Dir. Sie macht sich bestimmt gut an Deinem Hals.«

Hellis nahm das Geschenk an und dachte sich, dass es wohl als Schweigepräsent gedacht war.

Am Abend erklärte Sextus der Königin die Sachlage. Diese war über die Entwicklung gar nicht entsetzt und sagte: »Von mir aus kann der ganze Hof erfahren, dass ich mich in Dich verliebt habe und in

Dein Bett komme. Ich werde es demnächst meinem Gemahl erzählen. So wie ich ihn kenne, toleriert er die Angelegenheit.«

Für den nächsten Tag hatte der König eine Besprechung mit Sextus angesetzt. Er sprach mit ihm über die Ausbildung der königlichen Truppen. Sextus legte mit ihm Ausbildungsmodus, Truppenstärke und Bewaffnung fest.

Am Schluss des Gesprächs sagte er: »Sextus, von meiner Frau habe ich erfahren, dass Du sie sehr glücklich machst. Ich liebe sie über alles und möchte sie glücklich sehen. Deshalb habe ich nichts gegen die Beziehung zwischen Euch. Im Gegenteil, sei recht liebevoll und zärtlich zu ihr, dann verläuft auch das Zusammenleben zwischen ihr und mir harmonisch. Gib aber bitte nicht mit Deiner Eroberung an.«

»Werter König, ihr erweist Euch als sehr tolerant und großzügig. Ich werde die Königin und Euch immer in Ehren halten.«

34

Rundreise in Arvernien

Zwei Tage später brach Sextus auf. Er hatte seine Tunika mit einer Fellweste vertauscht, Beinlinge angezogen und sein Haar und seinen Bart wachsen lassen, so dass er nur noch an seiner dunkleren Haarfarbe als Ausländer zu erkennen war. Er wies seine Begleiter an, ihn bei Gesprächen mit anderen Personen als den arvernischen Edelen Sexa zu bezeichnen.

Von Gergovia aus wandte er sich in östliche Richtung und dann in nordöstliche Richtung bis zur Grenze des Stammesgebietes der Häduer, dann westwärts bis zum Stammesgebiet der Santonen, südwärts bis zur Grenze nach Aquitanien und wieder ostwärts an der narbonensischen Grenze entlang nach Gergovia zurück.

Für die ganze Reise brauchte er zwei Monate.

In den ersten Tagen der Reise ritten sie durch leicht hügeliges Gelände. Sextus sah, dass viele verschiedene Kräuter wild wuchsen. Die Luft roch betörend aromatisch. Der Boden war noch nicht ausgetrocknet, so das zwischen den Kräutern frisches grünes Gras zu sehen war. Er fragte Mello, um was für Kräuter es sich handeln würde. Dieser kannte aber nur wenige Arten. Einer der beiden Führer, Delano Nemos aus Nordarvernien, kannte sich jedoch aus.

Er erklärte: »Dies Sextus, das aussieht wie Unkraut ist Oregano. Wir verwenden ihn als Würzmittel für Würste. Die samtigen Pflanzen sind Salbei, dort wächst Anis und Fenchel. Daraus bereiten die Frauen Tee. Das würzig riechende Kraut mit den vielen Verzweigungen und den kleinen spitzen Blättern ist Thymian. Er wird als Würzmittel und als Tee bei Erkältungskrankheiten verwendet. Bei den daneben stehenden Pflanzen handelt es sich um Bohnenkraut. Hier haben wir Lavendel. Er wird als Würzmittel für Speisen verwendet. Aus ihm wird durch Destillation Lavendelöl hergestellt. Dieses wird als Duftstoff und als Medizin verwendet. Die frischen Zweige werden auch in Olivenöl eingelegt. und so Würzöl hergestellt. Dort vorne wächst Petersilie. Er dient als Würzkraut. Die Frauen verwenden den Sud gegen ungewollte Schwangerschaft.«

Sextus bedankte sich für die Auskunft und fragte seinen Begleiter, woher er so umfangreiche Kenntnisse habe

Er antwortete: »Sextus, meine Mutter ist Hebamme und Kräuterfrau. Sie sammelt die Wildkräuter, trocknet und verkauft sie auf dem Markt in Avarium.

Dank seiner Begleitung und des königlichen Begleitbriefes wurde Sextus in der ersten größeren Ansiedlung freundlich empfangen und der Ortsvorsteher gab ihm bereitwillig auf seine Fragen Auskunft.

Sextus stellte erst einmal die Anzahl der Familien, der Männer, Frauen und Kinder im Ort fest, dann die Fläche der bewirtschafteten Felder, Wiesen und Wälder. Er fragte, wie viel Kilo Getreide die jährliche Ernte im Durchschnitt einbringt, und ob sonstige handwerkliche Betriebe, wie Schmiede, Goldschmiede, Wagner, ansässig seien. Er vermerkte den Viehbestand an Pferden, Kühen, Schafen, Ziegen Gänsen, Hühnern und besichtigte die verwendeten landwirtschaftlichen Geräte. Auch fertigte er eine Karte an, trug dort die Namen der einzelnen Ortschaften, die Wegstrecke nach Tagesritten und die landschaftlichen Besonderheiten ein. Der Ortsvorsteher zeigte ihm die Richtung in der die einzelnen Ortschaften lagen, nannte deren Namen, gab die Rittlänge an und deren wirtschaftliche Leistungsfähigkeit.

Am zweiten Tag tauchte links voraus der markante Kegel eines erloschenen Vulkans auf. Er sollte für die nächsten Tage die maßgebliche Landmarke werden.

Bei jeder Rast befragte Sextus die Einwohner und die Dorfvorsteher nach den örtlichen Gegebenheiten und vervollständigte nach deren Angaben seine Karte und schrieb seine Erkenntnisse auf.

In den folgenden Tagen sahen sie immer mehr mittelhohe Berge in der Hochebene zu ihrer linken Seite. Die Einwohner des Gebietes betrieben vorwiegend Landwirtschaft zur Selbstversorgung. Nur wenige Kaufleute benutzten die Karrenwege und handelten mit den erzeugten Waren.

Mello meinte: »Jedes Dorf, in das wir kommen, versorgt sich selbst und kapselt sich gegen die Nachbardörfer ab. Das ist eine ungute Angelegenheit. Wie sollen sich da Erkenntnisse verbreiten.«

Im nächsten größeren Dorf, dem Marktflecken Vixis, war gerade Gerichtstag. Der Druide Fearchar war der Vorsitzende des Gerichts. Als Beisitzer dienten Druidennovizen. Fearchar war ein 40-jähriger stattlicher Druide, der in eine weiße Robe gehüllt war und als Zeichen seiner Macht einen geschnitzten Druidenstab mit sich führte.

Der Dorfvorsteher unterbreitete ihm im Beisein der Kontrahenten die einzelnen Rechtsfälle wie folgt:

»Der Bauer Sileas beschuldigt seinen Nachbarn, den Bauern Seonag, seine zwei Milchkühe verzaubert zu haben, so das deren Milch versiegt sei. Sileas will deshalb eine Entschädigung von zwei Silberstücken pro Kuh.«

Der Druide überlegte kurz und fragte: »Wer hat ihm denn geholfen, den Zauber auf die Kühe herab zu beschwören?«

»Ich habe gehört, wie er die Göttin Ana laut gebeten hat, die Milch der Kühe versiegen zu lassen,« vermerkte Sileas.

»Schweig Elender, die Göttin Ana ist die Göttin der Fruchtbarkeit und keine Göttin des Bösen. Du hast Dir nur dieses Märchen ausgedacht, um Deinem Nachbarn zu schaden und um Silberstücke zu kassieren. Ich bestimme, dass Du Deinem Nachbarn Seonag ein Silberstück als Buße für Deine üble Nachrede auszahlst!« verfügte der Druide.

Der Ortsvorsteher trug weiter vor :

»Der Silberschmied Ailean hat dem Ritter Niall einen reich verzierten Schild gefertigt. Der Schild liegt hier vor. Ausgemacht war ein Preis von zehn Silberstücken. Der Ritter hat aber nur acht Silberstücke gezahlt. Ailean klagt auf Zahlung des restlichen Betrages. Niall weigert sich mit der Begründung, dass die Arbeit schlecht ausgeführt worden sei.«

Der Druide ließ sich den Schild zeigen. Er meinte, dass es sich um eine wunderschöne Arbeit handeln würde, die zumindest zehn Silberstücke wert sei. In die Vorderfront des Schildes waren Silberfäden eingehämmert, die das Abbild eines Pferdekopfes ergaben. Er entschied:

»Ich erwerbe den Schild als Weihegabe für den Tempel und zahle dafür elf Silberstücke, die ich Ailean auszahle. Dieser gibt dem Ritter die acht empfangenen Silberstücke zurück.«

Der Bürgermeister trug den nächsten Fall vor :

»Die Tochter des Schafhalters Coineach wurde von dem Ritter und Vasallen Ruairid verführt und geschwängert. Der gemeinsame Sohn ist nun schon ein Jahr alt. Der Ritter will an die Schäfertochter keine Zahlung leisten, erkennt das Kind aber als seinen Sohn an.«

»Es geht nicht an, dass sich Väter ihrer Verantwortung für ihren Nachwuchs entziehen. Der Ritter wird verurteilt, ab Geburt des Kindes bis zu dessen 16. Lebensjahr jährlich im Voraus fünfzehn Silberstücke an die Mutter zu zahlen. Der Dorfvorsteher wird beauftragt, einen geeigneten Ehemann für die Schäfertochter zu finden. Durch die Zahlungen des Ritters ist sie ja jetzt eine gute Partie geworden.«

Der Ankläger trug weiter vor :

»Der Ritter Nemota hat den Tagelöhner Sucel beim Wildern in seinem Wald erwischt, ihn gezüchtigt und mit seinem Schwert malträtiert. Sucel hat sich von der Bestrafung nicht erholt und liegt krank in seiner Hütte. Seine Frau pflegt ihn. Sie ist auf die Hilfe der Dorfgemeinschaft angewiesen. Deshalb fordert sie von Nemota eine Entschädigung.«

»Dass der Ritter Sucel bestraft hat, war richtig. Dass er ihn aber krank geschlagen hat, war Unrecht. Ich verurteile ihn zu einem Schmerzensgeld von zwanzig Silberstücken und einer jährlichen Unterhaltszahlung von zehn Silberstücken auf fünf Jahre. Der Betrag von dreißig Silberstücken ist sofort in seiner Gesamtheit zu entrichten, die weitere jährliche Zahlung erstmals wieder im Mittsommer des kommenden Jahres.«

Sextus freute sich über die schnelle und weise Urteilsfindung des Druiden. Er fragte seinen Begleiter Mello: »Sage mir, haben die Druiden so viel Macht, dass sie allein Urteile verkünden, und werden diese Entscheidungen auch befolgt?«

»Die Druiden haben neben dem König und dem Adel die Macht im ganzen Land. Es traut sich niemand das Urteil eines Druiden anzuzweifeln. Die Verurteilten werden das Urteil akzeptieren. Sogar der Dorfvorsteher wird sich emsig bemühen, einen Ehemann für des Schäfers Tochter zu finden.«

Nach Ende des Gerichtstages begab sich Sextus zum Druiden Fearchar. Er stellte sich als Sextus Leptonius, 1. Centurio der VII. Legion aus Narbo, Gesandter am Hof des Königs Cemuntis, vor. Der Druide musterte ihn lange und sagte dann: »Ich weiß nicht wer Du bist, vielleicht ein griechischer/narbonensischer Kaufmann aus Massalia. Ein Römer bist Du auf keinen Fall und ein Legionsoffizier schon gar nicht. Ebenso kein römischer Gesandter. Deine Kleidung ist gallisch, Deine Haartracht und Dein Bart ebenso. Außerdem sprichst Du gallisch wie ein Angehöriger des hiesigen Hochadels. Ein Römer könnte nie die gallische Sprache so gut beherrschen. Nach meinem Dafürhalten bist Du ein Adliger aus der Umgebung des Königshofes. Also sage mir, wer Du wirklich bist!«

»Ich versichere Dir, ich bin ein römischer Offizier. Hier sehe, dies ist mein Begleitschreiben, ausgestellt von König Cemuntis.« Er übergab dem Druiden das mit Siegeln versehene Schreiben. Diese studierte es lange und sagte: »Es fällt mir schwer zu glauben, dass Du ein Römer bist, aber das Begleitschreiben ist keine Fälschung, und so muss ich die Tatsachen akzeptieren. Also sage mir, was Dein Begehr ist.«

»Druide Fearchar, vom König habe ich den Auftrag, ganz Arvernien zu erkunden, die Wirtschaftsleistung des Landes festzustellen und eine ungefähre Landkarte zu erstellen. Ich wäre Dir sehr verbunden, wenn Du mir bei dieser Aufgabe helfen könntest«

»Unser König regiert in diesem Lande gerecht und wir Druiden helfen ihm dabei. Ich lade Dich und Dein Gefolge ein, mit mir zu unserem Anwesen zu reiten. Dort werde ich Dir helfen, Deine Unterlagen zu vervollkommnen.«

Sextus nahm das Anerbieten wahr. Am späten Abend erreichten sie den heiligen Ort, ein Naturdenkmal, das in einer großen Lichtung in einem ausgedehnten Waldgebiet stand. Unweit davon stand eine klosterähnliche Anlage mit Unterkünften und landwirtschaftlichen Einrichtungen. Fearchar wies ihnen Unterkünfte zu, und nach einem kleinen Imbiss begaben sich alle zur Ruhe.

Am nächsten Tag breitete Sextus seine provisorische Karte vor dem Druiden Fearchar aus.

Gemeinsam überzogen sie die Karte mit einem Gitternetz von hauchdünnen Linien, jeweils mit einem Abstand von einem Tagesritt und unterteilten diese wieder in Vierteltagesritte. Dann zeichneten sie die ihnen bekannten markanten Landmarken in die Karte ein. Sie trugen die Punkte für Sonnenaufgang und Untergang in die Karte ein.

Sextus dachte: »Dies wäre eine schöne Aufgabe für unsere Landvermesser, eine maßstabsgerechte Karte zu erstellen und mittels der Groma (Vermessungsgerät aus Lot und Visierkreuz) die Lage der Orte, Flüsse, Landmarken und Berge zu bestimmen.«

Der Gerichtsbezirk des Fearchar umfasste ein Gebiet von siebzig Kilometern rund um den Verwaltungsbau. Innerhalb dieses Gebietes konnte er genau die Entfernungen und die Lage der einzelnen Orte und die Landschaftsformationen bestimmen.

Sextus blieb einige Tage zu Gast in der Druidengemeinschaft. Er bewunderte die kunstvoll geschnitzten Druidenstäbe und die gut ausgeschmiedeten kultischen goldenen Sicheln. Er fragte: »Fearchar, zu was werden diese Sicheln verwendet?«

»Ja also, wir schreiben der Mistel, einer Heilpflanze, magische Kräfte zu. Sie wächst auf Bäumen und ernährt sich auch von den Säften des Baumes. Geerntet wird die Pflanze in den Wintermonaten. Sie darf bei der Ernte nicht mit unreinen Materialien in Berührung kommen. Deshalb nehmen wir zum Abschneiden goldene Sicheln. Dabei darf die Mistel nicht zu Boden fallen. Denn dadurch würde sie ihre magische Wirkung verlieren.

Wir heilen mit den Misteln schwerkranke Menschen, indem wir ihnen die Mistelzweige auf den Körper legen und mit Beschwörungsformeln die Götter anrufen.«

»Ich habe diesen Namen noch nie gehört. Kann man sie auch essen?«

»Vielleicht kann man sie auch essen. Wir trocknen sie und bereiten aus ihr einen Heiltee. Er ist unter anderem gut gegen Kopfschmerzen, eitrige Wunden, Schwindelgefühle und Rheuma.

Wir nennen die Pflanze Mistel. Sie hat viele Namen. Woanders wird sie auch Albranke, Hexennest, Immergrün und Heil aller Schäden, genannt.«

»Der Name - Heil aller Schäden - gefällt mir sehr gut. Man weiß dabei gleich, dass die Pflanze für alle Leiden verwendet werden kann.

Bei uns in Italien wächst diese Pflanze nicht. Allerdings habe ich den Namen Immergrün schon gehört.«

Sextus bedankte sich für die Auskunft und unternahm mit Fearchar einen Ausritt. Am Ufer eines Flusses wies ihn der Druide auf eine große Weide hin: »Siehe Sextus, dort dicht unterhalb der Weidenspitze bildet sich gerade eine Mistel aus. Wenn Du genau hinschaust, siehst Du im Laub der Weide ein kleines kugelähnliches Gebilde, das eine andere Grünfärbung hat. Dies ist eine junge Mistel. Sie wird bis zum Herbst noch ungefähr zehnmal so groß wie jetzt.«

Nach langem Suchen erkannte Sextus die Pflanze.

Fearchar klärte Sextus noch über den Druidenstand auf. Er trug vor: »Wir Druiden sind der zweite Stand im arvernischen Gebiet. Über uns steht nur der König mit seinem engsten Gefolge und seinen höchsten Vasallen. Wir sind als Berater, Richter und Heiler tätig. Wir vermitteln zwischen den Göttern und der Bevölkerung. Zu den einzelnen Druidenniederlassungen gehört großer Landbesitz. Durch den Verkauf von Ernteerzeugnissen bestreiten wir unseren Lebensunterhalt.

Den nicht verkäuflichen Ernteüberschuss lagern wir in unseren Silos. Sie sind schon seit Jahren zum Bersten gefüllt und wir erweitern sie jährlich. Wir haben schon die Anzahl unserer Schweine vermehrt und füttern sie mit Gerste. Das Schweinefleisch räuchern wir und verkaufen es in größeren Dörfern in der Umgebung.

Jede unserer Niederlassungen bildet Druidennovizen aus. Es werden aber nur Novizen aufgenommen, die eine Prüfung in Allgemeinwissen bestehen und eine friedfertige Einstellung haben.«

Reich an neuem Wissen verabschiedete sich Sextus nach mehreren Tagen von Fearchar und dankte ihm für seine Mithilfe. Er versprach, ihn lobend beim König zu erwähnen. Fearchar dankte dafür und sprach: »Der Segen des Teutates sei mir Dir auf Deiner weiteren Reise und Deinem weiteren Leben. Besuche mich, wenn Du wieder in diese Gegend kommst, römischer Gallier.«

Sextus setzte seine Reise fort und ergänzte seine Aufzeichnungen. Nach mehreren Tagen gelangte er auf der Hochebene in die Stadt Avarium. Es war dies eine volkreiche Arvernerstadt. Sie lag das Gebiet beherrschend auf einem kleinen Hügel und war stark befestigt. Er suchte dort den Stadtvorsteher Cernonus auf und legte seine Beglaubigungsschreiben vor. Dieser lachte und sagte: »Da will uns der König einen schönen Streich spielen und gibt Dich als Römer aus. Nach Deiner Sprache und Deinem Aussehen bist Du ein Adeliger aus dem Westen des arvernischen Gebietes. Sei aber auf jeden Fall willkommen. Meine Berater und ich werden Dich nach Kräften unterstützen.«

Sextus besichtigte die Stadt und fand sie gut befestigt. Die Mauern und auch die Häuser waren aus dunkelgrauem bis schwarzem, gelegentlich bläulich schimmerndem Basaltstein errichtet. Man nannte Avarium deshalb auch »schwarze Stadt.« Die Mauern standen am Rande von natürlichen Steilabhängen. Sie waren durchschnittlich zwei Meter dick und sieben Meter hoch« Er dachte: >Mit einer Besatzung von ungefähr viertausend Mann und ausreichend Proviant, kann diese Stadt sich bei einer Belagerung bestimmt ein Jahr halten. Mit einem Sturmangriff oder Belagerungsgerät ist ihr nicht beizukommen.<

Er setzte sich mit den Beratern des Cemonus zusammen, vervollständigte seine Landkarte und schrieb sich die Einwohnerzahl und die wirtschaftliche Leistungsfähigkeit auf. Er erkannte, dass die Getreideernte Jahr für Jahr gerade ausreichte, um die Bevölkerung zu ernähren. Eine Vorratshaltung war nicht vorhanden. Im Spätsommer, bevor die Ernte eingebracht wurde, hungerte jedes Jahr die ärmere Bevölkerung.

Die Stadt war eine Hochburg der Waffen-, Gold- und Silberschmiede. Auch zahlreiche Gerber, Wagenbauer, Bäcker, Fasshersteller und Hufschmiede waren ansässig. Cemonus zeigte stolz von den Schmieden gefertigte Gold- und Silberarbeiten vor. Er erklärte, dass im Norden von Avarium Silbererz und Golderz im Gebirge gewonnen würden. Die Schmiede hätten eine Extragottheit, zu der sie beteten. Es sei der Gott Goibniu. Er bewirke, dass die Waffen und die Schmuckstücke in höchster Qualität und Schönheit gefertigt wurden.

Sextus schlug ihm vor, Verbindung mit dem Druidenniederlassung sechs Tagesritte im Südosten der Stadt aufzunehmen und dort Schmuckstücke gegen Gerste zu tauschen. Cemonus war über diese Information hoch erfreut, beseitigte sie doch die bestehenden Ernährungsprobleme.

In der Stadt besichtigte Sextus auch die Werkstatt eines Fassschreiners. Er schaute zu, wie dieser Eichenbretter zurichtete, im Kreis aneinanderfügte, mit Eisenringen versah und oben und unten Holzböden einsetzte. Die so entstandenen Fässer verkaufte er an Bierbrauer.

Nachdem er alles Wissenswerte festgehalten hatte, reiste Sextus weiter. Delano Nemos wies ihnen den Weg zu dem Dörfchen Nuadan. Dort besuchten sie die Mutter des Delano, Alaina Nemos. Sie fanden sie in einer großen aus Bruchsteinen und Holzstämmen errichteten Hütte etwas abseits des Dorfes Nuadan. Alaina freute sich, ihren Sohn wieder zu sehen und begrüßte ihn und seine Begleiter recht herzlich.

Sextus fragte: »Mutter Nemos, Dein Sohn hat mir berichtet, dass Du Heilkräuter sammelst und diese in Avarium verkaufst?«

»Ja, das stimmt, siehe hier in dem Nebenraum habe ich mein Vorratslager. Ich sammle und trockne die Kräuter und verkaufe sie auf dem Markt in der Stadt. Manchmal liefere ich auch frische Kräuter, oder schneide sie klein und verkaufe sie als Tee.«

Sextus schaute in das wohlgefüllte Vorratslager und sah massenweise verschiedene Kräuter in Büscheln von der Balkendecke hängen und im Raum Truhen und Amphoren mit feingehackten Kräutern stehen. Er bat Alaina, ihm die einzelnen Kräuter und ihre Wirkungsweise zu erklären und versprach ihr, sie dafür zu entschädigen.

Alina nannte ihm die gallischen Namen der einzelnen Heilkräuter, ihre Wirkungsweise, die verschiedenen Anwendungsgebiete, die Art der Zubereitung und die Dosierung.

Er blieb mehrere Tage bei Alaina und schrieb deren gesamtes Wissen in lateinischer Schrift auf Pergament. Er fragte sie: »Alaina, könntest Du mir Deinen gesamten Vorrat verkaufen und weiterhin für mich Heilkräuter pflücken und trocknen?«

»Natürlich, wenn Du mir einen guten Preis machst.«

»Du wirst zufrieden sein.«

Er schickte ihren Sohn nach Avarium mit dem Auftrag, einen zuverlässigen Kaufmann zu finden, der die Kräuter nach Narbo zu seiner Bekannten Camilla Herrenius bringen könnte und wies Alaina an, die Kräuter zu bündeln und zu pressen. Er zahlte ihr für die Unterrichtung einen Betrag von fünfzig Sesterzen und für die Kräuter einen von achthundert Sesterzen in Silberstücken. Auch den Kaufmann bezahlte er.

Sextus forderte von dem Bürgermeister Cemonus den besten Zeichner der Stadt Avarium an. Er wies diesen an, die einzelnen Heil- und Gewürzpflanzen genau zu zeichnen, sich die Namen einzuprägen und ihm die Zeichnungen nach Gergovia zu bringen.

Alaina freute sich übermäßig. Hätte sie doch beim zeitaufwändigen Verkauf der Kräuter in Avarium nur die Hälfte dieses Betrages erlöst.

Sextus setzte seine Erkundungsreise fort, suchte im Norden von Arvernien die Gebirgstäler auf und besichtigte im Westen Bergwerke und Goldwaschanlagen. Dann kehrte er mit reichem neuem Wissen nach Gergovia zurück.

Er wurde von der königlichen Familie herzlich empfangen, besonders die Königin schaute ihn verliebt mit großen glänzenden Augen an.

König Cemuntis fragte: »Wie ist es Dir ergangen? Hat Dir mein Empfehlungs-schreiben Tür und Tor geöffnet?«

»Ja das schon, aber Du hättest besser den Namen eines Galliers in Deinen Erlass eintragen sollen. Niemand hat mir geglaubt, dass ich ein Römer bin. Aber ansonsten habe ich alles Wissenswerte in Deinem Stammesgebiet erfasst und dokumentiert.

»Bist Du überall gut bewirtet worden und bist Du gesund und unverletzt?« fragte Königin Cerva.

»Ja, es geht mir gut und ich brauche nur einen langen ausdauernden Schlaf, um mich erholen zu können.« Sextus gab damit der Königin zu verstehen, dass sie ihn am Abend nicht besuchen solle.

Einen Tag später kam der Zeichner aus Avarium und brachte eine Vielzahl von farbigen Bildern mit, auf denen die einzelnen Heil- und Gewürzkräuter aufgezeichnet und bemalt waren. Sextus war hoch erfreut und fragte den Zeichner, was er ihm schulde. Dieser antwortete: »Centurio, ich bin zehn Tage an den Zeichnungen gesessen und habe meinen Pergamentvorrat verbraucht. Gib mir für das Material bitte fünfzig und für meine Arbeit einhundert Sesterzen. Sextus besah sich die Arbeiten und war beeindruckt von der Genauigkeit der Zeichnungen. Er ließ sich die gallischen Namen der Pflanzen sagen und schrieb diese in Latein neben die Pflanze. Er gab dem Zeichner zweihundert Sesterzen, und dieser verabschiedete sich dankbar und schnell. Er hatte wohl Angst, dass der Betrag wieder zurückgefordert werden könnte.

In den folgenden Tagen werteten Sextus, die Berater des Königs und die königliche Familie die von Sextus mitgebrachten Aufzeichnungen aus. Der König war ganz begeistert von der Karte und meinte: »So groß habe ich mir mein Stammeskönigtum gar nicht vorgestellt. Jetzt kann ich ja berechnen, wie viel Tagesritte ich zu den einzelnen Orten, zu den Grenzen des Gebietes und zu dem südlichen und dem nördlichen Gebirge zurückzulegen habe. Das werden wir gleich bei unserer Reise nach Santonien ausprobieren. Ceridwen dort hinten wird unsere Tochter Mesani im nächsten Monat dort heiraten. Du bist herzlich eingeladen, uns zu begleiten.«

Sextus nahm die Einladung mit Dank an. Er fragte: »König, sind die Ausbilder schon eingetroffen?«

»Ach ja, das hätte ich beinahe vergessen. Dreißig Legionäre sind vorgestern angekommen. Sei doch bitte so gut und weise sie in ihre Aufgaben ein.«

35

Aufenthalt in Santonien

Am nächsten Abend kam die Königin wieder in sein Gemach. Sie sprach: »Sextus, ich habe mich so nach Dir gesehnt. Hättest Du Deine Reise nicht abkürzen können? Jeden Abend bin ich wach gelegen und habe mich nach Dir verzehrt. Ich habe an Dich gedacht und mich selbst gestreichelt, nur damit ich mich dabei entspannen konnte. So und jetzt komm zu mir und sei zärtlich. Ich hoffe Du warst mir treu und hast keine andere Frau angeschaut.«

»Werte Königin, manchmal muss man das Vergnügen hinter die Pflicht stellen. Ich konnte die Reise nicht abkürzen. Ich habe aber jeden Tag an Dich gedacht und war Dir treu.«

Die Königin besuchte ihn jeden Abend bis zur Abreise nach Santonien und sie waren zärtlich zu einander . Es war fast so, als ob sie verheiratet wären.

Sextus hatte zwischenzeitlich die Legionäre aufgesucht. Er sprach den 1. Centurio der 6. Centurie, Appius Galla, den er persönlich kannte, mit Salve an, schüttelte ihm die Hand und umarmte ihn. Dieser stieß ihn weg und schimpfte: »Ich lasse mich doch nicht von einem Gallier umarmen. Dieses Recht hat nur ein Gleichrangiger. Du tust ja gerade so, als ob wir uns kennen würden.«

»Aber Appius, natürlich kennen wir uns. Ich bin Sextus Leptonius, 1. Centurio +, vom Stab des Statthalters und Gesandter Roms in Arvernien. Ich habe veranlasst, dass ihr als Ausbilder nach Arvernien kommt.«

Appius schaute ihn lange an und sagte: »Sextus, ja jetzt erkenne ich Dich. Dein Bart, Deine Haartracht und Deine Kleidung haben Dich total verändert. Ich hätte schwören können, dass Du ein Gallier bist. Kameraden, kommt doch alle hierher und begrüßt Sextus Leptonius.«

Sextus fragte: »Wie sieht es aus, sind alle gut untergebracht und habt ihr genug Verpflegung?«

Appius entgegnete: »Ja wir sind gut untergebracht, auch die Verpflegung ist reichlich. Unsere Sesterzen werden von den Gastwirten gerne genommen. Die jungen Mädchen der Stadt sind uns zugetan. Leider gibt es keinen Wein zu kaufen. An den Geschmack von Bier muss man sich erst gewöhnen.«

»Ich werde für Euch Wein aus Massalia kommen lassen und werde Euch den Aufenthalt so angenehm wie möglich machen. Doch jetzt zu Euren Aufgaben! Der Gefolgsmann des Königs, Kevin Abbner, wird Dich morgen aufsuchen und mit Dir die Ausbildung besprechen. Er führt Euch sechshundert gallische Infanteriekrieger zu. Diese bildet ihr in der Kampfesweise der römischen Infanterie aus. Ihr habt dafür sechs Monate Zeit. Unterweist sie auch in der Errichtung eines Lagers und errichtet ein solches in der Ebene. Wenn ihr wollt, könnt Ihr Euch feste Unterkünfte bauen und im Lager wohnen. Euren Sold bekommt ihr von Kevin Abbner vorweg monatlich in Silbermünzen ausgezahlt. Wenn Ihr Beschwerden habt, wendet Euch an mich. Allerdings reise ich zu einer Feierlichkeit für ungefähr einen Monat nach Santonien.«

Nachdem seine Haar- und Barttracht und seine Beinkleider ausgiebig bewundert worden waren, verabschiedete er sich von den Legionären.

Er begab sich in sein Gemach und fertigte einen Bericht an den Statthalter Bestia. Darin schilderte er seine Reise, wies auf die landschaftlichen Besonderheiten hin, erwähnte, dass die größeren Orte und Städte nur mangelhaft mit Getreide versorgt werden könnten, dass nur geringe Viehzucht, bis auf Ziegenherden in der Hochebene, betrieben wird und lediglich gute Waffen und feiner Silber/Goldschmuck gefertigt würden.

Er teilte mit, dass die Tochter des Königs den Königssohn Ceridwen aus Santonien heiraten und dass diese beiden Länder vermutlich eine gemeinsame Außenpolitik betreiben würden.

Anschließend schrieb er Camilla Herrenius, dass sie die anzuliefernden Würz- und Heilkräuter trocken einlagern solle. Er beauftragte Aser einen tüchtigen Kräuterkundigen einzustellen, einen Verkaufsraum in einer Sextus gehörenden Insula einzurichten und die Kräuter in kleinen Portionen zu verkaufen. Ferner schrieb er an den Verwaltungsbeamten der Stadt Massalia und bat ihn durch einen Kaufmann einen Karren Weinamphoren mit Wein aus Kampanien nach Gergovia zu den dortigen Legionären zu senden und sagte die Bezahlung der Rechnung zu. Diese sollte nach Narbo zur Ersten Römischen Bank gesandt werden.

Am 20. September 110 v.Chr. brach der Hochzeitszug nach Santonien auf. Die Gesellschaft bestand aus der Königsfamilie und ihren Verwandten, den obersten Vasallen und ihren Familien, dem ältesten Druiden, Sextus und fünfhundert Gefolgsleuten als Begleitschutz. Insgesamt tausend Personen ritten oder fuhren in Wagen auf der Kiesstraße westwärts. Dazu kamen noch einige Wagen mit Ausrüstungsgegenständen und das Hochzeitsgut der Braut. Diese saß auf dem Wagenbrett eines Hochzeitswagens neben ihrem Bräutigam und sinnierte vor sich hin. Sie dachte:

>Wenn ich schon aus politischen Gründen heiraten muss, hätten mir meine Eltern doch einen stattlicheren Mann aussuchen können und nicht diesen pickeligen unscheinbaren 17-jährigen Jüngling. Wie viel lieber wäre ich zu Hause geblieben, hätte mit meiner Mutter unsere Güter bewirtschaftet und auf dem Rücken meines Pferdes die Gegend erkundet. Stattdessen muss ich hier neben Ceridwen auf dem Wagen sitzen. Seine Anwesenheit bereitet mir Unbehagen. Ach könnte ich nur so einen stattlichen und liebenswerten Mann wie Sextus heiraten. Doch dieser hat kein Auge für mich. Meine Mutter legt ihn voll in Beschlag. Es sei ihr aber gegönnt, nachdem mein Vater sich nach jungen Gespielinnen umsieht.

Wie werden mich meine Schwiegereltern aufnehmen? Bei Dagda, dem Allvater unserer Götter, wenigstens haben mir meine Eltern zwei Sklavinnen als Dienerinnen mitgegeben, damit ich nicht nur von fremden Gesichtern umgeben bin.<

Laut aber sagte sie zu Ceridwen: »Ich freue mich schon auf ein Leben mit Dir, auf meine neue Heimat und auf die Hochzeitsnacht. Hoffentlich werden wir bald Kinder bekommen.«

Ceridwen wurde rot vor lauter Verlegenheit und stotterte: »Ich freue mich auch, aber ich weiß nicht, wie man zu Kindern kommt.«

Mesani entgegnete lachend: »Die praktische Erfahrung habe ich auch noch nicht gemacht, aber ich weiß wie es geht. Ich habe andere

Paare schon öfters beim Liebesspiel belauscht und auch gesehen, wie der Stier über die Kuh und der Eber über die Sau herfällt. Ich werde es Dir schon beibringen.«

Die Tage vergingen mit gemütlichem Reisen. Abends wurden die Wagen zu einem Ring zusammen gefahren und in deren Mitte ein Lagerfeuer errichtet. Die Köche und die Frauen bereiteten jeden Abend einen Eintopf mit Wild, das die Jäger im Laufe des Tages erlegt hatten. Auch Sextus besann sich wieder auf seine Fertigkeiten und erlegte mit seiner Schleuder täglich einiges Wildbret. Tagsüber ernährte sich die Gesellschaft mit getrocknetem Brot und Bier.

Sextus hatte sich ein kleines Zelt mitgenommen und baute dies jeweils am Rande des Lagers auf. Schon in der ersten Nacht kroch Königin Cerva in sein Zelt und legte sich zu ihm. Sie klagte: » Sextus, ich vertrage das Reisen auf diesem Wagen nicht. Mein ganzer Körper ist verspannt und mein Hintern tut mir weh. Bitte massiere mich doch, besonders am Rücken und den Schultern.« Sie zog sich nackt aus und legte sich auf den Bauch. Sextus massierte ihren Nacken, ihren Rücken und den Po. Cerva stöhnte: »Das tut richtig gut, bitte höre nicht auf.« Sextus knetete mit großem Eifer die gesamte Rückenpartie bis zu den Oberschenkeln. Dabei streichelte er auch über ihren After und ihr Geschlecht. Er wurde mit einem wollüstigen Stöhnen belohnt. Er merkte, dass Cerva ganz feucht zwischen den Beinen war. Da er durch den Kontakt mit ihrem Körper sexuell erregt worden war, zog er sich schnell aus und drang von hinten in sie ein. Cerva quittierte dies mit einem Aufschrei, dem rasch andauernde tiefe Stöhnlaute folgten. Beide kamen sehr schnell und gleichzeitig zu einem Orgasmus. Cerva bedankte sich bei Sextus: »So schön war es ja seit langem nicht mehr. Mit Deinen Händen hast Du mich von außen und Deinem Glied von innen geheilt. Hoffentlich vertrage ich die Wagenfahrt morgen besser.

Eigentlich wollte ich, als ich kam, keinen Sex mit Dir haben. Ich brauche Deine Hilfe.«

»Liebe Cerva, wenn ich kann, werde ich Dich immer unterstützen. Erzähle mir, was Dich bedrückt.«

» Wir möchten, dass unsere Tochter in Santonien nicht mittellos dasteht, auf die Gaben ihrer Schwiegereltern und das Wohlwollen ihres

Ehemannes angewiesen ist. Wir haben ihr aus unserer Schatzkammer reichlich Geschmeide mitgegeben. Sie hat aber fast keine Münzen, um sich etwas zu kaufen und ich glaube nicht, dass es in Tolosa einen Markt für Schmuck gibt.

Könntest Du es organisieren, dass ein ehrlicher Juwelier sie aufsucht und einen Teil ihres Schmuckes in Bargeld umtauscht?«

»Liebe Cerva, ich werde sofort von Tolosa (Toulouse) aus nach Narbo schreiben und die Sache in die Wege leiten!

Nach ihrer Ankunft in Tolosa wurde die Königsfamilie mit ihrem Anhang in einem Gästehaus untergebracht. Auch Sextus erhielt ein Einzelzimmer.

Sextus schaute sich die Stadt an und machte Rast in einer Kneipe. Er wurde sofort als Fremder, jedoch nicht als Römer, erkannt und von den Gästen nach Neuigkeiten ausgequetscht. Der Gastwirt erklärte: »Nimm es ihnen nicht übel, Fremder. Sie sind ganz versessen auf Neuigkeiten und werden Dich erst wieder gehen lassen, wenn Du alles was Du an Klatsch weißt, erzählt hast. Also berichte ihnen bitte, was Du erlebt hast.« Seine hübsche Frau unterstützte ihn bei dieser Bitte.

Sextus nahm die Herausforderung an und fabulierte: »Ich komme als Kaufmann in diese Stadt um zu sehen, ob sich hier Geschäfte lohnen. Abgereist bin von den Säulen des Herakles im Süden von Hispanien. Dort ist das Meer so eng, dass man fast einen Stein nach Africa hinüber werfen kann. Weiter nordwärts befindet sich das Land Lusitanien. Dort leben Menschenfresser, die jeden Reisenden jagen und ihn auffressen. Man entkommt ihnen nur, wenn man schneller läuft oder reitet als sie. Kommen keine Reisende in das Land überfallen sie sich gegenseitig und fressen sich auf. Manche Menschenfresserstämme machen auch Gefangene. Diese mästen sie und verzehren sie dann. Ich bin mit meinen Waren und meiner Eskorte schnell durch dieses Gebiet gereist. Weit im Norden von Lusitanien schuften Sklaven in großen Goldbergwerken. Es wird so viel Gold gefördert, dass die Fassaden der Häuser mit Goldplatten verkleidet sind und die Straßen damit gepflastert werden. Nachts werden in diesen Städten Fackeln entzündet. Das Licht dieser Fackeln spiegelt sich in den Goldplatten der Häuser und Straßen, so dass es hell wie am Tage ist.

Zwischen eurem Land und Hispanien befindet sich ein großes Gebirge mit vielen Waldgebieten. Dort leben seltsame Tiere. Sie sind so groß wie Hirsche, haben aber einen langen Schwanz mit einer Stachelkugel daran. Wenn ihnen ein Feind zu nahe kommt, drehen sie sich um und schwenken den Schwanz hin und her, so dass sich jeder hütet, ihnen näher zu kommen. Mit dem Schwanz schlagen sie kleine Äste von Bäumen ab und fressen die Zweige und das Laub.

Auf der gallischen Seite des Gebirges lebt noch eine besondere Tierart. Sie sehen aus wie kleine Rehe, haben aber eine spitze Schnauze, fünf Beine und zwei Arme. Wenn sie laufen, sieht das sehr ulkig aus. Sie ernähren sich von Gras, Eicheln, Regenwürmern und Insekten.»

Einer der Gäste fragte: »Kaufmann, sind Deine Geschichten auch alle wahr?«

»Ich schwöre auf meine Ehre als Gallier, Kaufmann und arvernischer Edeling, dass alle meine Geschichten wahr sind und ich in keinem Fall gelogen, oder übertrieben habe.«

Der Wirt meinte: »Wir alle glauben Deinen Geschichten, da Du ja deren Wahrheitsgehalt beschworen hast. Meine Gäste werden noch heute ihren Frauen berichten, was sie alles erfahren haben und diese werden es weiter erzählen. Morgen schon wird es sich in der ganzen Stadt herumgesprochen haben, welche Tiere es gibt und wie viel Gold die Einwohner von Städten jenseits des Gebirges besitzen.

So dieser Krug Bier hier geht auf Kosten des Hauses. Möge er Dir munden.« Der Wirt stellte einen Krug mit dunklem Bier auf den Tisch. Sextus stellte fest, dass dieses Bier viel würziger schmeckte, als das vorhergehende. Er fragte: »Wirt, dieses Bier schmeckt um so viel besser als das, dass ich vor diesem getrunken habe. Wie kommt dies?«

»Dieses Bier wird von meiner Frau gebraut. Sie ist eine exzellente Brauerin und würzt das Bier mit Kräutern und Honig. Wir verkaufen es in der Gaststätte und an die Einwohner dieser Stadt. Wir haben dadurch einen guten Verdienst. Wenn Du aber Näheres wissen willst, musst Du meine Frau Adia selbst fragen. Ich mische mich in ihre Brauerei nicht ein. Ich weiß aber nicht, ob sie Dich in ihre Braugeheimnisse einweiht.«

»Ja, ich würde gerne wissen, wie man gutes Bier herstellt. Falls Du nichts dagegen hast, komme ich morgen vorbei und unterhalte mich mit Deiner Frau.«

»Ja komme nur!«

Die Gastwirtin eine hübsche Dreißigjährige mit einer wohl gerundeten Figur, schaute gerade zur Türe herein. Sie lächelte Sextus an und meinte: »Du kannst ja einmal vorbeikommen. Wir werden uns schon handelseinig.«

Für den Abend hatte Sextus eine Einladung an die Tafel des santonischen Königs Cevas und seiner Ehefrau Sine im Saal des Palastes erhalten. Den Ehrenplatz erhielt das Brautpaar, und um dieses herum gruppierten sich die jeweiligen Eltern und die hohen Gefolgsleute. Ceridwen war von seiner Braut gebeten worden, über die Identität des Sextus vorerst zu schweigen und Cemuntis stellte ihn als römisch abstammenden Gallier mit dem Namen Sexa vor. Im Laufe des Abends pries ihn Cemuntis als exzellenten Märchenerzähler an.

König Cevas sprach ihn an: »Sexa, wir Gallier sind alle ganz verrückt nach Geschichten und Märchen. Bitte erzähle uns doch etwas.«

Sextus ließ sich nicht lange bitten. Er wartete eine Pause in dem Stimmengewirr ab und erhob dann laut seine Stimme: » Verehrtes Brautpaar, geehrte Königspaare, werte Damen und Gefolgsleute. Ich möchte Euch jetzt eine wahre Geschichte erzählen. Sie geht so: »In der römischen Hafenstadt Tarent löschte der reiche Kaufmann Aelus Popos, Eigner und Kapitän, seine Schiffsladung, bestehend aus numidischer Gerste, Weizen und geräuchertem Pferdefleisch. Außerdem hatte er eine Kiste mit afrikanischen Schmucksteinen mitgebracht. Alles verkaufte er gegen Silberdenare an die Stadtverwaltung in Tarent und erlöste eine ansehnliche Summe. Gleichzeitig nahm er neue Ladung auf.

Die Tarentiner sind griechischer Abstammung. Sie sind leichtlebig und spielsüchtig. Da die Einnahmen des Kaufmanns nicht unbemerkt geblieben waren, lud ihn eine Gruppe von spielsüchtigen Müßiggängern in eine Spielhalle am Hafen ein. Sie hatten vor, ihn zum Glücksspiel zu verleiten und ihm sein Geld abzunehmen. Zu diesem Zweck hatten sie schon präparierte Würfel bereit gelegt.

Der Kaufmann sagte zu und erschien mit zwei Leibsklaven in der Halle. Außerdem hatte er noch einen großen bunten Vogel mitgebracht, der glänzende Knopfaugen und einen Hakenschnabel besaß. Diesen setzte er auf eine Stange über den Spieltisch. Seine Mitspieler hatten so einen Vogel noch nie gesehen und fragten ihn, was dies für eine Vogelart sei.

Popos erklärte: »Dies ist ein Papagei aus den tiefsten Wäldern der Inselwelt von Indien. Er heißt Melus und kann lesen, rechnen und sprechen. Nur mit dem Schreiben tut er sich etwas schwer.« Er erntete aber nur ungläubige Kommentare: »Ein Vogel, der sprechen kann, das gibt es einfach nicht.« Einer seiner Mitspieler, ein reicher Nichtstuer mit dem Namen Eburnus, sagte: »Gib uns doch erst einmal eine Probe des Könnens Deines Vogels.«

Popos ließ sich nicht lange bitten. Er sprach: » Melus, wie viel ist zwei und zwei?« Der Papagei riss seinen Schnabel weit auf und antwortete mit krächzender Stimme: »Zwei und zwei ist vier.« Popos fragte weiter: » Melus, wie viel ist fünf und fünf?«

»Fünf und fünf ist zehn,« ertönte die Antwort. »Dann sage uns wie viel ist acht weniger vier?«

»Acht weniger vier ist vier.«

Eburnus fragte: »Kann ich dem Vogel auch eine Rechenaufgabe stellen?«

Popos antwortete: »Ja natürlich, soweit die Zahlen unter hundert bleiben.«

Eburnus fragte den Papagei: »Sage mir Melus, wie viel ist 63 weniger 14?« Der Papagei blieb stumm, schaute aber seinen Herrn an. Dieser bewegte ohne dass es die Anderen merkten seine Lippen. Der Papagei antwortete daraufhin: » 63 weniger 14 ist 49.«

Alle waren bass erstaunt.

Popos wandte sich erneut an Melus: »Sage mir, wie mein Schiff heißt und von wo aus wir nach Tarent gefahren sind: »Popos, Dein Schiff heißt wie ich Melus und wir sind von Karthago nach Tarent gefahren.«

Eburnus wollte dem Popos den Papagei sofort abkaufen und bot ihm eine Summe von zehntausend Sesterzen. Dieser lehnte das Angebot ab und beteuerte, dass der Vogel viel mehr wert sei.

Anschließend setzten sie sich zum Würfeln an den Tisch. Es wurden jeweils drei Würfel geworfen. Der Spieler mit der höchsten zusammengerechneten Zahl gewann. Vor der Runde legte jeder der vier Mitspieler einen festgelegten Einsatz auf den Tisch. Der Papagei schaute interessiert zu und krächzte die jeweiligen angezeigten Punkte laut in die Runde.

Eburnus hatte drei Würfel durch innenliegende Gewichte so manipuliert, dass beim Würfeln häufig die höchsten Zahlen angezeigt wurden. Wenn Popos zum Würfeln an die Reihe kam tauschte er geschickt die manipulierten Würfel gegen drei normale Würfel aus. Popos gewann zuerst und verlor dann stetig. Er merkte zwar dass falsch gespielt wurde, dachte sich aber, dass er die Tarentiner reinlegen würde. Als er seine mitgeführten fünftausend Sesterzen verspielt hatte, erklärte er, dass er kein Geld mehr habe und auf sein Schiff zurückkehren wolle. Eburnus dachte sich: »Wenn ich dem Popos jetzt ein hohes Angebot für seinen Papagei mache, nimmt er dies an und verspielt das Geld dann wieder. So haben wir sein Geld gewonnen und ich habe diesen seltenen Vogel erworben.«

Er sprach: »Popos halt, ich kaufe Dir den Papagei Melus für zwanzigtausend Sesterzen ab. Dann kannst Du weiterspielen.» Popos überlegte bewusst lange, dann ging er auf das Angebot des Eburnus ein, verlangte aber, dass der Betrag auf den Tisch gelegt werden müsse. Eburnus ließ von zu Hause durch einen Sklaven den fehlenden Betrag holen und die Spielerrunde nahm ihren Fortgang. Die Einsätze wurden immer höher und Popos verlor innerhalb einer Stunde weitere fünftausend Sesterzen und brach dann das Spiel mit der Bemerkung, dass er genug verloren hätte, ab. Eburnus ließ ihn ungern ziehen und dachte sich, dass er zumindest den Papagei billig erworben hatte. Er erkundigte sich noch, was dieser fressen würde und wie man ihn behandeln solle.

Popos erklärte: » Du musst ihn mit Nüssen füttern und ihm immer frisches Wasser geben. Ich warne Dich aber, wenn Du ihn in einen Käfig einsperrst, spricht er keinen einzigen Ton. Er liebt es auf dem Unterarm oder der Schulter spazieren getragen zu werden. In einer Stube sitzt er am liebsten am geöffneten Fenster und betrachtet die Umgebung. Er wird Dich als seinen Herrn akzeptieren und sehr anhänglich sein.«

Eburnus bedankte sich für die Hinweise. Popos streckte dem Papagei den Unterarm entgegen und dieser hüpfte auf diesen. Er sprach zu Melus: »Schweren Herzens gebe ich Dich Deinem neuen Besitzer. Hüpfe jetzt hier auf seinen Arm und erfreue ihn genauso, wie Du mich erfreut hast.« Er zeigte auf den Unterarm des Eburnus und der Papagei hüpfte auf denselben. Dabei sprach er: »Verstanden, verstanden, Melus hat einen neuen Herrn.«

Eburnus brachte den Papagei nach Hause und zeigte ihn seiner Ehefrau. Diese zog sich gerade aus, um ins Bett zu gehen. Der Papagei legte seinen Kopf schräg und betrachtete sie mit einem Auge. Dann schrie er: »Schöne Frau, schöne Frau, hab mich lieb, hab mich lieb!«

Die Frau des Eburnus war ganz begeistert von dem schönen Geschenk und streichelte Melus: Dieser schrie: »Zärtlicher, zärtlicher, sei lieb zu mir, sei lieb zu mir.« Dann schloss er beide Augen und schlief ein. Eburnus sperrte ihn in eine große Kiste. Am nächsten Tag setzte er, der Worte des Popos eingedenk, den Papagei auf eine Stuhllehne neben dem geöffneten Fenster. Er sprach in an: »Melus, wie viel ist zwei und zwei?« Der Papagei antwortete darauf nur vorwurfsvoll: »Du hast mich eingesperrt, Du hast mich eingesperrt« und schloss seinen Schnabel. Auf viele weitere Fragen, gab er keine Antwort mehr.

Kurz darauf verließ Eburnus das Zimmer, um Futter für Melus zu holen. Als er zurück kam war der Papagei verschwunden.

Popos machte unterdessen sein Schiff zum Auslaufen fertig. Das Schiff war bis zum Rand mit Weinamphoren und Tongeschirr beladen. Er hatte das Fenster seiner Kajüte geöffnet und wartete noch etwas mit dem Abfahren. Plötzlich hörte er lauten Flügelschlag und sah Melus in die Kabine fliegen. Dieser setzte sich sofort auf seine Schulter und knabberte sein Ohr an. Popos schimpfte ihn: »Heute hast Du Dir ja ganz schön Zeit gelassen, bevor Du wieder zu mir zurückgeflogen bist. Das nächste Mal lässt Du mich nicht so lange warten.«

Melus krächzte: »Jawoll, jawoll, fliege zurück.«

Popos gab Befehl das Schiff aus dem Hafen zu rudern, bevor Eburnus nach ihm suchen würde.

Eburnus hatte nun keinen Papagei mehr und war außerdem um zehntausend Sesterzen ärmer.

Dies war die Geschichte vom betrogenen Betrüger.«

Sextus, jetzt Sexa, erhielt lange anhaltenden Beifall aus der ganzen Runde. Er wurde gefragt: »Sexa, gibt es wirklich einen Vogel, der Papagei heißt und sprechen kann?«

»Ja natürlich! Ganz weit gegen Sonnenaufgang liegen große Länder und Inseln mit dem Namen Indien, die ausgedehnte Wälder besitzen. In diesen Wäldern leben die Papageien. Alle Papageien können sprechen. Man muss ihnen die Worte vorsagen und ihnen die Sprache mühsam beibringen Deshalb sind Papageien, die sprechen und rechnen können, sehr wertvoll.«

Königin Sine meinte: »Es könnte doch ganz lustig sein, einen solchen Vogel zu besitzen und ihn in eine Kiste einsperren, wenn er Widerworte gäbe.«

König Cevas meinte: »Ja , so würdest Du es mit mir auch gerne machen, wenn ich es ausnahmsweise einmal wagen würde, Dir zu widersprechen. Sohn passe ja auf, dass Dich Deine zukünftige Frau nicht auch in eine Kiste sperrt.« Ceridwen wurde ganz verlegen und antwortete: »Mesani ist so schön und so klug. Sie würde mich nie in eine Kiste sperren.«

»Nein, normalerweise werde ich Dich nicht in eine Kiste sperren, höchstens wenn Du es wagst, mir zu widersprechen,« bemerkte Mesani.

Königin Sine fragte: »Sexa, Du kennst doch die Römer. Geht es in deren Familien auch so zu wie bei uns?«

»In Gallien hat die Frau ein höheres Ansehen als im römischen Reich. Allerdings haben die römischen Frauen in finanziellen Dingen mehr zu sagen. In den ländlichen Gegenden sind die Männer oft für Jahre nicht auf ihren Bauernhöfen, da sie zum Kriegsdienst eingezogen sind. Die Frauen müssen dann allein wirtschaften. Der Mann ist im römischen Reich das Oberhaupt der Familie und bestimmt auch die Kindeserziehung. Die Kinder gehorchen dem Vater. Die Söhne sind erst frei, wenn der Vater stirbt. Die Mädchen dann, wenn sie verheiratet sind. Dann hat deren Mann das Sagen. So ist es offiziell. In Wirklichkeit ist es fast so wie in Gallien. Was die Frau will, wird gemacht.«

Es wurde festgelegt, dass die Hochzeit am übernächsten Tag stattfinden solle.

Am Abend besuchte Cerva erneut Sextus. Sie schlich sich in seine Kammer und sagte: »Ich habe mich ganz heimlich zu Dir aufgemacht. Ich möchte doch nicht, dass mein zukünftiger Schwager und auch meine zukünftige Schwägerin von meiner Liebschaft mit Dir erfahren.«

»Ja, das ist in Ordnung, achte nur immer darauf, dass Dich niemand sieht und solltest Du einmal gefragt werden, wohin Du gehst, sage dass ich eine ansteckende Krankheit habe und Du mich pflegen musst, dann wird mein Zimmer gemieden.«

»Ja, das werde ich tun, doch jetzt möchte ich wissen, ob Du noch etwas Manneskraft für mich übrig hast. Ich habe gehört, dass Du heute in der Stadt der Frau eines Gastwirtes nachgestellt hast und möchte wissen, ob Du mit ihr ins Bett gegangen bist.«

»Liebe Cerva, ich habe Dir doch schon einmal aufrichtig versichert, dass ich nur Dich liebe und keine andere anschaue. Mit der Gastwirtin habe ich mich nur über ihr Bierbraurezept unterhalten und nicht mit ihr herumgetändelt. Außerdem ist sie potthässlich und man kann sie nur mit der Beißzange anfassen.« Cerva war noch nicht überzeugt und machte ein skeptisches Gesicht.

»So, da habe ich ja etwas ganz anderes gehört. Ausnahmsweise will ich Dir Glauben schenken. Die santonischen Frauen machen Dir alle schöne Augen. Wer weiß wie lange es dauert und ich muss, wenn ich komme, eine aus Deinem Bett werfen. Sogar meine Tochter himmelt Dich an. Auch an dem hiesigen Hof bist Du durch das Erzählen Deiner Geschichten äußerst beliebt geworden. Ich habe zwei junge Ehefrauen belauscht, die sich gegenseitig versicherten, dass es ihnen eine Freude wäre, wenn sie Dich in Deiner Kammer besuchen könnten oder wenn Du zu Ihnen kämest. Wehe Dir, Du machst von solch einem Angebot Gebrauch.«

»Ich habe hier außer Dir kein weibliches Wesen angeschaut, aber ich kann ja nicht so unhöflich sein und wegschauen, wenn ich gegrüßt werde. Ich habe sogar eine, die mich umarmt und geküsst hat, von mir weg geschoben. So treu bin ich Dir.«

Um weiteren Fragen aus dem Wege zu gehen, umarmte Sextus die Königin und verschloss ihren Mund mit einem langen Kuss. Sie erwiderte diesen zögernd und gab erst nach, als Sextus immer stürmischer wurde. Er liebte sie sodann mit kräftigen Stößen und merkte, dass sie seine Liebe genoss.

Sextus meinte: »So, nun glaubst Du mir hoffentlich, dass ich nur Dich liebe und keine andere anschaue.«

»Ja, Du hast mich überzeugt.«

Am Morgen danach begab sich Sextus zu der Gastwirtin Adia und fragte diese nach dem Rezept zum Brauen ihres guten Bieres. Sie wollte es ihm aber nicht überlassen. Sextus versuchte die Gastwirtin zu überreden, indem er zusicherte, dass nach ihrem Rezept nur Bier in Narbo gebraut würde und sie keine Konkurrenz befürchten müsste. Als dies nichts fruchtete, bot er ihr eine Bezahlung an. Adia lehnte ebenfalls ab.

Sextus fragte nun: »Verehrte Adia, gibt es überhaupt etwas mit dem ich erreichen könnte, dass Du mir das Braurezept mitteilst. Adia antwortete: » Verehrter Ritter Sexa, es gäbe da schon etwas, gegen das ich die Rezeptur eintauschen würde. Ich habe gehört, dass Du gestern an der Tafel der Könige eine Geschichte mit einem Vogel erzählt hast. Wenn Du mir, meiner Familie, meiner Nachbarschaft und meinen Gästen diese Geschichte nochmals erzählst, gebe ich Dir kostenlos die Rezeptur.«

Sextus dachte sich: »Oh, jetzt soll ich vor großem Publikum nochmals das gleiche Märchen erzählen. Aber so billig komme ich wahrscheinlich nicht mehr an geheimes Brauwissen. Es ist doch erstaunlich, welchen Wert die Gallier der Erzählung einer guten Geschichte beimessen.«

Er antwortete: »Liebe Adia, hole geschwind alle herbei, die diese Geschichte hören wollen.«

Bald versammelten sich ungefähr fünfzig Personen in der Gaststube. Passanten, die ergründen wollten, was die Versammlung bedeuten könnte, gesellten sich hinzu. Sextus begann seine Geschichte und wurde gleich zu Beginn von lauten Aha und Oh Rufen unterbrochen. Anders als am Vorabend verhielt sich das Publikum nicht leise, sondern schrie und klatschte vor Vergnügen. Als Sextus eine Pause machte, nahmen die Gastwirtseheleute Bestellungen auf Essen und Getränke entgegen. Sextus schmückte die Geschichte noch weiter aus. Er ließ den Papagei nicht nur schöne Frau, sondern »schöne Frau, ich liebe Dich nackt« und »Eburnus reiße ihr die Kleider herunter« sagen.

Sein Märchen und die Ausschmückungen kamen bei den Leuten gut an. Sie verinnerlichten die Ausführungen als Tatsachen. Lautes Geschrei, unterbrochen von Beifallsäußerungen, drang aus der Gaststätte. Dies lockte sogar einen Polizeibüttel an, der meinte, dass ein Aufruhr ausbrechen würde. Als er den wahren Grund erkannte, lachte er und schloss sich dem Kreis der Zuhörer an.

Als Sextus geendet hatte, klatschte und johlte die Menge lautstark und verlangte eine Zugabe. Sextus ließ sich nicht lange bitten und erzählte das Märchen von dem Löwen und der Maus. Auch dieses kam gut bei den Gästen an. Die Wirtsleute hatten inzwischen eine große Menge an Bier und an Essen verkauft. Sextus sah, dass verschiedene Gäste, das Bier mit Strohhalmen aus den Krügen saugten. Er fragte einen Gast danach und erhielt die Antwort, dass so der Biersatz und die unvergorenen Getreidekörner nicht mitgetrunken werden müssten.

Nachdem der Betrieb etwas nachgelassen hatte, nahm Sextus Adia beiseite und ließ sich die Braurezeptur mitteilen. Er schrieb diese auf einem Pergamentbogen auf. Adia schilderte ausführlich ihre Vorgehensweise beim Bierbrauen und sprach danach: »Sexa, du hast mit Deiner Geschichte allen viel Vergnügen bereitet. Wenn Du im Bett genau so einfühlsam bist, wie Du Deine Geschichte erzählst, kannst Du mich hier besuchen. Die beste Zeit wäre nach dem Mittagessen, da mein Mann um diese Zeit seinen Mittagsschlaf hält und die Gaststätte geschlossen bleibt.«

Sextus bedankte sich für das Angebot, merkte es sich vor und beteuerte, dass er in Liebesdingen noch einfühlsamer sei, als im Geschichtenerzählen. Adia bat: »Wenn das so ist, dann komme doch möglichst bald, ich glaube, ich werde Dich nicht enttäuschen.« Sextus versprach dies, bemerkte aber, dass er wegen der anstehenden Hochzeit und der Berufung in den Rat des Königs im Moment wenig Zeit habe. Er verabschiedete sich von Adia mit einer Umarmung und einem Kuss und versprach an sie zu denken.

Als er durch die Stadt in Richtung des Palastes ging, belauschte er das Gespräch zwischen zwei Hausfrauen, die ihre Gasse vor ihrem Anwesen kehrten. Die ältere der beiden frage: »Ludwina, hast Du schon gehört, dass mit der Gesandtschaft der Arverner ein Ritter mit dem Namen Sexa gekommen ist, der wunderschöne Geschichten erzählen kann. Er hat gestern eine Geschichte über einen Papagei im Palast und heute in der Gaststätte der Adia erzählt.«

»Nein, das habe ich noch nicht gehört,« entgegnete die jüngere Frau. »Fabala, ich würde mir so eine Geschichte gerne einmal anhören. Der Ritter Sexa muss ja ein ganz außergewöhnlicher Mann sein, Ich werde diese Neuigkeit gleich an meine Freundinnen weitererzählen.«

Sextus freute sich, dies zu hören, lächelte in sich hinein und ging seiner Wege.

Im Palast las er nochmals seine Aufzeichnungen durch und besserte sie aus. Aida hatte ihm mitgeteilt, dass sie, anders als die anderen Bierbrauer, großen Wert auf Reinlichkeit legen, nur frisches Quellwasser und ausgesuchte Getreidesorten, halb Weizen, halb Gerste. verwenden würde.

Es ergab sich folgendes Rezept:

-Getreide in Wasser einweichen bis es keimt-

-Getreide abtrocknen lassen und dann auf einem Rost langsam goldbraun rösten-

- die Masse mit Wasser vermischen, Dolden vom Bitterstrauch (Hopfen) hinzugeben und eine Weile kochen-

-Honig, Heil- und Würzkräuter hinzugeben-

-das Gemisch abkühlen und einige Tage gären lassen-

-das Gebräu durch Tücher sieben, bis die festen Bestandteile entfernt sind-

- einige Wochen kühl in Bottichen lagern-

Sextus hatte vor, in Narbo eine Brauerei zu eröffnen und die Römer und die Gallier dort zum Biertrinken zu animieren. Deshalb hatte er sich das Braurezept besorgt.

Am nächsten Tag fand die Hochzeit statt. Auf dem Platz vor dem Palast waren große Zelte, Tische und Bänke aufgestellt worden. Schon in den frühen Morgenstunden fanden sich Hochzeitsgäste ein und lärmten lauthals. Die ganze Gesellschaft wurde von einem Küchenzelt aus verköstigt. Es gab Berge von Wild-, Schweine- Ziegen und Schafsfleisch. Gebratene Hühner, Enten und Gänse wollten verzehrt werden. Dazu gab es Gerstenbrei, Fladenbrot, Bohnen und Linsen. Mehrere Fässer mit verschiedenen Biersorten suchten ihre Abnehmer. Den Damen wurde Honigwein ausgeschenkt.

Am späten Vormittag trat das Brautpaar zusammen mit den Brauteltern, dem Druiden und den näheren Verwandten auf den Platz. Ceridwen, in einen langen Festtagsrock gekleidet, machte einen ängstlichen Eindruck. Mesani hatte das ihr von Sextus geschenkte Kleid an. Sie lachte und winkte ihren Bekannten zu.

Der Druide hielt eine Ansprache, in der er den Entschluss des Brautpaares lobte, zu heiraten und flehte den Segen der Götter auf dieses herab. Er bat um reichen Kindersegen. Die Verwandten ließ er als Zeugen einen Kreis um das Brautpaar bilden, verband dann mit dem Brauttuch die Hände der Braut mit denen des Bräutigams und erklärte das Paar für Mann und Frau.

Das Brautpaar nahm an der Stirnseite einer großen Tafel Platz, und alle Gäste erhoben ihre Trinkgefäße und tranken auf das Wohl des Paares. Die Gesellschaft feierte ausgiebig bis in die frühen Morgenstunden. Zur Belustigung der Gäste traten Gaukler und Feuerschlucker auf, fanden Ring- und Schwertkämpfe mit Holzschwertern statt. Großer Andrang war auch beim Hufeisenwerfen und dem Steineheben.

Sextus dachte sich: »Jupiter sei Dank, wenigsten muss ich nicht wieder Geschichten erzählen.«

Das Brautpaar zog sich in den Abendstunden in das mit Wildblumen ausgeschmückte Brautgemach zurück.

36

Tätigkeiten in Narbo

Am nächsten Tag suchte Mesani ihre Mutter auf. Sie machte ihr heftige Vorwürfe: »Wie konntest Du zustimmen, dass ich Ceridwen geheiratet habe. Er hat mich heute Nacht schwer enttäuscht.«

»Mesani, das war eine politische Heirat zur Untermauerung der Beistandsverträge zwischen beiden Königreichen. Du musst versuchen, hier Deine Stellung zu festigen, indem Du Deinem Schwiegervater gute Ratschläge gibst, Deinen Mann anleitest und viele Kinder gebierst.«

»Aber das ist ja gerade das Übel. Die ersten beiden Punkte würde ich ja erfüllen, aber was soll ich denn mit einem halben Kind im Bett. Er hat mich heute Nacht nur mit Mühe entjungfert. Er hat ein kleines weiches Schwänzchen. Selbst wenn es sich aufrichtet, ist es nicht größer als eine kleine Gewürzgurke. Wie kann er mich denn schwängern, wenn er kaum in mich eindringt. Mir hat die ganze Angelegenheit keinerlei Vergnügen bereitet.«

»Mesani, Kind, Du musst Deinen Mann trotzdem liebevoll behandeln. Wenn er Dich nicht befriedigen kann, kannst Du Dir ruhigen Gewissens einen Liebhaber nehmen. Solange Du aber die Zügel noch nicht fest in der Hand hast, gehe diskret vor.«

»Oh Mutter, ich danke Dir für die Aufklärung. Ich habe schon lange vor, mir nach meiner Verehelichung einen Liebhaber zu nehmen. Ich wüsste auch schon wen. Ich habe mich in Sextus verliebt, habe aber nicht gewagt, mich ihm zu nähern, da ich weiß, dass Du ein Verhältnis mit ihm hast.«

»Liebe Mesani, das ist richtig, trotzdem würde ich Dir zuliebe auf ihn verzichten, aber nur kurzzeitig.«

Mesani strahlte über das ganze Gesicht.

»Ich danke Dir herzlich für Deine Einsicht.«

»Gehe heute, nachdem es dunkel ist, zu ihm, ziehe mein beiges Kleid an und benutze mein Parfüm. Wenn Du nicht viel redest, wird er den Unterschied nicht merken. Männer sind ja so leicht zu täuschen.«

»Ja Mutter, das mache ich, ich danke Dir.«

Am nächsten Morgen begab sich Mesani zu ihrer Mutter. Diese war schon ganz gespannt und fragte sie gleich, wie es ihr ergangen sei. Mesani lächelte und sagte: »Sehr gut, sehr gut, ich bin voll auf meine Kosten gekommen. So etwas habe ich mir schon lange gewünscht. Ich danke Dir nochmals Mutter.«

»Langsam, langsam, erzähle doch alles einmal chronologisch und lasse keine Einzelheit aus.« Mesani errötete leicht und erzählte dann aber mit Begeisterung:

»Ja Mutter, also ich habe mich gestern Abend gebadet, Dein Kleid angezogen, Dein Parfum verwendet, meinem Mann gesagt, dass ich Dich nochmals aufsuchen werde. Dann habe ich ein Öllämpchen genommen, mich ins Zimmer des Sextus geschlichen und beim Eintritt in dieses, das Licht gelöscht. Sextus hat mich zärtlich in die Arme genommen und mich an sich gedrückt. Er sagte: »Du kommst aber spät,« und ich antwortete nur mit einem langen gezogenem »Ja.« Dann zog er mich zu dem Lager hin und entkleidete mich rasch. Oh, welche Wonne, seine Hände auf meiner Haut zu fühlen. Er legte sich neben mich und drückte mir Küsse auf meinen Mund, meine Wangen, meinen Hals und meinen Busen. Mir wurde ganz heiß, und ich wurde feucht zwischen den Beinen. Ich erwiderte seine Küsse und schmiegte mich an ihn. Er meinte: »Du küsst heute aber ganz anders, so wie ein junges Mädchen. Ich kann Deine Zunge ja überhaupt nicht fühlen.« Sofort öffnete ich meinen Mund etwas weiter und drängte meine Zunge gegen seine Zähne und seinen Gaumen. Plötzlich spürte ich sein hartes Glied an meinem Bauch. Sextus nahm meine Hand und führte sie nach unten. Ich umfasste sein Glied. Mutter, so etwas Großes und Festes hatte ich nicht erwartet. Jetzt kann ich erst richtig verstehen, warum Du Dir Sextus als Liebhaber ausgesucht und ihn behalten hast.«

»Schweife nicht ab, sondern erzähle weiter.«

»Ich streichelte sein Glied und er stöhnte laut. Gleichzeitig saugte er an meinen Brustwarzen und ich merkte, dass richtige kleine Wellen von diesen in meinen Schoß fuhren. Mein ganzer Körper streckte sich Sextus entgegen. Ich öffnete meine Beine und Sextus massierte mit seiner Hand mein Geschlecht. Dies löste herrliche Gefühle in mir aus. Sextus wälzte sich über mich und drang in mich ein. Ich wölbte ihm mein Becken entgegen und umklammerte ihn mit meinen Beinen. Es war wunderschön. Ich erreichte einen Orgasmus und Sextus verströmte sich in mir und sein Glied erschlaffte. Ich muss aber sagen, dass seine Hände auf meinem Körper und sein Mund an meinen Brüsten mir fast mehr Vergnügen bereitet haben, als sein Eindringen in mich. Auch hat es mich erregt, sein Glied in meinen Händen zu halten.

Anschließend schlich ich mich in unser eheliches Schlafgemach und legte mich leise zu meinem Mann. Er schlief noch nicht. Ich war noch so erregt, dass ich versuchte, ihn zu verführen. Ich ergriff sein Glied und streichelte es. Er war aber so verklemmt, dass er nicht einmal eine Erektion zu Stande brachte.«

»Also Tochter, ich gönne Dir das Vergnügen. Meinst Du wirklich, Sextus hat nicht gemerkt, dass Du ihn statt meiner aufgesucht hast.«

» Seine einzige Bemerkung war die über meine Küsse und da habe ich ja auch gleich mein Verhalten geändert. Ansonsten habe ich nur gestöhnt und nicht gesprochen.

Aber sage mir, ist er immer so zärtlich zu Dir, wie er es gestern zu mir war?«

»Oh ja, er streichelt mich und wir machen auch noch andere Dinge zusammen, die Du wahrscheinlich noch nicht kennst.«

»Wirklich Mutter, sei doch so lieb und kläre mich auf, was Männer und Frauen sonst noch so auf ihrem Lager treiben.«

»Ein anderes Mal werde ich das tun.«

»Ja, aber noch vor Eurer Rückreise nach Gergovia.«

»Natürlich, Du kannst Dich darauf verlassen.«

» Mutter, ich hätte große Lust, Sextus noch einmal zu besuchen. Würdest Du dem zustimmen?«

Ausnahmsweise noch einmal. Dann möchte ich ihn wieder für mich alleine haben.«

»Ich danke Dir Mutter, mein ganzer Körper sehnt sich schon nach seinen Händen.«

Cerva gönnte zwar ihrer Tochter das Vergnügen, jedoch ein leichter Anflug von Eifersucht kam über sie. Deshalb wechselte sie rasch das Thema und sagte zu ihrer Tochter: »Deine Schwiegereltern wollen Dir Euer neues Domizil in einem Seitenflügel des Palastes zeigen und Du sollst festlegen, welche Gobelins und Vorhänge in die einzelnen Zimmer kommen und welche Möbel wo aufgestellt werden sollen.«

» Oh ja, da begebe ich mich gleich zu ihnen.«

Sextus suchte inzwischen den König Cemuntis auf. Er hatte wohlweislich noch nicht nach Narbo geschrieben und machte ihm den Vorschlag die Hälfte des Aussteuerschmuckes von Mesani persönlich nach Narbo zu bringen und ihn dort zu verkaufen und das Geld zu Mesani zurück zu bringen.

Dem König gefiel dieser Vorschlag sehr, wollte er doch auch seine Tochter gut versorgt in Santonien lassen. Sextus selbst wollte seine Geschäfte in Narbo überprüfen und beschloss deshalb, damit der Statthalter dies nicht erfuhr, als Gallier Sexa in die Provinz Narbonensis einzureisen.

Er erbat sich fünf Begleiter, es sollten alles waffentüchtige ehrliche Männer und gute Reiter sein, ein Empfehlungsschreiben und für jeden noch zwei Ersatzpferde und für die Gruppe noch zwei Packpferde. Dann suchte er Mesani und traf sie bei der Einrichtung ihres neuen Domizils in einem Seitenflügel an. Sie holte ihren Schmuck aus der Schatzkammer des Königs Cevas und sonderte den Teil aus, den Sextus verkaufen sollte. Es waren dies meist Goldketten und Ringe. Sextus riet ihr, ihm auch goldene Schalen und Teller mitzugeben, da solche bei den Römern heiß begehrt seien. Cerva stieß zu ihnen. Sie meinte: »Tochter gebe doch auch diese kunstvoll gearbeitete Brosche, diesen massiven Goldarmreif und diese goldene Sichel mit. Du hast noch so viel Schmuck übrig, dass Du jeden Tag ein anderes Schmuckstück anlegen kannst. Außerdem bist Du so schön, dass Du überhaupt keinerlei Schmuck brauchst. Anscheinend tut Dir die Ehe gut. Du siehst heute besonders schön aus und glühst ja förmlich von innen.«

Mesani wurde rot. Wusste sie doch, warum sie heute besonders glücklich ausschaute. Sextus bestätigte die Worte ihrer Mutter. Er dachte sich: »Anscheinend macht sie ihr Mann glücklich. Dies hätte ich ihm überhaupt nicht zugetraut. Da sieht man wieder, wie man sich doch täuschen kann.«

König Cemuntis hatte ihm fünf Begleiter herausgesucht. Alle waren tapfere und besonnene Krieger.

Mit diesen machte er sich noch am gleichen Tage auf die Reise. Er führte außer dem Begleitschreiben des Königs Cemuntis noch ein solches des Königs Cevas mit.

Da sie die Pferde wechselten, kamen sie gut voran und überquerten schon nach drei Tagen die Grenze zur Provinz Narbonensis. Im Grenzgebiet wurden sie von einer zehnköpfigen römischen berittenen Legionärspartrollie angehalten und nach ihrem Weg gefragt. Sextus ritt auf den Anführer, einem ihm unbekannten 2. Centurio zu und redete ihn in einem Gemisch von Latein und Gallisch an. Er übergab ihm das Empfehlungsschreiben des Königs Cemuntis, das ihn als Sexa auswies und erklärte, dass sie nach Narbo zum dortigen Statthalter reiten wollen, um diesem Geschenke des Königs zu überbringen. Sextus musterte die Legionäre der Gruppe und erkannte ein bekanntes Gesicht. Nach kurzem Nachdenken fiel ihm der Namen des Legionärs ein. Es war Carbo von der V. Centurie der X. Legion, den er einmal mit den Geologen zu einem Essen eingeladen hatte.

Der kontrollierende Centurio behandelte sie von oben herab. Er erklärte: »Ich lasse Euch weiter reiten, wenn ihr Eure Waffen und Schilde abgebt und außerdem sechs Reitpferde zurück lasst.«

Die Begleiter des Sextus verstanden die Worte und Gesten des Centurio und machten finstere Mienen. Sie umfassten die Griffe ihrer Schwerter fester. Sextus beschwichtigte sie durch eine Handbewegung. Er bat den Centurio ihn zur Seite zu begleiten und sprach ihn in fehlerlosem Latein an:

»Centurio, ich bin kein gallischer Ritter, sondern der 1. Centurio+ Sextus Leptonius, Botschafter am Hof von König Cemuntis. Ich bin in einer geheimen Angelegenheit unterwegs und habe deshalb die Identität des gallischen Ritters Sexa angenommen. Siehe hier, mein Beglaubigungsschreiben des Statthalters Bestia.«

Der Centurio prüfte das Schreiben genau. Er stellte fest: »Das Schreiben des Statthalters ist zweifellos echt. Die Frage ist nur, wie Du zu diesem Schreiben gekommen bist. Ich kenne den 1. Centurio Leptonius vom Sehen. Du siehst ihm zwar ähnlich, aber ich wette einen Monatssold gegen eines Deiner Pferde, dass Du nur ein angeberischer Gallier bist. Am Schluss hast Du ihn beraubt.«

»Halt, bevor Du etwas Unbedachtes tust. Rufe doch den Legionär Carbo zu Dir. Vielleicht kann dieser meine Identität bestätigen.«

Der Centurio winkte Carbo herbei. Sextus sprach ihn an: »Carbo, ich bin der Centurio Sextus Leptonius. Ich habe Dich einmal mit den Geologen zu einem Essen eingeladen. Denke Dir doch einmal meine Haar- und Barttracht, sowie meine gallische Kleidung weg und schaue mich an, ob Du mich nicht dann erkennst.«

Carbo schaute ihn lange prüfend an und verglich ihn in Gedanken mit dem Centurio Leptonius, der ihm bekannt war. Dann lachte er und grüßte. Er meinte: »Ja, jetzt erkenne ich Dich! Du siehst wirklich wie ein echter Gallier aus. Du bist ein 1. Centurio+ der VII. Legion.

Auch der kontrollierende Centurio kam jetzt zu der Einsicht, dass er es mit einem Vorgesetzten zu tun hatte und nahm Haltung an. Er entschuldigte sich für sein Misstrauen.

Sextus nahm die Entschuldigung an und vergatterte ihn und Carbo über das Treffen Stillschweigen auch gegenüber Vorgesetzten zu bewahren, um die Geheimmission nicht zu gefährden. Dies wurde ihm zugesagt.

Nach weiteren drei Tagen erreichte der Trupp die Stadt Narbo. Sextus ritt sofort zur Ersten Römischen Bank, ließ seine Gefährten vor dem Gebäude warten und begab sich in das selbige. Der Türsteher, ein schlaksiger Junge, fragte nach seinem Begehr. Sextus sagte ihm: »Führe mich sofort zum Bankleiter Lucius Aser. Ich will größere Geldgeschäfte mit ihm tätigen.«

»Herr, gerne würde ich das tun, aber unser Chef ist sehr beschäftigt und empfängt nur nach Voranmeldung oder wenn es sich um einen guten Bekannten handelt. Du hast keinen Termin und ein Bekannter von Lucius Aser bist Du auch nicht.«

Sextus schob den Türsteher zur Seite und lief zu den hinteren Räumen, wo er Aser vermutete. Der Türsteher schrie laut, wollte ihn am Ärmel seiner Jacke festhalten. Sextus schleuderte ihn jedoch so kraftvoll weg, so dass dieser zu Boden stürzte.

Aser, der vom Lärm herbeigelockt wurde, trat in den Raum und sprach Sextus, den er als hochgestellten Gallier einschätzte an: »Salve, werter Herr, was kann ich für Dich tun?«

»Aser, erkennst Du mich nicht. Ich muss unbedingt mit Dir allein sprechen. Komm wir gehen in Dein Kontor.«

Aser wusste nicht wie ihm geschah. Die Stimme von Sextus kam ihm zwar bekannt vor und sein ganzes Verhalten sprach dafür, dass es sich um einen Bekannten handeln musste, jedoch er konnte den »Gallier« nicht identifizieren. Trotzdem führte er ihn in sein Kontor und bat ihn Platz zu nehmen.

Sextus sprach: » So Aser, jetzt denke Dir meine Haartracht, meinen Bart und meine gallische Kleidung weg und ziehe mich in Gedanken mit einer Tunika, oder auch einer römischen Rüstung an. Meinst Du nicht auch, dass Du dann den Centurio Sextus Leptonius vor Dir hast.«

Aser bekam ganz große Augen: »Bei Merkur, dem Gott der Bankleute, Du bist es wirklich.«

Er stand auf und umarmte Sextus. »Ich freue mich, Dich wieder heil und gesund zu sehen. Erzähle, wo kommst Du her und wieso kommst Du in so einer Verkleidung in die Stadt.«

Sextus erzählte ihm, dass er ein Teil der Aussteuer der Prinzessin in Münzen umtauschen wolle und seine Begleiter mit dem Schatz vor der Bank warten würden. Aser rief zwei Angestellte herbei und sie schafften den Schmuck durch eine Nebentüre in den Keller und dort in den Tresor des Bankhauses.

Sextus beauftragte Aser für den nächsten Tag einen in der Stadt ansässigen Juwelier als Schätzer der Schmuckstücke zum Bankhaus zu zitieren.

Aser lud Sextus und seine Begleiter ein, Quartier in seinem Wohnhaus zu nehmen. Sextus nahm das Angebot für seine Begleiter an. Er selbst suchte seine Wohnung in seiner Insula auf.

Als er das Anwesen betrat, wurde er von dem Duft von Heil- und Würzkräutern eingehüllt. Er ging diesem Geruch nach und stellte fest, dass in einem hinteren großen Raum eine Vielzahl dieser Kräuter eingelagert worden waren.

Dann begab er sich in seine Wohnung im zweiten Stockwerk der Insula und fand diese unberührt vor. Nach dem er sich etwas ausgeruht hatte, schaute er in die angrenzende Schneiderwerkstätte hinein. Er sah, dass Camilla über einem Abrechnungsbuch saß und ihre Tochter Didia einer Puppe ein Kleid anzog. Er klopfte leise an die Türeinfassung, und Mutter und Tochter schauten auf. Camilla ging auf ihn zu und sprach: »Fremder, was wünscht Du. Wir haben schon geschlossen.« Didia rannte auf ihn zu und rief: »Mutti, das ist doch Sextus, erkennst Du ihn nicht?« Jetzt riss Camilla ihre Augen ganz weit auf und sagte: »Sextus Leptonius, was treibst Du denn für einen Schabernack und kommst in so einer Verkleidung zu mir geschlichen. Didia hat Dich sofort erkannt. Ich habe meine Schwierigkeiten. Aber jetzt erzähle mir, woher Du kommst und wo Deine Uniform abgeblieben ist.«

Sextus erklärte: »Ich bin in geheimer Mission hier in Narbo und es darf niemand erfahren, dass ich hier war. Ich regele nur hier meine Geschäfte und reise dann wieder ab.«

Camilla versicherte: »Ja ich werde verschwiegen sein, aber jetzt musst Du mir erzählen, wie es Dir bei den Arvernern ergangen ist.«

Sextus erzählte ausführlich, ließ aber seine amourösen Abenteuer aus und wurde bei seinem Bericht immer wieder durch laute erstaunte Ausrufe der beiden Damen unterbrochen. Didia sagte: »Sextus, ich habe ja gar nicht gewusst, dass Du Märchen erzählen kannst. Sei doch so lieb und erzähle mir auch so ein Märchen.«

»Didia, natürlich, morgen werde ich das tun.«

Er fragte Camilla, was es Neues in Narbo gebe, wie das Geschäft laufe und ging mit ihr die Buchführung durch. Er stellte fest, dass Camilla Monat für Monat einen durchschnittlichen Gewinn von viertausend Sesterzen erwirtschaftet hatte, von dem sie jeweils dreitausend Sesterzen auf sein Konto bei der Ersten Römischen Bank eingezahlt hatte. Der letzte Monat wies sogar einen Gewinn von fünftausend Sesterzen aus.

Camilla berichtete: »Ich habe die Schneiderei schon wieder vergrößert und weitere drei Näherinnen eingestellt. Mein Werbekonzept setzt sich durch. Ich habe sehr viele neue Kundinnen gewinnen können. Am wichtigsten ist jedoch die Mund zu Mund Propaganda. Sogar die Frau des Statthalters Bestia, die vor einem Monat nach Narbo gekommen war, ist meine Kundin geworden. Allerdings hat sie eine mollige Figur, einen großen Bauch und Hängebrüste, so das ich viel Mühe habe, sie in meinen Kleidern gut aussehen zu lassen.«

»Oh, das ist ja sehr schön und ich sehe, Du bist fleißig und mehrst unseren Wohlstand. Doch jetzt erzähle mir, was es sonst Neues in Narbo gibt?«

»Also, die neue Therme ist fertig gestellt worden. Auch den Frauen wird zehnmal im Monat ein Badetag eingeräumt. Ich gehe regelmäßig dorthin und lasse mich massieren. Die meisten anderen Besucherinnen sind Ehefrauen von Handwerkern und Kaufleuten. Ich mache dort natürlich auch für die Schneiderei Reklame. Man erfährt viel Neues. Du glaubst nicht, wie diese Frauen über ihre Männer herziehen und über ihren Geiz, oder über ihre sexuellen Fähigkeiten spotten. Auch werden dort Liebschaften zwischen Frauen angebahnt, und manches Pärchen zieht sich zum Austausch von Zärtlichkeiten in Nischen zurück.

Ich selbst habe dort die junge Ehefrau eines Gewürzhändlers kennen gelernt, die sehr freimütige Ansichten hat und mit der man sich gut unterhalten kann.

Der Stadtädil Crummus hat die Anzahl der Stadtbüttel vermehrt und geht hart gegen Gastwirte vor, die Wein panschen. Der Bankdirektor Aser hat eine schöne Villa am Osttor erworben und sie geschmackvoll eingerichtet. Sein Weib klagt, dass er Tag und Nacht in der Bank arbeitet und keine Zeit für sie und die Kinder hat. Anscheinend verdient er aber viel Geld. Man munkelt aber, dass ihm die Bank gar nicht gehört, sondern einem geheimnisvollen Kaufmann und Ritter aus Rom.

Der Statthalter Bestia hat auf ein Ultimatum seiner Frau seinen Lieblingssklaven verkaufen müssen. Aber er hat sich einen neuen Geliebten, einen wunderschönen 15-jährigen Sklaven gekauft, den er in einer Wohnung in der Stadt vor den Augen seiner Ehefrau versteckt. Die Wohnung befindet sich in einer Insula in der letzten Querstraße rechts vor dem Westtor. Er zeigt sich öffentlich mit seinem Lustknaben. Seine Ehefrau hat aber davon noch nichts erfahren.

Bestia wird bei den Offizieren und auch den Legionären zunehmend unbeliebter. Er schikaniert sie, wo er nur kann und belegt sie mit Schimpfworten.

Der Quaestor der VII. Legion, Aurus Marius, hatte ein Verhältnis mit der zweiten Frau des Kaufmanns Eusebio Plato, der schönen Calpurnia. Plato hat sich bei Bestia darüber beschwert, aber nur höhnisches Lachen geerntet. Daraufhin hat er sich von seiner Frau scheiden und den Aurus Marius nachts auf dem Nachhauseweg von einer Kneipe durch seine Sklaven verprügeln lassen. Dieser hat ihn angezeigt, aber ihm die Urheberschaft nicht nachweisen können. Calpurnia hat den Aurus Marius aufgefordert, sie zu ehelichen. Dieser hat dies aber abgelehnt und sein Verhältnis zu ihr gelöst. Seit dieser Zeit hat sie wechselnde Liebhaber, die zu ihrem Unterhalt beitragen.

Der städtische Beamte Aurelius Scotta ist zum Senatsvorsitzenden der Stadt aufgestiegen. Er wirbt unermüdlich dafür, dass sich neue Bürger in und bei der Stadt ansiedeln und errichtet öffentliche Parks, Latrinen und ein Theater. Er will den Stadtmauerring im Norden der Stadt erweitern lassen.«

»Genug, genug, liebe Camilla, ich kann ja die ganzen Neuigkeiten gar nicht verarbeiten. Aber sage mir, weißt Du noch Einzelheiten über die Beziehung des Statthalters Bestia zu seinem Geliebten. Etwas womit ich Bestia die Gemeinheiten, die er mir unterstellt, vergelten kann?«

»Ja natürlich! Er sucht ihn jeden Nachmittag, wenn seine Frau ein Mittagsschläfchen abhält, in der Wohnung auf, lässt sich von ihm eine Stunde beglücken und geht dann mit ihm vor dem Westtor spazieren. Dabei laufen sie eng umschlungen und küssen sich gegenseitig.«

»Ich danke Dir für die Aufklärung. Ich verabschiede mich jetzt von Euch. Didia, ich habe Dir diesmal nichts mitbringen können. Ich werde dies aber nachholen und Dir auch eine Märchengeschichte erzählen.«

Er suchte nochmals das Bankgebäude auf und traf Lucius Aser dort noch an. Er ging mit ihm zusammen die Endeintragungen der Geschäftsbücher durch, sah dass er ein schwer reicher Mann geworden war und dankte Aser überschwänglich für seinen Einsatz und seine Mühe. Aser wehrte sich und meinte: »Sextus, bedenke, dass ich ja auch am Gewinn der Bank beteiligt bin und deshalb in eigenem Interesse handele.«

Sextus dachte an den Statthalter Bestia und daran, dass er sich an ihm wegen seiner Unterstellungen rächen wolle. Er schrieb dessen

Frau einen Brief, den Aser durch einen Boten der Bank überbringen ließ.

Er fragte Aser, ob er schon einen Kräuterkundigen in Narbo gefunden habe. Dieser antwortete: »Ich kenne da einen römischen Veteranen, der sich als Kneipenwirt versucht hat und der Bank fünftausend Sesterzen schuldet. Er hat mich immer wieder gebeten, ihm die Ratenzahlungen zu stunden, da sein Geschäft nicht so gut laufen würde. Ich habe erfahren, dass er während seiner Militärdienstzeit Heilkräuter für den Feldscher gesammelt hat. Ihn werde ich fragen, ob er für Dich die angelieferten Kräuter verkaufen würde.«

»Ja tue dies. ich habe dann noch zwei weitere Aufträge für Dich.

Bitte baue auf einem meiner Grundstücke vor der Stadtmauer ein steinernes Gebäude, in dem man eine Bierbrauerei einrichten kann. Es soll einen tiefen Keller und im Erdgeschoss genügend Platz für Braukessel, Mälzroste und Getränkebottiche haben. Den ersten und den zweiten Stock richte für Büroräume und Wohnungen für die Brauereiarbeiter ein. Baue nicht zu klein, damit wir uns eventuell vergrößern können und baue eine Lagerhalle für Braugerste dazu. Das Ganze soll nicht mehr als sechzigtausend Sesterzen kosten.

Dann ziehe Erkundigungen über die Dame Calpurnia Plato ein. Wenn sie als geeignet erscheint und einverstanden ist, baue ich ein Bordellhaus und setze sie als Leiterin ein.

Dem Aurelius Scotta gratuliere schriftlich in meinem Namen zu seiner Beförderung und übersende ihm ein Schmuckstück aus dem mitgebrachten Schmuck der Prinzessin Mesani.«

»Sextus, ich bin ja ganz überrascht, wie konntest Du denn in so kurzer Zeit so viel Wissenswertes erfahren?«

»Ja, ja, die Therme macht es.«

Am nächsten Vormittag stampfte die Dame Metella wutentbrannt in das Büro ihres Mannes. Sie konnte vor lauter Erregung fast nicht atmen. Ihr Gesicht war zornig gerötet und ihr Busen wogte auf und ab. In ihrer Hand hielt sie ein Schreiben, das sie wie eine Fackel anklagend vor sich her trug. Sie trat in das Büro und schrie ihren Gatten sofort laut an: (Zwei anwesende Stabsoffiziere verließen eiligst durch eine Seitentür den Raum)

»Du Hurensohn, nichtsnutziger Schwanzlutscher, Sklavenbeglücker, mögen Dir Deine Eier verfaulen und Deine Zunge abfallen. Mich rührst Du nicht an, hast aber nichts Eiligeres zu tun, als dir einen neuen Sklaven für Deine Lust zu kaufen, obwohl Du mir geschworen hast, dergleichen nicht mehr zu tun. Ich reise nach Rom zurück und reiche die Scheidung ein. Mein in die Ehe eingebrachtes Vermögen will ich zurück. Es sind dies eine Million Sesterzen.«

Bestia wurde es ganz flau vor lauter Schrecken. Er überlegte kurz und schrie zurück: »Ich kann Dich nicht daran hindern, Dich scheiden zu lassen. Ich muss aber auf mein Ansehen in der Provinz achten und will deshalb keinen Scheidungsskandal. Wenn Du ohne Aufsehen nach Rom abreist, gebe ich Dir diese Summe. Ich habe mich aber nur dem jungen Sklaven zugewandt, da Du mir nichts mehr zu bieten hast und aussiehst wie eine überreife aufgeplatzte und verfaulte Melone. Selbst Deine neuen Kleider können Deinen Wabbelbusen nicht festhalten und Dein Bauch schwappt auch hin und her. Deshalb schreie hier nicht mehr herum und verlasse Narbo, so schnell es geht.«

Metella dachte nach und beschloss ein wenig zurückzustecken, sich aber trotzdem noch an ihrem Manne zu rächen. Sie wusste auch schon wie. So antwortete sie:

»Wenn ich das Geld sofort bekomme, verlasse ich Narbo zusammen mit meinen Sklaven noch heute. Ich reise nach Massalia und will bis dahin eine Eskorte.«

Bestia der die Provinz ausgeplündert und sich an den Einnahmen persönlich bereichert hatte, dachte: »Eine Million Sesterzen ist zwar eine große Summe. Sei es drum. Ich bin sie dann endlich los.« Er rief seinen Schatzmeister. Dieser händigte Metella die eine Million Sesterzen in zehntausend Goldstücken aus. Metella ging in ihre Gemächer zurück und befahl ihren Sklaven zu packen. Sie ließ das Gold in den Satteltaschen eines Pferdes verstauen und begab sich zu ihrer Sänfte. Vier Sänftenträger standen an den Holmen, weitere vier standen hinter der Sänfte als Ablösung.

Ihr Mann schaute vom ersten Stock aus dem Aufbruch zu. Ein Lächeln stahl sich in seiner Züge. Er dachte: »Endlich bin ich diese alte Schabracke los. Ich kann mich ab jetzt voll meinem Liebling widmen.« Bevor Metella in die Sänfte stieg rief sie zu ihrem Mann: »Bestia, ich verfluche Dich. Möge Pluto, der Gott der Unterwelt, sich bald um Dich kümmern. Dein schönes Spielzeug habe ich verunstalten lassen. Du wirst ihn in Eurem Liebesnest vorfinden, aber keine Freude mehr an ihm haben. Über seinen ganzen Körper und sein Gesicht ziehen sich blutige Peitschenstriemen. Dies ist meine Rache für Deinen Vergleich meiner Person mit einer Melone. Wage Dich nicht nach Rom zurück, sonst werde ich Dich von meinen Verwandten umbringen lassen.«

Damit stieg sie in ihre Sänfte ein und ließ sich davontragen.

Sextus erwartete im Bankhaus eine unerfreuliche Überraschung. Aser teilte ihm mit, dass ein Bote des Stadtädilen zu ihm gekommen sei und ihm mitgeteilt habe, dass seine fünf Begleiter wegen Körperverletzung im Stadtkerker sitzen würden. Er habe erfahren, dass sie sich mit römischen Kaufleuten gestritten haben und diese angegriffen hätten. Sextus dachte sich: »Da haben doch meine ganzen Ermahnungen, sich unauffällig zu benehmen, nichts genützt.« Er fragte: »Aser, wie bringe ich sie am besten und am schnellsten wieder aus dem Kerker?«

»Ja normal werden sie angeklagt und bestraft. Ganz egal ob sie schuldig, oder unschuldig sind. Sie haben mit römischen Bürgern gerauft und werden verurteilt werden. Nur ein Freilassungsbescheid von dem Statthalter oder dem Senatsvorsitzenden kann sie auslösen.«

»Von Bestia bekomme ich einen solchen nicht und gegenüber Aurelius Scotta will ich meine Identität nicht preisgeben. Ich glaube aber nicht, dass er dem Richter vorgreifen würde. Also, was bleibt uns noch für eine andere Möglichkeit?«

»Man müsste ein Siegel von Bestia haben und einen Freilassungsbescheid damit versehen.«

»Ja, so werden wir vorgehen. Ich habe einen Siegelabdruck von Bestia auf meiner Bestallungsurkunde. Diesen kopieren wir. Kennst Du einen guten Steinschneider, der uns ein Siegel herstellen könnte.«

»Aber ja! Gleich eine Straße weiter wohnt so ein Mann, der gut arbeitet, sich durch seine Tätigkeit aber nur mühsam über Wasser hält, weil er nur Steine schneidet«

» Lasse ihn sogleich herbeiholen.«

Valerius Tudusianus, der beste Steinschneider von Narbo, kam kurze Zeit später in das Büro des Aser. Dieser fragte ihn, ob er für ihn sofort eine Steinschneidearbeit und zwar ein Siegel in Speckstein ausführen könnte. Die Arbeit würde gut bezahlt, er müsse aber absolute Verschwiegenheit gegenüber jedermann zusichern. Tudusianus, der sich Sorgen um die Versorgung seiner Familie machte, stimmte zu. Aser beauftragte ihn, ein Stück Speckstein und sein Werkzeug in die Bank zu bringen und hier die Arbeiten durchzuführen. In einem schwer zugänglichen und verschließbaren Hinterzimmer des Bankgebäudes zeigte Sextus dem Tudusianus das Schreiben des Statthalters mit dem Siegelabdruck. Dieser erschrak und weigerte sich, das Siegel des Bestia zu kopieren. »Weißt Du überhaupt was für eine Strafe auf so einer Fälschung steht?« fragte Tudusianus.

»Das interessiert mich nicht, fertige schnell dieses Siegel und Du bekommst einen Betrag von fünfhundert Sesterzen ausgezahlt,« antwortete Sextus. Tudusianus, der manchmal in zwei Monaten so einen Betrag nicht erwirtschaftete, überlegte: »Ich mache mich zwar einerseits der Urkundenfälschung strafbar, andrerseits verdiene ich in ein bis zwei Stunden so viel, wie sonst in einem ganzen Monat.« Er stimmte zu und machte sich sofort an die Arbeit. Aser versperrte die Zimmertüre und stellte einen Sklaven als Wache auf.

Sextus machte sich inzwischen an die Fertigung der Freilassungsurkunde. Er ahmte den Stil des Bestia nach und schrieb:

»Ich, Lucius Calpurnius Bestia, gewesener Konsul, Statthalter der Provinz Narbonensis, oberster Richter, Wohltäter der Bürger, befehle:

»Die gestern festgenommenen fünf gallischen Gefolgsleute des gallischen Ritters Sexa Cemuntis, Bruder des Arvernerkönigs Niall Cemuntis, sind sofort freizulassen und dem Ritter Sexa zu übergeben. Dieser hat sich mit einem Schreiben seines Bruders auszuweisen. Er trägt die Verantwortung dafür, dass sich die Inhaftierten ordentlich aufführen und hat innerhalb von drei Tagen mit ihnen die Provinz zu verlassen.

16. Oktober zu Narbo

Gefertigt:	Angeordnet:
Cassus Rufus 1. Schreiber	Lucius Bestia, Statthalter«

Während dieser Zeit hatte Aser den Juwelier Tuditanus in die Bank beordert. Er erklärte ihm: »Tuditanus, ich habe hier eine größere Menge Goldschmuckstücke, die der Bank als Sicherheit übereignet worden sind. Ich will diese nicht an Dich verkaufen, sondern sie nur schätzen lassen. Für Deine Schätzung bekommst Du von mir einen Betrag von dreihundert Sesterzen.« Tuditanus war damit einverstanden. Ihm wurde Sextus als der gallische Ritter Sexa vorgestellt und er erkannte ihn nicht mehr als den Centurio Leptonius, mit dem er einmal Geschäfte gemacht hatte.

Die Schätzung des Schmuckes erbrachte einen Gesamtbetrag von sechshunderttausend Sesterzen. Tuditanus meinte aber, dass bei einem Verkauf in Rom noch zweihunderttausend Sesterzen mehr zu erlösen seien, da sich unter den Preziosen ganz außergewöhnliche Stücke befinden würden.

Inzwischen hatte der Steinschneider sein Werk vollendet. Der Probeabdruck erbrachte, dass das neu gefertigte Siegel haargenau dem Siegelabdruck auf der Bestallungsurkunde des Sextus entsprach.

Sextus brachte deshalb auf der Freilassungsurkunde Siegelwachs auf und drückte das neue Siegel ein. Zusammen mit Aser suchte er den 1. Gefängniswärter der Stadt Narbo auf. Er führte die echte von König Cemuntis ausgestellte und die gefälschte Urkunde mit und legte beide vor. Der Wärter war sehr erstaunt und sagte: »Ich habe noch nie erlebt, dass Bestia so schnell gehandelt hat. Ihr müsst ja gute Beziehungen zu ihm haben.« Die Echtheit der Urkunden zweifelte er nicht an.

Er führte sie zu der Zelle mit den Gefangenen. Diese waren heilfroh Aser und Sextus zu sehen und bedankten sich bei ihnen für die Freilassung. Sextus fragte sie, wieso sie festgenommen worden seien. Einer erklärte: »Wir haben gestern eine Weinkneipe besucht, sind friedlich an einem Tisch gesessen und haben uns unterhalten. In der Kneipe waren noch ungefähr zwanzig Römer. Diese stichelten laut über uns. Sie lästerten über unsere Beinkleider und unsere Bärte und bezeichneten uns als feige, ungebildete und dreckige behoste Gallier. Zwei Huren, die uns ihre Dienste anboten, wurden von ihnen mit der Bemerkung verjagt, dass sie für die Schwänze von dreckigen Galliern nicht die

Beine breit machen sollten. Wir beachteten die Römer nicht weiter, bis einer an unseren Tisch kam und unsere Weinbecher herunter wischte. Die anderen hatten sich um uns herum aufgestellt und hielten Knüppel in den Händen. Angesicht Deiner Ermahnungen verhielten wir uns weiterhin ruhig um sie nicht weiter zu provozieren. Es nützte aber nichts. Wir waren inzwischen aufgestanden. Einer der Römer stieß mir seinen Knüppel fest gegen die Brust. Ich packte den Knüppel und entwand ihn seinem Besitzer. Es schien, dass die anderen nur darauf gewartet hätten und sie schlugen auf meine Kameraden und mich ein. Ich packte den entwendeten Knüppel und schlug zurück. Meine Kameraden hoben Stühle und Bänke hoch und wehrten sich mit diesen. Kurz darauf erschienen die Stadtbüttel und nahmen uns fest. Die Römer ließen sie laufen. Unser Protest nützte nichts und so sind wir in dieser Zelle gelandet.«

Sextus kannte die Prahl,- und Rauflust seiner Gefolgsleute und dachte sich, dass der Bericht des Sprechers wohl geschönt war. Laut sprach er: »Begebt Euch sofort zu Eurem Quartier zurück. Morgen in aller Frühe reisen wir ab; und keine Streitigkeiten mehr.«

Er begab sich mit Aser zur Bank zurück und nahm zusammen mit ihm nochmals eine Prüfung der Unterlagen vor. Er stellte fest, dass die Geschäfts- und die Lohnbuchhaltung ordentlich geführt worden war und dass das Geschäft florierte. Ein freundliches Lächeln breitete sich über sein Gesicht aus. Er meinte: »Aser, auf Dich kann man sich halt verlassen. Dieser berichtete, dass so viele Kreditnehmer bei ihnen im Moment vorsprechen würden, dass seine Angestellten kaum mit der Arbeit nachkämen. Die Darlehen und die Zinsen würden jedoch insgesamt pünktlich zurückgezahlt, so dass der Bargeldbestand der Bank wieder angewachsen sei. Durch die günstige Zinspolitik der Bank würden immer mehr Anleger ihr Geld bei der Bank einzahlen.

Aser schlug vor, Zweigstellen der Bank auch in anderen Städten und in Rom, aber vorerst einmal in Massalia zu eröffnen.

Sextus beauftragte Aser, dass er in Massalia erstmals ein geeignetes Gebäude suchen und in seinem Namen kaufen solle. Die Eröffnung einer dortigen Bank würden sie dann bei seinem nächsten Besuch gemeinsam vornehmen.

Er kaufte bei einem Schnitzer eine teure vierzig Zentimeter hohe Holzpuppe mit weiblichen Rundungen und beweglichen Gliedern und begab sich zu Camilla zurück. Er übergab ihr die Puppe und bat sie, Kleider für diese zu schneidern und sie dann Didia zu schenken. Dieser erzählte er noch das Märchen von dem Tier mit den fünf Beinen und den zwei Armen und schlief dann erschöpft auf seinem Bett ein. Er dachte noch: »Was für ein Tag. Ich habe heute ein gefälschtes Siegel herstellen lassen, meine fünf Genossen aus der Haft herausgeschwindelt, eine Schmuckschätzung vornehmen lassen, Bücher geprüft, eine Puppe gekauft und ein Märchen erzählt. Das strengt ja mehr an, als ein Tag auf dem Schlachtfeld.«

Am nächsten Tag traten sie die Rückreise an und kamen sicher nach Tolosa.

37

Gergovia März 109 vor Chr.

Königin Cerva räkelte sich in ihrem Bett und beschloss noch etwas liegen zu bleiben. Sie dachte genussvoll an die letzte Nacht mit Sextus zurück und meinte, dass sie ihr ausschweifendes Liebesleben ein wenig einschränken müsse, damit sie sich nicht überanstrengen würde.

Ihren Ehemann hatte sie so weit gebracht, dass er Sextus ein Zimmer neben ihren Gemächern zuweisen ließ, damit sie nicht im Winter die zugigen und kalten Gänge benutzen musste.

Sie dachte an ihren Aufenthalt in Tolosa zurück und wie Sextus mit einem Bargeldbetrag von fünfhunderttausend Sesterzen von Narbo zurückgekommen war. Erstaunlich, dass er so viel Geld für den Schmuck erlösen konnte. Er hatte Asse, Sesterzen, Denare und Aureos mitgebracht. Ihre Tochter Mesani konnte damit über Jahre ein standesgemäßes Leben führen. Sie hatte geschrieben, dass sie schwanger sei. Cerva konnte sich schon denken, wer der Vater war, insbesondere, da sie zugestimmt hatte, dass Mesani Sextus nochmals besuchen durfte.

Untertags beriet sich Sextus mit ihrem Ehemann. Sie beschlossen Reformen in dem Königtum durchzusetzen und die Arverner zu gewissenhafter Arbeit zu bewegen. Nachts war er ihr zu Diensten. Anscheinend hatte sie noch nichts von ihrer Schönheit und Anziehungskraft eingebüßt, obwohl sie 18 Jahre älter als Sextus war. Sie beschloss aufzustehen und ihre Landgüter zu inspizieren.

Sextus saß unterdessen schon im Büro des Königs und versuchte diesen zu überzeugen, ein Aquädukt von einem der beiden Flüsse abzweigend aus den bewaldeten Hügeln in die Stadt zu verlegen. Er meinte: »König Cemuntis, schaue, wenn Du ein Aquädukt und eine Abwasserentsorgung baust, hast Du immer frisches gutes Wasser in der Stadt und die Fäkalien liegen nicht mehr auf den Straßen und Gassen herum. Die Seuchengefahr verringert sich, die Einwohner sind reinlicher, da sie sich öfters waschen können und die Schweine würden nicht mehr in dem Unrat auf den Straßen wühlen. Wenn Du außerdem noch eine Therme bauen würdest, könnte man sich hier richtig wohlfühlen. Die Frauen wären sowieso auf Deiner Seite, da sie nicht mehr die schweren Eimer aus den Brunnen hochziehen müssten, und den Männern müsste man halt beibringen, dass es noch etwas anderes als Biertrinken, Prahlen und Raufen gibt.«

»Ja Sextus, Deine Ratschläge sind gut. Ich werde ein Aquädukt bauen lassen. Reite mit mir morgen zum Oberlauf der Bäche Or und Orst, damit wir feststellen können, wo am leichtesten Wasser für die Stadt abgezweigt werden kann.«

Am darauf folgenden Tag kam ein Bote des Statthalters Bestia an. Er überbrachte Sextus den Befehl, sofort nach Narbo zurück zu reiten. Die VII. Legion würde nach Numidien verlegt. Der Legat Marius würde die Legion übernehmen.

Als Cemuntis dies erfuhr, machte er Sextus den Vorschlag, aus der Legion auszuscheiden und als Berater am Königshof zu verbleiben. Königin Cerva bat Sextus inständig in Gergovia bei ihr zu bleiben und erinnerte ihn an die schönen Stunden, die er mit ihr verbracht hatte. Sextus überlegte lange. Dann erklärte er: »Ich habe einen Treueid auf die Legion geleistet und mich verpflichtet 16 Jahre zu dienen. Wenn ich hier bliebe, würde ich als fahnenflüchtig gelten und könnte nie mehr in das römische Reich einreisen und auch meine Eltern nicht besuchen. Deshalb verzeiht mir, dass ich Euer Anerbieten nicht wahrnehme. Ich verspreche aber, dass ich nach dem Ende meiner Dienstzeit Euch besuche.«

Sextus machte sich reisefertig und ritt am nächsten Tage davon. Er war rechtschaffen müde und ausgelaugt. Königin Cerva hatte die ganze Nacht bei ihm verbracht und ihn zum Abschied regelrecht gefordert. Als sie sich von ihm verabschiedete, sagte sie unter Tränen: »Lieber Sextus, Du weißt, ich habe Deine Qualitäten als Liebhaber von Anfang an geschätzt. Das letzte halbe Jahr war das glücklichste in meinem Leben. Mein Mann, Du und ich haben doch harmonisch zusammen gelebt. Schade dass Du nicht bleiben kannst. Ich verstehe aber Deine Beweggründe. Hier schenke ich Dir einen goldenen Ring mit einem Turmalin. Der Stein kann aufgeklappt werden. Darunter befindet sich eine Haarlocke von mir. Sie soll Dich immer an mich erinnern. Zum Abschied möchte ich Dir noch ein Geheimnis anvertrauen. Ich bin schwanger von Dir. Ich hätte nicht gedacht, dass ich in meinem Alter noch einmal schwanger werden könnte. Meinem Manne habe ich es schon erzählt. Er freut sich auf das Kind. Wenn es ein Sohn wird, haben wir endlich den ersehnten Thronfolger. Es ist schon komisch, dass meine Tochter und ich jetzt gleichzeitig von Dir ein Kind bekommen.«

Sextus war ganz erstaunt und freute sich über die Mitteilung. Er meinte: »Jetzt habe ich noch einen Grund nach Gergovia zurück zu kommen. Aber hinsichtlich Mesani irrst Du. Sie mag zwar ein Kind bekommen, aber nicht von mir. Ich bin nie bei ihr gelegen.«

Cerva, der diese Bemerkung herausgerutscht war, ruderte zurück:

»Natürlich Sextus, ich habe mir dies wahrscheinlich eingebildet, weil Mesani so verliebt in Dich war.«

»So, nun gehe! Ich komme nachher bei Dir und Cemuntis vorbei, um mich zu verabschieden.«

Sextus stutzte sein Haar und seinen Bart, zog römische Kleidung an und verwandelte sich so wieder in einen Römer.

Eine Stunde später sprach er beim Königspaar vor. Sie registrierten mit Erstaunen das römische Aussehen ihres Gastes. Cerva schmiegte sich an ihn, küsste ihn und drückte ihn zum Abschied innig an sich. Der König umarmte ihn und flüsterte ihm ins Ohr: »Sextus, Cerva hat mir alles erzählt. Ich werde Dein Kind so wie mein eigenes aufziehen.« Er überreichte ihm für seine Dienste zum Abschied eine schwere goldene Kette und schenkte ihm außerdem zwei edle Reitpferde. Sextus bedankte sich und ritt mit Tränen in den Augen davon. Das Königspaar begleitete ihn bis zum Stadttor. Sextus drehte sich beim Wegreiten immer wieder um und winkte solange, bis das Paar nicht mehr zu sehen war.

Nach fünf Tagen langte er in Narbo an und meldete sich bei dem Statthalter zurück. Dieser empfing ihn unfreundlich und bemerkte: »So, nun hat Dein Lotterleben ein Ende, und ich kann endlich einen besseren Botschafter nach Gergovia senden. Sage, war der König mit Dir als Liebhaber zufrieden?«

»Statthalter, bei aller Ehrerbietung, habe ich Dir nicht immer pünktlich alles berichtet, was sich in Arvernien ereignet hat, habe ich Dich nicht auf die Bündnispolitik des Königs hingewiesen und die wirtschaftliche Lage des Königreiches geschildert. Wieso warst Du nicht mit meiner Tätigkeit zufrieden und wieso unterstellst Du mir, dass ich sexuelle Beziehungen zum König unterhalten habe?«

»Centurio, ich bin hier der Statthalter. Ich kann Dich so lange beschuldigen, wie ich will. Ich halte Dich für einen faulen und ehrlosen Gesellen, der sich in Gergovia schöne Tage gemacht hat und es nicht fertig gebracht hat, einen zusätzlichen Sesterz in meine Kasse zu bringen. Ich degradiere Dich zum einfachen Legionär. Verlasse mich jetzt und melde Dich bei dem 1. Centurio Cassus.«

Sextus ärgerte sich maßlos über die Worte des Bestia. Während der vorgebrachten Beschuldigungen lief er vor Zorn rot an. Er musste sich gewaltsam zurückhalten, um diesen nicht anzuschreien. Er versuchte aber noch einmal Bestia zu beschwichtigen und sprach:

»Statthalter, ich habe treu und brav meine Pflicht getan. Es ist unrecht von Dir, mich zu beschuldigen und mich zu degradieren. Ich werde keinen Dienst als einfacher Legionär tun, sondern bestehe auf einer Stelle im Stab.« Jetzt lief Bestia rot an und beschimpfte Sextus laut mit den übelsten Schimpfwörtern, so dass sogar einer der Schreiber in das Büro hereinschaute, aber von Bestia hinausgewiesen wurde. Er schrie: »Du Centurio erlaubst Dir, einen Befehl von mir nicht zu befolgen. Ich werde Dich in Ketten in ein Verlies werfen lassen.« Sextus dachte sich: »Jetzt musst Du auf Ganze gehen und gewalttätig gegen Deinen Vorgesetzten werden, sonst vernichtet er Dich.« Er trat auf Bestia zu, zog blitzschnell sein Schwert und setzte die Spitze an den Hals des Statthalters. Er drückte leicht zu, so dass die Klinge in das Gewebe eindrang. Dabei zischte er ihn an: »Wenn Du jetzt um Hilfe rufst, ersteche ich Dich. Ich will, dass Du mir eine Dankesurkunde über meine Tätigkeit in Gergovia ausstellst und eine Beförderungsurkunde mit meiner Beförderung zum 1. Centurio ++. Diese habe ich mir durch meine Botschaftertätigkeit verdient. Rufe Deinen Schreiber herein und diktiere ihm den Sachverhalt und lasse Dir nicht einfallen, diesen um Hilfe zu bitten. Ich halte mein Schwert hinter meinem Rücken versteckt und ich schwöre Dir, ich werde Dich sofort erstechen, wenn Du auch nur ein Wort zu dem Schreiber sagst, Dich unnatürlich benimmst, oder um Hilfe rufst und jetzt wische Dir noch das Blut vom Hals.«

Bestia war ein gewalttätiger Mensch. Ihm machte es nichts aus, seine Sklaven selbst zu bestrafen, sie auszupeitschen und zu foltern, oder tausende seiner unterstellten Soldaten in den Tod zu schicken, oder auch wehrlose Huren und Sklavinnen brutal zu vergewaltigen. Aber er war auch ein großer Feigling und Angsthase, der zwar andere massiv bedrohte, aber vor jeder an ihn gerichteten Drohung zurückschreckte und geradezu eine panische Angst vor Schmerzen hatte. In den beiden ihm unterstellten Legionen war er äußerst unbeliebt. Wegen seiner Schikanen hassten ihn insbesondere die Legionäre der VII. Legion. Er konnte sich lediglich auf eine kleine Clique höherer Offiziere verlassen, die ihm halfen, die Provinz auszuplündern. Die Stimmung in den Legionen war so schlecht, dass es in den letzten Monaten mehrmals Befehlsverweigerungen gegeben hatte und fast einen Aufstand gegeben hätte.

Bestia nahm die Drohung des Sextus ernst. Er war vor Angst ganz blass geworden und sackte richtig auf seinem Stuhl zusammen An seinen Füßen bildete sich eine Wasserlache. Er rief mit belegter Stimme nach dem Schreiber, diktierte diesem die Urkunden und siegelte sie.

Sextus ermahnte ihn nochmals, still zu sein und drohte ihm ansonsten den sofortigen Tod an. Auch bis zur Abreise der Legion solle er keinem Menschen etwas erzählen und auch keinerlei Maßnahmen gegen ihn ergreifen, sonst würde er ihn aufsuchen und töten. Bestia versprach keinem Menschen von der Bedrohung zu erzählen. Er dachte: »Wenn ich es erzähle, hält mich jeder für einen Feigling, weil ich mich von dem Centurio habe nötigen lassen und wer weiß, vielleicht versucht der Centurio mich dann zu töten. Wenn ich Leptonius festnehmen lasse, werden mich meine Offiziere noch verächtlicher behandeln, als sie es schon bisher tun. Ich werde deshalb einen Mörder dingen und ihn unter der Voraussetzung, dass er den Centurio umbringt, reich beschenken. Außerdem werde ich ihm jegliche Straffreiheit zusichern.«

Sextus ließ durch einen Verwaltungsbeamten die Urkunden bestätigen und eine Abschrift im Depot hinterlegen. Dann suchte er den Primipili der Legion, Flavus Castus, auf. Er erzählte ihm, dass ihn der Statthalter beleidigt habe, ihn degradieren und in Ketten legen wollte. Er habe dies nur mit Todesdrohungen und mit Gewalt abwenden können. Flavus Castus meinte: »Warum sollte er gerade Dich so behandeln, wo Du Dir doch um die Provinz beim Straßenbau und als Botschafter so große Verdienste erworben hast.«

»Nun ja, er hat mich beleidigt und ich habe es gewagt, ihm zu widersprechen. Außerdem hat er mich schon früher durch Unterstellungen diskriminiert.«

»Sextus, jetzt verstehe ich, Widerspruch verträgt er nicht. Er meint dann immer, dass man seine Befehle nicht befolgen wolle. Du bist in der Legion sehr beliebt und angesehen. Ich glaube nicht, dass Bestia, wenn er sich die Sache überlegt, gegen Dich offiziell vorgehen wird. Er ist aber verschlagen und hinterlistig. Deshalb hüte Dich vor gedungenen Raufbolden und Mördern. Beziehe anscheinend wieder Dein Quartier hier im Verwaltungsgebäude, nächtige aber wo anders. Deine Abwesenheit werde ich erklären, so dass Du nicht als Deserteur gesucht wirst. Ich selbst bin heilfroh, wenn die Legion nach Numidien abmarschiert. Ich hatte in den letzten Monaten auch sehr unter Bestia zu leiden.«

»Flavus, ich werde Deinen Rat beherzigen und werde mich bis zum Abmarsch so gut wie unsichtbar machen.«

Sextus begab sich in seine Wohnung und zog eine einfache Kapuzentunika an. Er klopfte an die Türe zur Schneiderei. Ihm wurde von einer neuen Näherin geöffnet. Sie musterte ihn kritisch und ließ ihn nicht eintreten. Didia hatte ihn jedoch schon erspäht und lief mit ausgestreckten Armen und dem Ruf: »Sextus, endlich bist Du wieder da« auf ihn zu. Camilla folgte ihr auf dem Fuß und umarmte Sextus. Sie begaben sich in das neu eingerichtete Kontor von Camilla. Sextus erklärte ihr die Lage und bat sie, niemanden zu erzählen, dass er die Wohnung ein Stockwerk höher bezogen habe. Sie möchte aber ab jetzt auf verdächtige Personen achten, da er befürchten müsse, dass Bestia ihn umbringen wolle.

Camilla versprach: »Natürlich werde ich aufpassen. Ich habe schon die ganze Zeit auf Deine Rückkehr gewartet. Das Geschäft läuft sehr gut. Ich kann die eingehenden Aufträge nicht mehr abarbeiten. Die Räumlichkeiten sind auch zu klein geworden. Ich würde vorschlagen, den Mietern der oberen Stockwerke zu kündigen und dort eine Schneiderei für die einfachere Kleidung einzurichten. Außerdem könnte ich Deine Wohnung gut als Lagerraum gebrauchen. Wäre es möglich, dass Du diese freigibst und Dir eine andere Bleibe suchst und könntest Du die Kräuter aus dem hinteren unteren Lagerraum entfernen lassen? Ihr Geruch durchzieht das ganze Haus und außerdem bräuchte ich den Lagerplatz?«

»Liebe Camilla, die Legion hat einen Abmarschbefehl erhalten, und ich muss mit dieser nach Numidien ziehen. Auf der Reede von Massalia werden schon Transportschiffe gesammelt. Alles wird zum Abmarsch vorbereitet, und Du wirst mich längere Zeit nicht sehen. Meine Wohnung kannst Du ab diesem Zeitpunkt übernehmen und den Mietern in den Obergeschossen kannst Du kündigen. Aser wird demnächst eine Apotheke einrichten und die Kräuter abholen. Arbeite eng mit Aser zusammen. Er vertritt hier meine Interessen.«

»Natürlich habe ich gehört, dass die VII. Legion verlegt wird. Ich habe aber geglaubt, dass Du als Botschafter von dieser Maßnahme ausgenommen bist.«

Sextus betrat ganz in Gedanken die Bank durch eine Hintertüre. Aser freute sich, ihn zu sehen. Sextus erklärte ihm die Lage und bat ihn, in den nächsten Tagen die Therme aufzusuchen um den neuesten Stadtklatsch zu erfahren. Aser war darüber zwar nicht glücklich, da seine Arbeit liegen blieb, sagte aber zu. Danach ließ sich Sextus die gesamten Bücher der Bank vorlegen und studierte die Eintragungen. Er stellte fest, dass die Bank weiterhin florierte und einen sehr guten Gewinn abwarf. Aser wies ihn darauf hin, dass sie beim Umsatz schon seit längerer Zeit vor dem Bankhaus Medinas lägen und dieses jetzt auch beim Gewinn übertroffen hätten. Er habe immer noch gute Beziehungen zu ehemaligen dort beschäftigten Arbeitskollegen und erfahre von diesen die Neuigkeiten.

Aser erstattete ihm Bericht über seine Bemühungen, in Massalia ein geeignetes Gebäude ausfindig zu machen. Zwei geeignete Objekte habe er besichtigt. Es handele sich um eine ehemalige Gaststätte mit Hofraum in der Nähe des Nordtores und ein ehemaliges Handelshaus in der Hauptstraße. Das Anwesen in der Hauptstraße liege verkehrsgünstiger, sei aber doppelt so teuer wie die Gaststätte. Besitzer des Handelshauses sei die Stadt Massalia. Die Gaststätte gehöre dem Kaufmann Grimor. Er habe aber entgegen den Anweisungen keinen Kauf getätigt, da er sich nicht sicher gewesen sei, die richtige Entscheidung zu treffen. Sextus bedankte sich und bemerkte, dass er die Angelegenheit selbst regeln werde, zumal er sich wegen einer Auseinandersetzung mit Bestia nicht im Lager sehen lassen könne.

Sextus erzählte Aser, dass er in Avarium bei einem Schreiner gesehen habe, wie dieser aus kreisförmig angeordneten schmalen gebogenen Eichenbrettern Fässer für Bier hergestellt habe. Er bat ihn in Narbo einen talentierten Schreiner ausfindig zu machen, ihn finanziell auszustatten und ihn als »Lehrling« nach Avarium zu senden. Dieser solle dort die Herstellung von Holzfässern erlernen und diese dann in Narbo herstellen.

Sextus beschloss nach Massalia zu reiten und dort den Kauf eines Bankgebäudes vorzunehmen. Er dachte sich: »So bin ich auch dadurch aus der Reichweite des Bestia.« Er staffierte sich mit teurer Kleidung aus, ließ sich Geld auszahlen, forderte von Aser kräftige bewaffnete Sklaven an und reiste nach Massalia. Die Reise verlief ereignislos. In der Stadt besichtigte er die beiden Objekte. Er fand sie beide als geeignet. Das ehemalige Handelshaus war etwas verwahrlost. Spinnennetze durchzogen die Räume. Mäusekot lag überall herum. Der Putz bröckelte ab und über das undichte Dach war Nässe in das Gebäude gelangt. Die Bausubstanz war jedoch noch gut. Er begab sich zum Liegenschaftsverwalter der Stadt und erfragte den Kaufpreis für das Anwesen. Dieser freute sich, dass ein potentieller Käufer Interesse an dem Objekt zeigte. Noch mehr freute es ihn, als er erfuhr, dass eine Bank dort etabliert werden sollte. Er bot Sextus das Objekt zum Preis von sechzigtausend Sesterzen an. Sextus antwortete: »Willst Du mich ruinieren. Ich biete Dir dreißigtausend Sesterzen und kein As mehr an. Wenn wir handelseinig werden, bekommst Du sofort Dein Geld.«

»Wenn Du sofort zahlst, kann ich Dir mit dem Preis entgegenkommen. Ich möchte das Anwesen unbedingt verkaufen. Die Stadtkasse hat es von einem Kaufmann, der achtzigtausend Sesterzen Schulden bei der Stadt hatte, übernommen. Deshalb muss ich auf einem Preis von knapp unter sechzigtausend Sesterzen bestehen.«

»Nun, ich habe das Gebäude besichtigt. Es ist heruntergekommen. Eine Renovierung wird sehr teuer werden. Der Preis für vergleichbare Gebäude ist wesentlich unter sechzigtausend Sesterzen anzusetzen. Deshalb werde ich das Gebäude zu diesem Preis nicht kaufen.«

Sextus wandte sich zum Gehen. »Halt, halt, «rief der Verwalter, »ich biete Dir das Anwesen für fünfzigtausend Sesterzen an.«

Sextus öffnete die Ausgangstüre. Der Verwalter senkte seine Forderung auf fünfundvierzigtausend Sesterzen. Sextus kehrte zurück und führte neue Kaufverhandlungen. Er einigte sich mit dem Verwalter auf einen Preis von vierzigtausend Sesterzen bei sofortiger Bezahlung. Sie setzten einen Kaufvertrag auf und Sextus übergab den Betrag in Form von Goldaureus. Er erhielt die Schlüssel des Anwesens und suchte den ihm von dem Verwalter empfohlenen Bauunternehmer Manelaos auf. Diesem übergab er nach längerem Verhandeln den Auftrag zu einem umfassenden Umbau des Hauses, zur Verlegung einer Innentreppe in den Keller und der Einrichtung eines Tresorraumes.

Sextus begab sich zum Hafen und stellte fest, dass erst ein kleiner Teil der zum Transport der VII. Legion erforderlichen Transportflotte versammelt war.

Anschließend ging er zu dem Kaufmann Grimor und kaufte diesem nach längerem Verhandeln die ehemalige Gaststätte für dreißigtausend Sesterzen ab. Auch hier beauftragte er den Bauunternehmer Manelaos mit Umbau und Renovierungsarbeiten. Er sollte für zehntausend Sesterzen den Gastraum vergrößern und eine funktionale Küche einbauen. Er hatte vor, das Gebäude nach dessen Renovierung zu verpachten.

Drei Tage später langte er in Narbo an und berichtete Aser über die Neuerwerbungen. Er beauftragte ihn, einen geeigneten Bankmitarbeiter zu suchen, der die Leitung der Bank in Massalia übernehmen könnte, mehrere geeignete Bankbeamte für Massalia einzustellen, einen Kontoristen für Narbo einzustellen, der getrennt von der Bank seine Liegenschaften verwalten könnte, für die Brauerei eine Bierbrauerin zu suchen und einen großen kupfernen Braukessel zu erwerben.

Ferner solle er in der ganzen Provinz geeignete Orte ausfindig machen, in denen man Bankfilialen einrichten könnte. Aser notierte sich die einzelnen Punkte und sagte: »Sextus, ich bin ja so froh, dass ich zumindest die Verwaltung Deiner Liegenschaften abgeben kann. Mir ist die Arbeit in letzter Zeit zu viel geworden.«

»Ja, ich möchte Dich entlasten. Aber Du sollst trotzdem die Oberaufsicht behalten und Du bist mir für die ordnungsgemäße Abrechnung verantwortlich. Es könnte sein, dass ich mehrere Jahre nicht hierher kommen kann. Ich werde Dich schriftlich instruieren und verlange von Dir alle drei Monate einen Überblickbericht. Für Deine Verdienste entnimm dem Bankbestand bitte eine Prämie von zwanzigtausend Sesterzen.«

»Sextus, ich danke Dir, Eines muss ich Dir noch berichten. Ich habe gemäß Deinen Anweisungen im letzten Monat ein großes villenähnliches Eckhaus am Rande des Geschäftsviertels gekauft, das sich gut für die Einrichtung eines Bordells eignet. Die Dame Calpurnia Plato hat zahlreiche Liebhaber und sichert sich so ihre Existenz. Ich nehme an, dass sie einem solchen Hause gerne vorstehen möchte, habe mich aber nicht getraut, sie zu fragen. Könntest Du das übernehmen?«

Sextus ging zu Calpurnia in ihrer Wohnung und ließ sich von einem Sklaven anmelden. Calpurnia, die Sextus vom Sehen kannte, schätzte ihn als neuen Kunden ein und fragte ihn, ob er Lust habe, mit ihr zu schlafen. Sextus wehrte ab und sagte: »Calpurnia, ich habe von Dir gehört, dass Du Deine Liebhaber verwöhnst. Sie äußern sich nur lobend über Deine Liebeskünste. Ich weiß aber auch, dass Du Dir Deinen Lebensstandard mühsam erarbeiten musst. Deshalb trage ich Dir an, Deine Dienste in einem großen Haus zusammen mit anderen Liebesdienerinnen anzubieten, das Haus zu verwalten, Deine Mädchen anzulernen und auszubilden. Hättest Du an so etwas Interesse?« Calpurnia war ganz überrascht, und zögerte mit der Antwort. Sie überlegte und antwortete dann: »Centurio, durch meinen ehemaligen Mann sind mir Deine geschäftlichen Aktivitäten bekannt. Dass Du jetzt auch noch Besitzer eines Hurenhauses werden willst, erstaunt mich. Ich selbst habe mir bisher meine Freier ausgesucht und mich bezahlen lassen, war aber nicht offiziell als Hure tätig. Wenn ich Dein Angebot annehme, würde sich das ändern. Andererseits ist Dein Angebot lukrativ und ich hätte ein geregeltes Einkommen. Ich werde deshalb auf Deinen Vorschlag eingehen.

Sextus schloss mit Calpurnia einen Vertrag, zeigte ihr das vorgesehene Anwesen, übergab ihr dreißigtausend Sesterzen für die Einrichtung des Bordells, verpflichtete sie zu einer geordneten Buchführung und einigte sich mit ihr auf eine Gewinnbeteiligung von fünfzig Prozent. Er vereinbarte, dass der Bankdirektor Aser oder ein Kontorist sich um die Geschäfte kümmern würden. Nachdem der Vertrag abgeschossen war, bot sich Calpurnia an, ihm kostenlos zu Diensten zu sein. Sextus bedankte sich für das Anerbieten, wehrte aber ab. Er meinte, man solle nicht geschäftliche Vereinbarungen mit Liebesdiensten verbinden und verabschiedete sich. Calpurnia war glücklich und zufrieden, und ihr nächster Freier traf sie in gelöster Stimmung an.

Sextus besuchte anschließend Gaia Caecilia. Schon im Hof stürzte der Sklave der Gaia auf ihn zu. Er rief: »Herr, schön dass ich Dich treffe. Ich habe gehört, dass Du ermordet werden sollst.«

»Halt Sklave, erzähle langsam und nach der Reihe, was Du erfahren hast.«

»Herr, ich habe gestern die Weinkneipe »Zum Legionär« besucht. Zwei der Gäste prahlten mit ihren guten Beziehungen zum Statthalter Bestia und hielten alle Gäste frei. Der eine, Valerius Luntulus meinte, dass sie für eine in kurzer Zeit zu erledigende Tätigkeit viel Geld von Bestia erhalten hätten. Der andere, Quincitius Fannius, sagte, dass er noch nie so leicht Geld verdient habe. Sie tranken im Laufe des Abends mehrere Krüge mit Wein und waren regelrecht betrunken. Der Gastwirt, der sie wohl als arme Schlucker kannte, fragte sie, was sie für Bestia erledigen sollten, und nach und nach vertrauten sie ihm an, dass sie den Centurio Sextus Leptonius ermorden sollten. Sie sollten ihn abpassen, wenn er aus seinem Quartier in die Stadt gehen würde, und sollten die Leiche beiseite schaffen. Der Gastwirt glaubte ihnen die Geschichte nicht, sie aber beharrten darauf, dass es sich um die Wahrheit handeln würde.«

Sextus, bedanke sich bei dem Sklaven und gab ihm ein Geldgeschenk von fünf Denaren. Dieser war überrascht über den hohen Betrag, warf sich vor Sextus auf den Boden und bedankte sich vielmals.

Sextus verschob seinen Besuch bei Gaia auf einen späteren Zeitpunkt und begab sich zum Wirt der Weinkneipe. Diesen fuhr er an: »Ich bin Sextus Leptonius, 1. Centurio ++ der VII. Legion. Ich habe gehört, dass in Deiner Kneipe Mordpläne besprochen werden. Ich will von Dir alles darüber wissen, ansonsten lasse ich Deine Kneipe schließen und Dich verprügeln. Wieso hast Du die Mordabsichten nicht der Behörde gemeldet, wie es Deine Pflicht gewesen wäre?«

Der Gastwirt, dem der Schreck über das Auftreten von Sextus und die Drohung, die Kneipe zu schließen, in die Glieder gefahren war, antwortete ängstlich: »Herr, ich will Dir alles, was ich weiß, berichten. Die Behörden habe ich nur deshalb nicht verständigt, da ich nicht glauben konnte, dass der Statthalter ausgerechnet diesen beiden Gaunern einen Mordauftrag gegeben hat. «

»Dann berichte! Ich will alles über diese Mordbuben wissen; wer sie sind, woher sie stammen, wo sie wohnen und was Du sonst noch über sie weißt.«

»Valerius Luntulus und Quincitius Fannius heißen sie und wohnen in der großen Insula am Westtor. Sie sind beide übel beleumundet und haben schon mehrere Räubereien begangen. Auch wegen Mordes sind sie schon angeklagt, aber nicht verurteilt worden. Sie treten immer paarweise auf und wurden auch schon zweimal wegen Raubes verurteilt. Sie haben die römische Staatsbürgerschaft und sind Zuwanderer aus dem diesseitigen Gallien in Norditalien. Sonst lassen sie immer bei mir anschreiben, aber gestern hatten sie richtig viel Geld. Sie haben gesagt, dass sie Dich im Auftrag des Statthalters ermorden sollen und dafür eine Belohnung von zweitausend Sesterzen bekommen würden. Davon hätten sie tausend Sesterzen als Vorschuss erlangt.«

Sextus ging sofort zum Primipili und berichtete ihm seine neuesten Erkenntnisse. Dieser marschierte zusammen mit Sextus, zwei Legionären und einem Schreiber zur Wohnung der Beschuldigten und trafen diese auch, auf ihren Lagern liegend, an.

Flavus Castus hielt ihnen den Mordauftrag vor. Sie waren so überrascht, dass sie den Sachverhalt zugaben und das restliche Geld des Vorschusses vorwiesen. Sie erklärten, dass sie der Militärtribun Lentelus im Auftrag des Statthalters aufgesucht, den Mordbefehl erteilt und ihnen einen Vorschuss gegeben habe.

Einer der beiden Gesellen, Valerius Luntulus, lächelte höhnisch und bemerkte: »Was wollt Ihr denn überhaupt von uns. Wir stehen unter dem Schutz Eures obersten Befehlshabers, des Statthalters Bestia und er wird Euch in Ketten legen, wenn Ihr uns etwas antut.«

Flavus Castus schrie sie an: »Nichtsnutziges Gesindel, wenn von Euch noch einer einen Widerspruch wagt, verlasst ihr diesen Raum mit den Füßen zuerst. Jetzt gebt Ihr die Einzelheiten zu Protokoll, oder soll ich Euch erst mit dem Schwert kitzeln?«

Beide erkannten erst jetzt ihre prekäre Lage und gaben jeglichen Widerstand auf.

Flavus diktierte dem Schreiber den Sachverhalt. Beide Betroffene, Flavus Castus, die beiden Legionäre und Sextus unterschrieben die Schilderung. Zum Abschluss ermahnte Flavus die beiden Mordbuben: »Ihr Abschaum der Stadt Narbo. Nur weil Ihr römische Staatsbürger seid, werdet ihr nicht hingerichtet. Aber Ihr werdet auch so Euer Fett wegkriegen. Mit Bestia werdet Ihr keinen Kontakt mehr aufnehmen, sondern Euch so lange unauffällig verhalten, bis die VII. Legion abgerückt ist. Das Blutgeld wird zugunsten der Legionskasse sichergestellt.«

Der Primipili sandte das Geständnis mit einem Begleitschreiben an den für Rechtsangelegenheiten zuständigen Prätor des Jahres 109 v.Chr. und beschwerte sich über die Vorgehensweise des Statthalters gegen einen verdienten Centurio.

Trotz ihres Geständnisses wurden die beiden Mordbuben nicht belangt. Man hätte ja sonst den Statthalter als obersten Gerichtsherrn bloßstellen müssen. Flavus schickte aber einige Legionäre zu ihnen, die sie grün und blau prügelten, so dass sie einige Tage ihr Zimmer nicht verlassen konnten.

Am nächsten Tag spazierte Sextus durch die Stadt und traf den Großkaufmann Plato. Dieser machte einen ganz niedergeschlagenen Eindruck und wandte sich Hilfe suchend an ihn. Er bat: »Centurio, wir haben doch immer gut zusammengearbeitet. Jetzt bräuchte ich Deine Hilfe. Höre, der Statthalter Bestia erpresst mich.«

»Mit was für einem dunklen Geheimnis kann er denn Dich erpressen?«

»Nun, angefangen hat es mit einer Forderung seinerseits, ihm persönlich zweihunderttausend Sesterzen zu überbringen. Er hat seinen Günstling, den Militärtribunen Lentelus, zu mir gesandt. Er drohte mir mit empfindlichen Übeln, aber mit nichts Konkretem, wenn ich nicht zahlen würde. Ich weigerte mich. Am nächsten Tag gingen meine hier im Stall als Reserve verbliebenen Maulesel ein. Man hatte ihnen vergiftetes Futter gegeben. Lentulus suchte mich danach auf und fragte, ob ich jetzt zahlen wolle. Ich weigerte mich erneut und sprach persönlich beim Statthalter vor. Ich hoffte, dass Lentelus von sich aus tätig geworden war und der Statthalter ihn maßregeln würde. Ich musste lange warten, bevor ich vorgelassen wurde. Bestia war ganz kurz angebunden zu mir. Er fertigte mich mit folgenden höhnischen Worten ab: »Kaufmann, entweder Du zahlst, oder ich werde Dich ruinieren. Der Militärtribun vertritt meine Interessen. So und nun gehe.« Ich weigerte mich auch weiterhin zu zahlen. Am Morgen danach waren alle Amphoren mit Wein im Lagerhaus zerschlagen. Der Wachmann lag betäubt und gefesselt im Kontor. Als Lentelus wieder kam, übergab ich ihm den geforderten Betrag. Ich hatte gemeint, damit meine Ruhe zu haben. Aber weit gefehlt. Lentelus kam wieder und verlangte von mir für Bestia fünfhunderttausend Sesterzen, wenn ich weiteres Unheil abwenden wolle. Ich erklärte, dass ich nicht zahlen könne, da ich nicht soviel Vermögen hätte. Aber anscheinend wusste Bestia über meine Vermögensverhältnisse Bescheid, denn am nächsten Tag brannte mein größtes Lagerhaus mit allen Vorräten nieder. Im Brandschutt fand man die Leichen meiner beiden Sklaven, die ich als Wache eingeteilt hatte. Ich zog deshalb meine Außenstände ein und übergab Lentelus einen Betrag von dreihunderttausend Sesterzen. Offensichtlich war Bestia damit nicht zufrieden, denn gestern brannte die Lagerhalle mit meinem gesamten Wagenpark ab. Was soll ich jetzt tun? Centurio, kannst Du mir einen guten Rat geben?

Sextus kam die Klage des Plato gerade recht. Er überlegte, dass ihm Bestias Vorgehen gegen Plato sehr zustatten kam; er nahm sich vor, die Angelegenheit in seinem Sinne zu regeln.

Zu Plato sagte er: » Ich werde Dir helfen! Bitte fertige für mich einen chronologischen schriftlichen Bericht über diese Vorkommnisse mit zeitlich genauen Angaben, der Schadenshöhe und den Namen der jeweiligen Zeugen. Ich werde Bestia nötigen, Dir Dein Geld wieder zu geben«

Über das Gesicht des Kaufmanns huschte ein ungläubiges Lächeln. Er meinte: »Wenn Du das fertig bringst, sollst Du mehr als ein Zehntel der zurückgezahlten Summe erhalten. Ich danke Dir aber schon jetzt dafür, dass Du Dich für mich einsetzen willst.«

Sextus begab sich in das Verwaltungsgebäude des Statthalters. Er trug eine einfache Arbeitertunika und hatte die Kapuze der Tunika aufgesetzt, damit er nicht gleich erkannt würde. Als er den zum Zimmer des Bestia führenden Gang betrat, sah er dass vor der Tür eine Wache aufgestellt worden war. Er erkannte den Wachlegionär. Es war ein ehemaliger Zeltgenosse der zweiten Zeltgemeinschaft Servius Polas. Dieser trat ihm im ersten Impuls in den Weg und zog sein Schwert. Als er Sextus erkannte, zog sich ein Lachen über seine Züge und er meldete: »Vierter Centurio Polas zum Wachdienst im Verwaltungsgebäude kommandiert. « Sextus umarmte ihn und fragte ihn, wieso er als Centurio Wachdienst verrichten müsse? Polas berichtete, dass Bestia gezielt einen zuverlässigen Centurio bei seinem 1. Centurio angefordert habe und die Wahl auf ihn gefallen sei.

Sextus bestimmte Polas, ihn zu Bestia zu lassen und keiner weiteren Person Zutritt zu gewähren. Wenn Bestia ihn später dazu befragen würde, solle er sagen, dass er nur einige Sekunden seinen Posten verlassen habe. Sollten ihm dadurch Nachteile entstehen, würde er die Sache wieder bereinigen.

Sextus öffnete leise die Türe, trat ein und schloss diese hinter sich. Bestia sah erstaunt auf. Als er Sextus erkannte, wurde sein Gesicht leichenblass. Dachte er doch, dass er jetzt getötet werden sollte. Er öffnete den Mund, um Hilfe zu rufen und brachte gerade einmal einen leisen Ton heraus bevor Sextus ihn mit seinem Schwertknauf bewusstlos schlug. Er knebelte und fesselte ihn und wartete, bis Bestia wieder zu sich kam. Dann sprach er eindringlich auf ihn ein: »Bestia, ganz knapp bist Du soeben an Deinem Tod vorbeigegangen. Höre mir gut zu und befolge meine Anordnungen, ansonsten werde ich Dir Deine Kehle durchschneiden.« Bestia gab durch ein Nicken zu verstehen, dass er Sextus verstanden hatte.

»Ich habe gehört, dass Du dem Kaufmann Eusebio Plato fünfhunderttausend Sesterzen abgenötigt hast. Außerdem hast Du ihm durch Brände und Vergiftung seiner Maultiere einen hohen Schaden zugefügt. Du gibst sofort das Geld zurück und leistest eine Entschädigung für die Sachbeschädigungen. Wo befindet sich das Geld.«

Bestia, der große Angst um sein Leben hatte, würgte an seinem Knebel und deutete mit dem Kopf auf eine Truhe im rückwärtigen Teil des Raumes. Sextus untersuchte diese. In ihr stapelten sich eine Vielzahl von Leinensäckchen, auf die der jeweilige Inhalt geschrieben war. Er nahm fünf Säcke von jeweils zweihunderttausend Sesterzen in Aureos aus der Truhe und legte sie vor Bestia auf den Schreibtisch. Dann öffnete er die Türe zum Vorraum und beauftragte Polas zwei Sklaven des Bestia zu rufen, sie aber vor der Türe warten zu lassen. Als diese kamen, trug er das Geld vor die Türe. Er befahl Polas, angeblich im Namen von Bestia, das Geld zu dem Kaufmann Plato zu verbringen und sich eine Quittung über die Übergabe ausstellen zu lassen. Außerdem solle er Plato ermahnen, das Geld gut zu verstecken.

Polas der ahnte, was vorgefallen war, nahm den Auftrag grinsend an und begleitete die Sklaven und das Geld zu Plato.

Sextus wandte sich an Bestia und ermahnte ihn: »Bestia, ich habe gehört, dass Du zwei Mordbuben beauftragt hast, mich zu töten und meine Leiche zu beseitigen. Dies ist jetzt meine letzte Warnung. Wenn Du nicht aufhörst mir nachzustellen, komme ich zurück und töte Dich. Du siehst, selbst wenn Du eine Wache aufstellst, kann ich in Dein Büro eindringen. Ich werde Dir jetzt die Fesseln lösen. Den Knebel kannst Du Dir selbst entfernen. Wage es ja nicht, um Hilfe zu rufen, denn dann bist Du des Todes. Hast Du mich verstanden!«

Bestia nickte zur Bestätigung. Sextus schnitt seine Fesseln durch und begab sich zu Flavus Castus. Er berichtete ihm von den Vorkommnissen und dieser meinte: »Gut, den Bericht des Plato sende ich den sonstigen Unterlagen nach Rom nach. Übermorgen ist Abmarsch der Legion nach Massalia. Nur bis dahin hat Bestia eine Zugriffsmöglichkeit auf Deine Person. Deshalb stoße erst nachdem wir abmarschiert sind zu uns. Du übernimmst dann die Gesamtführung der 11. bis 20. Centurie.«

Sextus bedankte sich und begab sich in die Stadt zu Aser. Dieser berichtete ihm, dass etwas ganz Seltsames geschehen sei. Der Kaufmann Plato habe ohne Angabe von Gründen den Betrag von einhundertzwanzigtausend Sesterzen in bar auf das Konto des Sextus eingezahlt. Sextus lachte vor sich hin und meinte, dass das schon in Ordnung sei. Plato habe sich lediglich erkenntlich gezeigt.

Sextus hielt sich noch drei Tage in Narbo, meist in der Bank und in der Villa von Aser auf und besuchte auch noch einmal Rufia. Auch dort gab es noch einmal Tränen. Dann sattelte er sein Pferd und ritt der Legion hinterher. Flavus Castus erwartete ihn schon dringend.

38

Kämpfe unter Metellus
Legionslager in Utica, Provinz Africa, August 109 v. Chr.

Sextus Leptonius kam von der Morgenbesprechung im Verwaltungsgebäude der VII. Legion zurück. Der neue Legat Gaius Marius hatte die Legion vor einem Monat übernommen, als sie an der Reede von Utica anlangte. Die Fahrt nach dort war ereignislos verlaufen. Alle Schiffe waren wohlbehalten angekommen. Inzwischen war auch der neue Konsul Quintus Metellus angekommen und hatte den Oberbefehl über die VII. und die schon länger in Africa stehende XI. Legion übernommen. Deren Legat Tiberius Spurius hatte die Manneszucht verkommen lassen, so dass die Legionäre in erpresserischer und plündernder Weise in der eigenen Provinz und auch noch im Königreich Numidien umherzogen. Metellus unterband dieses Verhalten mit Strenge und bestrafte die Übeltäter. Er ordnete an, dass niemand ohne Erlaubnis des Legaten das Lager verlassen dürfe. Eine einzelne Centurie wollte ihr lockeres, profitables Leben nicht aufgeben und setzte die Plünderungen fort. Als Metellus dies erfuhr, ließ er den Führer der Centurie und jeden zehnten Legionär, also insgesamt acht Legionäre, hinrichten und den Rest durch den Profos auspeitschen. Alle Legionäre beider Legionen mussten der Bestrafung zusehen. Bei den Hinzurichtenden befand sich ein zartes Bürschchen von siebzehn Jahren, das vermutlich erst kurz als Rekrut zur Legion gekommen war. Sextus, den dessen Jugend rührte, fragte über den Primipili Castus an, ob man diesen verschonen könne. Der Konsul, ein starrer und rücksichtsloser Aristokrat, wie alle aus dem Geschlecht der Meteller, lehnte das Ansinnen ab.

Zuerst wurden die zweiundsiebenzig Legionäre an Holzböcken festgebunden und ihnen von mehreren Profossen je zwanzig Peitschenhiebe verabreicht. Dann wurden die acht zum Tode Verurteilten hingerichtet. De Profos schlug jedem das Haupt ab.

Es war dies eine strenge Maßregel, doch sie wirkte. Ab sofort hörte das Plündern auf.

Marius gliederte die VII. Legion neu. Die Kampfgemeinschaften der Hastati, Principes und Triarier wurden von ihm aufgelöst. Der Begriff Manipel verschwand. Innerhalb der Legion operierte die Kohorte als kleinste taktische Einheit. Sie bestand aus zehn Centurien von je zehn Zelteinheiten, also achthundert Legionären.

Sextus wurde zum Kommandanten der zweiten Kohorte ernannt.

Bei der Frühbesprechung hatte Marius verkündet, dass ab sofort die Truppe nach dem neuen, von dem Offizier Publius Rutilius Rufus eingeführten Exerzierreglement auszubilden sei. Dieses sah vor, die Ausbildung an der Waffe der Ausbildung von Gladiatoren anzugleichen, aber gleichzeitig die gleichmäßige und sofortige Ausführung von Befehlen zu üben.

Marius steigerte die Einsatzbereitschaft der VII. Legion, indem er die Legionäre täglich gegeneinander mit dem Schwert üben ließ und sie durch Gewaltmärsche abhärtete. Den Legionären der XI. Legion, die schon seit fünf Jahren in Africa stationiert war, musste der eingerissene Schlendrian erst ausgetrieben werden.

In seiner dienstfreien Zeit ritt Sextus des Öfteren aus dem Lager, besichtigte die umliegenden Orte und übte mit seiner Steinschleuder. Mit dieser hatte er es zu großer Fertigkeit gebracht. Er konnte jetzt schon Tiere im Lauf erlegen. Zwar gab es in der Umgebung der Stadt Utica wenig Kaninchen, jedoch besonders im Flusstal des Bagradas wimmelte es von Feldhasen. Für sie waren die großen Weizen- und Gerstenfelder in den Flussebenen ein wahres Eldorado. Hier, in dieser fruchtbaren Gegend, wurde Getreide für Italien angebaut und über Utica meist nach Rom verschifft. Große Getreidespeicher standen auf den Feldern und einachsige Eselskarren beförderten die Ernte nach Utica.

Auch die angrenzende Wald- Steppen- und Wüstenregion war wildreich. Antilopen, Zebras, Gnus, Springböcke, Gazellen, Giraffen, Nashörner und Affen bevölkerten diese. Ganze Löwenrudel warteten auf Beute.

Sextus erlegte mit der Schleuder eine Vielzahl von Feldhasen und brachte diese zu den Legionären seiner Kohorte. Auch die Offiziersmesse versorgte er mit Frischfleisch. Von seinen Jagdausflügen in die weitere Umgebung brachte er stets eine Gazelle, oder ein junges Zebra mit. Bei diesen Ausritten führte er immer ein Packpferd zum Tragen der Last mit sich. Selbst Marius lobte ihn: »Sextus, wenn Du nicht Kohortenführer wärst, könntest Du Dir Dein Brot auch als hauptamtlicher Jäger verdienen. So viel Wild wie hier, kommt ja nicht einmal in Rom auf die Tafel.«

»Verehrter Legat, ich freue mich, wenn ich durch meine Jagd Eure Tafel bereichern kann. Das Legionärsleben ist an und für sich hart. Erträglich ist es aber, wenn auch einmal Fleisch auf den Tisch kommt und nicht nur Puls und Hartbrot.«

Auf einem seiner Ausflüge wurde Sextus von einer Löwin angegriffen. Diese wurde wahrscheinlich vom Geruch eines von Sextus erlegten Springbockes angezogen. Er sah, dass dieser Löwin noch weitere folgten und ergriff die Flucht. Nachdem er mit dem Packpferd im Schlepp ein Stück getrabt war, sah er, dass die Löwin die Verfolgung nicht aufgegeben hatte. Er sprang deshalb von seinem Pferd, um einen sicheren Stand zu haben und schleuderte aus einer Entfernung von fünfzig Metern der Löwin einen Stein entgegen. Er traf sie am Kopf und diese fiel wie tot zu Boden. Er stieg sofort wieder auf sein Pferd und trabte davon. Als er zurückschaute bemerkte er etwas Merkwürdiges. Die anderen ihn verfolgenden Löwen hielten bei ihrer Artgenossin an und schoben ihre Schnauzen unter den Leib der Betäubten, um sie zum Aufstehen zu bewegen. Als ihnen dies nicht gelang, stimmten sie ein lautes Geheul an. Er dachte sich: ›Ich habe gar nicht gewusst, dass Löwen um eine Gefährtin trauern.‹ Kurze Zeit später erhob sich das Tier und stand mit schwankenden Beinen im Kreis seiner Artgenossen.

Auf seinen Ausflügen ließ sich Sextus von einem numidischen Sklaven begleiten, unterhielt sich mit diesem auf numidisch und frischte so seine Schulkenntnisse auf. Bald konnte er diese Sprache so gut wie gallisch, griechisch oder keltoiberisch sprechen.

Um sich die Zeit zu vertreiben, besichtigte er zusammen mit Flavus Castus und dem Pionieroffizier Mesa Basilos die dreißig Kilometer entfernt liegende ehemalige Metropole Karthago. Sie trafen ein Trümmerfeld an, auf dem sich schon wieder Nachkommen der vertriebenen karthagischen Bevölkerung, dazu Numidier und Römer angesiedelt hatten und die Umgebung der ehemaligen Stadt als Ackerland nutzten. Das gesamte Areal war noch mit Brandschutt aus der Eroberung der Stadt durch Scipio vor vierzig Jahren bedeckt. Lediglich der Handels- und der Kriegshafen waren noch erhalten, und es legten schon wieder einzelne Schiffe an. Das Tor zwischen Handels- und Kriegshafen stand noch. Der kreisrunde Kriegshafen war seiner Werften, Schiffshäuser und des Admiralshauses beraubt. Ebenso waren nur noch die Fundamente der Mauerringe der Stadtbefestigung zu sehen. Mesa Basilos entrüstete sich: »Es ist eine Schande, dass Rom diese stolze Stadt zerstört hat. Was in Jahrhunderten erbaut worden ist, hat Scipio in einem Monat dem Erdboden gleich gemacht. Ich als Pionieroffizier, der sich um die Erstellung von Bauwerken kümmert, tut es in der Seele weh, solche sinnlose Zerstörung zu sehen. Aber ich wage eine Prophezeiung. Diese Stadt wird sich wieder erholen und die Hauptstadt Africas werden. Lass uns nur Jugurtha besiegen, dann sieht die Sache ganz anders aus.«

Sextus meinte: »Nun, vor vierzig Jahren war der Hass der Römer auf Karthago noch ungebrochen. Scipio, der sehr edelsinnig war, wollte die Stadt nicht zerstören. Der Senat hatte ihm jedoch den strikten Befehl dazu erteilt.

Der Senator Cato hatte einen unbändigen Hass auf Karthago. Er konnte es nicht vergessen, dass Hannibal nach der Schlacht von Cannae beinahe Rom eingenommen hätte. Damals drohten die römischen Mütter ihren Kindern, wenn sie unfolgsam waren, dass Hannibal sie holen werde. Cato heizte mit seinen Senatsreden die Stimmung gegen Karthago auf. Er beendete jede Senatsrede mit den Worten: >Im übrigen bin ich der Meinung, dass Karthago zerstört werden muss.< Er erlebte auch noch den Kriegsbeginn gegen Karthago, aber nicht mehr die Zerstörung der Stadt. In der heutigen Zeit hätte man die Stadt wahrscheinlich nicht mehr zerstört, sondern römische Veteranen angesiedelt.«

Nach ihrer Rückkehr ins Lager erfuhren sie die neuesten Nachrichten aus Rom. Der Prokonsul Gaius Bestia war abgelöst und vor Gericht gestellt worden. Wegen seiner schlechten Kriegsführung im jugurthischen Krieg, wegen Bestechlichkeit und Ausplünderung der Provinz Narbonensis wurde er verurteilt und aus Rom verbannt. Sein Vermögen wurde eingezogen. Desgleichen gingen der Feldherr Spurius Albinus und der Gesandtschaftsleiter Lucius Opimius wegen Landesverrates und der Annahme von Bestechungsgeldern durch Jugurtha in die Verbannung.

Für Sextus war ein Schreiben seines Bankdirektors Aser eingetroffen, dem die Abrechnung der Geschäfte beilag. Aser schrieb, dass die Bank florierte, in Massalia die Filiale eröffnet worden und ein Pächter für die dortige Gaststätte gefunden worden sei, die Schneiderei, die Immobilien, die Apotheke und die Brauerei Gewinne abwarfen. Aus der Abrechnung war ersichtlich, dass Sextus um ein Erkleckliches reicher geworden war.

Quintus Metellus war mit dem Ausbildungsstand der VII. Legion zufrieden. Er forcierte die Ausbildung der Legionäre in der XI. Legion, bis diese wieder einsatzfähig waren.

Märsche zur Abhärtung und Gefechtsübungen lösten sich ab. Sextus kam kaum mehr dazu, Fleisch für seine Kohorte und die Offizierstafel zu besorgen. Seine Jagdausflüge führten ihn jetzt nur noch in die Wüste. Er ließ sich von zwei Sklaven mit zusätzlichen Packpferden begleiten und machte Jagd auf Zebras. Auch ein Gnu erlegte er. Meist kehrte er mit mehreren Pferdeladungen Wildfleisch in das Lager zurück.

Im Frühjahr 108 v.Chr. traute sich Metellus mit zwei Legionen gegen Jugurtha zu ziehen. Das Heer marschierte am Bagradas flussaufwärts nach Numidien. Jugurtha, der durch seine Späher erfahren hatte, dass Rom ernstlich daran dachte, seine Herrschaft zu beenden, bot Metellus seine uneingeschränkte Unterwerfung an. Metellus, der den Krieg mit einer Eroberung Numidiens und der Festnahme des aufmüpfigen Klientelkönigs beenden wollte, gab ausweichende Antworten und bestelle diesen in sein Lager. Jugurta, der wusste, dass Metellus ihn würde nach Rom bringen lassen, wich vor diesem in die Wüste zurück. Metellus ließ weiter marschieren. Schon seit zwei Tagen sahen sie vor ihnen und in ihren Flanken numidische Reiter, die den Marsch der Legionen ausspähten und begleiteten. Diese Reiter wichen vor der ausrückenden römischen Reiterei regelmäßig zurück und schlossen, nachdem diese wieder ins Lager zurück gekehrt war, den Ring um die marschierende Armee. Nach mehreren Tagen verließen die Legionen das Flusstal und überquerten einen Gebirgszug von mittlerer Höhe. Sextus, der an der Spitze seiner Kohorte marschierte, sah von dort in eine weite mit Strauchwerk übersäte sandige trockene Ebene, die in einer Entfernung von sechs Kilometern von einem Bach durchzogen wurde. Nur am Ufer des Baches standen einige Bäume und wuchs etwas Gras. Halb rechts von ihm erhob sich an den Gebirgszug anschließend eine Hügelkette. Auf dieser hatte Jugurtha seine zahlreichen Infanteriescharen postiert. Unterhalb derselben hatte er seine Reiterei aufgestellt. Rechts von dieser Truppenmasse, mit bloßem Auge gerade noch wahrnehmbar, standen Reiterscharen, große Mengen Infanterie und eine größere Anzahl von Elefanten.

Metellus ließ langsam vorrücken. Sobald die Legionen die Gebirgslinie verlassen hatte, wurde diese von numidischer Infanterie besetzt. Metellus befahl einen Kriegsrat, an dem sein Stab, die Legaten, die Militärtribunen zwei Primipilise und die Kohortenführer teilnahmen. Er trug vor, dass er vor der Übermacht des Jugurtha keinesfalls gewillt sei, davonzulaufen und einen Rückzug anzutreten. Er wolle mit dem Heer direkt gegen die beherrschende Stellung des feindlichen Heeres anmarschieren und den Feind vernichten.

Als er die Kohortenführer aufforderte, ihre Meinung vorzutragen, meldete sich Sextus. Er stellte folgende Überlegung an: »Wenn wir mit dem gesamten Heer jetzt über die Ebene marschieren und die Stellungen des Feindes angreifen, wird uns Jugurtha mit seiner uns haushoch überlegenen Reiterei umzingeln und uns attackieren. Gleichzeitig wird er unsere linke Flanke mit seinen Elefanten angreifen. Wenn wir die feindlichen Kräfte geschlagen haben, werden wir wahrscheinlich so ermattet sein, dass wir nicht mehr an den Bach marschieren und dort ein Lager aufschlagen können. Da bei dieser Hitze Wasser für die Legionäre wichtiger ist, als Nahrung, schlage ich vor, mit der ganzen Armee zum Bach zu marschieren und dort ein Lager aufzuschlagen. Am morgigen Tag können wir mit dem Lager im Rückhalt die Schlacht annehmen.« Flavus Castus und der Legat Marius stimmten dem Vorschlag des Sextus zu.

Metellus überlegte und kam dann zu folgendem Entschluss: »Du Leptonius, marschierst mit drei Kohorten, den Pionieren, den Sklaven, den Schleuderern, der Auxiliarreiterei, den Transportkarren und dem gesamten Gerät in gerader Linie zu dem Bachlauf, errichtest dort ein Lager und wartest das Eintreffen der Hauptarmee ab. Bereite Essen und Trinken vor. Sollten wir nach der Fertigstellung des Lagers noch nicht bei Dir sein, komme uns mit Wasservorräten entgegen.

Die Wasservorräte, die wir mitführen, werden jetzt vorwiegend an die Legionäre der Hauptarmee verteilt. Den Rest bekommt Deine Mannschaft.

Die Kampftruppen der verbliebenen vier Kohorten der VII. Legion, sowie die gesamte XI. Legion marschieren mit mir nach vorne rechts gegen die Reiterei und die Infanterie des Jugurtha.«

Sextus gab folgenden Befehl: »Die erste, zweite und dritte Kohorte gehorchen meinem Befehl. Die erste Kohorte marschiert an der Spitze in Richtung des Baches, nach vorne links. Die Schleuderer, der Tross und die Pioniereinheiten folgen der zweiten Kohorte. Der Flankenschutz wird von der dritten Kohorte vorgenommen. Die Auxiliarreiterei sichert nach hinten ab. Diese Marschordnung wird so lange beibehalten, bis wir angegriffen werden. Dann erteile ich neue Befehle.«

Nach drei Kilometer Marsch sah Sextus, dass sich die verdeckt aufgestellten Elefanten aus der Truppenaufstellung des Jugurtha lösten und vermischt mit Infanterie von rechts auf sie zukamen. Sie waren noch über vier Kilometer entfernt. Er zählte über vierzig Elefanten. Sogar auf diese große Entfernung war das laute Trompeten der Kriegsbestien zu hören. Auf jedem Elefantenrücken saßen in einem Korb mehrere mit Bogen bewaffnete Krieger. Auf der Stirn der Elefanten saß deren Lenker. Die Legionäre blickten ängstlich auf die Elefanten. Kaum einer hatte jemals einen Elefanten gesehen und einen abgerichteten Kriegselefanten schon gar nicht.

Sextus ließ nach einem weiteren Kilometer anhalten und aus den Vorräten Brandfackeln an die Legionäre verteilen. Er ließ einen Teil der Fackeln an Stoßlanzen und Wurfspieße festbinden und auf Karren mitgeführte Brandkessel entzünden. Der Auxiliarreiterei befahl er auszuschwärmen und trockenes Gras einzusammeln. Dieses ließ er von den Sklaven an die Spitze von langen Stangen binden und in mitgeführtes, in den Brandkesseln flüssig gemachtes Wachs, eintauchen.

Dann befahl er den Führer der Schleuderer und den Führer der Auxiliarreiterei, den Führer der Pioniere und die beiden Kohortenführer zu sich zu sich und ließ weitermarschieren.

Er gab dann den Befehl zu folgendem Schlachtplan: »Sobald sich die feindliche Truppe auf einen Kilometer genähert hat, rücken die Schleuderer selbständig nach rechts heraus und marschieren auf den Feind zu. Die erste und die zweite Kohorte folgen ihnen in einhundert Metern Abstand und bilden eine Front nach rechts. Die dritte Kohorte nimmt hinter der ersten und zweiten Kohorte als Reserve Aufstellung. Die Pioniere sichern die Infanterie nach rückwärts gegen feindliche Reiterei ab. Die Schleuderer ziehen ihre Linie auseinander und schleudern ihre Steine nur gegen die Elefantenlenker. Die Auxiliarreiterei greift die Elefanten an und versucht sie aufzuhalten oder ihren Lauf zu verzögern, damit sich die Schleuderer hinter die Linie der Legionäre zurückziehen können. Dann löst sie sich vom Feind und greift die gegnerische Infanterie von hinten an. Die Legionäre entzünden die Fackeln, sowie die Grasballen auf den Speeren und schleudern diese gegen die Elefanten. Sie schleudern die Wurfspeere nicht auf die Krieger auf den Elefanten, sondern nur auf deren Lenker. Gefährlich können uns nur die Elefanten werden. Deshalb müssen wir sie mit den Bränden zurückscheuchen. Ich nehme auf meinem Pferd Aufstellung in der Mitte hinter den beiden vorderen Kohorten und vor der Reserve. Ich leite das Gefecht durch berittene Boten und geschrieene Befehle.«

Die vorgerückten Balearos eröffneten das Gefecht, indem sie aus großer Entfernung ihre Steine gegen die Elefanten und als diese näher rückten, gegen deren Lenker schleuderten. Die grauen >Bestien,< durch die Steintreffer gereizt, trompeteten ärgerlich. Manch einer, dessen Lenker abgeschossen worden war, brach aus der Phalanx aus. Die Auxiliarreiter ritten gegen die Elefanten an. Ihre Pferde scheuten jedoch vor diesen und galoppierten zurück. Die Schleuderer setzten sich von der Kampflinie ab und liefen im Dauerlauf hinter die Legionäre. Sie schleuderten von da aus weiter gegen das feindliche Heer ihre Wurfgeschosse. Diese konnten zwar nicht mehr gezielt geschleudert werden, erzielten aber noch manchen Treffer.

Die Lenker trieben jetzt die Tiere mit lautem Geschrei zu einem Sturmlauf an, um die Reihen der römischen Legionäre zu durchbrechen. Dabei ließen sie ihre zwischen den Elefanten marschierende Infanterie zurück. Die Legionäre schleuderten ihre Brände gegen die Elefanten, drückten sie mit den Stoßspeeren oder den Stangen gegen die Augen der Dickhäuter, so dass diese zurückscheuten, ihre Besatzung abwarfen und diese zu Tode trampelten. Auf dem Schlachtfeld herrschte ein unbeschreibliches Geschrei. Angefeuert von den Mahouts brachen an zwei Stellen Elefanten durch die Linien der vorderen Kohorten. Dabei wurden mehrere Legionäre glatt überwalzt.

Sextus gab der Reservekohorte den Befehl, die Einbruchstellen abzuriegeln und die Elefanten und ihre Besatzung zu töten. Die Legionäre griffen die Elefanten mit Stoßspeeren an und töteten sie. Danach war es ein leichtes, deren Besatzung zu erledigen. Mehrere Legionäre wurden bei dem Angriff durch die Elefanten tot getrampelt, oder durch deren Stoßzähne aufgespießt.

Inzwischen hatte die jugurthinische Reiterei das Gefecht eröffnet und verfolgte die vor den Elefanten zurückweichende Auxiliarreiterei. Diese sammelte sich im Rücken der Legionäre und hielt dort dem Ansturm der zahlenmäßig weit überlegenen feindlichen Reiter stand.

Sextus befahl vier Centurien der Reserve die Reiter zu unterstützen.

Der gegnerische Heerführer befahl nun, die Elefanten zurückzuziehen. Nur noch die Hälfte derselben war einsatzbereit. Durch den Rückzug der Elefanten, stand plötzlich die feindliche Infanterie allein vor den Legionären. Sextus befahl der zweiten und dritten Kohorte, diese anzugreifen. Trotz ihrer Übermacht hielten die Infanteristen dem Stoß der Legionäre nicht stand, wurden getötet und verletzt, oder ergriffen die Flucht. Der feindliche Heerführer führte nun seine Elefanten, deren Zahl auf 20 geschrumpft war, gegen die Kohorten. Die Legionäre hielten sie erneut mit Feuerbränden auf. Sextus befahl, die Elefanten einzukreisen und zurückzudrängen. Die Legionäre gingen deshalb konzentrisch gegen diese vor und die Besatzungen und die Elefantenlenker ergaben sich. Die Legionäre, erzürnt über die durch die Elefanten erlittenen Verluste, wollten deren Lenker töten. Sextus schritt ein und schrie: »Nicht töten, nicht töten, wir brauchen sie noch zum Führen und Beherrschen der Bestien.«

Die Auxiliarreiterei und die zur Verstärkung gesandten Centurien, die sich anschließenden Pioniere und die Schleuderer kämpften inzwischen immer noch mit der feindlichen Reiterei.

Sextus befahl seinen beiden Kohorten und dem Rest der Reserve die feindlichen Reiter einzuschließen. Da diese durch den Kampf abgelenkt waren, bemerkten sie die Einschließungsring zunächst nicht und wurden zusammengedrängt. Dann war es für einen Ausbruch zu spät, und sie ergaben sich in Massen. Die Legionäre wollten sie in ihrem Zorn alle niedermachen. Sextus befahl jedoch mit lauter Stimme: »Legionäre, tötet sie nicht. Nehmt sie gefangen. Sie werden in die Sklaverei verkauft, und ihr bekommt einen Anteil am Erlös.«

Die Aussicht auf Beute, bewog die Legionäre zur Milde.

Damit war der Kampf zu Ende. Der Feind hatte einhundert Legionäre und Auxiliarreiter getötet und fünfzig verwundet. Beim Feind wurden über eintausend Tote und fünfhundert Verwundete gezählt. Dazu kamen noch ungefähr eintausendfünfhundert Gefangene.

Sextus ließ die Gefallenen seiner Einheit begraben und die Verletzten versorgen. Die feindlichen Leichtverwundeten ließ er zu den Gefangenen bringen. Die Schwerverwundeten überließ er ihrem Schicksal.

Anschließend marschierte er, seinem Befehl nachkommend zum Bachlauf, hieß die Legionäre ihre Wasservorräte auffüllen und ein Doppellegionsmarschlager errichten. Mit zwei Kohorten und Wasservorräten begab er sich dann auf die Suche nach dem Hauptheer. Seine Auxiliarreiter ließ er vor den Kohorten ausschwärmen. Es war inzwischen Abend geworden, und die Sonne, die den ganzen Tag heiß gebrannt hatte, war am Untergehen. Schließlich, es war schon dunkel geworden, stießen sie auf das Hauptheer.

Die Legionäre beider Heerhaufen jubelten laut. Hatten sie doch alle vermutet und befürchtet, dass die jeweilige andere Heeresabteilung durch Jugurtha vernichtet worden sein könnte. Die Legionäre des Hauptheeres waren durch den Kampf und den langen Marsch völlig erschöpft und durstig. Sie stürzten sich auf die Wasservorräte.

Sextus meldete sich bei dem Konsul Metellus und seinem Legaten Marius und Tiberius Spurius. Er erstattete ihnen Bericht. Sie lobten ihn für sein umsichtiges Verhalten, seinen Sieg über die Elefanten und vor allem, dass er sie vor dem Verdursten gerettet hatte.

Als sie zum Lager zurückkamen, war dieses fast fertig gestellt. Metellus versammelte noch einmal alle Einheitsführer in seinem Befehlszelt und besprach die Lage. Er meinte: »Dank der Tapferkeit der Legionäre ist uns ein großer Sieg gelungen. Den Zweck der Schlacht, die Tötung oder Gefangennahme des Jugurtha haben wir aber nicht erreicht. Dieses bleibt weiter unser vorrangiges Ziel.

Für seine umsichtige Kampfführung und seinen Sieg befördere ich den Sextus Leptonius zum 1. Centurio +++.«

Sextus bedankte sich in höflichen Worten. Er behielt weiterhin die Befehlsgewalt über seine Kohorte, hatte aber in einer Schlacht den Oberbefehl über drei weitere Kohorten.

Am Abend unterhielt er sich mit Flavus Castus, und dieser schilderte seine Erlebnisse des Tages so:

»Marius hatte mir zwei von den vier verbliebenen Kohorten der Legion unterstellt. Ich marschierte von dem Punkt aus, an dem wir uns trennten, vor den Kohorten auf die Hügel und das Heer des Jugurtha zu. Nach einem Marsch von vier Kilometern kamen uns die Reiter des Jugurtha entgegen. Ich schätze, es waren fünftausend Reiter. Sie umschwärmten uns und kreisten uns ein. Unsere römische Reiterei flüchtete und wurde von den Fußlegionären beschützt. Die feindlichen Reiter brandeten gegen die Flanken der Legionen und beschossen die Legionäre mit Pfeilen. Diese erwiderten den Angriff mit ihren Wurfspeeren. Es gab auf unserer Seite kaum Tote, aber viele Leichtverwundete. Metellus verbot die Angriffe gegen die Reiter und befahl, sich nur zu schützen. Er ließ im Eilmarsch weiter gegen den Hügelhang marschieren. Auf dem Abhang stand in beherrschender Stellung das numidische Fußvolk, ca. zehntausend Infanteristen. Als wir am Hügel angelangt waren, befahl Metellus anzugreifen. Unsere Legionäre stürmten bergauf. Die Numidier liefen nach kurzer Gegenwehr davon, und die Legionäre folgten ihnen und töteten eine große Anzahl. Metellus ließ die Verfolgung abbrechen und führte die Legionen geschlossen im Dauerlauf gegen die Reiterei. Die Reiter hatten gesehen, dass das Fußvolk geschlagen worden war. Wohl auch deshalb flohen sie beim Herannahen der Legionäre. Sogar unsere Reiterei fasste wieder Mut und verfolgte sie.

Nach der Schlacht waren wir glücklich, aber ermattet und brauchten die letzten Wasservorräte auf. Wir machten uns Gedanken, wie es Euch wohl ergangen war. Metellus ließ eine halbe Stunde rasten und wir begaben uns auf die Suche nach Euch. Er ließ die Reiter ausschwärmen, doch diese konnten Euch nicht finden. Inzwischen war es dunkel geworden und wir kamen nur noch langsam voran. Endlich trafen wir auf Euch und genossen das uns gebrachte Wasser. Den Rest weißt Du ja.«

Metellus ordnete eine eintägige Ruhepause an, und die Legionen marschierten dann Richtung Utica zurück. Die erbeuteten zwanzig Kriegselefanten und die Gefangenen wurden mitgeführt. Die Elefanten wurden in Stallungen in Utica gebracht, die Gefangenen auf dem Sklavenmarkt verkauft. Sextus gelang es, bei dem Konsul durchzusetzen, dass ein Teil des Erlöses an »seine« Legionäre verteilt wurde.

Auf dem Rückmarsch ritt er auf einem der Elefanten und ließ sich von dessen Lenker in die »Elefantensprache« einweisen. Er stieg aber bald wieder von seinem Beförderungsmittel ab und erklärte: »Es ist so, als ob Du auf einem Schiff bei hohem Wellengang an der Reling stehst. Du wirst seekrank und dein Essen kommt dir hoch. Ich marschiere lieber mit meiner Kohorte. Besser noch! Ich hole mir mein Pferd und gehe auf Jagd.«

Er tat dies, nahm drei Packpferde und zwei Sklaven mit und ritt in die Wüste. Einige Stunden später kam er mit einem Zebra, einer Antilope und einem Straußenvogel zurück, brachte einen Teil zum Offizierskoch und den Rest zu seiner Kohorte. Seine Jagdausflüge wiederholte er während des Rückmarsches und holte mit seiner Beute jeweils am Abend die Fußtruppen wieder ein.

In Utica erwarteten sie fünfhundert neue Rekruten, die hauptsächlich auf die XI. Legion aufgeteilt wurden.

Von Utica aus führte Metellus weiter Krieg gegen Jugurtha. Er übernahm den direkten Befehl über die XI. Legion, während Marius mit der VII. Legion operierte. Metellus befahl beiden Legionen den getrennten Einmarsch nach Numidien und die Eroberung aller Dörfer und Städte in dem Gebiet.

Marius marschierte mit der VII. Legion von Utica aus im Flusstal des Bagradas zu der römischen Stadt Vaga. Sextus sah dass die Stadt leicht bewehrt war. Auf großen Flächen wurde Getreide angebaut. Die Hügel waren mit zahlreichen Olivenbäumen bepflanzt. In vielen Lagerhäusern wurde die Weizen- und Gerstenernte eingelagert und nach und nach mit kleinen Flusskähnen nach Utica befördert. Die Landschaft war so fruchtbar, dass zwei Getreideernten im Jahr möglich waren. Die geernteten Oliven wurden am Ort zu Olivenöl verarbeitet und in Amphoren gleichfalls nach Utica verschifft. Etwas außerhalb der Stadt wurden aus toniger Erde große und kleine Amphoren, sowie sonstige Töpferware hergestellt. Das Holz für die Brennöfen gewannen die Arbeiter durch das Abholzen von Auenwäldern.

Der Stadtvorsteher bat Marius, zum Schutz der Bürger und Landarbeiter ein Kontingent von Legionären in der Stadt zu stationieren. Marius kam der Bitte nach und befahl einer halben Centurie in der Stadt zu verbleiben.

Sextus unterhielt sich mit einem Kaufmann und erfuhr, dass über sechs Zehntel des in Italien benötigten Getreides von der römischen Provinz Africa stammt und mit Frachtschiffen nach Puteoli, Massalia, Cumae, Neapolis, Narbo und Ostia verbracht würde. Ein Teil dieses Getreides würde in der Umgebung von Vaga erzeugt, und die Bevölkerung der Gegend sei dadurch wohlhabend geworden.

Weiter ging der Marsch zwei Tage lang zur römischen Handelsstadt Bulla Regia. Auch hier wurde die Landschaft durch große Olivenhaine, weite Getreidefelder und darin errichtete Feldscheunen geprägt. Eine Vielzahl von Kaufleuten betrieben von der Stadt aus ihre Geschäfte.

Weiter im Süden lag die kleine Stadt Simitthus. Sie gehörte schon zum Reich des Jugurtha. Als sie sich der Stadt näherten, kamen ihnen aus dieser Boten entgegen geritten. Sie boten die totale Unterwerfung der Stadt an.

Schon als sie sich der Stadt näherten, sah Sextus, dass diese aus leuchtendem rotgelbem und goldgelbem Marmor errichtet war. In den Häusergiebeln und in der Stadtmauer waren einzelne polierte Platten eingelassen, die das Sonnenlicht reflektierten. Die Stadt, auf einer kleinen Erhebung stehend, bot einen wunderschönen Anblick und beherrschte das weite Umland mit seinen Getreidefeldern und Olivenhainen.

Marius nahm die Unterwerfung an, verhängte eine Kontributionszahlung, legte eine Besatzung von Legionären in die Stadt und ordnete eine Anzahl von Pionieren ab. Die Truppe hatte den Auftrag, die bestehende Burg auszubauen und die Stadt und das Umland zu beschützen. Er ließ Rasttage einlegen.

Sextus dachte sich, dass der hier vorkommende Marmor in Rom reißenden Absatz finden müsste. Er suchte und fand den Steinbruch in der Nähe der Stadt und sah, dass hier noch ungeheure Marmormassen heraus gebrochen werden könnten. Er unterhielt sich mit dem Steinbruchmeister und erfuhr, dass in diesem städtischen Steinbruch nur Material für die Stadt gebrochen und er den Bedarf mit zwei Sklaven abdecken würde.

Der numidisch/karthagische Ortsvorsteher Hanno, ein Getreide- und Olivenkaufmann, saß in seinem Kontor, als ihm der römische Centurio Leptonius gemeldet wurde. Er dachte, dass Marius weitergehende Forderungen stellen würde, und war überrascht, dass Sextus ihm einen Privatbesuch machte. Sextus fragte nach, ob die Stadt Simitthus ihm persönlich ihren Steinbruch verkaufen oder verpachten würde. Hanno kam diese Anfrage gerade recht, befand sich doch die Stadtverwaltung in großer Geldnot, da Marius die Ablieferung von Getreide, Oliven und zwanzigtausend Sesterzen verlangt hatte. Er fragte Sextus nach den Modalitäten und dem Preisangebot. Sextus bot eine Summe von sechzigtausend Sesterzen für die Genehmigung des alleinigen Abbaus des gelben Marmors aus dem Felsstock gegenüber der Stadt auf eine Laufzeit von zwanzig Jahren, beginnend mit dem Jahr 102 v. Chr., oder eine Summe von einhunderttausend Sesterzen für den Verkauf desselben. Hanno überlegte und entschied sich für einen Verkauf. Er bot Sextus außerdem noch den Kauf einer vier Kilometer entfernten Lagerung von schwarzem Marmor an und versicherte, dass es ich um eine gute Qualität in größerem Ausmaß handeln würde. Er verlangte dafür weitere fünfzigtausend Sesterzen. Schließlich einigten sie sich auf einen Kaufpreis von einhundertdreißigtausend Sesterzen. Der schriftlich vorgenommene Vertrag sah vor, dass die beiden Steinbrüche mit Bezahlung der Geldsumme in das Eigentum des Sextus Leptonius übergehen; die Stadt Simitthus aber das Recht erhielt, für

Bauten in der Stadt den goldenen Marmor unentgeltlich zu brechen. Hanno war sehr zufrieden mit sich, hatte sich doch nichts geändert, er für die Stadt einen günstigen Vertrag geschlossen und eine beachtliche Summe ausgehandelt. Auch Sextus war zufrieden, hatte er doch einen ganzen Berg mit gutem Marmor erworben und noch eine kleinere Lagerstätte mit schwarzem Marmor, für eine Summe mit der man in Rom gerade einmal fünf Insulae hätte bauen können. Er schrieb sofort an Aser und wies ihn an, das Geld mit einem Kurier nach Utica zu senden.

Hanno lud ihn zur Feier des Vertragsabschlusses zu einem Abendessen in seine Wohnung ein. Er stellte ihm seine Frau, eine stolze Berberin aus dem Scheichtum Al Sid und seinen Sohn Himilko, einen 15-jährigen schlanken Jüngling vor.

Hanno sprach leidlich Latein. Seine Ehefrau und sein Sohn nur numidisch, eine aus der karthagischen/phönizischen und der Berbersprache hervorgegangenen Mischsprache. Sie waren sehr überrascht, als Sextus sie in numidisch ansprach und blickten ihn erstaunt an. Sie wussten, dass die Römer die Numidier als minderwertiges Volk betrachteten, ihre Sprache als barbarisch abtaten und sich zu vornehm dünkten, diese zu erlernen. Sie waren deshalb sehr erfreut, sich mit Sextus auf numidisch unterhalten zu können.

Himilko interessierte sich sehr zum Leidwesen seiner Eltern nicht für den Kaufmannsberuf, sondern wollte Krieger werden. Er empfand die römische Armee zwar als Unterdrücker, bewunderte jedoch die Schlagkraft und die Ausrüstung der Legionen. Deshalb freute er sich, dass sein Vater Sextus eingeladen hatte, und deckte ihn mit Fragen ein. Er bestaunte seine zahlreichen Tapferkeitsmedaillen und ließ sich erklären für welche Heldentaten er sie bekommen hatte.

Sextus deutete auf eine kleinere Medaille und erklärte: »Dies war meine erste Auszeichnung. Ich bekam sie als einfacher Legionär für meine Tapferkeit bei einem Kampf gegen Piraten auf dem Meer vor Hispanien. Die anderen Auszeichnungen habe ich in Lusitanien, Narbonensis und Arvernien jeweils bei siegreichen Schlachten erworben. Das Schlachtenglück war mir hold. Ich wurde nur ein einziges mal durch einen Pfeilschuss verwundet.«

Himilko schwärmte: »Das Soldatenleben muss doch wunderschön sein. Kann ich auch römischer Legionär werden? «

»Nein, nur römische Bürger können römische Legionäre werden. Aber es besteht die Möglichkeit, bei den römischen Hilfstruppen, den Auxiliaren, zu dienen. Aber bedenke, der Legionsdienst ist hart und entbehrungsreich. Hitze und Kälte, Nässe und Trockenheit, anstrengende Märsche, Durst und Hunger muss der Legionär ertragen. Das Risiko verletzt zu werden, ist groß und viele Verletzungen führen zum Tod. Nur wenige können es in der Armee zu Ehren, zum Aufstieg, zu Wohlstand und Reichtum bringen. Deshalb würde ich Dir raten, erlerne von Deinem Vater den Kaufmannsberuf. Er ernährt Dich viel besser als die Armee und verschafft Dir Wohlstand und Sicherheit. Außerdem bist Du bei Deinen Eltern, kannst sie beschützen und im Alter versorgen. «

Er merkte aber, dass er Himilko nicht überzeugen konnte.

Hanno frage ihn nach seiner Herkunft und wieso er mit seinen 27 Jahren schon so einen hohen Rang erreicht hatte.

Sextus erzählte, woher er stammte und schilderte seinen Werdegang. Er betonte, dass er Glück gehabt, aber sein Fortkommen nur deshalb erreicht habe, weil er sich für alles interessierte und besonders bemüht war, die Sprachen der einzelnen Völker zu erlernen.

Hanno erzählte, dass er hoffe, dass die Römer bald den König Jugurtha besiegen würden. Dieser habe zwar durch Siege gegen die Römer den Freiheitswillen der Numidier und der Berberstämme entfacht, sei jedoch so tyrannisch, dass sich schon wieder ein Teil der Bevölkerung von ihm abgewandt habe. Das Landvolk hier möchte zwar gerne frei sein, wichtiger sei ihm jedoch ein guter Verdienst und persönliche Sicherheit. Erst vor drei Monaten habe Jugurtha junge Männer zu seiner Infanterie eingezogen. Von diesen seien nur wenige in die Stadt zurückgekehrt. Die meisten wären bei kriegerischen Auseinandersetzungen getötet worden. Deshalb sei es ihm lieb, dass Marius eine Besatzung in die Stadt habe legen lassen und die Burg ausbauen würde.

Sextus erklärte ihm: »Schau, wenn Marius den König in seinem Wirkungskreis einschränken will, muss er die Landstädte zu Festungen ausbauen. Simitthus eignet sich dazu sehr gut, da die geographische Lage günstig ist und viele Mauersteine aus dem Steinbruch gewonnen werden können. Bald wird das Stadtbild von einer Burg ganz aus Marmor geprägt werden.«

Die Ehefrau des Hanno fragte: »Centurio, wenn wir ab jetzt unter der Oberhoheit von Rom stehen, wird Rom nicht unsere Bevölkerung versklaven oder so hohe Steuern verlangen, dass wir verarmen?« Bei dieser Frage verzogen sich ihre ebenmäßige Gesichtszüge vor lauter Angst.

»Sei beruhigt, Rom will niemanden versklaven. Es ist auf Euer Getreide und die Früchte, wie Oliven, Datteln und Feigen angewiesen. Rom ist bekannt, dass freie Arbeiter mehr erwirtschaften als Sklaven. An Steuern werdet ihr nicht mehr abführen müssen, als bisher an König Jugurtha, aber dafür eine gute und gerechte Gerichtsbarkeit erhalten. Außerdem wird Euer Gebiet vor Feinden und Räubern geschützt.«

Sie gab sich mit dieser Auskunft zufrieden und dankte es innerlich auch Sextus, dass er ihrem Sohn vom Kriegshandwerk abgeraten hatte.

Hanno meinte: »Wenn dies alles so eintrifft, stehen uns ja friedvolle und glückliche Zeiten bevor.«

»Halt, halt,« meinte Sextus! »Erst muss Jugurtha besiegt werden, dann können wir weiter reden.«

Sextus verabschiedete sich von Hanno und seiner Familie und versprach wieder bei ihm vorbei zu schauen.

Marius zog weiter durch numidisches Gebiet und vereinigte sich vor Zama mit Metellus. Auf dem Weg dorthin ließ er die Ortsvorsteher der Dörfer und Städte Rom die Treue schwören. Er befahl, alle Orte, die ihre Tore vor den Römern schlossen und Jugurtha ergeben waren, zu erobern und die männliche Bevölkerung zu töten. Den Legionären, die sich weigern würden, diesen Befehl zu vollziehen, drohte er vorweg mit der Strafe des Auspeitschens und der Hinrichtung. So unterdrückte er die milden Anwandlungen in seiner Truppe.

Die Einwohner der Kleinstadt Mustis, nördlich von Zama, schlossen beim Herannahen der Legion die Stadttore und besetzten die Mauern. Marius ließ einen Onager aus den mitgeführten Teilen zusammenbauen und beschoss die Stadt mit Feuerbränden. Bald standen die Häuser derselben in Flammen, und die Einwohner verließen die Mauerkrone, um die Brände zu löschen. Marius hatte dies vorausgesehen. Er gab den Befehl, die Stadt zu erstürmen. Die Legionäre legten Leitern an und kamen so ins Stadtinnere. Die Bewohner ergaben sich den Römern und diese halfen ihnen, die Brände zu löschen.

Marius befahl den Legionären die männliche erwachsene Bevölkerung auszusortieren und diese hinzurichten.

Sextus, dem das Hinschlachten von Wehrlosen ein Gräuel war, suchte Marius auf und versuchte ihn zu bewegen, die Exekutionen zu verbieten. Marius ging jedoch auf seine Bitte nicht ein.

Der General war ein ehrlicher und aufrichtiger Mann, hart gegen andere, aber auch gegen sich selbst. Alle Strapazen, die er seinen Legionären zumutete, ertrug auch er freiwillig. Auch jetzt noch, mit seinen vierundvierzig Jahren, marschierte er seinen Soldaten davon, kämpfte mit dem Schwert wie ein Zwanzigjähriger und schwamm wie ein Fisch im Wasser. Er war stolz auf Rom, achtete jedoch andere Völker nicht. Ihr Leid war ihm egal und Ungerechtigkeiten ihnen gegenüber rührten ihn nicht. Ein Befehl, den er erteilte, musste so wie er es wollte, ausgeführt werden.

Deshalb hatte Sextus mit seiner Bitte auch keine Chance. Marius sah ihn nur streng an und antwortete:

»Centurio Leptonius! Ich schreibe es Deinen siebenundzwanzig Jahren zu, dass Du noch nicht gänzlich gefühlsmäßig als Legionär abgehärtet bist und Dir die Verurteilten leid tun. Ich schätze Dich hoch als Truppenführer ein. Komme mir aber nie wieder mit so einer Bitte. Im Krieg ist es erforderlich hart zu bleiben. Die männliche Bevölkerung der Städte, die mir Widerstand leisten, lasse ich hinrichten, damit in Zukunft von diesen Orten keine Gefahr mehr für Rom ausgeht. Sie mögen froh sein, dass ich ihren Frauen und Kindern nicht das gleiche Schicksal bereite oder ihren Ort abbrenne.«

In der gleichen Nacht schlich sich eine vermummte Gestalt in das Zelt des Sextus. Sextus, der noch am Tisch saß und seine Waffen pflegte, erschrak und griff nach seinem Schwert. Meinte er doch, dass ihn jemand ermorden wollte. Dann erkannte er aber den 4. Centurio Appius Clodius aus Neapolis, mit dem er als Rekrut ein Zelt geteilt hatte.

Er frage: » Appius, sei mir gegrüßt, was schleichst Du in mein Zelt, bist vermummt und jagst mir einen Schrecken ein? Was kann ich für Dich tun?

Appius berichtete: »Centurio«!

»Halt,« rief Sextus, »rede mich mit meinem Vornamen an. Wir sind Legionärsbrüder.«

»Ja Sextus, ich wurde heute zum Hinrichtungskommando abkommandiert. Ich sah die Männer dieses Ortes, die von uns besiegt worden waren und sich ergeben hatten. Ich hörte das Wehklagen ihrer Weiber und Kinder. Wenn sie nur in die Sklaverei verkauft würden, könnte ich mich damit abfinden, aber den Wehrlosen die Köpfe abzuschlagen, bringe ich nicht fertig. Ich habe mich meinem Vorgesetzten gegenüber geweigert, den Befehl auszuführen. Dieser hat mich festnehmen lassen und ich wurde in ein Zelt gebracht. Meine Legionärskameraden waren mit der Schlachterei auch nicht einverstanden, kamen aber widerwillig dem Befehl nach. Im Wegführen habe ich noch gesehen, wie die ersten Köpfe rollten. Ich habe das Stöhnen der Gemordeten und das Schreien und Klagen der Weiber vernommen. Im Zelt habe ich diese Kapuzentunika gefunden und sie angezogen. Mit meinem Messer habe ich die Zeltwand aufgeschlitzt und mich zu Dir geschlichen. Ich bitte Dich darum, beim Legaten ein gutes Wort für mich einzulegen, damit er mich nicht wegen Befehlsverweigerung hinrichtet.«

Sextus überlegte: >Dem Legaten kann ich mit solch einer Bitte nicht kommen, nachdem er heute meine Bitte um Milde abgewiesen hat. Er wird Clodius bestimmt als Befehlsverweigerer zur Abschreckung hinrichten lassen. In diesem Fall wäre eine Bitte von mir bestimmt kontraproduktiv. Aber wie kann ich Appius anders helfen. Ich könnte ihn einige Tage in meinem Zelt verstecken und ihn, wenn nicht mehr nach ihm gefahndet wird, aus dem Lager schmuggeln. Ich könnte ihn auch in meiner Kohorte als einfachen Legionär mitmarschieren lassen. Bei beiden Möglichkeiten ist die Gefahr der Entdeckung groß. Marius wird bestimmt morgen das ganze Lager nach ihm absuchen lassen und eine Belohnung für seine Ergreifung aussetzen. Aber da wäre noch eine dritte Möglichkeit.<

Er wandte sich an Appius und sprach: »Ich bin in letzter Zeit des Öfteren auf Jagd gegangen und habe Frischfleisch für die Offiziere und meine Kohorte besorgt. Dabei habe ich Packpferde mitgenommen und mich von einem Sklaven begleiten lassen. Wenn Marius Dich findet, wird er Dich hinrichten lassen. Du musst deshalb fliehen. Ich werde Dir Sklavenkleidung besorgen und Du reitest mit mir morgen zum Lager hinaus. Die Lagerwachen achten nicht auf Sklaven. Außer Sichtweite von hier reitest Du nach Südwesten in die Wüste zu einem freien Berberstamm. Ich gebe Dir Hartbrot, Datteln, Trockenfleisch und Wasser, sowie dreitausend Sesterzen mit. Deine persönlich Habe musst Du hier lassen. Schließe Dich nicht Jugurtha an. Der König wird besiegt werden und seine römischen Überläufer werden dann ausgeliefert. Metellus wird diese sicher töten lassen. Auch nehme Dich vor König Bocchus von Mauretanien, dem Schwiegervater von König Jugurtha in Acht. Am besten wäre es aber, wenn Du dich nach Hispanien und dort nach Lusitanien durchschlagen könntest. Dort habe ich in Iser, dem Bürgermeister von Portos, einen guten Freund. Wenn Du zu ihm gelangen kannst, berufe Dich auf mich. Er hat bestimmt eine Beschäftigung zur Dich.«

Am nächsten Morgen ließ Sextus zwei gute Pferde durch Sklaven satteln und Packpferde bereitstellen. Ein Reitpferd führte er hinter sein Zelt und ließ den verkleideten Legionär aufsitzen. Am südlichen Lagertor wurden sie von einem Legionär der Lagerwache angehalten. Als er Sextus erkannte, stand er stramm und winkte ihn zum Tor hinaus. Der hinzukommende Leiter der Lagerwache, ein zweiter Centurio der fünften Kohorte, begrüßte ihn mit Zuruf und unterrichtete ihn, dass ein 4. Centurio geflohen sei, nach dem gefahndet würde. Er wünschte Sextus einen guten Jagderfolg und bat ihn, ihm ein Stück Wild mitzubringen. Sextus sagte dies zu und ritt in südliche Richtung davon.

Nach mehreren Kilometern verabschiedete er sich von Appius und wies ihm die Richtung. Dann suchte er nach einer Herde von Gnus und tötete einige junge Tiere mit seinen Schleudersteinen. Außerdem erlegte er zwei Feldhasen. Das Fleisch brachte er als Alibi für seinen Ritt zum Lager. Die Lagerwache hatte inzwischen gewechselt. Sextus gab einen Hasen dem Führer der neuen Wache und bat ihn, den zweiten Hasen seinem Vorgänger zu bringen. Er fragte ihn, ob der geflohene Centurio schon gefunden worden sei? Der Wachführer antwortete: »Bei Jupiter, alle Legionäre sind aufgerufen worden, das

Lager abzusuchen. Niemand hat den Entflohenen bis jetzt gesehen. Er kann aber das Lager nicht verlassen haben. Er ist wie vom Erdboden verschluckt.«

Zama Herbst 108 v. Chr.

Die Armee unter Metellus lagerte auf der weiten Ebene vor der Stadt. Jugurtha hatte diese beim Herannahen der Legionen ausreichend verproviantiert und durch seine zahlreichen Infanteriescharen besetzen lassen. Er selbst hatte nur seine Reiter bei sich gelassen und hielt sich südlich von Zama bei dem Ort Mactaris auf.

Metellus befahl ein festes Standlager auf einem ebenen Platz in einem Abstand von einhundert Metern zur Stadtmauer zu errichten und begann mit der Belagerung der Stadt. Seine Auxiliarreiterei hatte er zu Späherdiensten in südliche Richtung ausschwärmen lassen.

Sextus ritt zusammen mit Metellus und seinem Stab um die Stadt. Sie wollten eine Schwachstelle in der Befestigung entdecken. Sie hielten sich außerhalb der Bogenschussweite auf. Die Verteidiger verhöhnten sie und riefen ihnen Beleidigungen zu. Ein kleingewachsener Giftzwerg tat sich besonders hervor. Er stellte sich auf die Mauerkrone und rief mit sirenenhafter Stimme:

»Metellus, Du Sohn einer Hündin, Du rattenschwänziges Schlangengezücht, Du Arschgesicht, Du Ausgeburt des Hades.« Er schrie so laut, dass seine Stimme sogar die Unterhaltung der Kavalkade übertönte.

Sextus, den die Beleidigungen ärgerten, stieg vom Pferd und suchte sich einen mittelgroßen glatten Stein aus seinem Vorrat aus. Er schleuderte diesen mit seiner Steinschleuder gegen den Angeber und traf ihn an der Brust. Mitten in einer Beschimpfung brach er sein Geschrei ab und stürzte zu Boden. Durch die Reihen der Verteidiger ging ein lautes Raunen. Die Begleiter des Sextus bewunderten den Wurf und klatschten Beifall. Marius meinte: » Gut getroffen, den Schreihals sind wir los. Jetzt verstehe ich, warum Du bei der Jagd so erfolgreich bist.«

Flavus Castus unterhielt sich beim Reiten mit Metellus. Er fragte den Feldherrn, ob dies der Ort sei, an dem Hannibal im Jahr 202 v.Chr.

von Scipio geschlagen worden sei? Metellus wies auf die Ebene hinter ihnen und erläuterte: » Hannibal hatte sich mit seinem Heer auf der Ebene vor der Stadt aufgestellt, und Scipio kam mit seinen Legionen von Norden herbei marschiert. Die Römer waren an Infanterie unterlegen, hatten aber durch den Zuzug von numidischen Stämmen mehr Reiterei. Diese jagte die karthagische Reiterei in die Flucht und verfolgte sie. Inzwischen hatten die römischen Legionäre die erste und zweite Linie des karthagischen Heeres durchbrochen, wurden aber dann von den Veteranen des Hannibal bedrängt, der seine restlichen Kriegselefanten gegen sie einsetzte. Die römischen Truppen wurden zurückgedrängt. Sie ergriffen vor den karthagischen Scharen die Flucht. Zum Glück kam zu diesem Zeitpunkt die römische Reiterei von der Verfolgung zurück und griff die vorstürmende karthagische Infanterie von hinten an und besiegte sie. Die Elefanten wurden von den Legionären mit Feuerbränden gescheut und rannten blindlings davon. Hannibal ergriff mit dem Rest seines Heeres die Flucht.« Sextus, der sich für Geschichte interessierte, fragte seinen Feldherrn: »Konsul, wie konnte es denn geschehen, dass die römischen Legionen hier fast von Hannibal besiegt worden sind? Waren die Legionäre vor dreiundneunzig Jahren schlechter ausgebildet und bewaffnet? Woher haben wir dieses ganze Wissen?«

Metellus stellte fest: »Also Sextus, die Waffentechnik und auch die Ausbildung war vor einem Jahrhundert genauso wie heute. Hannibal wurde damals von den Römern gehasst. Er war aber ein genialer Feldherr und hat durch seine Strategie, seine Taktik und seine List jede Schlacht gegen gleich starke Gegner gewonnen. Möge Jupiter uns genau so gut gesonnen sein, wie die karthagische Göttin Tanit ihrem Schützling Hannibal.«

Ein Späher unterbrach das Gespräch. Er rief: »Es kommen Reiter auf uns zu!«

Sie sahen aus südlicher Richtung eine Staubwolke auf sie zukommen und einige Zeit später zeichneten sich darin Reiter ab. Metellus, der befürchtete, dass es sich um Reiterscharen des Jugurtha handeln könnte, befahl den Zurückritt ins Lager. Als die Reiter näher kamen, erkannte Sextus, dass es sich um die eigene Auxiliarreiterei handelte. Ein Centurio der Auxiliaren ritt auf sie zu und schrie: »Hinter uns kommt der König mit ungezählten Reitermassen.« Tatsächlich sah Sextus eine riesige Staubwolke aus einer Entfernung von mehreren Kilometern auf sie zukommen. Metellus befahl einem Tubaträger ein Alarmsignal zu blasen und forcierte den Ritt zurück zum Lager.

Von dort aus wurden mit Alarmsignalen und Boten die außerhalb des Lagers befindlichen Truppeneinheiten zurück gerufen. Kaum hatten die letzten das schützende Lager erreicht, langte Jugurtha mit seinen Reiterscharen an und schloss das Lager ein. Gleichzeitig strömten mehrere tausend Fußsoldaten aus der Stadt und griffen gemeinsam mit den Reitern das Lager und zwar hauptsächlich am Südtor an.

Der Feind versuchte die Lagerkrone durch Hochklettern am Wall zu überwinden, wurde jedoch blutig abgewiesen. Wieder einmal machte sich die bessere Ausrüstung, die bessere körperliche Fitness und viel bessere Ausbildung der Legionäre bezahlt. Metellus ließ die Schleuderer über die Wallkrone hinweg ihre Steine auf die dichteste Truppenkonzentration der Angreifer herabregnen. Dabei wurden auch etliche Pferde getroffen, die laut wiehernd davon galoppierten. Die große Reichweite der Schleudersteine ermöglichte es, dass sowohl die Angreifer, als auch die in Bereitschaft stehenden feindlichen Truppeneinheiten Verluste erlitten.

Ein Centurio der Schleuderer hatte sich auf der Mauerkrone neben dem Lagertor postiert und leitete von dort aus den Angriff.

Sextus wehrte mit seiner Kohorte am Nordtor die Angriffe ab. Auch hier brandeten die Angreifer gegen die Umwallung. Sie waren aber weder mit Belagerungsgerät, noch mit Leitern ausgerüstet, so dass sie mühelos abgewehrt werden konnten. Schon als sie näher kamen, befahl Sextus, ihnen Wurfspeere entgegen zu schleudern. Er selbst schleuderte Stein auf Stein auf den Feind und erzielte durchwegs Treffer. Erst als der Feind kurz vor dem Wall war vertauschte er die Schleuder gegen Schild und Stoßlanze. Jugurtha hatte sich wohl gedacht, dass er allein mit der großen Masse seiner Krieger das Lager überschwemmen könne. Sextus hatte seinen Standplatz auf dem Wall neben dem Tor aufgeschlagen. Hier hatte er den Überblick über seine gesamte Kohorte. Er wies seine Legionäre auf die Angreifer hin und befahl den Sklaven neue Wurfspeere herbeizuschaffen.

Nach einer Stunde ununterbrochenem Angriff lagen hunderte von Toten vor dem Wall, und viele Verletzte schleppten sich davon. Plötzlich zogen sich die numidischen Reiter zurück. Sextus ließ sofort das Tor öffnen und befahl die Wurfspeere einzusammeln. Kurz danach kam ein Bote von Metellus. Dieser befahl Sextus mit seiner und der dritten Kohorte sofort hinter dem Südtor Aufstellung zu nehmen. Sextus marschierte mit seinen Mannen dorthin und sah, dass alle Infanteristen außer der Lagerwache, die römische Reiterei und die Auxiliarreiterei sich für einen Ausfall vorbereiteten. Als der feindliche Andrang auf den Wall beim Südtor etwas nachließ, befahl Metellus zuerst die Infanterie vor das Tor. Sie traf mit voller Wucht auf den Feind und warf ihn im ersten Anlauf zurück. Die feindlichen Reiter erkannten die Gefahr niedergemacht zu werden und flohen zu ihren Pferden. Sie ließen ihre Fußtruppen zurück und flüchteten in die Wüste. Die feindliche Infanterie rannte, ihre Waffen und Rüstung zurücklassend zu ihrem Stadttor. Metellus befahl der Reiterei die Flüchtigen zu verfolgen, sie zu töten, oder gefangen zu nehmen. Trotzdem gelangten sehr viele noch in die Stadt, und die zurückgebliebenen Verteidiger schlossen die Tore. Er befahl den Fußtruppen im Laufschritt den Flüchtenden nachzusetzen. Sextus lief mit an der Spitze der Legionäre. Kurz bevor er das nördliche Stadttor erreichte, wurde dieses geschlossen, und er musste sich vor den auf ihn herab geworfenen Steinen zurückziehen.

Metellus hatte gehofft, dass die Legionäre mit den Fliehenden in die Stadt eindringen würden. Als dieser Plan fehlschlug befahl er, die Umgebung der Stadt und des Lagers von den Resten der feindlichen Infanterie zu säubern, die Verletzten gefangen zunehmen und die Toten wegen der Seuchengefahr zusammenzutragen und zu verbrennen.

Am nächsten Tag begann er ernsthaft mit der Belagerung. Er ließ die Legionen am schwächsten Punkt der Stadtbefestigung, dem Nordtor und der Nordmauer aufmarschieren und Belagerungsgerät fertigen. Nicht weit von der Stadt im Flusstal des Bagradas standen in Auenwäldern Espen, Pappeln, Kastanien und Dattelpalmen. Die Pioniere fällten die geeigneten Bäume und schafften sie mit den Sklaven vor die Stadt. Metellus ließ die Holzfäller durch die Auxiliarreiterei abschirmen und behielt die römische Reiterei als Reserve. Die Pioniere errichteten vor Ort Sägegruben und ließen das Pappelholz zu Balken und Brettern zersägen. Aus einem besonders großen Kastanienbaum stellten sie die Ramme für einen Widder her.

Am zweiten Tag nach dem Beginn der Arbeiten wurde von Spähern das Herannahen einer großen Masse von feindlichen Reitern gemeldet. Metellus beließ eine Legion vor Ort und beorderte die zweite Legion zum Schutz der Pioniere in den Auenwald. Jugurtha ließ seine Reiter die vor der Stadtmauer verbliebene VII. Legion angreifen. Metellus hatte sich zu der XI. Legion und den Pionieren begeben, so dass Marius das Kommando hatte. Dieser befahl Sextus mit seinen drei Kohorten gegen die Reiterei vorzugehen, einer Kohorte und der römischen Reiterei die Absicherung zur Stadt zu übernehmen und den restlichen Kohorten die Flankensicherung vorzunehmen.

Sextus befahl die Schleuderer hinter seine Kohorten und rückte mit diesen vor. Er befahl die Stoßlanzen fest schräg in Richtung der Reiter in den Boden zu rammen und den Ansturm der Reiter abzuwarten. Wie geplant stauten sich die Reiter vor der Barriere der Stoßlanzen. Mehrere Pferde und Reiter wurden aufgespießt und es entstand ein entsetzliches Gedränge. Sextus befahl vorzurücken und die Reiter mit den Stoßlanzen zu bekämpfen. Bald war der Geländestreifen vor den Kohorten mit toten und verletzten Reitern und Pferden bedeckt und die weiterhin andrängenden Reiter konnten nicht mehr zu den Legionären gelangen. Sie stiegen ab, um die Legionäre zu Fuß zu bekämpfen, wurden aber getötet und zurückgedrängt. Schließlich ergriffen sie die Flucht und rissen andere noch vorrückende Reiter mit sich fort.

Während des Angriffs wurde das Stadttor geöffnet und eine ungeordnete Masse von Kriegern quoll heraus. Durch die zur Sicherung aufgestellte Kohorte und die Reiter wurden sie aber, bevor sie sich entwickeln konnten, zurückgedrängt.

Marius befahl den römischen Reitern vom Feind abzulassen und die jugurthische Reiterei zu verfolgen. Die Römer ritten mit großem Elan den feindlichen Reitermassen hinterher, konnten jedoch nur die Nachzügler einholen und töten oder gefangen nehmen.

Metellus ließ eine halbe Legion zum Schutz der Pioniere und der Vorräte zurück und vereinigte den Rest der XI. Legion wieder mit der

VII. Legion. Er lobte Marius für die Abwehr des Feindes und übernahm wieder den Gesamtbefehl.

Er befahl, weiterhin Belagerungsgerät herzustellen und ließ in den darauf folgenden Tagen durch Onager Steine und Feuerbrände in die Stadt schleudern. Die Verteidiger standen dicht gedrängt hinter der Mauerkrone und egal wie viele von den Pfeilschleudern, den Brandsätzen und durch die Steinschleuderer getötet wurden, der Stadtkommandant schickte immer wieder frische Krieger auf die Mauer. König Jugurtha ließ zur Nachtzeit im Schutz seiner Reiterei weitere Infanterieverstärkungen nach Zama bringen.

Sextus freute sich, als endlich der Widder fertig gestellt und vor das Tor gebracht wurde. Die Ramme aus Kastanienholz hing locker an Lederseilen in einem fahrbaren und überdachten Gestell. Sie war mit Handgriffen zum Vor- und Zurückschwingen versehen. Metellus befahl den Balearos und den Onagerbesatzungen die Mauerkrone über und rechts und links des Tores zu beschießen und von Verteidigern zu entblößen, damit diese nicht den Angriff durch den Rammbock beeinträchtigen konnten. Diesen ließ er an das Tor heran schieben und die Ramme dagegen krachen. Bald splitterte das Tor des Holzes, große Bretterstücke fielen heraus und es gab etwas nach, ließ sich jedoch nicht eindrücken. Die Verteidiger hatten in weiser Voraussicht hinter dem Tor eine Balkenwand errichtet und den Zwischenraum mit einem Stroh- Lehmgemisch ausgefüllt. Diese Konstruktion federte die Stöße des Rammbockes ab, so dass dessen Einsatz weitgehend wirkungslos blieb.

Metellus ließ den Angriff abbrechen und zog die Legionen von der Mauer zurück. Er berief einen Kriegsrat ein und besprach das weitere Vorgehen. Er legte folgendes dar:

»Unser Vormarsch hat zur Unterwerfung und Eroberung von vielen Orten geführt. Jede offene Feldschlacht gegen Jugurtha gewinnen wir. Er aber zieht sich mit seiner Reiterei immer wieder zurück und wir können ihn nicht stellen. Zur Verteidigung seiner größeren Städte kann er immer wieder Kontingente seiner Fußsoldaten in diese werfen ohne dass wir dies hindern können. Ich werde deshalb die Belagerung von Zama abbrechen und mich ins Winterquartier nach Utica zurückziehen. Den Befehl über die VII. Legion erhält der Primipili Flavus

Castus, da der Legat Marius sich zur Durchführung seines Wahlkampfes nach Rom begibt. Die Legionen rücken morgen ab. Das Belagerungsgerät wird, soweit wir es nicht mitführen können, zerstört. Ich werde versuchen, mit Jugurtha Verhandlungen aufzunehmen.«

Sextus meldete sich zu Wort: »Werter Konsul, so weit ich es beurteilen kann, fehlt es uns lediglich an Reiterei, um Jugurtha besiegen zu können. Durch meine Unterhaltung mit numidischen Einwohnern habe ich erfahren, dass weit im Süden ein großer Berberstamm ansässig ist, dessen Führer kein gutes Verhältnis zu Jugurtha habt. Bei diesen Steppenvölkern könnte man vielleicht Reiterei anwerben?«

»Danke für diesen Hinweis, ich werde mir die Sache überlegen.«

39

Verhandlungen mit Jugurtha

Von Utica aus nahm Metellus erneut Kontakt mit Jugurtha auf. Er bestellte Sextus in sein Zelt und befahl ihm: »Centurio, mir ist berichtet worden, dass Du gut numidisch sprichst und auch schon bei den Arvernern großes Verhandlungsgeschick bewiesen hast. Du wirst deshalb unter Bedeckung das Lager des Jugurtha aufsuchen und ihn dazu bestimmen, die absolute Oberhoheit von Rom anzuerkennen. Er soll die römischen Überläufer ausliefern und sich zur Abgabe der Unterwerfung in mein Lager begeben. Du reitest morgen ab. Eine verstärkte Centurie Reiterlegionäre sollen Dich begleiten. Suche Dir Deine Begleiter selbst aus. Du hast Zugriff auf die Ressourcen des Lagers. Falls der König nicht nach Utica kommen will, versuche, ihn ermorden zu lassen. Um einen Mörder zu bezahlen, bekommst Du von mir einhunderttausend Sesterzen in Gold ausgehändigt.«

Sextus kam der Auftrag gelegen. Im Lager hatte ein Bote von Aser gewartet und ihm den geforderten Betrag von einhundertdreißigtausend Sesterzen ausgehändigt. Diesen nahm er an sich, um den Kaufpreis für die Steinbrüche zu begleichen.

Er begab sich zu Flavus Castus, berichtete ihm von seinem Auftrag und wählte mit ihm einhundert Mann besonders guter Reiter und Kämpfer aus. Er ließ sich dreißig Packpferde und jedem Reiter ein gutes Zweitpferd, dazu ausreichend Verpflegung zuweisen. Seine Mitreisende wies er an, ihre Rüstung, die Helme die Stoßspeere und die Schilde auf den Packpferden zu verstauen. Sie sollten nur das Schwert und den Dolch bei sich behalten, aber ihr Zweitpferd am Zügel mitführen. Am nächsten Tag brach er über Simitthus zum Lager des Königs im Landesinnern bei Sicca Veneria auf.

Im Flusstal des Bagradas waren die Getreidefelder schon abgeerntet. Der rosa bis rötlich schimmernde Lehmboden glänzte unter Regenschauern und dem darauf folgenden Sonnenschein. Der Weg war noch nicht aufgeweicht, so dass sie schnell vorankamen. Nach dem ersten Tagesritt übernachteten sie in Vaga, einer kleinen befestigten

Stadt mit einer römischen Besatzung. Der Kommandant befragte Sextus nach Neuigkeiten, und dieser erzählte ihm, dass der König wahrscheinlich in diesem Jahr nicht mehr angreifen würde, da mit ihm über seine Unterwerfung verhandelt werden solle.

Am nächsten Tag ritten sie nach Simitthus. Hanno empfing Sextus freudestrahlend und lud ihn als Gast in sein Haus ein. Sextus nahm die Einladung an. Er übergab den Kaufpreis für die Steinbrüche und ließ sich eine Quittung ausstellen. Beim Abendessen, an dem außer Hanno seine Ehefrau Sophone und sein Sohn Himilko teilnahmen, erzählte Sextus ihnen den Grund seiner Reise. Hanno freute sich, dass endlich Frieden in Sicht war. Sophone atmete erleichtert auf, dachte sie doch, dass sie, wenn Frieden herrschte, ihrem Sohn den Kaufmannsberuf schmackhaft machen könnte. Himilko blickte jedoch Sextus bewundernd an und fragte ihn, ob er ihn als Diener mit zu Jugurtha begleiten könnte? Sextus erklärte, dass die Reise und der Aufenthalt bei Jugurtha durchaus gefährlich werden und er deshalb die Verantwortung nicht tragen könne. Er lehnte das Ansinnen des Knaben ab, vertröstete ihn auf einen späteren Zeitpunkt. Himilko kamen die Tränen. Sophone jedoch freute sich und pflichtete Sextus bei. Hanno jedoch erklärte seinem Sohn, dass er für ein Jahr noch im Simitthus bleiben und die Buchführung erlernen solle. Wenn er nach diesem Jahr immer noch Krieger werden wolle, könne er sich dem römischen Heer anschließen.

Am nächsten Tag suchte Sextus den Festungskommandanten Cornelius Scotta auf. Er sah, dass dieser die Burganlage erweitert hatte und beim Bau eines neuen Festungsturms war. Dazu verwendete er mächtige Steinblöcke aus dem Steinbruch des Sextus. Der Turm war zur Hälfte fertig und ragte schon über die Burgmauern hinaus. Die Anlage war wunderschön anzuschauen. Die Mauern glänzten goldgelb in der Sonne und spiegelten das Sonnenlicht zurück. Scotta meinte, dass der Ausbau der Festung in sechs Monaten fertig gestellt sein dürfte und Simitthus dann ein fast uneinnehmbarer und auf jeden Fall der schönste Vorposten der Provinz Africa sein dürfte. Die Bevölkerung stehe auf der Seite von Rom und helfe beim Bau mit, so dass die Legionäre entlastet würden. Er fragte Sextus nach dem Grund seiner Reise und konnte gar nicht glauben, dass bald Frieden sein könnte. Sextus fragte ihn, ob in letzter Zeit Reiter des Königs gesichtet worden seien und erhielt die Auskunft, dass keine Übergriffe auf die römische Provinz stattgefunden hätten.

Sextus ritt mit seinen Männern weiter nach Süden. Er befahl ihnen, ihre Waffen verdeckt zu tragen. Nach einigen Kilometern führte der Weg an einem neu in das Erdreich eingelassenen Grenzstein mit der Aufschrift: »Provincia Africa« vorbei. Jetzt waren sie offiziell im Machtbereich von Jugurtha.

Einige Stunden später sahen sie eine große Reiterschar, ungefähr fünfhundert Reiter, auf sich zukommen. Diese hielt zweihundert Meter vor ihnen an und der Anführer ritt mit einigen Begleitern auf Sextus zu. Sextus befahl seinen Legionären, die Waffen bereit, sich dicht hinter ihm zu halten und auf seine Zeichen zu achten Der numidische Anführer sprach ihn in numidisch und als Sextus darauf nicht reagierte in stockendem Latein an: »Salve Fremder, sage mir, wer Du bist, wer Dir gestattet hat, das numidische Königreich zu betreten, wohin Du reiten willst und was Dein Begehr ist.«

Der Anführer war in einen kostbaren weiten Mantel mit Verzierungen gekleidet und trug Halsschmuck und Armreifen. Sextus erkannte in ihm einen Gefolgsmann des Königs. Er hatte diesen als Anführer eines Reiterkontingents während der Auseinandersetzungen vor Zama bei einer Reiterattacke gesehen. Deshalb antwortete er: »Edler Herr, wir sind eine römische Delegation, die zum König Jugurtha reitet. Ihr könntet uns bei diesem anmelden.« Der Reiterführer wandte sich an einen seiner Begleiter und sagte zu diesem auf numidisch: »Ich glaube nicht, dass es sich um eine römische Delegation handelt. Dazu ist der Anführer viel zu jung. Es werden Kaufleute sein, denn sie sind nicht bewaffnet. Sie wollen bei uns bestimmt Waren einkaufen und sie mit ihren Pferden zurückbefördern. Also müssen sie auch Geld bei sich haben. Reite zurück und befehle meinen Reitern, die Fremden in einem Halbkreis einzukreisen, sie anzugreifen, zu töten und auszurauben.« Dieser wendete sofort sein Pferd und ritt zurück. Sextus, der diesen Befehl verstanden hatte, ritt auf den Anführer zu, zog dabei sein Schwert und schlug bevor dieser reagierten konnte, den Knauf desselben auf seinen Kopf, so dass er ohnmächtig auf dem Pferd zusammensackte. Gleichzeitig rief Sextus seinen Begleitern zu, die Numidier von den Pferden zu zerren. Ehe die Numidier sich für eine Auseinandersetzung bereitmachen konnten, waren sie eingekreist und eingeengt. Sie wurden von den Pferden heruntergezogen und diese davon geführt.

Sextus legte den bewusstlosen Numidieredlen vor sich auf Pferd und befahl seiner Truppe nach Osten zu fliehen. Diese folgten dem Befehl so schnell, dass es eine Weile dauerte, bis die wartende numidische Reiterei ihnen folgen konnte. Der Großteil dieser Reiter war abgesessen gewesen. Schnell hatten die Römer einen Vorsprung von über zwei Kilometer erreicht. Die Numidier brachen aber die Verfolgung nicht ab. Die Legionäre, durch die Packpferde behindert, wurden langsam eingeholt. Sextus befahl deshalb hinter einem kleinen Hügel anzuhalten und nur die auf den Packpferden mitgeführten Helme, Schilde und Stoßlanzen zu holen, die Packpferde freizulassen, dann aber weiter zu fliehen. Als die Numidier bei den zurückgelassenen Packpferden ankamen, stürzten sie sich auf diese und die mitgeführten Vorräte. Ihnen fiel eine große Anzahl von zurückgelassenen Brustpanzern, Beinschienen und Kettenhemden in die Hände. Nur ein Teil der Numidier verfolgte sie weiter. Da die Legionäre auf ihre Zweitpferde umwechseln konnten, vergrößerte sich ihr Abstand zu ihren Verfolgern erneut, bis diese die Verfolgung aufgaben. Bei dem Verfolgungsritt hatten sie eine Strecke von über fünfzehn Kilometern zurückgelegt.

Sextus ließ anhalten. Den immer noch betäubten Numidieredlen ließ er fesseln und auf ein Pferd binden. Dieser erwachte dabei aus seiner Betäubung, sah sich erstaunt um und bat um Wasser. Er entdeckte Sextus, sah ihn hasserfüllt an und zischte ihm die Worte »Römer, sobald ich frei bin, werde ich Dich erschlagen lassen« zu. Sextus kümmerte sich nicht weiter um diese Drohung, erfuhr jedoch den Namen des Numidiers mit Hasdabal.

Die Legionäre murrten, da ihnen der Gegner das Gepäck abgenommen hatte und sie nicht zum Kämpfen gekommen waren. Erst als Sextus seine weiteren Absichten vortrug, beruhigten sie sich. Sextus entwickelte folgenden Schlachtplan: » Ich werde zwei Späher den zurück reitenden Numidiern nachsenden und mit Euch langsam zurück reiten. Sobald die Numidier ein Lager aufgeschlagen haben, lagern wir selbst auch und greifen sie im Morgengrauen an. Ich möchte nicht, dass Numidier getötet werden, denn dies könnte den Erfolg meiner Mission bei dem König gefährden.

Gegen Abend kehrte ein Späher zurück und berichtete, dass die Numidier hinter dem nächsten Hügel in einer wasserlosen Gegend ihre Zelte aufgeschlagen hätten und ihre Pferde neben dem Zeltlager angebunden hätten. Sextus ließ die Truppe hinter einer Sanddüne lagern, stellte Wachen aus und wartete die Rückkehr des zweiten Spähers ab. Dieser kam nach Einbruch der Nacht zurück und berichtete, dass die Numidier ihre und die erbeuteten Packpferde neben dem Lager angebunden hätten und sich anscheinend vollkommen sicher fühlten. Sie hätten Zelte aufgeschlagen, Feuer gemacht und nur zwei Wachen in einem weiten Abstand am Ostrand des Lagers aufgestellt. Bei den Pferden würden sich keine Wachen befinden.

Sextus beriet sich mit seinen Legionären und befahl: > > Ich werde mit noch drei Freiwilligen die Wachen ausschalten. Auf mein Zeichen reiten alle leise zum nördlichen Lagerrand in den Zwischenraum zwischen den Zelten und den Pferden. Dreißig Legionäre kümmern sich nur um die Pferde der Numidier, binden diese los, führen und treiben sie nordwärts vom Lager weg. Der Rest sichert diese Legionäre in Richtung des Lagers ab und bekämpft Numidier, sollten diese aus ihren Zelten kommen. Sobald alle Pferde weggetrieben sind, lassen wir, um Verluste zu vermeiden, vom Feind ab und ziehen uns zurück.«

Sextus ritt noch vor der Morgendämmerung mit seiner Einheit in die Nähe des Lagers und versteckte diese hinter einer Bodenerhebung. Dann schlich er sich mit drei Freiwilligen, die behaupteten, sich besonders gut anschleichen zu können, zum Lagerrand und sah die dort postierten Wachen. Das Lager war in einer von Dornenbüschen bewachsenen Ebene aufgeschlagen worden. Sextus wies seine Freiwilligen an, sich die Gesichter mit Lehm zu beschmieren, jeweils einen Dornenbusch vor sich her zu schieben und sich langsam heranzuschleichen. Er robbte sich mit einem Freiwilligen an die linke Lagerwache heran und wies den anderen die rechte Lagerwache zu. Sextus hatte befohlen, die Wachen bewusstlos zu schlagen, zu fesseln und zu knebeln und nur im Notfall zu töten. Er selbst schob sich im Schutz der Dunkelheit hinter seinem Dornbusch bis auf fünfzehn Meter an die Wache heran, nahm einen Stein und warf diesen über den Wachposten hinweg. Dieser hörte den Aufprall, drehte sich herum und beobachte das Gelände hinter sich. Sextus rannte mit ein paar Sätzen leise zu ihm hin und schlug ihm den Knauf seines Dolches mit großer Wucht in den Nacken. Der Mann fiel sofort um und wurde von dem Begleiter des Sextus gefesselt und geknebelt. Sextus überzeugte sich, dass der zweite Posten auch ausgeschaltet worden war und gab ein vereinbartes Winkzeichen an seine Gefährten. Diese brachten die Pferde der vier Angreifer mit und ritten auf die zugewiesenen Positionen.

Alles geschah in völliger Stille. Die eingeteilten Legionäre banden die Pferde der Numidier los und führten sie fort. Die Überfallenen schliefen in ihren Zelten und ließen sich auch durch das vereinzelte Wiehern von Pferden nicht stören.

Sextus befahl seinen Leuten, nicht anzugreifen, sondern hinter den Pferdetreibern nachzureiten. Er ritt zu diesen, ließ die erbeuteten Pferde zusammenbinden und beauftragte zwanzig Legionäre diese als Beute nach Utica zu verbringen. Er selbst wandte sich an den gefangenen numidischen Anführer, erklärte ihm die Lage und forderte von ihm, dass er zu seinen Landsleuten zurückkehren und diesen befehlen solle, alle Rüstung und alle Ausrüstung, sowie alle Waffen abzuliefern. Sie sollten lediglich ihre persönliche Habe, ihre Wasser- und Essensvorräte und ihre Zelte behalten. Im Weigerungsfalle würde er die Numidier umstellen und am Weitermarsch zu einer Wasserstelle hindern.

Der Numidier Hasdabal fügte sich den Bedingungen und wurde zu Fuß zu seinen Landsleuten zurückgeschickt. Dort brach er jedoch sein Versprechen und befahl seinen noch mindesten fünfhundert Kriegern zu Fuß zur nächsten Wasserstelle aufzubrechen. Die Numidier hatten sich nicht mit Wasservorräten eingedeckt, da sie gedacht hatten, mit ihren Pferden die nächsten Wasserstellen schnell zu erreichen. Sextus, der dies vermutete, ließ nicht angreifen, versperrte aber mit seinen Reitern der Spitze des Zuges den Weg, so dass der Weitermarsch ins Stocken und Halten geriet. Dies brachte den numidischen Anführer zu Vernunft, und er kam den geforderten Bedingungen nach. Aus der Bagage suchten sich die Legionäre ihre Kettenhemden, die Säbel der Numidier und sonstige Wertsachen heraus. Den Rest ließ Sextus verbrennen.

Er überließ die Numidier ihrem Schicksal und ritt mit seinen Begleitern weiter in Richtung Sicca Veneria. Südlich von Sicca Veneria stießen sie auf ein riesiges Reiterlager des Königs. Die Wachen geleiteten sie zu dem Edlen Bomilkar, der sie freundlich empfing, ihnen Zelte zuwies und zu ihrem Schutz eine Leibwache stellte. Bomilkar war vierzig Jahre alt, kleinwüchsig, mit dem Gesicht eines Wiesels und hatte ein gehetztes Aussehen. Er stellte sich als Berater des Königs vor. Sextus hatte schon von Bomilkar gehört. Er wusste, dass dieser dem König geholfen hatte, unliebsame Personen zu ermorden und den Ruf hatte, sehr geldgierig zu sein. Deshalb bat er zunächst nur um ein Treffen mit dem König, um ihm die Forderungen seines Feldherrn vorzutragen. Er dachte sich aber, dass Bomilkar die Person sein könnte, die er zur Ermordung des Königs anwerben könnte.

Am nächsten Tag wurde ihm eine Audienz beim König gewährt. Bei Jugurtha handelte es sich um einen gewalttätigen, herrschsüchtigen und grausamen König. Er hatte seine beiden Halbbrüder mit Hilfe von Bomilkar umbringen und Hunderte von römischen Kaufleuten nach der Einnahme von Cirta hinrichten lassen. Sextus überwand seine Abneigung gegen Jugurtha. Er begrüßte diesen freundlich und ehrerbietig. Der König, ein großer, fünfzig Jahre alter, gut aussehender Numidier, erwiderte die Grüße von Sextus und fragte nach dessen Begehr. Das Gespräch fand in einer freundschaftlichen Atmosphäre statt. Sextus trug das Angebot des Metellus vor. Jugurtha war mit allen Punkten sofort einverstanden, lediglich das persönliche Erscheinen im Lager des Metellus lehnte er ab. Er fürchtete wohl zu recht, dort gefangen genommen zu werden. Statt dem schlug er vor, dass Bomilkar mit einer Delegation den Metellus aufsuchen, über diesen Punkt verhandeln und den Vertrag zum Abschluss bringen solle.

Sextus stimmte dem zu. Er hatte mehr erreicht, als er erhofft hatte. Am Schluss des Gesprächs beschwerte er sich über das Verhalten des Reiterführers Hasdabal und erzählte, dass dieser die Delegation ohne auf ihren Auftrag einzugehen, hatte töten wollen. Jugurtha sicherte zu, den Hasdabal zu bestrafen, wenn dieser ins Lager zurück geritten käme. Sextus klärte ihn auf, dass Hasdabal wohl zu Fuß käme, da er ihm die Pferde weggenommen habe. Obwohl Sextus seinen Männern Schaden zugefügt hatte, lachte der König über die Geschichte und meinte, dass es Hasdabal, der recht überheblich sei, recht geschehe, wenn er durch so eine List bezwungen worden war.

Bomilkar unterhielt sich noch mit Sextus über den Vertragsinhalt. Dabei meinte Sextus, dass der König für Rom ein unbequemer Gegner sei und Metellus froh wäre, wenn es den König nicht mehr gäbe. Ein Mörder, der Rom vom König befreien würde, erhielte ein Asyl in der Provinc Africa und eine hohe Belohnung ausgezahlt. Bomilkar fragte, wie hoch wohl die Belohnung für eine solche Tat ausfallen würde. Sextus meinte, dass Rom wohl einhunderttausend Sesterzen dafür bezahlen würde. Bomilkar entgegnete, dass sich wohl für einhunderttausend Sesterzen niemand bereit finden würde, den König umzubringen. Bei fünfhunderttausend Sesterzen sähe die Sache schon anders aus. Sextus wies darauf hin, dass Metellus diesen Betrag aussetzen könnte.

Nach Ende der Beratungen bereiteten sich die Römer für den Abmarsch am nächsten Tag vor. Am Abend kam ein trauriger Zug von Kriegern ohne Waffen zu Fuß im Lager an. An der Spitze ging Hasdabal. Als er Sextus sah, entriss er einem Krieger das Schwert und drang auf Sextus ein. Dieser zog ebenfalls sein Schwert, um sich zu verteidigen. Die Auseinandersetzung wurde jedoch von der Leibwache des Königs beendet und Hasdabal von dieser abgeführt, da er einen Gast des Königs angegriffen hatte.

Zurück im Lager des Metellus berichtete Sextus von seinen Erfolgen. Er wurde von Metellus gelobt. Er und seine Begleiter bekamen von ihm für den erfolgreichen Abschluss der Gespräche und die Erbeutung der Pferde ein Geldgeschenk ausgehändigt.

Einige Tage später kam Bomilkar mit einer Delegation ins Lager. Metellus freute sich, meinte er doch den unleidlichen Krieg mit der Gefangennahme oder der Ermordung des Königs beenden zu können. Als er von Bomilkar erfuhr, dass der König nicht ins Lager kommen wollte, machte er diesem das Angebot, Jugurtha zu ermorden. Bomilkar ging nach langem Feilschen um die Höhe des Geldbetrages auf das Ansinnen ein und versprach, den König für die Summe von vierhunderttausend Sesterzen zu ermorden. Allerdings ging die Hoffnung des Metellus nicht in Erfüllung. Ein Mitglied der numidischen Delegation hatte die Unterhaltung belauscht und hinterbrachte den Mordplan dem König. Jugurtha ließ den Bomilkar festnehmen und brachte ihn unter grausamen Foltern um. Damit hatten die Gespräche ein Ende, und das Jahr verging mit mühseligen Märschen zur Abhärtung.

40

Gefangennahme des Jugurtha

Lager bei Utica Januar 107 v. Chr., Kämpfe in der Wüste, Beförderung zum Primipili

Der Legat Marius war für das Jahr 107 vor Chr. zum 2. Konsul gewählt worden und übernahm im Januar die Armee von Metellus. Sie wurde ihm mit bösem Gesicht von diesem übergeben. Marius hatte, um das Konsulat zu erlangen, den Metellus in Rom geschmäht und ihm eine schlampige Kriegsführung vorgeworfen. Marius wurde aber insbesondere von den Legionären der VII. Legion begeistert begrüßt, da sie sich von ihm neue Kämpfe, Eroberungen und Beute erhofften. Zur Auffüllung der Legionen hatte er eintausend halbausgebildeter Rekruten, dreihundert Bogenschützen aus Kreta und vierhundert weitere Schleuderer von den Balearen mitgebracht.

Nach seiner Ankunft berief er eine Versammlung seines Stabes und der Stäbe der beiden Legionen ein. Er erläuterte sein weiteres Vorgehen und befahl die Überführung des gesamten Heeres nach dem neuen Armeestandort Cirta. Das Legionslager in Utica wurde aufgelöst und nur eine kleine Besatzung in der Stadt zurückgelassen.

Die Armee erreichte Cirta nach dreizehn Tagesmärschen. Sextus schätzte den Heerwurm auf eine Länge von drei Kilometern. Er betrug wohl mit dem Tross und den Sklaven über zwanzigtausend Personen.

Die im Landesinnern auf einem Plateau gelegene Numidierstadt war halb entvölkert. Jugurtha hatte sechs Jahre zuvor die ganze männliche Bevölkerung nach ihrer Eroberung hinrichten lassen. Die Witwen römischer Kaufleute waren größtenteils auf das italienische Festland zurückgekehrt. Die zurückgebliebenen Familien ernährten sich mühsam von Ackerbau und Handel. Sie waren deshalb froh, als Marius die Legionen in die leer stehenden Häuser der Stadt einquartierte: zumal die Legionen einen Schutz gegen Krieger des Jugurtha und Räuberhorden boten.

Zahlreiche Huren, Händler und Kneipenwirte zogen in die Stadt nach und befriedigten die Bedürfnisse der Legionäre.

Marius nahm sofort wieder Verhandlungen mit Jugurtha auf und sandte Sextus zu ihm. Jugurtha lehnte aber Verhandlungen ab, und Sextus wurde bei ihm gar nicht vorgelassen. Er kehrte unverrichteter Dinge zu Marius zurück und berichtete ihm, dass der König erneut große Infanterie- und Reitermassen zusammengezogen habe und langsam auf Cirta vorrücke.

Marius härtete inzwischen die Truppe ab und verringerte den Tross derselben, um, sie beweglicher zu machen. Seine Legionäre mussten ihr Gepäck selbst tragen. Sie verspotteten sich gegenseitig als marianische Packesel. Auch bestimmte er, dass entgegen der bisherigen Praxis auch mittellose Römer in das Heer eintreten durften.

Späher kamen in die Stadt geritten und teilten mit, dass der König nur noch vier Tagesmärsche von Cirta entfernt sei und die numidische Landbevölkerung ihn als Befreier begrüße.

Marius wartete das Kommen des Königs nicht ab, sondern zog ihm mit seinem Heer südwärts entgegen. Er schlug in Sichtweite des Lagers von Jugurtha das römische Lager auf.

Am nächsten Tag bot Marius dem König die Schlacht an. Der König, begierig seine neu angeworbene Infanterie und seine Reiter in den Kampf zu führen, nahm das Angebot an. Er lehnte den rechten Flügel seines Heeres an einen kleinen Flusslauf und postierte seine zahlreichen Reiter auf seinem linken Flügel. Er konnte zwar die römische Reiterei nicht ausmachen, nahm aber an, dass sie sich hinter den Legionen verstecken würde. Der Hälfte seiner Reiterei befahl er unbemerkt den Fluss zu überqueren nordwärts zu reiten und die Römer von der Seite und von hinten anzugreifen.

Marius stellte seine kampfkräftige VII. Legion gegenüber der Hauptmasse und dem rechten Flügel des Feindes auf. Dem linken Flügel des Feindes gegenüber postierte er drei Kohorten der XI. Legion. Nach rechts sicherte er gegen die numidische Reiterei seine Armee durch in den Boden gerammte Pfähle ab, hinter denen er zwei Kohorten der XI. Legion postierte. Die Schleuderer stellte er hinter der Hauptfront auf. Drei Kohorten hielt er in Reserve. Die römischen Reiter hieß er durch den nördlichen Lagerausgang zu reiten, sich in den

Hügeln und dem Gebüsch auf der gegenüberliegenden Seite des Flusses zu verstecken und erst auf sein Signal hin den Fluss zu überqueren und die feindliche Infanterie anzugreifen.

Sextus stand an der Spitze seiner Kohorte und wies die beiden ihm unterstellten Kohortenführer ein. Er sah, dass Jugurtha die Hälfte seiner Reiterei hinter seiner Infanterie den Fluss überqueren ließ und meldete dies durch einen Boten umgehend dem Konsul. Dieser befahl Sextus sofort zwei seiner Kohorten aus der Linie herauszulösen und das Flussufer zu besetzen. Er wies die anderen Kohortenführer an, die entstandene Lücke mit ihren Kräften zu schließen.

Sextus blieb mit seiner Kohorte in der Linie, verbreiterte jedoch sein Einsatzgebiet. Die feindliche verbleibende Reiterei, immer noch dreitausend Mann stark, ritt frontal auf die Legionäre zu, wurde aber durch Stoßlanzen und Wurfspeere abgewiesen, so dass sie deren Reihen nicht zurückdrücken und auch nicht in die Phalanx eindringen konnten.

Die Schleuderer trafen mit ihren Steinen Reiter und Pferde und sorgten schon in der Anfangsphase der Schlacht für Verwirrung beim Feind. Auch die Bogenschützen beschossen über die vorderste Linie hinweg den Feind.

Sextus erkannte Hasdabal an der Spitze einer angreifenden Reiterabteilung. Dieser hatte ihn ebenfalls erspäht und hielt auf ihn zu. Er rief in seiner Landessprache: »Numidier, dies ist der Centurio, der uns die Pferde weggenommen hat. Tötet ihn!« Sextus schleuderte er auf Latein die Worte »Centurio, jetzt stirbst Du« entgegen. Er ritt jetzt Sextus im Galopp entgegen, brachte sein Pferd kurz vor Sextus zum Stehen und warf seinen Wurfspeer aus wenigen Metern Entfernung auf ihn. Dieser wehrte den Angriff mit seinem Schild ab, ließ dieses aber fallen, als der Speer in ihm stecken blieb, packte seine Stoßlanze mit beiden Händen und stach sie von unten gegen den Körper des Hasdabal. Die Lanze drang in dessen Oberschenkel ein und verursachte eine tiefe lange Wunde, die sofort stark zu bluten anfing. In diesem Moment stach ein numidischer Reiter von rechts mit einem Speer auf Sextus ein. Dieser sah den Stoß kommen, wich diesem aus, tauchte unter das Pferd des Angreifers und tötete dies mit einem Lanzenstoß. Der numidische Krieger fiel vom Pferd und wurde von einem zu Sextus aufrückenden Legionär erstochen.

Hasdabal hatte inzwischen sein Pferd gewendet und brachte sich in Sicherheit.

Nachdem die Legionäre den ersten Angriff der Reiter abgewehrt hatten, rückten sie vor, töteten mit Stößen der Lanzen von unten die Reiter oder die Pferde, so dass diese immer weiter zurückgedrückt wurden. Es herrschte durch das ängstliche Wiehern der Pferde, die Schmerzensschreie der Menschen und Tiere, sowie das Waffengeklirr ein unbeschreiblicher Lärm auf dem Schlachtfeld. Der Reiterführer erkannte die Vergeblichkeit seines Angriffes und beorderte seine Reiter zurück. Er sammelte sie vor der römischen Linie und ritt mit ihnen dann nach links davon.

Inzwischen hatten die jugurthischen Reiter den Hochwasser führenden Fluss an einer etwas seichteren Stelle durchquert, um die Legionen von der Seite und von hinten anzugreifen. Die Pferde taten sich jedoch schwer, das Flussufer zu erklimmen und der Angriff wurde überall abgewehrt. Einige hundert Reiter versuchten deshalb die römische Armee von hinten anzugreifen. Marius beorderte jedoch eine Kohorte seiner Reserve den Angreifern entgegen. Die Legionäre schlugen die Reiter in die Flucht. Die nicht getöteten Reiter zogen sich über den Fluss zurück. Marius gab deshalb über einen Tubabläser das Angriffssignal für die versteckt gehaltene römische Reiterei. Diese stürzte sich auf die zurück reitenden und durch den Kampf ermüdeten numidischen Reiterscharen, töteten viele Reiter und trieben sie in die Flucht. Die fliehenden Reiter kamen nicht mehr dazu, den Fluss erneut zu überqueren und wurden völlig aufgerieben.

Als der König sah, dass seine Reiter sich von der Front der römischen Armee zurückzogen, befahl er seiner Infanterie den Angriff. Mit lautem Geschrei marschierte die viel größere feindliche Infanteriemasse auf die Legionäre zu. Sextus erkannte jedoch, dass viele der Angreifer nur unzureichend bewaffnet waren. Manche führten nur Dreschflegel, schwere Prügel oder Sensen mit. Er wies seine Legionäre darauf hin und sprach ihnen Mut zu. Als die Linien nur noch einhundert Meter auseinander waren, stürmten die Numidier auf die Legionäre zu. Sie dachten wohl, mit ihrer Masse deren Reihen im ersten Anlauf zu durchbrechen. Jeder Stein der römischen Schleuderer und jeder Pfeilschuss traf in der dichten Masse. Als der Feind noch näher rückte, warfen die Legionäre ihre Wurfspeere auf die entgegen rennenden Numidier und wehrten sie dann mit den Stoßlanzen ab. Nachdem die ersten Reihen derselben tot und verletzt vor den römischen Linien lagen, befahl Sextus die Schwerter zu ziehen und vorzurücken. Sein Beispiel wurde an der gesamten Front nachgeahmt. Die feindliche Infanterie wurde im ersten Anlauf zurückgeworfen. Die Legionäre rückten nach und trieben solange blutige Keile in die Masse, bis die Numidier entsetzt vor den Römern flohen. Die Legionäre der Kohorte des Sextus zeichneten sich durch besondere Tapferkeit aus. Allen vorweg kämpfte Sextus mit Schild und Schwert und trieb seine Gegner vor sich her.

Marius hatte inzwischen einen Boten über den Fluss geschickt der dem römischen Reiterführer den Befehl überbrachte, die Verfolgung der numidischen Reiter abzubrechen, die feindliche Infanterie von hinten anzugreifen und einzukreisen. Dieser überquerte erneut den Fluss und führte den Befehl aus. Die Numidier, die auf der Flucht hinter sich die römische Infanterie und vor sich die Reiter sahen, warfen ihre Waffen weg und ergaben sich.

Die Reiter, die zuvor die römische Hauptfront angegriffen hatten, versuchten inzwischen die rechte Flanke der römischen Armee zu durchbrechen. Sie scheiterten jedoch an den eingegrabenen Palisaden und den dahinter aufgestellten Legionären. Jugurtha, der die Schlacht verloren gab, beorderte sie zu seinem Schutze zurück und floh mit ihnen in südliche Richtung davon. Er ließ sein Lager, seine Kriegskasse und seine Mätressen zurück.

Es war ein überwältigender Sieg. Einhundert Legionäre wurden getötet und Zweihundert verletzt. Über eintausend Numidier lagen tot auf dem Schlachtfeld und noch eine größere Anzahl von Verwundeten schleppte sich davon. Mehr als zwanzigtausend Numidier wurden gefangen genommen und zum Sklavenmarkt in Cirta gebracht. Der Preis für den einzelnen Sklaven sank auf ein Rekordtief. Sextus und die Legionäre seiner Kohorte wurden wegen Tapferkeit ausgezeichnet.

Marius eignete sich die Kriegskasse des Königs an. Eine Zählung ergab den Betrag von umgerechnet drei Millionen Sesterzen. Er verteilte den Großteil der Beute an die Legionäre, die ihren Feldherrn enthusiastisch feierten.

Die höheren Offiziere übernahmen die Kebsen des Königs. Es waren dies vierzehn ausschließlich junge Beduinenfrauen.

Im gleichen Jahr fand sich der Adelige Cornelius Sulla in Cirta ein. Sulla stammte aus dem verarmten Zweig des mächtigen Patriziergeschlechtes der Cornelier. Er war durch Volksbeschluss zum Quaestor gewählt und Marius als Gehilfe zugeteilt worden. Mit nach Numidien brachte er römische und bundesgenössische Reiterei und half so dem spürbaren Mangel an Reiterei im africanischen Heer ab. Er fungierte als deren Führer.

Sextus begrüßte die Ankunft des Sulla beim Heer. Konnte dieser doch mit seinen Reitern die Infanterie gegen die numidischen Reiterscharen des Königs wirksam absichern. Sulla, der noch keine große Erfahrung im Schwertkampf hatte, fragte er Marius nach dem besten Schwertkämpfer in der Armee. Er wurde an den ihm gleichaltrigen Centurio Leptonius verwiesen. Diesen bat er, ihn im Schwertkampf weiter auszubilden. Sextus kam diese Bitte gelegen. Konnte er doch so sein Können unter Beweis stellen. Er brachte Sulla sämtliche ihm bekannten Angriffs- und Verteidigungsstellungen, Kniffe und Tricks bei. Die Legionäre wunderten sich, wenn die beiden Offiziere von einem Ausritt verschwitzt und abgekämpft zurückkamen.

Marius versuchte unterdessen alle Dörfer und Städte in Numidien unter seine Kontrolle zu bringen. Er startete auch eine Expedition zu der im Süden von Numidien gelegenen Wüstenstadt Capsa. Der Marsch dorthin war anstrengend, und die Legionäre murrten über die ihnen abverlangten Strapazen. Sextus verzichtete auf sein Pferd und marschierte an der Spitze seiner Kohorten. Mehr noch als sein Vorbild in der Schlacht verband diese Geste ihn mit seinen Legionären.

Nach fünfundzwanzig Tagen erreichte die Armee Capsa. Als die Verteidiger der Stadt die ungeheuere Übermacht der Römer sahen, boten sie an, die Stadt kampflos gegen Zusicherung der Schonung zu übergeben. Marius nahm das Angebot an und sicherte zu, dass niemand getötet, verletzt oder ausgeplündert wird. Um einen Abfall dieser fernen Stadt zu verhindern, ließ er entgegen seiner Zusage und den Vorstellungen seines Stabes, alle männlichen Bewohner töten. Die Stadt Capsa hatte als uneinnehmbar gegolten. Deshalb hatte König Jugurtha dort seinen Staatsschatz deponiert, den sich jetzt Marius aneignete. Fatal erwies sich dies für Jugurtha, weil er dadurch seine gaetulischen Söldnerstreitkräfte nicht mehr bezahlen konnte und diese sich verliefen.

Durch die vielen Gewaltmärsche härtete Marius seine Legionäre ab und schmiedete sie zu einer kampfkräftigen Einheit zusammen.

König Bocchus von Mauretanien verbündete sich inzwischen insgeheim mit seinem Schwiegersohn Jugurtha und stellte sein Reiterheer unter dessen Oberbefehl.

Beim Rückmarsch von einer eroberten Bergfestung an der Grenze von Numidien und Mauretanien, kreiste der König mit der ungeheuren Masse seiner numidischen und mauretanischen Reiter die Römer völlig ein.

Die Legionen mussten aus der Marschordnung heraus sofort den Kampf aufnehmen und sich nach allen Seiten verteidigen. Sextus ließ seine drei Kohorten nach rechts und links eine Schlachtreihe bilden, führte diese in den Kampf und wehrte mit ihnen die feindlichen Reiter ab. Sulla ritt mit seiner Truppe Entlastungsangriffe. An einen Sieg war nicht zu denken und der Kampf wurde bei Eintritt der Dunkelheit von den Reitern des Königs abgebrochen. Diese zogen sich vor Freude trunken mit Schmähreden vom Kampffeld zurück.

Marius ließ, die Legionen in der Nacht sammeln, marschierte mit diesen zum Lager der Feinde und überfiel dieses im Morgengrauen. Die Numidier, die nach einer ausgelassenen Siegesfeier tief schliefen, wurden in ihren Zelten getötet, oder zerstreut.

Bei ihrem weiteren Rückmarsch wurden die Legionen nochmals von allen Seiten zugleich angegriffen. Sulla bekämpfte mit seinen Reitern die ihm gegenüber stehenden Reiter des Königs Bocchus, besiegte und verfolgte sie. Er kehrte aber rasch zum Schlachtfeld zurück und griff die von Jugurtha persönlich geführten Reiter im Rücken der römischen Infanterie an. Er vertrieb dieselben und befreite so das Heer aus einer misslichen Lage.

In den nächsten beiden Jahren schleppte sich der Krieg mühsam dahin. Marius eroberte alle Orte in Numidien, konnte den König aber nicht gefangen nehmen, da dieser mit seinen Reiterscharen in die Wüste auswich. Auch der Berberstamm der Gätuler erhob sich gegen die römische Oberhoheit und verbündete sich erneut mit dem König. Marius musste weit in den Süden marschieren, um diesen zu züchtigen.

Letztendlich flüchtete der König mit den Resten seines Heeres zu seinem Schwiegervater dem König Bocchus von Mauretanien. Dieser hatte sich in der Auseinandersetzung seines Schwiegersohnes mit Rom meist neutral verhalten. Er hatte zwar seinen Schwiegersohn unterstützt, aber Rom nicht den Krieg erklärt.

Sulla wurde von Marius beauftragt, mit König Bocchus Verhandlungen aufzunehmen und die Auslieferung von Jugurtha zu bewirken.

Sulla schickte Sextus als Boten zu König Bocchus. Er sprach: »Leptonius, ich weiß, dass Du keine Angst hast, Dich in das Feldlager des Bocchus zu begeben. Verlange von ihm mündlich die Auslieferung des Jugurtha. Die schriftlichen Vertragsbedingungen und Deine Ermächtigung gebe ich Dir mit. Aber sei vorsichtig, Bocchus ist ein Fuchs und Jugurtha ist ein Fuchs und ein Löwe zugleich.«

Am nächsten Tag ritt Sextus von Cirta aus in das auf mauretanischem Gebiet liegende Lager des Bocchus am Grenzfluss Mulucha zwischen Numidien und Mauretanien. Zum Schutz gegen Räuber und Deserteure nahm er eine Centurie Reiterlegionäre mit. Am dritten Tag kam ihm auf einer Wüstenebene ein Trupp von ca. einhundertfünfzig Reitern entgegen. Er befahl seinen Legionären sich kampfbereit zu machen, jedoch nicht anzugreifen und ritt dem Haufen entgegen. Er sah, dass es sich um Reiter aus dem Heer des Jugurtha handelte. Dem Anführer rief er zu: »Ich bin zu den Königen Bocchus und Jugurtha unterwegs, um Jugurtha einen Friedensvertrag anzubieten.« Dies akzeptierte dieser und er geleitete ihn direkt zu dem Lager des Königs Bocchus.

Nach seiner Ankunft wurde er sofort zu einer Audienz in das Zelt des Königs Bocchus geführt. Dieser saß von seiner Leibwache umgeben auf einem aus Fell errichteten kleinen Thron und begrüßte Sextus freundlich. Zu seinem Erstaunen saß neben ihm König Jugurtha.

Dieser erkannte Sextus und sah ihn mit finsterer Miene an, wusste er doch, dass Sextus bei den verschiedenen Kämpfen seinen Kriegern große Verluste zugefügt hatte. An seiner anderen Seite saß sein Sohn Hiesabal. Sextus verbeugte sich tief vor Bocchus und sprach nur zu ihm: »Ehrenwerter König Bocchus, mein Name ist Sextus Leptonius, Centurio in der Armee des Marius. Der Quaestor Sulla ist beauftragt, mit Euch Verhandlungen über einen Bündnisvertrag vorzunehmen und schickt mich als Boten zu Euch, damit ich das Abkommen vorbereiten kann. Rom bietet Dir seine Freundschaft, ein Bündnis und Landzugewinn an, wenn Du diesem Verlangen nachkommst.« Bocchus antwortete: » Centurio, mein lieber Schwiegersohn König Jugurtha hat mit seinem Heer mein Heer verstärkt. Ich werde ihm nicht schaden. Ich möchte, dass Rom einen Friedensvertrag mit meinem Schwiegersohn abschließt; ansonsten sehe ich mich gezwungen, mit meinem Heer den Grenzfluss zu überschreiten. Reite morgen zurück und überbringe an Sulla und Marius diese Antwort. Ich bin ich aber gerne bereit, die Verhandlungen mit Sulla über einen Freundschafts- und Bündnisvertrag mit mir aufzunehmen. Er möge zu mir in das Lager kommen. Ich gewähre ihm sicheres Geleit.«

Jugurtha saß schweigend neben seinem Schwiegervater und lächelte nur ironisch. Sextus schien es, dass Bocchus gar nicht so abgeneigt war, den ihm geistig überlegenen, herrschsüchtigen und machtgierigen Schwiegersohn los zu werden. Auch hatte Bocchus ja auch nicht direkt gesagt, dass er einen Krieg gegen Rom führen würde, nur dass er sein Heer über den Grenzfluss führen wolle.

Sextus suchte am gleichen Abend heimlich das Zelt des Hiesabal auf. Er wusste, dass Hiesabal in Jugurtha einen Konkurrenten auf den Anspruch des Thrones von Mauretanien sah. Von ihm erfuhr er, dass sein Vater gegen eine Erweiterung seines Herrschaftsgebietes Jugurtha ausliefern werde.

Mit dieser Botschaft kam er zu Marius und Sulla zurück. Hiesabal begleitete ihn. Marius forderte Sulla auf, unverzüglich zu Bocchus zu reiten. Für seine Verdienste wurde Sextus zum Primipili befördert.

Sulla stellte eine Delegation von hohen Offizieren zusammen und ritt mit einer Bedeckung von einer Kohorte zu Bocchus. Hiesabal diente ihm als Schutz und als Wegweiser. Sextus durfte ihn begleiten. Sulla hatte ein Jahr zuvor eine Delegation des Königs Bocchus, die nach Rom reiste, in römischem Gebiet betreut, verpflegt und ihr die Überfahrt nach Italien ermöglicht. Bocchus hatte diese Hilfestellung nicht vergessen. Sulla vertraute dem König Bocchus. Selbst als Hiesabal die Delegation durch das Lager des Jugurtha führte und die Begleiter des Sulla ihm rieten, die Flucht zu ergreifen, harrte er aus und wurde in das Zelt des Königs Bocchus geführt.

Dieser empfing die Delegation zusammen mit seinen Ratgebern und seinem Sohn im Königszelt. Jugurtha war nicht hinzugezogen worden. Nach längeren Verhandlungen und auch nachdem Sulla zugesichert hatte, König Bocchus als Verbündeten von Rom anzuerkennen und das Königreich Mauretanien in Richtung Osten um ungefähr 200 Kilometer zu erweitern, stimmte Bocchus zu, seinen Schwiegersohn an die Römer auszuliefern.

Er ließ Jugurtha unter dem Vorwand, Sulla habe ihm ein Friedensvertragsangebot zu machen, in sein Zelt rufen. Dieser kam arglos mit zwei Ratgebern und seinen Söhnen zu ihm. Bocchus ließ ihn und seine Söhne durch seine Leibwache verhaften, fesseln und an Sulla ausliefern. Die engsten Berater und Anhänger des Jugurtha ließ er töten.

Sulla veranlasste, dass König Jugurtha, sowie seine Söhne auf Pferde gebunden und inmitten eines mehrfachen Ringes von Legionären abgeführt wurden. Bocchus sicherte durch Reiter seines Heeres Sulla gegenüber dem Heer des Jugurtha ab.

As Sulla mit Jugurtha im Lager in Cirta ankam, herrschte eitle Freude. Endlich war der mühselige und verlustreiche Krieg mit Jugurtha beendet. Marius ließ sich als Oberfeldherr für die Beendigung des Krieges ehren. Das eigentliche Ende des Krieges hatte jedoch Sulla bewirkt. Dies wurde von Marius nicht anerkannt. Sulla war darüber sehr gekränkt. Dies war der Grund für den Hass des Sulla auf Marius und sollte in Zukunft zu den blutigen Auseinandersetzungen zwischen den beiden führen.

Das Königreich Numidien wurde von Marius aufgelöst und der römischen Provinz Africa zugeordnet.

Jugurtha und seine Söhne wurden in Ketten nach Rom überführt. Sie schritten vor dem Wagen des Marius in dessen Triumphzug her. Danach wurde Jugurtha im Gefängnis hingerichtet.

Damit war der jughurtinische Krieg im Jahre 105 v.Chr. zu Ende.

41

104 v. Chr.
Sextus reist über Rom ins Feldlager des Marius, besucht, Selina und Mesa und kundschaftet das Lager der Kimbern aus.

Im Jahre 104 v.Chr. bei der Rückkehr vom afrikanischen Kriegsschauplatz machte Sextus in Rom Station. Er war nach dem Ausscheiden seines Freundes Flavus Castus aus der Armee vor zwei Jahren zum Primipili befördert worden und damit dritthöchster Offizier in der VII. Legion. Die Legion war von Cirta aus nach Puteoli übergesetzt worden und marschierte unter ihren Centurios nach Arleate in Südgallien. Als höherer Offizier konnte er selbständig reisen.

Auf seiner Reise hatte er in Attella seine Eltern besucht und von ihnen erfahren, dass sie nach Capua in ihre Villa umziehen und ihren Lebensabend dort genießen wollten. Sein Vater fragte ihn, ob er sich jetzt entschieden habe und wie von ihm festgelegt, die Tochter seines Kriegskameraden - Tullia Lucullus - heiraten wolle. Sextus dachte an das süße und hübsche Kind, dem er Märchen erzählt hatte, fragte, ob inzwischen etwas Nachteiliges über sie bekannt geworden sei und stimmte dem Wunsch seines Vaters zu, als er hörte, dass Tullia nur gute Eigenschaften habe. Er erklärte, dass er sofort nach seinem Ausscheiden aus der Armee nach Capua kommen werde. Sein Vater möge bis dahin die Hochzeit vorbereiten. Von ihm erfuhr er dann noch, dass Tullia sehr fleißig, häuslich und noch hübscher geworden sei.

Nach dem Besuch bei seinen Eltern hatte er noch bei Selina und Mesa in Capua vorbeigeschaut. Beide freuten sich, ihn wieder zu sehen. Selina präsentierte ihm stolz ihren 12-jährigen Sohn Sextus und ihren sechsjährigen Sohn Manlius, der von dem gleichaltrigen Mädchen Quinta, der Tochter von Mesa, begleitet wurde.

Auf den fragenden Blick von Sextus flüsterte Selina ihm ins Ohr, dass alle drei seine Kinder wären. Sextus fühlte eine große Freude in sich aufsteigen, lachte über das ganze Gesicht, umarmte Selina und die hinzugekommene Mesa. Beide Damen waren etwas fraulicher geworden, hatten aber ihre Schönheit nicht eingebüßt. Sie setzten sich zusammen und tauschten Erinnerungen aus. Mesa meinte: » Sextus, ich erinnere mich noch gut daran, wie stürmisch Du warst und Selina und mich gleichzeitig beglückt hast. Wir tun immer noch alles zusammen, hatten aber seit dem keine Männerbekanntschaften mehr.« Sextus fragte, ob er einen Beitrag zur Ausbildung der Kinder leisten könne? Selina wehrte ab und bemerkte, dass ihr Mann gut für sie selbst und die Kinder sorgen würde, aber dass Mesa schon einen kleinen Zuschuss gebrauchen könne. Sextus, der in Cirta nochmals von Aser Geld zugesandt bekommen hatte, übergab Mesa einen Betrag von dreißigtausend Sesterzen. Selina erzählte weiter:

»Wir haben einen griechischen Hauslehrer angestellt, der die Kinder unterrichtet. Er ist sehr streng, und wir müssen immer wieder eingreifen, damit er seine Schüler nicht allzu sehr schikaniert. Aber er bringt ihnen sehr viel bei. Sextus, mein Ältester, lernt leicht, insbesondere interessiert er sich für fremde Sprachen. Er spricht schon griechisch und numidisch. Von Mathematik und Geografie will er hingegen wenig wissen. Aber er bewundert das römische Militärwesen. Auch Quinta erhält den vollen Unterricht. Sie ist sehr intelligent, ebenso Manlius«

Nach dem Abendessen fragte Mesa, ob sich zwischen ihnen etwas geändert hätte. Als Sextus verneinte, meinte sie: »Dann kommen wir nachher zu Dir!«

»Ja, ich freue mich,« entgegnete Sextus.

Kurz danach kamen beide in seine Kammer und verwöhnten ihn bis zum Morgen. Auch er strengte sich an und erwiderte die Zärtlichkeiten.

In Rom schaute sich Sextus nach einem geeigneten Gebäude zur Installierung einer Bank um. Er fand auch ein villenartiges Gebäude in der Nähe des Forums, das durch seine Größe und seine Lage gut für die Eröffnung einer Bank geeignet war. Er kaufte es von dem Ritter Silvius Loganas für siebzigtausend Sesterzen. Er hatte ihn von einhunderttausend Sesterzen auf diesen Betrag herunter gehandelt und wies Aser schriftlich an, die Summe zu begleichen. Gleichzeitig verpflichtete er einen Bauunternehmer, verschiedene Umbauten vorzunehmen.

Er schaute bei Sulla in dessen Villa in Rom vorbei und dieser lud ihn zum Abendessen ein. Außer ihm waren noch etwa zehn andere Gäste geladen. Sulla tischte ein opulentes Mahl bestehend aus Vorspeisen, acht Hauptgerichten und Nachspeisen auf. Die Mahlzeit dauerte vom Nachmittag bis in den späten Abend. Sie wurde liegend auf einer Essliege eingenommen, die sich jeweils zwei Personen teilten. Sextus teilte seine Liege mit der römischen Patrizierin Lucina Flaccus. Sie war die Gattin des Lucius Valerius Flaccus, des Legaten der VI. Legion, die im jenseitigen Gallien bei Massalia stationiert war. Sie war einige Jahre jünger als Sextus und berichtete ihm über das Leben und die Verhältnisse in Rom. Im Gegenzug musste er ihr von seinen Kriegserlebnisse berichten. Er merkte, dass sie keinerlei Ahnung vom Leben in der Legion hatte. Nicht einmal die Dienstgrade und die Truppenkörper waren ihr namentlich bekannt. Hier konnte er aber Abhilfe schaffen.

Nach Beendigung des Mahls ließ sich Lucina in ihrer Sänfte nach Hause tragen. Sie warf Sextus einen auffordernden Blick zu, und dieser fragte sie zum Abschied, ob er sie einmal besuchen kommen könnte. Sie sagte verheißungsvoll: »Lieber Sextus, komme doch in einer Stunde zu meiner Villa direkt einhundert m südlich des Tempels der Fortuna; du kannst sie nicht verfehlen. Ich werde Dir selbst öffnen; aber sei verschwiegen.«

Nach einer Stunde klopfte Sextus an die Eingangstüre einer großen Villa. Lucina öffnete ihm, nahm ihn an der Hand und führte ihn in ihr Schlafzimmer. Dort sagte sie: »Sextus, denke bitte nicht schlecht von mir. Mein Gatte ist jetzt schon über ein Jahr in Gallien. Ich habe seit dieser Zeit keinen Mann mehr gehabt. Heute, als ich mit Dir auf der Liege lag, bekam ich plötzlich Sehnsucht nach einer männlichen Berührung. Ich glaube, ich habe schon immer auf einen großen kräftigen Kriegsmann wie Dich gewartet, der mich befriedigen könnte..« Bei diesen Worten drückte sie sich an Sextus. Dieser genoss die Umarmung und sein Glied versteifte sich sofort. Er streifte ihr das Kleid von den Schultern. Gleichzeitig schob sie ihm seine Tunika über den Kopf. Er küsste sie, streichelte sie zwischen den Beinen, während sie sein Glied in die Hand nahm. Es kam zwischen ihnen zu einem umfassenden Liebesgenuss, der zu einem beidseitigen Höhepunkt führte.

Lucina stöhnte dabei und als sie den Orgasmus erreichte, schrie sie laut auf.

Nach einer kurzen Erholungspause streichelte Lucina ihn am ganzen Körper, bis er erneut eine Erektion bekam. Er streichelte ihren Busen und ihre rosa Brustwarzen richteten sich erwartungsvoll auf. Dann konnte er es nicht länger aushalten und drang wieder in sie ein. Lucina kam sofort zu einem weiteren Höhepunkt, während er etwas länger brauchte. Er war erschöpft, aber sie konnte nicht genug bekommen und forderte ihn auf, sie noch einmal zu befriedigen. Da er keine Erektion mehr bekam, streichelte er ihr Geschlecht und küsste sie innig. Er brachte sie so wiederum zu einem Orgasmus.

Nach einer Ruhepause verabschiedete er sich und sagte ihr, dass er am nächsten Tag zu seiner Legion nach Gallien reisen werde. Lucina bedankte sich bei ihm und ließ ihm am nächsten Tag ein Empfehlungsschreiben für ihren Ehemann zukommen.

Marius war der Krieg gegen die Kimbern und Teutonen in Gallien übertragen worden. Drei Jahre zuvor hatten diese bei Arausio in Südgallien die ihnen zur Sicherung der römischen Provinz Narbonensis entgegen gesandten römischen Feldherren vernichtend geschlagen und bis zu achtzigtausend Römer getötet oder verletzt. Es war dies ein Tag noch schlimmer als der von Cannae, bei der im zweiten punischen Krieg in Apulien fünfzigtausend Römer getötet worden waren.

Kein römisches Heer stand mehr zwischen den Germanen und der Stadt Rom. Statt aber nach Italien zu ziehen, wanderten diese, nachdem sie das Gebiet der Arverner verwüstet hatten, die nächsten drei Jahre westwärts durch ganz Gallien und Nordhispanien; danach nordwärts bis zum Gebiet der Eidgenossenschaft der Belgen. Dies war dem Senat in Rom durch Kundschafter bekannt geworden. Deshalb wurde Marius mit der Abwehr der Gefahr betraut.

Sextus meldete sich in dessen Feldlager bei Arleate. Marius hatte dort vier Legionen versammelt.

Auch Lucius Valerius Flaccus traf er bei einer Offiziersbesprechung. Er gab ihm das Empfehlungsschreiben seiner Gattin und richtete ihre Grüße an ihn aus. Flaccus war arglos, oder gab sich zumindest so. Er fragte Sextus, wo dieser seine Gattin getroffen habe und Sextus erklärte es ihm.

Zehn Tage später traf auch Sulla beim Heer ein und stellte sich Marius als Reiterführer zur Verfügung.

Marius hatte als Kaufleute getarnte Kundschafter nach Nordgallien gesandt. Diese berichteten, dass sich der ungeheure Schwarm der Kimbern vor dem Stammesgebiet der Belgen versammelt habe und momentan keine Wanderbewegung erkennbar sei.

Sextus, der dem eintönigen Lagerleben entfliehen wollte, bot Marius an, ebenfalls als Kundschafter nach Nord- und Mittelgallien zu reisen. Er führte aus, dass er ja gallisch sprechen und dadurch leichter Neuigkeiten erfahren könne. Marius nahm das Anerbieten dankbar an. Sextus verstaute seine Rüstung und Vorräte auf ein Packpferd, umgürtete sich mit Schwert und Dolch und zog eine Reisetunika über. Dann ritt er im Tal der Rhone nordwärts.

Nach mehreren Tagen erreichte er das auf einer Seineinsel gelegene Städtchen Lutetia der Parisii und zog dort Erkundigungen ein. Er erfuhr, dass die Eidgenossenschaft der Belgen den Kimbern tapfer Widerstand geleistet hatte und sie aus deren Gebiet verjagt worden waren. Sie hätten ein festes Lager weit im Norden der Stadt aufgeschlagen und würden in den Landstädten Verpflegung eintreiben. Im Moment sähe es nicht so aus, als ob sie weiter wandern würden.

Sextus hielt sich noch einige Zeit in der Gegend auf. Er stieß bei seinen Erkundungen auch auf Reiterpatroullien der Kimbern und versteckte sich vor diesen. Als er weiter nach Norden ritt, entdeckte er deren Lager. Er schlich sich an dieses heran und beobachtete es. Auf einer weiten Ebene war an einem kleinen Fluss eine neue Stadt aus lauter Wanderkarren entstanden, die eng zusammengefahren, kreisförmig um einen Mittelpunkt aufgestellt waren. Außerhalb des Lagers weideten in Gehegen eine große Menge Zugochsen einer hellen Rasse mit weit auseinander stehenden Hörnern. Viele Frauen wuschen Wäsche am Fluss und Kinder spielten am Flussufer oder übten sich mit Stecken im Schwertkampf. Ganze Gruppen von Kriegern exerzierten nördlich vom Lager. Schwer mit Getreide beladene Gespanne strebten dem Lager zu.

Sextus versuchte die Masse der Krieger zu zählen, gab dies aber bald auf. Seine Schätzungen beliefen sie sich auf hunderdtausend Kämpfer und auf einen Tross von zweihunderttausend Personen. Er sah, dass sich die Kimbern fest eingerichtet hatten und wohl den Winter in diesem Lager verbringen würden.

Mit diesen Erkenntnissen ritt er wieder südwärts. Er beschloss in Gergovia einige Tage Rast einzulegen. Im Gebiet der Arverner angelangt, sah er überall zerstörte Häuser, die von den Bewohnern wieder aufgebaut wurden. Er fragte einen Ortsvorsteher danach und erhielt die Auskunft, dass die Kimbern vor drei Jahren in das Land eingefallen seien, die gesamten Vorräte requiriert und die Dörfer abgebrannt hätten. Die Bevölkerung habe sich in ummauerte Städte geflüchtet. Diese seien von den Kimbern nicht belagert und nicht eingenommen worden. Sie hätten es offensichtlich nur auf Lebensmittel abgesehen gehabt.

Einige Tage später sah er die auf einem Hügel erbaute Stadt Gergovia wieder. Die Mauern waren verstärkt worden und von den Bergen führte ein Aquädukt in die Stadt. Er freute sich auf ein Wiedersehen mit seinen dortigen Bekannten, insbesondere mit dem Königspaar und dachte wehmütig an vergangene Zeiten zurück.

Am nördlichen Stadttor wurde er von einem Krieger der Stadtwache angehalten und nach seinem Begehr gefragt. Der Offizier der Stadtwache, der ihn gesehen hatte, kam aus dem Wachhaus. Er kam auf ihn zu und verbeugte sich. Er rief: »Centurio, ich habe Dich sofort erkannt. Wie schön, dass Du hier bist, gestatte, dass ich Dich zum König geleite.« Sextus freute sich und dachte: »Ich muss doch in Gergovia einen nachhaltigen Eindruck hinterlassen haben, dass ich sofort wieder erkannt worden bin.« Laut sagte er : »Ich danke Dir für Dein Anerbieten und nehme dies gerne an.«

Sein Führer, der Edeling Vertus, ritt mit ihm zur Burg und führte ihn direkt in den Vorraum des Königsgemachs. Sextus bedankte sich bei ihm und nahm sich vor, ihn lobend beim König zu erwähnen. Ein Diener bat ihn Platz zu nehmen und meldete ihn bei Cemuntis an. Sextus hörte einen erstaunten Ausruf und sah, dass der König ihm entgegenkam. Beide Männer umarmten sich und schlugen sich gegenseitig auf die Schultern. Sextus konnte die vielen Fragen gar nicht beantworten. Plötzlich hielt Cemuntis inne. Er mache eine Pause, schlug sich an die Stirne und sprach: »Entschuldige, ich bin egoistisch. Ich habe meine Frau noch gar nicht verständigt.« Er befahl dem Diener die Königin herzubitten, ihr aber den Grund nicht zu verraten.

Kurze Zeit später kam die Königin ins Gemach. Sie war noch genau so schön wie vor fünf Jahren. An der Hand führte sie einen vierjährigen schönen gerade gewachsenen Knaben. Als sie Sextus sah, ließ sie die Hand des Knaben los, schrie laut auf und stürzte sich mit geöffneten Armen auf ihn zu. Sie umarmte ihn, drückte ihn an sich und küsste ihn auf den Mund. Sie rief: »Sextus, lieber Sextus, ich hätte nicht gedacht, Dich nochmals zu sehen. Ich freue mich ja so, dass Du hier bist. Hoffentlich kannst Du lange bleiben. Setze Dich zu uns und erzähle, wie es Dir ergangen ist. Aber halt, erst muss ich Dir noch unseren Sohn vorstellen. Er heißt Vercingetorix, wir nennen ihn Vertix. Er ist ein intelligentes liebes Kind, an dem wir unsere Freude haben. Er wird jetzt schon auf seine Aufgabe als zukünftiger König vorbereitet.« Dies alles sprudelte sie ohne Atem zu holen, aus sich heraus, so dass Sextus gar nicht dazu kam, eine Antwort zu geben. Jetzt hielt er die Königin an den Armen fest und sagte: »Lasse Dich einmal näher betrachten. Du bist in den letzten Jahren noch schöner geworden. Man meint, ein junges Mädchen vor sich zu haben.« Die Königin errötete bei diesem Kompliment, bekam sie ein solches doch von ihrem Mann nie zu hören. Sie führte Sextus zu einer Bank und forderte ihn auf, seine Erlebnisse seit seinem Abschied vor fünf Jahren zu erzählen. Sextus befriedigte die Neugier des Königspaares und forderte sie auf, auch ihm von den zurückliegenden Jahren zu erzählen. Der König berichtete: » Fast gleichzeitig mit Vertix wurde uns auch durch Mesani eine Enkeltochter geschenkt. Es ist dies ein süßes hübsches Mädchen, das den Namen Mesana erhalten hat. Wir haben sie schon zweimal besucht. Mesani ist die Beraterin von König Cevas geworden und genießt hohes Ansehen in dessen santonischem Königreich.«

»Ich hätte nie gedacht, dass Mesani und ihr Mann so schnell schon Nachwuchs bekommen würden. Ich jedenfalls gratuliere Euch zu Sohn und Enkeltochter. Ich wünsche dem Nachwuchs von Euch alles Gute. Aber erzähle bitte weiter.«

»Vor drei Jahren fielen die Kimbern in unser Land ein. Sie raubten das Land aus und belagerten uns hier in Gergovia. Wir hatten uns aber gut versorgt, so dass sie von hier und auch von anderen befestigten Städten unverrichteter Dinge wieder abziehen mussten. Lediglich die Ernte war vernichtet, so dass im vorletzten Jahr bis zum Einbringen der neuen Ernte eine Hungersnot herrschte. Erstaunlicherweise haben sie die Vorräte und den Besitz der Druidentempel nicht angerührt. Sie hatten wohl Angst vor unseren Göttern. Durch die Vorräte der Druiden konnte dann die Hungersnot abgemildert werden und es stand deshalb auch ausreichend Saatgut zur Verfügung.«

Sextus beugte sich zu dem Königssohn Vertix hinunter und sprach ihn in kindlicher Sprache an. Dieser zeigte keinerlei Scheu vor dem fremden Mann und beantwortete seine Fragen nach seinem Namen, seinem Alter und seiner Herkunft in klarer heller Sprache und lachte dabei. Sextus dachte sich. »Er hat offensichtlich mein heiteres Wesen geerbt.« Cerva sprach ihren Sohn an: »Vertix, dies ist der römische Centurio Sextus Leptonius. Er ist ein sehr guter Freund Deiner Eltern. Er kann sehr gut ganz tolle Märchen erzählen. Bestimmt erzählt er Dir auch ein solches, wenn Du ihn darum bittest.« Vertix schaute ihn bewundernd an. Er fragte: »Könntest Du mir auch einmal ein neues Märchen erzählen. Alle Märchen, die mir meine Mutter erzählt, habe ich schon mehrmals gehört. Auch der Barde weiß keine neuen Märchen mehr.« Sextus sicherte dies zu und dachte: »Natürlich werde ich meinem Sohn neue Märchen erzählen. Anscheinend sind die Arverner noch genauso scharf auf Märchen und Geschichten, wie vor fünf Jahren.«

An diesem Tag saß er noch lange mit dem Königspaar zusammen und sie unterhielten sich über das Verhältnis der Arverner zu den Römern. Cemuntis bemängelte, dass der römische Statthalter keinen neuen Gesandten nach Gergovia geschickt habe und meinte, dass dem römische Staat Arvernien offensichtlich nicht wichtig wäre, hingegen die Haeduer, der größte Keltenstaat in Gallien, von ihrer Hauptstadt Bibracte aus eine ganze Delegation nach Gergovia gesandt haben und auch die Römer einen Gesandten nach Bibracte.

Sextus warnte: »Nehmt Euch vor den Haeduern in Acht. Sie wollen die Herrschaft über ganz Gallien erringen und haben deswegen auch schon um Unterstützung in Rom angefragt.«

Nachdem Sextus sich in sein altes Zimmer begeben hatte, öffnete Cerva die Verbindungstüre zu diesem Raum und schlüpfte in sein Bett. Sie schmiegte sich an Sextus, umarmte und küsste ihn. Zwischen ihren Küssen gab sie ihm zärtliche Namen und streichelte ihn am ganzen Körper. Sie sagte: »Sextus, die ganzen Jahre habe ich immer wieder an Dich gedacht und mich nach Dir gesehnt. Jedes mal wenn ich unseren Sohn angeschaut habe, standest Du in meinen Gedanken vor mir. Jetzt bist Du ohne Vorwarnung plötzlich aufgetaucht und mir ist durch den freudigen Schreck fast mein Herz stehen geblieben. Jede Faser meines Körpers hat nach Dir verlangt. Endlich kann ich Dich in meine Arme schließen und Dich lieben.

Die ganzen Jahre war Vertix mein einziger Trost und meine gedankliche Verbindung zu Dir. Ich habe sogar zu Teutates gebetet, Dich mir zurück zu schicken. Jetzt bist Du aber da und kannst hoffentlich eine Weile bleiben.«

Sextus war durch den Gefühlsausbruch ganz überrascht. Hatte er doch nicht gewusst und auch nicht vermutet, dass sich Cerva so nach ihm gesehnt hatte. Um sie nicht zu enttäuschen antwortete er : »Liebste Cerva, auch ich habe mich die ganzen Jahre nach Dir gesehnt und bis auf meine Rückreise deswegen extra über Gergovia geritten. Leider muss ich schon bald wieder fort und meinem Feldherrn Bericht erstatten.«

In dieser Nacht liebten sie sich bis zur Erschöpfung, wobei Cerva der treibende Teil war. Auch in den folgenden Nächten forderte Cerva ihn bis auf Äußerste. Sie erreichte jede Nacht eine Kette von Höhepunkten und riss Sextus mit sich fort.

Am Nachmittag des zweiten Tages kam während einer Unterhaltung mit dem König, Vertix in das Zimmer. Er sah Sextus und lief auf ihn zu: »Lieber Sextus, Du hast versprochen, mir ein Märchen zu erzählen. Könntest Du mir jetzt eines erzählen?«

»Ja natürlich, was ich versprochen habe, das halte ich auch.« Er überlegte, welches Märchen seinem Sohn gefallen könnte und da er wusste, dass die Arverner begeisterte Pferdeliebhaber waren, suchte er aus seinem Erzählschatz ein geeignetes Märchen heraus. Er setzte sich bequem zurecht und begann:

»Viele Kilometer weit östlich von hier dehnen sich in einer Ebene große Graslandschaften aus. Es wohnen dort nur wenige Menschen, aber sehr viele verschiedene Tiere nennen die Gegend ihre Heimat. Über das ganze Gebiet verstreut grasen friedlich Herden von Wildpferden. Der Anführer einer solchen kleinen Herde war der Schimmelhengst Cebob. Er war groß gewachsen, kräftige gebaut mit einem mächtigen Brustkorb, langen Beinen und hatte eine dunkle Blesse auf der Stirn. Seine Herde bestand aus fünf Stuten, für die er versuchte, immer die schönsten Weideflächen zu ergattern. Eines Tages sah er eine wunderschöne gut gewachsene junge Stute, mit einem reinweißen seidig glänzenden Fell. Er verliebte sich sofort in sie, und diese lief laut wiehernd auf ihn zu, hatte sie sich doch schon lange nach einem Hengst gesehnt, der die gleiche Fellfarbe wie sie hatte. Cebob reckte den Kopf nach oben und begrüßte sie in der Pferdesprache. Er fragte sie, wie sie hieße und warum er sie noch nicht früher entdeckt habe. Die Stute antwortete: »Ich heiße Pria, und meine Eltern weiden dort drüben hinter der Baumgruppe. Sie haben bis jetzt immer gut auf mich aufgepasst und mir keine Hengste vorgestellt. Als ich Dich bei Deiner Herde sah, bin ich neugierig geworden und auf Dich zugelaufen. Ich würde gerne bei Dir bleiben.« Cebob machten diese Worte ganz glücklich. Er vernachlässigte seine übrige Herde und widmete sich nur noch Pria. Er führte sie zu den saftigsten Grasstellen und zeigte ihr das klarste Wasser. Wenn sie bei ihm war legte er seinen Kopf auf ihre Mähne und rieb sich an ihrem Fell.

Nicht weit von ihrer Herde entfernt grasten junge Hengste, die noch keine eigene Herde hatten. Ein tiefschwarzer kräftiger Hengst mit dem Namen Fuster hatte Pria erspäht und sich ebenfalls in sie verliebt.

Er verlangte von Cebob ihm die Stute abzutreten. Dieser willigte nicht ein, und Fuster forderte ihn zum Kampf um Pria heraus. Cebob, der ein friedliches Wesen hatte, wollte nicht kämpfen, aber er wollte auf keinen Fall Pria verlieren. Deshalb nahm er den Kampf an. Beide Hengste stellten sich gegenüber, blähten ihre Nüstern auf und scharrten mit den Vorderbeinen im Erdreich. Dann gingen sie aufeinander zu, stellten sich auf die Hinterbeine und schlugen mit den Vorderhufen jeweils gegen Kopf und Brust ihres Gegners. Sie waren gleich stark. Der Kampf verlief unentschieden und zog sich über Stunden hin. Die Gegner schwankten vor Erschöpfung und hatten sich gegenseitig schon Verletzungen beigebracht. Da gelang es Fuster einen kräftigen Hufschlag auf dem Kopf von Cebob zu landen und dieser sackte ohnmächtig zusammen. Pria hatte dem Kampf zugeschaut und sich gefreut, dass Cebob um sie kämpfte. Als dieser jedoch verletzt wurde, wünschte sie sich, dass es wegen ihr keinen Kampf gegeben hätte. Sie rief beiden zu, aufzuhören. Diese achteten jedoch in ihrem Kampfrausch nicht auf sie. Als Cebob zu Boden ging, trabte Pria zu ihm und forderte ihn auf, aufzustehen. In diesem Augenblick kam Fuster auf sie zu, erklärte, dass sie seine Siegesbeute sei und trieb sie mit letzter Kraft von Cebob weg. Pria lief ihm jedoch davon und im Bogen zu Cebob zurück. Dieser erwachte gerade aus seiner Ohnmacht, stellte sich auf und schüttelte benommen den Kopf, war aber noch zu schwach, um noch etwas zu unternehmen. Fuster trieb deshalb Pria erneut weg. Diese schnappte nach ihm und lief ihm davon. Dies wiederholte sich noch zweimal. Fuster war durch das Verhalten von Pria so verärgert, dass er seine Absicht, sie bei sich zu behalten, aufgab. Er entfernte sich und Pria schmiegte sich an Cebob. Dieser erholte sich langsam von dem Hufschlag und spazierte stolz neben Pria her über die Weide.

Nach über einem Jahr brachte Pria ein wunderschönes weißes Hengstfohlen zur Welt. Sie nannten es Sprüngli. Dieses war fröhlich und tollte über die Weide. Es schloss Freundschaft mit Gleichaltrigen und auch mit anderen Pferdemüttern, die ihn auch an ihren Eutern saugen ließen. Es war so voller Übermut, dass es Unruhe in die gesamte Herde brachte. Seine Eltern überlegten und kamen zu dem Schluss, dass es in de

r Obhut eines Menschenkindes aufwachsen sollte. Cebob meinte: »Ich habe gehört, dass in der Burg in Gergovia ein junger Königssohn heranwachsen soll. An diesen würde ich Sprüngli gerne abgeben. Pria stimmte zu, und gemeinsam machten sie sich auf den Weg nach Gergovia. Und wenn sie hier ankommen werden, übergeben sie Dir Vertix das Hengstfohlen.«

»Oh Sextus, das war ein schönes Märchen. Wann kommen jetzt Pria und Cebob zu mir und schenken mir das Fohlen.«

»Leider war dies nur ein Märchen, und alle Märchen sind nur Fantasiegebilde und deshalb nicht wahr. Aber vielleicht schenkt Dir Dein Vater ein Fohlen.«

Cemuntis, der ebenfalls dem Märchen gelauscht hatte, meinte: »Zu Deinem fünften Geburtstag bekommst Du ein Fohlen. Bis dahin bist Du kräftig genug, um das Reiten zu lernen.«

Cemuntis erzählte danach, wie die Belagerung von Gergovia durch die Kimbern verlaufen war. Er berichtete: »Also die Kimbern sind wilde und tapfere Krieger, aber sie haben keine Geduld. Nun, sie hätten ja versuchen können, Gergovia auszuhungern. Aber sie zogen nach ein einigen Tagen wieder ab. Lediglich die Wasserversorgung haben sie unterbrochen. Wir konnten den Schaden aber gleich wieder beheben. Wir konnten sogar einen Ausfall machen und haben dabei zwanzig kimbrische Krieger gefangen genommen. Wir haben diese nicht ausgetauscht, sondern als Sklaven behalten.«

»Cemuntis, ist einer dieser Sklaven dabei, der auch Gallisch oder Latein spricht?«

»Aber ja, ein zwanzigjähriger Kimber, er heißt Malte, spricht etwas gallisch und Latein. Ich setze ihn als Dolmetscher für die anderen Gefangenen ein.«

»Könntest Du ihn mir für meinen Aufenthalt überlassen. Ich würde gerne seine Sprache erlernen.«

»Weißt Du was, ich schenke Dir den Sklaven, dann kannst Du ihn auf Deiner Reise mitnehmen.«

»Ich danke Dir recht herzlich.«

Sextus ließ sich Malte vorführen. Dieser kniete sofort vor ihm nieder und sprach mit demutsvoller Stimme in gallisch: »Herr, was kann ich für Dich tun?« Sextus antwortete in gallischer Sprache:

»Du kannst viel für mich tun. Erstmals möchte ich Dir mitteilen, dass Dich der edle König Cemuntis mir als Sklaven überlassen hat. Du wirst mit mir zum Feldlager des Marius nach Arleate reisen. Vor allen Dingen aber will ich von Dir die germanische Sprache erlernen. Wenn Du Dir große Mühe gibst, wirst Du von mir dafür entlohnt werden. Wir werden gleich damit anfangen. Ich werde auf verschiedene Gebrauchsgegenstände deuten und Du nennst mir dafür den gallischen und den germanischen Namen. Später gebe ich Dir einzelne leichte Sätze auf, die Du ins Germanische übersetzt.«

Malte verbeugte sich und dankte Sextus: »Edler Herr, ich will mir Mühe geben. Ich werde Dir die germanische Sprache beibringen und Dich bedienen. Du wirst mit mir zufrieden sein.«

Sextus lernte in den nächsten Tagen schon die Grundbegriffe der germanischen Sprache. Er dankte Cemuntis für die Überlassung des Sklaven. Dieser meinte: »Es ist schön, wenn man Dir mit so kleinen Dingen eine Freude bereiten kann. Allerdings weiß ich nicht, was es Dir für einen Nutzen bringt, wenn Du germanisch sprechen kannst. Sollen doch diese Barbaren Latein oder gallisch lernen, wenn sie Anliegen an uns haben.«

»Wer weiß, wozu ich Germanisch noch einmal brauchen kann. Jedenfalls interessiert es mich, auch diese Sprache zu erlernen.«

42

Nach fünf Tagen reiste Sextus ab. Er ritt über den Gebirgskamm nach Narbo. Malte erwies sich als reines Goldstück. Er kümmerte sich um das Gepäck, die Pferde, die Waffen und brachte Sextus noch Germanisch bei.

Schon von der Torwache des Nordtores von Narbo wurde er laut mit Centurio Leptonius begrüßt. Er sah, dass der Mauerring von der Stadt nach Norden hin erweitert worden war. Er schloss jetzt auch die ehemals von ihm erworbenen Grundstücke ein.

Vor dem Bankgebäude ließ er Malte warten und betrat die Bank. Ein Bankbeamter erkannte ihn und führte ihn sofort zu Aser. Dieser war ganz überrascht, trat auf Sextus zu und umarmte ihn. Er sprach: »Lieber Sextus, schön Dich wieder einmal zu sehen. Fünf Jahre bist Du jetzt fort gewesen. Es trifft sich aber gut, dass Du gerade jetzt nach Narbo kommst. Auf die Bank kommen ernste Schwierigkeiten zu.«

»Aser, übertreibe nicht. Aus Deinen Berichten habe ich ersehen, dass Du nur sichere Darlehen ausgereicht hast, die regelmäßig bedient werden und dass Du auch genug Einzahlungen entgegen genommen hast. Wo also ist das Problem.«

»Nun in Narbo geht das Gerücht um, dass die Bank zuviel und zu hohe Kredite ausgegeben habe und deshalb die Zinsen für die Sparguthaben nicht mehr bezahlen könne. Ich habe meine Bekannten und die Bankbeamten gebeten, zu verbreiten, dass die Bank nicht in Zahlungsschwierigkeiten sei. Trotzdem kamen in den letzten Tagen Gläubiger zur Bank und verlangten ihre Einzahlungen zurück.«

»Weißt Du, wer das Gerücht erfunden hat und wer es verbreitet?«

»Ich weiß, dass das Gerücht von Marcus Longinus, dem Leiter der Bank Medinas, verbreitet worden ist. Dies habe ich von einem Angestellten des Bankhauses Medinas erfahren, den ich von früher her noch kenne. Allerdings wird dieser nicht als Zeuge auftreten. Er hat mir erzählt, dass Longinus alle seine Angestellten aufgefordert hat, dieses Gerücht zu verbreiten. Diese Bank macht weniger als die Hälfte Gewinn als unsere Bank. Ich habe von dem verantwortlichen Rechnungsführer der Bank Medinas eine Kopie von deren jährlicher

Abrechnung gekauft und weiß dies deshalb mit Sicherheit. Mein ehemaliger Chef neidet mir meinen Erfolg.«

»Wie sieht es im Moment mit der Höhe unseres Bargeldbestandes, den ausgereichten Krediten und den Einlagen aus?«

»Also, wir haben einen Bargeldbestand in Narbo von zweieinhalb Millionen Sesterzen. An Krediten haben wir fünf Millionen Sesterzen ausgegeben. Unsere Kunden haben dreieinhalb Millionen Sesterzen in die Bank eingezahlt. Jeder der Einzahler hat sich zwar verpflichtet, den eingezahlten Betrag ein Jahr stehen zu lassen, aber trotzdem verlangen bisher einzelne Einzahler ihr Geld zurück. Unsere Zweigstelle in Massalia hat einen Bargeldbestand von fünfhunderttausend Sesterzen, auf den wir zurückgreifen können.«

»Wie sieht es mit den Immobilien und den Lagerbeständen aus?«

»Nun, den Wert Deiner Immobilien schätze ich auf über eine Million Sesterzen. Den Wert der Lagerbestände an Kräutern, Braugerste und Bier auf fünfzigtausend Sesterzen.«

»Nun Aser, das sieht ja gar nicht schlecht aus. Ich werde morgen dem Marcus Longinus einen Besuch abstatten und die Angelegenheit so oder so klären.«

»Ja, das ist eine gute Idee. Aber hüte Dich vor Longinus; er ist zwar freundlich, jedoch in großem Ausmaß hinterhältig. Er reicht Dir mit einem Lächeln die rechte Hand und sticht Dir mit der anderen Hand ein Messer in den Körper. Er ist falsch wie eine Muräne. «

»Ja, ich danke Dir für Deine Warnung. Hat sich an den Kredit- und den Guthabenzinsen etwas geändert?«

»Nein, wir geben nach wie vor die Kredite mit einem Zinssatz von einem Prozent pro Monat aus und verzinsen die Guthaben mit einem halben Prozent pro Monat. Allerdings verlangen wir eine Bearbeitungsgebühr und geben deshalb nur 98 von Hundert Anteilen aus. Die vereinbarte Tilgungsrate muss einmal im Jahr entrichtet werden. Der Darlehenszins muss aber jeden Monat beglichen werden. Wir geben gemäß Deinen Anweisungen nur Kredite an Firmen und Personen aus, bei denen wir ziemlich sicher sein können, dass sie diese auch bedienen.«

Sextus ging noch mit Aser die Abrechnungen für die Brauerei, die Apotheke, die Immobilien, das Bordell und die Schneiderei durch. Erstaunt stellte er fest, dass alle Objekte einen guten Gewinn abwarfen, das Bordell jedoch das Meiste einbrachte. Er fragte deshalb bei Aser nach und der erklärte, dass Calpurnia Plato, die Bordellwirtin, nur hübsche junge Mädchen beschäftigen würde und die Preise relativ hoch wären. Auch wie bei der Schneiderei bekämen sie hier nur den Gewinnanteil und hätten damit keine sonderliche zusätzliche Arbeit.

Aser lud ihn ein, in seiner Villa Quartier zu nehmen und Sextus sagte zu.

Als er die Bank verließ, sah er, dass sich um seinen Sklaven Malte ein großer Ring von Neugierigen gebildet hatte. Sie hatten Malte als kimbrischen Krieger erkannt und fragten ihn aus. Malte gab jedoch nur zögernd Antwort. Sextus vertrieb die Neugierigen und begab sich mit Malte zu der Schneiderin Camilla Herrenius. Für sie und ihre Tochter Didia hatte er in einer Bäckerei Süßigkeiten eingekauft. Camilla strahlte über das ganze Gesicht, als sie Sextus erkannte. Didia, mit ihren neun Jahren schon eine junge Dame, sprang an ihm hoch und küsste ihn ab. Er musste zum Abendessen bleiben und seine ganzen Abenteuer erzählen. Camilla berichtete, dass Didia jetzt mit anderen Schülerinnen von einem Privatlehrer unterrichtet würde und sie selbst sich noch in diesem Jahr mit einem aus der Armee ausgeschiedenen Centurio verheiraten möchte. Sextus wünschte ihr alles Gute und überprüfte die Bücher der Schneiderei. Er stellte fest, dass sich Camilla große Mühe mit der Buchführung gab und alles genau aufgelistet hatte. Gemäß seinen Grundsatzanweisungen drängte sie auf sofortige Bezahlung bei Lieferung und hatte nur noch Außenstände bei zwei Damen in Höhe von je dreihundert Sesterzen. Diese, so Camilla, hatten flehentlich um Auslieferung ihrer Kleider gebeten und zugesichert, den ausstehenden Betrag baldmöglichst zu bezahlen. Er lobte Camilla und bat sie, weiterhin so zu wirtschaften, umarmte sie und Didia und bekam von beiden Damen einen Kuss auf die Wange gedrückt.

Am nächsten Tag sprach er bei dem Niederlassungsleiter des römischen Bankhauses Medinas, Marcus Longinus, vor. Er legte, um Eindruck zu schinden, sein Kettenhemd, den Brustpanzer und die Beinschienen an, befestigte seine zahlreichen Tapferkeitsmedallien an seiner Rüstung und setzte seinen Helm mit der quer stehenden Helmzier auf. An Bewaffnung nahm er seinen Dolch und sein Schwert mit.

Er wurde im Vorraum der Bank empfangen, und nachdem er den Wunsch geäußert hatte, den Leiter der Bank zu sprechen, sofort zu Marcus Longinus geführt. Dieser erkannte ihn nicht mehr als einen seiner früheren Kunden, war über den Besuch eines Centurios sehr erstaunt, bot ihm einen Platz an und fragte ihn nach seinem Begehr. Sextus legte seinen Helm auf dem Tisch ab und brachte sein Anliegen vor: »Marcus Longinus, ich bin der Primipili der VII. Legion und zur Zeit persönlicher Gesandter des Konsuls Marius. Ich habe hier meinen Freund, den Bankdirektor Aser besucht und von ihm erfahren, dass Du böswillig das Gerücht in die Welt setzt, dass die Erste Römische Bank zahlungsunfähig wäre. Ich verlange von Dir, dass Du sofort Deine Aussage revidierst und über Deine Angestellten verbreiten lässt, dass die Römische Bank solvent sei.« Bei Anhörung dieser Worte verschwand das Lächeln auf dem Gesicht des Longinus und er entgegnete:

» Werter Centurio, die Erste Römische Bank ist meine Konkurrenz hier in Narbo. Aber sie erzielt nur einen Bruchteil der Gewinne, die das Bankhaus Medinas erzielt. Deshalb habe ich es gar nicht nötig, diese Bank zu verleumden.«

Sextus, der ja wusste, dass Longinus log, entgegnete: »Nicht das von Aser geführte Bankhaus, sondern diese Bank hier, macht keinen großen Gewinn. Ich möchte Deine Zusage, dass Du die Erste Römische Bank nicht mehr verleumdest, sonst werde ich Aser raten, Dir Deine Kunden abspenstig zu machen, und als letztes Mittel weiß ich auch meinen Dolch gut zu gebrauchen. Also entscheide Dich!«

Longinus erbat sich etwas Bedenkzeit und stellte folgende Überlegung an: >Dieser Centurio ist noch keine dreißig Jahre alt. Mit diesem Alter kann er noch nicht Primipili sein. Auch seine zahlreichen Tapferkeitsauszeichnungen hat er wohl auf dem Markt gekauft. Dass er ein Gesandter von Marius sei, ist ebenfalls gelogen. Dazu ist er zu jung. Offensichtlich ist er ohne Begleitung zu mir gekommen. Von wegen Gesandter. Ich werde ihn beseitigen und seine Leiche ins Meer werfen lassen. Dann bin ich die Bedrohung los und niemand wird nach ihm fragen.<

Laut sagte er: »Centurio, ich habe das Gerücht nicht in die Welt gesetzt. Ich werde Deinem Wunsch gemäß meine Angestellten anweisen, die Erste Römische Bank zu loben. Ich werde dies gleich in Deinem Beisein tun.«

Er erhob sich, ging zur Türe und rief drei Namen hinaus. Kurze Zeit später traten drei kräftige junge Männer in Sklavenkleidung herein. Sie verbeugten sich vor Longinus, nannten ihn Herr und fragten nach seinem Begehr. Sextus, der von seinem Stuhl aufgestanden war, sah dass in das Kontor nicht Angestellte des Bankhauses, sondern Sklaven herein gerufen worden waren und witterte eine Falle.

Longinus zeigte auf Sextus und befahl laut seinen Sklaven, ihn zu töten. Die beiden vorderen Sklaven zogen jeweils ein dolchartiges Messer und drangen auf Sextus ein. Dieser hatte die Hand schon am Schwertgriff gehabt und zog sein Schwert mit einem Schwung aus der Scheide. Er trat einen Schritt zurück und schlug mit dem Schwert von unten nach oben auf den ihm zunächst eindringenden Sklaven ein. Er schlug ihm mit dem vorderen scharf geschliffenen Teil der Klinge die rechte das Messer führende Hand ab. Mit dem gleichen Schwung lenkte er sein Schwert wieder nach unten und zerfetzte die Kehle des zweiten Angreifers, so dass dieser zu Boden stürzte. Der dritte Angreifer hatte ein Schwert gezogen. Als er sah, dass Sextus einen der Angreifer getötet und einen schwer verletzt hatte, legte er sein Schwert auf den Boden und kniete sich dahinter. Er hob die Hände empor und flehte um sein Leben. Sextus, dem nichts an einem weiteren Blutbad lag, nahm die Unterwerfung an und wandte sich wieder Longinus zu, der wie gelähmt auf seinem Stuhl saß und Sextus voller Angst anblickte. Er flehte: »Töte mich nicht, ich werde alle Deine Forderungen erfüllen.« Er weinte dabei und stieß Klagelaute aus. Plötzlich bemerkte Sextus eine Bewegung an seiner linken Seite. Der noch unverletzte Sklave hatte sein Schwert ergriffen und war aufgesprungen. Sextus wandte sich ihm zu und hob sein Schwert hoch. Der Sklave stieß mit seinem Schwert in Richtung des Brustkorbes von Sextus. Dieser trat ein Stück zurück, wehrte den Stoß nicht ab, sondern nahm ihm nur durch sein Zurücktreten den Schwung. Das Schwert des Sklaven blieb mit der Spitze in seinem Kettenhemd hängen. Gleichzeitig fasste Sextus sein Schwert mit beiden Händen und schlug nach einer kurzen Ausholbewegung dem Sklaven den Kopf ab. Eine Blutfontäne schoss aus dessen Hals und er brach tot zusammen. Sextus wandte sich wieder

Longinus zu und sah, dass dieser einen Dolch gezogen hatte und hinter seinem Schreibtisch hervorkommen wollte. Sextus setzte ihm sein blutverschmiertes Schwert an die Kehle und dieser ließ seinen Dolch fallen. Er kniete nieder und hob flehend die Hände. Sextus musste sich mit Gewalt zurückhalten, um nicht Longinus das Schwert in die Kehle zu stoßen. Er überlegte: >Der Tod von zwei Sklaven und die Verstümmelung des dritten Sklaven werden keine polizeiliche Untersuchungen nach sich ziehen. Wenn ich jedoch Longinus töte, sieht das schon anders aus. Er ist römischer Bürger und ich kann nicht beweisen, dass er mich töten lassen wollte und mich angegriffen hat. Selbst wenn der verletzte Sklave wahrheitsgemäß aussagen würde, ist seine Aussage als geringwertig einzuschätzen.«

Zu Longinus gewandt sprach er: »Du hättest den Tod verdient. Ich verschone Dich. Wenn ich aber durch Aser erfahre, dass Du weiterhin falsche Tatsachen verbreitest, werde ich Dich aufsuchen und töten.«

Nach diesen Worten, putzte er die Klinge seines Schwertes an der Kleidung des zweiten getöteten Sklaven ab, setzte seinen Helm auf und verließ das Kontor. Dabei achtete er sorgfältig darauf, nicht in die Blutlachen zu treten.

Im angrenzenden Raum stand eine Gruppe von Bankangestellten zusammen. Sie hatten offensichtlich die Kampfgeräusche gehört, sich aber nicht getraut, den Raum zu betreten. Sie staunten, als Sextus unverletzt vor sie trat und sie bestimmte, ihrem Herrn bei der Beseitigung der Leichen zu helfen und einen Arzt für den verletzten Sklaven zu holen.

Sextus begab sich zu Aser zurück und bemerkte, das sich vor dem Bankgebäude der Ersten Römischen Bank eine größere Anzahl von Bürgern versammelt hatte. Zwei Bankangestellte standen vor dem Bankgebäude und verwehrten den Leuten den Eintritt. Einer der Wartenden, den Sextus nach seiner Kleidung als Schmied identifizierte, hetzte die Anwesenden auf und rief immer wieder »Wir wollen unser Geld.«

Zahlreiche Neugierige schlossen sich der Versammlung an.

Sextus trat unter die Menge und herrschte sie mit lauter, auf dem Schlachtfeld geschulter Stimme an: »Ich bin der Primipili der VII. Legion. Ich garantiere Euch, dass Euer Geld sicher angelegt ist. Wenn jemand sein Geld zurück haben möchte, bekommt er dieses auch entgegen den Bestimmungen des Vertrages sofort ausgezahlt und auch die angelaufenen Zinsen dazu. Eine Neueinzahlung wird es aber nicht geben. Es wird einer nach dem anderen in die Bank eingelassen. In der Bank liegt genug Geld bereit, um jeden Einzelnen von Euch auszuzahlen.

Ich begebe mich jetzt in die Bank und veranlasse, dass das Geld offen ausgelegt wird, damit ihr Euch persönlich davon überzeugen könnte, dass es für jeden reicht.« Er wandte sich an den Schmied und fragte: »Wie viel Sesterzen hast Du der Bank geliehen?«

»Mein ganzes Erspartes, dreißigtausend Sesterzen habe ich in die Bank getragen.« Sextus fasste den Schmied am Arm und sagte: »So, Du kommst jetzt mit. Dir wird zuerst Dein Darlehen zurückgezahlt.« Der Schmied, der jetzt befürchtete, dass er sein Geld zurück bekommen würde und es nicht wieder so günstig anlegen könnte, meinte:

»Eigentlich brauche ich das Geld gar nicht. Wenn ich sehe, dass die Bank genug Geld hat, werde ich mein Geld bei der Bank lassen.«

Sextus führte den Schmied in die Bank. In dieser traf er Aser an, der ihn ängstlich anschaute. Hatte er doch befürchtete, dass die Bank von den Gläubigern gestürmt werden könnte. Sextus bestimmte ihn, den ganzen Bargeldbestand aus dem Keller zu holen, im Schalterraum auf einem Tisch aufzustapeln und dann die Gläubiger einzeln hereinzubitten. So geschah es. Der Schmied sah mit großen Augen, wie immer mehr Sesterzen, Denare und Aureos auf den Tisch aufgehäuft wurden. Er äußerte: »Ich glaube jetzt, dass die Bank mich auszahlen kann. Ich möchte mein Darlehen stehen lassen.« Er begab sich vor die Bank und sagte vor den Versammelten: »Die Bank hat soviel Geldreserven, dass jeder ausgezahlt werden kann. Ich habe auf eine Auszahlung verzichtet.« Die vor der Bank versammelten Bürger wurden einzeln hereingeführt, bestaunten den Münzschatz und verzichteten auf eine Auszahlung ihres Guthabens.

Aser blickte Sextus bewundernd an und sprach: »Sextus, das hast Du wieder gut gemacht. Ich wäre nie auf die Idee gekommen den Gläubigern die Bankreserven zu zeigen. Diese Hürde ist genommen. Konntest Du bei Longinus etwas ausrichten?«

»Ich glaube, vor Longinus musst Du keine Angst mehr haben. Aber verstärke die Tresorräume und sichere das Geld. Es könnte ja sein, dass es sich herumspricht, wie viel Geld wir in der Bank lagern und sich Einbrecher für unsere Bestände interessieren.«

Aser meinte: »Ich werde die Eingangstüren in die Bank verstärken und den ganzen Keller in einen sicheren Raum verwandeln lassen, so dass kein Einbrecher versuchen wird, an das Geld heranzukommen. Auch werde ich die Räume im ersten Stock an einen meiner Angestellten vermieten.«

Nachdem die Probleme erledigt waren, trat Sextus die Rückreise nach Arleate an.

Er vervollkommnete seine Germanischkenntnisse. Da er sehr sprachbegabt war, fiel ihm auch das Erlernen dieser Sprache leicht und bis zur ihrer Ankunft im Armeelager sprach er schon leidlich Germanisch.

Während der langen Ritte erzählte ihm Malte seine Lebensgeschichte: »Ich wurde vor zwanzig Jahren als Sohn des kimbrischen Edelings Meinolf Egilson und seiner Ehefrau Adalberga geboren. Ich heiße also richtig Malte Meinolfson. Wir wohnten in einem Dorf einige Kilometer vom Meer entfernt in einer Holzhütte und ernährten uns von Ackerfrüchten, die wir selbst anbauten. Wir hielten uns eine Kuh und zwei Ochsen. Damit waren wir reicher als unsere Nachbarn. Ich hatte noch einen älteren Bruder und zwei jüngere Schwestern. Mein Vater war Vorsitzender des Gerichtsthings für unser Dorf und die Nachbardörfer. Als ich fünf Jahre alt war vernichtete schlechte Witterung und eine Sturmflut einen Großteil der Ernte unseres Dorfes und der Nachbardörfer. Im Winter darauf hungerten wir. Auch unsere Stammesgenossen auf der Halbinsel im Norden von Germanien, wir nannten sie Jütland, hungerten, so dass von unserem König das große Thing einberufen und beschlossen wurde, nach Süden auszuwandern. Wir wollten uns in fruchtbaren unerschlossenen Landesteilen niederlassen. Während des Winters baute jede Familie einen zweiachsigen Wanderkarren, und im Frühjahr zogen wir los. Aller Hausrat, Werkzeug, Nahrungsmittel, Heu, Stroh, Decken, Zelte, Felle, Samen und

Ackerbaugerät wurde auf die mit einem Lederdach versehenen Karren geladen.

Wir kamen nur langsam voran. Nach einem Monat überquerten wir den Fluss Albis (Elbe). Wir errichteten unser Lager in einer Ebene vor den waldreichen Hügeln, machten den Boden urbar und säten den mitgebrachten Gersten- und Weizensamen aus. Wir blieben den ganzen Sommer dort und beschafften uns in den umliegenden Dörfern Nahrungsmittel. im Herbst brachten wir die Ernte ein und zogen danach weiter südwärts bis es Winter wurde. Dann lagerten wir wieder bis zum Weiterzug im Frühjahr. Wir stießen südwärts wieder auf den Albisfluss und folgten dem Flusslauf bis ins Stammesgebiet der Semnonen.

Jeder Krieger, der sich unserem Zug anschließen wollte, war herzlich willkommen. Im Laufe der Jahre schlossen sich uns Germanen und Kelten verschiedener Stämme an. Sie hofften bei dem Wanderzug neues Land und reichlich Beute zu erlangen.

Bei den Semnonen tauschten wir Lebensmittel gegen den von uns mitgeführten Bernstein ein. Der Schmuckstein war bei diesen sehr beliebt, und wir erhielten als Gegenleistung viele Waren. Auch wiesen sie uns für ein Jahr ein Stück unbebautes Land zu. Dieses bebauten wir und zogen nach der Ernte weiter. Wir durchwanderten in den nächsten Jahren das Stammesgebiet der Hermunduren und der Markomannen. Erst danach wurden wir von den Boiern aufgehalten, erzwangen aber den Durchmarsch und stießen auf den nach Osten laufenden Fluss Danuvius (Donau). Im Jahre 113 v.Chr. setzten wir bei der Stadt Vindobona (Wien) über und wanderten durch das Gebiet der Skordisker in das Tauriskerland. Wir wollten nach Italien marschieren, weil wir gehört hatten, dass dort das Klima mild und die Ernten reichlich seien. Vor den Alpenpässen kam uns der Konsul Carbo entgegen. Er wies uns an, das Land der Taurisker zu verlassen und wir folgten seiner Anordnung. Er lockte uns durch mitgegebene falsche Führer in einen Hinterhalt und überfiel mit seinen Legionen unseren Zug. Unsere Krieger wehrten sich tapfer. Sogar die Frauen bewaffneten und verteidigten sich, so dass wir den Römern große Verluste beibrachten. Sie ergriffen schließlich die Flucht und unsere Krieger stürzten hinter ihnen her. Während der Schlacht waren die schwarzen Wolken eines

Gewitters aufgezogen. Als ein Blitz in eine Tanne einschlug betrachteten unsere Krieger dies als ein Zeichen des Gottes Thor, mit dem Kämpfen aufzuhören, und kehrten zu den Karren zurück.

Nach diesem Sieg beratschlagte das große Thing über unsere weitere Wanderbewegung. Die meisten beschlossen westwärts zu wandern. Am Danuvius entlang marschierend überquerten wir vier Jahre später den Rhenus und stießen südwestlich davon im Stammesgebiet der Allobrogen wieder auf römisches Gebiet. Bei unserem Durchzug durch helvetisches Gebiet hatten sich uns viele Stammeskrieger angeschlossen, so dass unser Heer um ein Viertel angewachsen war. Der Konsul Marcus Silanus kam uns mit einem Heer entgegen. Unsere Führer baten ihn, uns Land zuzuweisen. Er würdigte uns keiner Antwort und griff uns statt dem an. Er ward vollständig geschlagen und das römische Lager erobert. Wir machten reiche Beute. Ich war inzwischen fünfzehn Jahre alt und durfte als Trossbube in das Heer eintreten. Wir wanderten durch das ganze nördliche Gallien, unterwarfen die einzelnen Gaue und trieben Tribute ein. Im Jahre 105 v. Chr. langten wir wieder am Rhodanus an. Dort trafen wir auf eine kleine römische Einheit, die wir vernichtend schlugen und den Legaten Aurelius Scaurus gefangen nahmen. Unser König Boiorix ließ ihn niederstechen, weil er in überheblicher Weise ihn vor einem Marsch nach Italien gewarnt hatte.

Die Römer hatten bei Arausio eine große Streitmacht versammelt und verlegten uns den Weg nach Süden. Unser König verhandelte mit ihnen. Noch während der Verhandlungen griff uns ein Heeresteil der Römer an. Wir besiegten sie und eroberten ihr Lager. Danach kämpften wir die zweite Heereshälfte nieder. Achtzigtausend Römer wurden verwundet oder getötet. Nur wenigen gelang die Flucht. Später haben wir erfahren, dass die beiden römischen Feldherren sich zerstritten hatten und deshalb nicht zusammen die Schlacht annahmen. Ich war damals neunzehn Jahre alt und kämpfte mit in der vordersten Linie.

Nach dieser Schlacht rückten wir in das Gebiet der Arverner ein und versorgten uns mit Nahrung. Wir kamen auch an einen Druidentempel und verlangten vom Oberdruiden die Herausgabe seiner Vorräte. Dieser rief seine Götter an und erklärte uns, dass sein Gott Teutates ihm und allen Druiden die Herausgabe von Lebensmittel verboten habe. Teutates habe ihm mitgeteilt, dass er, wenn wir die Vorräte rauben würden, das kimbrische Heer durch eine Seuche vernichten würde. Unser König glaubte dem Druiden und befahl uns, keinem Druiden etwas wegzunehmen. Wir gelangten auch vor die Stadt Gergovia, konnten diese aber, da sie stark befestigt war, nicht einnehmen. Wir wollten noch einen Versuch zur Einnahme der Stadt wagen. Wir sammelten Reisig und schnürten es zu großen Bündeln. Mit noch mehreren Kriegern wurde ich beauftragt, die Bündel vor dem hölzernen Stadttor aufzuschichten. Mit dem Reisig sollte das Stadttor in Brand gesetzt werden. Von mir unbemerkt, da mir die Sicht durch das von mir getragene Reisigbündel versperrt, war öffneten die Verteidiger das Tor und wagten einen Ausfall. Ich wurde mit noch mehreren Kriegern gefangen genommen und versklavt. In der Stadt half ich beim Verstärken der Mauer und beim Transport des Baumaterials. Da ich ein wenig gallisch sprach, musste ich für meine Mitgefangenen dolmetschen. Ich bin froh, dass Du ein Jahr später kamst und mich der König Dir schenkte.«

43

Feldlager des Marius bei der Einmündung der Isera in den Rhodanus 104 v.Chr.

Sextus lag auf einer Liege in seinem Zelt und öffnete mühsam die Augen. Er hörte die morgendlichen Geräusche im Feldlager, und war durch diese geweckt worden. Er war kurz vor Mitternacht im Lager angekommen, das Marius von Arleate nach hier verlegt hatte. Er hatte sich todmüde in sein Zelt begeben. Sein Sklave Malte wurde inzwischen in das Sklavenquartier gebracht. Sextus wusch sich rasch und zog sich an. Dann begab er sich zum Feldherrn in dessen Zelt. Marius war schon am Arbeiten, und Sextus wurde sofort vorgelassen. Er stand stramm und meldete: »Salve Konsul, ich melde mich zurück und möchte Dir umfassend Bericht erstatten.«

»Schön Leptonius, dass Du wieder da bist. Ich lasse meinen Stab zusammenrufen, dann musst Du nur einmal Deine Erkenntnisse vortragen.« Er gab einem Diener den Befehl, die Offiziere seines Stabes herbei zu bitten. Nach und nach trudelten die einzelnen Offiziere ein. Der Diener hatte sie aus dem Schlaf gerissen. Sie gähnten hinter vorgehaltenen Händen und rieben sich die Augen. Im Stillen verfluchten sie Marius, den sie als Sohn eines Bauern verachteten und sich nur ungern seinen Befehlen beugten. Am Schluss hatten sich die Legaten der drei Legionen, der neu ernannte Legat der VII. Legion Publius Claudius, der Armeeprofos, die Vertreter der Legaten und die Adjutanten des Armeestabes, sowie die Quaestoren und Militärtribunen eingefunden.

Marius forderte Sextus auf, seine Erkenntnisse vorzutragen. Sextus holte tief Luft und begann:

»Verehrter Konsul, werte Offiziere des Stabes. Auf Befehl unseres Armeeführers, des Konsuls Marius, bin ich vor einem Monat auf Erkundung los geritten. Ich habe auf meinem Weg, die Bevölkerung befragt und das Lager der Kimbern ausgekundschaftet. Die Stämme der Haeduer, der Parisii, der Arverner und die Bevölkerung der Provinz Narbonensis sind romfreundlich eingestellt. Sie sehen in Rom die Schutzmacht vor dem Ansturm der Kimbern. Diese lagern in Nordwestgallien, haben ein festes Lager aufgebaut und sammeln und rauben Vorräte für den Winter. Die Krieger der Kimbern sind kräftige hoch gewachsene Kämpfer. Fast alle haben hellblondes bis weißliches Haar, das sie lang tragen. In ihrer äußeren Erscheinung ähneln sie den Galliern, sind auch wie diese gekleidet, jedoch ohne Fellhosen. Sie sind aber durchwegs um einen halben Kopf größer und sind durch ihre Größe und ihre Haarfarbe von den Galliern zu unterscheiden. Ihre Stärke beläuft sich auf weit über einhunderttausend Mann.«

Bestürzt schauten sich die Offiziere an und verlangten von Sextus Einzelheiten zu hören. Er erklärte ihnen, wie er das Lager ausspioniert und wie er die Zählung vorgenommen hatte und versicherte, dass seine Angaben hinsichtlich der Stärke des Feindes stimmen würden. Am Schluss teilte er ihnen mit, dass er einen ehemaligen kimbrischen Krieger als Sklaven bei sich habe.

Die Versammlung war sehr erstaunt über diese neuen Erkenntnisse, und Marius befahl, den Kimber vorzuführen. Sextus gab den entsprechenden Befehl an einen Diener weiter und ein Legionär brachte Malte in das Feldherrenzelt. Malte kniete vor Marius nieder und sprach in stockendem Latein: »Was befehlt ihr mein Herr?« Marius musterte den Sklaven mit strengem Blick, erinnerte er sich doch an die zahlreichen durch die Kimbern getöteten Römer und wandte sich an Sextus: »Leptonius, versteht dieser Sklave Latein und kann man ihn befragen?«

»Herr, er heißt Malte und versteht einigermaßen Latein. Aber mit dem Formulieren von lateinischen Sätzen hat er noch Schwierigkeiten. Du kannst, wenn Du dies willst, ihn in lateinisch befragen. Ich sage ihm dann, dass er in germanischer Sprache antworten soll und übersetze seine Worte ins lateinische.«

»Leptonius, wieso germanisch, ist dieser Sklave kein Gallier?«

»Nein Herr, bei den Kimbern, sowie den mit ihnen ziehenden Ambronen und den Teutonen handelt es sich um germanische Volksstämme. Sie kommen ursprünglich alle aus östlich des Rhenusflusses liegenden Ländern. Ihre Sprache bezeichnen sie als germanisch.«

»Und Du kannst diese Sprache sprechen?«

»Ja Feldherr, ich habe mir diese Sprache auf der Reise angeeignet.«

Marius befragte Malte eingehend nach den Befehlsstrukturen im kimbrischen Heer, nach den Anführern und der Anzahl der Krieger. Malte gab bereitwillig Auskunft und Sextus übersetzte. Die Anzahl der Krieger gab Malte mit einhundertzwanzigtausend an.

Marius fragte: »Malte, warst Du bei der Schlacht von Arausio dabei?«

Malte bestätigte dies. Marius befahl: »Erzähle uns wahrheitsgemäß vom Verlauf der Schlacht.«

Malte schilderte den Verlauf so, wie er ihn auch Sextus geschildert hatte. Als er erzählte, wie die Römer die Flucht ergriffen hätten, trat der Legat der III. Legion, der gewesene Konsul Claudius Sabinus, vor. Es war dies ein vierzigjähriger untersetzter etwas übergewichtiger und jähzorniger Römer. Er wandte sich an Marius und forderte: »Feldherr, die Kimbern haben meinen Schwager Aurelius Scaurus ermordet. Dieser Kimber bezeichnet die Römer als Feiglinge, die vor kimbrischen Kriegern davon laufen. Das kann nicht die Wahrheit sein und ist eine ungeheure Beleidigung der römischen Legionäre. Lass mich Rache nehmen und diesem Kimber den Hals durchschneiden.« Dabei zog er einen Dolch aus seinem Gewand und ging auf Malte zu. Sextus stellte sich schützend vor Malte. Marius rief: »Halt, vielleicht können wir den Sklaven noch gebrauchen. Außerdem ist er Eigentum des Primipili Leptonius, und Du kannst Dich nicht an seinem Eigentum vergreifen.«

Sabinus sah Sextus an und sagte im Befehlston: »Centurio, verkaufe mit diesen Sklaven. Ich biete Dir dafür zweitausend Sesterzen.« Sextus fühle sich durch den Ton und die Unterschlagung seines Titels durch Sabinus beleidigt. Er blieb jedoch ruhig und entgegnete:

»Legat, der Sklave Malte ist mein Eigentum und er ist unverkäuflich.«

»Ich erhöhe mein Angebot auf viertausend Sesterzen. Entweder Du nimmst mein Angebot an, oder Du wirst mir die Weigerung büßen.«

»Nein Legat, ich verkaufe Dir den Sklaven nicht.«

»Also gut, ich sehe, dass Du wie ein Kaufmann feilschen und mehr Geld willst. Ich erhöhe mein Angebot auf sechstausend Sesterzen. So viel ist mir meine Rache wert und Du machst dabei ein gutes Geschäft.«

Sextus, der wusste, dass Sabinus Malte, sobald er ihn gekauft hatte, töten würde, entgegnete:

»Legat, ich bin nicht auf Dein Geld angewiesen. Ich würde den Sklaven auch nicht für einhunderttausend Sesterzen an Dich verkaufen. Deshalb ziehe Dein Angebot zurück und lass uns in Frieden scheiden.«

Sabinus lief vor Zorn rot an und ging seinen Dolch wild fuchtelnd auf Sextus zu. Dieser reagierte nicht auf die beleidigenden Äußerungen, die der Legat ausstieß, sondern sah ihn aufmerksam an und blieb auf seinem Platz stehen. Der Legat hörte auch nicht auf die Einhalt gebietenden Rufe des Marius, sondern holte mit den Worten: »Erst Du, dann der Sklave« mit seiner Hand aus und wollte den Dolch Sextus in die Brust stoßen. Sextus ging schnell einen Schritt zur Seite, zog dabei blitzschnell sein Schwert und schlug mit der flachen Klinge auf die den Dolch haltende rechte Hand des Sabinus. Dieser ließ mit einem Schmerzensschrei die Waffe fallen. Er jammerte vor sich hin und schaute Sextus hasserfüllt an. Seine verletzte Hand, die sofort anschwoll hielt er anklagend in die Höhe, als wolle er damit dokumentieren, dass ihm Unrecht geschehen sei.

Marius rief mit einem lauten Schrei seine Zeltwache herbei und ließ den Sabinus festnehmen. Er dachte: >Danke Sextus, endlich habe ich einen Grund, diesen mir gegenüber so arroganten und herausfordernden Legaten loszuwerden.< Er fuhr den Sabinus an: »Was nimmst Du Dir heraus, einem Befehl von mir nicht nachzukommen. Ich hatte mehrmals >Halt< geboten. Du hast Dich außerdem eines Mordversuches an dem Primipili Leptonius schuldig gemacht und ihn bedroht. Deshalb erteile ich folgende Anordnung: »Du bist Deines Postens als Legat und Legionsführer sofort enthoben und reist noch heute nach Rom ab. Ich werde dem Senat den Vorfall schildern und um Deine Bestrafung bitten.

Sabinus wurde von der Wache aus dem Zelt geführt. Im Hinausgehen schrie er: »Ihr werdet dies noch bitter bereuen.« Zu Sextus sagte er im Vorbeigehen: »Centurio, ich werde Dich töten lassen.«

Marius ernannte den 1. Militärtribun Aurelius Calvinus zum kommissarischen Leiter der III. Legion. Gegenüber seinen Offizieren verkündete er, dass Sextus Leptonius mit sofortiger Wirkung zu seinem Stab abkommandiert sei und dort für besondere Aufgaben eingeteilt werde. Sextus war das nur recht, erwartete er doch, dass seine neue Verwendung noch interessanter als seine bisherige sein werde.

Am Nachmittag befahl Marius den Sextus erneut in sein Zelt. Er schickte seinen Stab, die Diener und die Wachen hinaus und fragte ihn, ob es möglich sei, dass er als Gallier verkleidet Zugang zum Lager des Boiorix erlangen und die Absichten des Feindes ausspähen könne. Sextus überlegte und entgegnete: »Herr, so wie ich jetzt aussehe werde ich von den Kimbern sofort als Römer erkannt. Ich kann mich zwar verkleiden, jedoch mein Haar und mein Bart sind für einen Gallier zu kurz. In einigen Monaten sieht dies schon anders aus. Dann traue ich mir zu, als Gallier dem König meine Dienste anzubieten.«

»Nun, so wie Du mir berichtest hast, lagern die Kimbern ja bis nächstes Jahr in Nordwestgallien. Reise deshalb im Frühjahr zu ihnen. Bis dahin habe ich eine andere Aufgabe für Dich. Ich werde einen Großteil der Armee abkommandieren, und entlang des Rhodanus einen Kanal ausheben lassen. Die Nahrungsmitteltransporte von Massalia auf den Ochsenkarren treffen nur unregelmäßig und in zu geringer Anzahl ein. Wir haben versucht, den Transport mit Flussschiffen vorzunehmen. Da der Rhodanus jedoch zahlreiche Untiefen aufweist, gelang uns dies nicht. Auf dem Kanal können wir dann bequem Nahrungsmittel und Ausrüstung herbeischaffen. Im Moment haben wir nur noch für einige Tage Lebensmittel im Lager. Es gilt immerhin vierundzwanzigtausend Legionäre, zwanzigtausend Auxiliarkrieger und zehntausend sonstige Personen zu versorgen.

Da ich weiß, dass Du ein guter Jäger bist und die Kanalbauer eine kräftige Nahrung benötigen, schaffe mir genug Wild herbei. Auch wenn Du sonst irgendwo Nahrungsmittel feststellen solltest, kaufe sie auf und bringe sie ins Lager oder zu den Kanalbauern. Du kannst Dir geeignete Legionäre für einen Jagdtrupp organisieren und über die Reit- und Tragepferde verfügen. Schaffe mir nur genügend Fleisch heran. Auch ich sehne mit nach einem saftigen Schweinebraten. Bis zum Antritt Deiner Mission tu alles um unsere Verpflegungsmisere zu beseitigen.«

»Konsul, ich gehe gerne auf Jagd. Deshalb macht mir diese Aufgabe richtig Spaß. Hoffentlich wachsen mir meine Haare schnell.«

Sextus salutierte und begab sich in sein Zelt. Noch am gleichen Tag suchte er den Centurio der Schleuderer aus den Balearen in der VII. Legion auf. Er trug ihm die Bitte vor, seine zwanzig besten und treffsichersten Steinschleuderer auszuwählen und zu ihm abzukommandieren. Danach begab er sich zum Legaten Publius Claudius und unterrichtete ihn von dem Befehl des Marius. Dieser entgegnete: »Gerne gebe ich Dir meine Männer mit. Es wäre schön, wenn Du die karge Kost von Mehlbrei und Brotfladen etwas mit Fleisch anreichern könntest.«

Sextus hatte erfahren, dass sich bei den der V. Legion zugeordneten hispanischen Auxiliartruppen zahlreiche Bogenschützen befanden. Von diesen rekrutierte er auch zwanzig Stück. Vom Lagerverwalter ließ er sich fünfzig Packpferde zuteilen und ging Sulla um eine Centurie Legionsreiter zur Absicherung der Transporte an. Außerdem forderte er zweihundert Legionssklaven an, die zum Transport der Jagdbeute vorgesehen waren.

Am nächsten Tag, Sextus packte in seinem Zelt gerade seine Ausrüstung zusammen, kam sein Sklave Malte ins Zelt gerannt und teilte ihm ganz aufgeregt mit, dass sich kurz zuvor zwei fremde Legionäre am Beginn der Zeltstraße bei einem Legionär nach dem Zelt des Primipili erkundigt hätten. Der Legionär habe ihnen das Zelt gewiesen und sie kämen jetzt hierher. Er sei schnell hinten herum gelaufen und deshalb vor ihnen hier. Es seien zwei kräftige finstere Gesellen, so dass er von ihnen Schlimmes befürchte. Sextus lugte zu einer Öffnung im Zelt hinaus und sah tatsächlich zwei fremde Legionäre auf sein Zelt zukommen. Sie hatten die Hände an den Schwertgriffen und schauten sich sichernd nach rechts und links um. Es war ersichtlich, dass sie nichts Gutes im Schilde führten. Sextus stellte sich in die Mitte des Zeltes und wies Malte an, sich hinter ihn zu stellen. Er nahm vorsorglich sein Schwert in die Hand und hörte im Geist nochmals die Worte des Sabinus »Ich werde Dich töten lassen.« Plötzlich wurde das Fell des Eingangs weggerissen und die zwei Legionäre standen mit gezogenen Schwertern von Sextus. Sie erschraken, als sie Sextus kampfbereit ihnen gegenüber stehen sahen, hoben aber trotzdem ihre Schwerter und drangen auf ihn ein. Dieser schlug mit seinem Schwert die Schwerter seiner Gegner beiseite und ging seinerseits zum Angriff vor. Mit einem Schlag von unten nach oben, schlug er dem vordersten der Legionäre sein Schwert aus der Hand. Dieses flog gegen die Zeltdecke und von da direkt vor die Füße von Malte. Den zweiten Legionär verwundete er zwei Sekunden später an der Schulter. Inzwischen hatte der erste Legionär seinen Dolch gezogen und stieß damit nach Sextus. Dieser schlug ihm mit der flachen Seite der Schwertklinge so auf den Kopf, dass dieser ohnmächtig zusammenbrach. Als sich Sextus dem zweiten Legionär zuwandte, ließ dieser sein Schwert fallen und ergab sich. Malte hatte inzwischen das auf dem Boden liegende Schwert aufgehoben und bedrohte damit den verletzten Legionär. Sextus rief ihm zu: »Besorge rasch Lederriemen oder Stoffstreifen, damit wir die Beiden fesseln können.« Malte kam dem Befehl nach, und Sextus fesselte beide Mordgesellen. Der verletzte Legionär hatte starke Schmerzen und stöhnte laut, während der erste Legionär langsam aus seiner Ohnmacht erwachte und sich verwirrt im Zelt umschaute. Sextus drückte die Spitze seines Schwertes gegen die Kehle des verletzten Legionärs und schrie diesen an: »Rede, wer hat Euch den Auftrag gegeben, mich zu ermorden.« Der Legionär schwieg. Sextus drückte fester zu, bis die Spitze der Klinge in das Fleisch eindrang und Blut aus der Wunde floss. Sextus sagte eindringlich zu ihm: » Rede, oder ich töte Dich!« Dies wirkte, augenblicklich gab der Legionär eine Antwort: »Nein Herr, töte mich nicht. Der Legat Claudius Sabinus gab uns den Auftrag Dich zu töten.«

»Und diesem Mordauftrag seit ihr so ohne weiteres nachgekommen, zumal Sabinus schon abgereist war?«

»Er hat uns Geld gegeben und auch der Militärtribun Calvinus hat den Befehl bestätigt.«

Sextus dachte nach und entschied, die Angreifer unter Bewachung durch Malte zurück zu lassen und Marius aufzusuchen. Dieser war entsetzt und ließ sich die beiden Legionäre vorführen und beorderte den Militärtribunen Calvinus sofort zu sich. Dieser wurde ganz bleich, als er die beiden Legionäre im Zelt des Marius vorfand. Diese beschuldigten ihn laut und erzählten den Hergang in allen Einzelheiten, wohl auch, um ihre Schuld abzumildern. Als Calvinus die laut vorgebrachten Anschuldigungen hörte, gestand er mit gebrochener Stimme, dass er den Befehl des Sabinus bestätigt habe und dieser aber die beiden übel beleumundeten Legionäre ausgesucht habe. Er sollte ihnen, sobald Sextus ermordet worden wäre, die Belohnung von je fünftausend Sesterzen auszahlen.

Marius berief sofort ein Militärgericht ein, das in einem kurzen Verfahren die beiden Legionäre zum Tode durch Enthaupten verurteilte. Der Tribun wurde mit Rücksicht auf seine angesehene Familie und seinen Dienstrang, nur ausgepeitscht und nach Rom zurückgesandt. Marius ernannte an seiner statt den Quaestor der VII. Legion, Tiberius Metellus zum kommissarischen Leiter der III. Legion.

44

Versorgung des marianischen Lagers

Sextus ritt vom Lager aus mit der ganzen Jagdgesellschaft in südwestliche Richtung. Schon bald stießen sie auf ein wildreiches Gebiet. Er hieß die Sklaven eine Treiberkette zu bilden und sich mit Stöcken zu bewaffnen. Dann ließ er diese in dem unebenen mit Sträuchern übersätem Gelände langsam vorrücken. Er selbst begab sich mit den Schleuderern und den Bogenschützen weit vor die Treiberlinie und wartete an einer baum- und strauchlosen Lichtung auf das Wild, das vor der Treiberkette flüchtete. Schon bald liefen die ersten Rehe und Wildschweine auf die Lichtung. Das gesamte austretende Wild wurde von den Jägern abgeschossen und von den Sklaven auf den Packpferden ins Lager zurück gebracht. Sextus ordnete an, die besten Stücke zuerst in das Verpflegungszelt des Feldherrn und der Offiziere zu bringen und das übrige Wild zu den Lebensmittelausgabestellen zu verbringen sei.

Danach zog er mit den Jägern weiter. Tag für Tag jagte er in einem anderen Gebiet und ließ die Beute zum Lager und die Kanalbaustellen zurückbringen.

Die jetzigen Tage im Spätherbst waren etwas kühler und das Fleisch verdarb nicht auf dem Transport. Erst als er die Jagdgebiete immer weiter vom Lager entfernt verlegte, überlegte sich Sextus, wie er das Fleisch haltbarer machen könnte. Er ritt in das Lager zurück und schilderte Marius die Lage. Marius hörte interessiert zu und meinte dann: »Ich habe seit langer Zeit in den letzten Tagen wieder Fleisch gegessen. Besonders das zarte Fleisch der Frischlinge hat mir geschmeckt. Leider reicht das von Dir gesandte Wild nur ab und zu auch für die Abgabe einer Fleischmahlzeit an alle Legionäre. Deshalb bemühe Dich noch mehr Fleisch und auch andere Nahrungsmittel zu besorgen. Die Ernährung des Heeres ist im Moment das Wichtigste. Deshalb kannst Du auf die Ressourcen des Lagers zurückgreifen.«

»Ich danke Dir Feldherr und werde mein Möglichstes tun. Ich werde meine Forderungen schriftlich fixieren. Vor allen Dingen brauchte ich aber Geld, um Lebensmittel einzukaufen.«

»Ja, natürlich ! Gehe zum Rechnungsführer und lasse Dir zweihunderttausend Sesterzen auszahlen.«

»Feldherr, das wird nicht reichen. Bedenke doch, dass bei diesem Betrag weniger als vier Sesterzen auf jeden Mann Deines Heeres entfallen.«

»Du hast recht. Ich erhöhe den Betrag auf vierhunderttausend Sesterzen. Wenn Du diesen aufgebraucht hast, hole Dir neues Geld.«

Sextus forderte zusätzliche Pionierlegionäre, und zwar Maurer, Metzger, Zimmerer und Schmiede, sowie zusätzliche Legionäre, Reiter und Sklaven an. Marius schickte diese umgehend. Von diesen ließ Sextus dann an zentralen Stellen, weit vom Lager und den Kanalbaustellen entfernt, Räucherhäuser errichten. Er verwendete zum Räuchern Buchenholz, das in den großen vorhandenen Wäldern geschlagen werden konnte.

Von einem mit seinem Wagenzug durchziehenden Kaufmann erfuhr er, dass in Massalia von den dortigen Fischern große Vorräte an Heringen gesalzen und eingelagert worden seien. Er ritt sofort dorthin und bestimmte die Fischer, ihre Fische in das Lager des Marius zu transportieren. Er kaufte große Mengen an Meersalz und Salpeter und ließ diese in das Jagdlager verbringen. Von einem örtlichen Metzger ließ er sich erklären, wie man Fleisch haltbar machen könne.

Außerdem beauftragte er seine Reiter, in die einzelnen Dörfer zu reiten und den Bauern ihre Schweine abzukaufen und diese zu den Räucherhäusern zu bringen. Dabei ergab ich das Problem, dass die Bauern ihre Schweine nicht in Ställen hielten, sondern in Eichenwälder trieben. Um an die Schweine zu gelangen, mussten die Reiter mit in den Wald und den Bauern helfen, die einzelnen Schweinerotten in die Orte zu treiben. Als Sextus davon erfuhr, lachte er. Er dachte: >Es geschieht ja den vornehmen und arroganten Reitern recht, wenn sie auch einmal eine solche Tätigkeit verrichten müssen.<

Der 18-jährige Reiter Claudius Piso, der Sohn eines einflussreichen Senators, sprach bei ihm vor und beschwerte sich: »Primipili Leptonius, Du hast uns den Befehl gegeben, bei den Bauern im nördlichen Gebiet Schweine aufzukaufen. Wir mussten, um Deinem Befehl nachzukommen, die Schweine aus den Wäldern treiben und haben uns dabei beschmutzt. Außerdem mussten wir den üblen Gestank einatmen. Also verschone uns bitte in Zukunft mit solchen Befehlen, sonst muss ich mich bei Marius über Dich beschweren.«

»Claudius Piso, wie viele Schweine treiben die Bauern jetzt in unser Jagdlager?«

»Es sind dies fünf Herden, mit je dreihundert Schweinen.«

»Siehst Du, es kommen jetzt eintausendfünfhundert Schweine an, werden hier geschlachtet und eingepökelt. Sie reichen gerade einmal aus für dreißig Fleischgerichte für jeden im Heer. Außerdem vergeht ja noch eine Zeit, bis das Fleisch haltbar ist. Es ist enorm wichtig, dass wir genug Lebensmittel in das Lager bringen, damit die Legionäre nicht hungern und die Schlagkraft der Truppe leidet. Unwichtig hingegen ist es, wenn Du Dir die Hände schmutzig machst, oder Deine Nase durch den Schweinegeruch beleidigt wird. Wenn Du Dich bei Marius oder anderswo beschweren möchtest, tu das schriftlich und sofort, denn morgen wirst Du mit den anderen Reitern wieder auf Schweineeinkauf geschickt.«

»Ich werde einem solchen Befehl nicht nachkommen.«

»Das Gespräch ist hiermit beendet. Begib Dich zu Deiner Einheit. Solltest Du ja den Befehl verweigern, wirst Du die Konsequenzen zu tragen haben.«

Am nächsten Tag bestellte Sextus den Reiterführer Geganius Marcellus, einen römischen Ritter, zu sich, bezeichnete ihm ein Gebiet und erteilte ihm den Befehl, in diesem Gebiet alle Schweine aufzukaufen. Außerdem klärte er ihn über die Vorsprache des Claudius Piso auf und bat ihn, darauf hinzuwirken, dass dieser sich nicht durch die Verweigerung eines Befehles selbst unglücklich mache.

Geganius Marcellus entgegnete: »Primipili, ich treibe zwar auch nicht gerne Schweine aus den Wäldern, aber ansonsten ist dieses Leben im Freien sehr angenehm und auf jeden Fall dem im Lager vorzuziehen. Ich sehe ein, dass es vorrangig ist, das Heer mit Fleisch zu versorgen. Außerdem werde ich jeden Befehl von Dir gewissenhaft befolgen.«

Am nächsten Tag in aller Frühe kam Geganius Marcellus aufgeregt ins Zelt des Sextus. Er trug vor: »Vor einigen Minuten kam einer meiner Unterführer zu mir gerannt und berichtete, dass Claudius Piso sich ohne Einverständnis von der Truppe entfernt habe. Er habe nach dem Verbleib des Piso geforscht und herausgefunden, dass dieser beim Morgengrauen in östliche Richtung davon geritten sei. Gegenüber einem anderen Reiter habe er verlauten lassen, dass er sich bei Marius persönlich beschweren wolle.«

»Nun, jetzt kann er seine Beschwerden persönlich vortragen. Bestimme sofort zwei im Dienstrang über ihm stehende Reiter, schicke sie ihm nach, lasse ihn festnehmen und zu Marius geleiten. Sie mögen ein Schreiben von mir zu Marius mitnehmen.«

»Jawohl Primipili!«

Sextus berichtete seinem Feldherrn schriftlich über das Vorkommnis.

Marius inspizierte gerade die Ausrüstung einer Kohorte, die zum Kanalbau abrücken sollte, als ihm Claudius Piso überstellt und ihm das Schreiben des Sextus ausgehändigt wurde. Er las das Schreiben und berief sofort ein Militärgericht ein. Als dessen Vorsitzender befragte er den Claudius. Dieser gab den Sachverhalt voll zu und entrüstete sich nochmals über die ihm zugemutete niedrige und schmutzige Arbeit. Das Gericht kam zu dem Schluss, dass hier eine Befehlsverweigerung in einem minder schweren Fall und das unberechtigte Verlassen der Truppe, aber keine Desertion vorlag. Das Urteil fiel auch wegen der hohen Stellung des Vaters von Piso in Rom recht milde aus. Er wurde zum einfachen Legionär degradiert, aus der Reiterei ausgeschlossen und zum Kanalbau abkommandiert.

Sextus hatte inzwischen von den Zimmerern große Holzbottiche fertigen lassen. Er wies die Metzger an, große Fleischstücke von Haus- und Wildschweinen, sowie Hirschen und Rehen mit einem Gemisch aus Meersalz und Salpeter einzureiben, diese dann in Lagen in die Bottiche zu geben, zwischen jede Lage eine Schicht Salpetersalz zu streuen, Bretter auf das Fleisch zu legen und das Ganze mit Steinen zu beschweren. Nach drei Wochen sollten sie das Fleisch aus der Lake nehmen, es zum Räuchern weiter geben, oder einen Teil als Transport in das Lager fertig zu machen.

Sextus überlegte, von wo er noch weitere Nahrungsmittel bekommen könnte. Ihm fiel der Druide Fearchar ein, der den Besitz und die

Ländereien des Druidentempels im östlichen Arvernien verwaltete. Er wusste, dass dieser einst Lebensmittelüberschüsse erzielt hatte, die er nicht absetzen konnte. Rasch entschlossen ritt er an zwei Tagen zu dessen Besitz. Dieser hatte tatsächlich größere Vorräte an Gerste in seinen Hallen gelagert. Fearchar freute sich, Sextus wieder zu sehen, und verkaufte bis auf sein Saatgut und seinen Eigenbedarf alle seine Vorräte an Sextus. Auch stellte er Ochsengespanne, Lenker und Karren für einen Transport ins Lager des Marius. Sextus bezahlte für zweitausend Säcke und den Transport vierzigtausend Sesterzen und hatte damit preiswert eingekauft. Auf all seinen Reisen begleitete ihn Malte.

Den ganzen Winter über stellte Sextus den Bedarf des gesamten Heeres an Fleisch und anderen Nahrungsmitteln sicher. Bei den Verhandlungen mit den Dorfvorstehern kam ihm sehr zugute, dass er die gallische Sprache beherrschte. Im Frühjahr befahl ihm Marius die Leitung des Projekts an den ranghöchsten Centurio abzugeben und ins Lager zu kommen.

Sextus kam dem Befehl nach und meldete sich bei Marius. Dieser lobte ihn und sagte: »Primipili, ich bin sehr mit Dir zufrieden. Unsere Truppe wurde noch nie so gut verpflegt, wie in den letzten Monaten. Ich hoffe, dass auch der Kanal bald fertig wird, damit die Versorgungsgüter von Massalia aus heil beim Heer ankommen. Für Deine Verdienste befördere ich Dich zum Praefectus castrorum.

So leid es mir tut, Dich von der Lebensmittelbeschaffung abzuziehen, im kimbrischen Heer leistest Du mir noch bessere Dienste. Deine Haare und Dein Bart sind auch gewachsen, so dass Du als Gallier durchgehen könntest. Begib Dich in den Dienst des Kimbernkönigs. Bleibe solange im kimbrischen Lager, bis Du mitbekommst, wann diese Barbaren nach Italien aufbrechen werden.«

45

Bei den Kimbern

Sextus besorgte sich aus dem Vorratslager gallische Kleidung und zwar einen Umhang und Beinlinge, sowie ein gallisches Schwert und einen runden gallischen Schild. Dann suchte er sich ein Pferd ohne Brandmal und einen gallischen Sattel, der aus Fellen, statt aus Leder gefertigt war. Er vermied auch sonst alles, was irgendwie römisch aussah. Seinen Sklaven Malte gab er in die Obhut des Reiterführers Sulla.

Nach zehn Tagesritten näherte er sich dem Lager der Kimbern, nordwestlich des Stammesgebietes der Belger im Gebiet der Aulerci. Er sah von der Ferne eine kimbrische Patrouille auf sich zukommen, wich dieser jedoch nicht aus, sondern steuerte auf diese zu. Der Anführer fragte ihn auf gallisch: »Fremder, wo willst Du hin.«

»Ich will mich Eurem Heer als Krieger anschließen und Eurem König den Treueid leisten.« Der Anführer freute sich, nahm das kimbrische Herr doch jeden Kämpfer auf. Er wies Sextus den Weg und setzte seine Streife fort.

Am Eingang zur kimbrischen Wagenburg wurde er erneut angehalten und vom Wachhabenden zum Zelt des Königs geführt. Dort musste er seine Waffen ablegen und warten. Nach einer Weile führte ihn ein Diener zu dem im Zelt auf einer Art Thron sitzendem König Boiorix. Er kniete vor diesem nieder und sprach auf germanisch: »Ich, der Ritter Sexa, biete Dir meine Dienste sowie mein Schwert an. Nimm mich bitte in die Reihen der Kimbern auf. Ich werde Dir treu dienen und Deinen Befehlen gehorchen.«

»Sexa sage mir, von woher kommst Du, von welchem Stamm bist Du und wieso Du in mein Heer eintreten willst?«

»Herr, ich komme aus der Stadt Gergovia, bin ein Arverner und habe mich mit König Cemuntis zerstritten, so dass ich nicht mehr an seinem Hof bleiben konnte.«

»Erzähle, was hast Du an seinem Hof gemacht und warum hast Du Dich mit Cemuntis zerstritten?«

»Herr, ich bin ein Edeling aus dem Hause Kitas und war ein Berater des Königs für technische Dinge und Ausbilder seines Heeres. Ich erfreute mich seiner Gunst und stand in hohem Ansehen bei Hof. Ich lernte dort die Königin kennen. Diese verliebte sich in mich und besuchte mich des Öfteren in meiner Kammer. Der König erfuhr durch einer Dienerin von dieser Affäre, befahl mich zu ihm und befragte mich. Er wusste die genauen Tage und die Zeit, wann die Königin mich aufgesucht hatte. Er erklärte mir, dass seine Ehefrau ihm ihre Untreue gestanden habe. Ich sah, dass ich nicht mehr leugnen konnte und gab die Affäre zu. Der König ließ mich in einen Kerker einsperren. Er wusste aber nicht, dass der Kerkermeister mir zu Dank verpflichtet war. Dieser ließ mich entweichen und besorgte mir ein Pferd und Ausrüstung. Ich wusste zunächst nicht, wohin ich reiten sollte, habe aber dann erfahren, dass Du gute Krieger in Dein Heer aufnehmen würdest. Deshalb bin ich zu Dir geritten.«

»Wieso war Dir der Kerkermeister zu Dank verpflichtet?«

»Nun, er hatte mit einigen Offizieren gewürfelt und sich so hoch verschuldet, dass er den Betrag nicht zurückzahlen konnte. Die Offiziere wollten ihn beim König verklagen. Damit hätten sie zwar ihr Geld nicht bekommen, aber die Existenz des Kerkermeisters vernichtet. Deshalb wandte er sich an mich. Er stammte aus einem Dorf, das innerhalb meiner Güter lag und ich kannte ihn daher. Da ich aus den Erträgen meiner Ländereien gut situiert war, lieh ich ihm den Betrag von umgerechnet zehntausend Sesterzen in keltischen Goldschüsselchen und er konnte seine Schulden begleichen. Er war mir dafür unendlich dankbar.«

»Nun, ich habe Dich für einen Spion des Marius gehalten. Ich möchte Dich aber noch einer Prüfung unterziehen. In meinem Heer dient ein Krieger aus Avarium. Der soll prüfen, ob Du tatsächlich ein Arverner bist.«

Er erteilte den Befehl, diesen Krieger zu ihm zu führen. Sextus rutschte das Herz in die Tasche seiner neuen Beinlinge, musste er doch befürchten, als Römer erkannt zu werden. Kurze Zeit später führte die Wache einen gallischen Krieger herein. Der König zeigte auf Sextus und fragte ihn: »Kennst Du diesen Krieger?« Der Gallier musterte Sextus lange und sagte dann: »Herr, ich meine, dieses Gesicht schon einmal gesehen zu haben. Ich war vor ungefähr fünf Jahren als Wache beim Stadtsenat von Avarium eingeteilt. Während meiner Wache traf eine Delegation aus Gergovia ein. Ich meine, der Anführer dieser Delegation war dieser Mann. Allerdings hatte er damals viel längere Haare und auch einen längeren Bart.«

»Kannst Du Dich noch an seinen Namen erinnern?«

»Nein Herr, aber ich weiß noch, dass er dem Senatsvorsitzenden den Rat gegeben hat, bei einem Druidentempel im Osten Vorräte zu kaufen.«

»Sagt Dir der Name Sexa etwas?«

»Den Namen Sexa habe ich schon gehört. Es war dies ein Berater unseres Königs Cemuntis. Aber ich kenne ihn nicht.«

»So, Sexa Kitas, ich glaube Dir Deine Geschichte und überlege, ob Du nicht eine verantwortliche Tätigkeit in meinem Heer ausüben könntest. Du könntest als Ausbilder der jungen Krieger tätig werden. Aber bevor ich Dich zu dieser Tätigkeit einteile, möchte ich Dein Können in einem Schwertkampf testen. Damit nach Möglichkeit niemand schwer verletzt wird, werden Holzschwerter verwendet.«

Er gab Befehl den kimbrischen Krieger Teudus zu holen und bestimmte als Kampfplatz eine ebene Fläche vor seinem Zelt.

Sextus dachte sich: »Vor dem Kampf habe ich keine Angst. Ich muss jedoch meine Kampfweise so ändern, dass sie nicht als römische Kampfesart erkannt werden kann.«

Kurze Zeit später sprach Teudus beim König vor. Dieser bestimmte ihn, gegen Sextus mit dem einem Holzschwert zu kämpfen. Teudus war groß gewachsen, hatte einen mächtigen Brustkorb und Muskelpakete an Armen und Beinen.

König Boiorix sagte zu ihm: »Teudus, Du kämpfst jetzt mit dem Holzschwert gegen diesen Gallier. Ich weiß, dass Du Dein Schwert gut führen kannst. Wenn Du siegst, bekommst Du eine Belohnung, wenn Du verlierst, darfst Du nicht mehr in der ersten Reihe kämpfen. Aber schlage den Gallier nicht tot. Ich kann ihn vielleicht noch gebrauchen.«

»Ja Herr, ich werde ihn nur verwunden und so lange kämpfen bis er als Zeichen seiner Niederlage die Hand empor streckt.«

Inzwischen hatte sich herumgesprochen, dass ein Zweikampf stattfinden würde. Zahlreiche Zuschauer, Krieger, Frauen und auch Kinder umstanden den Kampfplatz. Sie alle kannten Teudus als einen tapferen Krieger und guten Schwertkämpfer. Sie musterten Sextus und schätzten ihn als dem Teudus unterlegen ein. Einige Krieger begannen Wetten abzuschließen. Teudus wurde von fast allen als Gewinner eingeschätzt. Sextus rüstete sich mit seinem Kettenhemd, setzte einen Eisenhelm auf, nahm ein armlanges Holzschwert und seinen Schild auf und erwartete in der Mitte des Kampfplatzes seinen Gegner. Dieser verzichtete auf einen Schild und führte ein langes schweres Holzschwert mit beiden Händen. Als König Boiorix das Zeichen zum Beginn des Kampfes gab, hob Teudus sein Schwert über den Kopf, stürmte auf Sextus zu und führte einen gewaltigen Hieb von oben nach unten gegen Sextus. Dieser Hieb war so gewaltig, dass er Sextus bestimmt getötet hätte. Sextus jedoch wich dem Schlag nach links aus und das Schwert des Teudus fuhr neben ihm in den Boden.

Teudus zog sein Schwert aus dem Erdreich. Diesen Augenblick nutzte Sextus und hieb sein Schwert gegen den rechten Arm des Teudus. Sofort platzte die Haut auf und es bildete sich dort ein Schwellung. Teudus ignorierte den Schmerz, holte erneut mit seinem Schwert aus und hieb von links oben auf Sextus ein. Dieser Schlag war schon etwas schwächer. Sextus unterlief den Schlag, sprang nach rechts und lenkte mit seinem Schild den Schlag nach unten links ab. Unmittelbar danach schlug er mit seinem Schwert mit aller Kraft von rechts aus gegen die linke Halsseite seines Gegners. Dieser bekam dadurch kurzfristig keine Luft mehr, seine linke Halsseite schwoll an und die Haut platzte auf. Die Schwellung behinderte die Blutzufuhr zu seinem Gehirn und er schaute benommen vor sich hin. Er hob sein Schwert nicht hoch und nur noch ein Stöhnen kam aus seinem Mund. Sextus nützte die augenblickliche Schwäche seines Gegners aus, stellte seinen rechten Fuß hinter den linken Fuß des Teudus und stieß diesen mit seinem Schild zurück. Teudus stolperte, fiel mit dem Rücken auf den Boden und Sextus stellte seinen Fuß auf seine Kehle und hielt sein Schwert schlagbereit über sich. König Boiorix erklärte den Kampf für beendet und Sextus zum Sieger.

Die umstehenden Kimbern gaben Laute es Unmutes von sich, hatten doch viele auf einen Sieg des Teudus gewettet und ihr Geld verloren.

Aus den Reihen der Zuschauer kam ein vornehm gekleideter Krieger auf Sextus zu, gratulierte ihm und sagte: »Edler Sexa, ich habe soeben auf Dich gewettet und da die Quote gegen Dich stand, ein hübsches Sümmchen gewonnen. Du hast gekämpft wie ein trickreicher Gallier. Ich, Aldawolf, bin der Anführer einer Einheit, die alle uns untertänigen Orte in dem ganzen Gebiet kontrolliert, Lebensmittel herbeischafft und jeden Aufruhr verhindert. Ich benötige Krieger, die so kämpfen wie Du. Wenn Du mit mir reiten willst, werde ich Dich vom König anfordern.«

Sextus, der dadurch die Möglichkeit sah, sich außerhalb des Lagers frei bewegen zu können, stimmte sofort zu und Aldawolf begab sich unverzüglich zum König und brachte sein Anliegen vor. Boiorix meinte: »Nachdem er soeben so gut gekämpft hat, hätte ich ihn gerne als Ausbilder bei den jungen Kriegern eingesetzt. Da Du ihn aber willst, soll er unter Dir dienen.«

Aldawolf rief Sextus sofort herbei, ließ ihn niederknien und ihn den Treueid auf das Volk der Kimbern ablegen. Sextus konnte diesen Eid nicht verweigern, da ja seine Tarnung ansonsten aufgeflogen wäre.

Aldawolf forderte ihn auf, mit ihm zu kommen und sein Pferd auf die Weide zu bringen. Auf dem Weg dorthin sah Sextus, dass in der weiteren Umgebung des Lagers der Boden urbar gemacht und die Wintersaat ausgebracht worden war.

Sextus nahm seinem Pferd den Sattel ab und entließ es auf die Weide. Er nahm den Sattel und sein übriges Gepäck an sich und folgte Aldawolf auf einem anderen Weg zurück ins Lager.

Bei den ersten Karren angelangt erklärte ihm Aldawolf: »Dieser Teil des Lagers gehört zu meinem Stammesverband. Diese hier wohnenden Krieger sind alles Reiter. Deshalb stehen die Karren auch nicht so weit von der Weide entfernt. Er führte Sextus zu einem etwas größeren vierrädrigem Wagen, vor dem eine 23-jährige Frau gerade ein Essen zubereitete. Neben ihr spielten ein fünfjähriger Junge und ein sechsjähriges Mädchen. Aldawolf grüßte und sagte zu Sextus: »Dies ist Baltrun, die Witwe des Edelen Bernwald, die Kinder heißen Adelberga und Adelbert. Du wirst ab sofort der Versorger und Beschützer dieser Familie sein, Baltrun zur Hand gehen und Deine Beute mir ihr teilen.« Zu Baltrun gewandt äußerte er: »Baltrun, dies ist der arvernische Edele Sexa. Du wirst ihn als Beschützer annehmen, für ihn kochen, nähen und ein Lager auf dem Wagen für ihn herrichten.« Baltrun richtete sich auf, ihre Augen blitzten und ihr Gesicht rötete sich. Sie schrie:

»Aldawolf, seit mein Mann tot ist, haben schon fünf kimbrische Krieger um meine Hand angehalten. Ich habe sie alle abgewiesen. Jetzt schleppst Du mir schon den sechsten Krieger herbei, der seine Stelle einnehmen soll. Nun kommst Du auch schon mit einem dreckigen behosten Gallier. Scher Dich zu Odin.«

»Weib, hätte Dein Mann ein bisschen besser aufgepasst, wärst Du nicht Witwe und ich hätte nicht die Verpflichtung für Dich zu sorgen. Sexa ist ein tapferer Krieger und wird bestimmt für Dich Lebensmittel herbeischaffen. Du musst nur dann, wenn Du es willst, das Lager mit ihm teilen, und jetzt möchte ich keine Widerworte von Dir mehr hören.« Baltrun blieb ruhig und dachte: »Eigentlich sieht dieser Kelte nicht schlecht aus und wenn er für uns sorgt, werde ich ihn betreuen. Aber weiter geht meine Freundschaft nicht. Ich hoffe nur, dass er für uns Nahrungsmittel herbeischaffen kann. In letzter Zeit konnten wir uns nie satt essen.«

Aldawolf rief den Vetter von Baltrun, den Reiter Bertwin herbei und erklärte ihm: »Der Edle Sexa wird sich ab sofort um Baltrun und ihre Kinder kümmern. Du bist damit von Deinen diesbezüglichen Verpflichtungen entbunden.« Bertwin freute sich, dies zu hören, war Baltrun doch bisher für ihn eine Last gewesen. Außerdem hatte er schon von dem Schwertkampf des Sextus gehört und schaute diesen bewundernd an.

Sextus äußerte sich zunächst nicht. Er war ja gar nicht nach seinem Einverständnis gefragt worden. Er schaute Baltrun an und dachte: »Diese Frau sieht ja wirklich gut aus. Für ihr weizenblondes langes Haar würde einer Römerin schon mehrere Denare hinlegen. Hoffentlich ist sie nicht zu kratzbürstig und befiehlt mich herum. Vielleicht ist sie einem Kompliment zugänglicher als dem Befehlston des Aldawolf. Er sprach mit leiser liebevoller Stimme zu ihr: »Edele Baltrun, ich bin von weit her in dieses Lager geritten und Aldawolf hat sich meiner angenommen. Ich werde unter ihm dienen und werde Dich und Deine Kinder gut versorgen. Du bist eine schöne Frau, und ich kann verstehen, dass die kimbrischen Krieger Dich umwerben. Sogar Aldawolf hat Dich als Schönheit gelobt. Ich bin froh, dass ich auf dem Wagen schlafen kann und nicht mein Lager im Freien aufschlagen muss. Du darfst Dich nicht vor mir ängstigen. Ich werde Dich nicht anrühren. Deshalb bitte ich Dich, lass mich bei Dir bleiben. Du wirst es nicht zu bereuen haben.«

Baltrun war von der Rede ganz erstaunt und entgegnete: »Sexa, bleibe hier, ich werde es mit Dir versuchen.«

Aldawolf freute sich, dass die Angelegenheit einen guten Abschluss gefunden hatte. Er meinte: »Sexa, mit Baltrun hast Du es gut getroffen. Wenn Du ihre spitze Zunge etwas beschneiden könntest, wäre ich Dir dankbar. In zehn Tagen breche ich mit zwei Tausendschaften zur Verpflegungsbeschaffung auf. Du reitest mit mir. Bertwin wird Dir Bescheid geben.«

»Ja Herr!«

Sextus wandte sich an Baltrun und fragte Sie: »Edle Frau, sage mir doch, wer hat Dich bisher mit Nahrungsmitteln versorgt und was brauchst Du dringend für Dich und den Haushalt?«

Baltrun war ganz überrascht von der Fürsorge und entgegnete: »Für jedes Lagerteil gibt es eine Verpflegungsstelle. Jeder Haushalt bekommt dort ein gewisses Quantum Gerste, sowie, wenn vorhanden, Fett und Gemüse. Diese verteilten Lebensmittel reichen aber nicht aus, so dass die Krieger ihre Familien zusätzlich versorgen. Mein Mann ist vor acht Monaten getötet worden. Seitdem hungern wir. Mein Vetter Bertwin, der sich um uns kümmern sollte, hat uns nur ab und zu mit etwas Zusatznahrung versorgt. Außerdem brauchten die Kinder und ich neue Kleidung für den Winter und auch Schuhe.«

»Ich werde schauen, was ich tun kann.«

Noch am Abend begab sich Sextus zu dem für ihn zuständigen Verpflegungsmeister Askan, ließ sich in die Versorgungsliste eintragen und holte seinen Anteil ab. Dieser bestand aus Gerste und einem Apfel. Sextus hatte sich beim Verlassen des römischen Lagers römische Geldmünzen in die Kleidung eingenäht und führte Münzgeld mit sich. Er schob dem Verpflegungsmeister fünfzig Sesterzen zu und verlangte von ihm weitere Lebensmittel. Askan sah ihn forschend an und sprach: »Ich habe von Dir gehört! Du hast heute den Teudus im Schwertkampf geschlagen. Teudus ist einer der besten Schwertkämpfer im Heer. Da Du heute erst im Lager angekommen bist, kennst Du Dich mit den Sitten und Gebräuchen noch nicht aus. Wisse, bei mir kann man keine Lebensmittel kaufen. Ich darf nur an die in den Listen eingetragenen Familien Lebensmittel ausgeben. Aber gehe doch einmal zu dem Hundertschaftsführer Arwed. Ihm gehört der rot gestrichene Wagen dort hinten. Arwed hat aus seinen Beutezügen einen Vorrat an Lebensmitteln und verkauft diesen an zahlungskräftige Familien. Für diese Münze hier gibt er Dir bestimmt reichlich Waren aus seinem Lager.«

Sextus bedankte sich. Er war überrascht von der Ehrlichkeit des Askan, nahm seine Münze an sich und belohnte Askan für die Auskunft mit vier Sesterzen. Er dachte sich: »Dies ist der ehrlichste Lagerverwalter, den ich bisher kennen gelernt habe.« Er traf Arwed vor seinem Wagen an und fragte ihn, ob er ihm Lebensmittel geben könne. Dieser sah ihn an und meinte: »Im Tausch für Deine Fellhose gebe ich Dir fünf Maß Gerste, drei Kilo Schweinefett, ein Stück Rauchfleisch und frisches Obst.«

»Nein, meine Fellhose behalte ich. Ich werde Dir die Waren in römischer Münze bezahlen. Gib mir zwanzig Maß Gerste, zehn Kilo Schweinefett, zwei geräucherten Schweineschinken, zwei Speckseiten und fünf Kilo Obst.«

»Oh, Du machst einen Großeinkauf. Für diese Menge verlange ich sechzig römische Sesterzen, falls Du solche hast.«

»Ja, ich habe römische Münzen und werde mit diesen bezahlen.«

»Ich nehme gerne römische Münzen. Bei Bezahlung mit Geld sind die Geschäfte leichter abzuwickeln. Im Lager ist nur wenig Geld im Umlauf. Wir selbst und auch die Gallier prägen keine eigenen Münzen, so dass wir auf römisches Geld angewiesen sind.«

»Nun, ich werde die Waren mit fünfzig Sesterzen bezahlen. Mehr sind sie nicht wert. Lege noch ein Maß Dinkel, sowie zwei Speckseiten hinzu und der Kauf ist perfekt. Lasse sie bitte zum Wagen der Edelen Baltrun bringen.«

»Was, Du bist der Versorger von Baltrun geworden. Ihr Mann hat immer erzählt, das er Mühe hatte, sich gegen sie zu behaupten, aber dass sie sehr leidenschaftlich im Bett sei und nie genug bekommen könne. Weil sie ihre spitze Zunge fürchten, haben bisher nur fünf

Krieger ihr ihren Schutz angeboten, sind aber abgewiesen worden. Was hast Du denn an Dir, dass sie Dich genommen hat?«

»Ich habe ihr versprochen, für sie zu sorgen und Du siehst ja, durch meinen Einkauf bei Dir erfülle ich meine Abmachung. Also was ist, bist Du mit unserem Geschäft einverstanden?«

Arwed, der gar nicht mit einer so hohen Bezahlung gerechnet hatte, stimmte zu und beauftragte einen Sklaven, die Waren zu Baltrun zu bringen.

Zum Wagen zurückgekehrt, gab Sextus die von dem Verwalter bekommenen Lebensmittel bei Baltrun ab und erntete ein knappes Dankeschön. Als aber der Sklave die zusätzlichen Lebensmittel brachte, leuchteten ihre Augen auf und sie warf Sextus einen etwas freundlicheren anerkennenden Blick zu. Sie meinte: »Ich danke Dir für diese Gaben, bilde Dir aber nicht ein, das Du deshalb unter meine Decke schlüpfen kannst.«

Sie drückte Sextus eine Kornmühle in die Hand und beauftrage ihn, ein Kilo Geste zu Mehl zu mahlen, bereitete mit Schinken, Speck und dem Mehl einen Teig zu, briet diesen und rief ihre Kinder und Sextus zum Abendessen. Anschließend richtete sie ihm auf dem Wagen an dessen Ende ein Lager aus aufgeschüttetem Stroh, auf das sich Sextus sofort legte. Im Einschlafen dache er noch: »So schnell wie heute, wurde ich noch nirgends integriert. Jetzt habe ich sogar schon eine Familie.«

In den nächsten Tagen schaute sich Sextus im Lager um. Er zählte die Anzahl der Karren, der Pferde und der Krieger, schaute den Männern bei den Übungskämpfen zu, vermerkte sich die Art der Rüstung, den Zustand der Waffen, die Kampfesweise und entdeckte sogar eine kleine Anzahl von Frauen, die sich im Schwertkampf übten.

Ihm fiel auf, dass sich im Lager keine Huren befanden, und er fragte einen älteren Krieger danach. Dieser meinte: »Gallier, wir benötigen im Lager die Dienste solcher Frauen nicht. Sobald unsere Jünglinge mannbar geworden sind, werden sie sofort verheiratet. Wehe dem Mann, der dann noch einer anderen Frau nachsieht. Er hätte das Leben nicht mehr. Wir achten unsere Frauen, und die Männer hören auf ihren Rat und ihre Anweisungen. Selbst der König befolgt den Rat seiner Ehefrau.«

Sextus kehrte zum Wagen der Baltrun zurück und bekam ein vorzügliches Essen, hergestellt aus den von ihm gekauften Vorräten, vorgesetzt. Danach setzte er sich auf seinen Schlafplatz und verinnerlichte das heute Gesehene und Gehörte.

Nachmittags brachte Sextus den Kindern etwas Latein und dem Knaben die Grundbegriffe des Schwertkampfes bei.

Am nächsten Tag schlenderte er durch die Lagergassen und stieß auf eine lange breite Gasse, in der sich Handwerker niedergelassen hatten. Es war dies die Rüstkammer des Heeres. Er zählte zwanzig Hufschmiede, zehn Schwertfeger, zwölf Schwertschmiede, dreißig Rüstner, zehn Sattler, fünf Hersteller von Lederriemen und Gürteln, fünf Goldschmiede, drei Silberschmiede, zwanzig Weber, dreißig Gewandschneider, zwanzig Schuster, zehn Lederverarbeiter jedoch keine Gerber und Eisenerzeuger. Die Schwertfeger schärften und glätteten, die von den Schmieden gefertigten Schwerter. Dazu verwendeten sie einen gelben Stein, der sehr harte Einschlüsse aufwies. Sextus fragte einen der Schwertfeger danach und erhielt die Auskunft, dass dieser Stein besser sei, als der zuvor verwendete Kiesel und sie diesen von belgischen Kaufleuten eingetauscht hätten.

Nach zehn Tagen kam Bertwin zu ihm und teilte aufgeregt mit: »Sexa, morgen bei Sonnenaufgang geht es los, wir reiten auf Beutezug. Aldawolf lässt Dir ausrichten, dass Du Deine Waffen und Nahrungsmittel mitnehmen sollst. Es wird Dir eine besondere Ehre zuteil. Du reitest nicht in der Tausendschaft sondern an seiner Seite.«

Im Morgengauen meldete sich Sextus bei Aldawolf. Dieser erkläre ihm sein Vorhaben: »Wir reiten von hier aus südlich ins Stammesgebiet der Semnonen und der Carnuten. Unser erstes Ziel ist die Stadt Cenabum (Orleans) am Liger (Loire). Es ist dies die Hauptstadt der Carnuten. Sie hat ungefähr sechstausend Einwohner und ist befestigt. Wir werden sie deshalb nicht einnehmen können. In dieser Landschaft befinden sich viele Dörfer, und der Boden lässt reiche Ernten zu. Wir werden die Dörfer ausplündern und die Nahrungsmittel ins Lager schaffen. Du reitest neben mir her, falls ich Dich als Dolmetscher für Gallisch benötige. Ich habe schon einhundert Lastkarren vorausgeschickt. Diese werden durch fünfhundert Reiter gesichert. Außerdem marschiert noch eine Tausendschaft hinter den Wagen.« Mit lauter Stimme rief er: » Jeder von uns nimmt ein Packpferd mit.«

Auf ihrem Weg kamen sie durch zahlreiche Dörfer, deren Einwohner bei ihrem Anblick in den Häusern verschwanden. Sextus fragte: »Aldawolf, warum versuchst Du nicht in diesen Dörfern Lebensmittel zu erlangen? »Es rentiert sich nicht, von hier Lebensmittel zu holen. Wir haben sie erst vor einem Monat aufgesucht. Sie gehören noch zum Stamm der Parisi, der sich uns unterworfen hat und mit dem wir im Frieden leben.«

Nach vier Tagen holten sie die Infanterie und die Lastkarren ein. Diese waren mit je vier Ochsen bespannt und wurden von je zwei Sklaven gelenkt. Aldawolf vermerkte: » Ab jetzt sind wir im Stammesland der Carnuten. Wir plündern hier jedes Dorf.« Ab dem nächsten Dorf schickte er eine Hundertschaft in das Gebiet südlich des Dorfes mit dem Befehl, Fluchtversuche der Dorfbewohner zu verhindern, das Gebiet nach Süden bis zur Beendigung der Plünderung zu sichern und etwaige Kundschafter der Carnuten festzunehmen. Er schickte seine Reiter in die Ansiedlung und ließ die Bewohner auf den Dorfplatz treiben. Die Krieger suchten die Lagerräume ab und verluden Gerste, Dinkel, Fett, Speck, Schinken, eingelegte Eier, Gurken und Sauerkraut auf zehn Wagen. Außerdem beschlagnahmten sie noch Felle, Leder und Stoffe. Als die Krieger der zur Absicherung ausgesandten Hundertschaft sahen, dass ihre Mitstreiter das Dorf plünderten, missachteten sie ihren Auftrag und stürmten brüllend in das Dorf.

Der Bürgermeister Cevas fiel vor Aldawolf auf die Knie und bat: »Herr, wie sollen wir den Winter überstehen, wenn Du uns alles wegnimmst. Lasse uns einen Teil der Vorräte und Saatgut für die nächste Aussaat.« Sextus übersetzte die Bitte. Aldawolf wehrte ab und antwortete: »Du Wurm von einem Carnuten, dies ist ein großes reiches Dorf und hat nur zehn Wagen mit Beute erbracht. Du bekommst nichts zurück und ich lasse Dein Dorf abbrennen. Wahrscheinlich hast Du die Vorräte versteckt.« Sextus übersetzte und der Dorfschulze sank in sich zusammen. Sextus wandte sich an Aldawolf und sprach: »Geehrter Herr, wäre es nicht besser, dem Dorf das Saatgut zu lassen, damit wir ihnen in einem Jahr wiederum ihre Vorräte wegnehmen können.

Wenn wir das Dorf abbrennen, können wir im nächsten Jahr nichts von ihnen holen.« Adalwolf überlegte sich das Argument, ließ Gerste als Saatgut zurück und sagte dem Bürgermeister, dass das Dorf ausnahmsweise nicht zerstört würde.

Sextus bat Aldawolf darum, den Dorfvorsteher vernehmen zu dürfen. Dieser gestattete dies. Sextus nahm Cevas mit in dessen Haus, und sie setzten sich an den Stubentisch. Sofort kamen seine Frau und sein zwölfjähriger Sohn gerannt und baten flehentlich um das Leben ihres Familienoberhauptes. Sextus wehrte ab: »Niemand will ihm etwas antun. Geht wieder eurer Arbeit nach.« Dem Cevas erklärte er: »Schau Cevas, Du bist Bürgermeister eines reichen Dorfes, und wir haben vom Dorf nur zehn Lastkarren mit Nahrungsmittel bekommen. Nur durch meine Fürsprache bist Du mit dem Leben davon gekommen und ich habe auch verhindert, dass das Dorf abgebrannt worden ist. Deshalb antworte mir wahrheitsgemäß auf meine Fragen.«

»Ja Herr, das werde ich tun.«

»Wie oft bringst Du landwirtschaftliche Produkte nach Cenabum? Wer fährt immer mit Dir? Durch welches Tor kommst Du in die Stadt? Kennen die Torwachen Dich und Deine Mitfahrer? Wie viel Soldaten bewachen das Tor?«

Cevas schaute Sextus an. Wusste er doch, dass die Kimbern mit seiner Hilfe die Stadt einnehmen wollten. Er zögerte deshalb mit der Antwort. Sextus beschloss mehr Druck zu machen und mit falschen Drohungen Cevas einzuschüchtern. Er sagte: »Cevas, wenn Du mir nicht sofort und umfassend auf meine Fragen antwortest, rufe ich einige kimbrische Krieger und übergebe denen Deine Frau. Du kannst Dir schon denken, was sie mir ihr machen werden. Außerdem sind unter den Kimbern viele, die auch Jünglinge bevorzugen. Diesen könnte ich Deinen Sohn übergeben. Also sprich und belüge mich nicht, ansonsten mache ich meine Drohungen wahr.«

»Ja Herr, ich will wahrheitsgemäß antworten. Also ich fahre jeden zweiten Tag mit meinem Lastkarren nach Cenabum. Gestern habe ich Ware geliefert. Ich fahre immer durch das Nordtor in die Stadt. Die Torwache, es sind meist immer die gleichen Soldaten, kennt mich. Meistens fährt meine Frau mit, manchmal auch einer meiner Knechte. Die Torwache besteht aus einem Anführer und vier Soldaten.«

»Hast Du einen Planwagen und wird Deine Ladung kontrolliert?«

»Nein, ich werde nie kontrolliert. Die Soldaten wissen, dass ich auf den Markt oder zu den städtischen Speichern fahre. Ich habe einen mit Lederplanen überdachten Wagen.«

Wie lange brauchst Du, um von hier in die Stadt zu fahren? Wann bist Du am Stadttor? Ist das Tor dann schon offen und kommen noch andere Fuhrwerke zur Stadt?«

»Ich fahre meist noch vor Morgengrauen hier ab und bin nach zwei Stunden am Stadttor. Dieses wird bei Tagesanbruch geöffnet. Die meisten Bauern fahren über die anderen drei Tore in die Stadt. Es ist selten, dass vor oder nach mir ein anderer Wagen in die Stadt fährt.«

»Wo wohnt der Stammeskönig, wohnt er innerhalb der Stadt in einer Burg?

»Nein, er wohnt in einem großen Stadthaus direkt am Marktplatz. Es ist nicht befestigt, aber mit einer zwei Meter hohen Mauer eingefriedet.

»Gut, warte hier auf mich.«

Sextus begab sich vor das Anwesen und trug Aldawolf seinen Plan vor: »Herr, ich mache Dir für den morgigen Tag folgenden Vorschlag. Der Dorfschulze liefert morgen turnusmäßig Lebensmittel in die Stadt. Diesmal sollen sich jedoch kimbrische Krieger auf seinem Wagen verstecken. Ich setze mich neben Cevas auf den Bock. Seine Frau und seinen Sohn nehmen wir mit. Wenn er durch das Tor fährt, lasse ich ihn den Wagen anhalten, so dass das Stadttor nicht mehr geschlossen werden kann. Deine Krieger sollen dann aus dem Wagen heraus springen und die Torwache, fünf gallische Soldaten, überwältigen. Du versteckst Dich mit Deinen Reitern in der Umgebung. Wenn Du siehst, dass der Wagen im Torraum anhält, reite aus Deinem Versteck und erobere die Stadt. Ich hoffe, dass ich solange, bis Du kommst, die Toreinfahrt freihalten kann.«

Aldawolf nahm den Plan an, und am nächsten Morgen versteckten sich zwölf kimbrische Krieger in dem Wagen. Zu diesen sprach er: » Sexa ist ab sofort Euer Anführer. Haltet Euch gut auf dem Wagen versteckt. Sobald der Wagen in der Toreinfahrt der Stadt anhält, springt ihr aus dem Wagen und nehmt die Stadtwache gefangen oder tötet sie. Das Ganze muss lautlos geschehen, damit der Überraschungseffekt gewahrt bleibt. Die Frau und der Sohn des Dorfschulzen Cevas kommen mit in den Wagen. Fesselt und knebelt sie. Cevas wird den Wagen lenken und Sexa setzt sich neben ihn auf den Kutschbock. Er bedroht ihn versteckt mit einem Dolch. Wenn Cevas Verrat übt, tötet ihr die Frau und den Sohn. Der Angriff muss vollkommen lautlos vor sich gehen.«

Am nächsten Morgen spannte Cevas zwei Pferde vor den Wagen. Sextus band sein Pferd an dem Wagen an und befahl ihm, seine Frau und seinen Sohn herbeizuholen. Diesen befahl er, ebenfalls auf dem Wagen unter der Plane Platz zu nehmen.

Zu Cevas sprach er : »Du siehst, wir nehmen Deine Frau und Deinen Sohn mit. Meinen Kriegern habe ich befohlen, ihnen die Kehle durchzuschneiden, solltest Du Verrat üben.«

»Herr, ich werde Deinen Anordnungen Folge leisten.«

Nach zwei Stunden Fahrt gelangten sie mit dem Wagen voller Kimbern vor die Stadt. Sextus sah, dass die Torflügel schon offen und zwei Wachen im Torbereich standen. Diese winkten gerade einen vor ihnen ankommenden Erntewagen durch das Tor. Sextus rückte näher an Cevas heran und drückte ihm seinen Dolch in die Seite. Als sie am Tor ankamen, winkte eine der Wachen Cevas grüßend zu. Dieser winkte zurück. Mit einem Kopfnicken deutete der Wachsoldat an, dass Cevas weiterfahren solle. Dieser fuhr langsam in den Torraum. Als der Wagen zwischen den Torflügeln fuhr, befahl Sextus: »Cevas halte an und bleibe auf dem Bock sitzen.« Er sprang vom Bock nach rechts ab, zog sein Schwert und hieb es mit der Breitseite mit voller Wucht auf den Kopf des überrascht dastehenden Wächter. Dieser brach bewusstlos zusammen. Gleichzeitig mit ihm sprangen die kimbrischen Krieger vom Wagen und erledigten die zweite Torwache. Das Geschehen spielte sich so schnell und lautlos ab, dass die im Wachhaus befindlichen Wächter dies überhaupt nicht mitbekamen. Sextus stürzte sich an der Spitze der Krieger in die Torhausstube. Die drei anwesenden Wachen schauten ihn verblüfft an. Sextus richtete sein Schwert auf den Anführer und befahl: »Ergebt Euch!« Alle drei Soldaten hoben ihre Hände. Sextus befahl seinen Kriegern: »Fesselt und knebelt sie!« Dann ging er nach draußen und schaute nach Aldawolf und seinen Reitern. Er sah sie in vollem Galopp auf das Tor zureiten. Er befahl Cevas, den Wagen nach vorne zu fahren und seitlich abzustellen. Seinen Gefährten befahl er am Torbogen Front in Richtung der Stadt zu machen und eventuelle Angriffe abzuwehren.

Gemäß der Absprache mit Sextus hatte sich Aldawolf von Norden her der Stadt genähert und seine Reiter und sein Fußvolk verdeckt hinter einer Bodenerhebung außer Sichtweite der Stadt aufgestellt. Er dachte sich: »Mit dem Sexa habe ich doch einen guten Griff getan. Er rät mir zu mehr Milde und plädiert dafür, weniger Gewalt, aber mehr List anzuwenden. Wenn wir durch seine List heute die Stadt erobern, mache ich ihn zu meinem Berater und Stellvertreter.«

Er versammelte seinen Tausendschaftsführer und seine Hundertschaftsführer um sich und befahl: »Alle Krieger bleiben in Deckung bis ich das Zeichen zum Angriff gebe. Ich allein beobachte das Geschehen am Stadttor. Auf mein Zeichen reiten wir im Galopp zum Tor und in die Stadt bis zum Marktplatz. Dort sitzt ihr ab und bindet die Pferde fest. Um die Bürger nicht zu alarmieren, stimmen wir kein Kriegsgeschrei an. Nochmals zum Einprägen. Der Angriff muss still vor sich gehen. In der Stadt nehmen wir den Stadtkönig gefangen. Jede Hundertschaft nimmt sich eine vom Marktplatz ausgehende Straße oder Gasse vor. Ihr geht von Haus zu Haus und treibt die Bewohner auf die Straße. Nehmt allen Männern die Waffen ab und durchsucht die Räume nach Waffen. Verzichtet vorerst darauf, Beute zu machen. Die Beute wird später gerecht verteilt. Nehmt die Männer gefangen und treibt sie zum Marktplatz. Wenn ihr leise seid, überraschen wir sie vielleicht noch im Schlaf. Die Fußsoldaten marschieren so schnell sie können in die Stadt und besetzen die strategisch wichtigen Stellen.«

Er beobachtete verdeckt die Stadt und sah den Wagen mit Sextus heranfahren und im Tor halten. Kurze Zeit später sah er Sextus vor dem Tor, der ihm mit beiden Armen zuwinkte. Sofort gab er den Befehl zum Angriff und ritt an der Spitze seiner Reiter auf die Stadt zu. Er sah Sextus auf seinem Pferd vor dem Stadttor auf ihn warten und bedeute ihm, an seiner Seite weiter zu reiten. Sie ritten in der Stadt zum Marktplatz. Erschrockene Bürger schauten aus den Fenstern, als sie das Hufgetrampel hörten. Der größte Bau am Marktplatz war das Haus des Stadtkönigs Qinn Drusix. Sextus sah einen Sklaven die Einfahrt zum Anwesen kehren. Er ritt auf ihn zu, richtete sein Schwert auf ihn und fuhr ihn in gallisch an: »Sklave, wo befindet sich der König, führe mich sofort zu ihm.« Der Sklave antwortete auf germanisch:

»Herr, töte mich nicht. Ich bin ein gefangener Kimber und verstehe wenig gallisch.« Aldawolf übernahm das weitere Gespräch und herrschte den Sklaven auf germanisch an: »Wo ist Dein Herr, führe uns sofort zu ihm.« Über das Gesicht des Sklaven erstreckte sich ein Leuchten. Er antwortete bewegt: »Herr ich kenne Dich, Du bist ein Tausendschaftsführer von Boiorix, meinem König. Ich heiße Dankrat, wurde vor zwei Jahren von den Galliern gefangen und bin seitdem Sklave. Der König und seine Frau schlafen noch. Ich führe Dich zu ihm.«

Aldawolf befahl Sextus und zehn Kriegern ihm zu folgen und betrat nach seinem Führer den Schlafraum des Königs. Der König schreckte aus seinem Schlaf auf und sah zuerst nur seinen Sklaven in der Türe stehen. Er schrie ihn an: »Verfluchter Kimbernhund, wieso wagst Du es, mich zu wecken. Ich lasse Dich auspeitschen. Schere Dich hinweg.« Erst dann sah er die hinter Dankrat stehenden Kimbern und Sextus.

Er schrie: »Hinaus aus meinem Schlafzimmer, ihr ungehöriges Pack.« Seine Frau richtete sich neben ihm im Bett auf, bedeckte ihren Busen mit einer Decke und fing gellend zu schreien an. Aldawolf trat vor und gab ihr eine schallende Ohrfeige. Sofort hörte das Geschrei auf. Er richtete sein Schwert auf den König und sprach: »König stehe auf und ziehe Dir etwas über. Du bist mein Gefangener und kommst mit mir auf den Marktplatz. Sextus übersetzte die Worte. Erst jetzt begriff der König den Ernst seiner Lage. Dankrat, der von Drusix öfters geschlagen worden war, ergriff die Gelegenheit sich zu rächen und schlug mit dem Stiel seines Besens, den er immer noch in der Hand hielt, solange auf den König ein, bis Aldawolf dazwischen trat und bemerkte, dass er den König noch brauchen würde.

Als sie auf den Marktplatz traten, hatten die Reiter schon zahlreiche Bürger zusammengetrieben. Erst jetzt tönte das Alarmsignal eines Horns, das von einem Wachturm aus gegeben wurde durch die Stadt und wurde von anderen Wachtürmen aus wiederholt. Aldawolf befahl dem König vor seine Bürger zu treten. Er sprach: »Drusix, wenn Du erreichst, dass sich die Einwohner Deiner Stadt friedlich fügen, werde ich Dich und die Einwohner am Leben lassen. Du sprichst jetzt zu ihnen und gehst anschließend mit einer Wache durch die Straßen und forderst alle auf, sich zu ergeben. Sie sollen ihre Waffen und ihre Rüstungen vor die Häuser legen.« Sextus übersetzte dies, und der König nahm die Bedingung an. Er sprach zu den versammelten Bürgern: »Einwohner von Cenabum, die Stadt wurde von Kimbern erobert. Jeglicher Widerstand ist zwecklos. Ich habe vom Kimbernführer die Zusicherung, dass niemand getötet wird, wenn ihr friedlich bleibt und den Befehlen der Kimbern nachkommt. Bitte folgt meinem Aufruf.« Er befahl seine Herolde zu sich und beauftragte sie, diese Botschaft in der Stadt zu verkünden. Aldawolf stellte ihm eine Wache aus zehn Kimbernkriegern, mit denen er durch die Straßen ging und ebenfalls die Bürger zur Kapitulation aufrief. Aldawolf rief den Kriegern zu: »Passt gut auf den König auf und lasst ihn nicht entkommen. Sextus schloss sich der Eskorte an, um die Äußerungen des Königs zu überwachen.

In diesem Augenblick hörte er Marschritte und sah die Tausendschaft der Fußkrieger auf den Marktplatz marschieren. Aldawolf freute sich, dass sie so schnell die Stadt erreicht hatten und befahl ihnen, die Türme zu besetzen und die Besatzung zu entwaffnen oder zu töten.

Der König machte seine Worte wahr und hielt die auf Grund des Alarmsignals zum Marktplatz strömenden bewaffneten Bürger an, ihre Waffen abzugeben und sich auf dem Marktplatz zu versammeln. Sie taten dies nur widerwillig. Blieben doch dadurch ihre Familienangehörigen ungeschützt in den Anwesen zurück. Dies wurde auch von den kimbrischen Kriegern ausgenützt. Sie durchsuchten die Häuser und eigneten sich Wertgegenstände an. Lautes Schreien tönte aus den Wohnungen, in denen kimbrische Krieger wehrlose Frauen und Mädchen vergewaltigten. Sextus versuchte einige Krieger von ihrem Tun abzuhalten, konnte sich aber nicht durchsetzen. Kurz darauf sah er, wie ein Kimber ein 11-jähriges Mädchen an den Haaren aus einem Anwesen und in einen Stall zerrte. Er lief hinterher und sah, dass der Kimber das Mädchen auf einen Strohhaufen geworfen, ihm schon die

Röcke hochgeschlagen und selbst seine Hose herunter gelassen hatte. Er stieß ihn von dem Mädchen weg, so dass er zu Boden fiel und schrie ihn an, dass er doch keine Kinder vergewaltigen solle. Dann erkannte er in dem Krieger den Führer der zweiten Tausendschaft, den Edelen Degenar Wiebold. Es war dies ein kräftiger untersetzter 40-jähriger Krieger mit einem von Schwerthieben verunstaltetem Gesicht.

Dieser zog sofort sein Schwert, rief um Hilfe und herrschte Sextus an: »Sexa, was fällt Dir ein, mich von diesem Weibsstück wegzustoßen. Ich werde Dir eine Lektion erteilen.« Inzwischen waren auf den Hilferuf des Wiebold zwei kimbrische Krieger, offensichtlich seine Leibgarde, in den Stall gekommen. Sie sahen, dass ihr Anführer sein Schwert gezogen hatte und auf Sextus eindrang, zogen deshalb ebenfalls ihre Schwerter und taten es ihrem Anführer nach. Sextus überlegte kurz: »Einerseits konnte er sich nicht kampflos von den Kimbern töten oder verletzen lassen. Andrerseits, wenn er den Wiebold und die anderen Krieger verletzte, würde man ihm den Prozess machen und da er gegen einen Vorgesetzten vorgegangen war, sicher zum Tode verurteilen. Außerdem würde er seine ihm von Marius aufgetragene Mission nicht erfüllen können.« Er lauschte kurz, ob noch weitere Krieger auf den Hilferuf des Wiebold reagierten, und als er hörte, dass dies nicht der Fall war, zog er sein Schwert und ging den Angreifern entgegen. Das Mädchen war inzwischen aus dem Stall gehuscht. Er ging auf Wiebold zu, der sein Schwert hob und auf ihn einschlug. Sextus schlug mit seinem Schwert von unten nach oben und gegen das Schwert des Wiebold und wehrte so den Hieb ab. Blitzschnell schlug er mit dem Schwert wieder nach unten und schlitzte mit der Spitze desselben seine Wange und den Leib von Wiebold auf. Dieser stürzte schwer verletzt zu Boden. Inzwischen drangen die anderen beiden Krieger von rechts und links auf Sextus ein. Er zog sich einige Schritte bis zu einer Wand zurück, damit er den Rücken frei hatte, sprang dann nach links vorne an der rechten Seite des ihn von links bedrohenden Krieger vorbei und zog dabei seine Schwertklinge über den rechten Unterarm des Angreifers. Dieser hielt sich den Unterarm, gab aber den Kampf nicht auf. Sextus stellte sich nun gegen den zweiten Krieger und wich vor dessen Angriff zurück. Dabei stolperte er über den am Boden liegenden Wiebold und stürzte nach rückwärts um. Sein

Gegner lief heran und holte zum Todesschlag aus. Sextus wälzte sich schnell zur Seite, so dass der Hieb des Angreifers in den Lehmboden des Stalles drang und stieß ihm sein Schwert von unten in sein Herz. Der Kimber fiel tot zu Boden. Inzwischen hatte der verletzte Krieger sein Schwert in beide Hände genommen und stürzte sich auf den am Boden liegenden Sextus. Dieser wälzte sich nach rechts und schlug mit seinem Schwert gegen das Schwert des Angreifers. Er rutschte auf dem Boden nach hinten und stand schnell auf. Er konnte mit einem Schwertschlag das herabsausende Schwert seines Gegners aufhalten und anschließend zur Seite schlagen. Dadurch konnte sich der Angreifer nicht mehr schützen und Sextus hieb ihm mit dem nächsten Schlag den Kopf ab. Wiebold lag immer noch röchelnd am Boden. Sextus betrachtete ihn und überlegte: > Er ist sehr schwer verletzt. Seine Gedärme sind durch die Bauchwunde zu sehen. Er wird mit Sicherheit nicht überleben. Wenn ich den Heilkundigen hole, zögert der vielleicht den Tod des Wiebold hinaus. Dieser braucht nur zu erzählen, dass ich ihn verwundet habe, dann ist mein Leben kein Pfifferling mehr wert. Ich muss ihn also hier und jetzt töten.<

Sextus packte sein Schwert fester, um es Wiebold ins Herz zu stoßen. In diesem Augenblick schlug dieser die Augen auf, schaute Sextus hasserfüllt an, tat noch einen tiefen Atemzug und verstarb. Sextus dachte: »Beim Teutates, das Töten eines Wehrlosen hätte mir zu schaffen gemacht. Ich bin froh, dass es so gekommen ist.« Dann wunderte er sich über sich selbst, dass er statt Jupiter den gallischen Göttervater angerufen hatte. Er überlegte sein weiteres Vorgehen, zog die drei Leichen in das hinterste Eck des Stalles und deckte sie mit Stroh zu. Dann warf er noch Stroh auf die Blutlachen am Boden. Er betrachtete seine Kleidung und stellte fest, dass sein Umhang voller Blutspritzer war. Er wendete diesen und zog ihn links an. Anschließend schaute er auf die Straße und sah nur den König mit seiner Wache weiter vorne mit Bürgern diskutieren. Er schloss sich der Gruppe wieder an. Niemand hatte seine Abwesenheit bemerkt. Dem König und den Herolden gelang es, die Bürger ohne Waffen auf dem Marktplatz zu versammeln. Aldawolf zog im Gegenzug seine Krieger ihnen gegenüber zusammen. Er hielt folgende Ansprache, die von Sextus ins gallische übersetzt wurde:

»Bürger von Cenabum, im Auftrag des Königs Boiorix habe ich Eure Stadt erobert. Da ihr keinen Widerstand geleistet habt, werde ich Euch nicht töten. Ich verlange aber, dass ihr Euer Geld, Euren Schmuck und Eure Wertsachen, sowie Eure Waffen und Rüstungen vor Eure Häuser legt. Sollten meine Krieger danach noch versteckte Wertsachen bei Euch finden, werden die gesamten Hausbewohner hingerichtet.«

Die Bürger murrten, zogen sich jedoch in ihre Häuser zurück und kamen der Aufforderung nach. Aldawolf inspizierte die Beute und ging durch die Straßen der Stadt. In einer Straße, in der meist Kaufleute wohnten, hielt er vor einem besonders ansehnlichem Anwesen an. Vor dem Anwesen lagen ein Beutel mit Sesterzen, einige Becher und eine Bernsteinhalskette. Da ihm das sehr wenig vorkam, beauftragte er zehn Krieger, das gesamte Anwesen von oben bis unten zu durchsuchen und alle nur möglichen Verstecke ausfindig zu machen. Die Krieger kamen dem Befehl nach und förderten nach einer Weile einen Beutel mit Goldschüsselchen, mehrere Ringe und Perlenhalsketten zu Tage. Sie hatten das Geld und die Preziosen im Keller in einem frisch ausgehobenen und wieder zugeschüttetem Erdloch gefunden.

Angesicht seiner Ankündigung, ließ Aldawolf den Kaufmann und seine Ehefrau, sowie den Sohn und die Tochter mit dem Schwert durch Enthaupten hinrichten. So grausam die Anordnung auch war, sie erfüllte ihren Zweck. Die Hinrichtung der Kaufmannsfamilie sprach sich sofort in der Stadt herum und die Menge der heraus gelegten Wertgegenstände vermehrte sich.

Aldawolf ließ sie einsammeln und teilte sie dann gerecht auf. Jeder seiner Reiter bekam einen Teil der Beute. Dann ließ er die Wagen mit den Waren aus den Vorratshäusern beladen und schickte sie unter Bedeckung in das Lager des Boiorix zurück mit der Maßgabe, sofort wieder zurück zukehren und den Rest zu holen. Dem Führer der Infanterie befahl er, mit seinen Truppen die Stadt zu besetzen, das Anwesen des Königs zu requirieren und die Botmäßigkeit desselben zu überwachen.Außerdem solle er aus Holzstämmen ein festungsähnliches Gebäude errichten. Dem König befahl er, die Hälfte des geernteten und aus dem Umland anzuliefernden Getreides, sowie sonstiger Lebensmittel abzuliefern und zur Abholung bereitzustellen.

Anschließend befahl er dem König, seine ihm persönlich gehörenden Schmuckstücke, seinen Goldvorrat und sein Geld zu übergeben. Der König führte Aldawolf und den diesen begleitenden Sextus in sein Arbeitszimmer. Dort öffnete er das Schloss einer schweren großen Truhe und zeigte Aldawolf die gehorteten Schätze. Es waren dies zahlreiche römische Gold- und Silbermünzen, sowie Schmuckstücke und Goldbarren. Aldawolf fragte den König, ob er noch weitere Schätze hätte. Dieser verneinte die Frage. Aldawolf beauftragte daraufhin mehrere Krieger den gesamten Palast zu durchsuchen. Diese konnten jedoch keinerlei Wertsachen mehr finden.

Sextus, dem die Gewohnheit von Fürsten bekannt war, Wertgegenstände in Mauernischen zu verstecken, musterte genau die Holzwände, das Mauerwerk des Kamins und den Dielenfußboden im Arbeitszimmer. Ihm fiel auf, dass ein Steinrelief, das einen Krieger darstellte, erst kürzlich in die Wand eingelassen worden war. Er kratzte den Putz um die Tafel herum weg. Schon nach kurzer Zeit konnte er mit dem Schwert die Tafel aus der Wand hebeln. Dahinter befand sich ein mehrere Handflächen großes Loch in der Wand, das zu einem Hohlraum führte. Aldawolf trat vor und förderte nach und nach Säckchen mit Münzen, wertvollen Goldschmuck und Goldbarren zu Tage. Der König, der dies beobachtete wurde immer bleicher. Nahm er doch an, dass Aldawolf ihn jetzt töten würde. Dieser richtete das Wort an ihn: »König der Carnuten, Du hast mich belogen. Ich lasse Dich nur deshalb am Leben, weil Du mir die Versorgung aus Deinem Gebiet sicherstellen musst.« Er rief einige Krieger in das Zimmer und beauftragte sie, den König in einen ausbruchsicheren Raum in seinem Anwesen zu bringen und ihn zu bewachen. Gleichzeitig verständigte er den Tausendschaftsführer der Infanterie von dem Geschehen und den getroffenen Maßnahmen.

Er wandte sich an Sextus und sprach: »Sexa, diesen Schatz verdanke ich Dir. Ich hätte nie vermutet, dass der König seinen Schatz einmauern würde. Als Dank dafür bekommst Du ein Viertel dieser Schätze.« Sextus bedankte sich und nahm zwei Säckchen mit Goldschüsselchen an sich.

Am Abend wurde der Edeling Degenar Wiebold und zwei weitere Krieger vermisst. Aldawolf erfuhr von einem Krieger, dass Wiebold zuletzt in der Straße der Handwerker gesehen worden sei. Er ließ deshalb in dieser Straße jedes Anwesen durchsuchen. Schon kurze Zeit später wurden die Leichen der drei Vermissten in dem Stall gefunden. Aldawolf ließ sofort die Bewohner des Gebäudes vernehmen. Diese konnten jedoch nichts Sachdienliches zur Aufklärung beitragen. Der Hausherr konnte nachweisen, dass er zum Zeitpunkt des Vorfalls auf dem Marktplatz war. Seine Frau, die ebenfalls vergewaltigt worden war und seine Tochter schwiegen wohlweislich. Sextus, dem ja daran lag, dass der Hausherr und die Angehörigen nicht gefoltert wurden, meinte zu Aldawolf, dass das Ganze nach einer Auseinandersetzung zwischen Kimbern um den Besitz von Beute aussah, zumal als die Kimbern in die Straße eindrangen, die Bürger ihre Waffen schon abgelegt hatten und doch kaum Stadtbürger gleich drei Kimbern in einem Kampf töten könnten. Aldawolf nahm die Erklärung an. In Wirklichkeit war er dem Verursacher dankbar, hatte dieser doch mit Wiebold einen Konkurrenten um das nächste Amt, die Führung einer größeren Einheit, ausgeschaltet.

Aldawolf übergab dem Führer von tausend Kriegern, dem Edeling Arne Falko, die Stadt, bestimmte ihn, zur Versorgung des Lagers die Vorräte aus der gesamten Umgebung zu beschlagnahmen und mindestens die Hälfte dieser Vorräte zu Boiorix zu transportieren. Sobald er das Anwesen des Königs zu einer Festung umgebaut habe, solle er je nach Lage einen Teil seiner Krieger ins Hauptlager zurücksenden.

Er beriet sich mit Sextus über ihr weiteres Vorgehen. Aldawolf hatte vor, nach Süden in das Stammesgebiet der Haeduer zu reiten und wenn möglich, ihre Hauptstadt zu erobern. Sextus meinte, dass sie mit der gleichen List, wie in Cenabum nicht noch einmal agieren könnten. Er schlug deshalb vor, vorsorglich für einhundert Kimbern gallische Kleidung und zwar Kittel, Umhänge, Beinlinge und Mützen mitzunehmen, um damit Späher und Wachen zu täuschen. Außerdem eine komplette Ausrüstung für einen Druiden, also einen weißen Mantel, weiße Unterkleidung, weißes Kopftuch, Amulettkette und einen Druidenstab. Er suchte noch in der Stadt einen Kräuterladen auf und kaufte Färbekräuter ein.

46

Eroberung von befestigten Orten durch die Kimbern, Versorgung des kimbrischen Heeres

Nach einem Ruhetag brach Aldawolf mit seinen Reitern nach Süden auf. Nach einem Tagesritt kamen sie zu der Stadt des Stammes der Haeduer, dem kleinen, aber stark mit Wällen und Holztürmen befestigten Noviodunum (Nevers). Sie hielten außer Sichtweite der Stadtbewohner an und lagerten in einer Waldlichtung. Am nächsten Tag beobachteten sie die Stadt. Sie sahen, dass am Nordtor die ankommenden Reisenden und die landwirtschaftlichen Gespanne einer genauen Prüfung unterzogen wurden und die Erdwälle rechts und links des Tores mit Kriegern gut besetzt waren. Außerdem hatte die Stadtbefestigung zwei Tore hintereinander, so dass ein Überraschungsangriff keinen Erfolg versprach. Das zweite Tor wurde von der Torwache immer erst geöffnet, wenn das vordere Tor geschlossen war.

Sextus schlug Aldawolf vor, die haeduische Stadt in weitem Bogen zu umreiten und im Süden der Stadt gedeckt Aufstellung zu nehmen. Er bot sich an, in die Stadt zu reiten und dem Stammeskönig eine arvernische Delegation mit einem Druiden als Leiter anzukündigen. Aldawolf, dem die guten Ratschläge des Sextus immer mehr gefielen, nahm den Vorschlag an.

Noch am Abend ritt er mit seinen Tausendschaften in das Gebiet südlich der Stadt und versteckte diese in einem Wald zwei Kilometer von der Stadt entfernt. Auf diesem Ritt begegneten sie einem haeduischen Bauern, der auf einem Karren Holz aus einem Wald geholt hatte. Sie nahmen diesen gefangen und Sextus befragte ihn. Auf seine Fragen erfuhr er, dass der Stadtkönig Oretorix hieß und in einer kleinen Burg im Zentrum der Stadt wohnte, dass die Stadt viertausend Einwohner hatte und über eintausend Krieger stellen könnte, sowie dass der König ein Bündnis mit den südlich von ihnen lebenden Biturigen geschlossen habe und in der Stadt große Vorräte an Lebensmitteln gelagert würden.

Am nächsten Tag ritt Sextus vom Waldlager aus zum südlichen Stadttor von Noviodunum. Er hatte sich herausgeputzt, einen neuen Umhang und saubere Beinkleider angezogen. Außerdem hatte er kostbaren Schmuck angelegt. In Sichtweite der Torwachen hielt er einen weißen Heroldstab hoch und verlangte von dem Führer der Torwache zum König Oretorix geführt zu werden. Der Wachhabende verlangte von ihm seinen Namen und seinen Stand und forderte ihn auf, sein Schwert abzugeben.

Sextus entgegnete ihm hochmütig: »Ich bin Sexa, Edeler des Arvernerkönigs Cemuntis und Herold einer Friedensdelegation der Arverner, die ein Bündnis mit Eurem König aushandeln möchte. Mein Schwert gebe ich erst im Vorzimmer des Empfangraumes ab.« Der Torwächter war von dieser Aussage beeindruckt, glaubte er doch den Angaben, dass die Arverner mit seinem König ein Bündnis gegen die Kimbern eingehen wollten. Er führte ihn persönlich in die Königsburg. Dort übergab er ihn einem Diener. Sextus trug seine Botschaft diesem nochmals vor, gab sein Schwert ihm in Verwahrung und wurde von ihm vor den König geführt. Er verneigte sich vor diesem und sprach: »Edler König, ich bin der Edele Sexa und Berater des Königs der Arverner. Dieser schickt mich mit einer Delegation, die von dem Oberdruiden Manosix geleitet wird, zu Dir. König Cemuntis trägt Dir ein Bündnis gegen die Kimbern an. Wenn Du gewillt bis, die Delegation zu empfangen, reite ich zurück und führe diese morgen zu Dir. Der König der Biturigen ist ebenfalls ein Bündnis mit uns eingegangen.«

Der König, ein 40-jähriger, etwas untersetzter kräftiger vornehm gekleideter Mann mit einem runden Gesicht, der etwas erhöht auf einem Podest saß, sprang freudestrahlend auf und meinte:

»Edler Sexa, ich freue mich über das Angebot. Führe die Delegation zu mir. Zwei meiner Krieger werden Dich begleiten.«

Sextus bedankte sich, ließ sich sein Schwert aushändigen und ritt zurück in Richtung des Waldlagers. Auf dem Ritt überlegte er, wie er wohl die beiden ihm aufgezwungenen Begleiter loswerden könnte. Er konnte ja schlecht mit diesen bei Aldawolf auftauchen. Er machte deshalb einen Bogen um das Wäldchen und gab danach vor, müde zu sein und eine Rast einlegen zu wollen. Er sprang von seinem Pferd und forderte die beiden Haeduer auf, ebenfalls abzusteigen. Er stellte sich, als sie abstiegen, hinter sie und schlug den ihm zunächst stehenden durch einen Schlag mit der Breitseite seines Schwertes auf seinen Kopf bewusstlos. Der zweite Haeduer wandte sich zu ihm um. Seinem Gesicht sah man die Überraschung an, seinen Kameraden am Boden liegen zu sehen. Ehe er jedoch reagieren konnte, schlug ihn Sextus ebenfalls mit der Breitseite seines Schwertes zu Boden. Er fesselte die Beiden, band sie auf ihre Pferde und ritt mit ihnen zu Aldawolf zurück. Diesem erzählte er den Werdegang.

Aldawolf unterrichtete seine Krieger, ermahnte sie, sich gut zu verstecken und verbot das Errichten von Lagerfeuern. Er ordnete an, dass sich die dunkelhaarigen der ausgesuchten Krieger, Bart und Haar blond zu färben hatten.

Am nächsten Tag näherte sich um die Mittagszeit ein Reiterzug dem südlichen Stadttor. Sextus ritt an dessen Spitze. Ihm folgten einhundert kimbrische Krieger, die als Gallier verkleidet waren und deren Haar sowie der Bart hellblond glänzten. In ihrer Mitte ritt ein älterer Kimber mit grauem Haar, der als Druide verkleidet war. Sextus instruierte seine Krieger auf seinen Befehl anzugreifen, beim Kampf aber nicht zu schreien, sondern den Gegner leise zu überwältigen, so dass nicht so schnell andere haeduische Krieger auf den Überfall aufmerksam würden.

Das Südtor wurde ihnen weit geöffnet. Die Delegation wurde schon erwartet. Der Führer der Torwachen grüßte Sextus achtungsvoll und verbeugte sich vor dem Druiden. Sie ritten durch dieses Tor und hielten vor dem zweiten geschlossenen Tor an. Hinter ihnen wurde das Eingangstor geschlossen. Rechts und links auf den Wällen zwischen den beiden Toren schauten äduische Krieger auf sie herab. Sextus befürchtete schon in eine Falle geraten zu sein. Da aber wurde das Innentor geöffnet. Sie durchritten dies, stiegen von ihren Pferden und bekämpften die dreißig Mann starke Tor- und Wallwache. Schnell hatten sie durch ihre Übermacht diese zurückgedrängt, getötet oder gefangen genommen. Sextus rannte mit fünf Kriegern zur Innenseite des äußeren Tores, machte mit ihnen die Wache nieder und öffnete das Tor. Er winkte mit beiden Armen. Auf dieses Zeichen befahl Aldawolf seinen zwei Tausendschaften im Galopp zur Stadt zu reiten und langte nach wenigen Minuten dort an. Im Stadtinnern ritt er mit

Sextus an der Spitze der Reiter in die Stadtmitte. Bis zu diesem Zeitpunkt war noch kein Alarm gegeben worden. Die Bürger, die sich auf den Straßen aufhielten, sahen sie nur verwundert an. Sextus ritt geradewegs auf die städtische Holzburg zu und sah, dass das Burgtor noch aufstand. Er befürchtete schon, dass man sie dadurch in den Innenhof der Burg locken und dann niedermachen würde, sah aber dann die Torwächter, die sich vor ihnen verneigten. Er ritt mit Aldawolf ins Burginnere. Die Kimbern folgten ihm. Im Innern der Burg stiegen sie ab und Sextus führte Aldawolf zum Audienzsaal des Königs. Dieser lächelte Sextus entgegen. Seine Züge verfinsterten sich aber, als er die nachdrängenden Kimbern sah. Sextus zog sein Schwert, richtete die Spitze auf den König und erklärte: » König Oretorix, Ihr seid mein Gefangener. Befehlt Euren Wachen, die Waffen niederzulegen.«

Der König erschrak sichtlich und wurde ganz blass im Gesicht, kam aber der Aufforderung nach. Er beschimpfte aber Sextus so lange als gemeinen und hinterhältigen Gallier, bis dieser die Spitze seines Schwertes durch den Umhang des Königs drückte. Aldawolf schrie: »Halt! Sexa töte ihn nicht, er ist eine wertvolle Geisel.«

Aldawolf besetzte mit seinen Männern die Burg und stellte den König unter Hausarrest. Sodann ließ er durch den Kammerherrn des Königs die städtischen Herolde zusammenrufen. Diesen gab er den Auftrag, dass jeder Bürger seine Waffen und Rüstungen, sowie seine Wertgegenstände und Schmuckstücke vor sein Anwesen legen solle. Sollten die Bürger dieser Aufforderung nicht nachkommen, würden sie schwer gefoltert und dann hingerichtet. Sextus übersetzte getreulich. Zur Abschreckung ließ Aldawolf einen angesehenen Ratsherrn an einen auf dem Marktplatz stehenden Pflock binden und auspeitschen. Dieser, ein fünfzig-jähriger verweichlichter korpulenter Kaufmann, schrie jämmerlich. Seine gesamte Familie stand um ihn herum und verstärke durch Klagen seine Angst- und Schmerzensschreie. Die Bürger aber waren beeindruckt. Sie legten ihren Schmuck und ihre Waffen vor ihren Häusern ab.

Sextus begab sich mit einigen Kriegern in die Straße der Kaufleute. Er musterte die abgelegten Wertgegenstände. Vor dem Anwesen eines Tuchhändlers waren zwar mehrere Rüstungen abgelegt, an Schmuck lagen nur zwei Ketten und ein Ring vor dem Anwesen. Außerdem noch ein Säckchen mit Goldmünzen und Sesterzen. Sextus ließ alle Bewohner des Anwesens auf die Straße bringen. Sodann befahl er seinen Kriegern, das Anwesen nach Wertgegenständen zu durchsuchen. Die Durchsuchung verlief ergebnislos. Sextus betrachtete die vor dem Anwesen stehenden Bewohner. Es waren dies ein schon älterer Tuchhändler mit seiner jungen hübschen Frau, die Eltern desselben, ein dreizehnjähriger Lehrling und ein in Windeln gewickeltes Baby, das die Frau auf dem Arm trug. Sextus sah sich das Geschäft und das Lager des Tuchhändlers im Erdgeschoss an. Sowohl im Verkaufsraum, wie auch im angrenzenden Lager waren sehr viele Rollen mit teils wertvollen Tuchen aufgestapelt. Er kam zu der Überzeugung, dass die abgelegten Wertgegenstände nicht im Verhältnis zu dem offensichtlichen Reichtum des Händlers standen. Er befragte ihn deshalb, doch dieser schwur Stein und Bein, dass er weder Schmuck, noch mehr Bargeld besitzen würde. Er erklärte, dass er seinen Handel meist im Tauschverfahren abwickeln würde und er deshalb so wenig Bargeld besitzen würde. Sextus befragte die Ehefrau des Händlers. Diese leugnete zwar, weiteren Schmuck und Geld zu besitzen, brachte ihre Aussage jedoch zögernd und stotternd vor. Sie wurde dabei ganz rot im Gesicht. Sextus befahl ihr:: »Gib das Kind Deinem Mann und ziehe Dich aus.« Ihr Gesicht rötete sich nach diesen Worten noch mehr und sie flehte: »Herr, verlange dies nicht von mir. Ich bin eine tugendhafte Frau und ziehe mich nicht einmal vor meinen Mann aus.«

»Entweder Du kommst meinem Befehl nach, oder ich lasse Dich von meinen Kriegern ausziehen.«

Dies wirkte. Die Frau legte ihr Oberkleid ab. Dabei wurde zwischen ihren Brüsten ein an einer Schnur hängendes Säckchen sichtbar, das Goldmünzen enthielt. Sextus befahl der Frau sich weiter auszuziehen, und als sie sich weigerte, ließ er sie von seinen Kriegern nackt ausziehen. Diese hatten die ganze Zeit schon auf einen entsprechenden Befehl gehofft und kamen diesem freudig nach. Sextus sah, dass zahlreicher Schmuck und auch Goldmünzen im Unterkleid der Dame eingenäht waren. Diese bedeckte krampfhaft mit ihren Händen und Armen ihre Brüste und ihre Scham. Ihr Mann stand bleich geworden neben ihr, befürchtete er doch, gemäß der Bekanntgabe des Aldawolf, hingerichtet zu werden. Sextus befahl seinen Kriegern, ihn zu durchsuchen. In den Taschen seines Untergewandtes fanden diese ebenfalls Goldmünzen und Edelsteine. Sie zogen ihm dies aus und fanden in einer Leibbinde wiederum Geld und Schmuck. Der Tuchhändler stand nur ebenfalls nackt vor ihnen. Er hatte krumme gebogene Beine, einen vorspringenden Bauch und zwischen seinen Beinen baumelte ein kleines Würstchen. Die Durchsuchung der Eltern des Tuchhändlers verlief ergebnislos. Sextus kam eine Idee. Er befahl der noch nackt dastehenden Frau des Kaufmanns die Windel des Babys zu entfernen. Diese kam dem Befehl zögernd nach. Musste sie sich doch dazu bücken und ihre Hände von ihrem Körper nehmen. Beim Bücken nach vorne sahen die Krieger direkt in ihr volles Geschlecht unter ihrem festen Hintern. Sie johlen laut und machten anzügliche Bemerkungen. Sextus fuhr die Frau an: »Weib, drehe Dich sofort um, Du machst ja meine Krieger ganz geil. Am Schluss vergewaltigen sie Dich noch.«

Doch siehe da, in der Windel des Kindes befanden sich außer seinen Ausscheidungen auch eine größere Anzahl von Goldstücken, Ringen und Perlen. Sextus beauftragte drei Krieger, die sichergestellten Gegenstände und den Tuchhändler zu Aldawolf zu bringen und diesem die Geschehnisse zu berichten. Er verweilte derweilen vor dem Anwesen des Tuchhändlers.

Aldawolf rief durch einen Boten Sextus zu sich. Seinen Begleitern kam dies gelegen. Sie hatten die Frau bewacht und zogen sie nun in das Hausinnere. Trotz ihres Jammerns vergewaltigten sie alle die Tuchhändlerin reihum. Nach einer Zeit ging das Jammern der Frau in lustvolles Stöhnen über.

Aldawolf versammelte alle Einwohner auf dem Marktplatz. Dann prangerte er die Handlungsweise des Tuchhändlers an. Er sprach: »Bürger von Noviodunum. Ich, Aldawolf vom Volk der Kimbern, habe diese Stadt erobert. Ich wollte sie abbrennen, habe aber darauf verzichtet und von Euch nur verlangt, Eure Wertgegenstände abzugeben. Dieser hier,« er zeigte auf den Tuchhändler, »hat sein Geld und seinen Schmuck versteckt. Deshalb werde ich ihn, gemäß meiner an Euch ergangenen Drohung auspeitschen und hinrichten lassen. Schaut nur genau zu. Wenn bei Euch noch Wertgegenstände gefunden werden, werdet ihr genau so behandelt wie dieser.« Sextus übersetzte seine Worte. Aldawolf befahl einem kimbrischen Krieger, den Kaufmann auszupeitschen und ihm dann den Kopf abzuschlagen.

Die versammelte Menschenmasse stöhnte bei jedem Peitschenschlag und übertönte damit sogar das Jammern und Schreien des Tuchhändlers. Als ihm der Kopf abgeschlagen wurde, schrieen die Versammelten laut auf. Stellten sie sich doch vor, dass es ihnen genau so geschehen könnte.

Nach der Hinrichtung strömten die Einwohner in ihre Anwesen zurück und legten ihr verstecktes Geld noch zu ihrer bisherigen Abgabe. Aldawolf ließ jetzt alles einsammeln und in die Burg bringen. Sodann ließ er sich die Frau des Händlers vorführen. Diese, wieder in ihren Umhang gekleidet, bat flehentlich, sie zu verschonen. Aldawolf wollte sie ebenfalls hinrichten lassen. Sextus setzte sich für sie ein und bat: »Siehe Aldawolf, diese Frau hat ja nur auf Befehl ihres Mannes, das Geld und die Schmuckstücke versteckt. Die Frauen der Haeduer gehorchen den Befehlen ihrer Männer. Sie sind nicht so, wie die kimbrischen Frauen, die ihren Männern gleichgestellt sind. Deshalb verschone das Leben dieser Frau. Außerdem habe ich gehört, dass sie von kimbrischen Kriegern vergewaltigt worden ist. Sie wurde also schon genug bestraft.« Aldawolf ließ sich vom Vorbringen des Sextus überzeugen und ließ die Frau nicht hinrichten. Sextus brachte sie zu ihrem Anwesen zurück. Sie bedankte sich bei ihrem Retter und bot ihm an, ihm beizuliegen. Sextus lehnte ab, beschlagnahmte aber die Hälfte ihres Stofflagers und nahm sich für Baltrun einen Ballen feinen Leinenstoffes mit.

Der hauptsächliche Grund für die Einnahme der Stadt, war die Versorgung mit Lebensmitteln gewesen.

Aldawolf besichtigte die städtischen Kornspeicher und Lagerhäuser. Er fand dieselben wohlgefüllt an und den städtischen Fuhrpark mit dreißig Wagen und entsprechenden Bespannungen bestückt. Er ordnete sofort an, die Wagen mit Fett, Wein, Schinken sowie mit Gerste und Weizen zu beladen und dieselben unter Bedeckung in das Hauptlager zu fahren. Sodann ließ er sich den König vorführen. Sextus musste wieder als Dolmetscher fungieren. Aldawolf sprach: »König Oretorix, ich habe den Tuchhändler hinrichten lassen, weil er

Wertgegenstände vor mir versteckte. Ich will, dass Du mir alle Deine Wertgegenstände aushändigst, ansonsten ergeht es Dir wie dem Tuchhändler. Siehe aus dem Fenster, dort unten liegt noch der kopflose Leichnam des Kaufmanns. Sein Kopf steckt zur Abschreckung auf einem Stab neben dem Eingang zu dieser Burg.« Der König erschrak ob dieser Ankündigung und führte Aldawolf zu seiner Schatzkammer . Diese lag im Erdgeschoss der Burg, war aber nur vom 1. Stockwerk aus über das Schlafzimmer des Königs zugänglich. Eine in einer Holzpanelenwand eingelassene nicht sichtbare Geheimtüre führte zu einer Wendeltreppe. Diese endete vor einer massiven Holztüre, die mit einem festen Schloss versehen war. Der König öffnete dieses und trat in seine Schatzkammer. Durch ein kleines vergittertes Außenfenster fiel spärliches Licht in dieselbe. In der Kammer standen drei kleinere Truhen, die mit Schmuck, Goldbarren und Münzen gefüllt waren. Aldawolf ließ den Schatz in den Empfangsraum bringen.

Einen Teil desselben, sowie von den vor den Häusern eingesammelten Wertgegenstände ließ er gerecht als Beute an seine Krieger je nach Status verteilen. Er gab Sextus für seine Dienste einige Ketten und Ringe, sowie Goldnuggets im Wert von einhunderttausend Sesterzen. Den Rest ließ er auf Karren verladen und zu Boiorix bringen.

Sextus bedankte sich und fragte, ob Boiorix Latein lesen und schreiben könne und ob man ihm nicht einen Bericht zustellen könnte. Aldawolf meinte: »Berichte sind bisher nur mündlich an den König gegangen. Dieser könne auch nicht lateinisch schreiben oder lesen, hätte aber im Lager »Schriftkundige.«

Sextus schlug vor, dem König die bisherigen Maßnahmen und Eroberungen schriftlich mitzuteilen. Er selbst könne in lateinischer Sprache schreiben, und da es weder eine germanische, noch eine gallische Schrift gäbe, sei Latein die einzige Verständigungsmöglichkeit. Aldawolf war sichtlich erfreut über diesen Vorschlag. Konnte er doch auf diese Weise sich selbst in Berichten herausstellen. Sextus fand Pergament und ein Öl- russgemisch im Arbeitszimmer des Königs Oretorix vor und schrieb nach Diktat: »Ich Aldawolf, Führer von drei Tausendschaften, berichte meinem Herrn, König Boiorix, über den Verlauf meines Beutezuges. Ich habe durch meine List die Stadt Cenabum fast ohne Verluste eingenommen. Lediglich der Tausendschaftsführer Degenar Wiebold und zwei Krieger sind gefallen. In der Stadt habe ich große Lebensmittelvorräte vorgefunden, die ich Dir schon zugesandt habe. Den Infanterieführer Arne Falko habe ich als Stadtkommandanten eingesetzt. Nach Abzug der Belohnung für meine Reiter habe ich viel Beute in Gold und Silber an Dich gesandt. Einen Monat später habe ich listenreich die Stadt Noviodunum ohne eigene Verluste eingenommen. Auch hier habe ich reiche Beute an Lebensmittelvorräten gemacht. Dreißig Gespanne sind an Dich abgegangen. Dazu viel Beute in Silber und Gold. Der Arverneredele Sexa ist mir ein guter Ratgeber und auch Schreiber dieses Berichtes. Ich werde einen Großteil der Fußtruppen in die Stadt verlegen und weiter nach Westen reiten. Schicke mir bitte noch zwei Tausendschaften Fußtruppen und zahlreiche Gespanne, um die Vorräte abzutransportieren. Es grüßt Dich Dein Gefolgsmann Aldawolf.«

Aldawolf richtete sich häuslich in der Burg ein und hielt den König in einem Nebengemach gefangen. Er befahl ihm, durch seine Boten den Dorfbürgermeistern zu befehlen, ihre Erntevorräte, sowie Speck, Schweinefleisch und Fett nach Noviodunum zu liefern. Diese kamen den Befehlen ihres Königs nach, so dass immer mehr Vorräte zur Abholung in der Stadt angehäuft wurden.

Nach einem Monat trafen die zwei angeforderten Tausendschaften Infanterie in der Stadt ein. Aldawolf ließ fünfhundert Mann in der Stadt zurück und zog im Januar 102 v.Chr. mit seinen Reitern und dem Rest der Infanterie in westliche Richtung. Nach drei Tagesmärschen trafen sie auf den Liger (Loire) und zogen an diesem entlang in das Stammesgebiet der Turonen. In den Dörfern des durchrittenen Gebietes ließ Aldawolf immer einen Posten von einigen Kriegern zurück, der die Einwohner friedlich zu halten und die Abgaben an Boiorix sicherzustellen hatten.

Sextus ritt mit einer Kundschaftereinheit voraus und sah nach drei Tagesritten den Ort Turonum vor sich liegen. Es war dies eine mit einem hohen Erdwall umgebene großflächige Ansiedlung mit ungefähr zweitausend Einwohnern. Sie bestand nur aus mit Holzzäunen umfriedeten landwirtschaftlichen Anwesen. Innerhalb der Einfriedung standen mit Stroh gedeckte Wohnhäuser, Stallungen und Vorratshäuser.

Sextus wartete das Eintreffen des Heeres ab und ritt dann mit Aldawolf in das Dorf. Die Einwohner unterwarfen sich und leisteten keinerlei Widerstand. Der Dorfoberste legte einen Unterwerfungseid ab. Aldawolf legte eine Abteilung von zweihundert Mann Fußkrieger in das Dorf.

Weiter ging es westwärts bis zur Stadt Namnetes (Nantes) am großen Meer. Der keltische Stamm der Namneten war erst fünfzig Jahre zuvor zugewandert, hatte die ansässige keltische Bevölkerung vertrieben und die Stadt errichtet. Die Häuser der Stadt gruppierten sich um einen Hafen. Die Ummauerung war noch nicht fertig gestellt. Beim Anblick des kimbrischen Heeres unterwarfen sich die Einwohner kampflos, und Aldawolf besetzte die Stadt. Er dehnte seinen Herrschaftsbereich über das gesamte Gebiet nach Norden und Nordosten aus und forderte von jedem Dorf Naturalabgaben zur Versorgung des Kimbernheeres. Wie in anderen Städten praktiziert, beließ er den Stammesfürsten in seinem Amt, befahl ihm jedoch seine Handlungen.

Bei einem Erkundungsgang durch Namnetes begegnete Sextus einem jungen hübschen Mädchen, das in stolzer Haltung und wiegendem Gang einher schritt, aber beim Anblick des Sextus seinen Kopf senkte und ihn mit einem Tuch verhüllte. Sextus, der schon lange keine Frau mehr geliebt hatte, begehrte sofort dieses Mädchen und folgte ihr zu einer Schusterwerkstätte in der Innenstadt. Er betrat diese und fragte den Schustermeister, sein Name war mit Raik Bruce an der Hausfassade vermerkt, wer das schöne Mädchen, das die Werkstätte betreten hatte, sei. Dieser musterte den Fremden misstrauisch und erkannte ihn als kimbrischen Offizier. Er gab zunächst keine Antwort. Erst als Sextus immer dringlicher fragte, erklärte er, dass dies seine Tochter Eileen Bruce gewesen war. Sextus fragte, ob er diese sprechen könne. Dies wurde aber von dem Schuster, der seine Tochter beschützen wollte, verneint. Er und seine zwei Söhne, die in der Werkstätte arbeiteten, nahmen eine drohende Haltung an. Sextus kam nun direkt zur Sache und erklärte: »Ich bin der Arverneredele Sexa, Vertreter des Feldherrn Aldawolf und wohne im Anwesen des Kaufmanns Brodie. Ich habe Gefallen an Eurer Tochter gefunden und begehre sie für die Dauer meines Aufenthaltes zu meiner Geliebten. Sollte sie diesem Vorschlag zustimmen, werde ich sie reichlich mit Schmuck und Kleidern ausstatten. Auch bekommt sie ein monatliches Geldgeschenk. Dir werde ich ebenfalls als Ablösung einen Geldbetrag übergeben. Überlege es Dir und frage Deine Tochter. Gib mir bitte Nachricht in mein Quartier.

Raik Bruce unterrichtete seine Tochter Eileen über den Antrag. Anschließend beriet die gesamte Familie darüber, wie sie sich verhalten sollten. Eileen meinte: »Er sieht gut aus und ist ja auch kein Kimber, sondern Gallier wie wir, wenn auch von einem anderen Stamm. Liebe Eltern, ich bin bis jetzt ehrsam geblieben und habe mich noch nicht einmal mit unserem Nachbarssohn eingelassen. Ich habe auch schon überlegt, wie meine Zukunft wohl aussehen wird. Wahrscheinlich werde ich die ehrsame Frau eines Handwerkers. Wenn dieser dann sogar ein eigenes Geschäft besitzt, bin ich gut dran. Wenn ich den Antrag des Sexa annehme, kann ich zu Wohlstand kommen. Ich bin im Großen und Ganzen nicht abgeneigt, seine Geliebte zu werden, überlasse aber Euch, lieber Vater die Entscheidung.«

Der Schustermeister diskutierte noch längere Zeit mit seiner Familie. Er meinte, vielleicht könne ihnen der Sexa nützen und Aufträge beschaffen. Andrerseits möchte ich meine Tochter nicht unglücklich sehen. Dank ihrer Schönheit würde sie wohl auch von einem reichen Witwer geehelicht. Ich wüsste da schon einige, die sich nach Eileen die Finger abschlecken würden. Er fragte sie, ob sie eine Ehe mit dem Tuchhändler Evan, oder dem Gerber Adrian eingehen würde. »Oh nein, nie,« meinte Eileen, » dies sind ja schon alte Männer, und ich ekele mich vor ihnen. Der Adrian hat mich neulich schon gefragt, ob ich den Platz seiner Ehefrau einnehmen wolle. Dabei hat er meinen Busen betatscht und ganz lüstern gegrinst. Ich habe ihn zurückgestoßen und ihm eine Absage erteilt. Der Evan ist ja noch älter und hat den ganzen Mund voller verfaulter Zähne. Er riecht abscheulich aus dem Mund. Auch den will ich nicht heiraten, lieber gehe ich da schon auf das Angebot des Sexa ein. Wenn er mich gut behandelt und wenn er weg geht, auch gut versorgt, will ich seine Ehefrau auf Zeit sein.«

»So sei es, ich werde selbst zu Sexa gehen und mit ihm einen Vertrag aushandeln.«

Noch am gleichen Tag sprach er bei Sextus vor und teilte ihm seine und die Entscheidung seiner Tochter mit. Er ließ sich zusichern, dass dieser seine Tochter nicht schlagen, sie mit Kleidung und Schmuck ausstatten, ihr einen monatlichen Geldbetrag von dreihundert Sesterzen und ihm eine Ablöseentschädigung von eintausend Sesterzen geben würde.

Sextus gab diese Zusicherung und versicherte außerdem, dass er, wenn er wieder in das Kimbernlager zurückkehren werde, Eileen zum Abschied einen Betrag von zehntausend Sesterzen überreichen und wenn sie von ihm schwanger würde, er die Unterhaltskosten für das Kind entrichten würde.

Gleich am nächsten Tag zog Eileen bei ihm ein. Er umarmte sie, versicherte ihr, dass sie es bei ihm guthaben würde und drückte ihr zweitausend Sesterzen zur Anschaffung von Hausrat und Ausstattung der Wohnung in die Hand.

Eileen war angenehm überrascht und machte sich sofort ans Werk. Da sie mit Münzen bezahlte, bekam sie von den Kaufleuten, die an eine Tauschwirtschaft gewohnt waren, überall gute Preise, und schon am Nachmittag wurden Zimmermöbel, Betten, Bettwäsche, Vorhänge, Geschirr, Bestecke, ein Badezuber, Handtücher, Felle, sowie verschiedene Lebensmittel angeliefert. Sextus war ganz überrascht, was man mit zweitausend Sesterzen Bargeld alles einkaufen konnte. Eileen richtete die Wohnung neu ein und stelle dem Hauswirt das alte Mobiliar vor die Türe. Sie bezog die Bettdecken und das Bett und betrachtete dies nachdenklich. Sie wusste zwar, dass sie sich mit Sextus in dieses legen musste, aber von dem, was dann auf sie zukam, hatte sie keine Ahnung.

Am Abend legte sie sich mit ihrem Kleid, ein Nachthemd besaß sie nicht, in das Bett. Sextus zog sich im Dunkeln aus und legte sich neben sie. Als er nach ihr griff, stieß er auf grobes Leinen und erkannte dadurch, dass sie noch vollkommen angezogen bei ihm lag. Er langte ihr unter das Kleid zu ihren Brüsten und streichelte sie. Eileen ließ dies geschehen, lag aber noch immer stocksteif im Bett. Nachdem Sextus ihre Brüste ausgiebig und zärtlich gestreichelt hatte, merkte er, dass sich ihre Brustwarzen aufrichteten. Er öffnete ihr Kleid, nahm sie sofort abwechselnd in den Mund und saugte an ihnen. Dann merkte er, dass sich Eileen verkrampfte. Er ließ von ihr ab, und sie entspannte sich wieder. Er langte wieder zu ihr und schälte sie langsam aus ihrem

Kleid. Dann streichelte er ihren gesamten Körper. Als er mit seiner Hand zu ihrem Schoß langte, legte sie beide Hände davor und verwehrte ihm, weiter vorzudringen. Erst als er ihr zärtlich zuredete, sie lange und zärtlich, jedoch fordernd küsste, gab sie ihren Widerstand auf. Sie erwiderte seine Küsse und gestattete ihm, ihren Schoß zu streicheln. Sextus war weiterhin geduldig, murmelte Zärtlichkeiten und merkte, dass sie bereit war, ihn zu empfangen. Er redete ihr gut zu, ihre Beine breit zu machen und drang dann in sie ein. Nach dem ersten Stoß stieß sie einen spitzen Schmerzensschrei aus, beruhigte sich aber rasch. Sextus, der sexuell sehr erregt war, kam schon nach wenigen Minuten zu einem Höhepunkt und wälzte sich von Eilee herunter. Diese richtete erstmals das Wort an ihn und fragte: »War dies alles?« Als Sextus dies bejahte, meinte sie: »Sexa, zuerst hatte ich ja Schmerzen, aber dann war es ganz angenehm. Muss ich dies jetzt jeden Tag machen?«

»Nein, jeden Tag nicht, es sei denn, Du willst es. Mit der Zeit wirst Du Gefallen daran finden.«

Eileen betreute den Haushalt des Sextus und dieser war mit seiner Wahl zufrieden. Er bestimmte, dass sie eine Schneiderin aufsuchen und sich einige schöne Kleider nähen lassen solle. Er kam seinen Verpflichtungen gegenüber ihren Eltern nach und übergab ihrem Vater einen Auftrag zur Fertigung von zunächst fünfhundert Paar Lederschuhen für die Kimbernarmee.

Mit der Zeit bereitete Eileen das abendliche Liebesspiel immer mehr Vergnügen. Sextus war zärtlich zu ihr und unterrichtete sie in verschiedenen Sexpraktiken. Es kam so weit, dass Eileen abends sehnsuchtsvoll auf die Rückkehr des Sextus wartete.

Sextus war zufrieden. Eileen stillte seine Bedürfnisse und sie lebten wie eine Ehepaar zusammen.

Aldawolf beauftragte Sextus eine Aufstellung der unterworfenen Dörfer zu fertigen, die Bevölkerungszahl festzustellen und die Höhe der Abgaben zu bestimmen.

Sextus bereiste von Namnetes aus mit einem Begleitschutz das ganze Gebiet und machte eine Bestandserhebung. Er legte eine Karte an und trug die Lage der Orte, den Namen und die Verkehrsverbindungen in diese ein. Die Bevölkerungsanzahl, die Größe des bewirtschafteten Ackers, die Weide- und Waldgebiete, die Art und Menge der zu erwirtschafteten Nahrungsmittel und die Anzahl der als Besatzung erforderlichen Krieger, führte er getrennt auf. Nach seiner Rückkehr empfing ihn Eileen liebevoll und gab sich ihm geradezu lustvoll hin. Sextus genoss dies.

Sextus forderte die kimbrische Besatzung der Stadt auf, Lastkarren bauen zu lassen und einen geregelten Warenverkehr zum Lager des Boiorix vorzunehmen.

Diese Tätigkeit erstreckte sich über das ganze Jahr hinweg. Regelmäßig sandte er Baltrun durch vertrauenswürdige Kimbern Lebensmittel, Felle, Decken und Münzen. Aldawolf residierte wie ein König in Namnetes, nahm Huldigungen der unterworfenen Orte entgegen und verhandelte mit Delegationen der nordwestlich von Namnetes ansässigen Veneter und der südlich ansässigen Pictonen. Die Veneter betrieben mit einer großen Bootsflotte erfolgreich Fischfang und hatten ebenso wie die Pictonen ein starkes Heer an ihren Landesgrenzen aufgestellt, so dass es Aldawolf nicht ratsam erschien, militärisch gegen diese Stämme vorzugehen. Er schloss mit den Venetern ein Handelsabkommen, lieferte ihnen Weizen und Gerste und tauschte dafür gesalzene Fische ein.

Aldawolf war bei seinen Verhandlungen auf die Dolmetscherdienste und die Ratschläge des Sextus angewiesen; insbesondere auch deshalb, weil sich Sextus inzwischen die keltischen Dialekte der umliegenden Völkerschaften angeeignet hatte.

In regelmäßigen Abständen berichtete Aldawolf schriftlich seinem König Boiorix, Sextus setzte die Schreiben auf und steuerte seine Erkenntnisse über die getroffenen Maßnahmen bei. Er forderte über das Jahr hinweg zur Sicherstellung der Nahrungsmittelversorgung immer mehr Krieger aus dem Lager an, so dass im Jahr 102 v.Chr. Aldawolf über mehr als zehntausend Kämpfer verfügte. Von seinem König bekam er nur über Boten mündliche Bescheide. Boiorix teilte ihm mit, dass das Heer dank seiner Anstrengungen gut mit Nahrungsmitteln versorgt sei und schon Vorräte angelegt werden konnten.

Im Mai 102 v.Chr. kam der mündliche Bescheid, noch die Sommerernte einzubringen und ins Lager zu schaffen, sodann die Besatzungen aufheben und mit dem gesamten Heer zum Lager zurückzukehren. Aldawolf unterrichtete Sextus von dem Befehl. Er meinte: » Sexa, jetzt geht unsere gute Zeit zu Ende, anscheinend will König Boiorix mit unserem Stamm weiterziehen. Wir können uns auch nicht hier selbständig machen, denn ohne Rückhalt von Boiorix können wir uns gegen die Bevölkerung und die angrenzenden Stämme nicht halten. Auch haben die mir unterstehenden Krieger den Boiorix zum König gewählt und es ist fraglich, ob sie mir folgen würden. Also bleibt uns nichts anderes übrig, als dem Befehl nachzukommen. Bereite alles zum Abzug vor.«

Sextus befragte den Boten eingehend und erfuhr, dass der befreundete Stamm der Teutonen im Lager eingetroffen war. Deshalb sei der Entschluss gefasst worden, dass die Stämme gleichzeitig aber getrennt nach Italien ziehen und dieses Land erobern sollten.

Sextus fiel der Abschied besonders schwer. Hatte er sich doch an die Vorzüge des Ehelebens gewöhnt. Er erklärte Eileen, dass alle Kimbern und auch er sich zurückziehen und in das Lager des Königs Boiorix begeben würden. Die Stadt und das Umland würden sich wieder selbst überlassen werden. Eileen brach in Tränen aus. Sie beschwor Sextus, sie mitzunehmen. Dieser hätte auch gute Lust dazu gehabt, konnte dies jedoch nicht tun, um nicht den von Marius erhaltenen Auftrag zu gefährden. Die letzten Tage vor der Abreise verkehrte er jeden Abend mit Eileen und diese klammerte sich förmlich an ihn. Dann gestand sie, dass ihre Monatsblutung ausgeblieben sei und eine Bekannte ihr erläutert habe, dass sie wohl ein Kind bekommen würde. Sextus freute sich, dass er erneut Vater wurde. Er überhäufte Eileen mit Schmuck und übergab ihr als Abfindung einen Betrag von umgerechnet fünfzigtausend Sesterzen. Er bat sie, das Kind liebevoll aufzuziehen und ihm eine gute Ausbildung zukommen zu lassen. Der von Sextus gezahlte Betrag reichte dazu bei weitem aus.

Eileen nahm tränenreich Abschied von Sextus und ließ sich versprechen, dass er sie nochmals aufsuchen werde. Er versprach dies. Wollte er doch auch sein Kind kennen lernen.

Sextus gab über seine Boten die entsprechenden Befehle zum Sammeln im Hauptquartier aus, und ab Juni bewegte sich das Heer zusammen mit einer sehr großen Anzahl von Erntekarren auf das Lager des

Königs zu. Aldawolf hatte auf seinem Beutewagen Sextus einen Platz zum Verbringen der Beute abgetrennt. Sextus hatte schon zuvor erbeutetes Gold- und Silbergeschirr in Goldschüsselchen umgetauscht, so dass er für diese und etliche Ketten, Ringe Armbänder, Päckchen mit Goldstaub und Goldnuggets nur wenig Platz brauchte. Er schätzte den Wert seiner Beute auf über zwei Millionen Sesterzen. Aldawolf ließ seinen Beutewagen durch eine Schar ausgesuchter Krieger bewachen.

Um diesen Zeitpunkt fiel ihm auf, dass Aldawolf, immer wenn er den Beutewagen verließ, den wertvollsten Teil seiner Beute in eine Innentasche seines Untergewandtes steckte. Er fragte ihn, warum er das tue und erhielt die Antwort, dass ihm schon einmal die Beute gestohlen worden sei und er deshalb die besten Stücke immer am Körper trage.

47

Spionagetätigkeiten
Lager der Marius März 102 v. Chr.

Der Konsul und Feldherr Gaius Marius schlug bei der Stabsbesprechung ärgerlich so fest auf den Tisch, dass die Tinte aus einem Tonfässchen spritzte, und fragte: »Legat Pomponius Silvius, wieso entspricht der Ausbildungsstand in Deiner Legion nicht meinem Standard. Hattest Du nicht sechs Monate Zeit, Deine Legionäre zu schulen und die gleiche Kampfbereitschaft, wie bei den anderen drei Legionen zu erreichen. Gib mir eine Erklärung.«

»Feldherr, wie Du weißt, handelt es sich bei dem Großteil meiner Legionäre um ehemalige Plebejer aus den Armenvierteln in Rom, die nur wegen der guten Besoldung und nur weil Du den besitzlosen Bürgern den Eintritt in die Legionen ermöglichst hast, zu uns gekommen sind. Es sind halt nun einmal keine kämpferisch gesinnte Männer, wie man sie in den Neubürgergemeinden in Tuscien, Kampanien und Gallia cisalpina vorfindet.«

»Das sind für mich nur Ausreden. Die Disziplin und die Kampfkraft Deiner II. Legion ist weit unter dem Durchschnitt der übrigen Legionen. Ich verlange ja nicht, dass Deine Legion eine so gute Einheit abgibt wie die VII. Legion, aber sie ist ja noch schlechter als die einer Auxiliareinheit. Hättest Du Dich besser darum gekümmert, die Ausbildung voranzutreiben, statt Deine Tage im Kreis Deiner Offiziere und mit Gespielinnen beim Becher zu verbringen, ständen wir jetzt anders da. Ich habe Dir vertraut, da Du mir von meinem Schwager, dem Prätor Julius Cäsar (Vater von Gaius Julius Cäsar), empfohlen worden bist. Ich kann mir nicht verzeihen, nicht besser auf Dich geachtet zu haben. Um einen Skandal zu vermeiden, werde ich Dich nicht Deines Amtes entheben. Alle Deine Befehle gibst Du nur noch mit Genehmigung des Publius Claudius heraus. Deine Stabsoffiziere werde ich entlassen und durch bessere ersetzen.«

»Konsul, ich finde Deine Behandlung mir gegenüber ungerecht und werde mich beim Senat in Rom und Deinem Mitkonsul Lutatius Catulus über Dich beschweren.«

»Beschweren kannst Du Dich, jedoch meinem Befehl hast Du zu gehorchen. Solltest Du gegen mich intrigieren, werde ich Dich festnehmen lassen.«

Marius setzte seine Besprechung fort und fragte seinen Vertreter, den vorjährigen Mitkonsul Aurelius Orestes, ob neue Erkenntnisse über das Verhalten der Kimbern vorhanden seien. Dieser berichtete, dass die Kundschafter übereinstimmend mitgeteilt hatten, dass die Kimbern noch lagerten und nur bekannt sei, dass sie Vorräte sammeln würden. Dagegen seien die Teutonen wieder über den Rhenus vorgerückt und lagerten im Gebiet der Treverer an den Ufern der Mosella. Marius dachte sich: ›Vorräte sammeln wir auch. Dagegen ist es interessant, dass die Teutonen sich wieder links des Rhenus befinden. Ihnen müsste man Kundschafter entgegen senden. Was wohl Sextus Leptonius macht. Sein Sold und seine Briefe häufen sich hier auf. Von ihm erhoffe ich genaue Nachricht, falls sich die Kimbern in Bewegung setzen sollten.‹ Er gab den Befehl, Gallier anzuwerben und sie zum Kundschaften in das Gebiet der Treverer zu senden. Dann brach er die Besprechung ab und studierte die an ihn eingegangene Post. Über ein Schreiben des römischen Senates ärgerte er sich. Verlangte doch die Senatsmehrheit von ihm, offensiv gegen die Kimbern vorzugehen und meinte, dass er mit vier Legionen und genau so viel Auxiliartruppen in der Lage sein müsste, die Kimbern zu schlagen. Er schrieb seinem Mitkonsul Lutatius Catulus, dass er in der nächsten Sitzung dem Senat klar machen solle, dass er für einen Feldzug gegen die Kimbern zumindest noch zwei voll ausgebildete Legionen benötigen würde. Es wäre dann erforderlich, zwei neue Rekrutenlegionen aufzustellen und dafür zwei Veteranenlegionen aus Hispanien, Numidien, Macedonien oder Sizilien abzuziehen. Wenn der Senat diese Maßnahme durchziehen und die Gelder für die neuen Legionen bewilligen wolle, würde er gerne gegen die Kimbern vorgehen. Bis dahin halte er seine Stellung und verhindere, dass die Barbaren nach Italien einmarschieren würden.

Auch einen Brief von einem ihm unbekannten Bankdirektor Aser aus Narbo fand er vor. Dieser lautete:

»Ehrenwerter Konsul, ich habe seit über einem Jahr regelmäßig an meinen Freund, den Primipili Sextus Leptonius geschrieben, aber von diesem keine Antwort erhalten. Die Briefe kamen aber nicht zurück. Lebt Leptonius noch? Warum schreibt er nicht? Ich bitte um eine Auskunft.«

Marius schrieb zurück:

»Salve Aser, Deine Briefe sind hier eingegangen und werden für Leptonius aufbewahrt. Dieser ist auf Reisen und kann Dir erst nach seiner Rückkehr schreiben. Also gedulde Dich! Gaius Marius.«

Einen Monat später suchte ihn Publius Claudius auf. Er berichtete ihm wie folgt: »Gemäß Deinem Befehl habe ich die von Pomponius Silvius erlassenen Befehle geprüft, sie bestätigt und im Einzelfall auch verworfen. Trotzdem habe ich festgestellt, dass er Befehle ohne mein Wissen ausgegeben hat. Da er über große Geldmittel verfügt, versucht er die Centurios seiner Legion mit Geldgeschenken an sich zu binden. Durch einen Vertrauten habe ich erfahren, dass in seinem Stab Gespräche über eine mögliche Truppenrevolte und Deine Absetzung geführt werden. Er hat sich auch schon an mit ihm befreundete Offiziere in den Stäben der einzelnen Legionen gewandt und vorgefühlt, ob diese ihn unterstützen würden.«

»Sage mir noch, wer in seinem Stab unterstützt ihn aktiv?«

»Es sind dies der Kohortenführer Caecilius Dollabella und der Militärtribun Marcus Cotta.«

»Ich danke Dir für Deine Mitteilung.«

Marius setzte sofort ein Militärgericht unter seinem Vorsitz ein. Als Richter berief er die Legaten der drei nicht involvierten Legionen und deren Vertreter ein. Als Verteidiger bestimmte er seinen Vertreter Aurelius Orestes. Dann ließ er durch die Hauptquartierwache die drei Beschuldigten vorführen. Er hielt ihnen ihre Vergehen eindringlich vor. Keiner des Vorgeführten leugnete. Pomponius Silvius stelle sein Aufbegehren sogar als gute Tat dar, um den tyrannischen Marius abzulösen. Dollabella, der aus dem Mannschaftsstand aufgestiegen war, wirkte bedrückt und rechtfertigte sich damit, dass doch Silvius sein Legat sei und er ihm zu gehorchen habe. Cotta, ein Saufkumpan des

Silvius meinte: »Nun, dann werde ich eben aus der Legion ausscheiden und mein schönes Leben in Rom weiterführen.«

Alle Richter erklärten, dass die Angeklagten schuldig seien. Marius verkündete das Urteil: »Die Angeklagten werden festgenommen und gefesselt nach Rom ins städtische Gefängnis, dem alten Brunnenhaus beim Kapitol, verbracht. Dort verbleiben sie bis zum Ende des Feldzuges. Dann wird ihnen der Prozess wegen Hochverrates in Rom gemacht. Sie genießen keine Vergünstigungen.«

Aurelius Orestes setzte sich für die Verurteilten ein und trug vor, dass Silvius als hoher Adeliger noch nie Disziplin gelernt habe und das gleiche auch für Cotta zutreffen würde, Dollabella hingegen gemeint habe, dass er dem Silvius absoluten Gehorsam schulden würde. Er bat um Gnade für die Festgenommenen. Marius ließ sich jedoch nicht erweichen.

Lager des Boiorix

Aldawolf war mit zehntausend Kriegern und reichlich Vorräten in das Lager zurückgekehrt. Er erstattete Boiorix persönlich Bericht, nahm aber Sextus zu dem Treffen mit. Dieser hatte zuvor Baltrun aufgesucht, ihr die auf einem Packpferd mitgeführten Felle, Stoffe und Lebensmittel gebracht und war freudig empfangen worden. Jetzt hörte er aufmerksam Aldawolf und Boiorix zu. Boiorix schilderte die augenblickliche Lage:

»Teutobod, der König der Teutonen ist mit seinem ganzen Volksstamm, zweihundertfünfzigtausend Menschen, davon achtzigtausend Krieger hier angekommen und hat sein Lager angrenzend an unseres aufgeschlagen. Wir haben hier mit Eurer Mithilfe große Vorräte an Lebensmitteln angehäuft. Jedoch müssen wir jetzt beide Stämme, ungefähr fünfhunderttausend Personen, ernähren. Das führt gewiss im Winter zu Engpässen in der Versorgung. Deshalb haben wir beschlossen, mit unseren Stämmen getrennt in Italien einzumarschieren, wo fruchtbares Land, reiche Beute und ausreichend Nahrung auf uns warten. Teutobod marschiert mit seinem Stamm von hier in südöstliche Richtung zum Arar und an diesem entlang zum Rhodanus, weiter nach Massalia und entlang der Meeresküste nach Gallia cisalpina.

An der Einmündung des Iser in den Rhodanus wird er auf Marius treffen. Er brennt schon ganz darauf, diesen zu besiegen. Wir selbst marschieren über das Gebiet der Helvetier zum Innus. Von da aus am Fluss entlang südwestlich und dann südlich über einen Gebirgspass (Brenner) nach Italien. Auf dem Weg kann ich auch das von Euch übersandte Beutegut und die römischen Münzen gut gebrauchen, um Vorräte einzukaufen und uns den Weg freizukaufen.

Bereitet alles für unseren Abmarsch in zehn Tagen vor.

Dich, Aldawolf befördere ich zum Führer einer Zehntausendschaft. Dir Sexa stelle ich frei, die Führung einer Tausendschaft zu übernehmen, weiter bei Aldawolf als dessen Vertreter zu fungieren, oder als Berater in meinen Stab überzuwechseln.«

Sextus überlegte, welche Position es ihm am besten ermöglichen würde, sich von dem Heer abzusetzen und mit seinem Wissen zu Marius zu gelangen, meinte dann, dass wohl Aldawolf ihm die größte Selbständigkeit gewähren könnte und antwortete:

»Ehrenwerter König, ich habe mit Deinem Edelen Aldawolf gut zusammen gearbeitet. Deshalb möchte ich gerne weiterhin bei ihm bleiben. Zu eventuellen Übersetzungen ins Gallische oder Lateinische kannst Du mich ja rufen lassen.«

Aldawolf freute sich über die Rede von Sextus und schlug ihm wohlwollend auf den Rücken. Er bedankte sich bei Boiorix für die Beförderung. Er fragte ihn: »Edler König, wieso überlässt Du Teutobod die Ehre den Marius zu vernichten.«

»Aldawolf, wir haben gelost und ich habe den Weg über das Gebirge gezogen. Ich habe auch schon Kundschafter vorausgeschickt. Wir finden auf dem Weg bis kurz vor den Gebirgspass reichlich Futter für die Tiere und können reiche Dörfer ausrauben. Wahrscheinlich sind wir sogar früher in Italien, als die Teutonen und können das beste Land für uns beanspruchen.«

»Lagert Marius noch immer im Gebiet der Allobrogen?«

»Oh ja, er bewegt sich von dort nicht weg. Mein Spion in seinem Lager hat mich erst gestern davon unterrichtet. Er hat mir auch mitgeteilt, dass Marius Schwierigkeiten mit seinem Offizierskorps hat. Er hat schon einen Legaten nach Rom zurückgesandt.«

»Oh, kenne ich Deinen Spion im römischen Lager?«

»Das glaube ich nicht. Es ist ein gallischer Weinhändler und Kneipenwirt, der seine Bude außerhalb des römischen Lagers aufgeschlagen hat. Er lauscht den Worten der Legionäre, die bei ihm einkehren und ist so immer bestens informiert. Außerdem kauft er einem römischen Centurio noch Informationen ab. Ich bezahle ihn für seine Berichte immer mit Schmuck, meist mit Bernsteinketten. Er will morgen zurückreisen.«

»Was, er ist noch anwesend. Fällt es nicht auf, wenn er Dich hier besucht?«

»Nein, er tarnt seine Reisen mit einer Lieferfahrt von Wein zu den Haeduern, bringt aber seinen Wein und die Nachrichten zu uns ins Lager. Nun ja, nachdem ich ihn nicht mehr benötige, habe ich ihn an König Teutobod abgegeben.

Aldawolf und Sextus bedankten sich für die Beförderung. Sie wurden von dem König entlassen.

Sextus fragte im Vorraum einen der Diener, wo sich der gallische Weinhändler aufhalten würde, und bekam die Antwort, dass dieser sein Gefährt bei dem Verpflegungslager des Königs einhundert Meter von hier abgestellt habe. Er spazierte zu dem Lager und sah den Verwalter mit einem kleinen Gallier diskutieren. Er ging auf ihn zu und sprach ihn an: »Weinhändler, ich bin der Arverner Sexa. Ich hoffe, dass Du einen guten Wein zu verkaufen hast. Zeige mir doch einmal Deinen Vorrat.«

»Edler Sexa ich bin der haeduische Kaufmann und Wirt Kevin. Ich habe hier noch einen Krug des guten italienischen Weins, den ich Dir im Tausch gegen Felle geben kann.«

»Nein, ich werde nichts eintauschen. Sage mir Deinen Preis in Sesterzen.«

»Nun den Krug könnte ich Dir für dreißig Sesterzen abgeben.«

»Das ist ein unverschämter Wucherpreis. Ich zahle Dir acht Sesterzen dafür .«

»Edler Herr, für diesen Preis kann ich den Krug nicht verkaufen.«

Sextus prägte sich das Aussehen des Galliers ein, wandte sich ab und antwortete: »Nun, so wird halt nichts aus unserem Geschäft.« Er ging zu Baltrun zurück und berichtete ihr die Neuigkeiten. Baltrun freute sich. Sie meinte: »Wenn wir Italien erreichen, hört bestimmt die Wanderung auf und wir können uns auf Dauer sesshaft machen. Dank Deiner Fürsorge ist es uns gut gegangen und wir mussten seit vorigem Jahr nicht mehr hungern. Auch habe ich uns aus den übersandten Fellen und Stoffen Kleidung genäht, so dass wir genau so gut ausgestattet sind, wie die Familie des Königs. Die übersandten Münzen und den Schmuck konnte ich sparen, so dass wir jetzt sogar vermögend sind. Suche uns doch für die Reise zwei kräftige Ochsen aus, richte das Gespann und spanne die Ochsen davor.«

Sextus ging zu dem Verwalter des Viehs und frage ihn nach dem kräftigsten Paar Ochsen. Dieser führte ihn zu einem Gehege, in dem schon mehrere Ochsen von der Herde abgesondert worden waren. Sextus meinte: »Es sind dies wohl gute Ziehochsen. Ich möchte aber etwas Besonderes haben. Zeige mir doch Deine besten Ochsen.«

»Ich habe noch bessere Gespanne, kann sie Dir jedoch nicht geben, da sie für die Familie des Königs und die Edelinge reserviert sind.«

»Hier hast Du vierzig Sesterzen,« Sextus zog einen Beutel mit Geldstücken aus seinem Überkleid, »dafür möchte ich die besten Ochsen aus Deinem Bestand.«

Der Verwalter war erstaunt und erfreut über das hohe Bestechungsgeld. Er führte ihn zu einer Einzäunung, in der nur große kräftige Ochsen standen. Er meinte: »Suche Dir zwei davon aus.«

Sextus Wahl fiel auf zwei große, kräftige, sanftmütig aussehende Tiere, und er führte sie zu einem Wagenbauer in der Straße der Handwerker. Bei diesem erstand er für zweihundert Sesterzen einen neuen stabilen Wagen mit einem Lederdach. Er spannte die Ochsen davor und führte das Gespann Baltrun vor. Diese erschrak zunächst vor der Größe der Ochsen. Ihre Scheu verschwand jedoch schnell, als Sextus ihr zeigte, dass diese sich streicheln ließen. Erst dann bemerkte sie den neuen Wagen. Sie rief: »Sexa, wieso hast Du meine geheimsten Gedanken erraten? Ich habe mir schon so lange einen neuen Wagen gewünscht, mich aber nicht getraut, Dir einen solchen Wunsch vorzutragen. Mit dieser Anschaffung hast Du mich richtig glücklich gemacht. Er sieht schön aus und ist ja fast doppelt so groß, wie der alte Wagen.«

Baltrun richtete den neuen Wagen sofort wohnlich ein. Am nächsten Tag spannte Sextus die Ochsen vor den alten Wagen und fuhr damit zu dem Hundertschaftsführer und Händler Arwed. Er bot ihm den alten Wagen im Tausch gegen Lebensmittel an und handelte dafür Schweinefett, Speck, Schinken, Räucherfisch, Korn, ein Fässchen mit Met und Salz ein. Diese brachte er zu Baltrun zurück, fuhr zum Heulager und lud einen Heuvorrat für die Ochsen auf und brachte ihn zu Baltrun. Danach fuhr er den alten Wagen zu Arwed.

Am nächsten Tag wurde er durch einen Boten zum Domizil des Königs gerufen. Boiorix befahl ihm als Dolmetscher bei einem Empfang einer römischen Delegation zu fungieren. Kurze Zeit später betrat ein Römer mit zwei Beratern den Raum. Die Ankömmlinge beugten ihr Knie vor dem König und der Anführer hielt eine Rede in lateinischer Sprache: »Ehrenwerter König, ich heiße Sexius Fannius und bin römischer Senator. Dies sind meine Begleiter Angelos Alexto und Diamentis Dice. Der Senat schickt mich zu Dir. Als Gastgeschenk bringe ich Dir dieses Schwert mit.« Boiorix unterbrach ihn. Er deutete auf Sextus und sprach in Latein: »Edeler Sexa, Dolmetscher!«

Sextus betrachtete den Fremden lange. Er sah vor sich einen dreißig-jährigen Mann der in die Tunika und die Toga eines römischen Senators gekleidet war. Seine Kleidungsstücke hatten den breiteren Purpurrand eines höher stehenden Senators. Er dachte: » Nach römischen Recht kann er in seinen jungen Jahren noch nicht Senator sein, erst recht nicht ein bedeutender Senator.« Er sprach ihn in holprigem Vulgärlatein an: »Senator, ich bin der Arverneredele Sexa und diene im Heer des Königs. Er hat mir befohlen, Deine Rede zu übersetzen. Gib mir bitte das Schwert, damit ich es dem König überreichen kann.« Fannius überreichte Sextus das Schwert und dieser gab es an Boiorix weiter. Es war ein schön geschmiedetes Schwert mit Ziselierungen an beiden Seiten und einem hellrot glänzenden Rubin am Ende des Griffes. Boiorix betrachtete das Schwert und man merkte ihm an, dass er sich über das Geschenk freute. Seine Miene hellte sich auf, und er blickte Fannius wohlwollend an. Er sprach in germanischer Sprache: »Senator was ist Dein Begehr?« Sextus übersetzte getreulich vom germanischen ins Lateinische und umgekehrt.

»Im Namen des römischen Senats fordere ich Dich auf, den Marius zu besiegen und zu töten.«

»Was, als Gegenleistung für dieses Schwert soll ich Marius besiegen und töten?«

»Nein, nein,« kam die schnelle Gegenrede, »Du bekommst dafür Land in Norditalien in der Provinz Gallia Cisalpina, östlich des Ortes Torino zugewiesen. Außerdem soll ich Dir mitteilen, dass Marius vier Legionen und die gleiche Anzahl Auxiliare unter Waffen hat. Ferner soll ich Dir ausrichten, dass Marius sein Lager mit einem tiefen Graben und einem hohen Wall umgeben hat und dass die Lagerausgänge nicht mehr mit Toren, sondern mit einem überlappenden Wall versehen sind.«

»Nun, ich kann mir nicht vorstellen, dass der Senat einen Boten mit dem Auftrag zu mir schickt, den Marius zu ermorden. Willst Du persönlich Rache an Marius nehmen? Wer genau steht hinter Dir. Marius ist schließlich der höchste Beamte im römischen Reich und hat in Rom einen großen Anhang.«

»Ich handele in Absprache mit den römischen Senatoren Aemilius Scaurus, Maximus Eburnus und Lucius Cato. Hinter diesen steht die Mehrheit des Senats. Sie garantieren Dir auch die Landzuweisung«

»Also handelst Du nicht für den gesamten Senat?«

»Der Senat in Rom hat sechshundert Mitglieder. Sie konnten nicht alle befragt werden. Ich versichere Dir aber dass die einflussreichsten Senatoren hinter mir stehen. Marius ist ein dummer ungehobelter Bauer, der nur durch die Gunst des Pöbels in diesem Jahr zum fünften Mal zum Konsul gewählt wurde. Alle einflussreichen Senatoren sähen es gerne, wenn es ihn nicht mehr gäbe. Sage mir, nimmst Du mein Angebot an?« Boiorix überlegte lange, dann sprach er mit entschiedener Stimme: »Richte Deinen Hintermännern aus, dass ich es als feige empfinde, wenn Du mich aufforderst, den Marius zu töten. Ich werde gegen Marius kämpfen, ihn besiegen und zwar wann und wo es mir passt. Ein Land in Italien will ich nicht zugewiesen haben, sondern ich nehme es mir. Ich will Dich und Deine Begleiter nicht mehr länger sehen. Verlasse sofort mein Lager.«

Sextus freute sich über die Entscheidung des Boiorix und merkte sich die Namen der Gesandten.

In den Tagen bis zur Abreise widmete sich Sextus seiner ursprünglichen Mission. Er durchstreifte das aus Wagenringen errichtete Lager der Teutonen und stellte fest, dass es ähnlich wie das Lager der Kimbern angelegt war. Er unterhielt sich mit verschiedenen Kriegern und erlernte dabei den Dialekt der Teutonen. Von diesen erfuhr er, dass auch die Heeresaufstellung, die Ausrüstung und die Kampfesweise ähnlich wie die bei den Kimbern war. Er zählte die Anzahl der Wagen, der Ochsen und der Pferde und erhielt dadurch die Angaben des Boiorix bestätigt.

Kurz vor der Abreise merkte er nachts, dass Baltrun unter seine Decke schlüpfte. Sie flüsterte ihm ins Ohr. »Sexa, ich wollte Dich anfangs nicht als Beschützer, habe aber jetzt meine Meinung geändert. Ich möchte Dich in mir spüren. Aber sei leise und wecke mir die Kinder nicht auf.«

Sextus, der schon längere Zeit enthaltsam gelebt hatte, freute sich über die Meinungsänderung von Baltrun. Diese war unersättlich und saugte ihn in dieser Nacht aus, so dass er am Morgen ganz benommen und entkräftet vom Wagen stieg. Auch in den kommenden Nächten besuchte ihn Baltrun. Er brachte sie dazu, sich nackt auszuziehen und beseitigte damit alles Störende zwischen ihnen. Der Körper von Baltrun war voll erblüht und er streichelte ihre intimsten Stellen. Sie, die solche Zärtlichkeiten nicht gewohnt war, wollte erst dagegen aufbegehren, bemerkte aber dann, welche Empfindungen Sextus in ihr auslöste und ließ sich seine Liebkosungen zunehmend gerne gefallen. Sextus erinnerte sich an die Worte des Arwed, als dieser Baltrun als unersättlich bezeichnet hatte und dachte sich, dass deren Ehemann mit seiner Aussage wohl recht gehabt hatte.

Am Tag der Abreise spannte Sextus die Ochsen an und reihte sich in die Schlangen der Gespanne ein. Seine Kriegsbeute hatte er von dem Beutewagen geholt und zwei Packpferde damit beladen.

Der Zug bewegte sich südöstlich zunächst an der Grenze des Stammesgebietes der Belgen entlang. Er wies den inzwischen siebenjährigen Sohn von Baltrun in das Führen des Gespannes ein. Auch Baltrun nahm die Zügel in die Hand. Meist trottelten die Ochsen aber selbständig einem vor ihnen fahrenden Gespann hinterher.

Vor dem Zug ritten Kundschafter. Sie markierten die Wegstrecke und legten den Lagerplatz fest. Seitlich des Zuges sorgten Kundschafter und Trupps für die Absicherung gegen Überfälle. Der Zug kam nur langsam voran. Da der Wagen von Sextus gut bespannt war, überholte er nach und nach die vor ihm fahrenden Wagen und kam als einer der ersten am vorgesehenen Lagerplatz an. Im Tagesschnitt wurden zehn Kilometer zurückgelegt.

Am zweiten Tag holte er sich bei Aldawolf die Erlaubnis, den Zug zu verlassen, um auf Jagd zu gehen. Er sattelte sein am Ende des Wagens angebundenes Pferd und nahm noch ein Packpferd mit. Er holte seine Schleuder wieder hervor und fragte sich, ob er seine Treffsicherheit eingebüßt habe. Dem war aber nicht so. In einem dichten Wald sah er am Rande einer Lichtung mehrere Hirsche und Kahlwild lagern. Er stieg vom Pferd und schlich sich an. Schon mit dem ersten Schleuderstein konnte er eine am Boden kauernde junge Hirschkuh erlegen. Diese brach zusammen. Der Rest der Herde blieb ruhig liegen. Lediglich ein Hirsch stand auf, schritt zu der toten Artgenossin und beschnüffelte sie. Sextus kam das Verhalten der Herde zugute. Er suche sich ein zweites junges Tier aus und tötete es mit einem weiteren Schleuderstein. Jetzt wurde die Herde unruhig und flüchtete in den Wald. Er belud das Packpferd mit den zwei Stück Wildbret und ritt zum Zug zurück. Er brachte die Tiere zu König Boiorix und behielt für sich nur einen Schlegel. Boiorix freute sich über das Geschenk. Frisches Fleisch war im Lager eine Seltenheit und heiß begehrt. Er meinte: »Sexa, Du bist ja nicht nur ein guter Organisator und ein exzellenter Dolmetscher, auch als Jäger wirst Du kaum übertroffen.

Baltrun freute sich ebenfalls über das Mitbringsel. Kaum am Lagerplatz angelangt, zog sie das Fell von dem Schlegel, löste mehrere Stücke ab und begann das Fleisch zu kochen. Den Rest räucherte sie über einem Feuer.

Am nächsten Tag ging er erneut auf Jagd. Diesmal erlegte er zwei Rehe und belud seine zwei mitgeführte Packpferde damit. Eines der Rehe brachte er Aldawolf und eines hieß er Baltrun an ihre Verwandtschaft zu verteilen.

Am darauf folgenden Tag, noch vor der Morgendämmerung, packte er heimlich seine Wertgegenstände, seine Geldvorräte, seine Ersatzkleidung und Nahrungsmittel in die Satteltaschen seiner Pferde und legte Baltrun einen Beutel mit Sesterzen unter ihre Decke. Er küsste sie nochmals und sie umarmte ihn im Halbschlaf. Dann ritt er auf seinem Pferd aus dem Lager. Wie gewohnt, nahm er das Packpferd mit. Außerhalb des Lagers wurde er vom Führer einer Lagerwache angesprochen. Dieser hatte an den Vortagen gesehen, wie Sextus zur Jagd ausgeritten und mit Beute zurückgekommen war. Er meinte lediglich, dass er heute aber früh dran sei. Die Sonne sei doch gerade erst am Aufgehen. Sextus gab zur Antwort, dass er heute die Wildschweine noch erjagen wolle, bevor sie sich in eine Dickung zurückziehen würden. Der Wachsoldat wünsche ihm noch gute Jagd, und Sextus ritt in westlicher Richtung davon.

Er überlegte, dass die Teutonen ja wahrscheinlich nicht schneller wandern würden als die Kimbern und sie wahrscheinlich mit heute maximal vierzig Kilometer zurückgelegt hätten. Er schätzte die Entfernung, die beide Wagenzüge auseinander gedriftet waren auf dreißig Kilometer und sah tatsächlich den teutonischen Wagenzug am späten Nachmittag. Er zog sich in einen Wald zurück, briet einen erlegten Hasen und übernachtete dort.

Am Tag darauf, ritt er auf einen Hügel, der eine gute Aussicht bot und sah die endlosen Reihen des Wagenzuges im Tal vor ihm vorbeiziehen. Er zählte nochmals die Anzahl der Karren und die der Krieger und kam zu dem gleichen Ergebnis wie im Lager. Er bemerkte, dass die Teutonen keine Reiter zur Seitensicherung und nur zehn Reiter zur Vorraussicherung ausgesandt hatten. Er dachte sich, dass man den Zug leicht und erfolgreich angreifen könnte. Er bemerkte, dass die zwei Gepäckwagen des Königs am Ende des Zuges mitgeführt und nur durch zwanzig Krieger bewacht wurden.

Anschließend ritt er eilig nach Süden an Flussläufen entlang und kam nach fünf Tagen zum Lager des Marius. Schon im Vorfeld wurde er von einer Streife angehalten und nach seinem Reiseweg und seinen Absichten befragt. In stockendem Latein antwortete er, dass er eine Botschaft für den Konsul Marius habe und wurde durchgelassen. In Sichtweite des Lagers, wechselte er seine Kleidung, kämmte sein Haar, stecke es zu einem Knoten auf, zwirbelte seinen langen Schnurrbart, stutzte seinen Kinnbart, legte aus seinem Schmuckvorrat Halsketten, Armreifen und Ringe an und ritt auf das Lager zu. Auf dem freien Gelände vor dem Lager sah er zwei Legionen exerzieren und Übungskämpfe durchführen. Zum Flusstal des Rhodanus hin, hatten die Legionäre Gerstenfelder und Gemüsegärten angelegt und trugen so zur Versorgung des Lagers bei.

Am Lagereingang, er bemerkte mit Staunen, dass kein Tor mehr vorhanden war, wurde er angehalten und nach seinem Begehr gefragt. Er antwortete wiederum stockend in Latein und erklärte: »Ich bin ein Bote des kimbrischen Königs und beauftragt Eurem Feldherrn eine Botschaft zu überbringen.« Der wachhabende Offizier, ein zweiter Centurio, kam zu ihm und musterte ihn genau. Er inspizierte die vornehme Kleidung und die zahlreichen wertvollen Schmuckstücke. Sextus trug außer einem Übergewand aus feinstem Linnen noch Beinlinge aus dünnem, anschmiegsamem Leder und feste Lederschuhe.

Die Musterung fiel positiv aus. Der Centurio befahl drei Kriegern Sextus zum Feldherrengebäude zu geleiten, ihm aber die Augen zu verbinden.

Sextus sah noch, dass die Zelte im Lager wetterfesten Holzgebäuden gewichen waren, bevor ihm ein Legionär eine schmutzige nach Schweiß riechende Halsbinde vor seine Augen legte.

Die Krieger lieferten ihn im Vorraum bei der Wache des Hauptquartiers ab. Ein Legionär verlangte von Sextus erst einmal sein Schwert und seinen Dolch. Dann fragte er ihn nach seinem Namen und seinem Begehr. Sextus, der sich noch nicht als Römer zu erkennen geben wollte, erklärte, dass er der arvernische Edeling Sexa sei und eine persönliche und vertrauliche Nachricht nur an Marius selbst abzugeben habe. Außerdem bat er sein Pferd scharf zu bewachen, da sich in den Satteltaschen an Marius zu übergebende Beweisstücke befinden würden. In Wirklichkeit wollte er sicherstellen, dass ihm nicht seine Kriegsbeute entwendet würde. Ein Diener brachte Marius den Begehr vor. Dieser stimmte einem vertraulichen Gespräch zu. Sextus wurde nochmals nach Waffen durchsucht und dann in das Feldherrenzelt geführt. Er kniete sich vor Marius nieder und sprach ihn in Vulgärlatein an: »Edler Feldherr, ich habe Dir eine vertrauliche Botschaft von meinem König Boiorix zu übermitteln. Schicke deshalb bitte die Wachen und die Diener aus dem Zelt.«

Marius überlegte: >Die Bitte ist zwar etwas seltsam, wieso sollte der Kimbernkönig mir eine Geheimbotschaft übersenden. Aber der

Gallier ist offensichtlich von vornehmer Geburt. Ein wenig erinnert er mich im Aussehen an den Praefectus castrorum Sextus Leptonius. Auch seine Stimme kommt mir irgendwie bekannt vor. Für einen Gallier spricht er ein ganz gutes Latein. Nun er trägt keine Waffen. Mir kann somit nichts passieren.< Er deutete auf seine Wachen und seine Diener und sagte: »Verlasst diesen Raum, bleibt aber im Vorraum, damit ihr mich hört, wenn ich rufen sollte.«

Marius sprach Sextus jetzt direkt an: »Edler Sexa, setzt Euch dort auf den Schemel und tragt mir vor, was Boiorix wünscht.«

Sextus sprach nun in vornehmem Latein: »Edler Feldherr, ich merke, Ihr erkennt mich in meiner Verkleidung nicht. Ich bin Euer Untergebener Sextus Leptonius.«

Marius riss erstaunt seine Augen auf und schnappte nach Luft. Sextus ließ ihn jedoch nicht zu Wort kommen sondern sprach: »Feldherr, nennt bitte meinen Namen nicht und sprecht leise zu mir. Ich habe gute Gründe anzunehmen, dass Ihr von Verrätern umgeben seid.«

»Bei Jupiter, salve >Sexa<, Du kommst nach eineinhalb Jahren zurück, siehst aus wie ein echter vornehmer Gallier, bist mit Schmuck behängt und bringst offensichtlich schlechte Nachrichten. Ich habe in der letzten Zeit öfters an Dich gedacht. Doch jetzt berichte!«

»Herr, ich bin mit Deinem Auftrag losgeschickt worden, die Kimbern auszukundschaften, und wenn sie losziehen würden, zu Dir zurückzukehren. Nun, sie sind losgezogen, aber nicht in Deine Richtung, sondern ostwärts und wollen über den Brennus nach Italien einfallen. Aber der gleich starke Stamm der Teutonen und Ambronen hat seine Wanderung fortgesetzt und bewegt sich in Richtung nach hier. Sie wollen über Massalia und die Seealpen nach Italien, nicht ohne Dich vorher besiegt zu haben. Mit ihrem Eintreffen ist in zwanzig Tagen zu rechnen. Außerdem habe ich Dir zu berichten, dass Du Verräter im Lager hast, einmal einen gallischen Weinhändler und dann noch mir nicht bekannte Personen, die dem Senat berichten.«

Marius ließ sich ausführlich von Sextus über dessen Erkenntnisse berichten, verzog beim Nennen der Namen der römischen Senatoren ärgerlich das Gesicht und meinte, dass man den römischen Senator Sexius Fannius vernehmen müsse, um die Anschuldigungen belegen zu können. Allerdings kenne er keinen Senator dieses Namens.

Nachdem er Marius ausführlich berichtet hatte, bat er, den übrigen Offizieren nichts von seiner Rückkehr als Gallier ins Lager zu erzählen, sondern den Offiziersbarbier ins Gebäude zu bestellen, damit dieser ihn wieder in einen Römer zurückverwandeln würde. Außerdem bat er um römische Kleidung, die ihm Marius aus seinem Bestand überließ. Seine gallische Kleidung bündelte er und entfernte die Schmuckstücke. Er erhielt seine Waffen zurück, umgürtete sein Schwert und steckte den Dolch in die Kleidung. Nachdem seine Haarpracht reduziert und seine Barttracht entfernt worden war, fühlte sich Sextus wieder als Römer. Er vergatterte den Barbier zum Schweigen und verließ durch einen Hintereingang das Gebäude. Er suchte den Verwaltungsoffizier auf und ließ sich eine Bleibe in einem Seitengebäude zuweisen. Der Verwalter erkannte ihn wieder und begrüßte ihn freudig. Er fragte ihn, wo er so lange gewesen sei. Sextus antwortete, dass er für Marius verschiedene Aufträge in der Provinz Narbonensis und in Rom erledigt habe. Danach betrat er durch den Vordereingang das Verwaltungsgebäude und befahl dem Diener des Marius den Praefectus castrorum Sextus Leptonius zu melden. Dieser antwortete: »Ja Herr, ich unterrichte den Konsul von Deiner Anwesenheit, doch er hat noch Besuch von einem Gallier.« Der Diener betrat das Arbeitszimmer des Konsuls und sah dessen Besuch nicht mehr anwesend war, traute sich aber nicht eine Frage nach dessen Verbleib zu stellen. Er meldete Sextus und dieser wurde von Marius mit lauten Begrüßungsworten empfangen. Ein Lächeln stahl sich in sein Gesicht. Er genoss die Komödie.

Marius berief die Legaten, ihre Vertreter, den Reiterführer und seinen Stab zu einer Besprechung ein. In der Zwischenzeit diktierte er einem Schreiber einen Brief an den in Rom weilenden zweiten Konsul und teilte ihm mit, dass die Kimbern über den Brennus nach Italien vorrücken würden. Er selbst erwarte die Teutonen in seiner Stellung und verwehre ihnen den Weiterzug nach Massalia.

Beim Eintreffen der Offiziere, eilte Sulla auf Sextus zu, umarmte ihn und stellte ihn mehreren Offizieren vor. Er sprach: »Sextus, schön, dass Du wieder da bist. Du musst mir einmal ausführlich alles erzählen, was Du erlebt hast. Hier passiert nicht viel Neues, und der tägliche Trott ist ermüdend. Wenn wir wenigstens einen Feind bekriegen könnten. Dann wäre es nicht so langweilig. Dein Sklave Malte hat mir treu gedient. Schade, dass ich ihn wieder an Dich abgeben muss.«

»Cornelius Sulla, ich freue mich auch, Euch alle zu sehen. Erlaube, dass ich Dir Malte schenke.«

»Oh, das ist aber eine großzügige Geste von Dir. Ich werde es nicht vergessen und es eines Tages wieder gut machen.«

Bei der Besprechung stellte Marius Sextus den ihm noch unbekannten Offizieren vor und wies alle darauf hin, dass Sextus aus Rom zurückgekehrt sei und als Praefectus castrorum ab sofort die Oberaufsicht über die Ordnung im gesamten Lager habe. Dann teilte er der Versammlung mit, dass der gesamte Stamm der Teutonen sich auf den Marsch begeben habe und über Massalia nach Italien ziehen wolle. Mit ihrem Eintreffen sei in zwanzig Tagen zu rechnen. Dies rief eine Unruhe unter den Offizieren hervor. Sie hatten alle von der Kampfeswut und der Tapferkeit der Kimbern und der Teutonen gehört und erinnerten sich an die verheerende Niederlage der Römer bei Arausio vor drei Jahren. Marius befahl, nochmals die Ausrüstung der Legionäre und die Schärfe ihrer Schwerter zu überprüfen, sowie bis zum Anrücken der Teutonen die Fitness der Truppe zu stärken. Dem Reiterführer Sulla befahl er mit Teilen der römischen Reiterei und der ligurischen Auxiliarreiterei den Teutonen entgegen zu reiten und ihren Marsch auszuspähen.

Sextus richtete sich sein Schlafgemach in einem besseren Zimmer ein, auf das er als hoher Offizier einen Anspruch hatte. Er versteckte sein Geld und die Wertsachen unter einer Bodendiele und machte sich ans Lesen seiner Post.

Aser schrieb ihm, dass er die Filiale der Ersten Römischen Bank in Rom eröffnet habe. Er habe sie mit einem Grundkapital von einer Million Sesterzen ausgerüstet, sei selbst ein halbes Jahr in Rom gewesen und habe seinen Stellvertreter bewogen, nach Rom zu ziehen und die Filiale zu leiten. Die Filiale würde bereits Gewinne abwerfen.

Sextus prüfte die vierteljährlich eingegangenen Abrechnungen und stellte fest, dass die Gesamtbank Gewinne erwirtschaftete und die Ausgaben für den Kauf und den Umbau des Bankgebäudes in Rom schon wieder eingebracht worden waren.

Er sah, dass auch seine anderen Unternehmen einen Gewinn zwischen fünfzehn und zwanzig Prozent abwarfen. Nur die Brauerei warf einen vierteljährlich steigenden Gewinn von bis zu fünfundzwanzig Prozent ab.

Am nächsten Tag legte Sextus seine Uniform und seine Rangabzeichen an, befahl fünf Wachen des Hauptquartiers ihn zu begleiten und besichtigte das Lager, den Lagerwall und die Umgebung des Lagers. Er stellte fest, dass statt der bisher verwendeten Lagertoren an allen vier Eingängen nur eine Palisadenschranke den Zugang sicherte, der Erdwall einmal in einem Bogen nach außen und einmal in einem Bogen nach innen führte, so dass der Eingangsbereich beidseitig vom Lagerwall umschlossen war und ein eindringender Feind auf eine Länge von 80 Metern von den Wällen herab von den Legionären bekämpft werden konnte. Er befand diese Lösung als gut. Im südlichen Lagerteil, dem Lagerplatz der III. Legion, stellte er fest, dass sich Unrat auf der Lagergasse angesammelt hatte und diese auch als Abtritt benutzt wurde. Er rief den zuständigen Verwaltungsbeamten, einen Militärtribun, herbei und befahl ihm eine neue Latrine graben zu lassen. Südlich des Lagers endete der von den Legionären gegrabene Rhodanuskanal. Dort waren Kaianlagen errichtet wurden und Legionäre entluden Flussschiffe.

Als er zum Hauptquartier zurückkehrte, traf er dort Sulla an, der die vierhundert römischen Reiter und die vierhundert ligurischen Auxiliarreiter, die zum Ritt nach Norden angetreten waren, musterte. Er sprach Sulla an und zog ihn beiseite. Unter dem Siegel der Verschwiegenheit teilte er ihm mit, dass er sich nicht in Rom, sondern im Lager der Kimbern und Teutonen aufgehalten und auch den Wagenzug der Teutonen ausgekundschaftet habe. Diese hätten keine seitliche Absicherung ihres Zuges vorgenommen. Der König würde an der Spitze reiten. Danach würden die Reiterei und dann die Wagenkolonne kommen. In den letzten beiden Wagen des Zuges, die von Kriegern zu Fuß bewacht würden, würde die Beute des Königs mitgeführt.

Am Nachmittag begab er sich vor das Lager zu der aus Brettern errichteten Weinkneipe des Weinhändlers Kevin und traf ihn hinter dem Ausschank an. Er erkannte ihn sofort, fragte aber: »Seid ihr der Weinhändler und Schankwirt Kevin?«

»Ja Herr, das bin ich.«

»Ihr seid wegen Spionage festgenommen. Wache, ergreift ihn!« Kevin warf sich vor Sextus auf den Boden und hob flehend seine Hände und trug mit jammernder Stimme vor: »Herr, ich bin nur ein einfacher Weinhändler und kein Spion. Ich bin ein treuer Untertan des römischen Reiches und kein Verräter. Ich habe nie etwas an die Kimbern verraten.«

»Wieso, streitest Du von Dir aus ab, etwas an die Kimbern verraten zu haben. Ich habe Dir dies doch gar nicht zum Vorwurf gemacht. Aber Du hast Dich dadurch selbst verraten. Ihr und ihr,« er deute auf zwei weitere Legionäre der Wache, »bringt ihn ins Hauptquartier ins Schreibbüro und bewacht ihn dort. Ihr, « er deutete auf zwei Legionäre, »durchsucht die Kneipe und seinen Wagen. Ihr stellt Schriftstücke, Geld und Wertgegenstände sicher.«

Sextus wandte sich an die anwesenden Gäste, mehrere Legionäre, und befahl ihnen, den Gastraum zu verlassen. Das Eheweib des Weinhändlers kniete sich vor ihm nieder und flehte ihn an: »Praefectus castrorum, lasse doch meinen Mann frei. Er hat Dir doch nichts getan. Die römischen Legionäre sind seine Freunde. Er ist doch gar nicht in der Lage, zu spionieren.«

Die Legionäre der Wache fanden in einem Versteck einige Beutel mit Sesterzen, mehrere goldene Becher, mehrere Bernsteinketten, Perlenketten und Ringe. Allein der Schmuck hatte einen Wert von einhunderttausend Sesterzen, den der Weinhändler nicht durch seine Handelstätigkeit erworben haben konnte.

Sextus befahl, den Schmuck und das Geld ins Hauptquartier zu bringen und fragte die Frau, woher der Schmuck stammen würde? Diese entgegnete: »Das sind Gegenstände, die mein Mann gegen Wein bei den Haeduern eingetauscht hat.«

Sextus beachtete sie nicht weiter, sondern ging ins Hauptquartier zurück. Dort vernahm er den Weinhändler. Er trug folgendes vor : »Kevin, mir ist bekannt, dass Du Deine Verkaufsreisen nicht zu den Haeduern, sondern zu Boiorix durchführst. Diesem verkaufst Du Deine Erkenntnisse und wirst dafür von ihm mit Schmuck bezahlt. Siehe, diesen Schmuck haben wir in Deinem Versteck gefunden. Also gib die Tat zu.«

»Edler Praefectus castrorum, ich habe Dir doch schon versichert, dass ich kein Spion bin. Ich habe den Schmuck für meinen Wein bei den Haeduern eingetauscht. Bitte lasse mich gehen.«

»Ich weiß, dass Du hier Nachrichten sammelst und auch einem römischen Centurio Nachrichten abkaufst.

Du erinnerst dich gewiss an einen arvernischen Gallier mit dem Namen Sexa, dem Du im Lager des Boiorix eine Amphore mit Wein für dreißig Sesterzen verkaufen wollest. Der Kauf kam aber nicht zu Stande, weil dem Gallier der Preis zu hoch war.« Kevin wurde ganz blass, schaute Sextus groß an, konnte sich nicht erklären, woher dieser das wusste und sagte weinend: »Ja Herr, ich gebe zu, dem König Nachrichten verkauft zu haben.«

» Nun, sage mir noch den Namen und die Einheit des römischen Offiziers, der Dir militärische Geheimnisse verkauft hast. Falls Du mir alle Einzelheiten mitteilst, versichere ich Dir, dass Du einen schnellen Tod erleidest und zuvor nicht gefoltert wirst.«

»Ja Herr, es ist der römische Militärtribun Manilius Vulso von der II. Legion.«

»Danke Kevin, ich werde mein Versprechen halten. Wache, führt ihn ab und sperrt ihn in das Militärgefängnis.«

Sextus bereitete die Festnahme des Manilius Vulso vor. Er bestimmte zwanzig Legionäre der Hauptquartierswache, ihm zum Verwaltungsgebäude der II. Legion zu folgen. Er befürchtete, dass es zu Widerstandshandlungen kommen könnte. Er traf den Primipili der zweiten Legion im Verwaltungsgebäude an und befahl ihm, ihn zu dem Militätribunen Manilius Vulso zu führen. Dieser tat es und führte Sextus in einen Raum, in dem sich mehrere Militärtribunen und einige Centurios aufhielten. Sextus verkündete Vulso, dass er wegen Spionage festgenommen sei. Dieser wurde blass. Er schrie Sextus jedoch dann an: »Du nichtadliger Emporkömmling, wie kannst Du es wagen, mich der Spionage zu beschuldigen.« Er wandte sich an seine Amtskollegen und die Centurios: »Helft mir, diesen Plebejer zu vertreiben. So eine Unverschämtheit, mich einen Adligen aus dem Geschlecht der Vulsier, festnehmen zu wollen.«

Die Angesprochenen sahen sich an, wagten aber angesichts der Legionäre der Wache nicht, Vulso zu unterstützen. Sextus wies drei seiner Legionäre an, Vulso zum Hauptquartier abzuführen. Er wandte sich an den Primipili und forderte ihn auf, ihm das Zimmer des Vulso zu zeigen und bestimmte zwei seiner Legionäre, dies gründlich zu durchsuchen und Geld, Wertgegenstände, sowie Schriftverkehr zu beschlagnahmen. Mit dem Rest seiner Wache wartete er die Beendigung der von ihm angeordneten Maßnahmen ab und begab sich dann zum Hauptquartier.

Dort vernahm er den Militärtribunen. Dieser sah von oben auf Sextus herab und weigerte sich zuerst, ihm überhaupt zu antworten. Erst als Sextus ihm den bei ihm sichergestellten Schmuck zeigte, meinte er, dass dies sein persönlicher Schmuck sei und er ihn aus Rom mitgebracht habe. Sextus hielt ihm vor: »Seit wann schmückt sich ein Römer mit Bernstein- und Perlenketten. Gib zu, dass Du den Schmuck im Tausch gegen aus dem Lager stammende Nachrichten erhalten hast.«

»Nein, diese Ketten habe ich als Erbe von meiner Großmutter Vulsonia erhalten.«

»Dies stimmt nicht, Du hast diesen Schmuck von dem Weinhändler Kevin erhalten, den dieser wiederum für sein Spionieren und die von Dir verratenen militärischen Geheimnisse von König Boiorix erhalten hat.«

»Nein, das ist Familienschmuck. Ich kenne gar keinen Weinhändler Kevin.«

»Wache, führe mir den Weinhändler Kevin herein und wartet mit dem Tribunen im Nebenraum.« Als Kevin gebracht wurde, herrschte er ihn an: »Kevin, sage die Wahrheit, erkennst Du die hier liegenden Schmuckstücke?« »Ja Herr, diese Bernsteinkette,« er deute auf eine große Bernsteinkette, »habe ich dem Tribun vor über einem Monat gegeben. Er hat mir dafür die Umstände der Verhaftung des Legaten Silvius, des Kohortenführer Dollabella und des Militärtribunen Cotta mitgeteilt. Diese Neuigkeiten habe ich dem Boiorix berichtet. Auch die anderen Schmuckstücke habe ich dem Tribunen gegeben.«

»Wusste der Tribun, für wen Du spionierst?«

»Ja natürlich, er hat mich ja genau danach gefragt und ich habe ihm mitgeteilt, dass ich durch meinen Weinhandel mühelos zum Lager des Boiorix gelangen könne.«

»Wie bist Du denn auf die Idee gekommen, für Boiorix zu spionieren?«

»Manius Vulso hat bei Besuchen in meiner Kneipe mitbekommen, dass ich Wein zu den Haeduern liefere. Er hat mich deshalb gefragt, ob ich nicht auch den Kimbernkönig aufsuchen und ihm Nachrichten aus dem Lager übermitteln könnte. Dieser würde sich sicherlich für Internes aus den Legionen interessieren und mich bestimmt reichlich belohnen. Insgesamt war ich viermal bei dem König. Er hat mich mit Schmuck belohnt. Diesen habe ich mit dem Tribunen geteilt.«

Sextus ließ den Weinhändler abführen und las die bei Vulso vorgefundenen Schriftstücke. Es handelte sich um Briefe des Senators Lucius Cato an Manius Vulso und eine Liste mit fünfzehn Namen. In allen Briefen wurde Vulso aufgefordert, dem Marius in jeglicher Weise zu schaden und Verschwörer zu seinem Sturz anzuwerben. Ihm wurde mitgeteilt, dass er für die Entmachtung und den Tod des Marius eine hohe Belohnung erhalten würde. Von einem Brief an Cato hatte Vulso eine Abschrift gefertigt. Darin teilt er ihm mit, dass er den Legaten Pomponius Silvius, den Militätribunen Marcus Cotta und den Kohortenführer Caecilius Dollabella als Mitverschwörer gewinnen konnte. Sextus ließ sich Vulso erneut vorführen und konfrontierte ihn mit dem Inhalt der Briefe. Vulso erkannte, dass ein weiteres Leugnen zwecklos war und gestand die Tat ein. Lediglich auf Sextus Frage: »Sind die auf der Liste aufgeführten Personen alles Mitverschwörer,« gab er keine Antwort. Sextus drohte ihm deshalb: »Manius Vulso, wenn Du mir nicht unverzüglich die Wahrheit sagst, werde ich Dich auspeitschen lassen.«

Da Vulso schön öfters gesehen hatte, wie Verurteilte blutüberströmt bei einer Auspeitschung zusammenbrachen, erschrak er heftig. Er antwortete aber : »Das traust Du Dir nicht. Ich bin immerhin Militärtribun und Adeliger. Meine Familie ist mächtig. Falls Du mir etwas antust, werde ich Dich ermorden lassen.«

Sextus sandte einen Wachlegionär weg und befahl ihm den Profos zu holen. Dieser solle seine Helfer und eine Peitsche mitbringen.

In der Wartezeit legte er Vulso nochmals nahe, ein umfassendes Geständnis abzulegen. Dieser schwieg aber beharrlich. Kurz danach kam der Profos mit zwei Helfern zu Sextus. Sextus befahl ihm, den

Gefangenen auszupeitschen. Der Profos fesselte Vulso die Hände und ließ ihn von zwei Helfern mit dem Rücken zum Raum an einen Holzpfahl binden. Danach riss er ihm die Tunika und seine Unterkleidung am Rücken herunter, holte aus und schlug Vulso die Peitsche über den Rücken. Dieser schrie laut auf. Bevor der Profos noch einmal zuschlagen konnte, rief er mit angsterfüllter Stimme: »Hör auf, hör auf, ich gestehe alles.« Sextus befahl dem Profos aufzuhören, ließ aber den Vulso angebunden. Sextus las ihm die einzelnen Namen vor, befragte Vulso zu deren Dienstrang und Einheit und die Art der Beteiligung. Vulso gab zu jedem Namen eine umfassende Erklärung. Er schilderte, wie und wann er die einzelnen Personen angeworben hat und dass sie den Marius und seinen Vertreter Aurelius Orestes ermorden sollten. Da der Legat Pomponius Silvius und die Mitverschwörer Cotta und Dollabella aber verhaftet worden seien, habe man gemeint, dass die Verschwörung aufgeflogen sei und die Ausführung der Ermordung verschoben. Sextus ließ alles auf Pergament aufnotieren und die Vernehmung von Vulso unterschreiben.

Er ließ Vulso losbinden und in eine Zelle bringen. Danach suchte er Marius auf und trug ihm das Ergebnis der Ermittlungen vor.

Marius war außer sich vor Zorn. Als ihm Sextus die Liste mit den weiteren fünfzehn Verschwörern gab, wurde er ganz blass, beherrschte sich aber. Er überlegte: »Wenn ich die weiteren fünfzehn Verschwörer, ich sehe, dass es nur die II. Legion betrifft, jetzt so kurz vor einer Schlacht festnehmen lasse, schwächt das die Kampfmoral der Legion zu sehr. Nach der Schlacht werde ich sie nach Rom verbringen lassen und sie anklagen.« Zu Sextus sagte er : »Leptonius, Du schreibst mir noch heute einen umfassenden Bericht und lässt die Schilderung von Zeugen bestätigen. Der Weinhändler Kevin wird jetzt noch nicht hingerichtet, sondern wird mit Vulso, aber getrennt von diesem morgen nach Rom verbracht. Das sichergestellte Bargeld und die Schmuckstücke werden zum Wohle der Staatskasse eingezogen. Dich lobe ich ausdrücklich für Dein Engagement.«

»Danke Feldherr!«

48

Sullas Marsch nach Norden, Krieg gegen die Teutonen

Sulla hatte den vierhundert römischen Reitern und den fünf Centurien der Auxiliarreiterei befohlen, vor dem Hauptquartier Aufstellung zu nehmen. Er musterte ihre Ausrüstung und sah, dass alle ihre Waffen, Rüstungen und Verpflegung, sowie je eine alte Kapuzentunika mitführten. Er hielt folgende Rede:

»Legionäre, Krieger unserer Verbündeten. Das Heer der Teutonen marschiert gegen uns. Es müsste schon am Arar (Saone) angekommen sein und ist damit nur zwei Tagesritte von hier entfernt. Ich habe den Auftrag, die Größe des Heeres, ihre Entfernung zu unserem Lager und die Marschgeschwindigkeit zu erkunden. Wir werden das feindliche Heer nicht direkt angreifen, sondern durch Überfälle nur seinen Marsch behindern.

Ich hoffe, dass wir durch Überfälle auch Beute machen können. Die erste Centurie der Auxiliarreiterei reitet voraus, erkundet die Gegend, meldet eine Feindberührung, lässt sich auf keinen Kampf ein und hält durch Boten Kontakt mit mir.«

Die Rede des Sulla wurde von den Reitern laut bejubelt, war es doch ein Auftrag, dem sie gerne nachkamen. Die Aussicht auf Beute lockte besonders.

Sulla beriet sich noch mit den Centurios und wies sie anhand einer Zeichnung ein. Er meinte, dass das teutonische Heer schon bei Lugdunum (Lyon) stehen könnte.

Danach rückte der Verband aus. Außer den Reitpferden führten sie noch eine größere Anzahl von Packpferden und kräftige Zugpferden mit. Die anwesenden Legionäre und die Torwachmannschaft blickten ihnen traurig nach. Jeder wünschte sich, dass er mit Sulla ausrücken könnte. Sulla hatte sich schon im numidischen Krieg als kecker Reiterführer einen Namen gemacht.

Am Nachmittag des zweiten Tages meldete die Vorausabteilung, dass sie auf einen Trupp teutonischer Kundschafter gestoßen seien. Diese hätten wohl gemeint, dass ihnen nur einzelne römische Reiter gegenüber stehen und sie angegriffen. Sie seien von ihnen alle getötet worden. Sulla befahl die Spuren des Kampfes zu beseitigen und die Toten zu begraben, aber das Grab unkenntlich zu machen. Dann befahl er die Vorausabteilung zurück, ritt mit den gesamten Reitern vom Fluss nach links weg und ritt in einem weiten Bogen um den sich nähernden Wanderzug. Am Abend sichtete ein Kundschafter den Zug der Teutonen und berichtete, dass diese in mehreren Kilometern Entfernung parallel zu ihnen in die Gegenrichtung marschierten. Den Zug würden die Reiter anführen, danach kämen unzählige mit Ochsen bespannte Wagen in Viererreihe. Die Krieger würden neben den Wagen marschieren. Der Zug sei so lange, dass das Ende nicht einzusehen gewesen sei. Nach den Seiten würde der Zug nicht abgesichert. Sulla bedankte sich und ordnete an, dass das Nachtlager noch weiter weg von den Germanen aufzuschlagen sei und besprach sich mit seinen Offizieren. Er trug vor: »Nach meinen Informationen befinden sich zwei Wagen mit Königsbeute am Ende des Zuges. Sie werden von Fußkriegern bewacht. Morgen ziehen wir unsere Kapuzentuniken über die Rüstung und nehmen den Helm ab, so dass uns niemand sofort als Römer erkennen kann. Wir reiten zurück und legen uns in einen Hinterhalt. Sobald der Zug uns passiert hat, stürmen wir von hinten vor, töten die Bewachung der Wagen und deren Lenker, spannen die Ochsen aus, unsere Zugpferde ein, wenden die Wagen und fahren mit diesen nordwärts. Wir fahren zunächst in den Wagenspuren des Zuges eine Strecke zurück, bevor wir nach links abbiegen. Die Ochsen treiben wir hinter die nächste Deckung. Das alles muss so schnell gehen, dass wir schon wieder weg sind, wenn die Nachricht von unserem Überfall die Spitze des Zuges erreicht. Der Angriff muss lautlos ablaufen. Centurio,« er deutete auf den Anführer der Auxiliarreiterei, » Du suchst vier Männer aus, die sich gut mit dem Lenken von Gespannen auskennen. Diese sollen die Pferde scharf antreiben, damit wir eine große Entfernung zwischen uns und die Teutonen legen können. Eine Centurie Deiner Reiter soll sich belaubte Äste besorgen und mit diesen die Wagenspuren verwischen und zwar dort, wo wir die Spuren des Zuges verlassen.

Der Überfall klappte wie besprochen. Die Bewachung der hinteren Wagen wurde getötet, die Ochsen wurden aus- und die Pferde eingespannt. Die Lenker und die neben den Wagen herlaufenden teutonischen Krieger der weiter vorne fahrenden Wagen bemerkten zunächst den Überfall nicht. Erst als sich einer der Fußkrieger umwandte, stellte er fest, dass die hinter ihm fahrenden Wagen des Königs fehlten. Er stieß sofort einen Alarmruf aus, der weiter gegeben wurde und nach einer Weile den König erreichte. Dieser befahl seiner Reiterei zum Ende des Zuges und ritt mit ihnen. Als Teutobod sah, dass seine Wagen fehlten, nur noch tote Krieger am Ort des Überfalls lagen, geriet er in Wut und befahl seinem Reiterführer sofort die Verfolgung der Räuber aufzunehmen.

Dieser suchte zunächst den Ort nach verräterischen Spuren ab und erkannte, dass hier eine größere Anzahl von Reitern angegriffen haben musste. Er fand keine Wagenspuren, die vom Ort wegführten und schloss daraus, dass die Wagen in ihrer eigenen Spur zurückgefahren wurden. Er dachte: »Mit den Ochsen als Zugtieren, sind sie nicht sehr weit gekommen.« Er befahl seiner Tausendschaft eine Linie zu bilden und nach Norden hin das Gelände zu durchkämmen. Kurz darauf fanden die am linken Flügel reitenden Krieger die vier Zugochsen friedlich grasend auf einer Lichtung. Sie meldeten das ihrem Anführer. Dieser dachte: »Entweder schieben sie die Wagen, oder sie haben diese umgespannt.« Er ließ seine Krieger weiter nach Norden reiten. Sie konnten nicht erkennen, wo die Wagen abgebogen waren. Die ligurischen Reiter hatten auf mehreren hundert Metern die Wagenspuren sorgsam verwischt. Der Reiterführer brach die Suche ab.

Sulla hatte die Wagen inzwischen hinter einer Hügelkette anhalten lassen und inspizierte die Beute. In einem Wagen fand er sehr viele kostbare Felle, Decken und Pelze vor. Im zweiten Wagen führte der König seine Wertsachen mit. In Truhen lagerten goldene Ketten, Perlenketten und Bernsteinketten, goldene Ringe mit kostbaren Steinen, goldene Armreifen, goldenes Geschirr, Goldnuggets und goldene Trinkbecher. Es war dies alles während der letzten Jahre zusammen geraubtes Gut.

Sulla ließ einen Großteil des Schatzes an die Reiter je nach Dienstrang verteilen und den Rest in den Satteltaschen der Packpferde verstauen. Er ließ die Decken, Felle und Pelze aus dem ersten Wagen ausladen und ebenfalls verteilen. Die Zugpferde ließ er ausspannen und die Wagen zerschlagen. Als einer der Legionäre Feuer an die Wagenteile legen wollte, hinderte ihn Sulla daran. Er sagte zu dem Legionär: »Wenn wir hier ein Feuer entzünden, könnten dies Verfolger der Kimbern sehen und auf uns aufmerksam werden. Deshalb lösche Deine Fackel.«

Der Legionär befolgte den Befehl und Sulla befahl den Aufbruch nach Süden. Er schickte eine Centurie der römischen Reiterei als Kundschafter zum Zug der Teutonen zurück und befahl ihnen, nur den Zug auszukundschaften und falls sie entdeckt würden, sich nicht in Kampfhandlungen einzulassen, sondern zu ihm zurück zu fliehen. Er erklärte seinen Reitern, dass sie ab jetzt keine Überfälle mehr durchführen würden, da in den anderen Wagen nichts Wertvolles mehr zu holen sei.

In den nächsten Tagen kamen von den Kundschaftern immer wieder Boten zu Sulla und berichteten ihm, dass an den Flanken des Zuges jetzt Reiter patrouillieren würden und auch das Ende des Zuges durch Reiter abgesichert werde.. Der Zug käme nur langsam voran und würde alle zehn bis zwölf Kilometer ein Nachtlager einrichten.

Als der Zug nur noch deißig Kilometer vom Lager des Marius entfernt war, ritt Sulla mit seiner Abteilung in das Lager zurück und berichtete dem Feldherrn das Geschehen. Marius ließ sofort die in den Außenbereichen tätigen Legionäre, Holzhauer, Schiffsentlader und Proviantbeschaffer in das Lager zurückkommen. Dann befahl er Steine und Baumstämme auf die Lagerwälle zu schaffen und zusätzliche Wurfspeere an die Legionäre auszugeben.

Sulla bedanke sich bei Sextus nochmals für den Hinweis auf die mit Beute beladenen Wagen und händigte ihm ein Säckchen mit goldenen Ringen, Armreifen und Bernsteinhalsketten aus.

Drei Tage später traf der Teutonenzug ein und lagerte in einer Entfernung von einem Kilometer vom römischen Lager. Die Reiterscharen der Teutonen umschwirrten wie Bienen das römische Lager und kundschafteten dies aus. Sie brannten die Kaianlagen am Rhodanuskanal ab. Die Flussschiffer, durch Marius gewarnt, hatten die Rückreise angetreten.

Am nächsten Tag marschierte das teutonische Heer vor dem Lager auf. Die Infanterie gliederte sich in achtzig Tausendschaften. Diese schlossen das gesamte Lager ein und begannen einen Sturm auf dasselbe.

König Teutobod war der Meinung, dass allein durch die Masse seiner Krieger das Lager erobert werden könnte. Marius hatte sämtlichen Kohorten mehrere Boten zur Übermittlungen von Nachrichten zugeordnet und hielt die gleiche Anzahl nochmals am Hauptquartier bereit. Dort hatte er auch eine Reserve von drei Kohorten und die abgesessenen Reiter aufgestellt. Je einer Legion wurde eine Seite des viereckigen Lagers zur Verteidigung zugewiesen. Die meisten Teutonen griffen beim Nordtor an. Der nördliche Lagerwall wurde von der II. Legion verteidigt. Marius hatte die II. Legion dorthin beordert, da er wollte, dass deren Legionäre Kampferfahrung sammeln sollten. Vorsorglich hatte er jedoch Publius Claudius, den Legaten der VII. Legion, die auf der Westseite das Lager sicherte, angewiesen, sich an der Verbindungstelle zur II. Legion aufzustellen und im Bedarfsfall Unterstützung zu leisten. Zur Unterstützung der II. Legion standen außerdem noch fünfhundert Schleuderer hinter den Wällen. Marius hatte dies so angeordnet, weil er dadurch zu erreichen hoffte, dass der Angriff der Teutonen auf den Nordwall so schon im Vorfeld gestört und unterbunden würde. Der Anführer der Schleuderer stand auf der Wallkrone um seinen Einheiten, die ja nichts sehen konnten, durch Ausstrecken der Arme die Entfernung anzugeben und durch Deutzeichen das Schleudern der Steine zu dirigieren. Außerdem wurde die II. Legion durch dreihundert Bogenschützen, die auf der Wallkrone zwischen der Infanterie Aufstellung nahmen, verstärkt.

Sobald die Teutonen in die Reichweite der Schleuderer und dann der Bogenschützen gerieten, begannen diese ihre Tätigkeit. Das Sirren der Schleudern und das Zischen der Pfeile war nun zu hören, übertönt vom Stöhnen der Getroffenen und dem Schlachtgeschrei der Teutonen. Die Reihen der ersten angreifenden Tausendschaft lichteten sich. Doch dahinter strömten noch mehrere Tausendschaften auf das Lager zu. Jetzt setzten die Legionäre ihre Wurfspieße ein und verwundeten oder töteten so an die eintausend Teutonen. Obwohl viele der Angreifer zusammenbrachen, erreichten sie den Wallgraben, überquerten diesen und kletterten am Wall empor. Die Legionäre verwendeten jetzt ihre Stoßspeere und auf der ganzen Linie stürzten die Angreifer in den Wallgraben zurück.

König Teutobod sah, dass hier der Angriff abgewehrt wurde und ließ weitere Tausendschaften anstürmen. Auch diese wurden von den Schleuderern und den Bogenschützen dezimiert. Etliche Teutonen gelangten dennoch auf den Wall, wurden jedoch dort von den Legionären mit dem Schwert angegriffen und getötet.

Die Kohortenführer berichteten dem Marius jeweils den Sachstand. Sextus, der keine Kampfaufträge wahrnehmen musste, hatte sich neben den Anführer der Schleuderer gestellt und schaute dem Kampfgeschehen zu. Als einer der Teutonen vor ihm die Wallkrone erreichte, tötete er ihn mit einem Schwerthieb.

Eine Tausendschaft der Teutonen wollte über den Lagereingang in das Lager gelangen. Die beidseitig des Eingangsbereiches auf den Wällen postierten Legionäre fügten den Angreifern so hohe Verluste bei, dass sie sich schnell zurückzogen.

Auch die anderen Wallseiten wurden von den Teutonen angegriffen, aber nicht mit der gleichen Wucht und dem Elan wie bei der zweiten Legion. Sie wurden überall abgewehrt.

Teutobod, der unbedingt das Lager erobern wollte, ließ jetzt seine Reserve von fünfzehn Tausendschaften auf den Nordwall zumarschieren. Sextus erkannte die Gefahr und machte den die Legion führenden Primipili darauf aufmerksam. Der ließ sofort einen Boten zu Marius senden. Dieser unterbreitete dem Feldherrn die Lage und bat im Auftrag des Primipili um Unterstützung. Marius schickte daraufhin zwei Kohorten und die Hälfte der Reiterlegionäre zur Unterstützung an den Nordwall. Außerdem zog er von den übrigen drei Legionen jeweils eine Kohorte zur Verstärkung der Nordseite ab. Die Legionäre kamen gerade noch rechtzeitig, um die Legion zu verstärken. Auch Publius Claudius schwächte seine Legion umd beorderte noch zusätzlich eine Kohorte an das Nordtor. Unmittelbar darauf brandeten die Angreifer gegen den Wall. Durch die getöteten und verletzten Teutonen der ersten Angriffswellen war der Graben vor dem Wall aufgefüllt und dieser deshalb leichter zu erklimmen. Zahlreiche Angreifer erreichten nun die Wallkrone, wurden jedoch dort von den Legionären niedergemacht. Die Bogenschützen hatten ihre Bögen weggelegt und wehrten ebenfalls die Teutonen mit dem Schwert ab, rollten die Baumstämme hinunter und warfen Steine auf die Angreifer. Der Anführer der Schleuderer schickte seine Männer auch auf die Wallkrone, so dass der Verteidigungsring nicht von den Germanen durchbrochen wurde. An den anderen Abschnitten wurden die Angreifer ebenfalls zurückgewiesen.

Teutobod sah, dass der Hauptangriff gescheitert war und gab den Befehl zum Rückzug. Marius, davon unterrichtet, besuchte den Nordwall und lobte die dort versammelten Verteidiger. Dann gab er den Befehl, die getöteten und verwundeten Germanen aus den Gräben zu bergen, die Verwundeten zu töten, eine große tiefe Grube vor dem Lager auszuheben und die Toten zu beerdigen. Die getöteten Legionäre bekamen daneben Einzelgräber. Dieser Vorgang wurde von den Teutonen nicht gestört. Marius befahl weiter, sämtliche Speere, Pfeile, Schleudersteine, sowie zur Metallgewinnung die Schilde, und Schwerter der Toten einzusammeln.

Bei dem Angriff wurden fünfhundert Legionäre verletzt und dreihundert getötet. Die Germanen büßten Tausende von Kriegern ein.

Teutobod setzte am nächsten Tag den Angriff fort. Er ließ gegen drei Seiten des Lagers Scheinangriffe durchführen, ballte aber seine Macht am Nordwall. Sobald Marius an der Aufstellung der Teutonen diese Absicht erkannte, verstärkte er mit eineinhalb Legionen den nördlichen Abschnitt. Diesmal führten die Angreifer große Reisigbündel und Baumstangen mit. Unter dem Geschosshagel der Bogenschützen und der Schleuderer füllten sie den Wallgraben mit den Reisigbündeln auf und versuchten dann über die Stangen der Schanzpfähle die Wallkrone zu erklimmen. Die Legionäre, die inzwischen in Doppelreihe auf dem Wall standen, wehrten den mit wildem Mut vorgetragenen Angriff ab.

Teutobod wiederholte vergebens auch am dritten Tag den Sturm auf die römischen Verschanzungen.

Marius dachte sich: >Es ist gut, dass ich mich den Teutonen nicht gleich in einer Feldschlacht gestellt habe. Meine Legionäre haben alle Angriffe abgewehrt. Dadurch ist sicher ihr Selbstvertrauen gestiegen. Bedenkt man, dass sie seit über drei Jahren keinen Kampf mehr bestritten haben, war ihr Verteidigungswille groß. Da der dritte Angriff schwächer war, als die beiden Vorausgehenden und auch nicht zu einem Erfolg führte, nehme ich an, dass Teutobod den Angriff nicht mehr erneuern wird. Stattdessen müssen wir uns auf eine Belagerung einrichten. Was soll es, wir haben uns gut verproviantiert, und die Germanen haben sicher keine Geduld, uns lange zu belagern. Die zweite Legion hatte den Hauptkampf zu bestreiten und die Legionäre haben sich gut gehalten. Sie haben bestimmt dadurch mehr Selbstvertrauen gewonnen.<

Marius war dennoch überrascht, als ihm am nächsten Tag gemeldet wurde, dass die Teutonen Wagenzüge bilden und auf das Lager zumarschieren würden. Er erklomm den Nordwall und schaute sich die neue Lage an. Die Teutonen lenkten ihre Wagen jedoch in Rufweite an dem Lager vorbei, verhöhnten die Legionäre und riefen ihnen auf germanisch und in schlechtem Latein zu, dass sie nach Italien ziehen und dort die römischen Frauen beglücken würden.

Der Vorbeimarsch dauerte drei Tage. Marius getraute sich nicht, den Zug anzugreifen. Er befürchtete, dass ein Großteil seiner ungeübten Legionäre der großen Kampfkraft der Teutonen nicht gewachsen sei. Er erinnerte sich an die katastrophale Niederlage des viel größeren römischen Heeres bei Arausio gegen den gleichen Volksstamm.

Nachdem die Teutonen am römischen Lager vorbeidefiliert waren, brach Marius schnell sein Lager ab. Alles, was nicht leicht im Tross mitgeführt werden konnte, blieb zurück. Sextus inspizierte die aufgegebenen Gebäude und stellte fest, dass in der Schreibstube einige Dokument vergessen worden waren. Er nahm diese an sich und bückte sich. Dabei sah er hinter einem Tischbein einen zylinderförmigen Gegenstand liegen. Er hob ihn auf und sah, dass es sich um das Siegel des Marius handelte. Er steckte es ein und dachte sich: »Nur gut, dass ich es gefunden habe. Man könnte ja mit dem Siegel viel Unfug anrichten.«

Marius folgte dem Germanenschwarm mit seinem Heer langsam und in strenger Ordnung am Rhodanus entlang. Er dachte: »Wenn ich jetzt von hinten angreife, riskiere ich eine Niederlage. Ich werde dem Feind folgen, bis sich für mich eine günstige Gelegenheit ergibt.«

Jeden Tag ließ Marius ein gut verschanztes Lager errichten. Nach zehn Tagen erreichten sie die Gegend bei Aquae Sextiae (Aix). Dort errichtete Marius das Lager auf einem kleinen Hügel. Seine ligurische Reiterei sandte er an den Fluss, um Wasser zu holen. Dort trafen diese auf die Nachhut der Teutonen. Es entspann sich ein Reitergefecht in das nach und nach die gesamte römische und germanische Reiterei mit einbezogen wurde. Die römische Reiterei blieb siegreich und verfolgte die germanische Reiterei bis zur Wagenburg. Dort musste sie der Übermacht der germanischen Infanterie weichen.

Dieses glückliche Reitergefecht gab der ganzen römischen Armee enormen Auftrieb. Die Legionäre blickten mutig in die Zukunft. Marius dachte sich: >Ich hätte gar nicht gedacht, dass so ein siegreiches Scharmünzel die Legionäre in so euphorische Stimmung versetzt. Ich werde dem Gegner die Schlacht anbieten.< Er ließ noch einen Tag verstreichen und stellte dann sein Heer vor dem Lager auf dem Hügel auf. Die Teutonen, schon begierig darauf, die römischen Truppen zu bekämpfen, strömten aus der Lagerburg und den Hügel hinauf. Marius hatte gerade noch Zeit, die römischen Legionäre in der Mitte, die Auxiliartruppen an beiden Flügeln und die gesamte Reiterei auf dem linken Flügel aufzustellen. Er bildete eine Reserve von einer Kohorte und stellte eine Kohorte zur Absicherung der rechten Flanke ab. Unter Umgehung der feindlichen Linien schickte er ungesehen eine Abteilung von Trosssklaven und etliche Legionäre in einen Wald.

Die Teutonen griffen ungeordnet, aber mit großer Wucht den Hügel hinauf an. Die Legionäre hielten dank ihrer besseren Stellung und Disziplin dem Ansturm stand. Die römische Reiterei ritt um das feindliche Heer und griff dieses von hinten an. Die Germanen bildeten jedoch sofort eine Front nach rückwärts, die von den Reitern nicht durchdrungen werden konnten, obwohl Sulla sie immer wieder in den Kampf trieb. Die feindlichen Reiter griffen die rechte Flanke des römischen Heeres an, konnten jedoch die rechts stehende Infanterie nicht besiegen. Keine der beiden Seiten errang einen Vorteil. Die Kohortenführer tauschten immer wieder ihre vordersten Centurien aus, so dass dem Feind laufend frische Kräfte gegenüberstanden.

Sextus, der neben Marius stand und den Kampf beobachtete, sah, dass die vordersten Reihen der VII. Legion langsam zurückwichen. Dieser Legion stand die Hauptmasse der Teutonen gegenüber. Er rannte sofort in die vorderste Linie und schrie mit lauter Stimme:

»Siebente Legion halte stand, Legionäre haltet die Linie.« Gleichzeitig sprang er durch eine Lücke vor die Front, stieß einem auf ihn eindringenden Teutonen sein Schwert in den Hals, wehrte mit dem Schild Schwertschläge ab und tötete einen weiteren Angreifer. Er drehte sich halb um und rief: »Legionäre, Legionäre, marsch vorwärts.«

Diese, schon durch das Erscheinen eines höheren Offiziers in der Schlachtreihe und durch das Beispiel des Sextus ermutigt, stellen die erste Linie wieder her und drangen auf den Feind ein.

Nach zwei Stunden erbitterten Ringens, während die Schlacht hin und her wogte, schickte Marius seine Reservekohorte ins Zentrum der vorderste Linie. Dies wirkte und die Teutonen wurden auf einer Breite von einhundert Metern zurückgeworfen. Gleichzeitig ließ er ein Signalhorn blasen. Auf dieses Zeichen drangen die im Wald versteckten Trosssklaven ins Freie. Sie hatten die Schilde der einst vor dem Lager gefallener Germanen mitgenommen, schlugen diese gegeneinander und schrieen aus Leibeskräften. Die Angreifer, die dachten, dass sie von hinten angegriffen würden, wurden durch den Lärm verunsichert und wichen auf breiter Front zurück. Die Römer drängten nach. Das Zurückweichen gipfelte in einer allgemeinen Flucht. Die Legionäre setzten nach und töteten in einem wahren Blutrausch einen Großteil der Feinde. Erst vor der Wagenburg endete die Verfolgung. Jetzt hofften die Legionäre auf reiche Beute und wollten die Wagen durchsuchen. Dies wurde ihnen jedoch von den Ehefrauen der Germanen verwehrt, die mit Schwertern von den Wagen herunter gegen die Römer kämpften. Auch dieser Widerstand wurde gebrochen und die Frauen gefangen genommen. Viele derselben töteten sich selbst, da sie nicht als Sklavinnen enden wollten. Mütter erstachen ihre minderjährigen Kinder und dann sich selbst. Der Rest wurde vor das Lager getrieben und dort bewacht.

Inzwischen sahen die teutonischen Reiter den Zusammenbruch ihres Heeres und flüchteten so schnell in nördliche Richtung vom Schlachtfeld, dass sie nicht mehr eingeholt werden konnten. Marius sah, dass sie wohl keine Gefahr mehr darstellen würden und ließ sie ziehen.

Die römische Reiterei verfolgte die zu Fuß flüchtenden Krieger und trieb sie zum Schlachtfeld zurück. Alle Gefangenen wurden versklavt und am nächsten Tag und den weiteren Tagen nach Süden getrieben. Der Sieg hatte sich schnell herumgesprochen, und aus Massalia kamen dem römischen Heer Sklavenhändler mit ihren Gehilfen entgegen. Alle Sklaven wurden zugunsten der römischen Staatskasse verkauft. Das massenhafte Angebot drückte den Preis. Sextus selbst erwarb zehn männliche und zehn weiblich Sklaven, zu einem Gesamtpreis von fünftausend Sesterzen. Er erbat sich einen Urlaub von Marius, verfrachtete die Sklaven auf zwei Wagen, spannte Pferde davor und brachte mit einigen Legionären, die er extra bezahlte, den Trupp nach Narbo zu seinem Freund Aser. Nach drei Tagen erreichten sie die Stadt. Aser war hoch erfreut. Er fragte, warum Sextus so lange nichts von sich habe hören lassen. Sextus erzählte ihm unter dem Siegel der Verschwiegenheit seine Erlebnisse.

Aser freute sich über das Vertrauen und meinte, dass Sextus ein abwechslungsreiches Abenteuerleben führe, er hingegen nur mit trockenen Zahlen zu tun habe.

Sextus lachte und fragte, ob Aser für die mitgebrachten Sklaven Verwendung habe. Dieser meinte, dass er sie in seinem Haushalt, der Brauerei und in der Landwirtschaft, oder auch als Bewachung der Bank gebrauchen könne. Er würde schon eine Beschäftigung finden. Bei den Frauen, sei ein hübsches junges Mädchen, das man im Bordell der Calpurnia Plato anlernen könne. Er berichtete, dass durch den jetzigen Bierausstoß die Nachfrage nicht gedeckt werden könne. Deshalb würde er hier immer mehr Sklaven brauchen. Auch das Bordell brächte eine gute Rendite. Auch hier übersteige die Nachfrage das Angebot. Calpurnia müsse reihenweise Freier abweisen. Sextus nahm sich vor, diese Missstände abzustellen.

Er ließ sich die Abrechnungsbücher vorlegen und sah, dass er schon wieder um ein Erkleckliches reicher geworden war. Er dankte Aser für sein Engagement und die ordentliche Führung der Bücher, umarmte ihn und drückte ihn an sich. Dann verabschiedete er sich von ihm mit der Bemerkung, dass er noch etwas vorhabe. Aser setzte ein wissendes Lächeln auf und wünsche ihm für den bevorstehenden Kampf mit den Kimbern Schlachtenglück und Unversehrtheit. Sie umarmten sich gegenseitig und schlugen sich auf die Schultern.

Sextus begab sich zu Gaia Caecilia. Dieser brachte er eine kleine Brosche als Geschenk mit und vergnügte sich mit ihr einige Stunden. Gaia erzählte ihm: »Lieber Sextus, ich habe mir nach Deiner Abreise keinen neuen Liebhaber genommen. Stattdessen verführe ich meinen Ehemann öfters. Mit ihm ist es nun ja kein solches Vergnügen, wie mit Dir. Ich komme kaum noch zu einem Höhepunkt. Deshalb freue ich mich, dass Du Dich an mich erinnert und mich aufgesucht hast. Du hättest ja auch die Edelhure Calpurnia besuchen können. Es hat ja zwischen uns jetzt wieder toll geklappt. Schade, dass Du schon wieder weg musst.«

»Nun liebe Gaia, an bezahltem Sex habe ich kein Interesse. Da ist mir doch ein willfähriges Vollblutweib wie Du, viel lieber. Ich verspreche Dir, Dich jedes Mal wenn ich nach Narbo komme, zu besuchen.« Mit diesen Worten verabschiedete sich Sextus. Gaia küsste ihn, konnte aber zum Abschied einige Tränen nicht unterdrücken.

Er kaufte noch ein Geschenk für Didia, die jetzt elfjährige Tochter der Schneiderin Camilla Herrenius, prüfte deren Abrechnungen und ritt dann mit den Legionären zu seiner Einheit zurück.

Marius hatte unterdessen alle Gefangenen versklavt und Männer, Frauen und Kinder an die herbeigeeilten Sklavenhändler zu Gunsten des Staates und der eigenen Tasche verkauft. Auch die Bürger von Aquae Sextiae hatten sich reichlich mit den billig angebotenen Sklaven eingedeckt. Marius hatte von den Sklaven große Gitterroste auf Pfeilern errichten und dort die zahlreichen getöteten Teutonen verbrennen lassen, um einer Seuchengefahr vorzubeugen.

Seine Soldaten fand er großzügig, je nach Dienstrang, aus dem erzielten Erlös ab.

Sextus bat um eine Audienz bei Marius und erhielt diese sofort. Er trug folgendes vor. »Konsul und Feldherr, in einigen Monaten läuft meine Dienstzeit bei der Armee ab. Ich möchte gerne heiraten und mich als Kaufmann niederlassen. Kannst Du mir bei meinem Ausscheiden ein Empfehlungsschreiben für die Bürgermeister der italischen Städte mitgeben, damit ich dort leichter Geschäftsverbindungen anknüpfen kann?«

»Lieber Sextus Leptonius. Ich hatte gedacht, dass Du in der Armee verbleiben würdest. Ich biete Dir an, dass Du Deinen Dienstrang behältst und auf Lebenszeit in der Armee dienst. Du kannst natürlich heiraten. Bedenke doch, wie viel Ehre Dir Deine Stellung einbringt. Bist Du doch nicht nur Praefectus castrorum einer Legion, sondern des Hauptquartiers und damit fast einem Legaten gleichgestellt. Durch Deinen hohen Sold und die Zuteilungen aus künftiger Beute hast Du sicherlich ein höheres Einkommen als ein kleiner Kaufmann. Also überlege Dir dies noch einmal.«

»Edler Konsul, ich habe mir dies reiflich überlegt. Mein Entschluss steht fest. Natürlich bleibe ich noch bis zum Ende des Feldzuges bei Dir und möchte auch Deinen Triumph in Rom miterleben.«

»Also Sextus, es tut mir leid, Dich zu verlieren. Du warst mir ein treuer Helfer. Du hast erfolgreich das schwierige Verpflegungsgeschäft gemanagt und warst mir ein guter Spion. Zum Abschied sollst Du außer einem Geldgeschenk ein Landgut erhalten. Sage mir nur bei welcher Stadt es liegen soll, damit ich dies in die Wege leiten kann. Teile mir auch Deine Privatadresse mit, damit ich Dich, falls es nötig sein sollte, auch zu dem Hochverratsprozess gegen Manilius Vulso und Konsorten vorladen kann.«

»Herr, wenn ich es mir heraussuchen kann, würde ich gerne ein Landgut bei Cumae erwerben. Es ist dies ein reizendes kleines Städtchen. Ich will mich dort als Kaufmann und Gastwirt niederlassen. Ich werde dort einen großen Gast- und Beherbergungsbetriebe errichten.«

»Ja so soll es geschehen. Ich werde noch heute das Erforderliche veranlassen.«

»Ich danke Dir Herr. Wenn Du ja einmal in Gefahr sein solltest, denke an mich. Ich werde Dir nach meinen Möglichkeiten helfen.«

Der Mitkonsul des Marius, Quintus Lutatius Catulus, war nachdem er die Nachricht vom Abmarsch der Kimbern zu den Alpenpässen erhalten hatte, mit zwei Legionen von Latium aus nach Norden marschiert, um die Pässe zu sperren. Er war aber der Gegend nicht kundig und vertraute den ortsansässigen keltischstämmigen Einwohnern nicht, so dass er die Kimbern erst an der Einmündung der Eisack in die Athesis (Etsch) bei Trient erwartete. Beim Anblick des gegnerischen Heeres und der wild auf die sie zuströmenden Germanen, erschreckten sich alle Einheiten des römischen Heeres. Ohne zu kämpfen ergriffen sie die Flucht. Die aus römischen Rittern bestehende Reiterei flüchtete bis nach Rom und verbreitete dort Schauermärchen über die Körpergröße, die Anzahl, die Wildheit und den Kampfesmut der Kimbern. Catulus rettete die Reste seines Heeres auf die rechte Seite des Po.

Die Kimbern verfolgten die römischen Legionen nicht weiter, sondern genossen ihr Winterquartier in den größeren Orten Norditaliens. So einen Luxus hatten sie bisher nicht kennen gelernt. Sie genossen die beheizten Häuser und Villen, reichliche und gute Nahrungsmittel, öffentliche Bäder, Thermen, Gladiatorenspiele und andere Vergnügungen.

49

Vercellae 101 v. Chr.

Marius sicherte nach wie vor bei Aquae Sextiae die Nordgrenze der Provinz gegen germanische Stämme. Dann aber erhielt er einen Hilferuf seines Amtskollegen aus Mediolanum und erfuhr dadurch, dass die Kimbern in Italien standen und die Provinz nicht mehr bedrohten. Er brach mit seinem Heer nach Italien auf und vereinigte dies mit dem Heer des jetzigen Prokonsuls Catulus. Vom Volk in Rom war er inzwischen erneut zum Konsul gewählt worden.

Er zog mit dem Heer, es waren inzwischen fünfzigtausen Legionäre, über den Po und bot den Kimbern eine Schlacht an. König Boiorix zögerte. Er wolle sich erst mit den Teutonen, die er aus Westen im Anmarsch wähnte, vereinigen. Römischen Vorposten, die ihm zuriefen, dass die Teutonen geschlagen worden seien, glaubte er nicht. Erst als Marius den König Teutobod, den er gefangen hatte, auf dem Lagerwall zur Schau stellte, verinnerlichte er die Sachlage.

Boiorix, dem mehr an einer friedlicheren Landnahme, als einer Schlacht gelegen war, bot Marius ein Bündnis gegen Abtretung von Ländereien an. Marius fühlte sich aber stark genug, die Auseinandersetzung durch eine Schlacht zu entscheiden, und lehnte ab.

Gemäß der bei den Kimbern verbreiteten Sitte, mit dem Feind vorher Ort und Zeit einer Schlacht auszuhandeln, bot Boiorix diese auf der weiten Ebene, den Raudischen Feldern bei Vercellae an. Marius willigte für den nächsten Tag ein. Das Schlachtfeld kam ihm gelegen, weil sich dort seine weitaus stärkere römische Reiterei voll entfalten konnte. Am Tage der Schlacht herrschte dichter Nebel. Nach dem Ausrücken der Legionen traf die römische Reiterei unverhofft auf die feindlichen Reiter. Sie griff sofort an und die Legionen setzten im Laufschritt hinterher. Die kimbrische Reiterei wurde zurück auf die Reihen des Fußvolkes, das sich gerade zur Schlacht ordnete, geworfen und brachte deren Aufstellung in Unordnung. Die aus dem Nebel hervorbrechenden Legionäre erreichten im ersten Anlauf die Vernichtung des Feindes.

Sextus hatte noch am Vorabend des Kampfes eine Unterredung mit Marius. Er klärte ihn noch einmal über die Kampfesweise und die Mentalität der Kimbern auf. Er wies Marius auch daraufhin, wie die Kimbern ihr Lager aufbauen. »Herr, die Kimbern bauen ihr Lager immer kreisrund auf. In der Mitte steht der Wagen des Königs. Um diesen herum stehen die Wagen mit der Beute. In einem zweiten Ring werden dann die Wagen der Zehntausend, Eintausend und Hundertschaftsführer aufgestellt. Dann folgen die Wagen, immer konzentrisch, der Edelen und dann die der Krieger. Vom Wagen des Königs aus führt eine Gasse bis zum äußersten Wagenkranz, so dass dessen Wagen schnell aus dem Lager herausgefahren werden können. Im äußeren Wagenring werden die Wagen dicht zusammengestellt, so dass eine Art Wall entsteht. Von diesen Wagen herab, wird das Lager verteidigt.

Marius ließ das nur noch von Frauen und Halbwüchsigen verteidigte Lager stürmen. Die Germaninnen, die von den Wagen aus ihre Habe verteidigten, wurden niedergemacht. Innerhalb von zwei Stunden war der Sieg vollständig.

Nach dem Sieg befahl Marius dem Sextus mit zwei Centurien der VII. Legion die Königsbeute sicher zu stellen. Sextus führte den Befehl aus. Er durchbrach an der Lagergasse mit den Legionären den äußeren Wagenring, der von Frauen und Alten verteidigt wurde. Im Mittelpunkt des Lagers stieß er auf die Wagen des Königs und die Familie desselben. Er stellte die Wagen mit der Beute jahrelanger Raubzüge sicher und ließ sie zum Hauptquartier ins römische Lager verbringen. Desgleichen stellte er die Ehefrau des Boiorix und dessen Kinder unter den Schutz eines Centurios und ließ diese ebenfalls zu Marius bringen.

Anschließend suchte er den Wagen der Baltrun und fand ihn nach langem Suchen im hinteren Teil des kimbrischen Lagers. Vor dem Wagen sah er drei blutjunge Legionäre auf dem Boden sitzen. Ihnen gegenüber saß Baltrun nackt auf den Resten ihrer Kleidung. Ein zufriedenes Lächeln verschönte ihr Gesicht.

Als die Legionäre Sextus sahen, sprangen sie auf und nahmen Haltung an. Baltrun sah hoch, sah Sextus an, erkannte ihn aber nicht. Sie lächelte ihn an, machte eine einladende Bewegung und öffnete dabei ihre Beine.

Sextus deutete auf einen der Legionäre und fragte: »Wer bist Du und was ist hier vorgegangen?«

»Herr, ich bin der Legionär Plinius Antonius von der II. Centurie der IV. Kohorte der VII. Legion. Uns ist etwas ganz Außergewöhnliches passiert. Nachdem wir den Feind geschlagen hatten, drangen wir in das kimbrische Lager ein, um zu plündern und die Weiber unserer Feinde zu vergewaltigen. Viele Legionäre waren schon vor uns eingedrungen und machten Beute. Viele Kimberinnen vereidigten ihre Wagen mit dem Schwert und töteten, bevor sie gefangen genommen werden konnten, sich und ihre Kinder.

Wir kamen dann hier zu diesem Wagen. Diese Frau,« er deutete auf Baltrun, » empfing uns lächelnd vor ihrem Wagen stehend. Ich ging auf sie zu, um sie gefügig zu machen. Sie aber umarmte mich und zog mich zu Boden. Sie hob ihr Kleid und ich drang in sie ein. Desgleichen nach mir meine beiden Kameraden. Als diese fertig waren, wandte sie sich wieder mir zu, nahm mein Glied in die Hand, brache es dazu sich aufzurichten und stieg dann über mich. Anschließend auch über meine beiden Gefährten. Als sie ein drittes Mal zu mir kam, konnte ich ihrer Aufforderung nicht mehr nachkommen. Seit dieser Zeit sitzen wir hier vor dem Wagen. Wir sind nicht einmal dazu gekommen, den Wagen nach Wertgegenständen zu durchsuchen.«

Sextus mache zwar ein entsetztes Gesicht. innerlich lachte er jedoch. Er dachte: >Baltrun hat es ja gut fertig gebracht, einer Plünderung zu entgehen und hat anscheinend noch ihren Spaß dabei gehabt. Hoffentlich danken es ihr die >Vergewaltiger.< Er gab den Legionären den Befehl, den Wagen mit Baltrun vor das Lager des Marius zu fahren und sicherte ihnen zu, sie für ihre Dienste extra zu entschädigen, wenn sie die Frau und den Wagen bis morgen bewachen würden. Er gab die Order, falls sie angehalten werden würden, sich auf ihn zu berufen. Bevor er ging schaute er in das Wageninnere und sah unter Teppichen versteckt die Körperumrisse von den Kindern Adelberga und Adelbert.

Anschließend suchte Sextus den Aldawolf unter den Gefangenen, konnte ihn jedoch nicht aufspüren. Deshalb suchte er das Schlachtfeld ab. Er sah viele ihm bekannte Kimbern tot auf diesem liegen. Dann entdeckte er auch Aldawolf unter den Toten. Beutehungrige Legionäre hatten ihn seiner Rüstung und seines Schwertes beraubt. Er öffnete das Gewandt von Aldawolf und entdeckte seine im Untergewandt eingenähte Tasche, die mit Perlen, Bernsteinstücken, Goldnuggets und mit Steinen versehenen Goldringen prall gefüllt war. Er nahm den Schmuck an sich. Er dachte: >Aldawolf, Du hast ihn nicht mehr nötig. Es tut mir leid, dass Du gefallen bist. Ich hätte mich für Dich als Gefangenen verwendet. Du hast zwar meine Erfolge in Gallien als die Deinen verkauft, mir aber letztendlich zu Reichtum verholfen.< Er schätzte die Schmuckstücke auf neunhunderttausend Sesterzen und begab sich in sein Quartier zurück.

Marius ließ alle Gefangenen, Männer, Frauen und Kindern in ein extra Lager bringen und bewachen. Am Abend gab er eine rauschende Siegesfeier für seine Offiziere. Er nahm Sextus beiseite und bedankte sich bei ihm: »Leptonius, ich habe die Wagen des Kimbernkönig in Besitz genommen. Auf ihnen befindet sich so viel Beute, dass ich jedem Armeeangehörigen ein größeres Geschenk machen kann und noch genug für den römischen Staat und für mich übrig bleibt. Du wirst von mir überreich bedacht werden. Übermorgen werde ich Dich zusammen mit anderen Legionären ehrenvoll aus der Armee entlassen. Deine Abfindung und die Urkunde über ein Landgut bei Cumae liegen bereit. Sage mir, hättest Du sonst noch einen Wunsch?«

»Ja Herr, ich würde für meinen Start in mein zukünftiges Leben noch ungefähr 200 Sklaven benötigen. Könntest Du mir diese verkaufen?« Marius klopfte Sextus wohlwollend auf die Schulter und äußerte:

»Nein, ich verkaufe sie Dir nicht. Du bekommst sie geschenkt. Suche Dir morgen welche aus.« Scherzend meinte er: »Aber nicht nur junge Kimberinnen. Ich möchte Dich gesund und voller Kraft aus der Armee entlassen.«

Sextus dankte und genoss den weiteren Abend. Marius ließ reichlich Speisen und Getränke auftragen. Lediglich ein Wermutstropfen trübte die Freude. Der Kollege des Marius, sein ehemaliger Mitkonsul Catulus gönnte ihm die Ehre des Sieges nicht und verblieb grollend in seinem Zelt. Er verbreitete, dass die ihm unterstellten Legionen die meisten Kimbern getötet hätten und er deshalb als Sieger geehrt werden müsste.

Sextus suchte am nächsten Tag das Sklavenlager auf. Er schritt durch die Reihen der Kimbern und suchte einhundert kräftige Männer und etwa fünfzig Frauen aus. Er ließ sie von der Masse der übrigen Sklaven absondern und sprach sie auf germanisch an:

»Kimbern, ich bin Sextus Leptonius. Euch habe ich von dem Feldherrn Marius erhalten. Der kleinere Teil von Euch wird nach Narbo gebracht. Ihr werdet dort in meinen verschiedenen Unternehmen beschäftigt. Der größere Teil wird nach Africa verschifft und arbeitet dort in meinem Steinbruch. Ich werde Euch gut verköstigen, kleiden und anständig behandeln. Ihr werdet nur selten bestraft werden. Im Gegenzug verlange ich gute Arbeit. Ihr bekommt einen geringen Lohn, mit dem ihr Euch später freikaufen könnt. Doch zunächst holt, falls sie sich bei den Gefangenen befinden, noch Eure Frauen, Brüder,Schwestern, Kinder und Eltern hierher, damit die Familien nicht auseinander gerissen werden.«

Auf diese Aufforderung hin, liefen die Hälfte der Sklaven zu ihren Angehörigen und brachten diese zu Sextus, so dass sich bald eine Sklavenmasse von über zweihundert Köpfen um ihn versammelt hatte. In der Masse sah er auch den ihm bekannten ehrlichen kimbrischen Lagerverwalter Askan, den er an seinem ersten Tag im kimbrischen Lager kennen gelernt hatte. Er teile die größeren Familien für den Transport nach Narbo ein und den Rest von noch einhundertundfünfzig Personen darunter auch Askan, für den Transport nach Africa.

Am kommenden Tag wurden die aus der Armee ausscheidenden Centurios und Legionäre offiziell verabschiedet. Marius verabschiedete sie legionsweise. Allein aus der VII. Legion schieden eintausend Mann aus.

Marius bedanke sich mit bewegter Stimme bei seinen Kriegern, lobte ihren Mut und ihre Tapferkeit und meinte, dass sie in ihrem zukünftigen Leben mit diesen Eigenschaften sich behaupten könnten. Dann übergab er ihnen ihr Abschiedsgeldgeschenk und ihren Anteil an der Kimbernbeute. Einem Grosseil teilte er Land in Africa, südlich von Karthago und auf der africanischen Insel Cercena zu. Legionäre, die dies ablehnten, bekamen kleine Bauernhöfe in Italien zugeteilt.

Sextus erhielt einen großen Beuteanteil, zuzüglich das Abschiedsgeldgeschenk von dreihunderttausend Sesterzen und die Besitzurkunde über ein Staatsgut.

Nach der feierlichen Entlassung trat er auf die aus dem VII. Legion entlassenen Legionäre zu. Er sprach die, die er kannte, einzeln an und fragte sie, ob sie Lust hätten in seinen Dienst zu treten. Sein ehemaliger Zeltgenosse Julius Casa, zuletzt zweiter Centurio, trat vor und sprach: »Sextus, bestimmt sind hier viele an Deinem Angebot interessiert. Wir haben uns schon einmal darüber unterhalten, was wir nach der Legionszeit anfangen wollen. Sage uns doch aber erstmals im Einzelnen, was für Tätigkeiten wir ausüben müssten?«

Ein weiterer Legionär bemerkte: »Sextus, wir kennen Dich als ehrlichen und aufrichtigen Offizier. Du hast immer dafür gesorgt, dass es uns an nichts gefehlt hat. Ich vertraue Dir, möchte aber trotzdem zuvor wissen, welche Tätigkeiten Du anbieten kannst.«

Sextus überlegte kurz, wie er seinen weiteren Werdegang gestalten wolle und wozu er die >Legionäre< gebrauchen könne. Er beschloss die Wahrheit zu sagen: »Kameraden, ich habe in Numidien eine Lagerstätte von goldenem Marmor und eine kleinere Lagerstätte von schwarzem Marmor erworben. Diese möchte ich ausbeuten. Die Steinplatten würden von der Lagerstätte bei Simitthus mit Transportkarren zum Meer verbracht und dort auf Schiffe verladen. Diese brächten den Marmor entweder nach Puteoli oder nach Cumae, oder auch nach Ostia. Nach seinem Weitertransport nach Rom wird er dort verkauft. Es handelt sich um hochwertige Ware, die bestimmt reißend Absatz finden wird.

Euch würde ich für verschiedene Arbeiten einsetzen. Da wären zunächst einmal der Betrieb des Steinbruches, seine Verwaltung und die Aufsicht über die Sklaven. Dann der Transport und die Begleitung der Marmortransporte zum Meer, das Organisieren der Verladung auf Schiffe. Sodann die Entladung derselben in den Häfen und der Transport nach Rom.

Es wird sich für jeden von Euch eine geeignete Beschäftigung finden. Ich schließe mit jedem einen extra Vertrag ab, in dem auch die Bezahlung geregelt wird. Ich glaube aber, dass ihr zufrieden sein werdet.«

»Ach ja, Simitthus kenne ich noch gut. Es ist aus dem goldenen Marmor erbaut und leuchtet in der Sonne. Das Klima ist dort gemäßigt. Ich würde gerne dort eine Tätigkeit verrichten. Bitte stelle mich ein,« sprach Julius Casa.

Sextus freue sich dass er solch eine gute Resonanz erreicht hatte. Er schloss mit jedem der Entlassenen einen gesonderten Vertrag ab und teilte ihnen eine Tätigkeit zu. Zunächst aber einmal bestimmte er fünf seiner Untergebenen am nächsten Tag die Sklaven nach Narbo zu begleiten. Er sprach: » Eignet Euch von den Karren der Kimbern welche an, fangt freilaufende Zugochsen und Pferde ein und reist morgen bei Tagesanbruch ab.«

Dem ehemals dritten Centurio Claudius Lepidas, der sich auch als Klient bei Sextus gemeldet hatte, drückte er Reisegeld in die Hand und bestimme ihn zum Anführer des Zuges. Dann begab er sich zum Wagen der Baltrun, der getreulich noch von den jungen Legionären bewacht wurde. Er bedankte sich bei diesen und drückte jedem dreihundert Sesterzen für ihre Mühe in die Hand. Er fragte den jungen Legionär Plinius Antonius, der ihm schon einmal alles berichtet hatte, ob sich etwas Besonderes ereignet habe? Plinius errötete und sprach dann mit belegter Stimme: »Herr, das Weib hat uns nicht ausgelassen. Wir mussten ihr auf dem Wagen die ganze Nacht zu Willen sein. Wenn wir nachgelassen haben, hat sie uns als faule Säcke beschimpft und uns mit Reden und Zärtlichkeiten wieder aufgegeilt.

Wir haben Dir aber eine Bitte vorzutragen. Würdest Du uns die Frau, sie heißt übrigens Baltrun und ihre zwei Kinder verkaufen? Sie könnte dann im Tross der Legion folgen und stände uns immer zur Verfügung.«

Sextus überlegte es sich, meinte aber dann: »Ihr seit junge und kräftige Legionäre. Wenn ich Eurer Bitte nachkomme, denkt Ihr nicht mehr ans Kämpfen, sondern nur an Baltrun. Außerdem müsstet ihr dann sie und ihre Kinder ernähren und kleiden. Nein, ich lehne Eure Bitte ab. Begleitet den Wagen noch zu den am weitesten nordwärts lagernden Sklaven. Sie werden morgen nach Narbo eskortiert.«

Sextus schaute in den Wagen und herrschte Baltrun auf germanisch an: »Weib, ich habe Dich als Sklavin gekauft und bestimme Narbo als Deinen Aufenthaltsort. Morgen fährst Du mit den anderen Sklaven dort hin. Der Bankdirektor Aser wird Dir in Narbo eine Beschäftigung zuweisen.«

Baltrun dachte: »Der Römer spricht wie Sexa. Allerdings hat Sexa mich nie so angefahren. Nun gut, fahren wir nach Narbo. Ich muss mich ohnehin etwas schonen. Ich habe mich ganz wund gerieben.«

In seinem Zelt schrieb Sextus einen Brief an Aser: »Werter Freund, ich sende Dir hier fünfzig kimbrische Sklaven. Weise ihnen eine Beschäftigung zu. Insbesondere lege ich Dir die Kimbernwitwe Baltrun ans Herz. Weise sie meinem Bordell zu. Sie ist übermäßig triebhaft und grob sinnlich. Ich glaube, dass sie jeden Tag zehn Freier glücklich machen könnte. Ich kenne sie von früher. Calpurnia Plato kann ihr noch einige Feinheiten beibringen. Veranlasse, dass Calpurnia ihr pro Kunden einen Sesterz auszahlt, damit sie sich und ihre Kinder einmal freikaufen kann. Ihre Kinder sind intelligent. Veranlasse, dass sie neben ihren Arbeiten eine Schule besuchen und auch noch Gallisch und Latein lernen.«

Sextus wusste, dass Aser nach Neuigkeiten gierte. Deshalb beschrieb er ihm noch den Lauf des gesamten Feldzuges und den Ablauf der beiden Schlachten.

Am nächsten Tag gab er Claudius Lepidas das Schreiben an Aser, beauftragte ihn, Aser alle Fragen zu beantworten und nach Erledigung seiner Mission mit seinen Begleitern nach Puteoli zu reiten.

Dann wandte er sich an Julius Casa, übergab ihm die Sklaven, dreitausend Sesterzen für die Reise und sonstige Ausgaben und beauftragte ihn, die Sklaven nach Puteoli zu bringen. Dort solle er ein Sklavenquartier anmieten und mit seinen Begleitern, fünfzehn ehemaligen Legionären, seine Ankunft in Puteoli abwarten.

Noch am gleichen Tag sattelte Sextus sein Pferd, verstaute sein Geld und die Wertgegenstände auf zwei Packpferden und ritt in südliche Richtung davon. Zuvor verabschiedete er sich noch von Marius. Dieser umarmte ihn und wünschte ihm viel Glück. Anscheinend hatte Marius ihn lieb gewonnen. denn über seine Wangen liefen plötzlich Tränen. Sextus erneuerte nochmals sein Anerbieten, dass Marius, solle er oder seine Familie jemals seine Hilfe nötig haben, sich immer an ihn wenden könne.

Anschließend verabschiedete er sich von Sulla. Sie tauschten nochmals gemeinsame Erlebnisse aus, insbesondere die Episode, als sie den Numidierfürsten Jugurtha gefangen genommen hatten.

Sextus teilte auch Sulla mit, wo er in Zukunft zu erreichen sei, und bot ihm seine Hilfe an. Sulla dankte und umarmte ihn und drückte ihn an sich. Er meinte, es ist doch schmerzlich, wenn man vielleicht für immer voneinander Abschied nehmen muss. Sextus fragte ihn noch, wie er sich seinen weiteren Lebensweg vorstelle, und Sulla meinte, dass er seinen Abschied von der Armee nehmen und sich in Rom politisch betätigen wolle.

Sextus begab sich auf seine Reise nach Süden.